U0036930

秀華文創
頂尖文庫 EA029

解放漢字，從「性」開始

── 論漢字文化及心靈教學

ÉMANCIPER LES *HÀNZÌ* EN PARTANT DE « *XÌNG* »

── à propos de la culture des sinogrammes et de l'ouverture d'esprit

中法對譯本
Édition bilingue chinois-français

洪燕梅 著

Traduit par
Chou LIM 譯

作者序

「漢字」，在世界語文之中很特別，但不比其他語文更特別。它是一種歷史較為長久、現在仍使用中的語文。

「心靈教學」，在眾多漢字教學方法之中蠻特別，但不比其他教學方法更特別。它只是在眾多漢字教學方法中，再多出的一個想法。

本書的完稿、出版，自然而然，順理成章。它是大學任教至今，總結而成的心路歷程暨文化觀察報告。

曾有兩年的時光，我戮力於它的撰寫、出書，未料這夢想竟實現於放棄動筆之後。

感謝校對者及其他所有參與其中者的協助，完成本書。感謝他們，也感謝祂的精心安排。

感謝祂，教導我如何體驗生活、創造命運，引領我學習寬恕、包容、愛。

感謝此生所有來到身邊的人、事、物，促使我學習無條件的愛。

我所真實擁有的，才能給予別人——

謹將此書，獻給我的摯愛。

洪燕梅

Préface de l'auteure

Le *sinogramme* (*hàn zì* 漢字) se distingue parmi les autres langues mondiales, mais pas plus spécial que les autres langues. Il s'agit seulement d'une langue qui possède une histoire remontant à un temps lointain, une langue encore utilisée aujourd'hui.

L'*enseignement sur la spiritualité* se montre plus ou moins spécial parmi les nombreuses méthodes d'enseignement des caractères chinois, mais il n'est pas si spécial que les autres méthodes. C'est qu'il se caractérise par une idée de plus.

La rédaction et la publication de ce présent ouvrage se sont faites de manière spontanée et cohérente. C'est un bulletin de mon parcours personnel et le fruit de mes observations de la culture depuis mon enseignement universitaire jusqu'à présent.

Je me suis forcée pendant une période de deux ans pour la rédaction et la publication de ce livre, mais c'est seulement quand j'avais complètement abandonné que ce rêve s'était réalisé d'une façon inattendue.

Merci à la réviseure et à toux ceux ayant participé et offert de l'aide pour l'achèvement de ce livre. Je vous remercie à tous et à toutes et à Ses agencements.

Je Lui éprouve de la gratitude pour m'avoir enseignée comment vivre la vie et comment créer le destin, pour m'avoir guidée vers l'indulgence, la tolérance et l'amour.

Merci à toutes personnes et à toutes choses qui se présentent dans ma vie, qui me poussent à apprendre comment aimer inconditionnellement.

Si je puis donner aux autres, c'est avec ce que je possède véritablement –

Ce livre est dédié à mon amour.

HUNG Yenmey

譯者序

如果真要說的話，就像作者在其序裡提到的那樣，一切是祂的精心安排，一切是自然而然。

感謝洪老師對我的信任，讓我得以翻譯她的這本書。當我來到蒙特利爾、開始學習法語的時候，我從沒想過有一天我會用這門語言去進行翻譯的工作，更遑論是以中譯法這樣的形式。這次的翻譯經驗將是我人生最特別的一次旅程。

我個人不會將這本書歸類為教科書。因此基於分享及體會，將「心靈教學」的部分譯為 *l'ouverture d'esprit*（敞開自己的心靈）。如果讀者不熟悉「漢字」或想認識「漢字」，希望在閱讀這本書的過程可以感受到作者對於解讀每個漢字文化的用意，對裡面的故事及內容或引發思考或會心一笑。如果讀者想更進一步認識「漢字」，這本書可以作為提供讀者打開另一扇看待「漢字」及其豐富內涵的門；或另闢一條路，去重新從內而外地認識目前為止所接觸的所謂中國文化。

我必須坦白，這本書的翻譯在某些部分已超出我現有的能力。翻譯的過程對我來說是由內化再逐字逐句慢慢外化，或許個性使然，有時不免感到力不從心。因此，在力所能及的情況下，我盡力基於作者的原意把意思忠實地表達出來。對於各方面的意見及指教，我將會虛心且欣然接受。

藉此衷心感謝所有以各種形式幫助過我的每一位。

感謝老師及出版社對於無經驗的我的大度及寬容。

謹將此書獻給我的家人。

Chou LIM (劉寶珠)

02/2019

Préface de la traductrice

Comme ce qui est mentionné dans la préface de l'auteure, il s'agit d'un agencement spontané. Tout se fait de façon naturelle.

Merci à la professeure Hung pour m'avoir fait confiance en me confiant cette tâche de traduire son livre. Quand j'ai commencé à apprendre la langue française après mon arrivée à Montréal, je n'ai jamais pensé qu'un jour, je traduirais un livre en cette langue. Encore plus impensable, c'est du chinois en français. Traduire ce livre sera sans doute une expérience spéciale et exceptionnelle dans mon parcours de vie.

Personnellement, je ne considerais pas cet ouvrage comme étant un manuel du chinois. C'est pourquoi ce qui veut littéralement dire « enseignement sur la spiritualité » dans le titre en chinois a été traduit par « l'ouverture d'esprit » eu égard à des contenus partagés. Si vous n'êtes pas familiers avec les sinogrammes (ou les caractères chinois) et que vous voulez les découvrir, j'espère que vous pourriez vous contempler sinon vous raviser des histoires racontées avec les interprétations de l'auteure, qui essaie de mettre son grain de sel dans la connotation culturelle de chaque sinogramme. Si vous voulez connaître davantage sur la langue chinoise, ce présent ouvrage pourrait vous ouvrir une porte sur la reconsidération de ce qu'est le sinogramme avec ses riches connotations comme étant élément culturel ; ou bien sur une voie à reconsidérer, à partir de son intérieur, ladite culture chinoise que vous connaissez jusqu'à maintenant.

Il faut admettre que le travail de traduction de ce livre dépasse mes capacités. Traduire, c'est mettre en mots après avoir bien intériorisé le sens du chinois. Puis, c'est d'examiner et de réexaminer les phrases traduites selon mes connaissances et ma compréhension. Peut-être que c'est pourquoi je me sentais parfois au-dessus de mes forces. Je me suis donc efforcée de traduire le plus fidèlement possible malgré des lacunes qui pourraient se présenter. Je suis ouverte (et prête) à recevoir des généreux critiques et commentaires de vous tous.

J'en profite ici pour remercier avec toute gratitude à tous ceux qui m'ont offert de l'aide de multiforme.

Je remercie sincèrement pour la grande tolérance de la part de professeure Hung et de l'éditeur envers mon inexpérience.

À ma famille.

Chou LIM

02/2019

關於翻譯

中文裡為引號（「」）內容的，為了在法語翻譯（以下簡稱法譯）的過程中不增加引號（« »）使用的負擔，尤其在此引號作為「引用內容」使用時，故在法譯版本將其設定為「斜體字」，只有在需要強調時才使用引號（« »）。

在法譯版本中，星號（*）代表譯者附註或為譯者在翻譯過程中的詞句添加、改動。

關於漢字理論的專有名詞，有些並不是那麼容易翻譯成法語或者根本不成立。在合理的範圍內，只能自創新詞來表達。也因此，在法譯版本裡，在某些特定的語境裡面有些術語有時又可互相通用，如「文」，時是 *figure* 時是 *graphie*。又或者，有些中文的詞語會隨著語境變化，為了更明確的表達，在法譯版本裡被翻成不同的單詞，但不代表都是同義詞。

最後，為了方便閱讀，作者的「頁末註解」在法譯版本改為每章節之後的「尾注」。

Note sur la traduction

Pour ne pas abuser l'usage des guillemets, surtout eu égard à sa fonction d'indiquer les sources citées, ce que l'auteure met entre crochets en chinois, sauf pour l'insistance, la plupart seraient en *italique* dans la traduction française.

L'astérisque (*) est équivalent à l'abréviation *N.d.T.* (note de la traductrice), qui indique également les modifications, les explications, ou bien le renvoi aux notes en bas de page ajoutées par la traductrice.

Les terminologies en lien avec les théories des sinogrammes sont parfois difficilement traduisibles, sinon intraduisibles. À la limite, il faut inventer de nouveaux vocabulaires pour traduire ces termes du chinois. Et parfois, vous trouveriez les termes qui sont interchangeables, comme par exemple dans le cas du caractère *wén* 文, qui a été traduit par *figure* ou par *graphie* selon le contexte. Il arrive même qu'un même terme en chinois ait été traduit par différents termes en français pour clarifier les nuances dans son contexte, mais qui ne sont pas forcément des synonymes.

Finalement, les notes en bas de page de l'auteure sont placées après chaque chapitre pour faciliter la lecture.

目 次
TABLE DES MATIÈRES

第一章
緒論：漢字的源始演變

談論漢字的起源、演變，可以用歷史文化的角度探討。在《漢字文化的模式與內涵》（Patterns and Connotations of the Culture of Chinese Characters）一書中，我已提出了研究漢字文化的方法，包括[1]：

1. 理解漢字造字法則[2]；
2. 了解華人歷史背景；
3. 建立漢字「字本位」的觀念；
4. 輔以文化人類學學理；
5. 區分文化的模式與內涵；
6. 建立客觀寬廣的研究視野。

以往我動輒使用古老／流行、傳統／現代等詞彙形容文化，可能還沒來得及溝通，就先行種下文化衝突的種子，相對也限縮了文化的傳承及創造的機會。所以，第 6 項「客觀」一詞在本書中將會被更關注、檢視。我也不斷提醒自己應該觀察事物的本來面目，而不要輕易加上個人意見、論斷。

在二十餘年的漢字研究生涯裡，我始終沒放棄一個目標：嘗試使用簡單的語文，概述漢字歷史，讓它能夠被國內外人士容易閱讀。甚至可以提供外國研究漢字的學者，一些不同的見解。這本書是我實現這個目標的開始。

漢字字形演變，大抵可以區分為兩大階段：一是秦篆、秦隸以前（古文字）；一是秦篆、秦隸（今文字）以後。

---

[1] 見洪燕梅：《漢字文化的模式與內涵》（Patterns and Connotations of the Culture of Chinese Characters），臺北，文津出版社，2013 年，第 6-48 頁。

[2] 漢字大抵上可區分為「古文字」及「今文字」兩個層面。這個單元我引用了漢字「車」做為例證，可是原本應劃分為古文字的「小篆」，誤植於今文字的範圍，特別在此更正。見洪燕梅：《漢字文化的模式與內涵》(Patterns and Connotations of the Culture of Chinese Characters)，第 8 頁。

一、秦篆秦隸之前

「秦篆」、「秦隸」是指秦始皇（259B.C.～210B.C）統一天下後，命令學者們將在此之前歷代所使用的文字、各諸侯國所使用的文字，統一整合的字形系統。在此之前，漢字歷經了一段「古文字」的成長。

「古文字」指的是甲骨文、金文、簡帛文字、秦篆、漢朝小篆（《說文解字》[3]）等。當然，這個「古」是相對而非絕對的定義。我所說的「古文字」，指的是以「線條」構形的字形系統。它有別於以「筆畫」構形的字形系統，包含隸書（又分秦隸、漢隸）、楷書、明體等。

(一) 甲骨文產生之前

想要瞭解漢字歷史，必須一步一步地探索，不能有太跳躍的敘述[4]。例如一下子說甲骨文，一下子談《說文解字》，一下字又跳回和甲骨文有關的《鐵雲藏龜》[5]。

漢字究竟從什麼時候產生的？這是一個目前還無法解答的問題。先就傳世文獻的記載觀察，大多充滿著神話、傳說的色彩[6]：

一說，漢字源自於結繩。這項習俗古今中外都有，例如日本沖繩本島南部、美洲的印加。直到現在，許多民族（例如臺灣）或地區（日本沖繩島南部），都還保留有這項傳統。

---

[3] 《說文解字》由東漢許慎編纂而成，是現存華人第一部字典。見（漢）許慎撰，（宋）徐鉉校訂：《說文解字》，臺北，華世出版社「靜嘉堂藏宋本」，1986 年。

[4] 見（瑞典）林西莉著，李之義譯：《漢字王國——講述華人和他們的漢字的故事》，北京，新華書店，2007 年，第 7 頁。

[5] 《鐵雲藏龜》是清朝由清朝光緒二十九年（1903A.C.），劉鶚（即《老殘遊記》的作者）所著。他從收藏的甲骨中，選擇一千多片拓印而成。這是華人第一部著錄甲骨文的專書。

[6] 見洪燕梅：《漢字文化與生活》，臺北，五南圖書公司，2009 年，第 1-24 頁。

一說，漢字源自於八卦。統治天下的君王庖犧氏很有智慧，他觀察天空變化的現象、山川土地的環境形勢、鳥獸形象等，創制了《易經》、八卦。八卦的組合元素「⚋」(陰)、「⚊」(陽)，不僅可以幫助人們占卜吉凶，之後還衍生為漢字。

一說，漢字源自於倉頡的創作。倉頡直到現在仍被部分華人視為造字的始祖，供奉在神壇上。祂造字的過程，頗為傳奇。根據《淮南子・本經訓》記載[7]：

> 昔者蒼頡[8]作書，而天雨粟，鬼夜哭。

傳說當倉頡造出漢字之際，天上忽然降下了如雨一般的糧食，鬼靈們則開始在夜裡暗自啜泣。

文字的創造不是美事一樁嗎？為什麼老天爺要撒下糧食，鬼靈要暗自啜泣？為什麼祂們反應如此之大？這項耐人尋味的問題，就留待讀者自行解答。解答這問題，需要一些「同理心」的思考。透過這個問題的解答，也可以使讀者對於文字的功能及影響，有更深入的了解。

目前臺灣有些廟宇仍然敬奉倉頡，神像以「四目」(四個眼睛)呈現；有些名勝古蹟還保存著「惜字亭」。「四眼」神祇及惜字亭都有其深刻的文化內涵，而不僅僅只是一種「值得保存的珍貴文物」。它們都具有象徵意義，讀者不妨思索一番。

歐美語言的產生，也充滿神話色彩[9]：

> 古代東方住著一個兇惡的老太婆叫布魯利。夜晚一到，她就拿著一根粗棒去搗毀周圍熟睡人們的篝火。
> 布魯利死後，大家都非常高興，許多種族歡聚在一起。紀念老太婆死亡的節日是從吞食她的屍體開始的。
> 列明傑拉爾種族首先吃了她的肉，忽然說起人們不懂的話來。其他幾個種族，吃了她的腸子，也開始說起大家不懂的「方言」。

7 見（漢）劉安著，（漢）高誘注：《淮南子》，臺北，世界書局《新編諸子集成》第七冊，1991 年，第 16 頁。

8 「蒼頡」或作「倉頡」。

9 見韓敬體、張朝炳、于根元編：《語言的故事》，臺北，洪葉文化公司，1996 年，第 1 頁。

北方種族來得比較晚，吃了老太婆屍體的其他部分，說出的話大家也不懂。

以上的說法是真是假？後人已無法證實。不過人類需要神話，即使它只是片段的、殘餘的。亦如考古中的器物碎片，填砌了後人內在信仰系統的圍牆，成為人類文化的詮釋方法之一[10]。

當然，也有外國學者因為漢字古文字很像古埃及象形文字，推斷古代華人其實就是埃及的後裔。這種說法被著名的漢字學家董作賓在〈華人文字的起源〉一文中，以字形及文化比較的方式，給予更為廣泛、客觀的探討[11]。

討論文化相關議題時，考古文獻（又稱「出土文獻」）是比較直接而可信的證據。根據考古發現，有關華人文化起源的論述已由以往的一元論調整為多元論；由原本的黃河流域擴展到南方的長江流域，以及西南的蜀文明[12]。

西元 1965 年以後，大陸持續在寧夏、內蒙古一帶的陰山、賀蘭山，「找到」[13]一些鑿刻在山崖、壁的巖畫。它們有的像人物，有的像羊、馬等動物，有的像太陽、雲朵等大自然景象。

「巖畫」，學者又稱之為「文字畫」，許多國家也發現類似的文明遺跡，或許可以說是世界文字的源頭。

這些巖畫是單純的圖畫？還是漢字的初形？學者都還在研究之中，目前尚難定論。不過，華人文明的起源目前可以確定已經由以前學者常說的「6000 至 7000」，再往前推進到了大約西元前 12000～6000 年[14]。

巖畫還不確定是不是一種可用於人際交流、傳達情意，且約定俗成的符號。

---

10 見（美國）喬瑟夫．坎伯（Joseph Campbell）、莫比爾（Bill Moyers）著，朱侃如譯：《神話》（The Power of Myth），臺北，立緒文化公司，2001 年，第 18-22 頁。

11 見洪燕梅：《漢字文化與生活》，第 10-15 頁。

12 見何駑：〈長江流域文明起源商品經濟模式新探〉，南京，《東南文化》2014 年第 1 期；劉森垚：〈"古蜀國起源"研究綜述〉，成都，《西華大學學報》（哲學社會科學版），2014 年第 1 期。

13 我不使用「發現」一詞，而改以「找到」，有一項用意，邀請讀者一起思考這個問題。

14 見劉淑娟：〈文明的印痕——石嘴山內的賀蘭山巖畫〉，寧夏，《黑龍江史志》2014 年第 3 期。

加上圖畫藝術氣息濃厚，因此學者暫時名之為「文字畫」。

「文字畫」還有一類，學者名之為「陶文」。它是漢字由「文字畫」到「甲骨文」之間，稱得上是過渡的符號系統。

陶文是西元 1914 年，由瑞典地質學家安特生（Johan Gunnar Andersson，1874～1960）首先在華人考古過程中發現的。這些刻劃在陶器上的符號，被視為是漢字的先聲[15]。換言之，至少在 6300 年前，就應該存在著漢字的原始樣貌[16]。

在這些漢字過渡時期，有一項值得一提的考古所得。西元 1935 年，日本考古學者、法國神父、華人教師學者等，在「紅山文化區」（內蒙古自治區、熱河、河北、遼寧等地區）熱烈參與發掘。其間發現了一個「玉雕龍」，而漢字至少在甲骨文就有了「龍」字：

甲骨文	金文	秦簡	說文小篆	標準字體[17]	通用規範字[18]
				龍	龙

「龍」究竟是一種神話、傳說，抑或是真實的存在，令人玩味。

龍，多數華人認為它是「傳說」中一種極具靈性的動物。據說它的頭部生有角、鬚，身體極長，有鱗、爪。您可以透過 Google 的「圖片」功能，找到「玉雕龍」（又稱「中華第一龍」）的照片。再配合漢字「龍」大致的演變歷程，您是否

15 見龔敏：〈陶文、圖騰與文字的起源〉，四川，《攀枝花大學學報》2000 年第 4 期。

16 見洪燕梅：《漢字文化與生活》，第 23 頁。

17「標準字體」是指「經過整理、確定寫法標準的字體。有如唐朝人所稱的『字樣』。教育部曾委託臺灣師範大學國文研究所研訂常用、次常用、罕用國字標準字體，並於民國七十一年九月公布常用國字標準字體表。七十一年十二月公布次常用國字標準字體表，七十二年十月公布罕用字體表」，見《重編國語辭典修訂本》「標準字體」：

http://dict.revised.moe.edu.tw/cgi-bin/newDict/dict.sh?cond=%BC%D0%B7%C7%A6r%C5%E9&pieceLen=50&fld=1&cat=&ukey=1900610145&serial=1&recNo=0&op=f&imgFont=1

18「甲骨文」、「金文」、「秦隸」、「說文小篆」，詳見後文。「通用規範字」是指大陸現行通用字體。在此之前，稱為「簡化字」。2009 年，中華人民共和國（大陸）公告試行最新的文字系統。2013 年 6 月 13 日正式公告：http://www.gov.cn/gzdt/att/att/site1/20130819/tygfhzb.pdf

可以畫出心目中華人的「龍」應該是什麼樣的形象？

「龍」只是華人「傳說」中的神獸，還是曾經真實存在人間？「龍」又讓您聯想到那些現代生活會接觸到的人、事、物呢？

還有一個比較敏感的問題：您覺得「標準字體」及「規範簡化字」，那一種比較近似古老漢字的形象？「龍」字的成長過程，是一成不變、繁化，還是簡化？

西元1914年，安特生（Johan Gunnar Andersson，1874～1960）受聘為華人北洋政府調查地質、採集古生物化石。1921年，他在河南省澠池縣仰韶村發掘了很多陶片、陶器，有些陶片、陶器身上刻有符號。他獲得華人北洋政府的同意，將很多物件搬運回國研究，目前還有一部分留存在瑞典的「東方博物館」（VÄRLDSKULTUR MUSEERNA）。

有一些陶文和年代稍後的甲骨文形體十分相近，因此學者懷疑它們就是甲骨文的前身。不過，目前還保留在研究階段。有幾個符號的確很像甲骨文，例如「 」像甲骨文的「 」（五）；「 」像甲骨文的「 」或「 」（玉）；「 」像甲骨文的「 」（屮）。

陶文中的「 」最受到學者關注，張光裕教授認為它與甲骨文的「 」、「 」、「 」（「岳」）十分類似[19]。甲骨文

(二) 甲骨文

就出土文獻觀察，甲骨文是「目前所見最早最成熟而頗具系統的漢字」。說「目前」，是因為在它之前應該還有一段文字的發展期。每一種文字的成形，以及廣泛使用、接受，都不會是「一時一地一人」而發生的；說「頗具系統」，是因為目前所見的甲骨文常見「一字多形」（同一個字卻有很多種寫法），無法得知當時是否有規範的寫法。

甲骨文是指刻或寫在龜甲獸骨（牛、羊、豬、鹿等）上的文字。西元1899年，清朝末年，朝廷命官國子監祭酒（相當於現代排名首位的國立大學校長）王懿榮感染了虐疾，於是派遣僕人到中藥藥材店買回了「龍骨」。當王懿榮檢查這些

[19] 見洪燕梅：《漢字文化與生活》，第20頁。

藥材時，赫然發現它們身上刻有許多符號，於是開始大量搜購，自此開啟甲骨文研究之門。

1900 年，八國聯軍入侵北京，王懿榮眼見無力回天，自殺殉難。他生前珍藏的甲骨，大部分流入劉鶚的手中。於是劉鶚開始整理這些甲骨，並選擇一小部分的拓片，編輯印刷成書，名為《鐵雲藏龜》。這是華人第一部著錄甲骨文的專書。

為什麼華人祖先要使用甲骨做為書寫工具？其中又以龜甲數量較多？這是有信仰背景的。相傳「龜」是四靈之一，古人也不避諱以龜自我比喻[20]。《莊子・秋水》記載：

> 莊子釣於濮水。楚王使大夫二人往先焉，曰：「願以竟內累矣！」
> 莊子持竿不顧，曰：「吾聞楚有神龜，死已三千歲矣，王巾笥而藏之廟堂之上。此龜者，寧其死為留骨而貴，寧其生而曳尾於塗中乎？」
> 二大夫曰：「寧生而曳尾塗中。」莊子曰：「往矣！吾將曳尾於塗中。」

莊子是戰國時期（403B.C.～221B.C.）宋國人，他經常悠閒地在江畔釣魚。楚國國君聽聞此事後，派了兩位大夫前往江邊，向莊子表達邀請他入朝為官的心意。莊子沒有直接回答「好」或「不好」，而是做了一個比喻。他反問二人，要選擇做那死後被供奉的烏龜呢？還是自由自在活著，拖著尾巴遊走在路上的烏龜呢？

莊子面對前來邀請他入朝為官的楚國大夫，不是直接拒絕，而是以龜為喻。從故事不難看出，烏龜在當時是令人印象不錯的動物。從烏龜被當做占卜問事的工具，可以看出當時的人認為它有靈性。後人華語有句祝福他人長命百歲的成語叫「龜齡鶴壽」，可知烏龜長期被視為長壽的象徵。

不過，在現今華人社會裡，千萬不要拿烏龜來形容人，它已經轉變成罵人的詞彙了。

---

20 見（晉）郭象注，（唐）陸德明釋文，（唐）成玄英疏，（清）郭慶藩：《莊子集釋》，臺北：世界書局《新編諸子集成》（第三冊），1991 年，第 266-267 頁。

甲骨文	金文	楚簡	說文	標準字體	通用規範字
				龜	龟
			 (說文古文)		

「龜」的古文字形十分傳神。我曾經在臺灣桃園龜山的銘傳大學任教。有一天，我收到一封學生寄來的信。信封上「龜山」的龜，他調皮地畫了一個很像金文第一例的圖案。我知道他沒修習過漢字學，可是他不知道在不經意之間，寫了一個古文字。

有時候，現代人和造字者之間思維的距離並不大，反而是時間、空間的概念，限制了現代許多漢字學習者的認知。我也曾經困囿在這些概念裡。如今覺知到這個現象，對於漢字的理解及生活情調，似乎一併獲得了解放。

《說文解字》的作者許慎除了研訂、修整「龜」的小篆字體之外，還收了一個當時他看到的，也是龜的字形，並稱它為「古文」。「古文」意謂著它存在的時間比小篆還久。

「龜」的《說文解字》古文字形，可以視為大陸通用規範字的來源。所以，我認為兩岸現今使用的「龜」字，沒有誰簡誰繁或誰對誰錯的問題。

甲骨文原本是先民占卜問事後，紀錄時所使用的文字。換言之，日常生活中，先民應該不會隨身攜帶龜甲或獸骨做為書寫工具，甲骨文也可能不是當時文字的全貌。

甲骨文形成之前，占卜的過程大致分為取龜、殺龜、釁龜、攻龜、鑽龜、命龜、灼龜、占龜。必須強調的是，這些過程都是現代學者們根據現有出土文物，逆推想像所建構的。所有占卜儀式的流程及體態，都處於「推測」階段。

有些學者會使用比較誇張的形容語句，描述占卜過程，例如問卜的人會大聲地向祖先喊出商王的問題、甲骨會說話等。這些說法，我仍持保留態度[21]。

畢竟目前尚未發現甲骨文的時代有任何錄音、錄影或其他完整的文獻紀載。學者相關的談論，大多只是根據有限的出土物加以推敲，是有限度的「文化還原」及「文化想像」。

完成取龜、殺龜等占卜手續後，卜官（有時國君身兼卜官）將占卜後所得結果，「刻」或「寫」在龜甲背部。「刻」用刀，「寫」是將「朱」（丹砂）或「墨」（炭素）塗抹在筆道上。

甲骨文的書寫方式（行款）還未固定。有時候由右向左，有時候由左向右；有時直書，有時橫寫[22]。有些學者認為現代華人傳統直書的方式，是延續自甲骨文的影響，這種看法與事實不盡相同。現今兩岸官方規定的行款，也已經都改為橫向由左至右書寫。

甲骨文字形特色大致為：（一）字形筆勢方折，這是受書寫工具的影響；（二）線條繁簡不一、形符位置不定，這是由於當時沒有官方整理、統一文字的措施；（三）合文的使用。

合文是將兩個或三個字，刻（寫）在一個字的位置上。有時候還會合併省略重疊的線條，稱為「借筆」。表中的「二百」就是一個例子。

五十	上下	今日	正月	黃牛	小魚	二百

現代常見華人將「招財進寶」四個字寫在一個方形格子之中，就是這種文化傳統的延續。不過古人可能是為了節省書寫空間，現代人則已傾向藝術趣味的追求。

---

21 見（瑞典）林西莉著，李之義譯：《漢字王國——講述華人和他們的漢字的故事》，第 8 頁。

22 （瑞典）林西莉著，李之義譯：《漢字王國——講述華人人和他們的漢字的故事》說：「人們一般是從上至下或從右至左書寫。時至今日許多華人還是這樣寫。」（第 8 頁）這說法不符合事實。

(三) 金文

許多學者探討漢字演變歷程時，會依「甲骨文➔金文➔簡牘帛書➔隸書➔楷書」的順序，說明漢字成長的不同階段。這種說法屬於概括、籠統的描述。仔細觀察不難發現，「甲骨文」、「金文」、「簡牘帛書」三個詞彙是以書寫工具而得名；「隸書」、「楷書」二個詞彙則著重於筆畫間架構的差異。

漢字各種字體的發展大多存在著「重疊性」。一種字體的成立，是經由一段時空的醞釀發展，並借助民間「約定俗成」及官方「統一規範」的力量而成。

金文是指鑄或刻在青銅器上的文字，從商、周到現代都有。它因不同的狀況而有不同的名稱，例如：因原料得名的「吉金文字」(*jíjīn wénzì*)，因功用得名的「彝器文字」(*yíqì wénzì*)，因器類得名的「鐘鼎文」(*zhōngdǐng wén*)。

青銅器上的文字，有刻有鑄，不盡然如有些學者所說的，只有在以陶土製成的模型（又稱「母範」、「模範」）上，澆注鑄成。青銅器有多種類型，舉凡食器、酒器、水器、量器、樂器、兵器、車馬器等，令人目不暇給。其中又以食器「鼎」最為重要，它往往是持有者權勢地位的象徵。《史記・秦本紀》中記：

> 四年，……武王有力好戲，力士任鄙、烏獲、孟說皆至大官。王與孟說舉鼎，絕臏。八月，武王死，族孟說。[23]

戰國時期(403B.C.～221B.C.)秦國國君秦武王(329B.C.～307B.C.)一上任，就在後宮設了座健身房，每天拿鼎充當舉重器材。有一天，他大概是忘了做熱身運動，舉鼎時不小心傷到膝蓋骨。他的腳傷一直無法醫好，沒想到就因此喪命。這段歷史記載後來衍生出成語「舉鼎絕臏（ㄅㄧㄣˋ；bìn）」，用來比喻能力小卻肩負重任。

武王為什麼要拿鼎做為舉重的工具？一來因為鼎在當時是傳國的寶器，帝位的象徵；二來顯示自己力大無窮，有能力取代周王室，成為天下的共主。

---

23 見（漢）司馬遷撰，（日本）瀧川龜太郎注：《史記會注考證·秦本紀》，臺北，文史哲出版社，1993 年，第 98 頁。

「鼎」的用途一開始只用來烹煮，後來成為藝術表現的對象，也用以祭祀，被當做祭品。最後，它竟成為古代君王的運動器材！所有被創造出的物質都是有生命的。華人所賦予鼎的生命意義，不僅見諸於相關的歷史人物記載，後人也可以從它身上被刻鑄的文字、符號，做出無限的想像、解讀。

一如甲骨文時代的用字現象，先民不太可能出門時，都帶著青銅器或青銅片做為書寫工具，所以現存金文應該不是當時文字的全貌。

許多金文字形的結構也和甲骨文一樣，呈現繁簡不一、形符位置不定的現象。例如「月」字：

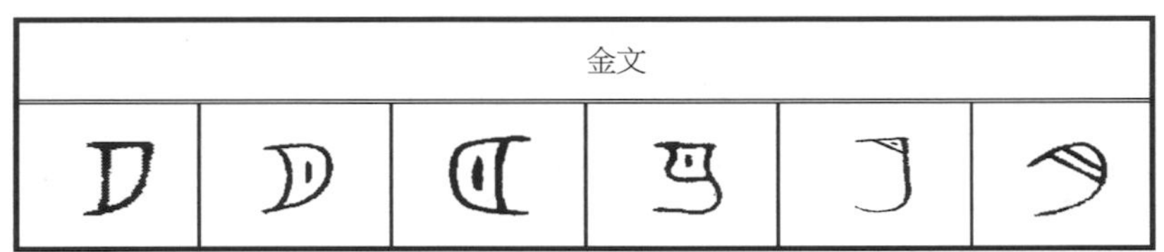

漢字造字者不只一人，各人的心理、社會環境、生活背景、美感、書寫習慣等，未盡相同，所造之字自然也可能不同。

一輪明月，有人只看到它滿是潔白的表面；有人看到它有斑駁黯黑的部分。有的造字者以勾曲的線條展現它的柔美；有的造字者將斑點拉直為線條，成為後來隸書、楷書的筆畫元素。

字形演變一如人生，有時漸進，有時是令人措手不及的驟變。後人即使身處當世，也很難盡窺其進程。「人有悲歡離合，月有陰晴圓缺，此事古難全」（宋・蘇軾〈水調歌頭〉）[24]。

現存金文「月」字寫法較為一致的是「缺口」。造字者或許是體會到人生一如明月，難以恆久圓滿[25]；又或許只是為了與「日」字有所區隔[26]（如圖表）：

---

24 見（宋）蘇軾：《東坡詞．水調歌頭》，「中國基本古籍庫」（漢珍電子版）「明崇禎刻宋明家詞本」，北京，北京愛如生文化交流有限公司，1997 年，第 37 頁。

25 「恒」為「恆」的異體字，故本書使用「恆」字。

26 表中左邊數來的第二例，原本中空的部分，被填滿了。學理上稱它為「填實」。原因不明，但是可以成為一個很有趣的文化推測題。

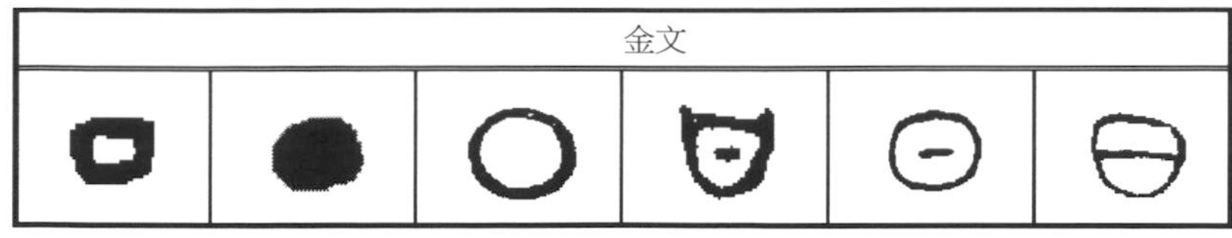

「日」、「月」二字常被援引為漢字教學[27]的入門教材。有些教學者會參考「部件教學法」[28]，將它們分解為一個以上的單位，方便讓學習者記憶。例如「月」拆為「冂」、「二」；「日」拆為「口」、「一」。這種做法看似方便，卻需十分小心，以免為教學者自掘陷阱。如果學習者反問：「為什麼這個字要這麼寫？」教學者的難題可能才正開始。

「部件」一詞常見於對外漢字教學，它包含了可以獨立存在的漢字，以及不具有音、義的符號；前者傳統漢字學者又多以「偏旁」稱之[29]。由於本書主要探討漢字的教學及文化內涵，仍延用「部件」的名稱。

漢字部件拆分目前尚無定法，學者主張不盡相同。我認為拆分漢字的部件的原則，是要能夠合理解釋字形來源，並符合該字字義（本義、引申義、假借義等）。

有些學者認為漢字第一種標準字體是小篆，而金文就是小篆的源頭。這種說法宜更謹慎，因為它跳過了小篆重要的前身：戰國（約 403B.C.～221B.C.）的金文及簡牘帛書。

與後世文字比較，戰國以前的金文字形較為繁複，東漢（A.D.25～A.D.220)）

---

27 本書提及「漢字教學」時，不分「對內」或「對外」，唯強調「對外漢字教學」時，是指教學對象為「非以漢語為母語」的漢字學習者。

28 「部件是字形結構上最基本的單位，可以小至筆畫，大至部首。透過部件來學習漢字，非但可以化整為零，減少學習的障礙，更可以累進發展，加強學習的效果。」見黃沛榮：《漢字教學理論與實踐》，臺北，樂學書局，2005 年，第 52-53 頁。

29 陳立《東周貨幣文字構形研究》說：「漢字除了獨體的象形、指事外，另一部分係由兩個或兩以上的獨體所構成的合體字，一般而言，在合體字的組合中，其組成分子無論置於該字的上下左右側，皆可稱之為『偏旁』，凡是藉以表示字義者，稱為『義旁』，亦可稱為『義符』；其次，相對於『聲旁』而言，『義旁』或『義符』，又可稱為『形旁』或是『形符』；凡是作為表示聲音功能者，稱為『聲旁』，亦可稱為『聲符』。比『偏旁』更小的組成分子為『部件』，它與單一的筆畫不相同，或為單一筆畫，或為二個、二個以上的筆畫所組成，凡是屬於不成文者，皆可稱為『部件』。」新北，花木蘭文化出版社，2013 年，第 3 頁。所謂「不成文」，即正本中指出：無法獨立存在，不具有音、義的漢字。

許慎《說文解字・敘》說：「及宣王太史籀，著大篆十五篇，與古文或異。」，班固《漢書・藝文志》也記載「周宣王太史作大篆十五篇，建武時亡六篇矣。」[30]

根據傳世文獻記載，目前所知漢字首次的整理、規範是在西周時期。整合後的字體稱為「大篆」，後世又稱「籀文」。根據傳世文獻的記載，漢字第一種經由官方整理的標準字體是「大篆」，而不是有些學者所稱的「金文」[31]。當然，金文是「大篆」字形主要的來源。

金文跨越的時代頗長，大致分為西周（1111B.C.～771B.C.）、東周（770B.C.～256B.C.）、春秋（722B.C.～481B.C.）、戰國（403B.C.～221B.C.）、秦朝（秦始皇結束戰國分裂，221B.C.～207B.C.）至今。

東周時期又可大致分為春秋（722B.C.～481B.C.）、戰國（403B.C.～221B.C.）兩個階段。由於諸侯勢力逐漸凌駕王室，地方文化獲得獨立發展的契機。當時的文字也開始在各國發展出屬於自己的特色，金文鮮明的地域色彩益發鮮明，例如「穆」字[32]：

西周	春秋蔡國	春秋郳國	中山王壺

學者說「穆」的造字原理，形狀像有芒穎的禾穗，成熟下垂。整體構圖用以形容稻禾穗實成熟的嘉美，所以本義是嘉美[33]。同一個字，在春秋、戰國時期卻有許多不同的寫法。

金文字形多樣，豐富了文化的內涵，卻同時也反映周王室的勢微，統治無方。

30 見（漢）班固：《漢書·藝文志》，「華人基本古籍庫」（漢珍電子版）「清乾隆武英殿刻本」，第 517 頁。

31 見（瑞典）林西莉著，李之義譯：《漢字王國——講述華人人和他們的漢字的故事》，第 15 頁。

32 引自洪燕梅：《漢字文化與生活》，第 57 頁。

33 見「中華語文知識庫」，http://chinese-linguipedia.org/clk/search/%E7%A9%86/99138/193661?srchType=1&fouc=

當然，這也是秦始皇（259B.C.～210B.C.）統一六國後，採用李斯的建議，實施「書同文字」的主因。

二、秦篆秦隸之後

甲骨文的寫字方式除了以刀刻劃外，學者還發現了少數是以「朱」（丹砂）或「墨」（炭素）塗寫。這個現象令人有了很多聯想空間。

(一) 簡牘帛書

至今還是有些學者會對學生說：毛筆是秦朝（248B.C.～207B.C.）蒙恬將軍發明的；文房四寶使用於漢朝（206B.C.～A.D.220）。這些說法部分已經被現代考古推翻，部分仍有待商榷。

簡牘帛書是指以朱、墨書寫在竹簡、木片、縑帛上的文字，其中現今出土較為大宗的是竹簡文字。根據傳世文獻記載可知，似乎殷商時期應該就有類似的書寫模式。

商朝（約西元前 16 世紀～西元前 11 世紀）的典籍《尚書．多士》說：「惟爾知，惟殷先人，有典有冊，殷革夏命。」[34]商朝的甲骨文也的確已有「典」字：

甲骨文	金文	秦簡	說文小篆	標準字體	通用規範字
				典	典

34 見（漢）孔安國傳，（唐）孔穎達等正義：《尚書正義》，臺北，藝文印書館重栞宋本，1985 年，第 238 頁。

它是不是很像一本簡冊放在小几案上？甲骨文還有一種寫法是多了偏旁「」，像「手」[35]。讀書就是要動手，翻頁或做筆記（現在可能還要加上打電腦）。

「典」字的上半部就是「冊」字。甲骨文也有「冊」字：

甲骨文	金文	說文小篆	標準字體	通用規範字
			冊	册

它是不是很像古裝戲劇中常見的的簡冊？以一條一條竹簡，加上兩條編聯的絲線而成的書本。甲骨文、金文中的竹簡呈現參差不齊的狀態，到了小篆逐漸長短等長，這是為了方便書寫、視覺需求的自然演變。

「讀書」一詞在臺灣閩南語另有一種說法──「讀冊」，是典雅的文讀，也保留了千年的文化傳統。

現實生活的內涵是不斷增生、日趨繁複的，用以記錄、傳遞訊息的文字數量，未必能趕得上它的速度。為了提升、加速文字的訊息傳播效率、記載能力，除了創造新字，古文字（甲骨文、金文等）原本隨著物象彎曲的「線條」結構，順理成章地逐漸被筆直、方折的「筆畫」（隸書、楷書等）所取代。

至於毛筆，現存最早的實物見於戰國時期的秦墓，所以蒙恬應該只是「改良」者，而不是發明者。甲骨文有「聿」字，有些學者認為它就是後來「筆」的原型[36]：

甲骨文	金文	說文小篆	標準字體	通用規範字
			聿	聿

---

[35] 只有三隻手指是為了方便書寫，以少代多，不代表古人一手只有三指。

[36] 也有學者認為，「聿」是手拿掃帚的樣子。「筆」字是由「聿」＋「竹」而成。「竹」用以表示古代毛筆的材質：竹子。

《說文解字》說「聿，所以書也」，「聿」（ㄩˋ；yù）就是用以書寫的工具，甲骨文象以手持筆的樣貌[37]。現今通行的「筆」字，《說文解字》也收錄其中，解釋為「秦謂之筆。从聿从竹」。是在「聿」的基礎上，增加了一個可以辨識材質的「竹」[38]。

由「聿」到「筆」，不妨聯想漢字演進過程，究竟是由繁到簡？由簡到繁？或二者兼有之？

另，「筆」大陸通用規範字作「笔」，二字各自在漢字文化的傳承、演變過程，又有那些異同之處？

寫錯字要修改，然後在原來的位置重寫，或是除去既有的字。漢字有個相對應的字形，作「刪」，《說文解字》小篆作「[小篆字形]」。古代沒有橡皮擦、立可白、立可帶一類的文具，如果是竹簡上的字寫錯了，最好的方法就是用刀將字輕輕刮去。

由「冊」到「典」，由「典」到「刪」，若能結合為漢字教材，並參考漢字教學理論中的字族[39]、字理[40]概念，教師應該可以做到與學習者之間的文化交流，並深化學習者對這三個字的字感[41]。

---

37 以漢字學的「六書」（六種造字原理：象形、指事、會意、形聲、轉注、假借）論理分析，「聿」可歸類為「象形」，根據客觀具體的實物造字。又因為部件「[又字形]」（「又」，指手）可以獨立成字；部件「[筆字形]」只是像筆的符號，不能獨立成字，所以又稱為「合體象形」或「增體象形」。甲骨文「聿」的字形解說，學者見解不同（有人認為部件「[筆字形]」是掃帚），此處取其與書寫有關的說法。

38 以漢字學的「六書」論理分析，「筆」可歸類為「會意」，由形符（具有獨立的形、音、義，做為另一字字形的部分結構，且可提供辨識該字字義的符號）「聿」加上形符「竹」而成。《說文解字》說：「會意者，比類合誼，以見指撝（ㄏㄨㄟ；huī），武、信是也。」「會意」是會合六書中的「象形」、「指事」或「會意」字，並聚集它們的意義成為一個新的意義。會意字沒有聲符，所以稱為「無聲字」，象形、指事亦屬之。

39 所謂「字族」，是指擁有共同字根、意義相通、讀音相同或相近、字形相關的漢字字群。見蔡永貴：〈試論漢字字族研究的角度與原則〉，寧夏，《寧夏大學學報》（人文社會科學版），2013 年第 6 期。

40 所謂「理據」，是指漢字構形表意的依據，體現造字意圖，具備的意義訊息，並展現如何與相似字及同類字區別的手法。見何山：〈漢字的書寫理據及漢字理據的二層劃分〉，重慶，《陝西師範大學學報》（哲學社會科學版），2014 年第 2 期。

41 對於「字感」一詞，學者各有解讀。「字感是對漢字的感悟，是對漢字隱含的規律性的一種深刻的直覺，是一種內隱的不被主體所覺察或意識的感覺。字感是對漢字敏銳的感知，是一種心理結構，是主客體相互作用的產物，在這個過程中，主體預先存在的心理結構是一個前雖然就甲骨文可以略知商朝（約西元前 16 世紀～前 11 世紀）可能有竹簡、筆、墨等書寫工具，可是現存最早出土簡牘的時代，卻晚至戰國時期（403B.C.～221B.C.），其中以秦簡、楚簡出土數量較多。大體而言，秦簡字體較趨向後世的隸書，所以又稱為「古隸」、「秦隸」[42]；楚簡字體則保留較多篆文的風格。例如：

甲骨文	金文	秦簡	楚簡[43]	說文小篆	標準字體	通用規範字
					祠	祠
					浴	浴

取秦隸與漢隸比較，可以肯定地說：秦隸是現代漢字的主要源頭，也是現今通行楷書、明體的前身[44]。漢朝（206B.C.～A.D.220）已是隸書成熟的時期，「蠶頭燕尾」的初形則早已見於秦國（含秦始皇統一六國前的國祚）簡牘文字[45]。例如：

提性的條件。」見譚宏：《漢字教學中非漢字文化圈學生的字感研究》，重慶，重慶師範大學語言學及應用語言學碩士學位論文，2010 年，第 8 頁。

42 2002 年，中國湖南里耶出土了大量的秦簡牘。其中有一片木牘，寫著「三五十五，四五廿……二四而八，三=而九」（符號「=」代表重複前一個字）。這是世界現存最早的「九九乘法表」，比古埃及早了 600 多年。

43 這裡的「楚」是指春秋時期（約 722B.C.～481B.C.）的諸侯國之一，後來成為戰國（403B.C.～221B.C.）七雄之一。領有今大陸地區湖南、湖北、安徽、浙江及河南南部，後為秦所滅。

44 見洪燕梅：《睡虎地秦簡文字研究》，臺北，國立政治大學碩士班學位論文，1993 年。

45 書法上稱隸書橫劃起筆如蠶首般凝重遲筆為「蠶頭」；捺劃收筆出鋒處，提筆回鋒如燕尾般輕倩分叉為「燕尾」。見教育部《重編國語辭典修訂本》，http://dict.revised.moe.edu.tw/cgi-bin/newDict/dict.sh?cond=%C5%FA&pieceLen=50&fld=1&cat=&ukey=-1984265587&serial=1&recNo=25&op=f&imgFont=1

甲骨文	金文	秦簡	說文小篆	漢隸	標準字體	通用規範字
				光	光	光
				宜	宜	宜

漢朝開國君主劉邦是戰國楚國人。為什麼他推翻秦朝（248B.C.～207B.C.）後，卻沒有讓楚文字成為規範文字，反而沿用秦系文字？秦始皇在文化上的功蹟，又豈是歷史一句「暴君」或「暴政」可以涵蓋？

秦朝也有近於篆文的字體，但是大多使用於典重的器物或場合，後人稱之為「秦篆」。

春秋戰國時期，漢字充滿地域色彩，學者依照它們的國別、字體風格等，將現有已出土的文字，區分為齊系、燕系、晉系、楚系、秦系等[46]。秦始皇（259B.C.～210B.C.）統一六國後，採用李斯的建議，實施「書同文字」。

秦朝的文字政策採取整理、規範併行，因應政治、經濟的需要，研訂規範文字。不過，朝廷也體認到文字是傳統文化的一部分，不可能要求百姓突然捨棄仍在使用中的文字，而改採他們完全陌生的字體。

書同文字實施之後，仍然保留了許多舊有或仍在使用中的文字。依照許慎《說文解字・敘》的說法，當時學者整理所有的文字，得有八種字體（稱「八體」）。它們分別是：大篆（即前文提及的「籀文」）、小篆[47]、刻符（刻鑄於符節）、蟲書（用於旗幟、符節）、摹印（用於璽印）、署書（用於封檢題字）[48]、殳書（刻鑄於兵器）、隸書（朝野日常使用）。

---

46 見何琳儀：《戰國文字通論》（訂補），南京，江蘇教育出版社，2003 年，第 85-201 頁。

47 由李斯、趙高、胡毋敬依大篆省改而成，編寫為三本字書：《倉頡篇》、《爰歷篇》、《博學篇》。為了與（漢）許慎《說文解字》的小篆區別，後人又稱為「秦篆」。

48 古人以竹簡、絹帛書寫文字，傳遞信息。為防止他人拆閱，在繩結開啟處以泥封緊，並加蓋印章或題字。

秦始皇書同文字政策不僅延續至漢朝，整理後的字體也成為許慎編纂《說文解字》重要的材料來源，奠定了現今漢字系統的重要基礎[49]。

一種字體的形成，需要許多人的認同、使用，再加上官方、學者的整理。從出土文獻可以得知，漢字中的隸書，不完全是由《說文解字》的小篆演變而成，其實有極大部分來自秦隸；楷書也不是完全由隸書而來，它有一部分源於秦隸。

(二)《說文》小篆

由甲骨文到金文，由金文到簡牘帛書之間，都會有字體重疊使用的時期。文字的使用不會是今天用甲骨文，明天改用金文，而文字系統也不會是由「一時、一地或一人」創建而成。

字體的演變除了約定俗成，官方或私人的整理也是一股推動力量。秦朝（248B.C.～207B.C.）國祚只有短短 15 年，但是「書同文字」政策的影響卻不可小覷，漢初依舊延用秦文字系統就是最好的證明。

現今出土的漢朝簡牘帛書，大多與秦隸字體相近，例如：

秦簡	漢簡	說文小篆	標準字體	通用規範字
冬	冬	冬	冬	冬
北	北	北	北	北

表中的「說文小篆」字體，在漢朝已成為名符其實的「古文字」。當然，許多典重的場合及物品，仍然可見到它的身影。

《說文小篆》是東漢經學家許慎（字叔重）以一己之力，編纂而成的字書。

[49] 見洪燕梅：《秦金文研究》，臺北，國立政治大學博士班學位論文，1998 年。

他著書的動機有二：一是當時許多人已經無法辨識出土的古文字，認為出土文獻是有人托古假造；二是感嘆當時有些儒生不了解隸書的造字原理及本義。他們全憑個人揣測，恣意解說字形，穿鑿附會。

《說文解字》一書共分 540 部，是現今所知最早漢語字典部首的來源。以小篆為字頭，共計 9353 字。另外還收錄了一些當時還可以見到的小篆異體字，稱為「古文」、「籀文」、「奇字」等，共計 1163。這是華人現存第一部字典。

書中的小篆，是規整化的字形。書中的部首大多歸放到左邊，改善了先前古文字字形不一的現象[50]。

《說文解字》距離甲骨文、金文已經有一段很長的時間。許慎為了讓每個收錄的字能夠存古義、明古形，戮力不懈撰文解釋。可惜他的時代與商朝（約西元前 16 世紀～西元前 11 世紀）、周朝（1122B.C.～256B.C.）相隔久遠，有些字的解說不免與古文字略有出入。尤其現代考古發達，出土的文獻及古文字不斷挑戰著許氏的說法。

許氏以一人之力，為漢字的保存奉獻犧牲，不像今天的學者，有學術補助，有助理。這種文化殉道者的精神，一般人難以企及。有外國學者評論《說文解字》，如是說道[51]：

> 該書對大約九千多個字做了一般性的解釋。在一千六百多年當中，華人的學者很敏銳，但也很刻板地持續討論《說文解字》對這些字的解釋，而沒有多少新的資料來源。一層又一層的解釋文章摞起來就像一座小山那麼高。

---

[50] （瑞典）林西莉著，李之義譯：《漢字王國——講述華人人和他們的漢字的故事》評論《說文》小篆「字體優美」，但又說它日常使用起來，顯得很呆板，而且局限性很強，所以沒多久就被隸書取代了。我想，這是對漢字字體演變的又一誤解。隸書早在漢代以前，戰國時期的秦國，就已經形成。由於在草創階段，又稱為「古隸」。至於《說文》小篆，它只有在國家重要慶典或製作器物時，才會使用的字體。根據出土文獻就可以明確得知，漢代日常使用的字體，是承接自秦朝的隸書，而且已是成熟的「漢隸」。

[51] 見（瑞典）林西莉著，李之義譯：《漢字王國——講述華人人和他們的漢字的故事》，第 7 頁。

其實，許慎對漢字所做的解釋，不只是「一般性」而已。如果外國學者願意認真研讀他的釋字方式，就會驚訝於他對漢字字形、字音及字義的掌握能力，實在是少有人能企及。更別說他解釋漢字時，往往有出人意表的創意。

至於那些「像一座小山一樣」研究《說文》的著作，內容包含了歷代學者不同的研究視野及成果，研究的方法、結果也不盡相同。這正是為什麼《說文》會在現代兩岸學術界成為專門的學問，大陸還為此設立「許慎文化園」[52]。

無論如何，對於一個漢字本義的探索，應該先以現今能看到最早的古文字（甲骨文、金文或簡牘文字）為求證對象。如果沒有更早的材料可供比對，《說文解字》還是必須被引證為最早的參考文獻。

許慎以一人之力編纂這部字典，沒有政府或民間任何的經費補助，是一位全心全力為文化奉獻的學者。當他病危時，命兒子許沖將這本鉅著獻給漢和帝（100B.C.），皇帝下詔嘉勉了許慎一番。只可惜當時已是東漢末年，時局動盪，《說文解字》沒有受到太大的關注。隨後又因為戰火四起，全書跟著散佚不全了。

唐肅宗（A.D.711～A.D.762）時，書法家李陽冰曾經改訂《說文解字》。後世有些學者認為他解釋文字時，加入太多個人意見，有許多謬妄無根的說法。可惜李陽冰改訂的版本，現在也已經失傳，無從徵考了。

現今所見《說文解字》最早的版本源自南唐人徐鉉、徐鍇。徐鉉校訂《說文解字》三十卷，今人稱為「大徐本」；徐鍇作《說文繫傳》四十卷，今人稱為「小徐本」。在大徐、小徐的努力之下，《說文解字》整理漢字的功勞終於重見天日。後世許多學者的漢字（字書）或音韻（韻書）研究，也都以《說文解字》為基礎。羅列這許多字書和韻書，可以看到漢字演化和被規範的歷程。

如果您有興趣看看《說文解字》的長相，手邊又沒有這本書，或是很難得到，那不妨上網拜訪一下由教育部主導編纂的《異體字字典》網站[53]。這是目前全世界規模最大，收錄漢字異體字的資料庫。更重要的是它為每個單字搭配歷代字書的書影，《說文解字》往往會出現在首位。

外國學者認為《說文》小篆的字形很呆板、局限性很強。我認為，每一種字

---

[52] 見「許慎文化園」：http://www.earsgo.com:81/wjd/spotview_top.jsp?id=5594

[53] 見教育部《異體字字典》：http://dict2.variants.moe.edu.tw/variants/

體的形成及使用，都有它的背景及時代意義。許慎編纂《說文解字》的目的之一，在於字形、字義的規整化，讓漢字不致因為字形紊亂、字義解說紛雜，而減損了它傳遞情意、資訊交流的功能。

當然，一種文字的美與醜，可以是主觀的，可以見人見智。畢竟文化是想像、意義的集合體，而這個集合體可以和諧、分離、重疊、爭論、連續與否[54]。

最後必須強調的是，《說文解字》的確不代表漢代及其之前的所有字形。有許多漏收字，抑或是漢朝末年散佚後，自此未再被後人纂輯收入。這個部分從時代比它更早的秦簡文字就可以略見端倪。秦簡偶而會出現現今仍在使用的字形，卻無法在《說文解字》搜尋獲得，例如：「蘚」、「詢」、「腔」、「希」、「免」等。秦國簡牘文字的重要性也可見一斑[55]。

(三) 楷書

現代華人通用的漢字字體，稱之為「楷書」，包含點、橫、豎、撇、捺、挑、折、曲、鉤等筆法。

大多數人以為楷書是唐朝以後才出現的字體。嚴格說來，秦國的簡牘文字已略見楷書粗跡：

甲骨文	金文	秦簡	說文小篆	標準字體	通用規範字
[illegible]	[illegible]	羊	[illegible]	羊	羊
[illegible]	[illegible]	富	[illegible]	富	富

54 見（澳洲）Jeff Lewis 著，邱誌勇、許夢芸譯：《細讀文化研究基礎》（Cultural Studies: The Basics），臺北，韋伯文化公司，2012 年，第 19-23 頁。

55 見洪燕梅：《說文未收錄之秦文字研究——以《睡虎地秦簡》為例》，臺北，文津出版社，2006 年。

「富」字的寫法，《說文》小篆趨近於秦簡，反倒沒有承襲同屬篆文的金文，這其中是否存在著某種意義？

東漢（A.D.25～A.D.220）已是楷書成熟的時期。1974年，河南洛陽發掘「王當墓」。這座墓葬的年代是東漢靈帝光和二年（A.D.179），出土的買地鉛券就是以楷書書寫。

魏晉時期，楷書已廣泛；直到唐朝，演變為規矩嚴整的字形。這套楷書字體，就是現今華人使用的楷書的主要來源。

Chapitre 1

INTRODUCTION : évolution originelle des sinogrammes

L'évolution et l'origine des sinogrammes (*hànzì* 漢字) peuvent être étudiées selon une persepctive histoire culturelle. J'ai déjà proposé des méthodes de recherche en ce qui concerne la culture des sinogrammes dans *Patterns and Conotations of the Culture of Chinese Characters*[1] :

1. Comprendre les principes de la formation des *sinogrammes*[2] ;
2. Connaître les contextes historiques du peuple chinois ;
3. Intégrer l'approche de *zibenwei* 字本位 (*Sinogram-based Theory*) ;
4. Se servir des théories de l'anthropologie culturelle ;
5. Distinguer les modèles et les connotations de la Culture ;
6. Établir une perspective de recherche objective et élargie.

J'avais tendance à employer les termes binômes tels que ancien/populaire ou traditionnel/moderne pour décrire la culture. Ce faisant pourrait suggérer que l'on dissimule dès le départ l'enjeu du conflit culturel sans que l'on ait le temps de se communiquer et, de ce fait, on délimite la possibilité de la Cutlure de transmettre et de se créer. Par ailleurs, je me rappelle constamment qu'il faut observer la vérité des choses et ne pas ajouter facilement des jugements personnels.

Durant ma carrière de recherches sur les sinogrammes depuis plus de vingt ans, il y a un objectif que je n'abandonne jamais : essayer de raconter l'histoire des caractères chinois avec un langage simple, afin de faciliter la lecture auprès des étrangers et des gens locaux, voire de partager différentes perspectives avec les chercheurs d'outre-mer. Ce présent ouvrage sera alors le premier pas vers la réalisation de cet objectif.

En général, l'évolution graphique des sinogrammes pourrait être divisée selon deux grandes périodes : l'une étant avant les écritures des scribes et de sigillaire de la dynastie Qin 秦, nommée également « caractères anciens » (*gǔ wénzì* 古文字) ; l'autre étant après les écritures des scribes et de sigillaire de la dynastie Qin 秦, appelée également « caractères modernes » (*jīn wénzì* 今文字).

Section I : Avant l'arrivée des écritures de la grande sigillaire et des scribes

L'écriture sigillaire de Qin (*qínzhuàn* 秦篆) et l'écriture des scribes de Qin (*qínlì* 秦隸) se réfèrent au système graphique standardisé par Qinshihuang 秦始皇 (259-210 av. J.-C.). Après avoir uniformisé le pays, celui-ci ordonna aux érudits de standardiser les graphies d'écriture utilisées dans les dynasties précédentes ainsi que celles en usage dans chaque principauté. Avant cette politique de standardisation, les sinogrammes avaient traversé une longue période d'évolution de « caractères anciens ».

Les « caractères anciens » regroupent les inscriptions oraculaires (*jiǎgǔwén* 甲骨文), les inscriptions sur le bronze (*jīnwén* 金文), l'écriture sigillaire de Qin (*qínzhuàn* 秦篆), les écrits sur lamelles de bambou ou sur soie (*jiǎnbó wénzì* 簡帛文字), l'écriture sigillaire des Han (*hànchǎo xiǎozhuàn* 漢朝小篆, le *Shuowen jiezi* 說文解字[3]). Bien sûr, le terme « ancien » (*gu* 古) n'est pas définitif mais plutôt relatif. J'entends par *caractères anciens* un système de graphies formées des *lignes* (*xiàntiáo* 線條). Celui-ci se diffère du système de graphies formées des *traits* (*bǐhuà* 筆畫), qui comprend l'écriture des styles *lishu* (divisé *qinli* et *hanli*), *kaishu*, le *mingti*, etc.

1. Avant la création des inscriptions oraculaires

Pour comprendre l'histoire des sinogrammes, il faut l'explorer graduellement selon son développement sans faire une narration fugitive[4]. Par exemple, tantôt parle-t-on des inscriptions oraculaires (*jiaguwen*) et du *Shuowen jiezi*, tantôt revient-on à l'œuvre en lien avec l'écriture ossécaille, le *Tieyun canggui*[5].

Quand est-ce que les sinogrammes sont inventés exactement ? Il demeure encore une question sans réponse. Si l'on regarde en premier lieu les textes historiques conservés, la création des sinogrammes est accompagnée de mythes et de légendes[6] :

Un dit que les sinogrammes viennent du fait que l'on faisait des nœuds à une corde (*jiéshéng* 結繩) pour se rappeler. Il s'agit d'une coutume universelle à travers le temps, par exemple cette coutume est pratiquée dans le sud de l'île d'Okinawa du Japon et par la civilisation d'Inca du continent d'Amérique. Même de nos jours, cette tradition est encore conservée chez certaines ethnies (comme l'ethnie Saisyat de Taïwan) ou dans certaines régions (sud de l'île d'Okinawa du Japon).

Un dit que l'origine des sinogrammes se trouve dans les huit trigrammes (*bāguà* 八卦). Souverain sage et mythique que fut Paoxi 庖犧, en observant les phénomènes naturels, les conditions environnementales ainsi que les formes des animaux, créa ainsi le *Yijing* ou *Livre des Mutations* et les huit trigrammes. Les combinaisons des éléments *yin* (⚋ 陰, ligne brisée) et *yang* (⚊ 陽, ligne pleine) des huit trigrammes ne se limitent pas seulement à des fins divinatoires, mais ces éléments se sont transformés en ce que l'on appelle plus tard les *hànzì* 漢字 (*sinogrammes ou caractères chinois*).

Un dit que les sinogrammes sont l'invention de Cangjie. Mis sur un piédestal, il est considéré encore aujourd'hui comme le pionnier de l'invention des *hanzi*. Il Sa procédure d'invention les sinogrammes fut assez légendaire. Selon ce qui est noté dans le chapitre « Benjingxun » du *Huainanzi*[7]: « Jadis, lorsque Cangjie[8] inventa l'écriture, le ciel fit pleuvoir des grains et les mânes pleurèrent nuitamment. »

Cet extrait illustre le moment où Cangjie réussit à créer les premiers sinogrammes, une immense quantité de grains tombèrent du ciel et pendant la nuit, les esprits et les fantômes, eux, se mirent à pleurer en cachette.

L'invention d'écriture n'est-elle pas une bonne chose ? Comment explique-t-on alors les réactions et les comportements du Ciel, des Esprits et des Fantômes? Il est à vous, le lecteur, de répondre à cette question intrigante. Il faudrait se mettre dans la peau de l'inventeur et de l'empathie dans vos réflexions. À la lumière des réponses de cette questions, j'ose espérer que le lecteur pourrait avoir une compréhension plus approfondie à propos des fonctions et des influences que peut exercer l'écriture.

On trouve encore des temples dédiés à Cangjie à Taïwan, dont la statue est présentée avec deux paires d'yeux (*sìmu*ù 四目). On trouve surtout le Xiziting 惜字亭* dans certains de ces sites historiques. En effet, que soit la représentation de la statue de Cangjie ou bien la présence de Xiziting, derrière tout ça se cache une connotation culturelle bien marquante. On va au-delà d'une simple action de conserver les reliques comme étant patrimoines culturels précieux. Je vous invite donc à réfléchir à leur signification.

La création des langues euro-américaines se veut aussi légendaire et mythique[9] :

> Autrefois, il y eut une vieille femme féroce nommée Wurruri qui vivait à l'Est. La nuit, elle prenait un gros bâton pour éteindre les feux des gens endormis.
>
> Lorsque Wurruri murut, les villageois étaient ravis de joie. Différentes tribus se sont réunies pour célébrer sa mort. On commença donc par dévorer son corps.
>
> D'abord, les Ramingerar mangèrent sa chair et se mirent à prononcer les paroles non compréhensibles. Les autres tribus, en mangeant ses intestins, eux aussi commencèrent à parler une autre langue (方言 *fāngyán*) incompréhensible.
>
> Les tribus venant du Nord sont arrivées plus tardviement, et après avoir amngé les autres parties du corps de la vieille dame, dirent eux aussi des choses non compréhensibles.

Est-ce vrai l'énoncé ci-dessus ? Personne ne peut le prouver. Cependant, même s'il ne s'agit que de morceaux fragmentaires et incomplets, les mythes sont indispensables pour l'être humain, tout comme les vestiges matériels en archéologie qui permettent de bâtir un système de croyance au sein d'une civilisation et fournissent aux hommes postérieurs une perspective pour comprendre ce qu'est la culture humaine[10].

Certes, en raison de la grande ressemblance entre la paléographie égyptienne et les

* Le terme « xízì 惜字 » est par définition « traiter avec respect les caractères (écrits ou imprimés) », alors que le ting 亭 veut dire pavillon. Il s'agit d'un endroit symbolique suggérant une pratique d'autrefois où l'on brûlait les papiers avec des textes écrits pour montrer le respect envers l'écriture, cf. *Grand Ricci Online*. Repéré à http://chinesereferenceshelf.brillonline.com/grand-ricci/entries/ 10228?highlight=惜

sinogrammes archaïques, certains érudits étrangers en déduisent que les peuples chinois archaïques sont en fait les descendants des Égyptiens. Ce propos a été soigné par le philologue du chinois Dong Zuobin 董作賓 dans son article intitulé « L'écriture chinoise et son origine ». Avec une méthode comparatiste entre la forme graphique et la culture des deux peuples, les questions y étaient approfondies avec une perspective plus objective et élargie[11].

Lorsque l'on discute des sujets en lien avec la Culture, comparées aux archives et documentations conservées, les archives archéologiques (documents excavés) demeurent une source plus directe et fidèle. Grâce aux découvertes archéologiques, les discours concernant l'origine culturelle du peuple chinois ont passé d'une vision moniste à celle de pluralisme. Cela étant dit, l'origine du peuple chinois aurait pu commencer dans le bassin du Fleuve jaune et s'est répandue jusqu'au bassin du fleuve Yang Tsé et aux régions du sud-ouest de la civilisation Shu 蜀[12].

À partir de l'année 1965, la Chine avait trouvé[13] successivement de l'art pariétal (*yánhuà* 巖畫) à Yinshan 陰山 et Helanshan 賀蘭山 dans la province de Ningxia 寧夏 et la région de Mongolie intérieure. Certains sont des figures des humains, des animaux (comme des chevaux et des chèvres) et des phénomènes naturels (comme le soleil et les nuages).

Le *yanhua* est également appelé *écriture pictographique* (*wénzìhuà* 文字畫) par les érudits. On retrouve d'aileurs les vestiges de civilisation semblables à travers le monde. On pourrait dire que le *yanhua* est à l'origine d'écriture dans le monde.

Est-ce que ces œuvres de l'art pariétal sont des simples figures ? Ou bien les protographies des sinogrammes ? Les érudits mènent toujours des recherches pour trouver des indices concluants. Toutefois, il est certain que l'origine de la civilisation chinoise, contrairement à ce que l'on croyait être « entre 6000 à 7000 ans », puisse remonter jusqu'à XIIe millénaire à VIe millénaire avant notre ère[14].

Il est encore incertain si ces œuvres pariétales se servirent comme symboles conventionnels à des fins communicatives entre les hommes. C'est pour leur aspiration artistique que les érudits les ont ainsi nommées « écriture pictographique » (*wenzihua* 文字畫, *litt. écriture et dessin*).

Il y a une autre sorte de *wenzihua*, que l'on nomme *táowén* 陶文 (*litt. figures sur les poteries datées de période néolithique*). Le *taowen* pourrait être considéré comme un système de symboles ayant existé lors de la période transitoire des sinogrammes entre le *wenzihua* et l'écriture ossécaille (*jiaguwen*).

Le *taowen* fut découvert en premier par le géologue suédois J.G. Andersson (1874-1960) en 1914 lors de ses fouilles archéologiques en Chine. Ces symboles gravés sur les poteries néolithiques sont considérés comme étant des symboles préliminaires des sinogrammes[15]. Dire autrement, les figures primitives des caractères chinois auraient pu exister il y a au moins 6300 ans[16].

Lors des périodes transitoires de ces sinogrammes, une découverte archéologique mérite notre attention. En 1935, des archéologues japonais, des prêtres français, des professeurs et des érudits chinois participaient ardemment aux fouilles organisées dans les secteurs de Culture de Hongshan (y compris la Mongolie intérieure, le Rehe, le HeBei et le Liaoning). Ils ont fait une découverte d'un ornement de jade sous forme du dragon (*yùdiāolóng* 玉雕龍). On sait au moins que le sinogramme *lóng* 龍 est déjà paru dans l'écriture oraculaire (*jiaguwen*) :

Inscription oraculaire (*jiaguwen*)	Inscription sur bronze (*jiwnen*)	Écrits sur lamelles de bambou de Qin	Petite sigillaire du *Shuowen*	Forme standardisée[17]	Caractère général et normalisé[18]
[illegible]	[illegible]	[illegible]	[illegible]	龍	龙

Il est intéressant de se questionner pour savoir si le « *lóng* 龍 » relève-t-il d'un mythe, d'une légende, ou peut-il si bien être une existence réelle ?

La plupart des Chinois voient le dragon (long 龍) comme un animal de surnaturel très sacré. Selon la légende, on trouve des cornes sur sa tête barbue. Son corps serpentin est couvert des écailles et les griffes y sont attachées. Vous pouvez chercher des images de *yudiaolong* (appelé aussi « Premier dragon de la Chine ») sur Google. Si vous regardez l'évolution de ce caractère chinois *long* 龍, que pensez-vous de ce qui pourrait représenter l'image de *long* 龍 chez le peuple chinois ?

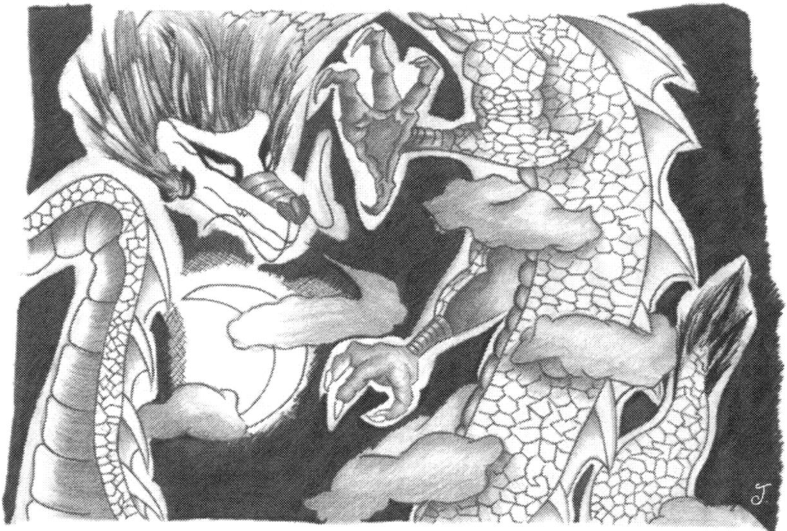

Le « dragon » a-t-il vraiment existé dans la vraie vie, ou ce n'est qu'un animal mythique ? À qui ou à quoi associerez-vous au « dragon » dans votre vie quotidienne ?

En fait, il y a une question encore plus délicate : entre la Forme standardisée (*biaōzhŭn zìtì* 標準字體) et le Caractère simplifié et normalisé (*guīfàn jiănhuà zì* 規範簡化字), lequel est plus proche de sa graphie du sinogramme archaïque ? Le caractère *long* 龍 demeure-t-il immuable depuis sa création ? A-t-il été complexifié ou simplifié ?

En 1914, Andersson fut engagé par le Gouvernement Beiyang 北洋 pour des recherches géologiques et des collectes des fossiles paléontologiques. En 1921, dans le village de Yangshao du comté de Shengchi, province de Henan, celui-ci y a trouvé de nombreux fragments de vases en céramique et des poteries, dont certaines sont gravées des symboles. Avec l'approbation du Gouvernement Beiyang, Andersson s'est retourné en Suisse avec ces objets pour les étudier. Une bonne partie des poteries sont encore conservées au Musée des antiquités de l'Extrême Orient en Suisse.

Il est à constater que certaines *figures* sur les poteries néolithiques se rapprochent aux graphies en forme de *jiaguwen* plus tardif. Il y a donc des doutes que ce soit l'antécédent des inscriptions oraculaires. Cependant, il reste encore du travail à effectuer avant de tirer une telle conclusion. Certes, plusieurs symboles sont très proches aux caractères sur os et écailles. Par exemple, le signe néolithique « ✕ » se ressemble à la graphie « X » indiquant le chiffre cinq en *jiaguwen* ; il y a une similitude entre le signe « 丰 » et des graphies indiquant le jade « 丰 » ou « 丰 » (*yù* 玉), entre le signe « ↓ » et la graphie désignant l'herbe « ↓ » (*cǎo* 屮).

Ce signe néolithique « 𡴀 » attire une attention particulière chez les érudits en ce qui concerne la comparaison entre *taowen* et *jiaguwen*. Selon professeur Zhang Guangyu 張光裕, ceci possède une très grande similitude à ces graphies « [illegible] / [illegible] / [illegible] » qui indiquent le mont sacré (*yuè* 岳) en *jiaguwen*[19].

2. Inscriptions oraculaires (*jiaguwen* 甲骨文)

Selon les observations basées sur les textes excavés, le *jiaguwen* 甲骨文 est « à ce jour les sinogrammes les plus anciens et assez systématisés ayant atteint leur plein développement ». Dit « à ce jour », parce qu'il devrait avoir eu lieu une période du développement de l'écriture chinoise (comme le *yanhua* et le *taowen*) avant la parution du *jiaguwen*. La formation de chaque écriture, son acceptation et son utilisation auprès du public ne se produisent pas grâce à l'effort d'« un seul homme dans un temps et lieu donné » ; dit « assez systématisés », parce qu'il est commun de voir que le *jiaguwen* possède des « graphies (*xíng* 形) multiples pour un *caractère* (*zì* 字) ». Il est impossible de savoir si, dans le temps, il y avait une façon d'écrire standardisée ou pas.

Le terme *jiaguwen* 甲骨文 désigne les inscriptions gravées ou écrites sur carapaces de tortue et omoplates de bovidé. En 1899, fin de la dynastie des Qing, Wang Yirong 王懿榮, Chancelier du Collège impérial (*guózǐ jiàn jìjiǔ* 國子監祭酒), contractait la malaria. Pour traiter sa maladie, il enovya les servants pour lui acheter les « os de dragon », un ingrédient dans la médecine chinoise traditionnelle. Lorsque Wang examinait ces médicaments, il aperçut, par surpris, qu'il y avait des signes gravés sur la surface de ces écailles de tortue. Impressionné par sa découverte, Wang commençait à en acheter en masse. Dès lors, la porte vers la recherche dans le domaine de *jiaguwen* a été ouverte.

En 1900, Wang Yirong, désespéré face à l'invasion de Pékin par l'Alliance des huit nations, s'enleva la vie. Une très grande partie de ses précieuses collections sont désormais passées à son ami Liu E 劉鶚. Ce dernier commença à organiser ces carapaces de tortue et choisit certains estampages pour en compiler un livre publié, le *Tieyun canggui* 鐵雲藏龜. C'en est donc le premier ouvrage chinois ayant trait aux inscriptions oraculaires.

Pourquoi les ancêtres chinois ont-ils choisi les carapaces et les os comme matériaux d'écriture ? Pourquoi la plupart étaient des plastrons de tortues ? Il y a, en effet, un contexte de croyance derrière cela. Selon la légende, la « Tortue » (*guī* 龜) était un des quatre animaux sacrés. Les Chinois d'ancienne époque ne s'évitaient pas de s'y identifier[20].

> Alors que Tchouang-tseu pêchait à la ligne dans la rivière P'ou, le roi de Tch'ou envoya deux de ses grands officiers pour lui faire des avances. « Notre prince, lui dirent-ils, désiraient vous confier la charge de son territoire. »
>
> Sans relever sa ligne, sans même tourner la tête, Tchouang-tseu leur dit : « J'ai entendu dire qu'il y a à Tch'ou une tortue sacrée morte depuis trois mille ans. Votre roi conserve sa carapace dans un panier enveloppé d'un linge, dans le haut du temple de ses ancêtres. Dites-moi si cette tortue aurait préféré vivre en traînant sa que dans la boue?
>
> — Elle aurait préféré vivre en traînant sa queue dans la boue, dirent les deux officiers.
>
> — Allez-vous-en! Dit Tchouang-tseu, je préfère moi aussi traîner ma queue dans la boue. »

Zhuangzi (403-211 av. J.-C.) fut d'origine de l'État de Song 宋 de la période des Royaumes combattants. Il faisait souvent la pêche en jouissant de ses loisirs. Le Souverain de Chu 楚 envoya deux officiers pour faire part de son désir d'offrir à Zhuangzi le poste de fonctionnaire de la cour impériale. À la place de répondre par « oui » ou « non », celui-ci utilisa une métaphore. Il les rétorqua en leur demandant si ceux-ci voulaient mieux être une tortue offerte aux sacrifices à sa mort ? Ou bien une tortue qui se jouissait de sa pleine liberté de la vie en traînant sa queue dans la rue ?

Face à l'invitation de la cour, Zhuangzi ne refusa pas de façon directe, mais il utilisa une métaphore de tortue. À l'aide de cet extrait, on pourrait dire qu'à l'époque, la « tortue » était l'animal qui fit bonne impression. Comme la tortue fut utilisée comme outil de divination par les Chinois de l'époque archaïque, il est raisonnable de dire qu'ils croyaient que la tortue fut de nature supranaturelle (*lignxing* 靈性). En chinois, l'idiome de quatre caractères (*chéngyǔ* 成語) « *guīlíng hèshòu* 龜齡鶴壽 » exprime une formule de souhait qui dit « Puissiez-vous vivre cent ans ! ». On pourrait dire que la tortue a été longtemps considérée comme l'image de longévité.

Cependant, dans la société chinoise contemporaine, il n'est pas à conseiller d'utiliser l'image de la tortue pour décrire quelqu'un, car ce mot s'est déjà transformé en un juron.

Inscriptions oraculaires (*jiaguwen*)	Inscriptions sur bronze (*jinwen*)	Écrits sur bamboo de Chu	Petite sigillaire du *Shuowen*	Forme standardisée	Caractère général et normalisé
				龜	龟
			(Graphie ancienne)		

La graphie ancienne du caractère *gui* 龜 représente une image très vivante. J'avais enseigné à *Ming Chuan University*, situé au district de Guishan 龜山 de la ville Taoyuan à Taïwan. Un jour, je reçus une lettre d'un étudiant. Il dessina sur l'enveloppe une image de tortue qui se ressemble beaucoup à la première graphie de *gui* 龜 des inscriptions sur bronze (*jinwen*) présentée dans le tableau. Je sais qu'il n'a jamais eu une formation en philologie ou Étude de sinogrammes (*wénzì xué* 文字學). Pourtant, sans s'en rendre compte, celui-ci écrivit par hasard un caractère ancien (*guwenzi* 古文字).

Parfois, les inventeurs d'écriture et les gens de nos jours se diffèrent autant dans leur mode de pensée. En revanche, c'est les notions de temps et d'espace qui empêchent la compréhension des apprenants des caractères chinois contemporains. Moi aussi je fus embarrassée par ces concepts. Maintenant que je me rends compte de ces phénomènes, j'ai l'impression que tant ma compréhension des sinogrammes et mon style de vie s'émancipent.

D'ailleurs, autre que le style petit-sigillaire (*xiaozhuan* 小篆) du caractère *gui* 龜, l'auteur du *Shuowen jiezi* Xu Shen 許慎 inclut également une graphie parue dans son époque et l'a nommée « graphie ancienne » (*guwen* 古文). Par ce terme, cela signifie que cette graphie avait existé bien avant la petite sigillaire.

On pourrait supposer que la graphie *guwen* du caractère *gui* 龜 dans le *Shuowen jiezi* est la source des caractères dits simplifiés utilisés en Chine. Ainsi, selon moi, le caractère *gui* 龜 utilisé actuellement, soit en Chine ou à Taiwan, ne devrait pas susciter des questions de savoir qui a raison ou qui a tort, ou s'il découle d'un processus qui simplifie ou bien qui complexifie.

Le *jiaguwen* est originellement dérivé des témoignages du pronostic inscrit sur les carapaces de tortue lors des procédures divinatoires pratiquées par les Chinois archaïques. Dire autrement, dans la vie quotidienne, les gens n'amenaient pas sur soi les carapaces ou les omoplates pour écrire. Il se peut donc que le *jiaguwen* ne soit pas pas représentatif pour l'ensemble de formes d'écriture de la haute antiquité chinoise.

Avant la formation de *jiaguwen*, les procédures de divination furent divisées généralement en huit étapes sophistiquées impliquant des techniques raffinées.

[*]D'abord, on récolta la tortue (*qǔ guī* 取龜), la tua (*shā* 殺龜) et l'enduit (*xìn* 釁龜). Puis, on sépara les parties ventrale et dorsale de la carapace, nettoya la chair restante et tailla la carapace ventrale (*gōng* 攻龜). Ensuite, on perça la carapace préparée (*zuān* 鑽龜), prononça les *préambules* (*mìng* 命龜) et la brula (*zhuó* 灼龜). Finalement après le brulage, on interpréta la divination (*zhān* 占龜) pour savoir le pronostic. Il suffirait de souligner que ce ne sont que des procédures inférées *à postériori* par les chercheurs contemporains grâce aux découvertes archéologiques. On est dans une phase *conjecturale* en ce qui concerne les contenus et les processus des rites divinatoires.

Certains érudits vont tenir des propos plus ou moins dramatisés pour décrire les processus de la *chéloniomancie*. Par exemple, le « *manipulateur* de divination » lisait à haute voix les questions du souverain de Shang 商 à des ancêtres ou bien les écailles nous parlèrent. Je réserve encore mon avis sur ces propos [21].

Après tout, il n'existe pas encore de preuves solides ou d'arvhives complètes déterrées pour soutenir une telle *réalité*. En effet, limites sont les reliques archéologiques exhumées, sur lesquelles les érudits pourront se baser pour formuler leurs hypothèses. Il s'agit alors de *restauration* et d'*imagination* limitées de la Culture.

Après avoir terminé la préparation des carapaces divinatoires, le *buguan* 卜官, *manipulateur* de la divination (parfois le souverain s'occupe lui-même de ce mandat), *écrivit* ou *grava* les résultats du pronostic sur la partie dossière de l'écaille. Il « grava » à l'aide d'un outil tranchant ; et « écrit » en appliquant du pigment rouge (vermillon) ou noir (carbone) pour faire ressortir les traces.

La disposition des caractères (*xíngkuǎn* 行款) en *jiaguwen* n'est pas encore fixée. Elle est parfois de droite à gauche ou l'inverse ; on écrit tantôt verticalement, tantôt horizontalement[22]. Certains érudits partagent l'idée que la tradition des Chinois contemporains d'écrire verticalement est influencée par le *jiaguwen*. L'idée qui va complètement à l'encontre de la réalité. Aujourd'hui, la disposition est officiellement

---

[*]Lespassage en lien avec les processus de préparation des procédures divinatoires est basé sur les descriptions dans « De l'ostéomancie à la chéloniomancie » de VANDERMEERSCH, Léon, Les deux raisons de la pensée chinoise, ibid., p. 23-38.

déterminée, en Chine et à Taïwan, on écrit horizontalement de gauche à droit.

En gros, les caractéristiques du *jiaguwen* sont les suivantes : 1) Influencé par les outils d'écriture (couteaux et omoplates), le nerf du trait de la graphie est de forme rectiligne ; 2) en raison du manque de mesure officielle pour standardiser l'écriture, les lignes de la graphie ainsi que la position des composantes graphiques des caractères ne sont pas uniformisées ; 3) l'utilisation des caractères refondus (*héwén* 合文).

Le terme « *hewen* 合文 » désigne le fait de graver (écrire) deux ou trois caractères dans l'espace réservé à un seul caractère. Parfois, les lignes chevauchées sont fusionnées sinon omises, appelés donc les *traits empruntés* (*jièbǐ* 借筆). La graphie *Deux/Cent* figurée dans le tableau en est un exemple.

Cinq/Dix (Cinquante)	Haut/Bas	Actuel/Soleil (Aujourd'hui)	Juste/Mois (Premier Mois)	Jaune/Bœuf	Petit/Poisson	Deux/Cent

De nos jours, on voit souvent les Chinois écrire l'expression figée *zhāocái jìnbǎo* 招財進寶 (*attirer la richesse et amasser des fortunes*) dans un seul carré (*espace réservé pour écrire un seul caractère chinois*). En effet, il s'agit en quelque sorte d'une continuité de cette tradition culturelle. Cependant, si c'était pour épargner de l'espace que les Chinois d'époque archaïque écrivaient de cette manière ; quant aux hommes contemporains, c'est plutôt pour des intérêts artistiques.

3. Inscriptions sur bronze (*jinwen* 金文)

La plupart des érudits ont tendance à classer l'évolution des sinogrammes par cet ordre : Inscriptions oraculaires (*jiaguwen*) → Inscriptions sur bronze (*jinwen* 金文) → Écrits sur lamelles de bambou ou sur soie (*jiǎndú bóshū* 簡牘帛書) → Écriture des scribes (*lishu* 隸書) → Écriture régulière (*kaishu* 楷書). Il s'agit plutôt d'une classification vague et généralisée. Il n'est pas difficile de constater que le *jiaguwen*, le *jinwen* et le *jiandu boshu* doivent leur nom à des outils utilisés pour écrire ; alors que les deux derniers mettent l'accent sur les différences de la structure entre les traits.

Il y a un grand *chevauchement* de la graphie dans le développement des sinogrammes. Chaque forme des caractères est forgée à travers le temps et l'espace, à l'aide de la *convention* du peuple et de l'effort de *standardisation* officielle de la part du gouvernement.

Le terme de « *jinwen* 金文 » désigne l'écriture gravée ou moulée sur les objets en bronze, datant depuis la dynastie Shang 商, la dynastie Zhou 周, et même de nos jours. L'appellation de *jinwen* varie selon les conditions. Par exemple, il est appelé *écriture sacrée* pour le matériel, *écriture sur les objets rituels* pour son utilité, et *inscriptions anciennes sur bronze* pour le type de tripodes sur lequel se trouvent les inscriptions.

Contrairement à ce que disent certains spécialistes qu'il n'existait que d'inscriptions moulées avec la technique de fonte du bronze à la base de *moules* (*mǔfàn* 母範 ou *mófàn* 模範) en terre cuite, les graphies sont autant gravées que moulées sur les objets en bronze. Il y eut une variété d'objets en bronze de différents usages, comme des ustensiles, des récipients (pour du vin et de l'eau), des instruments de mesure et de musique, des armes ainsi que des décorations pour les chars et les chevaux. Le tripode *dǐng* 鼎 compte parmi les objets les plus importants, qui est symbole du pouvoir suprême du détenteur. Comme noté dans le chapitre « Qinben ji » du *Shiji* ou *Mémoires historiques de Se-Ma Ts'ien*[23] :

> « La quatrième année (307 av. J.-C.), […] [l]e roi *Ou*[*] était fort et aimait les jeux ; des hommes vigoureux tels que *Jen Pi* [任鄙], *Ou Houo* [烏獲],

[*] Bien que la transcription en pinyin soit plus au courant, « [i]l existe de nombreux systèmes de transcription de la langue chinoise, en Occident comme en Extrême-Orient. En France et dans les pays francophones, le système dit É.F.E.O. (École française d'Extrême-Orient) a longtemps prévalu. Il a été en concurrence avec le mode de transcription en usage dans les pays anglo-saxons, appelé Wade (ou Wade-Giles). Peu après l'instauration de la République populaire de Chine, le système pinyin s'est répandu en Chine et chez la plupart des sinologues. Il est actuellement largement adopté par la communauté scientifique de tous les pays, par la presse et les

> *Mong-yue* [孟說] furent tous élevés à de hautes fonctions ; un jour que le roi soulevait avec *Mong-yue* un trépied, il se brisa les rotules ; le huitième mois, le roi *Ou* mourut. *Mong-yue* fut mis à mort avec toute sa parenté. »

À la période des Royaumes combattants (403-221 av. J.-C.), il y eut le souverain de l'État de Qin 秦 appelé Qinwu wang 秦武王 (329-307 av. J.-C.) qui construisit un gymnase derrière son palais après sa succession au pouvoir. Tous les jours, il se servit de *ding* comme équipement d'haltérophilie. Un jour, il oublia peut-être de faire des exercices d'échauffement, son genou a été blessé pendant qu'il faisait ses routines. Personne ne put guérir le souverain qu'il mourut ainsi de sa blessure. L'expression iddiomatique « *jǔdǐng juébìn* 舉鼎絕臏 », décrivant quelqu'un qui assume une tâche au-delà de ses compétences et qui aboutit à une catastrophe, dérive de cette histoire.

Pourquoi le roi Wu avait choisi le tripode comme outil d'haltérophilie ? D'une part, le *ding* était un objet sacré servant de symbole de passation du pouvoir au sein de la cour impériale. D'autre part, c'est pour vanter ses forces physiques extraordinaires et pour montrer qu'il était apte à remplacer la dynastie Zhou et à devenir le seul monarque du monde.

Au départ, les tripodes furent utilisés pour la cuisson, puis pour les créations artistiques ; en même temps ils se servirent comme objets d'offrandes dans les pratiques rituelles. Finalement, le *ding* est devenu un équipement de mise en forme chez le souverain d'ancienne époque! Toutes choses matérielles créées possèdent leur asepct vital. La vitalité du caractère *ding* se trouve non seulement à travers les personnages et les écrits historiques, les hommes postérieurs, en s'inspirant des caractères et des symboles qui y sont gravés, pourraient également fournir leur signification à cette vitalité à travers leur compréhension et leur imagination.

Tout comme le fait observable dans l'usage des caractères de l'époque de *jiaguwen*, nos ancêtres ne se promenaient pas avec tous ces matériaux d'écriture en

---

auteurs d'Europe et d'Amérique. » Cf. Charles LEBLANC et Rémi MATHEIU, « Tableau des transcriptions », dans Philosophes confucianistes. Paris : Gallimard, p. LXI.

bronze. Les *jinwen* existants ne sont qu'une des facettes de l'écriture de l'époque ancienne.

Et tout comme les inscriptions oraculaires, il n'y pas non plus de standardisation au niveau de la structure graphique parmi les inscriptions sur bronze, par exemple le caractère *yuè* 月 présenté dans le tableau.

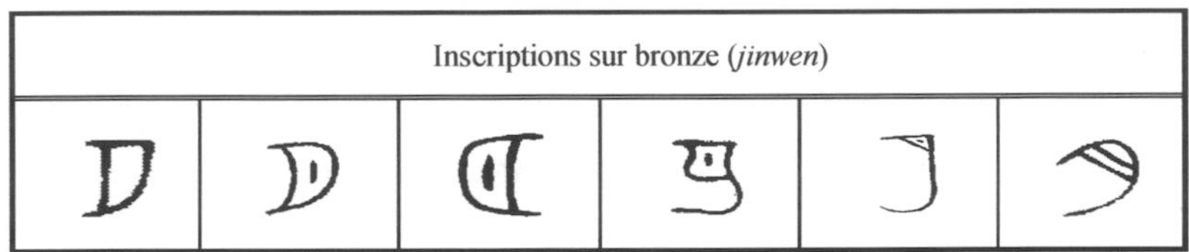

Inscriptions sur bronze (*jinwen*)

L'inventeur des sinogrammes ne serait pas attribuable à un seul individu. La mentalité de chacun, son environnement social, son milieu de vie, son sentiment esthétique, ses habitudes d'écriture et bien d'autres, se varient les uns aux autres. Il se peut très bien que les caractères inventés soient naturellement différents.

La lune, pendant que certains ne voient que la blancheur immaculée de sa surface, d'autres perçoivent ses parties ombrées. Certains inventeurs présentent la docilité de la lune par des lignes courbées ; alors que d'autres décident de redresser la tache noire à l'intérieur du *caractère* pour en faire des lignes droites. C'est ce qui va devenir plus tard des traits (*bǐhuà* 筆畫) élémentaires de l'écriture des scribes (*lishu* 隸

書)et de l'écriture régulière (*kaishu* 楷書).

L'évolution graphique, tout comme la vie des hommes, pourrait être un changement progressif aussi bien qu'un changement brusque et subit. Même les hommes postérieurs, personne ne peut savoir ni prédire cette évolution.

Comme le dit dans le célèbre poème à chanter (*cí* 詞) de Su Shi 蘇軾 : « La tristesse, la jouissance, la séparation et la réunion que l'homme vit / Comme la lune du beau temps et du mauvais temps, comme la pleine lune et la lune croissante dans ses phases / L'intégrité constante n'est jamais atteignable depuis le temps immémorial »[24]. Ce qui est en commun dans les caractères « *yue* 月 » en forme d'inscriptions sur bronze, c'est la *partie manquante* dans leur graphie. L'inventeur de l'écriture aurait probablement saisi que la vie humaine est comme des phases lunaires, la plénitude n'est pas *durable* (*héngjiǔ* 恆久[25]) ; d'un autre côté, il se peut que celui-ci voulait tout simplement distinguer le caractère « *yue* 月 » (lune) à celui de « *rì* 日 » (soleil)[26] :

Inscriptions sur bronze (*jinwen*)

Le « *ri* 日 » et le « *yue* 月 » sont deux caractères souvent utilisés comme matières de base pour enseigner les caractères chinois aux débutants[27]. Il y a des enseignants qui se réfèrent à la « Méthode par composantes[28] », qui divise les sinogrammes en plusieurs unités afin de faciliter la mémorisation des apprenants. Par exemple, on décompose la lune « *yue* 月 » en composantes « 冂 » et « 二 », le soleil « *ri* 日 » en « 口 » et « 一 ». Il pourrait paraître pratique d'analyser les sinogrammes de cette manière, mais il faut être prudent car l'enseignant pourrait courir à sa perte en faisant recours à cette méthode. Si jamais l'apprenant pose la question : « Pourquoi ce caractère s'écrit comme ça ? », c'est là que commence le vrai défi.

Le terme « *composante* » (*bùjiàn* 部件) est souvent utilisé dans l'enseignement du chinois langue seconde. Ce terme inclut à la fois les caractères chinois dits autonomes ainsi que les symboles sans signification phonétique ni sémantique. Les spécialistes en chinois traditionnels appellent souvent les premiers par *composante graphique* (*piānpáng* 偏旁)[29]. Étant donné que ce livre s'adresse principalement à l'enseignement du chinois et à la connotation culturelle des sinogrammes, le terme de *bujian* 部件 (composante) est employé.

Les opinions des spécialistes se divergent en ce qui concerne les méthodes de décomposer les composantes des caractères chinois. Selon moi, le principe sous-tendant ces méthodes devrait être en mesure d'expliquer rationnellement l'origine des graphies et se conformer également aux significations (sens originel, sens extensif, sens emprunté, etc.) du caractère en question.

Plusieurs érudits pensent que la petite-sigillaire fut la première forme standardisée des sinogrammes étant que son origine remonte dans les inscriptions sur bronze. Or il faut être encore plus prudent face à ce type de discours, car on ignore l'élément primordial des formes anciennes de *xiaozhuan* : les inscriptions sur bronze ainsi que les écrits sur lamelles de bambous ou sur soie datant de l'époque des Royaumes combattants (403 à 221 av. J.-C.).

Comparées aux formes d'écriture postérieure, les graphies de *jinwen* avant les Royaumes combattants sont plus compliquées. Xu Shen 許慎 des Han orientaux (25-220) écrit dans la préface du *Shuowen jiezi* : « Sous le règne du roi Xuan 宣 (827-780 av. J.-C.), le Grand Scribe Zhou 籀 composa, en quinze "chapitres" (*pian* 篇), un manuel de grande sigillaire (*dazhuan* 大篆), laquelle différait légèrement de l'écriture ancienne (*guwen* 古文) » (BOTTÉRO, 1996, p. 25) ; Ban Gu 班固 lui aussi avait noté dans le *Hanshu*, « Yiwenzhi »[30] : « "Composé par le Grand Scribe 大史 de l'Empereur Xuan des Zhou 周, dans le style de la grande sigillaire 大篆, en quinze chapitres" (*ibidem*), dont six ont été déjà perdus à l'ère de Jianwu 建武 ».

Selon les sources documentaires conservées, les sinogrammes ont été organisés et standardisés pour la première fois lors de la dynastie des Zhou occidentaux. La forme de l'écriture standardisée à cette époque fut nommée grande sigillaire (*dàzhuàn* 大篆) et celle-ci est appelée écriture ancienne de Zhou (*zhòuwén* 籀文) par la postérité. Ainsi, on pourrait en déduire que la toute première forme d'écriture chinoise officiellement standardisée fut la *grande sigillaire*, contrairement à ceux qui croient être les *inscriptions sur bronze*[31]. Bien sûr, le *jinwen* était la source principale des graphies de la grande sigilllaire.

Les inscriptions sur bronze ont traversé une très longue époque, qui peut être divisée *grosso modo* en dynastie des Zhou occidentaux (1111-771 av. J.-C.), dynastie des Zhou orientaux (770-256 av. J.-C.), période des Printemps et Automnes (403-221 av. J.-C.), dynastie Qin (Qin Shi Huang qui mit fin à la sécession de Royaumes combattants, 221-207 av. J.-C.), et l'époque moderne.

De plus, la dynastie des Zhou orientaux pourrait être divisée en deux périodes : la période des Printemps et Automnes/Chunqiu 春秋 (722-481 av. J.-C.) et celle des Royaumes combattants/Zhanguo 戰國 (403-221 av. J.-C.). En raison des influences grandissantes des princes feudataires qui dépassaient le pouvoir impérial des Zhou, cela donnait l'occasion à la culture locale de se développer indépendamment. Pour dire autrement, l'écriture de chaque principauté s'est développée avec ses propres caractéristiques. Parmi d'autres, les caractéristiques régionales du *jinwen* étaient encore plus démarquées, comme montre l'exemple du caractère « *mù* 穆 » [32] :

Zhou occidentaux	État de Cai (Printemps et Automnes)	État de Zou (Printemps et Automnes)	Inscription sur le *hu* de Zhongshan Wang

Selon l'explication des érudits concernant le principe de la formation du caractère « *mu* 穆 » : sa forme se ressemble à un épi à crinière mûr en suspend. L'ensemble de la structure de ce caractère sert donc à décrire la maturité des beaux épis, d'où le sens originel voulant dire la « splendeur »[33]. Lors des périodes de Printemps et Automnes et de Royaumes combattants, un même caractère pouvait avoir de façons d'écrire variées.

L'épanouissement des graphies de *jinwen* enrichit les connotations de la culture. Mais en même temps, cela reflète également le déclin et l'impuissance administrative de la cour des Zhou. C'est d'ailleurs la raison principale pour laquelle Qin Shi Huang 秦始皇 (259 à 210 av. J.-C.) accepta le conseil de Li Si 李斯 d'adopter la « politique de normaliser l'écriture » (書同文字) après avoir uniformisé les six royaumes.

Section II: Après les styles *qínzhuàn* 秦篆 et *qínlì* 秦隸

Outre les inscriptions oraculaires gravées à l'aide d'outil tranchant, les chercheurs ont également trouvé quelques *jiaguwen* écrits au vermillon ou à l'encre noire. Cette découverte laisse beaucoup de place à l'imagination.

1. Écrits sur lamelles de bambou et sur soie

Aujourd'hui, certains érudits disent encore à leurs étudiants que le pinceau fut inventé par Meng Tian 蒙恬 lors de la dynastie des Qin (248-207 av. J.-C.), et que les quatre cabinets de trésors (*wénfang sìbǎo* 文房四寶) furent utilisés pendant la dynastie des Han (206 av. J.-C. à 220 apr. J.-C.). Or à l'aide des découverts archéologiques, certains de ces propos ont été réfutés alors que d'autres restent ouverts à discussion.

Le *jiǎndú bóshū* 簡牘帛書 fait référence aux caractères écrits avec du vermillon et de l'encre sur tablette de bambou, ou de bois, et sur soie. Grande quantité des spécimens de textes sur lamelles de bambou ont été exhumées. Selon les archives et les documentations conservées, cela laisse suggérer qu'il soit très probable que cette mode d'écriture fut déjà adoptée lors des périodes des Yin 殷 et des Shang 商.

Dans le chapitre « Duoshi 多士 » du *Shangshu* 尚書 qui date de dynastie Shang (16e-11e siècle av. J.-C.), il est noté : « Vos pères, qui vivaient sous les [Yin], ont laissé, vous le savez, des documents, des annales, [où l'on voit comment] les [Yin] ont remplacé les [Xia 夏].[34] » De fait, les inscriptions oraculaires datant des Shang 商 comportent déjà le sinogramme *diǎn* 典 :

Inscription oraculaire (*jiaguwen*)	Inscription sur bronze (*jinwen*)	Écrits sur bambou de Qin	Petite sigillaire du *Shouowen*	Forme standardisée	Caractère général et normalisé
				典	典

Le caractère ne se ressemble-t-il pas à un volume constitué de tablettes de bambou mis sur une petite table ? Une autre forme de *jiaguwen* ajoute une composante graphique ressemblant à la main (*shǒu* 手)[35]. Lorsque l'on étudie (*dúshū* 讀書), il faut les mains pour feuilleter ou prendre des notes (aujourd'hui on utilise même l'ordinateur).

La partie supérieure du caractère *dian* 典 est justement le caractère *cè* 冊, qui existe aussi dans le *jiaguwen* :

Inscription oraculaire (*jiaguwen*)	Inscription sur bronze (*jinwen*)	Petite sigillaire du *Shuowen*	Forme standardisée	Caractère general et normalisé
			冊	册

N'est-ce pas cela se ressemble à des volumes de lamelles de bambou que l'on voit paraître souvent dans les films chinois historiques ? Comme le nom l'indique, c'est un *livre* fait de lamelles de bambou reliées par deux fils en soie. À partir des graphies du tableau ci-dessus, on peut voir que les lamelles de bambou en *jiaguwen* et celles en *jinwen* sont de longueur inégale. Rendu au style petit-sigillaire, la graphie est présentée avec des lamelles de longueur plus ou moins égale. Il s'agit donc d'une transformation naturelle et progressive qui répond au besoin de faciliter l'écriture et du plaisir visuel.

Le terme de *dúshū* 讀書 (*litt. lire un livre*) en mandarin se prononce comme [*thak-tshe*] 讀冊 en dialecte Minnan parlé à Taïwan. C'est une prononciation littéraire (*wéndú* 文讀) d'un langage soutenu qui conserve l'héritage culturel de mille ans.

La vie devenait de plus en plus proliférée et embrouillée dans différents aspects. Le nombre des caractères existants ne répondait pas forcément à la vitesse du développement de la vraie vie. Afin d'augmenter l'efficacité de l'écriture quant à la capacité d'enregistrer et de diffuser les informations, en plus d'inventer de nouveaux caractères, la structure des *lignes courbées* (*xiantiao* 線條) variant selon les phénomènes extérieurs dans les caractères anciens (y compris le *jiaguwen* et le *jinwen*) furent remplacées graduellement par des *traits* (*bihua* 筆畫) plus droits et rectilignes (comme dans l'écriture des scribes (*lishu*) et l'écriture régulière (*kaishu*)).

Pour ce qui est du sujet de pinceau, le plus ancien spécimen fut celui retrouvé dans une tombe de Qin datant de la période des Royaumes combattants. Il serait plus convenable de dire que Meng Tian ne fut pas son inventeur, mais plutôt celui qui a *amélioré* cet outil d'écriture. La graphie « *yù* 聿 » du *jiaguwen* est considérée par certains spécialistes comme étant le prototype du caractère « *bǐ* 筆 »[36] :

Inscription oraculaire (*jiaguwen*)	Inscription sur bronze (*jinwen*)	Petite sigillaire du *Shuowen*	Forme standardisée	Caractère général et normalisé
			聿	聿

Selon l'explication du dictionnaire étymologique *Shuowen jiezi* : « Le yu 聿, c'est ce que l'on utilise pour écrire. » Étant l'outil d'écriture, la graphie de yu 聿 en *jiaguwen* présente une main tenant un *pinceau*[37]. Le caractère *bi* 筆 à l'usage moderne se figure aussi dans le *Shuowen jiezi* : « Ce que les Qin appelaient par *bi* 筆 (pinceau), c'est un caractère composé de *yu* 聿 et de *zhú* 竹 ». Sur la base du caractère *yu* 聿, on ajoute le « *zhu* 竹 » (bambou) qui sert à indiquer le matériel de l'objet[38].

Du caractère *yu* 聿 à celui de *bi* 筆, réfléchissons-nous un peu sur l'évolution des caractères chinois. Est-ce que les sinogrammes se sont rendus plus simples ou plus complexes? Ou encore, est-il possible que cette évolution soit un processus bidirectionnel?

D'ailleurs, selon le caractère dit simplifié à l'usage moderne en Chine, le *bi* 筆 s'écrit en « *bǐ* 笔 ». Quelles sont donc leurs significations respectives, c'est-à-dire leur ressemblance ou leur dissemblance, dans leur évolution graphique et le rôle qu'ils jouent dans la transmission de la culture des sinogrammes ?

À l'époque, un caractère mal écrit fut corrigé et réécrit au même endroit, ou simplement enlevé. Un sinogramme correspond bien à cette situation, c'est le caractère « *shān* 刪 » (*supprimer*), écrit comme « 刪 » dans le style petit-sigillaire du *Shuowen*. Il est bel et bien clair qu'à l'Antiquité, il n'existait pas d'articles de papeterie tels que les effaces et les correcteurs. Si jamais les caractères sont mal écrits sur la lamelle de bambou, la meilleure façon pour les fixer et de gratter avec un couteau.

L'enseignant pourrait en faire un bon matériel d'enseignement en faisant des liens entre les caractères *ce* 冊, *dian* 典 et *shan* 刪. En intégrant les concepts de *zìzú* 字族 (famille de caractères)[39] et de *zìlǐ* 字理 (principe de caractères)[40] dans son enseignement, celui-ci devrait être capable de favoriser un échange culturel tout en aidant les apprenants à développer un sens de caractères (*zìgǎn* 字感)[41] plus approfondi de ces trois caractères.

Bien que l'on puisse savoir par le *jiaguwen* qu'il existait probablement des matériaux d'écriture tels que les tablettes de bambous, les pinceaux et de l'encre dès la dynastie Shang 商 (env. XVIe-XIe s. av. J.-C.), les plus anciens exemplaires de lamelles et de tablettes exhumés sont datés d'une époque plus tardive, les Royaumes combattants (403-221 av. J.-C.). Parmi ces exemplaires exhumés, nombreuses sont des lamelles et des tablettes appartenant aux régions des États de Qin 秦 et de Chu 楚. En général, le style des écrits sur lamelles de bambou de Qin (*qinjian*) tend vers l'écriture des scribes (*lìshū* 隸書). Donc, le *qinjian* est aussi appelé *écriture ancienne des scribes* (*gǔlì* 古隸) ou *écriture des scribes de Qin* (*qínlì* 秦隸)[42]. Quant à la forme des écrits sur lamelles de bambou de Chu (*chǔjiǎn* 楚簡), celle-ci conserve davantage le style de sigillaire (*zhuànwén* 篆文). Par exemple :

Inscription oraculaire (*jiaguwen*)	Inscription sur bronze (*jinwen*)	Écrits sur bambou de Qin	Écrits sur bambou Chu[43]	Petite sigillaire du *Shuowen*	Forme standardisée	Caractère général et normalisé
					祠	祠
					浴	浴

Une comparaison entre les écritures des scribes de Qin 秦 (*qínlì* 秦隸) et de Han 漢 (*hànlì* 漢隸) suggère de toute évidence que le *qinli* est la source principale des caractères chinois modernes, qu'il est aussi l'antécédent des styles *kaishu* et *mingti*[44] à l'usage actuel. L'écriture des scribes atteignit déjà sa maturité à la dynastie Han 漢. Les protographies du style de « *cántóu yànwěi* 蠶頭燕尾[45] » furent déjà apparues dans les écrits sur les lamelles de bambou de l'État de Qin (incluant le règne de Qin Shi Huang avant son uniformisation des six royaumes). Par exemple :

Inscription oraculaire (*jiaguwen*)	Inscription sur bronze (*jinwen*)	Écrits sur bambou de Qin	Petite sigillaire du *Shuowen*	Style des scribes de Han	Forme standardisée	Caractère général et normalisé
			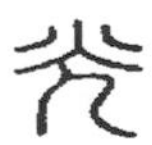		光	光
					宜	宜

Liu Bang 劉邦, souverain fondateur de la dynastie des Han 漢, fut d'origine de l'État de Chu 楚. Après avoir renversé la dynastie Qin 秦, pourquoi choisit-il de continuer à utiliser l'écriture de la lignée de Qin au lieu de rendre standardisées l'écriture de Chu ? Peut-on omettre les mérites et les contributions de Qinshihuang pour la culture chinoise en raison de son image de *despote* et sde on règne de *despotisme* dans l'histoire ?

En effet, il y eut d'autres styles qui sont proches à l'écriture sigillaire lors de la dynastie des Qin 秦. Or, ces styles d'écriture ne furent utilisés que sur les objets rituels ou lors des cérémonies de rites. Les hommes postérieurs les appellent « *qínzhuàn* 秦篆 » (style sigillaire de Qin).

Les sinogrammes des périodes de Chun Qiu 春秋 et de Zhan Guo 戰國 (env. 722-221 av. J.-C.) se sont dotés de caractéristiques locales et régionales. Selon leur État et leur style distinctif, les spécialistes catégorisent les caractères découverts en une série de styles d'écriture portant le nom de l'État respectif, comme par exemple l'écriture de Qi 齊, de Yan 燕, de Jin 晉, de Chu 楚, et de Qin 秦[46]. Après avoir uniformisé les six royaumes, Qinshihuang (259-210 av. J.-C.) suivit le conseil de Li Si 李斯 et appliqua la politique de « Shutongwenzi ».

La politique d'uniformiser l'écriture des Qin envisageait deux actions en parallèle : organiser et standardiser les différentes formes d'écriture aussi bien que développer des « caractères standard » pour répondree aux besoins politiques et économiques. Cependant, le gouvernement impérial ne négligeait pas le fait que l'écriture faisait part de la culture traditionnelle, et qu'il fût difficile pour le peuple à l'époque d'abandonner tout à coup l'écriture à son usage courant pour les caractères nouvellement standardisés et non familiers.

Après la mise en œuvre de cette politique de Shutongwenzi, une bonne partie des caractères d'ancienne écriture et ceux à l'usage courant à l'époque furent encore utilisés. Selon ce que dit Xu Shen dans la préface du *Shuowen jiezi*, on obtint huit styles d'écriture (*bātǐ* 八體) après l'effort d'arrangement chez les érudits. Ils sont : la grande sigillaire *dàzhuàn* 大篆 (qui est le *zhouwen* 籀文 susmentionné), la petite sigillaire *xiǎozhuàn* 小篆[47], l'écriture des tablettes de créance *kēfú* 刻符, l'écriture des bannières *chóngshū* 蟲書, l'écriture des sceaux *móyìn* 摹印, l'écriture des en-têtes *shǔshū* 署書[48], l'écriture des armes *shūshū* 殳書 et l'écriture des scribes *lìshū* 隸書 (à l'usage quotidien dans la cour).*

Non seulement l'application de la politique Shutongwenzi restait encore en vigueur jusqu'à la dynastie des Han 漢, l'écriture uniformisée s'est devenue une source primordiale pour Xu Shen de composer le *Shuowen jiezi*. Cette politique constitue la base fondamentale pour établir le système des caractères chinois aujourd'hui[49].

La formation d'un style d'écriture nécessite de nombreux efforts. En plus de l'organisation officielle et professionnelle des érudits, il faut que cela soit reconnu et utilisé par bien des gens. Basant sur les documents déterrés, on pourrait savoir que le style *lishu* des sinogrammes n'est pas issu totalement du style petit-sigillaire du *Shuowen jiezi*, mais qui dérive en grande partie de l'écriture des scribes de Qin (*qinli*). Pour ce qui du style régulier *kaishu* 楷書, il n'est pas issu entièrement de *lishu*, mais dérive d'une bonne partie de *qinli*.

2. Style petit-sigillaire du *Shuowen*

Il devrait exister des périodes de chevauchement où les différentes formes d'écriture coexistaient entre les inscriptions oraculaires, les inscriptions sur bronze ainsi que les écrits sur lamelles de bambou et sur soie. Il ne serait pas raisonnable de dire que l'utilisation des styles d'écriture changea subitement, que le *jiaguwen* est venu rempalcer le *jinwen* du jour au lendemain. Et, comme susmentionné, le système de l'écriture ne fut pas créé à l'aide d'un seul individu dans l'espace-temps donné.

Outre leur usage consenti, l'appui du gouvernement et de travaux personnels quant à l'utilisation des styles d'écriture sont tous nécessaires pour l'évolution des styles d'écriture. Le règne de la dynastie Qin ne durait que quinze ans, or le fait que la

---

* Traduction adaptée de cf. BOTTÉRO, Françoise. (1996). Sémantisme et classification dans l'écriture chinoise. Collège de France/IHEC, p. 28.

politique *Shutongwenzi* restait encore en vigueur jusqu'au début de la dynastie Han démontre que ses influences ne sont pas indéniables.

Le style des écrits sur lamelles de bambou et sur soie de la dynastie Han déterrés se ressemble beaucoup à l'écriture des scribes de Qin (*qinli*), par exemple :

Écrit sur bambou de Qin	Écrit sur bambou de Han	Petite sigillaire du *Shuowen*	Forme standardisée	Caractère général et normalisé
冬	冬	冬	冬	冬
北	北	北	北	北

Le style petit-sigillaire du *Shuowen* montré dans ce tableau était devenu de véritables *caractères anciens* (*guwenzi* 古文字) lors des époques de Han 漢. Bien sûr, la petite sigillaire fut encore utilisée sur les objets de rites et lors des occasions rituelles.

Le *Shuowen jiezi* est un ouvrage qui a trait aux caractères chinois composé grâce à l'effort personnel de Xu Shen 許慎 des Han orientaux (Shu Zhong 叔重 son prénom de courtoisie), qui était spécialiste des livres canoniques confucéens. Il y a deux motifs derrière la composition de ce dictionnaire étymologique : D'un côté, beaucoup de gens de son époque n'étaient plus capables de décortiquer les caractères anciens exhumés et considéraient comme falsifiées les archives déterrées. De l'autre côté, Xu Shen s'en lamenta du fait que les lettrés de l'époque ne comprenaient plus les principes de la formation des caractères ni leur sens d'origine. Ce n'étaient que les interprétations arbitraires à leur guise et les explications tirées par les cheveux en ce qui concerne la structure graphique des caractères.

Le dictionnaire étymologique *Shuowen jiezi* se divise en 540 clés. À date de nos jours, c'est le premier dictionnaire de la langue chinoise organisé par la méthode de classement par les clés. Ce ouvrage comprend un total de 9353 caractères, dont le caractère radical (*zìtóu* 字頭) est écrit en petite sigillaire. D'ailleurs, on y retrouve. 1163 variantes écrites en petite sigillaire, appelées *écriture ancienne* (*guwen* 古

文), *zhouwen* 籀文, ou graphies étranges (*qízì* 奇字). C'est le premier dictionnaire étymologique en chinois jamais existé en son genre.

La graphie du style *xiaozhuan* qui se figure dans le *Shuowen jiezi* a été déjà standardisée. La plupart des clés sont désormais placées à la droite du caractère. En se faisant, le phénomène d'irrégularité de la graphie des caractères anciens fut grandement amélioré[50].

Le *Shuowen jiezi* est paru longtemps après le *jiaguwen* et le *jinwen*. Afin d'assurer l'authenticité des caractères répertoriés, Xu Shen mit toutes ses forces pour dégager les explications de leurs graphies et significations anciennes. Dommage que son époque se soit déjà éloignée de la dynastie des Shang (env. 16ᵉ siècle à 11ᵉ siècle av. J.-C.) et des Zhou (1122-256 av. J.-C.). Il est très probable que certains de ces caractères fussent différents des caractères anciens. Surtout avec les avancements techniques en archéologie, certains propos de Xu Shen sont susceptibles d'être réfutables par l'excavation des documents et des écrits en caractères anciens.

Contrairement aux chercheurs contemporains, aidés par des assistants et subventionnés par le gouvernement pour leurs recherches, Xu Shen, seul, se consacra tout entièrement à préserver les sinogrammes. Cet esprit du martyr culturel est inatteignable auprès des gens communs. Il y a des érudits étrangers qui commentent sur *Shuowen jiezi*[51] :

> Environ neuf mille caractères dans cet ouvrage sont expliqués avec généralité. Pour une période de plus de mille six cents ans, les érudits chinois, pourvus d'un esprit pénétrant, avaient étudié de manière mécanique les explications des caractères qui se figurent dans le *Shuowen jiezi*, et ce avec peu de nouvelles sources qui y concernent. Les articles expliquant les résultats de leurs recherches s'accumulent et forment une montagne de papiers.

En réalité, Xu Shen va au-delà d'une « généralité » dans ses explications. Si l'on va en détail pour mieux connaître la façon dont il interprète les caractères, on sera étonné par ses habilités peu achevées chez les autres quant à ses maîtrises de la forme, de la prononciation et de la signification des sinogrammes. Il suffirait de regarder comment il explique des caractères avec sa créativité inopinée.

Quant aux œuvres formant une « montagne de papiers », cela représente les différentes perspectives de recherche des érudits sur le *Shuowen jiezi* à travers les époques différentes. Leur horizon de recherche ainsi que leurs résultats obtenus sont très différents et diversifiés. C'est pourquoi le *Shuowen* est devenu une discipline d'étude spécifiée dans le monde académique contemporain et la Chine a même construit le XuShen Cultural Park à cet égard-là[52].

Quoi qu'il en soit, pour comprendre le sens originel d'un sinogramme, mieux vaut se référer aux formes d'écriture les plus anciennes qui nous sont accessibles (y compris le *jiaguwen*, le *jinwen* ou le *jiandu wenzi*). Si ces sources ne sont pas disponibles, il va devoir consulter le *Shuowen jiezi* comme étant la source première.

Xu Shen composa ce dictionnaire de manière autonome et individuelle, sans aucune subvention officielle ni privée. C'est un érudit qui se consacra toutes ses forces à la Culture. Lorsqu'il fut gravement malade et mourant, il demanda à son fils Xu Chong 許沖 de présenter son travail à l'empereur Hedi 漢和帝 des Han (100 av. J.-C.). Ce dernier publia un décret pour louer son travail. Or, l'instabilité politique vers la fin des époques des Han orientaux fit en sorte que le *Shuowen jiezi* fût passé sous négligence. En plus, avec des guerres éclatées partout dans les territoires, l'ouvrage était devenu éparpillé et incomplet.

À l'époque de l'empereur Suzong des Tang 唐肅宗 (711-672 apr. J.-C.), le calligraphe Li Yangbing 李陽冰 a porté de modifications au *Shuowen jiezi*. Selon les érudits postérieurs, sa version corrigée ajoute trop d'interprétations personnelles et de de propos saugrenus. Malheureusement, ce propos ne peut être prouvé car cette version aussi a été perdue.

La version du *Shuowen jiezi* la plus ancienne connue aujourd'hui est d'origine des deux frères Xu Xuan 徐鉉 et Xu Kai 徐鍇 de Tang du Sud. Le premier révisa trente chapitres du *Shuowen jiezi*, son œuvre est appelée *Édition du Grand Xu* (*Daxu ben* 大徐本). Le deuxième composa le *Shuowen xizhuan* 說文繫傳 comprenant quarante chapitres, appelé *Édition du Petit Xu* (*Xiaoxu ben* 小徐本). Grâce aux efforts des Grand et Petit Xu, l'importance du *Shuowen jiezi* revit le jour. De nombreux savants postérieurs se basent sur le *Shuowen jiezi* pour mener autant des recherches philologiques que phonologiques. En faisant une liste des ouvrages qui ont trait aux caractères chinois (*zìshū* 字書) et des dictionnaires des rimes (*yùnshū* 韻書), on pourrait observer comment les sinogrammes se sont évolués et comment les caractères ont été normalisés.

Si cela vous intéresse de voir à quoi se ressemble-t-il le *Shuowen jiezi*, mais que vous ne possédez pas ce bouquin, ou bien il vous est difficilement accessible, vous pourriez consulter le site d'internet[53] du *Dictionnaire des variantes* 異體字字典, édité et créé par le Ministère de l'Éducation (Taïwan). C'est la plus grande base de données de variantes des graphies et des caractères. Plus important encore, ce dictionnaire comprend les images numérisées des *zishu* du passé pour chaque caractère, et c'est celles du *Shuowen jiezi* qui se trouvent en tête de la liste.

Les érudits étrangers pensent que les graphies de la petite sigillaire du *Shuowen* manquent de la souplesse et sont restrictives. Quant à moi, je pense que chaque style d'écriture possède sa propre signification contextuelle et historique en ce qui concerne sa formation et son usage. Un des objectifs de Xu Shen lorsqu'il composa le *Shuowen jiezi*, c'est d'uniformiser la signification et la graphie des caractères. De ce faire, il évite que l'efficacité fonctionnelle et communicative des sinogrammes ne soit affectée par le pêle-mêle des interprétations graphiques et sémantiques. Surtout quand l'écriture se servait dans les occasions solennelles.

Certes, le jugement esthétique d'une forme d'écritures demeure subjectif et relatif. Après tout, la Culture est un assemblage d'imaginations et de significations qui pourraient être consonantes, disjonctives, juxtaposées, contentieuses, continues ou discontinues[54].

Finalement, j'insiste à dire que le *Shuowen jiezi* ne représente pas toutes les graphies des périodes des Han ni celles des époques qui les précèdent. Il existe de nombreux caractères manqués, et il se peut que ceux-ci ne sont jamais repérés par les hommes de la postérité après que les œuvres soient perdues lors de la fin des Han. Ce fait est observable à travers les écrits sur lamelles de bambou datés de Qin qui sont encore plus anciens que la petite sigillaire du *Shuowen*. Certains caractères à l'usage actuel tels que *xiǎn* 鮮, *xún* 詢, *qiāng* 腔, *xī* 希, et *miǎn* 免, s'ils se figurent dans les écrits de *qinjian*, ceux-ci ne se figurent pas dans le *Shuowen jiezi*. Il ressort d'ailleurs l'importance des écrits sur lamelles de bambou du royaume de Qin[55].

3. Style régulier standard (*kaishu* 楷書)

La forme standard des caractères chinois à l'usage général s'appelle *écriture régulière* (*kǎishū* 楷書), qui comprend les traits calligraphiques tels que le point (*diǎn* 點), le trait horizontal (*héng* 橫), le trait vertical (*shù* 豎), le trait jeté en s'incurvant vers la gauche (*piě* 撇), le trait appuyé descendant en s'incurvant vers la droite (*nà* 捺), le trait montant vers le haut (*tiāo* 挑), le trait brisé *zhé* 折, le trait sinueux (*qū* 曲), le crochet (*gōu* 鉤), et bien d'autres.

La plupart considèrent que l'écriture régulière est un style paru après la dynastie Tang. Au sens strict, les écrits de *qinjian* présentent déjà des traces grossières de l'écriture régulière *kaishu* :

Inscriptions oraculaires (*jiaguwen*)	Inscriptions sur bronze (*jinwen*)	Écrits sur bambou de Qin	Petite sigillaire du *Shuowen*	Forme standardisée	Caractère général et normalisé
羊	羊	羊	羊	羊	羊
富	富	富	富	富	富

*Comme présenté dans le tableau, la façon d'écrire du caractère *fù* 富 (richesse) de la petite sigillaire du *Shuowen* se rapproche davantage aux écrits des scribes de *qinjian*. Ce caractère ne suit pas par contre sa lignée sigillaire de *jinwen*. Aurait-il quelque chose de signifiant que l'on puisse y observer ?

Le développement du style *kaishu* avait atteint sa maturité aux époques des Han orientaux (25-220 apr. J.-C.). En 1974, la tombe de Wangdang 王當墓 fut excavée à LuoYang, province de Henan. C'est une tombe datée de la deuxième année de l'ère Guanghe 光和 (179 apr. J.-C.) du règne de l'empereur Lingdi 漢靈帝. Les contrats de vente des terrains en plomb exhumés sont justement écrits en forme de *kaishu*.

Le *kaishu* fut déjà largement utilisé lors des époques de Wei-Jin 魏晉. Ses graphies se sont devenues plus rigoureuses et bien réglementées sous la dynastie Tang 唐. C'est ledit style régulier de Tang qui est la source principale du *kaishi* utilisé actuellement par les Chinois modernes.

Notes du Chapitre 1

[1] HUNG Yenmey 洪燕梅, *Patterns and Connotations of the Culture of Chinese Characters* 漢字文化的模式與內涵, Taipei, Wenjinchubanshe 文津出版社, 2013, p. 6-48.

[2] On pourrait diviser les sinogrammes par caractères anciens *guwenzi* 古文字 et caractères modernes *jinwenzi* 今文字. Dans ce chapitre, j'ai pris le caractère *che* 車 comme exemple. Cependant, ce qui aurait dû être classé parmi la petit-sigillaire *xiaozhuan* 小篆 de *guwenzi*, a été classé par erreur dans le *jinwenzi*, j'en profite de cette occasion de le corriger. Voir HUNG Yenmey, *op. cit.*, p. 8.

[3] Le *Shuowenjiezi* (*parfois abrégé en* Shuowen) est l'ouvrage du lexicographe Xu Shen 許慎, c'est le tout premier dictionnaire de la langue chinoise. Voir XU Shen, *Shuowenjiezi* 說文解字, révisé par XU Xuan 徐鉉, Taipei, Huashichubanshe (靜嘉堂藏宋本), 1986.

[4] Voir LINDQVIST, Cecilia, LI Zhiyi 李之義 trad., *Hanzi wangguo – Jiangshu huaren he tamen de hanzi de gushi* 漢字王國——講述華人和他們的漢字的故事, Beijing, Xinhuashudian 新華書店, 2007, p. 7.

[5] En 1903, le *Tieyuncanggui* est écrit par LIU, E 劉鶚, auteur de *Laocan Youji* 老殘遊記, sous le règne de Dynastie Qing. Il a choisi mille pièces parmi ses collections de carapaces de tortue pour en faire des estampages. Il s'agit d'un premier volume publié dédié à la recherche de *jiaguwen*.

[6] Voir HUNG Yenmey, *Hanzi wenhua yu shenghuo* 漢字文化與生活. Taipei, Wunantushugongsi 五南圖書公司, 2009, p. 1-24.

[7] Voir LIU An 劉安, *Huainanzi* 淮南子, commenté par GAO You 高誘. Shijieshuju 世界書局 (Xinbianzhuzijicheng 新編諸子集成), vol. 7, 1991, p. 16.

Traduction française cf. *Philosophes taoïstes II : Huainanzi*, texte traduit, présenté et annoté sous la direction de Charles LEBLANC et de Rémi MATHIEU. Paris : Gallimard, p. 338.

[8] Le nom de「蒼頡」s'écrit aussi avec「倉頡」.

[9] Voir HAN Jingli 韓敬體, ZHANG Chaobing 張朝炳, YU Genyuan 于根元, *Yuyan de gushi* 語言的故事. Taipei, Hongyewenhuagongsi 紅葉文化公司, 1996, p. 1.

[10] CAMPBELL Joseph et MOYERS Bill, traduit par Zhu Kanru 朱侃如, Shenhua 神話 (*The power of Myth*), Taipei, Lixuwenhuagongsi, 2001, p. 18-22.

[11] HUNG Yenmey 洪燕梅, Hanzi wenhua yu shenghuo, *op. cit.*, p. 10-15.

[12] Voir HE Nu 何駑, « Changjiang liuyu wenming qiyuan shangpin jingji moshi xintan 長江流域文明起源商品經濟模式新探 », Nanjing, *Dongnanwenhua*, n° 1, 2014. Voir aussi LIU Sengui 劉森垚, « "Gu shuguo" qiyuan yanjiu zongshu"古蜀國起源"研究綜述 », Chengdu, *Xihuadaxue xuebao* 西華大學學報, (Zhexueshehuikexueban 哲學社會科學版), n° 1, 2014.

[13] Je n'utilise pas le mot « découvrir » (*fā xiàn* 發現) mais j'emploie le mot « trouver » (*zhǎo dào* 找到) tout exprès. Je vous invite à réfléchir à cette intention de ma part.

[14] LIU Shujuan 劉淑娟, « Wenming de yinhen – Shizui shannei de helanshan yanhua 文明的印痕——石嘴山內的賀蘭山巖畫 », Ningxia, *Heilongjiangshizhi* 黑龍江史志, n° 3, 2014.

---

[15] GONG Min 龔敏, « Taowen, tuteng yu wenzi de qiyuan 陶文、圖騰與文字的起源 », Sichuan, *Panzhihuadaxue xuebao* 攀枝花大學學報, nº 4, 2000.

[16] Voir HUNG Yenmey 洪燕梅, *Hanzi wenhua yu shenghuo*, *op. cit.*, p. 23.

[17] Le terme *biāozhǔn zìtǐ* 標準字體 signifie « les formes dont la manière d'écrire sont standardisée, comme ce que les Tang 唐 appelaient "modèle d'écriture" » (*zìyàng* 字樣). Le Ministère de l'Éducation demanda à l'Institut de recherche de *National Taiwan Normal University* de regrouper en forme normalisée des caractères fréquemment utilisés, ceux d'usage secondaire et des caractères rarement utilisés dans la langue chinoise. Puis, la *Liste de forme normalisée des caractères fréquemment utilisés* est publiée en septembre 1982, la *Liste de forme normalisée des caractères d'usage secondaire* le mois de décembre de la même année, et *Liste de forme normalisée des caractères rarement utilisés* en octobre 1983 ». Voir la définition de 標準字體 dans *Dictionnaire de la langue chinoise (version révisée)* 重編國語辭典修訂本. Repéré à http://dict.revised.moe.edu.tw/cgi-bin/newDict/dict.sh?cond=%BC%D0%B7%C7%A6r%C5%E9&pieceLen=50&fld=1&cat=&ukey=1900610145&serial=1&recNo=0&op=f&imgFont=1

[18] Voir notes *infra* en ce qui concerne les 甲骨文 *jiaguwen*, 金文 *jinwen*, 秦隸 *qinli*, 說文小篆 *shuowen xiaozhuan*. Le terme « *tōngyòng guīfàn zì* 通用規範字 » désigne les caractères chinois à l'usage courant en Chine moderne. Avant l'adoption de ce terme, ils ont été appelés les *caractères simplifiés* (*jiǎnhuàzì* 簡化字). En 2009, la République populaire de Chine proclama le nouveau système d'écriture. Dans l'annonce officielle du 13 juin 2013 : http://www.gov.cn/gzdt/att/att/site1/20130819/tygfhzb.pdf

[19] HUNG Yenmey, *Hanzi wenhua yu shenghuo*, *op. cit.*, p. 20.

[20] Zhuangzi jishi 莊子集釋 (Commentaires réunis sur le *Zhuangzi*), texte annoté par Guo Xiang 郭象, expliqué par LU Deming 陸德明, commenté par CHENG Xuanying 成玄英, établi par GUO Qingfan 郭慶藩, Taipei, Shijieshuju 世界書局, Collection « Xinbian zhuzi jicheng, vol. 3 » 新編諸子集成, 1991, p. 266-267.

Traduction française cf. LIOU Kia-Hway et GRYNPAS, Benedykt, 1980, *Philosophes taoïstes I*, chap. XVII « La Crue d'automne », p. 211-212..

[21] LINDQVIST, Cecilia, LI Zhiyi 李之義 trad., *Hanzi wangguo…*, *op. cit.*, p. 8.

[22] Le propos suivant ne concorde donc pas à la réalité : « Les gens écrivaient en commençant par le haut vers le bas ou bien par la droite à gauche. Aujourd'hui, les Chinois écrivent encore de cette manière. » Cf. *ibid.*, note 21.

[23] SIMA Qian 司馬遷, *Shiji huizhu kaozheng·qinben ji* 史記會注考證·秦本紀, commenté par Takigawa KAMETARŌ. Taipei, Weshizhechubanshe 文史哲出版社, 1993, p. 98.

Traduction française *Cf.* SIMA, Qian. *Les mémoires historiques de Se-ma Ts'ien*, « Chap. V – Les Ts'in », trad. et ann. par Édouard Chavannes, Max Kaltenmark et Jacques Pimpaneau, Paris : Éditions You Feng, 2015, tome II, p. 76.

[24] Voir SU Shi 蘇軾, « Dongpoci · shuidiaogetou 東坡詞 · 水調歌頭». *Chinese Classic Ancient Books* 中國基本古籍庫, e-version de Transmission Books & Microinfo (e-version TBMC), 明崇禎刻宋明家詞本. Beijing : Beijingairushengwenhuajiaoliuyouxiangongsi 北京愛如生文化交流有限公司, 1997, p. 37.

[25] Le caractère *héng* 亘 est une variante de *héng* 恆, c'est pourquoi j'emploie le *héng* 恆 dans ce livre.

[26] Dans l'exemple de la deuxième colonne du tableau, ce qui aurait été l'espace vide au milieu de la graphie est rempli. La théorie se veut que cela s'appelle *tíanshí* 填實 (*litt. remplir pleinement*). On ne saurait pourquoi, mais cela pourrait devenir une question conjecturale intéressante d'ordre culturel.

[27] Dans ce livre, lorsqu'il est mentionné « enseignement des caractères chinois » *hànzì jiāoxué* 漢字教學, il n'y a pas de spécification. C'est seulement quand c'est insisté sur le fait qu'il s'agit de « l'enseignement du chinois langue seconde » *duìwài hànzì jiāoxué* 對外漢字教學 que cela s'adresse aux apprenants de la langue chinoise pour lesquels le chinois n'est pas leur langue maternelle.

[28] « Une composante (*bùjiàn* 部件) est l'unité de base de la structure des caractères chinois, cela va de plus petite unité de trait, à la plus grande unité de clé/radical. À force d'apprendre le chinois par cette [Méthode par composantes] qui divise le tout en parties, on augmente progressivement l'efficacité tout en diminuant les obstacles de l'apprentissage. » Voir HUANG Peirong 黃沛榮, *Hanzi jiaoxue lilun yu shijian* 漢字教學理論與實踐, Taipei, Lexueshuju 樂學書局, 2005, p. 52-53.

[29] « Outre les pictogrammes (*xiàngxíng* 象形) dits autonomes et les déictogrammes (*zhǐshì* 指事), les sinogrammes comportent également des caractères refondus (*hétǐzì* 合體字) constitués de deux ou plusieurs graphies autonomes (*dútǐ* 獨體). En général, toutes les parties dont se compose le *hetizi*, peu importe où elles se sont placées par rapport au caractère même, sont appelées *composantes graphiques* (*piānpáng* 偏旁). Les sous-graphies indiquant la sémantique du caractère, on les appelle *yìpáng* 義旁 ou bien *yìfú* 義符. Ensuite, relativement à *shēngpáng* 聲旁, les sous-graphies sémantiques sont également appelées *sous-graphies de la forme* (*xíngpáng* 形旁 ou *xìngfú* 形符). Pour toute composante s'occupant d'une fonction phonétique, elle est appelée *sous-graphie phonétique* (*shēngpáng* 聲旁 ou bien *shēngfú* 聲符). La particule encore plus petite que le *pianpang* dans les sinogrammes est donc la clé ou le radical (*bùjiàn* 部件). Un radical est différent d'un trait singulier, il est composé de deux traits ou de plusieurs traits. Le terme *bujian* désigne ainsi tout ce qui fait partie de *bùchéng wén* 不成文. » *Cf.* CHEN Li 陳立, *Dongzhou huobi wenzi gouxing yanjiu* 東周貨幣文字構形研究. Xinbei, Huamulanwenhuachubanshe 花木蘭文化出版社, 2013, p. 3. Dans ce livre, ce qui veut dire par le terme de *buchengwen* : les sinogrammes qui ne peuvent exister tout seuls, qui ne possèdent aucune signification phonétique ni sémantique.

[30] Voir BAN Gu 班固, *Hanshu* 漢書, « Yiwen zhi 藝文誌 ». *Chinese Classic Ancient Books* 中國基本古籍庫 (e-version TBMC), 清乾隆武英殿刻本, p. 517.

[31] Cecilia LINDQVIST, LI Zhiyi 李之義 trad., *Hanzi wangguo…*, *op. cit.*, p. 15.

[32] Voir HUNG Yenmey 洪燕梅, Hanzi wenhua yu shenghuo, *op. cit.*, p. 57.

[33] Dans le *Chinese Linguipedia*. Repéré à http://chinese-linguipedia.org/search_inner.html?keywords=穆

[34] KONG Anguo 孔安國 (éd.), *Shangshuzhengyi* 尚書正義. Interprétation corrigée par KONG Yingda 孔穎達 et *al*. Taipei, Yiwenyinshuguan 藝文印書館 (重栞宋本), 1985, p. 238.

Traduction française *cf.* COUVREUR, Séraphin. *Chou King : Les Annales de la Chine*, « Touo Cheu – Les nombreux officiers », p. 125.

[35] La graphie qui contient seulement trois doigts ne veut guère dire que les hommes de l'Antiquité n'en possédèrent que trois. C'est en fait pour le côté pratique de l'écriture que l'on substitue le plus par le moindre *de caractéristiques*.

---

[36] Il y a des érudits qui pensent que la graphie de *yu* 聿 présente une main tenant un balai. Pour ce qui est du caractère *bi* 筆, celui-ci est composé de *yu* 聿 et *zhu* 竹. Le *zhu* indique donc le matériel du pinceau à l'Antiquité, le bambou.

[37] Selon l'analyse basée sur le principe de *six types/catégories de formation des sinogrammes* (*liùshū* 六書) du domaine de l'Étude du chinois (les six principes de la création de l'écriture sont : les pictogrammes (*xiàngxíng* 象形), les déictorgrammes (*zhìshì* 指事), les idéogrammes (*huìyì* 會意), les idéophonogrammes (*xíngshēng* 形聲), les « emprunts de synonymes »* (*zhuǎnzhù* 轉注), les « emprunts d'homophones »* (*jiǎjiè* 假借). Théoriquement parlant, le *yu* 聿 peut être classé parmi les pictogrammes parce qu'il est créé en se basant sur l'objet référent dans le monde réel. Cela porte aussi le nom de *pictogramme composé* (*hétǐ xiàngxíng* 合體象形) ou *pictogramme augmentatif* (*zēngtǐ xiàngxíng* 增體象形) parce que sa composante « » (*yòu* 又, signifiant la main « *shou* 手 ») peut être un caractère autonome, et que l'autre composante « » est simplement un symbole qui se ressemble à un *pinceau*, donc ne peut être un caractère en soi. Étant donné que les opinions se diversifient en ce qui concerne l'explication graphique de *yu* en *jiaguwen* (car certains croient que la composante « » soit un balai), dans ce livre présente l'explication en lien avec l'écriture.

*Cf. VANDERMEERSCH, Léon. *Les deux raisons de la pensée chinoise*, *op. cit.*, p. 77.

[38] Selon l'analyse basée sur le principe des *liushu* (六書 : *les six procédés de formation des sinogrammes**), théoriquement parlant, le *bi* 筆 peut être classé parmi les idéogrammes. Il se de *yu* 聿 et de *zhu* 竹, ce sont deux *xingfu* 形符 (symbole comprenant les graphie, phonétique et sémantique autonomes en soi. Quand ce symbole fait partie de la structure d'un autre caractère, celui-ci permet également à saisir le sens sémantique du caractère). Dans la préface du *Shuowen jiezi* : « En ce qui concerne le *huiyi* 會意, c'est comparer la similitude *graphique* et mettre ensemble le sens, pour ensuite montrer une signification *nouvelle*, comme dans l'exemple des caractères *wǔ* 武 et *xìn* 信. » Les idéogrammes rassemblent donc tous les caractères des principes de pictogramme (*xiangxing)*, de déictogramme (*zhishi*) ou d'idéogramme ainsi que leur sens, pour ainsi former une nouvelle signification. Les idéogrammes ne comportent pas de sous-graphie phonétique *shengfu* 聲符, donc appelés aussi *caractère muet* (*wúshēngzì* 無聲字), y compris le *xiangxing* et le *zhishi*.

[39] Le terme *zìzú* 字族 désigne un groupe de sinogrammes ayant un radical en commun, un sens interchangeable, une prononciation identique ou presque, et un lien entre les graphies. Voir CAI Yonggui 蔡永貴, « Shilun hanzi zizu yanjiu de jiaodu yu yuanze 試論漢字字族研究的角度與原則 ». Ningxia, Ningxiadaxue xuebao 寧夏大學學報 (人文社會科學版), nº 3, 2013.

[40] Ce qui veut dire par le terme « *lǐjù* 理據 », c'est les informations significatives montrant l'intention de la création du caractère, sur ce que se basent les sinogrammes quant à leur forme graphique et leur aspect sémantique. C'est d'ailleurs une méthode de distinction entre les caractères paronymes à ceux de la même catégorie. Voir HE Shan 何山, « Hanzi de shuxie liju ji hanzi liju de erceng huafen 漢字的書寫理據及漢字理據的二層劃分 ». Chongqing, Shanxishifandaxue xuebao 陝西師範大學學報 (哲學社會科學版), nº 2, 2014.

[41] En ce qi concerne le terme « *zigan* 字感 », il y a plusieurs interprétations. « Le *zigan* est une prise de conscience des sinogrammes. C'est une intuition profonde de la régularité sous-tendant des caractères chinois. C'est un sens implicite non apercevable ou perceptible par le sujet. Le *zigan* est un pressentiment sensible envers les *hanzi*. Il s'agit d'une construction psychologique résultant d'une réaction réciproque entre le sujet et l'objet. Lors de ce processus, il faut que cette structure psychologique soit existé préalablement chez le sujet. Voir TAN Hong 譚宏. (2010). *Hanzi jiaoxue hzong fei hanzi wenhua quan xuesheng de zigan yanjiu* 漢字教學中非漢字文化圈學生的字感研究. Chongqing, Chongqing Normal University. Mémoire, Maîtrise, 2010, p. 8.

[42] En 2002, on a découvert une grande quantité de lamelles en bambou et de tablettes en bois datant de Qin 秦 à Liye 里耶 de Hunan en Chine. Sur une tablette en particulier, c'est écrit : « 3/5/15, 4/5/20… 2/4 donc 8, 3/= donc 9 » (le symbole = signifie qu'on répète le *caractère* précédant). Il s'agit de la plus ancienne *table de multiplication*, datant de plus de 600 ans avant l'Égypte.

[43] L'État de Chu 楚 est une des principautés lors de la période Printemps et Automne (env. 622-481 av. J.-C.). Il devint un des sept grands États lors de la période de Royaumes Combattants (403-221 av. J.-C.), et fut anéanti plus tard par le Qin. Ses territoires incluent les régions de Hunan, Hubei, Anhui, Zhejiang et le Sud de Henan de la Chine d'aujourd'hui.

[44] Voir HUNG Yenmey 洪燕梅, *Shuihudi qinjian wenzi yanjiu* 睡虎地秦簡文字研究. Taipei, National Chengchi University. Mémoire, Maîtrise, 1993.

[45] En calligraphie chinoise, la touche qui débute le trait horizontal (*héng* 橫) du style *lishui* a ce qui a trait à la « tête de vers à soie » *cántóu* 蠶頭 ; lorsqu'on prend la direction pour terminer le trait appuyé descendant de gauche à droit (*nà* 捺), on relève le pinceau et forme ce qu'on appelle une « queue d'hirondelle » *yànwěi* 燕尾 avec la pointe du pinceau. Voir Ministère de l'Éducation, *Grand Dictionnaire de la langue chinoise (révisé)*. Repéré à http://dict.revised.moe.edu.tw/cgi-bin/newDict/dict.sh?cond=%C5%FA&pieceLen=50&fld=1&cat=&ukey=-1984265587&serial=1&recNo=25&op=f&imgFont=1

[46] Voir HE Linyi 何琳儀, *Zhanguo wenzi tonglun (dingbu)* 戰國文字通論（訂補）. Nanjing, JIangsujiaoyuchubanshe 江蘇教育出版社, 2003, p. 85-201.

[47] S'inspirèrent de la grande sigillaire, Li Si 李斯, Zhao Gao 趙高 et Huwu Jing 胡毋敬 rédigèrent trois manuels : *Canjiepian* 倉頡篇, *Yuanlipian* 爰歷篇 et *Boxuepian* 博學篇. Afin de les distinguer de la petite sigillaire du *Shuowen jiezi*, on les dénomme ainsi la sigillaire de Qin (*qínzhuàn* 秦篆).

[48] Les hommes archaïques écrivaient à l'aide de bambou ou de soie pour se communiquer. Pour que le document ne fût pas divulgué par d'autres personnes, le nœud noué fut scellé avec de la terre cuite en mettant un sceau ou en écrivant une dédicace au-dessus.

[49] Voir HUNG Yenmey, *Qinjinwenyanjiu*, Taipei, National Chengchi University. Thèse, Ph.D, 1998.

[50] Dans son *Hanzi wangguo…* (trad. par LI Zhiyi 李之義), Cecilia LINDQVIST écrit que le style petit-sigillaire du *Shuowen* est « une forme élégante », mais qui manque un peu de souplesse dans l'usage courant. À cause de cette limite d'usage, ce style fera vite remplacer par le *lishu*. D'après moi, il se peut que ce soit, encore une fois, une méconnaissance concernant l'évolution des styles des caractères chinois. Bien avant la dynastie des Han, l'écriture des scribes eut pris forme à l'État de Qin lors des époques des Royaumes combattants. Pour cette phase d'ébauche, elle est aussi appelée *l'écriture ancienne des scribes* (*guli* 古隸). Pour ce qui est de la petite sigillaire du *Shuowen*, c'est un style dorénavant dédié aux cérémonies officielles à un niveau étatique ou aux productions des instruments de rite. Il est évident qu'en basant sur les archives déterrées, le style d'écriture à l'usage quotidien lors de la dynastie des Han, *hanli* 漢隸, se succéda à l'écriture des scribes de la dynastie des Qin, tout en ayant atteint la maturité dans son développement.

[51] Cecilia LINDQVIST, LI Zhiyi 李之義 trad., *ibid.*, p. 7.

[52] Site officiel de 許慎文化園：http://www.earsgo.com:81/wjd/spotview_top.jsp?id=5594

[53] Voir le site du Ministère de l'Éducation, *Dictionnaire des variantes* : http://dict2.variants.moe.edu.tw/variants/

[54] Jeff LEWIS, Qiu Zhiyong 邱誌勇 et Xu Mengyun 許夢芸 trad., 細讀文化研究基礎(Cultural Studies：The Basics). Taibei : Weibowenhuagongsi 韋伯文化公司, 2012, p. 19-23.

Traduction de l'anglais cf. LEWIS, Jeff. (2002). *Cultural Studies – the basics*. London : SAGE, p. 13.

[55] HUNG Yenmey 洪燕梅, *Shuowen wei shoulu zhi qinwenzi yanjiu – yi "shuihudi qinjian" weili* 說文未收錄之秦文字研究—以《睡虎地秦簡》為例. Taipei, Wenjinchubanshe 文津出版社, 2006.

第二章　漢字之人與人性

「人」是這世界重要的組成分子。以它為研究主體的人類學，戮力於尋找、建立一套可以解說體制、文化等發展的原則。「人」有人性，一般人認為它是複雜的。以它為研究主體的政治、經濟、社會、人文、歷史、心理、宗教等學門，則專注於為人的存在、狀態等，設立一套可以解說的規律。

以上各學科也涵括在「文化」的範圍。當文化開始被型塑，人類行為又會反過來學習，受到它的引導、修正，成為改變生活中的種種「驅力」（drives）[1]，有時也深深影響著人的需求、選擇。

文化是繁複的。然而在這人類所創造繁雜多樣、錯綜複雜的成果之中，似乎總沿著一種規律而行。這規律時而顯見，時而隱微；時而被尊崇，時而被忽略。人時而偏離它，時而回歸它。

華人古代思想著作《老子》，稱這規律為「道」。

一、道法自然

(一) 人

甲骨文	金文	秦簡	說文小篆	標準字體	通用規範字
				人	人

[1] 見宋光宇：《人類學導論》，臺北，桂冠圖書公司，1990年，第8-9頁。

許慎《說文解字》如此解釋「人」（ㄖㄣˊ；rén）[2]：「天地之性最貴者也。此籀文。象臂、脛之形。」

許慎認為「人」是天地之間、自然萬物之中，本質、本能最尊貴的一類。像人有手臂、兩腳（脛）的形狀[3]。他的解說看起來很具體、很符合「人為萬物之靈」的說法。不過，要將字形中，簡單的兩劃與許慎的解釋聯結在一起，似乎考驗著漢字學習者的想像力。

「人」是漢字構造原理「六書」中，典型的象形字[4]。這一個字形的結構，無法再拆解成為其它不同的漢字，所以又稱它為「獨體字」。讀者不妨檢視一下自己的中文姓名，有那些字是屬於這一類[5]？

從古文字到今文字，「人」一直沒有增加筆畫或部件。一直到楷書的一撇（向左斜下的一筆）一捺（向右斜下的一筆，靠近末端的地方，稍微有波折），始終維持著簡簡單單。似乎在說著，人的思維其實不需要太複雜。

教他人認識「人」字時，適合採用「講述教學法」（Didactic Instruction）。[6]

教師可以在講臺上側面站立，手微微向前舉起，就可以講述漢字「人」的構形原理。如此不受時空限制，不用花錢預備輔助教材，既可掌控說解的時間，又可適時提供學習者想像空間，教學自主性頗高。

學習者認識了漢字的寫法之後，如果教師能引領他們進入漢字的文化，引發他們對漢字內涵，乃至於華人文化的思考、聯想。如此的學習，不僅有助於學習者深化漢字的學習，對於延續漢字的生命、厚實它的存在意義也是有所幫助的。

---

[2] 本書所採用的注音、釋義，參考或引自《教育部重編國語辭典修訂本》。見 http://dict.revised.moe.edu.tw/cbdic/index.html

[3] 其實整體而言，此字古文字像人側立的形狀，有頭部、手臂、身體、兩腳。

[4] 「象形」請參見本書第一章第二節「聿」字註解。

[5] 學者在討論漢字造字學理時，大多傾向使用每個字的古文字形做為討論對象。不過我認為，現在通行的楷書也是一種有生命、有文化來源的字體，理應予以同樣的尊重。因此，在運用某一漢字學理討論漢字時，應該要區分探討的對象是那一種字體。許多漢字在古代是獨體字，發展到了現代，卻成為「合體字」；反之亦然。有關「合體字」一詞的解說，請參考後文「从」字。

[6] 這種教學法又稱「演講法」（lecture）、注入式教學法、註釋式法，教師說、學生聽，是傳統的教學方法之一。屬於單向溝通，簡單、方便，不需太多輔助教材。儘管「講述教學法」受到不少批評，但它具有簡單、方便的特性，所以至今仍普遍受到教師和學生的歡迎。可見它依然有合於現今教學的需要和價值。

無論這學習者是華人，抑或是其他國家的人。將這世界每一個家、地區的語言文字，視為地球的財產，是全世界人們所共有，而不再區分你的、我的，會對這世界產生什麼樣的影響？

漢字「人」以簡單的兩畫構字，許慎《說文解字》卻以人性（humanity）在天地之間的至高地位來定義它。他的說法與《聖經》似有異曲同工之妙。《聖經》說[7]：

> 神說：我們要照著我們的形像，按著我們的樣式造人，使他們管理海裏的魚、空中的鳥、地上的牲畜和全地，並地上所爬的一切昆蟲。神就照著自己的形像造人，乃是照著他的形像造男造女。神就賜福給他們，又對他們說：要生養眾多，遍滿地面，治理這地。也要管理海裏的魚、空中的鳥，和地上各種行動的活物。（創1:26-28）

人既然是神依照祂的形像所創造的，當然就應該如同《說文解字》所解釋的，是天地之間、自然萬物之中，本質、本能最尊貴。祂還使人成為萬物之靈，宰制這世界其他的生物。依《聖經》中的敘述，這世間隱涵著一種運作規律，無論是人文或自然環境。

人的能力再強，都無法違反天地之間所存在的運作規律。近年來，全球人文意識及環保觀念持續覺醒、提升，不正是源於人們意識到了這規律的存在，以及它的被破壞？

距今 2000 多年的華人著作《老子》說：「人法地，地法天，天法道，道法自然。」這句話也一樣合乎這規律。至於這「道」是什麼[8]？歷來學者給予它許多不

---

7 見（未標示作者）《新舊約全書．舊約全書．創世紀》，香港，聖經公會，1981 年，第 1-2 頁。

8 《老子》說：「有物混成，先天地生。寂兮寥兮，獨立不改，周行而不殆，殆以為天下母。吾不知其名，強字之曰道，強為之名曰大。大曰逝，逝曰遠，遠曰反。故道大，天大，地大，人亦大。域中有四大，而人居其焉。」見（晉）王弼注：《老子》，第 29 頁。陳鼓應教授語譯為：「有一個混然一體的東西，在天地形成以前就存在。聽不見它的聲音也看不著它的形體，它獨立長存而永不變滅，循環運行而生生不息，可以為天地萬物的根源。我不知道它的名字，勉強叫它做『道』，再勉強給它起個名字叫做『大』。它廣大無邊而周流不息，周

同的定義。我覺得它頗似於歐美宗教信仰中，經常提及的「造物主」，又或是現今量子物理學開始重視的「第一因」。

人，明明有著外在多樣的五官、肢體、髮膚等，內在繁複的情緒、欲望、思想等。為什麼華人的祖先卻以簡單的兩畫來造字呢？

目前，我有二個想法：一是，這呈現出當時華人的藝術表現手法，尤其是將複雜具體客觀的實相，轉化為簡單主觀意象的能力。

二是，人來到這世上，第一件要學習的事就是人際關係。漢字「人」是一個部首字[9]，隨著與其他文字的組合搭配，又可以創造出各式各式與人的概念相關的漢字。為了要與其他字組合搭配，筆畫不宜太多。

原因不會只有這二個，希望讀者可以推想或創造出更多其他的理由。

本書有許多開放式的問題及討論，是源於我希望漢字的教師及學習者，跟「从」（「從」的本字）漢字學理、學門之餘，也能突破傳統觀念，參與漢字文化的建構。

1. 从（從）

人際關係建立於一個以上的人，而人也大多有著跟隨、依附其他人的性格。於是，有了「从」（ㄘㄨㄥˊ；cóng）字。

甲骨文	金文	楚簡	說文小篆	標準字體	通用規範字
					从

流不息而伸展遙遠，伸展遙遠而返回本原。所以說，『道』大，天大，地大，人也大。宇宙間有四大，而人是四大之一。」見陳鼓應著：《老子今註今譯及評介》，臺北，臺灣商務印書館，1985 年，第 116 頁。

9 「部首」的概念主要用於字典。是指依照漢字的字形結構，選取許多不同漢字卻有相同形體偏旁（部件）者，依序排列，作為查詢漢字的依據。目前最早可以看到的漢字部首，見於（漢）許慎的《說文解字》。詳見第一章第二節。

從古文字到今文字，「从」都像是二人相隨。這是「从」字的基本款。

有些甲骨文的「从」字多加了一個部件（又稱「偏旁」）「彳」（ㄔˋ；chì），這是某一階段的漢字，還沒整理、統一的常見現象。這種現象又稱之為「一字數形」，也就是一個漢字有許多不同的結構、寫法。它們又被稱為「異體字」，字音、字義都相同，只有字形不同。

彳是「行」（ㄒㄧㄥˊ；xíng）字的一半（右邊），字義一樣[10]。本義是道路，引申為行走。漢字如果字形裡有這個部件，字義大多含有行走的概念。

有些「从」字會多加一個部件「止」（ㄓˇ；zhǐ），例如金文、楚簡。止的本義是指人的腳掌，漢字如果字形裡有這個部件，字義大多含有行走的概念。

前文提及，「人」是獨體字。人加人，就變成了「合體字」。「从」是會合了兩個「人」字的意思，成為一個新的字義，所以在漢字六書理論之中，稱為「會意字」。

同樣的，古文字「从」無論是加了部件「彳」或「止」，也都是會意字。至於為什麼要結合「人」＋「彳」或「人」＋「止」來表示二人相隨的意思？這裡面有很大的解讀空間，解讀者可以加入自己的生活經驗，詮釋出個人化的漢字文化。

「从」或可能是簡體字，也可能是繁化字。因為誰也沒辦法百分之百肯定，在甲骨文時代，單純的「从」和增加了部件「彳」「从」，究竟是那個字形先行創造。

如今，中國大陸使用「从」，臺灣使用「從」。沒有誰簡誰繁、誰對誰錯的問題，它們都承接著造字之初的傳統漢字文化。

「从」的造字原理，是一個人跟著另一個人，似乎訴說著人不可能離群索居。然而回想人初生之際，身體、心靈究竟是獨立的？還是天生就想跟從其他人呢？

「跟從」、「隨從」都是比較中性的人際關係。在人與人之間，如果關係和諧，能夠相互學習、一起成長，是美事一樁。一旦關係變成了「服從」、「遵從」，那就

10 詳見本書第三章第一節。

形成了控制、依賴、模仿等，不對等的關係了。

華人古代名著《莊子》記載著一個故事[11]：

> 故西施病心而矉其里。其里之醜人，見而美之，歸亦捧心而矉其里。其里之富人見之，堅閉門而不出；貧人見之，挈妻子而去之走。彼知矉美，而不知矉之所以美。

傳說，春秋時期（約 770B.C.～476B.C.）有位美女，名叫西施。她天生有心臟疾病，所以經常雙手捂著胸口，眉頭緊蹙。

住在同一村莊的某位女性（後人稱她為「東施」），覺得西施的模樣很美，經常吸引眾人「我見猶憐」的目光。於是決定模仿她按胸皺眉的樣子，行走在村莊裡。

沒想到，村裡的富豪一見，立刻緊閉大門，不敢出外；窮苦人家一見，立刻拉著妻子的手，閃得遠遠的，避之唯恐不及。

說這故事的人，華人尊稱他為莊子。如果他生活在現今，肯定是位冷面笑匠。他為什麼要刻意把被嚇到的人們，區分為富人及窮人？讀者不妨可以想想。

外表可以模仿，氣質、心靈卻是永遠無法複製的。臺灣有句新詞語，叫「跟風」。許多學者專家也討論著跟風對臺灣文化的影響。甚至賦予它一個專屬名詞，叫「盲從」。

盲從就是矇著眼睛，不論是非好壞，對自己合適與否，一味地跟隨、依附他人。這下場很可能就會成為「東施效顰」[12]。

東施跟風、盲從的做法，在現今的華人社會稱之為提升顏值。「顏值」是指對於人或物外貌、形象的評價。有時候我也會想像東施模仿西施前／後的生活的狀態，來提醒自己看待顏值的態度。

如果人被創造，目的是為了被塑造或整合、同化成為一個或少數的模樣，那

---

11 見（晉）郭象注，（唐）陸德明釋文，（唐）成玄英疏，（清）郭慶藩集釋：《莊子集釋》，第 228 頁。

12 「顰」（ㄆㄧㄣˊ；pín）字可以指皺眉的動作，也可以用來形容皺著眉頭，憂愁不樂的樣子。

為什麼造物者要如此勞心費力，持續創造著沒有完全一樣的人類[13]？自然萬物，沒有一樣是百分之百相同的，人不也是如此？

這就是為什麼會有人說：每個人都很特別，但不比別人更特別[14]。

從「人」到「从」（從）；從漢字字形到莊子「東施效顰」的故事；從冰冷的線條、筆畫結構解析，到以故事帶出學習者的心靈活動；這是我在課堂講授漢字時，經常有的教學方法。我想為漢字嵌入靈魂而成為有機體，成為協助學習者自我療癒，以及自我心理評估、檢視的好友[15]。

人生而是來展現自己的獨特之處，體驗與他人的關係。跟從、隨從可以創造、享受和諧、美好的人際關係；服從、盲從往往會使自己活在「比」較之中。那一種人際關係讓自己快樂／憂鬱、自在／緊張，每個人都可以親身體驗、感受。

2. 比

「服從」、「盲從」從字面意義看起來，應該是一個人毫無條件地追隨或模仿另一人，為什麼我卻說它是「比較」呢？

甲骨文	金文	秦簡	說文小篆	標準字體	通用規範字
				比	比

13　華人常稱這一類人為「吃飽沒事做」或「吃飽閒閒」。

14　《紅樓夢．第三○回》：「寶玉心中想道：『難道這也是個痴丫頭，又像顰兒來葬花不成？』因又自嘆道：『若真也葬花，可謂東施效顰，不但不為新特，且更可厭了！』」。見（清）曹雪芹、高鶚著，馮其庸等校注：《彩畫本紅樓夢校注·第一冊》，臺北，里仁書局，1984年，第 476-477 頁。類似的成語還有「東家效顰」、「醜女效顰」，見《教育部重編國語辭典修訂本》，http://dict.revised.moe.edu.tw/cgi-bin/cbdic/gsweb.cgi。

15　各種形式的故事，以及說故事，是現代兒童及成人心理治療的方法之一。見（美國）傑洛德·布蘭岱爾（Jerrold R. Brandell）著，林瑞堂譯：《兒童故事治療》（Of Mice and Metaphors），臺北，張老師文化公司，2002 年；（澳洲）麥克．懷特（Michael White）著，黃孟嬌譯：《敘事治療的工作地圖》（Maps of Narrative Practice），臺北，張老師文化公司，2008 年。

《說文解字》解釋此字為「密也。兩人為从，反从為比。」

「比」的甲骨文字形和「从」字很像。細看之後，會發現二者最大的不同，在於「比」的線條有刻意較為彎曲的現象。這是為了突顯兩人親暱在一起的狀態。它的概念就是從「从」而來。

《說文解字》說將「从」字反方向寫，就是「比」。不過這個說法與事實頗有差距。《說文解字》作者許慎編纂字典時，看得到的古文字材料沒有現在多，解說造字原理時，不免會與現今所看到的出土材料有所出入。

現在我不會說許慎錯了。他以一人之力整理、編輯了 9353 個漢字，還說解它們的字形、字音、字義。這過程沒有政府相關單位補助、沒有助理、沒有電腦。能完成一部《說文解字》中國現存最早的字典，就已經是人類壯舉了。對於書中許多被現代學者批評為錯誤的內容，我認為只是見解不同而已。

其實「比」的古文字形，有些是向左，有些是向右，本書沒有將它完全呈現。前文已經提及，漢字不是一時、一地、一人所創造的，在還沒有統一、規範化之前，一字數形是很正常的現象。

「比」的字體發展到戰國時期（403B.C.～221B.C.），秦國的寫法就乾脆呈現 45°的彎曲，以做為和「从」字的區別。現在兩岸華人的文字系統，主要就承襲自秦文字。秦始皇統一文字的做法，在漢字文化之中是一項重要的里程碑。

就《說文解字》的解說看來，「比」是「从」（從）的更進一步，兩人親密程度更深、更緊。我認為人之所以會服從、盲從，就是源自於比較。理由之一是：沒有透過自己被外在物質實相（人、事或物）的吸引，內心開始產生比較，又怎麼會選擇走向完全依附於另一人呢？

這選擇，大多來自一個人所受教育，以及被灌輸的觀念；這過程，有著許多情緒的推動，其中又以恐懼的因素最大。許多人害怕被孤立、被排擠、無法獲得讚賞等，於是放棄原本的獨立本性，開始體驗如何依附他人，或是活在他人的評價裡。

華人奉為聖經的《論語》，就有著如此的評價系統[16]：

---

[16] 見（魏）何晏注，（宋）邢昺疏：《論語注疏·季氏》，臺北，藝文印書館「十三經注疏本」，1985 年，第 148 頁。

> 孔子曰：「益者三友，損者三友。友直、友諒、友多聞，益矣；友便辟、友善柔、友便佞，損矣。」

《論語》引用孔子的話說道：「對我們有益處的朋友有三種：為人言行正直、寬恕他人，以及見聞廣博的人；對我們有損害的朋友有三種：喜歡諂媚迎合他人、以和悅柔媚的姿態誘惑他人，以及巧言善辯的人。」

以前讀到這句話時，總覺很怪，為什麼要將人分為不同的等級，還要根據這些等級，來做為要不要親近、跟從的標準？我在生活中會接觸各式各樣的人，要我把這些標準放在他們身上，難度還真高。真的勉強做了，卻又發現它讓我的人際更為複雜、困擾。

不過，我不會因為這樣就質疑孔子的言行或品性。這話究竟到底是不是孔子所說的，還有待求證，因為《論語》不是他親筆所寫的，一如世界上許多重要且影響世人甚深的古老經典，是由旁人或後人記錄而成的。即使這些話是他說的，我也不會去判定它的好／壞、優／劣、善／惡等。

它就單純是《論語》或孔子的見解。如今，我不再全盤接收，也會基於生命經驗而對於這番話語有些自己的想法。

現今臺灣發生社會案件時，如果犯案的人很年輕，經常可以在媒體上看見或聽聞他受訪的親友說：「他是被朋友帶壞的！」我想，這種反應有一部分就是受到傳統文化中，區分益友／損友的影響。

許多華人喜歡算命、相信命理，也認為生活中充滿著貴人／小人。我想，這也有《論語》益友／損友觀念的影子。

其實不只華人，世界上許多文化也有類似現象。最熟悉的臉書，它不僅有「加好友」的功能，進而又可將「好友」再分類。既有的分類包括：「摯友」、「點頭之交」、「受限制的對象」等，當然臉書主人也可以自行分類。這些分類名稱，或許比不上「益友」、「損友」這兩個詞彙來得直接、強烈，可是當一人知道自己被歸入其中的某一類時，自己被比較、比配的感覺，以及所產生的心理活動，是很值得被研究的。

在教育過程裡，無論家教或學校教育，如果一方面教導孩子們要學習愛別人，一方面又教導他們要先評估別人對自己是否有害。即使這種作為是想強調品德的重要性，卻又如何不使孩子們從小建立比較、階級、算計、歧視等觀念、心態？

許多教育的瓶頸，問題不在教材，而在於對它的講解及教導方式不合邏輯。再者，華人文化中的「愛」，大多數是「有條件的愛」[17]。它也容易形成文化困境及社會問題。

不合邏輯的事，總是不會持續太久的。如果某個時代或某人在特定時刻，發現人際關係發生問題了，這或許就是該時代的文化或與某人相關的事件本身在說話了。文化與特定事件本身就會說話，只是人們經常沒聽見而已。

每個人對於「比較」的感覺或許不同。有些人沉浸於經由它而被簇擁上高峰的快樂，有些人則掙扎於其中，痛苦而無法自拔。無論如何，它使人生活在分裂的感覺之中而不自知。

生活中，對於這種益友／損友的比較、評價系統，還是有人可以免疫的。

華人歷史上（春秋時期；約 770B.C.～476B.C.）有一對著名的好友：管仲與鮑叔牙。他們評比對方的方式及內容，很特別。《史記・管晏列傳》記載著這麼一段史事[18]：

> 齊桓公以霸，九合諸候，一匡天下，管仲之謀也。
>
> 管仲曰：「吾始困時，嘗與鮑叔賈。分財利，多自與，鮑叔不以我為貪，知我貧也。吾嘗為鮑叔謀事而更窮困，鮑叔不以我為愚，知時有利不利也。吾嘗三仕三見逐於君，鮑叔不以我為不肖，知我不遭時也。吾嘗三戰三走，鮑叔不以我怯，知我有老母也。公子糾敗，召忽死之，吾幽囚受辱，鮑叔不以我為無恥，知我不羞小節，而恥功名不顯于天下也。生我者父母，知我者鮑子也。」鮑叔既進管仲，以身下之。子孫世祿於齊，有封邑者十餘世，常為名大夫。天下不多管仲之賢，而多鮑叔能知人也。

根據管仲成為一代名相後的自述：在他還未功成名就之前，與鮑叔牙是商場上的生意伙伴。由於管仲比較缺錢，每次分紅的時候就多給自己一點，鮑叔牙卻從來

---

17 詳見本書第三章第二節「愛」字。

18 見（漢）司馬遷撰，（日本）瀧川龜太郎注：《史記會注考證·管晏列傳》，第 829 頁。

不認為他是貪心。後來管仲受鮑叔牙聘雇，卻更加貧窮困苦。鮑叔牙一點也不覺得是他愚笨，反而認為是時局對他不利。

管仲步入政壇後，多次出任官職，又被辭退。鮑叔牙不認為是管仲沒有才能，認為是時機不對。管仲曾經多次在兩軍對峙時逃跑。鮑叔牙不認為是管仲膽怯，反而了解他之所以會臨陣脫逃，是因為必需奉養母親。

管仲所在的齊國內亂時，管仲隨著公子糾出奔到魯國，鮑叔牙則隨公子小白出奔到莒國。管仲企圖行刺公子小白，未能成功。後來小白返回齊國繼位，要求魯國處死公子糾，並遣返管仲，想要親自報仇。

就在關鍵時刻，鮑叔牙出面阻止，並且力薦管仲擔任齊國宰相。管仲感慨地說：「生我者父母，知我者鮑叔牙也。」

史學家常以「知人」來評價鮑叔牙對管仲的種種作為。我倒認為，如果不是鮑叔牙夠了解自己，也能看見管仲的長處、優點，加上他的愛是無等差、無條件的，又何以能有這麼大的容人之能呢？

鮑叔牙不會只有單單如此對待管仲，否則他的子孫怎麼可能十餘代在齊國都享有封地、在朝為官呢？如果鮑叔牙對待朋友時，有任何比較的心態，他的經商及政治之路上，隨時都可能有小人、損友躲在旁邊，等著成為他致富及升官的阻礙。

唯有鮑叔牙對朋友們的好是一致的、普遍的，沒有任何評比，而且與對待家人無異，才可能使得他的十餘代子孫始終就像是披覆著一層厚厚的保護罩。唯有集眾人之力，才可能使得他的後代享有這麼多的無形、有形的資源。

再者，他的身教想必十分成功，使子孫們都有最好的學習對象。後世子孫不只都願意做出和鮑叔牙一樣的選擇，同時也共同享有他的餘蔭。《老子》曾說「是以聖人處無為之事，行不言之教，萬物作焉而不辭。生而不有，為而不恃，功能弗居。夫唯弗居，是以不去」、「知人者智，自知者明」[19]，這些話語幾乎就是鮑叔牙一生的結論。

這段史事對華人的父母們應該也有一些啟示吧！為什麼生養教育子女，父母卻不是最了解他們的人呢？以往讀到這段歷史，我最感慨的總在這個部分。當然，

---

[19] 見（晉）王弼注：《老子》，第2-3、38頁。

這不只發生在華人文化之中，它是世界文化中的普遍現象。

我認為：這世界之所以走了一段很長的療癒時代，親子關係、教育正是主要原因之一。

回到管、鮑的友誼關係。像鮑叔牙這種權、錢恆久傳世的例子，在華人歷史上還真少見。讀者經常依賴史家的評比、評價，很少願意自行分析為什麼鮑叔牙會比眾不同。又或是將心比心。

再者，許多華人認為要做到像鮑叔牙般，全然接受朋友，比登天還難。對朋友加以比較，甚至暗地裡和朋友比賽，才會讓自己有安全感。有些華人還喜歡為自己的後代下魔咒，像是「富不過三代」、「歹竹出好筍，好竹出龜崙」等。

鮑叔牙如果生在現今，肯定不是個「潮咖」，因為他不懂得「培養人脈」、「跟風」。他也可能會被視為濫好人、瘋子或笨蛋。然後，關心他的親朋友好會出聲勸阻，跟他說壞人比比皆是，要他好好保護自己。

問題是：誰不想要有如此的「管鮑之交」？或許有人會認為，這種人是不世出、可遇不可求的。真是如此嗎？

《論語》曾批評管仲是器量狹小、無禮之人[20]。像這樣的一個「損友」，硬是被鮑叔牙變成了「益友」。這不是鮑叔牙通靈、會改運，讓損友變成貴人，而是他擁有敢於無條件愛人（親人、友人）的勇氣。當然，這一切都是從「愛自己」做起。他有的，才能真正給予別人。

這種勇氣每個人天生就有，只是許多後天因素使它逐漸沉睡、消失了。如果一個人的意念夠堅定，這力量往往會超乎一個人的想像。此外，內心產生的意識，會投射在他身旁所有人的身上。每個人的意識，時時都在創造專屬於自己的小宇宙。

鮑叔牙的辭典裡有跟从，沒有盲从；有比附（互相依附），沒有比較。他不會懊惱於對管仲的付出不成比例，所以他很難感到憂鬱、失敗。他的世界裡沒有「不可能」、「很難」、「壞人」、「損友」、「濫好人」等辭彙。他擁有一個美好的小宇宙，始終身處永恆的天堂。

---

20 《論語》說：「子曰：『管仲之器小哉。……管氏而知禮，孰不知禮。』」見（魏）何晏注，（宋）邢昺疏：《論語注疏·季氏》，第 30-31 頁。

活在比較中的人，時時刻刻都在人群中選擇適合／不適合的對象，分辨貴人／小人。或許，偶而還掙扎著要不要「刪好友」，或是忍耐著不刪好友。

如此，這個人將始終陷在盲从或「背」叛的輪迴之中。因為，我所給予他人的感受，最終會回到自己的身上，無論是說出口，又或是只暗放在心中的。

3. 北（背）

背叛的「背」（ㄅㄟˋ；bèi）字，一開始沒有下面的部件「肉」，而是單作「北」（ㄅㄟˇ；běi）。這兩個字之間，有著血緣關係。

甲骨文	金文	秦簡	說文小篆	標準字體	通用規範字
				北	北
				背	背

《說文解字》解釋「北」字為：「乖也。从二人相背。」「乖」（ㄍㄨㄞ；guāi）有違背、不合的意思。「北」的本義是用背部對著（動詞），所以用兩個人背對背的方式造字。

後來「北」被借用為方位的專屬字（北方）。可是不能沒有字來指稱用背部對著的概念，於是造字者想出一個方法。由於背部是人體構造的一部分，就在「北」的下方加上一個部件「肉」，成為「背」字[21]。

《說文解字》另有「 」字，解釋為「脊也。」，指胸部後面，從後腰以上到頸下的部位（名詞）。當然，它的本義還是用背部對著（動詞）。

人的背部常用來背負人或物，為了不增加造字量、減低學習者的識字量，造

21 「肉」字做為偏旁（部件）時，多簡寫為「⺼」，與日月的「月」近似。

字者又想出一個簡單的造字方法。他改變「背」的字音，讀為ㄅㄟ（bēi），字義演化為負荷。

本節一開始探討的「人」字，它的簡單筆畫常令我聯想到：人字兩撇，世事難解。討論到這個「北」字時，更使我感受到人性的既複雜又耐人尋味的現象。

很難想像，就算完全服「从」、順「从」一個人，也可能遭到那個人的「背」叛吧！華人歷史上就有這樣的實例。漢朝（206B.C.～A.D.220）劉向編纂的《戰國策》，記載戰國時期（約 403B.C.～221B.C.）魏國和中山國之間的一場戰事[22]：

> 樂羊為魏將而攻中山。
> 其子在中山，中山之君烹其子而遺之羹，樂羊坐於幕下而啜之，盡一盃。
> 文侯謂睹師贊曰：「樂羊以我之故，食其子之肉。」
> 贊對曰：「其子之肉尚食之，其誰不食！」
> 樂羊既罷中山，文侯賞其功而疑其心。

樂（ㄩㄝˋ；yuè）羊是魏國將軍，背負國家重責大任。他奉國君文侯之命，攻打中山國。這時，他的兒子正好在中山國，立刻被扣押成為人質。

中山國國君眼見魏國來勢洶洶，決定先發制人，重挫魏軍的士氣。於是，他下令將樂羊的兒子烹煮成肉羹，並且送了一碗到魏國部隊之中。

只見樂羊坐在他的指麾營帳，面不改色，將那碗羹一飲而盡。

魏文侯聽聞此事，對另外一位大臣睹師贊說：「樂羊因為我的緣故，竟然吃了他兒子的肉！」

睹師贊說：「他連兒子的肉都吃了，還有誰的肉不吃？」

樂羊打敗中山國後，班師回朝。魏文侯針對樂羊的戰功，給予豐厚的賞賜，卻從此對他起了疑心。

讀到故事結尾，再回想樂羊喝下敵方送來的肉羹。那場景應該使得近在咫尺的軍士們，同仇敵慨；遠在祖國的君王，動容不已。不過，同朝為臣的睹師贊，

---

22 見（漢）高誘注：《戰國策》，臺北，臺灣商務印書館，1974 年，第 438 頁。

淡淡的一句話，卻挑起了敏感的「人」類神經。這句話硬是扭轉了君王原本順「从」樂羊的心思，成為背棄的意念，也影響了樂羊乃至整個魏國的未來。

當朝其他人們、後世歷史學家，還有遠在2000多年後的讀者，又該如何解讀故事的中這些「人」及「人性」？再回頭看看許慎對於「人」字的解釋，又會怎麼咀嚼他的話語呢？

人性大致可區分為物質／精神兩大層面。「樂羊食子」故事中，「將」（ㄐㄧㄤˋ；jiàng）（身分地位）、「功」（成就）標示著人對物質欲望的追求；「子」（親子關係）、「疑」（人際關係中的不信任、不安全感）顯示出人的精神活動。

許多人認為這故事中，有典型的小人、讒言[23]，還有被陷害者的懷才不遇。一如華人歷史上另一典型人物：屈原（約出生於343B.C，卒年不詳；華人重要節日「端午節」紀念的對象）。

如今再重讀這故事，我有另外的想法。重點其實在那碗羹，還有樂羊本人。其他的魏文侯、睹師贊等，都只是樂羊人生電影中的配角。他們是來幫助樂羊活化他的劇情。

每個人一生中，總有著許多重要的轉折。那碗羹，無疑是樂羊的關鍵選擇。當然，他喝下它的目的，在於表現自己的公正無私：向遠在的國君示忠，向近在眼前的同袍們示義。催化出同仇敵愾（ㄎㄞˋ；kài）的氛圍，是整體動作最深層的作用。

可是，示忠示義的方式，只有喝下那碗羹嗎？每當夜深人靜，背對國君、同袍之時，樂羊又會如何看待那一碗羹，以及自己喝下的動作？他遵從了什麼，又背離了什麼？

有沒有既能保持「人性」（華人常說「虎毒不食子」），展現人性最崇高、最良善的選擇，又能使同袍們抱持背水一戰的決心，讓樂羊可以打勝仗、功成名就的作法呢？

當我在課堂上提出這個疑問後，同學們很快地回應具體的答案：為那碗羹慎重的舉行葬禮。然後，樂羊應該盡情釋放情緒，包括壓抑已久的恐懼（兒子送到

---

23 我在語譯師睹贊對魏文候說出自己的想法時，沒有加上任何揣測他表情的形容詞，以免引導讀者對他的看法。如果他對樂羊的評論純粹出自對於人性的理解、分析，抑或是對魏文侯、魏國安危的憂慮，那他的話用意就未必是想陷害樂羊，或是挑撥離間。

異國做人質）、喪子的悲傷，痛快地大哭一場！一樣能打勝仗[24]。

是的。我不敢說樂羊絲毫不愛兒子（精神層面），但顯然有更多的物質渴望讓他決定犧牲內在精神的部分，並且做出他認為最能撼動人心的選擇及表現。

其次，他的服「从」、順「从」，究竟是內外一致，還是只留在表面上？從魏文侯被撩起的意念，不難進一步推想。

以上的想法、疑問，都是這一兩年來，我開始認真學習「觀察」而不「批判」的結果。有了這基礎，似乎很難再對故事中的所有人做出推崇或譴責。反而，第一時間會拿它來檢視自己的內心思維及外在作為。

這故事讓我回顧自己在家庭、職場的表現時，有些不一樣的想法及感覺。挺特別的。

把這個歷史事件放到現今職場，也是不錯的參考資訊。如果一個人對老闆盡心盡力，甚至超出了內心真實的渴望，透支體力、精神、家庭關係、友誼等。生命的失衡（指物質／精神兩大層面），會讓一個人得到什麼樣的結果或回饋？

還有，這個人的老闆會（或應該）如何看待為他賣命的員工？只看工作的一面？還是會不自覺地觀察員工背部所背（ㄅㄟ；bēi）負的透支壓力？

總之，一個人無法對自己真實，他就無法對別人坦誠；無法對別人坦誠，更無法容許別人對他說實話。一個人之所以會被背叛，永遠都是因為他先背叛了自己。

樂羊在關鍵時刻，選擇的是面向外在物質實相，以及他人的評價。相信他也渴望別人的忠心、害怕他人的背叛，一如他自己的作為。可是，如果他願意在事件當下，第一時間和內心對話，接受自己的直覺，或許會有一樣的功成名就，卻是不一樣的人生結局。

生命中有了任何問題、面對重要選擇，第一時間總是回到自己的內心，傾聽自己的聲音。如此幾乎就能做出充滿愛、令自己滿意、沒有罪惡感及愧咎感的決定。

世人喜歡推舉、創造、服从的「聖」人形象，在漢字文化裡，似乎就只是如

---

24 這一段內容，要感謝今年（2016 年 10 月）參與「訓詁學」課程的同學們，他們給予了我一個自己還在整理，卻意外得到的完整答案。「訓詁學」是結合漢字的字形（即「文字學」、「漢字學」）及語音（即「聲韻學」）學理，將古代文獻語譯為現代語文的一門學科。

此一位懂得聆聽、少說話，永遠為自己言行負責的人而已。

4. 聖

華人從輔佐周朝（西元前 1122B.C.～256B.C.）武王取得天下的人物周公（？～1105B.C.）開始，就被一連串的制禮作樂所規範著。再加上儒家思想的推波助瀾，成就了近三千年豐富的文化內涵。

但是，如果問現在的臺灣人「快樂嗎？」得到答案較少是肯定的。我還發現了一個現象：即使對方對現狀感覺頗滿意，或是內心覺得蠻快樂的，他的回答也會有所遲疑。這個現象，頗令人遐思。

「如果聖人文化很好，怎麼會讓臺灣現在……？」這個問題是上課臨時想到的討論題目。而且，其實我內心還在斟酌怎麼表達，也還沒講完，沒想到臺下同學立刻接下去說：「搞成這樣！」[25]

呵，當下除了啞然失笑，頭腦也立刻冒出一個聲音：「以上不代表本人立場。」（忘記有沒有說出口）

甲骨文	金文	秦簡	說文小篆	標準字體	通用規範字
[illegible]	[illegible]	[illegible]	[illegible]	聖	圣

《說文解字》解釋「聖」字是：「通也。从耳，呈聲。」如果就字面意義而言，「聖」指學問淵博，為人靈活、不閉塞的人，所以有「博學通儒」一詞。

不過，放到儒家來說，它還要包含品德崇高才行。可惜這種人據說很難看得到，所以《論語》說[26]：

> 子曰：「聖人，吾不得而見之矣；得見君子者，斯可矣。」

25 這句話要感謝今年（2016 年 11 月）「文字學」課程的同學們。他們的回應至少讓我知道不是自己在胡思亂想。

26 見（魏）何晏注，（宋）邢昺疏：《論語注疏·述而》，第 63 頁。

子曰：「善人，吾不得而見之矣；得見有恆者，斯可矣。無而為有，虛而為盈，約而為泰，難乎有恆矣。」

《論語》引述孔子的話，說他沒見過「聖人」、「善人」，倒是只要能看見君子，還有一心向善的人，就很不錯了。他還批評有些人沒有善人的本質、內涵，卻裝作自己就是這一種人；明明未曾擁有什麼、內心空虛、生活貧困，卻更是假裝擁有什麼、內心充實、生活富裕。這種人是很難一心向善的。

《論語》中的聖人形象，承襲自周公制禮作樂的傳統，標準十分嚴格。不知道是不是因為如此，連孔子都謙虛自己沒看過這種人。華人不相信孔子的話，還是將他奉為「至聖先師」。

歷朝歷代從皇帝到平民百姓，大多視孔子為華人文化的代表人物。許多皇帝下詔賞賜孔子封號，改建他的居處，使他及他的住處成為萬人景仰的對象及景點。他的後代也可以免試就在朝為官。

「道德」在孔子神聖化的過程中，不斷被妝砌，成為厚厚的一種義務。什麼是「道德」？臺灣具官方色彩的《重編國語辭典修訂本》如此解釋：「人類共同生活時，行為舉止應合宜的規範與準則。《易經．說卦》：『和順於道德而理於義，窮理盡性以至於命。』[27]

這是一種原則性、最大公約的敘述，沒有規範的具體內容。因為，「道德」標準往往因時、因地、因國家民族、因族群社會、因專家學者、因不同的教師、因不同的家庭，而有不同。

它的實質內涵不停地在改變，但是人們面對它時的心態，還有借用它來指責、批判人、事、物的動機，似乎很難改變。

說實話，看著《論語》中對於一個人言行舉止的要求、規範、形容，還有各式各樣被劃分為不同類別的人的稱呼，內心偶而會冒出一個聲音：「做人還真累啊！」這是因為我天性愛好自由，不喜歡被拘束，也承認自己實在沒有成為儒生的條件。

---

27 見教育部《重編國語辭典修訂本》：

http://dict.revised.moe.edu.tw/cgi-bin/cbdic/gsweb.cgi?ccd=bEW.Ca&o=e0&sec=sec1&op=v&view=0-1

不過，我還是喜歡書中一些對於人際關係的闡述，或是能夠發乎內心的自我要求。例如[28]：

子曰:「三人行，必有我師焉。擇其善者而從之，其不善而改之。」

這一段話，我認為比較能與前文提到的「損友」、「益友」觀念，形成平衡作用。以我現在的理解，嘗試為它們語譯如下：

孔子說：「在一群人之中，一定有可以做為我效法或引發我思考的對象。選擇其中我喜歡的部分，追隨他們；選擇其中我不喜歡的部分，做為觀察自己的基礎，調整、改變自己的言行、思維。」

同時，我為這段文字「闡釋」如下：

這一生中，無論別人對我好或不好，會出現在我的生命之中的，必定有原因。我離開人世之前，未必能參透這個原因，但至少我有能力使這個原因發揮最好的效果。與人相處，不需要算計可以從對方身上得到什麼幫助、好處，或是應該如何對抗他們。只要視對方為一面鏡子，就是生命送給我的最好禮物！人的一生，有不變，有改變，而唯一的不變就是時刻都處於改變之中。所有的改變，都是我自己做出選擇後的結果，與任何人的存在，或是他們對我所做的一切，毫無干係。

勇敢為自己的選擇而負責的人，永遠不會背叛他人，也不會遭他人背叛。他永遠選擇善解他人的言行，即使旁人認為他被背叛了，也無法改變他的想法。因為他也會理解到，這世界上所有的人、事、物都沒有意義，除非他賦予意義[29]。

華人喜歡到孔廟一遊。它是一項怡人身心、極具文化意義的活動。臺灣許多地方有著環境優雅迷人的孔廟，而且免費入園。

在如此懷悠思古的情境之下，無論是朝聖者或帶領孩子們參觀的大人們，不妨思考：要告訴孩子們的是，孔子就是你們應該模仿的對象？還是和孩子們坐下來，閒聊討論孔子的一生。在故事中讓孩子們體會，即使滿腹經綸，也可能有生

---

28 見（魏）何晏注，（宋）邢昺疏：《論語注疏·述而》，第63頁。

29 「每一件事的意義，都是我賦予它的意義。」見（美國）尼爾·唐納·沃許（Neale Donald Walsch）著，Jimmy 譯：《與神合一》（COMMUNION WITH GOD），臺北，商周出版社，2015年，第233頁。

活、人情世故上不盡如意的地方。原因是什麼？孔子如何面對？如果孩子們是他，要選擇如何反應？

帶領孩子們感受「聖人」的故事、角色扮演，聽取他們對故事的詮釋，尊重他們的選擇，但也不忘提供大人們的想法。如此，會不會比單向式地灌輸道理教義、思想崇拜，更具創造性？

如今在教學過程中，我期許自己可以做到：完全尊重孩子們的選擇，真實表達我自己的想法。不再假借聖人之名，把自己的期望灌注在他們的身上。我也不再高倡傳統文獻裡的聖人理論，因為承認自己不再選擇追隨那種形象，更不想勉強自己做到。

我常想，如果繼續讓孔子扮演「至聖」的角色，現代年輕人或外國人，會不會拿他來跟他們所能看見的華人做出比較？結果又會是如何？

有人說，要毀掉一個人（包括對自己或對他人）或一段關係，只要將對方或自己，完全包裝、美化、神聖化就可以了。每當我思考中，渴求權力、名望的舊有習性又復燃時，這個說法必使自己及時踩下煞車，莞爾一笑。

何謂「聖人」？讓我再回到漢字本身的解說。

漢字「聖」的古文字造字原理，是由「耳」、「口」及「人」組合而成[30]。它們分別代表「聽覺」、「言語」（說話）及擁有前兩項功能的主體。於是，純就漢字構字而言，所謂的「聖人」就是能夠傾聽，也能夠口述的人[31]。

由於字中的「耳」明顯大於「口」，所以還要能「多聽少說」。這就很符合《老子》所說的「行不言之教」[32]。「不言」不是完全不說話，而是少說。

對我而言，回復造字之初的聖人，似乎比較像個活生生的人（至少我看得見）。這個目標對我而言，簡單多了。不過，成為這種聖人有一必要條件：必得自然而

---

30 這三個字都是「獨體字」，組合成一個新的意思。在漢字造字原理中，稱它為「會意字」。它將不同或相同的獨體或合體字，組合在一起，並會合成為一個新的漢字及意思。

31 「聖」字發展到金文時，原有的「人」被寫成了「壬」。這可能是受到字音的影響，無意間將形符（表達字義的偏旁、部件），寫成了聲符「壬」（表達字音的偏旁、部件）。在漢字造字原理中，它由會意字變成了「形聲字」。演變的過程，有人稱它為「訛化」（寫錯字了）、「形聲化」（音化；將原本的象形字、指事字或會意字，改變為形聲字）或「異化」（改變寫法）。

32 見（晉）王弼注：《老子》，第 3 頁。

然，讓這境界自然形成。如果一個人強迫自己少說多聽，內心其實喧鬧不休；很想立即回應別人的話語，卻強忍不說，就會變成壓抑。

壓抑是一位沉默的殺手。它總有一天會爆發。背負愈久，力道愈強。許多人因而被推入萬劫不復的深淵。

想想，如果在臉書可以多傾聽、少說話，是不是就算一位「網路聖人」？在愛情的世界裡，花前月下總是多聽少說，是不是就輕鬆成為「情聖」了。

在政治圈裡，帶著愛自己也愛他人的胸懷，默默做事，不因為升降毀譽而改變自己的意志，這樣就很容易成為屹立於人民心中的「聖賢」了。民調對聖賢而言，是多餘的，是不信任自己的一項宣示。

華人常說：「人非聖賢，孰能無過。」[33]這句話原本是用來原諒自己或他人做錯事時的藉口，卻無意間貶抑了人性。如果人性之中真的蘊含了神性，是每個人都有機會成為聖賢的禮物，那麼這句話不正好消滅了這神性？

就我的觀察，臺灣其實存在著許多活生生的聖賢，在許多家庭之中，在各行各業裡。他們少說，多聽，每天關注自己內心的活動、成長，愛自己之餘，也能不求回報（包括精神上）地愛別人。他們精神獨立、追求人際和諧。他們不需要控制、支配、依賴，所以永遠真實地面對其他人，面對世界，一如人初到這世界時的本貌。

聖賢能動能靜，即使孤獨一人也不會感到孤單[34]。煙、酒、毒品，一點也引不起他的慾望，它們會自然遠離[35]。

有一段時間臺灣人自詡：「臺灣最美麗的風景是人。」這句話就很能襯托這塊土地擁有很多現代聖賢的現象。可惜後來受到一些社會事件的衝擊，反而成為被嘲諷的工具。

其實，只要把句中的「最」字改為「有」，它依舊是事實。世界各地也都有這

---

33 指人難免會有缺失和過錯。見教育部「重編國語辭典修訂本」：
http://dict.revised.moe.edu.tw/cgi-bin/cbdic/gsweb.cgi?ccd=CqZAdZ&o=e0&sec=sec1&op=v&view=8-2

34 「孤單」和「孤獨」有異同之處。本章第二節將會談到它們的差異。

35 許多宣傳強調如何遠離它們，拒絕它們。可惜的是，愈是想對抗、推開它們，它們愈是會緊緊相隨。這部分可以參考第三章第二節「怕」。

種風景。

在二元的世界裡，沒有不美麗，那能看得見美麗？在全然充滿光而沒有其它顏色的空間裡，大多數的人會迷失而不舒服的。所以，感謝、祝福不美麗，它會消失得更快；攻擊、抵抗不美麗，反倒更加助長它的聲勢。

當聖賢愈來愈多，社會的步調自然會慢下來，慢下來就會體認更多生命的真義。依照這樣的思路發展下去，我推想，華人對於生命的終點：死亡，將會有超越現行文化的發展。

死亡一直是個華人害怕、禁忌的話題。既然本書對聖人有了新的詮釋，不妨挑戰一下聖人的能耐，從「人」字的論述之後，直接談談人死後成「尸」的狀態吧。

(二) 尸

聖人和一般人一樣，有出生，也有停止呼吸的時候。人失去了呼吸，漢字就寫作「尸」。構字的概念、字形的依據，也都是由「人」而來。

甲骨文	金文	秦簡	說文小篆	標準字體	通用規範字
				尸	尸

「尸」（ㄕ；shī）的字形是源於「人」，刻意扭曲右邊線條而成。或許是因為「尸」的前身就是「人」。前一單元曾提及，「人」在漢字造字理論「六書」之中，稱為「象形字」。「尸」既然是由「人」變形而來，就稱為「變體象形字」，仍歸屬象形。

對於它的本義，學者有不同主張。有些學者認為甲骨文、金文呈現豎立之形，像人坐著的樣子。專指古代祭禮中，代表死者受祭的活人[36]。華人有句成語「尸

36 《儀禮．特牲饋食禮》：「尸如主人服，出門左，西面。」見（漢）鄭玄注，（唐）賈公彥疏：《儀禮注疏》，臺北，藝文印書館「十三經注疏本」，1985 年，第 521 頁。

位素餐」，指占著職位享受俸祿而不做事的人，就是從這個古代儀式引伸而來的。請留意的是，這個辭彙現在是貶義的。有些學者認為它就是「屍」的初文（最原始的字形、寫法）[37]，指死人的軀體。

從現在的考古資料可以知道，戰國時期（403B.C.～221B.C.）的秦國，開始將「尸」字橫置。直到現今，寫法幾乎一致。大概是因為大多數的人死亡時，是橫躺著的。

此外，在書寫習慣上，以毛筆書寫漢字時，豎立、扭曲的線條，不如橫、直的筆畫來得快又好寫。這也是漢字從甲骨文、金文、篆文等，以線條構形的書寫方式，朝著隸書、楷書等，以筆畫構形的書寫方式發展的主因。

「尸」大多數的時候是指沒有靈魂的軀體。華人大多相信人有靈魂，死亡就是靈魂的離去。不過，有一些人雖然活著，卻好像沒有靈魂般，會走動卻沒有魂魄的軀體。華人也會以「尸」字來稱呼，叫做「行尸走肉」。

這個成語也用以比喻一個人只有身體，卻了無生氣、整天無所事事的樣子。如果對應到現今西方流行的「活死人」、「喪尸」，這場景還真令人難以想像[38]。

華人古代有一部幼兒學習書：《幼學瓊林》。它說：「譾劣無能，謂之行尸走肉。」[39]意思就是說，資質淺薄、沒有才幹能力的人，稱之為「活死人」。

當然，《幼學瓊林》作者的出發點是鼓勵小朋友要認真向學，日後成為有用之人。只是將此書放在現代教育裡，似乎少了點寬容、博愛，多了些恐嚇、階級、菁英主義。不過，這只是一種文化比較後的看法。每個時代的文化內涵都形成於集體意識。一個文化的形成雖然啟始於少數人的創造、卻被大多數人選擇及接受。

---

37 見「中華語文知識庫」：
http://chinese-linguipedia.org/clk/search/%E5%B0%B8/87430/183698?srchType=1&fouc=

38 倒不是因為我認為現代社會真的充斥著「行尸走肉」的人。世代隔閡一直被認為是現代臺灣社會的普遍現象。一個人如果接受了「現代的年輕人吃不了苦、沒責任感、不務實、冷漠……」等想法，自然就會製造出許多這一類可以被他所看見的人。以此類推，這種想法愈多，能量愈強大，很難不形成世代隔閡。社會自然就會朝著這種方向發展走去，文化模式自然會被型塑出來。至於隔閡感是如何被創造出來的？事實又是什麼，似乎不重要了。真的「吃苦才能吃補」？為什麼臺灣傳統文化認為生活、工作就該是苦？現代年輕人應該接受這一類的文化模式，才能不像「行尸走肉」？我的所見與所聞頗有差距，因而經常引發我思考這一類問題。

39《幼學瓊林》約成書於明末，是鄉塾幼兒啟蒙讀物。見葉麟註解：《幼學瓊林句解》，臺南，大夏出版社，1986 年，第 238 頁。

面對這種集體意識的成果，應該予以尊重。

從華人對於葬禮的重視，到貶義詞「行尸走肉」的被創造，反映出華人對於尸體的矛盾情結。

華人重視尸體的神聖性，現今臺灣已將之推向更高的地位，稱之為「大體」。然而，從去世到埋葬或火化，華人社會有一套頗為繁複、有著眾多禁忌的傳統儀式。透過重重儀式可見，華人對於尸體除了尊敬，也充滿恐懼。

尸體偶爾也會淪為洩憤的工具。歷史上曾經有過一段「鞭尸」的記載[40]：

> 始伍員與申包胥為交。員之亡也，謂包胥曰：「我必覆楚。」包胥曰：「我必存之。」及吳兵入郢，伍子胥求昭王。既不得，乃掘楚平王墓，出其屍，鞭之三百，然後已。

伍子胥（名員，字子胥）是春秋時期（722B.C.～481B.C.）楚國大臣。根據《史記》的描述，楚平王聽信費無忌的話，錯殺了伍奢全家。伍奢的次子伍子胥在申包胥等人的協助下，逃到吳國避難。

受到吳國庇護的伍子胥，加入吳國的王位爭奪戰，幫助公子光登基，順理成為吳國重臣。因此，伍子胥得以率吳國軍隊攻打楚國，並且獲得勝利。此時，楚平王已經去世，楚平王的兒子楚昭王也逃離了楚國。伍子胥下令掘開楚平王的墳墓，怒鞭楚平王屍體三百下，以報父兄之仇。

再重讀這段故事，我告訴自己，盡量觀察而不批判。一是，批判只會讓自己漏掉許多重要的啟示；二是，說這段史事究竟是不是史實，仍有爭議[41]；三是，我所批判的，那批判日後將回來面對我。這項自然規律，我現在深信不疑。

我現在關心的議題是：為什麼伍子胥會對一具沒有生命的尸體，做出這樣的舉動？他的內心深處在想什麼？如果我有他類似的遭遇，我的選擇又是什麼？

我想，會影響我抉擇的，應該是傳統教育裡復仇／寬恕的知識。華語中有「君

---

40 見（漢）司馬遷撰，（日本）瀧川龜太郎注：《史記會注考證·伍子胥列傳》，第850頁。

41 華人春秋時期的歷史，主要源於《春秋》這一部書，據說孔子曾經修訂它。可是，伍子胥鞭尸一事，《春秋》並未記載，反倒是時代更後的《史記》紀錄它。這也是學者曾對此提出質疑的主因。一說伍子胥沒有鞭尸，只是象徵性地鞭墓。

子報仇，十年不晚」／「己所不欲，勿施於人」的成語。

復仇是一種很能深植人心、宣洩情緒的作法，因為它是以傷害他人為前提。十年雖然只是一個象徵性的數字，可是想想，在復仇之前，當事人每天活在憤怒之中；復仇之後，夜深人靜之時，內心真能平復？

華人在部分日常生活用語之中，似乎即隱藏著某些復仇的因子。為了鼓勵小孩，抑或是安慰受到挫折的人，華人常會說：「你要好好努力讀書（或去做某件事），將來才會讓人看得起。」說的人辛苦地活在別人的評價裡，聽的人即使沒有選擇跟從，內心恐怕也無法輕鬆。

恕道在華人文化有著淵源的傳統。《論語》說：「其恕乎！己所不欲，勿施於人。」[42]這句話如果不要加上各種人為的條件、標準，我認為它就是來自祂的話語！一種「無條件」的原諒，而且先從原諒自己開始。

能原諒自己的人，才能真正原諒別人。擁有這種能力的人，自然不需要身處特定場所，手捧特定經典，時時刻刻拿來檢視別人的言行。原諒是打開自我療癒的第一道門。對我而言，這就是邁向心靈自由的啟程。

原諒、復仇兩種體驗我都深刻經歷過，如今也都成為我的好友。每當夜深人靜或星空之下，總是陪伴著我持續體驗來自大自然、宇宙及這精采世界的種種禮物，品嘗生命[43]。

原諒是人帶來這世上的功課之一。一天無法完成這項作業，似乎就註定無法避免相關的考驗來到眼前，生活很難快樂、幸福。伍子胥的故事還沒結束。他在吳國有擁立國君之功，又帶領吳軍伐楚，返朝後自然位高權重。

多年後，有一次伍子胥力勸吳國國君夫差應該一舉消滅越國，吳王卻堅持不聽。歷史記載，當時的吳國大臣伯否被越王買通，挑撥是非，所以吳王下令伍子胥自盡。伍子胥死前下了毒咒，命令家人挖出他的雙眼，掛在城門上，將來他要親眼看著吳國被越國消滅。

---

42 見《論語·衛靈公》，見（魏）何晏注，（宋）邢昺疏：《論語注疏·季氏》，第 140 頁。

43 或許讀者會奇怪，我明明觀察到復仇帶給人的苦痛，為什麼還會和它成為好友？這是因為我深刻體會到這世界的一個規律：我愈想要推拒的，愈不想得到的、看到的，它們愈是會緊緊地黏著我。既然如此，只要不選擇再次模仿它的言行，我就可以和它一起回憶過往的種種。當它對我不再有影響力，我也能敞開心胸，接受每一個階段的自己。

據說吳王夫差聽到伍子胥的做法，下令掘出伍子胥的尸體鞭打。之後尸體遭人丟棄到江中，載浮載沉。《史記》說：[44]

> 乃自剄死。吳王聞之大怒，乃取子胥屍盛以鴟夷革，浮之江中。吳人憐之，為立祠於江上，因命曰胥山。

後來吳國的平民百姓可憐他的遭遇，為他蓋了一座小廟，供奉他的牌位。

現在，我也不使用「因果報應」來看待這段歷史。我認為這個成語現在已偏向「復仇」的概念，容易把自己打造成「正義魔人」。

這世界、宇宙，是圓的。我做出的種種言行、給予其他人的感受，終將回到我的身上。無論我給的是什麼。回到我身上的形式，也不一定百分之百的行為模式複製。它需要在我從外界所接收的景況、資訊等，細細體會。這是截至目前為止，我所能感受、體驗到的宏偉的自然規律之一。

我不認為這個規律會受到人任何理由、藉口的影響。它是獨立運作的，沒有任何商議空間。《老子》的「天地不仁」(天地無所偏愛)、「天道無親」(自然規律沒有偏愛)[45]，指的就是這個規律。

歷史故事中的伍子胥，一生面臨許多重大關鍵、選擇。它往往是一個困境，而困境其實是帶他找到生命出口的引領者。困境有時頗有耐心的，只是它會化身為不同的樣貌（意義相同的事件）重複出現，想要帶人脫離「輪迴」。

以前我做事常需要許多原因、理由(包括人、事、物)，也的確能憑藉著自己的意念，改變一些狀況。然而，我沒有因為這些強行得來的改變而感到發自內心的快樂。直到困境用它最浮誇的方式，展現在我眼前。

如今我會覺得，那些原因、理由只是我做出下一步選擇的「藉口」。當我決定扭轉思考方式，鼓勵自己做出想要的改變；尊重自己的心念，不受任何外在實相的影響，狀況似乎就不一樣了。

學會擁抱困境之後，它帶著我看見美麗新世界。

---

[44] 見（漢）司馬遷撰，（日本）瀧川龜太郎注：《史記會注考證·伍子胥列傳》，第 852 頁。

[45] 見（晉）王弼注：《老子》，第 6、91 頁。

從故事的結局來看，很少人會願意選擇扮演伍子胥或吳王夫差的角色。吳國後來真如伍子胥所願，被越國滅亡了。夫差不想在陰間愧對伍子胥，用白布矇著眼睛，一如伍子胥般，舉劍自盡。

這兩位一生都充滿了故事性，結局竟也雷同。對我而言，這才是真正的「苦」，他們擁有的榮華富貴沒帶來耀眼的光明，反倒更加映襯出心境的暗黑。

華人喜歡說「吃得苦中苦，方為人上人。」長輩也常教導孩子們，「先苦才能後甘」。覺得人生很辛苦的人，常會寄望下一世可以脫離「輪迴」，卻忽略了結束輪迴可能就在眼前，是這一生就可以解脫的。

想要脫離輪迴，得先從觀念著手。如果一個人選擇了他最渴望做的事，投入了百分百的心力，又怎麼會覺得「苦」呢[46]？真正的「苦」是來自別人的內心投射，而附和的人接受了這投射。

在臺灣歷史上也曾出現，極少數與伍子胥鞭尸意義類似，但作法、程度略有不同的社會事件。父母去世後，子女爭產。在糾紛未解之前，父母的尸體無法下葬。尸體成為表達生者情緒的對象。

華人對尸體的態度，既尊敬，又敬而遠之；既好奇，又會對它做出怪怪的舉動。這大概是因為死亡真的是一件很詭異的事情。為什麼人一旦停止了呼吸，就無法再動了？他去那裡了？還是他就消失了。

然後，歷來那麼多通靈者或神明代言人對於「死」的解釋，為什麼又不盡相同？

整體而言，傳統華人文化十分重視尸體的完整性。矛盾的是，既給予它崇高的尊重、儀式，卻認為它是不潔的[47]。也有人說：如果去世的是家人，不會認為它不潔，但如果是別人，就會。我想，這應該是源自於對死亡後的未知及恐懼。

---

46 我經常看到學生或朋友，因為投入他們所熱愛的課業、工作，可以不眠不休。旁人大多會用「不要累著了」、「不要那麼辛苦」來勸慰他們，卻無法意識到，這些話的重心其實是說的人自己。對於只需要少數睡眠而投入工作的人來說，這是無價的幸福。此時，他的靈魂是醒著的、參與其中的，與他的身心正一起歡唱著。如果這動機不來自渴望，而是刻意追求，想要「讓別人看得起」，或許會有不一樣的景況及結果。

47 臺灣還有個傳統習俗。家中有喪事的人，不能隨意進到別人家裡，以免帶給受訪者「惡運」。

1. 死

無法用人的語文實證的事物，總是令人好奇、害怕，死亡就是如此的一件事。即使有許多人「死而復生」（瀕死），他們對於死後的景像，要不就絕口不提，要不就說法不一。如此，讓活著的人面臨死亡時，大多無所適從。

當人的身體變為尸體，死亡就被正式宣告成立。

甲骨文	金文	秦簡	說文小篆	標準字體	通用規範字
[illegible]	[illegible]	[illegible]	[illegible]	死	死

甲骨文包含兩個偏旁（部件）：左邊的「人」及右邊的「歺」。

「歺」（ㄜˋ；è）的本義是殘骨。字形就像殘缺的骨頭，屬於六書中的「獨體象形字」。

「歺」後來寫成「歹」。宋代的韻書《廣韻》就記載著：「歺，說文曰：『列骨之殘也。』凡從歺者，今亦作歹。」[48]

「歹」又引申指壞事、不好的事。為了區別它與本義的不同，字音也改讀為ㄉㄞˇ（dǎi）。一個人無法分辨好、壞的情況下，稱為「不知好歹」。「歹」也可以做為形容詞用。做壞事的人就叫「歹徒」。

從甲骨文到《說文》小篆，「死」的字形距離造字之初還不是很遠。部件「人」就像一位垂手跪坐在殘骨（尸體）旁的人。可是到了現代的楷書，它變成了「匕」。

《說文解字》說：「匕，變也。从到人。」「从到人」是解釋「匕」的字形如何創造的。「到」即「倒」的本字。前文提及，「人」在漢字造字理論「六書」之中，是象形字。「匕」既然根據「人」的樣貌而來，只是稍微更改它的方位，學者稱這種造字法為「變體象形」。或許是因為造字者觀察到人時時刻刻都在改變，而改變意味著與過往不同或相反的表現，於是將「人」倒過來寫。

在變體象形字裡，希望讀者可以體會到造字者對於萬物的觀察力，以及哲思、

---

[48] 見教育部《異體字字典》：http://dict.variants.moe.edu.tw/yitia/fra/fra02076.htm

藝術等不凡的表現。

漢字「匕」的古文字很容易和另一個字「匕」（ㄅㄧˇ；bǐ）混淆[49]。不知道是不是這個緣故，從甲骨文開始，「匕」都是以「化」的字形呈現。

甲骨文	金文	漢簡	說文小篆	標準字體	通用規範字
				化	化

「化」就像一正一反，背對背的兩個人。可以說它是明示著人與人之間的差異性；也可以認為它是喻示著「人」在這世界中，不停地循環改變。

「化」的字義從人延伸到指陳天、地的偉大，生成萬物，如：「造化」、「化育」。它也反應出人類對物質欲望的追求，或影響他人的驅力，例如「教化」、「化度」。

無論古、今文字的「死」，都是由「歹」、「人」（或「匕」）兩個不同的部件組合而成。這兩個部件都是獨體象形字，都是用來解釋字義的形符，會合之後，意義也相加相乘。在漢字造字理論「六書」之中，稱它為「會意字」。

即使人們了解死亡是大自然規律之一，它依舊令人大多數人感到害怕。為了對治這種心理，華人創造出各式各樣的信仰、儀式。希望消滅無法掌握生命去向的茫然。當然，這也使得巫術、命理在文化中，從商朝開始，就佔有重要地位。

巫術、命理創造許多禁忌，而禁忌則源自恐懼。

華人歷史中，有許多人能看透這項簡單道理。戰國時期有位後人稱為「莊子」的，就是屬於這一類。根據記載，當妻子去世後，他做了一件驚世駭俗的事[50]：

> 莊子妻死，惠子弔之，莊子則方箕踞鼓盆而歌。
>
> 惠子曰：「與人居，長子，老身死，不哭亦足矣。又鼓盆而歌，不亦甚乎？」

---

49 「匕」（ㄅㄧˇ；bǐ）是古人舀取食物的器具，相當於現代的湯匙、勺子之類。

50 （晉）郭象注，（唐）陸德明釋文，（唐）成玄英疏，（清）郭慶藩集釋：《莊子集釋·至樂》，第 271 頁。

> 莊子曰：「不然！是其始死也，我獨何能無慨然？察其始而本無生。非徒無生也，而本無形。非徒無形也，而本無氣。雜乎芒芴之間，變而有氣，氣變而有形，形變而有生今又變而之死，是相與為春、夏、秋、冬四時行也。人且偃然寢於巨室，而我噭噭然隨而哭之。自以為不通乎命，故止也。」

莊子的朋友來到家中弔唁。只見莊子兩腿伸坐在地下，敲著盆子唱歌。他的好友惠施（兩人很愛鬥嘴）指責他：「你和妻子長住一起，她為你生兒育女，現在老死了，你不哭就罷了，竟然還敲著盆子唱歌，不覺得太過分了嗎？」

莊子回答惠施說：「不是像你說的一樣。她剛去世的時候，我怎能不悲傷呢？可是觀察她的一生，一開始還沒來到這世上時，根本是沒有生命的。不僅沒有生命，也沒有軀體身形。不僅沒有軀體身形，也沒有氣息。就在似有若無之際，她來到這世上，變成了氣，氣又變成身軀，身軀又變成了生命。如今，她死亡了，一切似乎又都回到了原點。像這樣生來死往的變化，宛如春、夏、秋、冬四季的運行。她都已經沉靜安息在天地之間，而我還在這裡哭哭啼啼。我認為這樣是不通達生命真理，所以才不哭了。」

*莊子如果活在現今，可能會被判定精神失常，親友鄰里則會以「瘋了」來形容他。其實這很符合他的性格，一生中始終扮演著反社會、反傳統的角色。

這世界有趣的地方在於，永遠會有人想扮演反派角色，永遠會有人想反對其他人。想想看，一部電影演員再多，扮演的都是單一性格，從頭到尾，一片和樂安祥。這部電影會賣座嗎？

在莊子的回答裡，我看到了一位活在世上「至樂」的神。他透視了這世界所有的物質存在，看見生命、靈魂的存在。他超越情緒、物質，深知唯有直接與亡妻的靈魂聯結，才能不為妻子身軀的僵死所控制（這部分的詮釋，有我個人的臆測、假設在其中）。

莊子的神性，還表現在面對「不確定性」的態度。華人傾向配合外在的制度、規範，以尋求安逸及安全感。事實上，人來到這世上的目的之一，就是冒險。小嬰兒對於這個世界的好奇心，不斷地想摸索、碰觸，就是最佳例證。直到他們不斷接收來自大人們的：「不可以」、「危險」、「這樣做很丟臉」、「那樣說會讓人討厭」……

大家以為這樣就可以遠離死亡，被物質或群體保護。至少，死亡發生時是可以被掌控的。莊子在妻子去世後，鼓盆而歌，或許正是以行動說出一項真實：安逸是最大的險境，而安全感是虛幻不實的。

華人從死亡衍生出的許多禁忌、儀式，敘述著對於人生「不確定性」的恐懼。這項恐懼經常阻礙了活力及創造力。

也許讀者會質疑：如果莊子是神，怎麼會瘋瘋顛顛的面對死亡？是的，在華人文化裡，行為調皮、怪異的神祇，大多是位階比較低的（如孫悟空、濟公、三太子等），還必須臣服、受制於莊嚴肅穆的高階神祇之下。

我認為這些神明的性格、制度，都是人投射出來的。目的是滿足人想要宰制、控制世界的慾望。只要細察信仰、禁忌、儀式中許多矛盾之處，以及現今世界許多宗教的內在焦慮，就不難理解了。

如果承認莊子就如《聖經》所說的，是上帝依其樣貌所創造出來的神——誰說上帝不能有著像莊子般輕鬆幽默的一面呢？是誰讓上帝總是板著臉，只想計算信徒對祂的忠心程度，還有奉獻的數目，卻一點也不想和信徒玩樂在一起？

當然，可能會有人說「不可能」，並直指有這種想法的就是魔鬼！佛經裡有句話：「一切唯心造」[51]。現代歐美新思潮、量子物理學很喜歡引用這句話。人類所看到的一切，都源自內心意識的創造。一個人心裡所想的，就會投射並塑造出他的生活環境。

在莊子的身上，我看不到恐懼，只看見他對人生及亡者的真愛。他視線所及，不僅是多采多姿的物質實相，還包括了大自然的運作規律。強行或過多的信仰、禁忌、儀式，就是不自然的。在他生活裡，看不見任何會作祟的先祖鬼怪，也不會需要豐盛的祭品來表達自己的愛，或是順道要求祂們賞賜些什麼給自己。

我大致能理解莊子的生活背景，是因為他處的時代，正是我學術研究的範疇。透過漢字古文字及出土文獻的研究，我多少能體會為什麼莊子要以身示「法」，挑戰當時的文化傳統及習俗。

那真的是一個充滿恐懼的時代。

從商朝（約西元前 16 世紀～前 11 世紀）開始，朝廷舉凡大、小事，都需要

---

[51] 《華嚴經》說：「若人欲了知，三世一切佛，應觀法界性，一切唯心造」。見（唐）實叉難陀譯：《大方廣佛華嚴經》，「中國基本古籍庫」（漢珍電子檔）「大正新脩大藏經本」，第 222 頁。

仰賴占卜決定行動。這也是甲骨文形成的原因。無論鬼神祭祀、婚喪喜慶、送往迎來等，都要透過占卜向鬼神祖先請示，或是預測結果，因此發展出很多的儀式、禁忌。

在華人與死亡相關的文化裡，活著的人不僅要為亡者安排繁複的儀式，還為他打造死後的去處。透過一片出土的〈告地書〉的研究，大概就可以間接看到華人最早的冥府、陰間雛型。它大約形成於西漢（西元前 206～西元 8）初年[52]。

〈告地書〉是一塊木牘（木片），用來做為墓主的陪葬品清單。它的原文是[53]：

> 二年正月壬子朔甲辰，都鄉燕佐戎敢言之：庫嗇夫辟與奴宜馬、取、宜之、益眾，婢益夫、末眾，車一乘，馬三匹。正月壬子，桃侯國丞萬移地下丞，受數毋報。定手。

我將之語譯如下[54]：

> 二年正月壬子朔甲辰，桃侯國都鄉的燕、戎謹呈：墓主名辟，生前為庫嗇夫，今有奴僕宜馬、取、宜之、益眾四人，女婢益夫、末眾二人，車輛一乘及馬三匹，一併隨從。正月壬子，桃侯國丞萬將之移送冥間主官。主官收到移送之陪葬品項及數目後，無需回覆。承辦人定。

牘文中的「燕、戎、辟、定」，均為真實人名；「宜馬、取、宜之、益眾、益夫、末眾」，均為虛擬人名。牘文撰寫者希望墓主可以將世間榮華富貴、權勢地位，一併帶到死後世界。

---

52 〈告地書〉於 1998 年孔家坡 M8 號墓出土。墓主身分推測為秦漢時期（下限為西漢景帝後元二年；142B.C.），縣級基層官吏，負責管理物資及製造。見洪燕梅：〈《孔家坡漢簡·告地書》訓讀及生死文化研究〉，臺北，《出土文獻：研究視野與方法》第五輯，2014 年，國立政治大學中國文學系，第 119-140 頁。

53 見湖北省文物考古研究所、隨州市考古隊編：《隨州孔家坡漢墓簡牘》，第 197 頁。

54 見洪燕梅：〈《孔家坡漢簡．告地書》所見生命教育——兼論訓詁學之應用〉，臺北，第十屆漢代文學與思想暨創系 60 週年國際學術研討會，國立政治大學中國文學系，2016 年 11 月 26、27 日。

人在精神、物質兩大層面的欲望下，伴隨著成長，創造出外在種種與精神需求相應的物質實相。人對它們的需要、依賴，也愈為黏著。然而，人終究不免一死，也明白這些欲望所創造出的所有物質，一點兒都帶不走。此時，有人透過想像，創造出某種儀式，聲稱死者可以將它們一併攜往另一世界，持續在世的富貴權勢。死者生前及送行親友即使疑信參半，想必也會抱持姑且一試的心態，接受這種儀式。

告地書最初的研訂者，或許正是深黯死者生前及其親友們，內心對於物質世界反應的人。告地書物質化的內容，對於死者臨終及其在世親友，具有療癒悲傷作用。

戰國時期流行的陪葬文書是遣策，大多記載死者陪葬衣物、器具、人俑等。告地書除陪葬物品外，還記載對墓主身分的移送，以及對地下主官的請託。著實不難看出它是在既有的傳統文化上再創造，且更具療癒作用的儀式。

從告地書的內容觀察，研訂者在乎的除了人間的物質、身分地位以外，他更害怕的是亡者面對另一個世界及前往的過程，將是孤單的，而且是寂寞的孤單[55]。這份恐懼，又來自封建制度、禮樂教育、崇拜聖人、祭祀神鬼等文化的影響，形成所謂的自卑情結（Inferiority Complex）。

自卑情結源於自幼被告知要追求優越的表現[56]。華人的具體表現則來自「學而優則仕」（《論語・子張》）的觀念[57]。

順著這種情結發展，人們對於物質的需要、依賴將日益加深。告地書的研訂者，也許是朝廷權貴，也許是通靈巫師。即使他的身分並非平常百姓，部分傳統

55 寂寞可分為兩個層次：一是外在形態，指孤單（alone）而且有冷清、不舒服的感覺（the condition of being alone, especially when this makes you feel unhappy）；一是內在形態，即使外在有人陪伴，內心依舊感覺到孤單。孤單則是指一個人的狀態（without other people）。孤單的人，未必寂寞。本註解英文釋義引自"Cambridge Dictionary"；http://dictionary.cambridge.org/dictionary/

56 見（奧地利）阿德勒（Alfred Adler）著，吳書榆譯：《阿德勒心理學講義》（The Science of Living），臺北，經濟新潮社，2015年，第49-66頁。不過，文中提及：「凡是人類皆有自卑感，也都會努力追求優越。」我對此有不同意見。初生嬰兒並不知何謂自卑，他的自卑是後天教育所致。如果教育的內容中正平和，且合乎天地萬物自然之理，如西方的史賓諾莎（Baruch Spinoza, 1632-1677）、東方的《老子》、《易》等，則不致形成自卑情結。推測阿德勒（Alfred Adler）是就現代歐美文化的觀察而得此結論。

57 見（魏）何晏注，（宋）邢昺疏：《論語注疏》，第172頁。

文化引發的自卑感，顯然深植於他的生命之中，從而實難使一個人真正獨立，尤其是心理層面。

除了自卑情結，華人長期相信天帝鬼神有著「賞善罰惡」的能力、形象，也造成人們面對死亡時的極大挑戰。人一生在世，成長過程充斥著各種可能。在人際互動、取捨進退之間，不免有牴觸人們自己訂定的禮法之處（有趣的是，人們也因此不斷在修正「符合需求」的禮法制度）。就在這過程裡，許多的愧咎感、罪惡感，早已悄然地開始堆疊在人們的心靈角落。

〈告地書〉的內容，看起來就是一場完美的安排。它可以使死者在另一個世界，不會因為生前的做為而受到任何傷害。因為他帶著官職前往，理應被保護、尊重。告地書的研訂者，似乎也藉由這項創造，試圖消解禮法制度下的負面心理作用。

自卑、依賴、相信上天會懲罰人類而有條件愛人的人，常流於焦慮、悲觀；自信、獨立、相信上天順應自然而無條件愛著人的人，常處於沉著、樂觀。這兩種截然不同的存在狀態，在面對死亡之際最能突顯浮現。陪葬物品、移送的文書，這些儀式看起來是尊重死者、安慰生者的行為。試問：如果告地書的研訂者是一位樂觀的人，相信死後的另一世界是受到祖先神祇庇祐的，又怎需準備如此豐富的陪葬品？甚至連人間的官職都想一併攜帶前往？

我認為，〈告地書〉的研訂者對死後的另一世界，是充滿悲觀、不信任、恐懼的。

〈告地書〉內容記載著死者將被移送至另一空間。乍看之下，似乎是當時的人認知到死亡是靈魂脫離肉身的過程，而藉由儀式，可以充分掌握祂（靈魂）的去向[58]。不過我認為，〈告地書〉的內容反倒說明了當時人們對於死亡一事，仍處於蒙昧不清的狀態；看似相信死後靈魂必有特定去處，實則茫然毫無方向。於是只好透過想像有位地下主，並商請地下主保護死者及其陪葬物品。

茫然之餘，〈告地書〉的內容也反映出採取此項儀式者，對於人間物質的需求、享受，無法割捨。

---

[58] 漢代以前，常於典籍之中出現「魂魄」一詞，表示精神、靈魂。如《左傳．昭公七年》引子產之語：「人生始化曰魄。既生魄，陽曰魂。用物精多，魄魄強。」（見春秋·左丘明撰，晉·杜預注：《春秋左傳正義》，臺北：藝文印書館重栞宋本，1955 年，第 764 頁）、《史記．刺客列傳》：「今智伯知我，我必為報讎而死，以報智伯，則吾魂魄不愧矣。」（見漢·司馬遷撰，日本·瀧川龜太郎考證：《史記會注考證》，第 999 頁）。

死者臨終前，內心是否有充分獨立面對未知世界的能力，其精神狀態究竟如何？向來是無法解答的謎。華人歷史、小說有許多死後復生的例子。由於這是個禁忌、容易被嘲笑的話題，深入談論或研究者，極為罕見。不過，歐美在這方面有不少可供參考的研究。

美國知名瀕死研究專家雷蒙·穆迪博士（Raymond A. Moody, Jr., M.D）著有《死後的世界》（Life After Life）一書。書中綜合 150 個瀕死經驗的案例，揭露往生者臨死前及死後的所見所聞大致為 15 個狀況：1.身體痛苦到極點；2.感到平和寧靜；3.聽見刺耳的聲音；4.飛快穿過很長的黑暗隧道；5.脫離身體，成為觀眾；6.沒有時間性；7.無法言語；8.感官極為靈敏；9.強烈孤獨感；10.其他「人」來陪伴；11.遇見不可思議的「光」；12.回顧一生；13.邊界（或界線）的阻隔；14.回程；15.重回身體[59]。

這綜合而得的 15 項，不代表每個人的經歷完全相同。相反的，不會有兩個完全相同的故事，雖然有些故事非常相像[60]。不過，大多數人都有過這經驗：當靈體離開身軀，卻無法與在場的人交談（醫護人員、親友等），會造成強烈的孤獨感。

《老子》曾說：「寵辱若驚，貴大患若身。」[61]人們無論得到寵愛或受到羞辱，都會感到驚慌失措。寵愛、羞辱，都是大患，也都是因為有了身體才會有這些大患。因此，應該要重視身體，一如重視寵愛、羞辱般。《老子》的話直指出一個大多數華人長期難以擺脫的文化困限：活在社會、他人評價之中。

相對地，一個人如果能清楚、定義自己存在的價值，自然可以擁有獨立的人格精神。

《老子》所謂的「貴身」，不是貪生怕死，而是尊重自己身軀存在的事實。能夠貴身，即能培養獨立自主的人格，面對寵辱、得失，始終淡定不驚。至此，精神與身軀、內在與外在，處於平衡狀態，自然足堪大任。一旦有了出仕的機會，還是「雖有榮觀，燕處超然」[62]，不受任何物質環境變化而改其初衷。

---

59 見雷蒙·穆迪博士（Raymond A. Moody, Jr., M.D）著，林宏濤譯：《死後的世界》（Life After Life），臺北，商周出版社，2012 年，第 51-139 頁。

60 見雷蒙·穆迪博士（Raymond A. Moody, Jr., M.D）著，林宏濤譯：《死後的世界》（Life After Life），第 54 頁

61 見（晉）王弼注：《老子》，第 12 頁。

62 見（晉）王弼注：《老子》，第 31 頁。

這樣的人，有朝一日，面對死亡、精神必須離開身軀，前往未知世界時，一樣是從容自在，而無需任何物質的安排或陪伴。

〈告地書〉中的內容，從奴僕、車馬到移送過程，無一不是著重在物質形式。然而這一類文書其實流行的地區不廣、時間不久，數量也不多。在此之後，幾乎被「鎮墓文」所取代。

「鎮」指壓制、壓服。鎮墓文顧名思義就是利用某種工具、方法，對死者從事某方面的儀式或法術。黃景春教授解釋如下[63]：

> 鎮墓文厭鎮的對象有兩種：死者和地下鬼神。對死者的厭鎮，主要是分別生死，告誡死者不得返回陽間祟擾親屬。強調“生人屬陽，死人屬陰”，“生人屬西長安，死人屬東泰山”，“生死異途，不得見”，是這類鎮墓文的常見語言。為了將死者與生者之間的聯繫斷絕開來，消除作祟的死鬼，有時要將它驅逐到極遠之地。

一般而言，為死者安排葬禮的，絕大多數是他的家屬親人。如果在世時，這個家或這個人際關係，是充滿著愛，又怎麼會在人死後，立刻對他的存在避之唯恐不及呢？甚至利用儀式或法術，對著他的靈魂（如果真有靈魂）告誡指示，命他走得遠遠的，不准眷戀。更甚者，是已預設他會「作祟」。

直到現在，華人文化中依然可見，將喪禮視為不潔之事，無論來自親人或陌生人。試問：如果一個家庭或家族真能在血緣關係下，相親相愛、緊密相依，又怎會在有人過世時，將他生前的所有物，以及與之喪禮相關的過程，定義為不潔之事物？

反之，如果死者是自己，會希望生前宣稱相愛的親友，用著害怕、閃躲、各式清潔儀式來面對自己？

本單元雖然討論的是漢字的「死」，卻必須用活著來襯托論述，如此或許更能突顯生／死本是同一件事，心態不必有所差別。

---

63 見黃景春：《早期買地券、鎮墓文整理與研究》，上海，華東師範大學博士學位論文，2004年，第15頁。

美國著名的喬・迪斯本札醫師（Joe Dispenza, DC）在所著的《未來預演：啟動你的量子改變》（Breaking the Habit of Being Yourself: How to Lose Your Mind and Create a New One）中說[64]：

> 活得越像自己，越缺乏創造力。
> 我們都是「某人」，別人眼中定義的你，跟你熟悉的自己，都在反覆過著制式的生活，但那些都不是真正的自我。因為我們不僅是實體的存在，還是一種自由的能量形式，而當你受困在身份認同的圈圈中，你就會認命地順服現實。

傳統華人教育重視培養人在環境中的適應力，有了能力、地位就要去改變別人，最後，失去的永遠是自己。

現代歐美新思潮中，鼓勵有志突破現狀的人，是要認知到：環境、宇宙是人的意識所創造出來的，而不是物質環境創造了人類。這項主張與佛經「一切唯心造」概念近似。無論是新神學或新科學，均不約而同從這個概念出發。

若果真如此，我們死亡後，想要前往一個什麼樣的新世界？是〈告地書〉中的「地下」？需要帶著奴僕、官職繼續去當官、需要被保護的世界？還是一個充滿光明、快樂的新天地？無論想要的是什麼，文化若要可長可久，研究者除了詮釋過往的傳統，也要能勇於創造後人的傳統。

「傳統」一詞不能限制文化的發展，只有文化中的每個人能限制自己。

如果讀者想問我：「講這麼多，那你到底怕不怕死啊？」當然，還是怕，但寫完之後，似乎又不那麼怕了。

透過相關研究，我會開始想像死後的樣貌。先行感受那種自由、解放。然後是各式各樣的超能力！離開這個物質實相時，我會給予此生來到身旁所有的人，送上滿滿的祝福。我知道的是，只要能正向詮釋死亡，喜悅地迎接它的到來，就可以減少死亡前的恐懼，死亡後的迷惑。

---

64 見喬·迪斯本札醫師（Joe Dispenza, DC）著，謝宜暉譯：《未來預演：啟動你的量子改變》（Breaking the Habit of Being Yourself: How to Lose Your Mind and Create a New One），臺北，地平線文化公司，2016 年，第 123 頁。

如果能以喜悅的淚水、平和的心境，送別即將死亡的親友，相信他也能帶著這份能量、力量，引導自己，勇敢地迎接未知（或已知）的世界。宗教、儀式則成為一種幫贊的過程。

小時候經歷過多次長輩的葬禮，心中留下許多陰影。從小，我不敢一個人在家。不得已，晚上就一定要開燈。如果不得不一個人在家過夜，那就只好熬夜。

自從改變了對死亡的觀念、看法，決定未來的去處，如今這些習慣都消失了。在我已遺忘詳細日期的某一天裡。

害怕獨處的人，大多擁有活絡的想像能力。可是，如果這能力是往負面發展，恐怕只會加深恐懼感。至於這種人想像的對象是什麼？我想，華人大多會聯想到的是「鬼」。

2. 鬼

華人對於未知，或可能發生而無法掌控的事情，大多充滿恐懼。這種文化透過代代相傳，深深影響著生活模式及個性型塑。

甲骨文	金文	秦簡	說文小篆	標準字體	通用規範字
				鬼	鬼

甲骨文的下方部件是「人」，代表祂有人的成分，鬼的前身就是活著的人。上方部件「田」不是田地的「田」。在金文及《說文》小篆裡作「甶」（ㄈㄨˊ；fú），像鬼的頭部。楷書寫作「甶」。

華人很早就視鬼為同處於這世間的存在，一方面畏懼祂的能力，試圖降低祂的干預；一方面又想方設法地抗拒祂的影響力。目前能看到華人最早記載鬼怪的文獻，內容又頗為可觀的，應該非「睡虎地秦墓竹簡」莫屬。

其中一篇名為〈詰〉，記載著各式各樣的鬼怪，有一部分還賦予祂們專屬名稱。竹簡內容有些描述著祂們作祟人間的手法。例如有一種鬼會與女子同眠，並自稱上帝之子；有一種稱為「神狗」的動物靈，祂會控制男主人、戲弄女主人。

有些時候內容也會介紹對治祂們的方法。例如如果鬼會拿著竹器「匴」（ㄙㄨㄢˇ；suǎn）進入屋內，說「給我食物」，那麼就是遇上「餓鬼」了。此時拿起鞋丟向祂，就沒事了[65]。

至於為什麼古代的鞋子可以用來驅鬼，就留給讀者猜想了。

「鬼」指人死後的靈魂樣貌。這個字時常又可以用來形容會傷害人的人或物，叫「妖魔鬼怪」。主觀上認為某人行為不端正，有某種不好的嗜好、行為、癖性等，也會冠上「鬼」字，如「酒鬼」、「煙鬼」、「賭鬼」。

形容人的言行狡詐、陰險、不光明、不合法度，也是鬼的一種，如「鬼主意」、「鬼計多端」、「鬼頭鬼腦」、「鬼扯」、「鬼混」。

對於不舒服的感覺，認為事物實在惡劣、糟糕，也用鬼來形容，如「鬼天氣」、「鬼地方」。

有沒有發現華人喜歡用「鬼」來形容人的言行舉止，還有對他人、事的貶抑或不愉悅的感覺？這也是華人大多生活在恐懼之中的原因之一。

言語是最不精確的溝通工具，卻也有著人難以想像的力量。當生活中充斥著由鬼而生的聲音、想像，它會形成召喚的力量。更不用說有些人喜歡邀請鬼來幫助自己解決問題或達到某種目的，臺語稱之為「請鬼拆藥單」。

把前一單元的「死」字和「鬼」合在一起，就是華人（妻子）對丈夫戲謔或嘲諷的稱呼，叫「死鬼」。不過，有些玩笑其實帶著刀，容易在不經易之間，劃過內心。夫妻之間的樂趣可以藉由其他很多正向、陽光、健康的方式達成，還是不建議開這種玩笑[66]。

如果夫妻之間存在的是真愛，毫無算計、要求、控制等情緒，「死鬼」一詞根本不會從妻子的心中升起。

---

65 見洪燕梅：《出土秦簡牘文化研究·出土秦簡牘的方術文化》，臺北，文津出版社，2013 年，第 51-94 頁。

66 華人常說「親近導致侮慢」，一般解釋為不要對人太好，否則對方會看不起自己，對自己失去分寸。我倒認為這種詮釋過於悲觀，也是對人性失去信心的結果。如果一個人願意不只觀察他人的表面，也能直視每個人內在靈性，自然可以超越表象，真誠對待其他人。親近與否，都不致影響或改變這個人善待他人的初衷。再者，他也不會因為他人不友善的言行，第一時間就做出情緒反應，而是會耐心了解狀況，避免關係惡化。

漢字「鬼」的造型原本十分中立，造字者已明白告訴用字者，鬼就是我們的未來。既然如此，不知道讀者想為自己打造成什麼模樣？是要像別人描述般的青面獠牙，還是用自己美好的想像，構畫自己未來的面貌？

問十位自稱有靈視力的人「鬼究竟長得什麼樣子」？會得到十個不同的答案。原因很簡單，「一切唯心造」[67]。每個可以「被看到」的鬼，都是看的人內心的投射。這個宇宙是人的意識所投射出來的。既然如此，為什麼不選擇自己規畫死後未來的一切？

華人對於鬼，是即好奇，又害怕。有時候有求於祂，有時候又希望祂回到該去的地方，不要干擾人的生活。有趣的是，這種矛盾的情結依然能衍生出許多與鬼相關的信仰、儀式、禁忌。

當然，華人對於鬼也有浪漫的想像。清朝（A.D.1644～A.D.1911）文人蒲松齡就寫了一本《聊齋誌異》，屬於短篇小說集。內容有一部就描寫著窮苦書生與鬼、妖、仙女等的愛情故事。

人死亡、離開身體後，究竟是什麼模樣，沒人可以肯定，只有不同宗教中的各式各樣詮釋。造字者想像著死後離開軀體的，是一道宛如白雲般飄浮的存在，所以稱祂為「䰟」。

對於應該要感到羞恥、不好意思，眾人應予以譴責的人，就叫「「心中有鬼」。這個概念後來又衍生出另一個漢字：「愧」。

華人的教育和人際互動裡，常使用這個字做為指責或修正他人言行的工具。它源自儒家教育，《孟子・盡心上》[68]：

「人不可以無恥，無恥之恥，無恥矣。」

---

[67] 換言之，不再是物質創造了人類，而是人的意識創造了這宇宙。這對於人重新看待自己的價值，極具啟發性。不過，相對的對於傳統需要仰賴威權控制才能存在的宗教或其他學門（尤其是教育）而言，將會帶來極大挑戰。

[68] （漢）趙岐注，（宋）孫奭正義：《孟子》：臺北，藝文印書館「十三經注疏本」，1985年，第 230 頁。

官方的詮釋如下[69]：

> 孟子的意思是說，一個人不可以沒有羞恥心，知道羞恥，言行舉止就會小心謹慎，即使犯了過錯，也能馬上改過向善，能夠如此，就可終身免於恥辱。孔子在〔論語·子路〕中說：「行己有恥，使於四方，不辱君命，可謂士矣。」孔子讚許行事能知恥的人是第一等的士，可見知恥之於人的重要性。孟子在下一篇又接著說：「恥之於人大矣。」再次強調人絕不能失去羞恥心。沒有羞恥心，就是「無恥」。

「羞恥」相當於「慚愧」。華人很常用「你有沒有羞恥心啊？」「你應該要感到慚愧！」做為分辨「過」與「善」的矯正用語。

問題是：這世間的「過」(錯誤)，標準何在？它可能因人因事因地而有不同的尺度。拿它來檢視他人言行，往往流於主觀，更遑論檢視的人自己能否「以身作則」，都是個問題。

拿「過」來檢視自己，往往會援引外界、他人的標準、評價來衡量言行，忽略了自己的思考、想望。華人的教育基本就維持在這一條路線。如果說一個人內外一致是最合乎自然的樣貌，那麼，不斷拿別人對「過」的定義，來指引自己的向「善」之路，終究很難有意識地活著。

再者：改過向善是否真能終身免於恥辱？如果沒有完善的引導，那改過後的譴責（來自他人或自己）一直留在內心，它就會變成一個時時盯著自己的「鬼」（罪惡感、愧咎感)。「愧」常與「慚」配對構詞。「慚」，心被斬著、殺著。「慚愧」如果就是任由鬼來砍殺一個人，那麼留下的傷痕又該如何治療呢？

一個人的言行如果不合乎當時法律或社會規範，真的只能用「慚愧」的方式來處罰他嗎？在這裡，我似乎又看到了一個「復仇」的概念，深深嵌在華人的文化之中。

69　見「國家教育研究院·雙語詞彙、學術名詞暨辭書資訊網」，http://terms.naer.edu.tw/detail/1311442/?index=2

慚愧容易轉化為憤怒，甚至是仇恨之心。《左傳・成公十七年》記載[70]：

> 晉范文子反自鄢陵，使其祝宗祈死，曰：「君驕侈而克敵，是天益其疾也。難將作矣！愛我者惟祝我，使我速死，無及於難，范氏之福也。」六月戊辰，士燮卒。

范文子即春秋時期（722B.C.～481B.C.）晉國大臣士燮。因為封於范，又稱范文子。

鄢陵之戰（575B.C.）時，晉國打敗楚國，晉厲公因志得自滿。士燮見狀，在家裡對著自己的祖先牌位如此說：「我國國君既驕傲又奢侈，這是老天在加速惡化他的缺點！晉國即將大難臨頭了。老天爺如果愛護我，就一定要保佑我，讓我快快死去，不要讓我看到這場災難，這也是我的福氣！」國君是范文子的上司，因為上司的言行不符合他的行為標準，於是要求上天讓他速死。范文子不只詛咒了自己，同時也詛咒了他的國家。整起事件，形同玉石俱焚。言語的力量，亦可見一斑。

很難想像，其實范文子和他的父親、兒子，一家三口常被後人視為「好家教」的典範，范文子則是「勇於改過」的模範。父慈子孝，三代都是朝中大臣。可是，范文子會做出如此暴戾、不可思議的舉動，或許關鍵也正是在家教。

根據其他史書記載，范文子的父親范武子家教甚嚴。有一次，范文子很晚才從朝中回家。范武子一問才知，原因是范文子接待外賓，玩得太晚了。秦國來的使臣一時興起，弄了謎語讓大家猜，朝中大臣沒有人猜得出來，倒是范文子一下子就猜到三則。

范武子愈聽愈生氣，一邊責罵范文子，一邊拿起了棍棒痛打了他一番。原來，范武子認為朝中大臣猜不出來是為了禮讓外賓，范文子不懂人情世故，還挺身逞能。顧不得兒子已經長大成人，還是朝廷重臣，范武子隨手就是一陣打罵。

范文子的確知過能改。後來有一次他凱旋歸國，父親范武子遲遲等不到兒子回家。好不容易范文子現身了，才知道原來他為了不搶主帥的風采、功勞，刻意

70 見（晉）杜預注、（唐）孔穎達疏：《春秋左傳正義》，臺北，藝文印書館「十三經重栞宋本，1955，第 482 頁。

晚一點回家。范武子一聽十分滿意兒子的表現。

范文子對兒子范宣子的教育也不離他父親的模式。范宣子後來也投身軍職。據說，范氏一家影響了軍隊，每逢升遷之時，大家都推來讓去，吹起了謙讓的風潮[71]。

這一則歷史故事也頗能令我理解，為什麼華人謙讓成性。還有，為什麼後來范文子會疾言厲色地詛咒自己的國君、國家。范文子不知不覺中已經親子關係延伸到君臣之間，這其中隱含著一種「恨鐵不成鋼」的怨念。

現在讀來，除了冒冷汗，我不再羨慕這種家庭，也對謙讓作風重新思考。這個家庭擁有令人稱羨的外表，滿庭權貴。但是家人之間的言行互動，總令我感覺到「怨」、「怒」之氣。這種感覺是我放下批判，學習持平看待故事中的每個人，並尊重他們的選擇之後，才獲得的。

「怨」是一顆扭曲的心[72]；「怒」是一顆被種種情緒奴役著的心。它們往往來自對物質或精神的慾望渴求及壓抑，並轉化為負面情緒。當然，我不會因此認為范文子的家庭沒有「愛」。愛是天性，可惜這一家人經常不自覺地被情緒（尤其是恐懼）綁架，使愛以扭曲的方式呈現。

我認為范氏一家的謙讓，其實反而彰顯了他們內心有不同的想法——心理學家稱之為「自大」的心理。德國心理學家愛麗絲・米勒（Alice Miller, 1923-2010）教授曾經指出[73]：

> 如果母親不僅不能認識並滿足小孩的需要，反而自身就很需要他人肯定（這經常發生），那會怎麼樣呢？她會無意識地利用小孩來滿足自己的需要。

---

71 見（三國吳）韋昭注：《國語·晉語》，臺北，里仁書局，1981 年，第 400-401 頁。

72 「心」是「怨」、「怒」二字的形符，用來表義，指心理活動。「夗」（ㄩㄢˋ；yuàn）形容身體側臥彎曲的樣子。「奴」古代本指犯罪而被判到官府服雜役的人，後來泛指奴僕。「夗」、「奴」分別是「怨」、「怒」二字的聲符，用來表音。形符加聲符的漢字，在六書造字理論裡屬於「形聲字」。不過「夗」、「奴」還同時參與了「怨」、「怒」的字義表達，這種現象稱「聲符兼義」。這也是漢字構字的一項特色。

73 見愛麗絲·米勒（Alice Miller）著，袁海嬰譯：《幸福童年的祕密》（Das Srama des begabten kindes），臺北，2016 年，第 76 頁。

華人自商朝（約當西元前 16 世紀至前 11 世紀）以後，母親在歷史上經常是缺席的，或是被淡化的。父親往往兼有母親的角色，而范武子的形象已近似於此。

無論母親或父親，這樣的人往往對孩子要求很多、控制欲很強、易怒而難以取悅。

心理學家認為，在如此親子關係之下，孩子容易自戀、自大、抑鬱、孤獨，以及對身心枯竭的恐懼。自大是自我欺騙，愛麗絲・米勒（Alice Miller, 1923-2010）教授說[74]：

> 一個「自大」的人處處受人稱羨，而他們也很需要這種羨慕；事實上，如果不被人羨慕，他是無法生存的。無論做任何事，他一定要做得出色，當然，他也一定做得到（否則他根本沒有興趣去做）。他也很欣賞自己的特質：如不凡的外表、聰明、才華洋溢、成功以及種種成就。不過，當其中有一樣不再令他滿意時，就要小心了，那時嚴重的憂鬱症就會如災難般地降臨。

范文子如果不是內外衝突的人，就不會有自我詛咒的作法，連帶地詛咒了國君及自己的國家。換言之，他已將國君視為自己的小孩，卻是一個不受控制的孩子。起誓的當下，昔日種種謙讓美德卻悄然無聲，原因為何？

以現代心理醫學的角度而言，他恐怕是重度憂鬱患者了。

從羞恥、慚愧到知過能改，華人社會極為重視外在的法制、社會規範、群體評價等，無形中卻流失了個人的心靈思維及內在力量的自覺。這種「愧」的教育如果再與宗教結合，那又是另一種考驗、挑戰了。

「愧」在華人文化裡，是解決人性負面行為的道德工具，而具體方法又是讓一個犯錯的人，心中住進一個時時堅督他的鬼（罪惡感、愧咎感）。請鬼來解決內心的問題，如此一來，人的本性想要和這個豐盛的物質世界交相輝映，而不是共同沉淪，又談何容易？

除非請來的鬼幫人解問題後，會持續引導人走向陽光、正向。

---

74 見愛麗絲·米勒（Alice Miller）著，袁海嬰譯：《幸福童年的祕密》（Das Srama des begabten kindes），第 81 頁。

范文子的故事，使我聯到「鬼」，活著的鬼。再回想自己的生命歷程，人、鬼的樣貌都經歷過，正好體驗了二元世界的美妙。

我沒有見過鬼，可是曾經有過一段類似心中住了個鬼一般的生活。怨、怒就是祂們顯化在這世間的元素。現在回想起來，那是挺特別的生命體驗。想想，只要自己有一張充滿怨念、怒氣的臉，不正是「鬼」字上方部件的鬼頭嗎？

人投身在這二元世界的目的，究竟何在？如今我的想法是：活出人性，邁向身心合一的世界。如果持續屈身「愧」的陰影之下，恐怕還出不了二元世界的關卡，就得先到陰間、冥府報到了。

如果「鬼」是人的內心所投射而出的，那麼，創造這種形象的人，目的究竟是什麼？問問那些怕鬼卻又沒有真正見過鬼的人，為什麼會害怕，它就是解答的開端。

就算這世上真的有鬼的存在，只要想到漢字的「鬼」，就會憶起祂是我們的「同類」。面對祂時待祂如一般人，真誠、尊重、表達善意，我想很少鬼會不開心而想加害人吧！

大多數的人擁有需要原諒的自己，慚愧只會讓原諒被拒於門外。需要別人原諒才能原諒自己的人，也始終只能活在慚愧的折磨之中，雙方只會同歸於盡（至少精神層次上是如此）。原諒過往的自己，重新愛上真實的自己，不僅不會有鬼來騷擾，生命也會有令人驚豔的變化。

人的原始本質是獨立而有智慧的。只要不受制於外在世界的評價，可以怡然悠遊於物質與精神之間，平衡自得。一個人願意尊重自己的想望，「取」之於世界，也願意給予世界，言行自然得以謙虛而不謙抑，充分展現出人性的光明面。

二、推己及人

(一) 取

許多華人認為，生命的本質就是苦，希望藉由宗教獲得解脫，來世可以終止苦的輪迴。現在我倒認為，人是何其幸福！一生下來就可以無償、無止境地從大自然取得賴以為生的物品：陽光、水、氧氣、植物等。

《老子》說[75]：

> 天長地久。天地所以能長且久者，以其不自生，故能長生。

天、地恆久地存在。祂們之所以能夠長久，是因為一切的運作都不是為了自己。如此觀察，天、地孕育人類，一如父母養育子女。祂們對待世人正是一種無條件的愛。

如果人間每一對父母也都擁有這種胸懷，想必世界就是天堂。可惜，當人開始有了不足、缺乏或想要更多的感覺，這份與天、地的聯結感也會隨之弱化，甚至消失。

於是，人開始想從其他人身上「取」得。

甲骨文	金文	秦簡	說文小篆	標準字體	通用規範字
				取	取

甲骨文的右方部件是「耳」，左方部件是「手」。金文部件的位置和甲骨文相反。不過這都只是它們眾多寫法的其中一種，有許多左、右部件互換的例子。

這個字一直發展到楷書，結構沒什麼改變。只有原本的線條構形，逐漸被筆畫所取代。

《說文解字》說：「取，捕取也。从又、从耳。」華人古代戰爭中，經常以割取敵人的耳朵做為獎勵、升遷的依據。「取」的本義就是割取左耳[76]。

---

75 見（晉）王弼注：《老子》，第 7 頁。

76 指稱古代以割取敵人身體某個部位，以做為獻給國君及論功行賞的情況，另外還有一個專屬的字：馘（ㄍㄨㄛˊ；guó）。「馘」是指砍下並收集敵人的頭顱。《左傳．宣公二年》一書就有「俘二百五十人，馘百人」的紀錄。見（春秋）左丘明撰，（晉）杜預注：《春秋左傳正義》，第 362 頁。

由於取字的部件「又」、「耳」都是用以表示字義，屬於形符。它們各自是獨體象形字，結合在一起又成為新的字義。這種造字原理稱之為「會意」。

「又」、「耳」不是同一個字，所以又稱「異文會意」[77]。

現今華人大多使用「取」的引申義：拿。「領取獎金」是收受因為獎勵而發給某人的現金；「各取所需」是指大家各自拿需要的事物。

「取」的另一層引申義是獲得、採用，例如「取暖」。取暖的原義是指利用熱能，使身體獲得溫暖。不過現今它又多一層用意，指藉由某種方法，獲得別人的同情、安慰、支持等。使用這種方法務必小心，否則容易還沒索取溫暖，反倒因為別人的反感而先獲取一堆冰霜。

「取」原本是個自然行為。大自然本身就具有一種運行規律：萬物既會從這個世界拿取賴以為生的東西，也會釋放一些可以資助這世界的東西。這過程不需要任何外力的操作、控制。樹的呼吸、海的吐納，自然而然、有取有給，都是最最基本的生命教材。

戰國時期（403B.C.～221B.C.）趙國人荀況（後人尊稱為「荀子」），他就曾經觀察到人類「取」的天性。《荀子・性惡》一文，記載著他的說法[78]：

> 今人之性，飢而欲飽，寒而欲煖，勞而欲休，此人之情性也。今人飢見長而不敢先食者，將有所讓也。勞而不敢求息者，將有所代也。夫子之讓乎父，弟之讓乎兄；子之代乎父，弟之代乎兄。此二者行者，皆反於性而悖於情也。

他認為人的本性應該是：餓了就想要吃飽，冷了就想要取暖，累了就要休息[79]。我想，這就是一種自然的「取」。不過，荀子觀察這現象的目的，不在於支持

---

77 許慎在《說文解字·敘》裡，將不能再拆解及可以再拆解的漢字，分別稱為「文」和「字」。即「獨體為文，合體為字。」

78 見（唐）楊倞注，（清）王先謙集解：《荀子集解》，臺北，世界書局《新編諸子集成》第二冊，1991 年，第 291 頁。

79 這天性荀子也稱它為「耳目之欲」。不過，荀子將「生而好利」、「生而有疾惡」也歸於天性。這部分我認為它來自後天的學習，而非人的本性。見（唐）楊倞注，（清）王先謙集解：《荀子集解》，第 289 頁。

這項自然規律，而是在於強調他所支持的儒家禮法，強調這些禮節的規範及儀式、法律及制度的重要性。

他說：如今，一個人雖然肚子餓了，在長輩面前卻不敢先吃，這是基於他的禮讓。一個人雖然累了，卻不敢休息，這是因為他要為替代父母兄長勞作。子女禮讓父母，弟妹禮讓兄姐；這兩種行為都是違反人類天生的情慾本性。

要強調的是：荀子只說過「人之性惡」[80]，從來沒說過「人性本惡」。這個定義是後人推衍《荀子》內容而形成的。我認為，荀子對於人類本性的看法是無善無惡。他看到人生而有的「本能」，認為如果順著這個本能而不加以教育、學習，就有可能流向於惡[81]。

華人自漢朝（206B.C.～220B.C.）以後，歷朝歷代的朝廷或知識分子，幾乎都標榜儒家思想，使它成為主流文化，即使外族入主中原也鮮少例外。可是我經常在想，如果這思想真的那麼好，為什麼超過了 2500 年，始終沒有終止戰亂、結束朝代更迭，或是讓華人不再處於相互敵對的狀態？

《莊子・田子方》記載著一段莊子對儒生的看法[82]：

> 莊子見魯哀公。哀公曰：「魯多儒士，少為先生方者。」
> 莊子曰：「魯少儒。」
> 哀公曰：「舉魯國而儒服，何謂少乎？」
> 莊子曰：「周聞之，儒者冠圜冠者，知天時；履句屨者，知地形；緩佩玦者，事至而斷。君子有其道者，未必為其服也；為其服者，未必知其道也。公固以為不然，何不號於國中曰：『無此道而為此服者，其罪死！』」
> 於是哀公號之五日，而魯國無敢儒服者。獨有一丈夫儒服而立乎公門，公即召而問以國事，千轉萬變而不窮。
> 莊子曰：「以魯國而儒者一人耳，可謂多乎？」

80 見（唐）楊倞注，（清）王先謙集解：《荀子集解·性惡》，第 289-300 頁。

81 見鮑國順：《荀子學說析論》，臺北，華正書局，1982 年。

82 見（晉）郭象注，（唐）陸德明釋文，（唐）成玄英疏，（清）郭慶藩：《莊子集釋》，第 313 頁。

莊子晉見魯哀公。魯哀公自豪地說：「我們魯國有很多儒士，比較少跟隨先生您的學術主張。」

莊子回說：「魯國的儒士很少。」

魯哀公不以為然地說：「整個魯國的人都穿著儒服，怎麼說是『少』呢？」莊子說：「我聽說，儒生頭戴圓帽的，知曉天地四時運轉法則；穿著方鞋的，知曉地表起伏、形狀、輪廓等特徵；身上戴著彩線玉佩的，處事果決有魄力。其實，真正擁有這些才能的君子，未必會穿著這些服飾；穿著這些服飾的，未必真正擁有這些才能。如果您不相信我所說的，何不試試發布一道命令：『沒有儒生的才能，而穿著儒生服飾的，一律處以死罪！』看看結果會如何？」

於是魯哀公發布命令，五日內魯國幾乎沒有人敢再穿著儒服。只有一位男子身穿儒服，站立於宮廷門外。魯哀公立刻召見，就國事詢問他的看法、意見。沒想到任何問題他都能對答如流，智慧似乎永無止盡。

之後，莊子對魯哀公說：「整個魯國只有一位儒者，這樣能叫『多』嗎？」

*莊子給予魯哀公的建議、做法，顯示他了解當時儒家思想對知識分子的影響力。他透視了這些知識分子並不是真心想將儒家思想發揚光大，而是另有圖謀。

這個故事點出了禮法制度的負面影響：容易使人過度依賴外在的要求，忽略內心的需求，形成壓抑本性的現象。儒生為了配合一般社會大眾的印象，重視如何包裝自己，卻忽略了如何發自內心、言行一致地展現儒家思想的內涵。

當儒生處於人際互動之中，則容易流於以貌取人，忽視了每個人原有的純真心靈，無論是審視自己或是看待他人。

從莊子與魯哀公的對話，也不難看出儒學早在戰國時期（403B.C.～221B.C.），就已選擇了包裝自己，活在他人的評價裡。

在眾多的包裝裡，謙讓似乎是一項不可或缺的元素。華人教導小孩謙讓，原意是好的。當人類形成群體、社會後，拿取的天性容易被催化為奪取；少了自覺、同理心之後，更容易轉變為戰爭。謙讓可用以節制「取」的本性。可是，如果節制變成刻意的壓抑，反而容易形成自我矛盾，使一個人的外在言行與內在需求之間，相互衝突。

儒家謙讓的本質是什麼？很少人會追究。它是否符合人的本性？它是否毫無缺失，需要隨著時代的趨向而調整？這些問題在君主專制制度下，是很難被深入檢視的。即便在現代化的今天，儒家思想的內容仍是國家考試的主軸，同時也是華人宣揚傳統文化時的主要內容。如此，我們該如何在這樣的社會文化及思維慣性中，不帶評判地理解儒家思想？

再則，一旦小孩發現謙讓可以取得認同、讚美，甚至是利益，這種傾向交易式而非發自本心的行為，對他未來成長過程及價值觀，將形成巨大影響。

漢朝（206B.C.～A.D.220）末年，有位著名的儒者：孔融（A.D.153～A.D.208）。他是孔子的後代，個性聰敏，才華洋溢，還位居高官。據說，他從小就懂得謙讓。有一天，他和哥哥們一起吃梨。只見他拿起了一個比較小的梨子，而把較大的梨讓給了哥哥。這件事一時傳為美談。

這個故事直到現代，經常被編入兒童讀物[83]，成為大多數華人的兒時記憶。很多家庭也會用這故事教育孩子們，強調長幼有序、兄友弟恭的重要性（這也是儒家的主張）。如果不然，手足之間發生爭取、互不相讓的狀況，那就會被視為「家醜」。

孔融為什麼會區分梨子的大小？他的禮讓行為是否意味著，原本他想拿取的是較大的梨子？如果他會想拿取較大的梨子，是基於天性，還是來自大人的教導？人是否生下來就會區分梨子大小、懂得拿取較大的梨子？如果孔融沒有禮讓兄長，取了大的，是否就應該被定義為不乖、壞孩子？

如果人從小沒有被教導要擇取大的、好的，而是順其自然地使用來到眼前的物品，或許謙讓根本無用武之地。

然而，每一種思想的形成，都來自創意。謙讓乃至於整體儒家思想，依舊有其存在價值。將以往因它而形成的對／錯、好／壞、善／惡、優／劣等定義、評價，交還給學習者，由他們自己決定，旁人不加以任何的批辨。如此，也就做到了尊重每位來到這世上的人，包括他被創造的生命，他與生具有的神性[84]。

---

83 見（宋）徐子光：《蒙求集註．卷下．孔融讓果》，「中國基本古籍庫」（漢珍電子版）「清文淵閣四庫全書本」，第 96 頁。

84 當然，有許多人主張，人應該要學習克制情慾，不能任由天性縱慾。一如孩子們想要玩刀動槍，就應該要加以節制。可是我也發現，會如此定義人性的，大多部分是所謂的宗教代言者或某一領域的當權者。人的慾望如果是天生的，代表這是創造生命者（造物者）的創意。如果選擇用「有色眼光」來看待這項天性，會不會反倒折了祂的好意？除非人把祂想得很壞，認為祂會故意賦予人慾望本能，又希望看到人節慾，否則就有藉口生氣憤怒，然後降下各種災難來處罰祂一手創造的人。我常在想，人會放縱情慾有沒有可能反倒是來自人為的過度壓西方有位大師說[85]：

> 人類曾是上帝所最關心的，也是上帝的精心傑作，但是人類這個物種現在開始承受自己巨大、不可測與常常是荒謬行為的副作用。

大師口中的「荒謬行為」，我認為只要將它視作是人來到這世上，一種挑戰、體驗的過程，或許反而可以在衝突之中，取得好的結果。

謙讓會不會有時反倒造成衝突？尤其這謙讓是受到社會、道德等外在規範力量的驅使，又或是源於人本身想要獲取他人認同、讚賞的驅力所致。

孔融謙讓兄長，只取小梨的故事，使許多人認為他從小表現出眾。他不僅受關注，名聲也很響亮。這在沒有傳播媒體的當時，是很不容易的。他的聰明才智及言行舉止，在當時的權貴社交圈裡成為話題之一。

這或許與他從小就走在一條名門之後的「道」路上有關。

1.　道

甲骨文	金文	秦簡	說文小篆	標準字體	通用規範字
[illegible]	[illegible]	[illegible]	[illegible]	道	道

《說文解字》解釋「道」字：「所行道也。从辵、从首。一達謂之道。」許慎認為「道」就是人所走的路、可以直達的路。這是「道」字的本義。

抑、節制？壓抑、節制的目的又何在？至於節制孩子們玩刀動槍方面，小孩子生下來就會想玩刀動槍？是誰把它們放到小孩子的面前，教導他們認識刀、槍的功用？嘗試靜下心來看待許多社會爭議，觀察而不批判，也不將雙方區分善意／惡意（因為大家都是祂的傑作），會發現許多社會爭議是挺有趣的。

[85] 轉引自（美國）埃力克（Paul R. Ehrlich）著，李向慈、洪佼宜譯：《人類的演化：基因、文化與人類的未來》（Human Natures: Genes, Cultures, and the Human Prospect），臺北，貓頭鷹出版社，2003 年，第 20 頁。

這個字甲骨文字形結構包括部件「人」（中間）、「行」（左、右兩個部件合在一起），十分符合它的本義。「人」、「行」[86]在「道」字甲骨文的字形裡，都是獨體的「文」，均表達字義，擔任形符的角色。在漢字六書造字理論裡，甲骨文的「道」屬於會意字。

「道」字字形發展到了金文，原有甲骨文的部件「人」，轉換為「首」。「首」的本義是人頭。它的甲骨文作「 」，像人頭，上面有頭髮（有些字形沒有頭髮）。金文作「 」，人頭被眼睛（即「目」）取代，保留甲骨文的頭髮。金文已經很接近現代楷書的寫法。

金文「道」的部件「首」，在當時是做為「道」字的表音部件，但是語音經過變遷，現在已經無法從部件「首」辨識「道」字的讀音了。無論如何，學者還是認為「道」漢字六書造字理論裡，屬於形聲字。

從甲骨文到金文，「道」字的六書歸屬因為部件、構形的不同，而有差異。甲骨文的「道」是會意字，金文的「道」是形聲字。現代有些漢字教師忽略了這項差異，設計出的漢字考題往往是可以被疑議的[87]。

從甲骨文到金文，「道」字從原本寫實的造字手法，朝著抽象、寫意的造字藝術前進。不同時代的造字者，對於人所走的路，似乎有著不同的想法。由於「首」字的眼睛被特別突出，我將它理解為透過視覺而做出「選擇」。

人的一生，生活裡無論是每一天或一生，總是充滿著選擇。等一下要吃什麼，今天要做什麼事；老師的話有沒有進入耳朵，老闆的話有沒有存在心裡；未來朝那個方向發展，要和誰一起生活⋯⋯在這多彩多姿、千變萬化的世界裡，總是有著許多不同的「道」（方法、途徑）供人選擇。

「道」的部件「目」（眼睛）是做出選擇的重要依據。可是，這「目」有兩個層次。一個是指物質性的雙眼。透過這世界種種物質實相刺激，視覺擷取了各式各樣的事物。擷取（想看或不想看）的標準，大多來自教育的引導及人際之間的

---

86 「行」字參見本單元第（二）。

87 例如：「依文字『六書』分類，『對牛彈琴』一句共有幾個『象形字』？(A)一個 (B)二個 (C)三個 (D)四個』」題目中的「彈」在甲骨文時代是象形字，「琴」在《說文》小篆也是象形字。如果題目沒有特別說明是要以楷書做為判字標準，那麼這一道題目的答案就可以是「(A)」（只根據楷書判斷）或「(C)」（根據古文字判斷）。

影響。

「目」（眼睛）的另一個層次，是指精神性的心眼。「心眼」一詞歷來有很多種用法、解釋[88]。如今我再為這些用法加上一種：它是來自人天生具有的光明、善性。它是最原始的視覺，來自祂的創造。有些人稱它為良知、良心。心眼可能受到教育的影響而沉睡，但是它永遠不會消失。

「道」字字形發展到了秦簡原有甲骨文、金文的部件「行」換為「辵」（ㄔㄨㄛˋ；chuò）。「辵」的本義是指一下子走、一下子停止的動作。「辵」的甲骨文作「　」，由「行」和「止」組合而成。秦簡「道」字由「辵」與「首」組構成字。部件「首」不僅可以表達「道」的部分字義，也用來表示「道」的字音，所以秦簡之後的「道」字，都屬於形聲字（一說：會意兼形聲）。「辵」在楷書做為部首而必須與其他文字結合時，就簡寫為「⻍」（臺灣標準字體）或「⻌」（大陸通用規範字）。

「辵」字同時包含了行走和停止兩種不同的動作[89]。乍看之下，頗為突兀。其實，人沒有「停止」，就不會（或不能）有「前進」。古老的漢字造字者，早已看出這項生活哲理。

近來臺灣社會為小學生、中學生應不應該取消早自習、多睡一會，出現許多不同意見的討論。這種學習之道（方法、途徑）有點像是大人、小孩一起矇著雙眼，一股腦地想往前衝，卻忘了要時時停下腳步，靜下心觀察，究竟要向那一個方向前進，才適合孩子們的個性？是不是孩子們想要的生命之道（路途、途徑）？

《老子》說「企者不立，跨者不行」[90]。當一個人翹起腳尖時，會站立不穩；當他快速闊步行走時，反而容易跌倒，無法前行。老子認為這兩種舉動，過猶不及，都是違反大自然之道（真理）。

除了具體意義的「行走」，這項道理或許也可從孔融的生命故事看出端倪。

根據《世說新語》的記載，年幼時的孔融除了讓梨之外，還曾經和這些權貴

---

[88] 見教育部「重編國語辭典修訂本」，
http://dict.revised.moe.edu.tw/cgi-bin/cbdic/gsweb.cgi?ccd=9OI.0V&o=e0&sec=sec1&op=v&view=0-1

[89] 「止」的本義是腳趾，引申為行動，後來又引申為停息、停止。

[90] 見（晉）王弼注：《老子》，第24頁。

大人們有段精采的對話、交鋒[91]：

> 孔文舉年十歲，隨父到洛。時李元禮有盛名，為司隸校尉，詣門者皆儁才清稱，及中表親戚乃通。
>
> 文舉至門，謂吏曰：「我是李府君親。」
>
> 既通，前坐。元禮問曰：「君與僕有何親？」對曰：「昔先君仲尼，與君先人伯陽，有師資之尊，是僕與君奕世為通好也。」
>
> 元禮及賓客莫不奇之。太中大夫陳韙後至，人以其語語之。韙曰：「小時了了，大未必佳！」
>
> 文舉曰：「想君小時，必當了了！」韙大踧踖。

據說，孔融在十歲那年，跟隨父親到洛陽。他很想去拜訪當時很具聲望的司隸校尉李元禮（名膺），可是當時只有具備才華的文士，以及李氏的親戚才會被門房通報接見。

於是孔融來到李府門口，並向門房自稱是李膺的親戚。他因此得到李膺的接見。李元禮問他：「我和你有什麼親戚關係嗎？」孔融回答說：「從前，我的祖先孔子和你的祖先老子有師生關係，所以我和你可以算得上是世交。」李膺和在場的賓客對於孔融的反應，無不感到驚奇。

這時，太中大夫陳韙（ㄨㄟˇ；wěi）也隨後來到李府。旁人告訴他關於孔融的事。陳韙聽了之後說：「小時候聰慧敏捷，表現優良，長大之後未必能有所成就。」孔融立刻回了一句：「想必你小時候一定是很聰明慧黠囉！」陳韙當下覺得局促不安，說不出話來。

*後來「小時了了」一詞演變為成語，用來指人在幼年時聰慧敏捷。

我比較好奇的是：孔融對兄長謙讓的行為，為什麼沒有延伸到他與賓客之間的互動？陳韙對孔融的冷嘲熱諷，以及貼標籤的言行，固然有失尊長的身分，然而依照儒家長幼有序（依從年齡大小，恪守本分，禮讓和諧而井然有序）的觀念，孔融的反應似乎並不符合儒家禮節。

---

[91] 見余嘉錫：《世說新語箋疏·言語第二》，臺北，華正書局，1984年，第56頁。

讓我再把謙讓的行為，還原到儒家「禮」的本身。「禮」是儒家重要學說、思想（即「道」）之一，《論語》如此詮釋它的作用[92]：

> 子曰：「恭而無禮則勞，慎而無禮則葸，勇而無禮則亂，直而無禮則絞。」

《論語》引用孔子的話說：一個人的言行恭敬卻無禮，是勞苦而白費心力；謹慎卻無禮，會膽小怕事；勇猛卻無禮，就會闖禍；直率而無禮，則會流於尖刻。

恭敬、謹慎、勇猛、直率，這些看起來都是人不錯的個性，為什麼還會需要「禮」的節制？除非它們讓承受這些個性的其他人，有什麼不舒適的感覺。試想，一個人如果對我恭敬，為什麼我會覺得不舒服？因為對方的恭敬帶有目的？是虛偽的？

我僅就第一項提出平日思考的方向及內容。其他三項可以據此類推。此外，恭敬、謹慎這兩項，是人類後天創發的行為舉止。後天的製造，再加上層層禮制的圈限，人是否更難表達真實的自己？而對自己真實、他人對我真實，不正是許多人在人際關係中的企求？

帶有目的或虛偽的言行，是絕大多數人不喜歡接受的。這些不出於個人本意的行為是天生的，還是後天被教導的？我認為它來自人的後天學習。如果無法正視問題的根源，只是一味地訂定各種的「禮」加以節制、規範，終究治標不治本——亦即，為什麼人們會被教導以不真實的自我面對世界？若直接從這個問題思考，帶有目的或虛偽的言行加上禮，禮上再加禮，將使人的個性愈趨複雜、混淆，而做出一些讓自己都難以控制的言行[93]。

根據歷史記載，孔融後來雖然身處亂世，官場卻頗為得意。昔日陳韙「大未必佳」的預言，果然沒有應驗。不過，由於他面對掌權大臣曹操，經常不假辭色（在言語神色上不做修飾、隱瞞。形容態度直接而嚴厲），最後被以意圖叛亂、毀謗朝廷、違反儒家學說等罪名，判處滿門抄斬（全家遭受抄家斬首）。

---

92 見（魏）何晏注，（宋）邢昺疏：《論語注疏》，第 70 頁。

93 這一部分與《荀子》的「化性起偽」之說有關。

「佳」字的本義是美好。如果從這個面向觀察孔融人生的結局，陳韙的預言應驗了。

孔融的一生，從小時候懂得謙讓兄長，到最後落得牽連家人一起被處以死刑。為什麼自幼擁有的聰明機智沒有為他取得走向一生榮華富貴、善始善終（美好的開始，圓滿的結局）的道路，換取的卻是與家人一起共赴黃泉之路？這中間究竟出了什麼問題？

許多評論家將這原因歸諸於時代環境、小人、佞臣等。華人文化如果一直停留在怪罪他人及外在因素，無法回到內心的省視，面對個人或群體的衝突，將很難洞見癥結[94]。

我想著：孔融可以謙讓兄長大顆的梨子，為什麼卻無法對沒有血緣關係的長輩（陳韙）的評論，一樣地謙讓？如果謙讓的美德是他發自內心、無私的分享，照理他會用一樣的標準對待所有人。即使陳韙的言行是一種精神的攻擊（現今稱之為「霸凌」），只要孔融維持一貫謙讓的反應，陳韙在攻擊他之後，是不會取得什麼樣好的結果的。

「道」字的造字原理，是一個人運用視覺功能，尋找方向。在這繁華世界，一個人該取什麼，不該取什麼，都有他的選擇之道。這「道」，一開始是自然無害的，經過成人的教育、引「導」，它會量變、質變，也深深影響著一個人的結局。

2. 導

愈是聰明的小孩，愈容易提早受到大人們的關注、關愛。孔融很可能因此從小就被教「導」、引「導」或暗示，如何利用聰明才智從這個世界上取得更多的東西，以及如何為自己開創富貴大道。

「道」加上「寸」，就成了「導」字。

[94] 傳說，戰國時期（403B.C.～221B.C.）名醫扁鵲曾經獲得仙人賜給一帖藥方。喝了之後，即使隔著牆也可以看見人。於是他利用這項特異功能，察看病人體內五臟，尋找結塊的病症，因此成為神醫。見（漢）司馬遷撰，（日本）瀧川龜太郎注：《史記會注考證. 扁鵲倉公傳》，第 1112 頁。這個故事衍生為成語「洞見癥結」，後來也用以比喻能夠澈底察看事理疑難困阻的關鍵。

甲骨文	金文	秦簡	說文小篆	標準字體	通用規範字
／	／	／	𡬶	導	导

《說文解字》說：「導，導引也。从寸，道聲。」這個字的部件「寸」與手的概念相通，表達與「導」相關的意義，一說法度、標準；屬於形符。部件「道」此字用來表示「導」字的字音，屬於聲符；同時兼有表達途徑、道路的概念。「導」是典型的形聲字，聲符兼義。

大陸通用規範字的「導」作「导」，字形包含兩個部件：巳、寸。如果「导」字的「巳」可以略為修改成「己」，那就有意思了。自己有自己想走的方向，自我引導。將人一生言行標準、發展方向等所有的設定、選擇，以及選擇的後果，由自己選取、負責。這是極其獨立、有勇氣的人才做得到的，因為他可能還要應付親友師長的意見，社會群體動向的吸引力。不過這種人往往成為領導者。

「導」的本義是帶領、指引。現今大多數車子都安裝有「全球衛星導航」，對駕駛而言，多了一些快速、安全；少一點腦力激盪、冒險的樂趣。這項發明也突顯出人類被引導為依賴者的教育路線，更為顯著。

有趣的是，不依賴他人引導而願意自行領悟事理的人，往往成就非凡。

法國有位藝術家，名叫菲利普・帕蒂（法語：Philippe Petit）[95]。他熱衷於走鋼索。這種活動經常出現在馬戲團的表演裡，大多數的人將它視為一種娛樂。菲利普・帕蒂卻將它視為一門藝術，一生的志業和事業。

1974 年 8 月 7 日，菲利普・帕蒂挑戰美國紐約世界貿易中心雙子塔，因此一炮而紅。這項壯舉事先並未獲得政府的批准。不過，或許是因為他完成了一項被絕大多數人認為超人才能做到的事，罪名被法院撤銷，條件是必須在美國紐約中

---

95 見「History」：
http://www.history.com/news/the-twin-towers-high-wire-walk-40-years-ago；
「telegraph」：
http://www.telegraph.co.uk/men/the-filter/11017369/Man-on-Wire-the-criminal-artist-who-walked-on-air.html；「WikipediA」：https://en.wikipedia.org/wiki/Philippe_Petit

央公園為孩子們表演走鋼索。

2015 年，菲利普・帕蒂的事蹟被拍成電影「The Walk」[96]。這部傳記片吸引我注意的有三個部分：

一是，菲利普・帕蒂為追求走鋼索更高深的傳統技術，一開始選擇進入馬戲團，跟隨一位名師學習。這位名師原本只將技術傳給兒子。後來被菲利普・帕蒂的誠心感動，將所有祕訣傳授給了他。兩人惺惺相惜，卻也衝突不斷。菲利普・帕蒂沒有因為名師的指導，而遺棄他視走鋼索為藝術的初衷。在這條旁人看似崎嶇難行的道路上，他始終追隨內心的渴望，以及來自心靈深處的引導。

二是，菲利普・帕蒂挑戰雙子塔的熱情，很快地傳導給路過的民眾，吸引他們駐足觀賞。一大群人摒氣凝神地陪著菲利普・帕蒂來回八次的表演。可是，當表演結束後，底下的群眾立刻一哄而散，繼續著他們每天固定而忙碌的物質生活。

在導演的鏡頭下，群眾的心態像是看熱鬧，當然也為這近似奇蹟的一幕而驚呼不已。群眾的散去，使我聯想到一般人缺乏自信，遺忘了內在的神奇力量，或者說，即便見證了奇蹟，卻因為習慣性的冷漠，選擇讓一切仍歸於平常。菲利普・帕蒂的成功真是因為他不是常人，又或是具有超乎常人的能力？還是，其實他也是一般人，只是從不受導向思考的影響，而是更專注於內在的聲音，相信他要的就一定能得到？

三是，這部電影的海報以巨大的十字畫面呈現，這可以令觀眾聯想到那些與劇情、人物特質有關的思維呢？菲利普・帕蒂喜歡在教堂上走鋼索，除了建築本身的特殊性之外，是否還另有深意？

菲利普・帕蒂在許多人的眼中，應該是近似乎瘋狂者。他憑著一股熱情、激情，成功地吸引了一群不計得失而幫助他的人，包括他的女友。面對對他有敵意的人，他絕大多數採取勸導而不是反擊或衝突的作為。

此外，他對於設定的目標，始終保持自信而不自大，讓幫助他的人有一種好像他已經完成的感覺。這種存在先於行動、實有的態度，是使他更快達成目的的重要推手。

菲利普・帕蒂選擇的道路，是忠於內心的慾望，而不是符合親友師長的期待。

---

96 見「Internet Movie Database」：http://www.imdb.com/title/tt3488710/

如果他因為小有名氣就開始在意媒體、群眾的評價，計算可以從中獲取多少精神及物質上的利益，一切都會導向不同的結果。他將到一個完全不符合內心想要的生命圖像裡。

專注在自己的內心、自己的言行，是將天賦發揮極致的導師。

華人古代經典《禮記》，是儒家的重要經典。其中的〈大學〉，提及一個想要影響世界、對世界有貢獻的人，應該要以下的進程：修身、齊家、治國、平天下[97]。

修身是所有學習、成就的起點，它指涵養德性，使自己內外都能達到和善、完美的境地。不過，儒家在這個部分講究的是目的性，還引導了修身的目的。

換言之，修身是為了將來可以參與政治，影響天下。這些目的為修身帶來了更多的條件、規範，乃至於限制，尤其是不以它們為目的的學習者。對於不想參與政治，更不想對世界有任何影響的人而言，修身會不會反倒變成一個困境？

華人受儒家影響甚深，華語文（臺灣又稱「國語文」）教育也以它為主要內容。時至今日，年輕人對於儒家的接受度，一直是華語文教育者憂心的問題。

如果儒家思想真的很完美，也符合年輕人的需要，又怎麼會令人憂心呢？如果儒家思想真的可以使天下太平，為什麼大陸積極推廣於海外的「孔子學院」，近年來在許多國家遭到許多的挑戰[98]？

如果修身能夠回歸它簡單的本質，就只是修養自身，暫時去除跟在它後面的所有目的性，會不會好一點？

有趣的是，這些被加入的目的性，也源自儒家思想本身。

傳播儒家思想也可說是華語文老師的基本責任之一。可是，如果教師在教學上主觀傳達種種聖賢之道，刻意忽略學習者內心真正的想法、渴望，只會使學習者不斷積累內外衝突的情緒。在這種情形之下，儒家思想很難不被挑戰。

---

97 見（漢）鄭玄注，（唐）孔穎達疏：《禮記正義》，臺北，藝文印書館「十三經注疏本」，1985 年，第 983-988 頁。

98 見「BBC」：http://www.bbc.com/zhongwen/trad/china/2015/01/150126_congfuciousinstitute_france;「美國之音」：http://www.voacantonese.com/a/bh-mos-russia-confucius-institute/2891734.html;「The Telegraph」：http://www.telegraph.co.uk/news/worldnews/northamerica/usa/11133921/China-soft-power-set-back-as-US-universities-shut-second-Confucius-Institute-in-a-week.html

儒家思想曾經是華人引以為傲的文化面貌之一。可惜，當它成為被加入許多政治目的的「軟實力」，就已經無法單純地被學習、被討論。導入目的性的相關人等，他們的言行也很容易被學習者拿來與儒家思想相互檢視。

在臺灣，儒家思想所遭受的挑戰，顯化在「搶救國文」的教育議題[99]。

就語言心理觀察：你愈強調著什麼，愈是將這什麼的真相突顯出來；你愈期待著什麼，愈是將這期待推離你。所以，「搶救」意謂著國文（華語文）教育已被送入加護病房；議題的被提出，反而增加了更多的衝突、對立。

傳統教育建立在一個模式下：教育者嘗試主導、壓抑或改變學習者的欲望，而無法先行允許他們表達內心的欲望、真實的渴望；嘗試以古今一套的（倫理、道德）標準，灌輸給學習者，而無法容許他們參與標準的修改、更替。

時空環境不斷在變化。如果傳統教育觀念不隨之改變，人性一旦不能自主定義，而是被迫模仿、複製，勢必無法避免人性裂痕的形成。這個裂痕可能會首先出現在華語文教師本身。

華語文老師大部分來自專業學系（國文系、中文系、語文學系等）。他們受到傳統教材的薰陶，卻又要快速地與現實環境接軌，原本就充滿著挑戰、冒險。其實，儒家的「修身」真的是一個不錯的主意。

修身，第一件事可以做的事是：輔導自己，接納別人。

華語文相關的專業學系，幾乎不可免的，都要修習一門中國文學史的專業課程，以了解古典中國文學的歷史。翻開教科書，我幾乎只留下幾個印象：懷才不遇、借酒澆愁、小人讒言、昏君佞臣。

一部中國文學史，充滿鮮明二元對立的語言文字，建構了一個充滿對立、批判、指責等的世界。少數可以使用華美文字歌頌世道的文人或作品，很容易就被視為匠氣或是討好在上位者。

我經常用這個印象來觀察現今臺灣的學習者，還有進入社會的成人們。當我們都走在以儒家為主體的教育體制下，將人我關係加上君子小人、昏君佞臣的評價，感歎黃鐘毀棄、瓦釜雷鳴[100]，又怎麼會快樂起來呢？

---

99 臺灣有所謂的「搶救國文教育聯盟」，經常對臺灣的國語文教育，提出針砭建言。

100「黃鐘毀棄」指可用以校正音律的樂器卻遭到毀壞拋棄。後比喻賢才不被重用。「瓦釜雷鳴」指陶製的鍋具中，發出如雷的巨響。這兩句都語出《楚辭．屈原．卜居》。見教育部「重編停止批判，不是只有壓抑自己的嘴巴就可以了，心念才是最根本的原發力。能做到內心不起任何論斷，快樂很快就能進入內心。

再多的言語輔導，都比不上父母師長一個小小的以身作則。

《老子》說：「多言數窮，不如守中。」[101] 學者將這「守中」訓釋為「持守虛靜」[102]。我在這虛靜的靜態基礎上，加上動態的詮解：正視「言」的合理性、適用性；從原有的批判、論斷方式，走回中立的分析、觀察。

想讓現代年輕學習者接受華語文教育的內容，不妨先行檢視，這內容是否本身已有不合時宜的部分？古文的詮釋是否有再訓詁的可能？內容中的價值觀、道德論，是否本身就有前後矛盾、不一的現象？如果它原本就可能因時因地因人而有不同的論述，為什麼不能開放讓現代學習者也有參與詮釋、重新定義的權利及空間？

如今，面對他人或社會的爭議，我第一時間在意的，不是雙方論點誰好誰壞，我要加入那一方，而是觀察自己的起心動念，我在想什麼。然後，盡可能地引導自己站在中間，持平地看待雙方。

我不會有自己的想法嗎？當然會有。我一樣尊重內心的想望、需求，可是我很清楚那不是我要加入那一方陣營的藉口。唯有如此，生命所能提供我的體驗，才能無窮無盡。

於是我發現，再精細的論辯，雙方辯者都只會陷入困境，蘊釀更激烈的衝突，不會有真正的輸贏。即使到現今，這項歷史文化的循環依舊持續在臺灣上演。

站在中間，才有空間容納更多的人。人永遠有權利選擇做天秤的支撐點，抑或是站立在它兩旁的砝碼。

修身，第二件可以做的是：先導護自己，才能照顧別人。

儒家也講究「守中」，但是他們名之為「中庸」。《論語．雍也》說：「中庸之為德也，其至矣乎！」[103]中庸做為德行的標準，可說是至高無上了！如果《論語》

國語辭典修訂本」：http://dict.revised.moe.edu.tw/cgi-bin/cbdic/gsweb.cgi ；http://dict.revised.moe.edu.tw/cgi-bin/cbdic/gsweb.cgi?ccd=f0TNRq&o=e0&sec=sec1&op=v&view=1-2

[101]見（晉）王弼注：《老子》，第6頁。

[102]見陳鼓應註譯：《老子今註今譯及評介》，第61頁。

[103]見（魏）何晏注，（宋）邢昺疏：《論語注疏》，第55頁。

的「中庸」是指待人處事不偏不倚，那麼，只依循著儒家的思想道路而行走，是無法真正做到的。

理由很簡單，儒家的中庸是建立在二元對立的觀念上。《論語・子路》說：「子曰：『不得中行（ㄒㄧㄥˋ；xìng）而與之，必也狂狷（ㄐㄩㄢˋ；juàn）乎？狂者進取，狷者有所不為也。』」[104]《論語》引用孔子的感歎：「我找不到行為舉止合乎中庸之道的人了！充其量（最多）只能與過於激進或過於保守的人交往了。可惜，過於激進的人膽大妄為；過於保守的人膽小怕事。

當我眼中看到的人，被自己區分為不同的等級，站在各個等級的中間就已經是不可能的事了。更別說要和不得已而選擇的對象，從事真心的交流。

當我內心都已失衡，又如何去照顧別人呢？家庭、國家、天下都是別人，我內心所未能真正擁有的，又如何給予別人呢？

《禮記・中庸》進一步取中庸做為好人、壞人的區別標準：「君子中庸，小人反中庸。」[105]如此的區別真的能使「小人」消失殆盡？還是反而會更為加強雙方的對立？

許多由人寫出的宗教經典，也同樣陷入這種思想的矛盾之中。

需要區分好人／壞人、君子／小人，就心理學而言，是一種根深柢固的恐懼、不安全感所致。在區分的過程裡，負面情緒又正好用來餵養人的痛苦之身。華人就在這種自我餵養之中，持續輪迴著。

當然，痛苦之身不是華人所獨有的。（德國）艾克哈特・托勒（Eckhart Tolle）於《一個新世界：喚醒內在的力量》（A New Earth: Awakening to Your Life's Purpose）說[106]：

> 痛苦之身是存活在多數人之內的半獨立能量形式，是一個由情緒組成的實體。它有自己原始的智力，和狡猾的動物差不多，它的

[104]見（魏）何晏注，（宋）邢昺疏：《論語注疏》，第118頁。

[105]見（漢）鄭玄注，（唐）孔穎達疏：《禮記正義》，第880頁。

[106]見（德國）艾克哈特·托勒（Eckhart Tolle）著，張德芬譯：《一個新世界：喚醒內在的力量》（A New Earth: Awakening to Your Life's Purpose），臺北，方智出版社，2015年，第137-162頁。

> 智力大部分應用在求取生存。和所有的生命形式一樣，它需要定期餵養——吸收新的能量，而它賴以維生的食物就是與它能夠相應的能量，也就是說，和它振動頻率類似的能量。任何痛苦的情緒經驗都可以做為痛苦之身的食物，這就是為什麼它會因負面思想及人際關係當中的戲劇事件而茁壯成長。痛苦之身對不幸是有癮頭的。

華人的教育很容易在一個人還年幼時，就幫他種下痛苦之身。當孩子為了爭取認同、和群，以父母、親友、師長、同儕、教科書、媒體等外在評價，成為認識自己的標準，自我認知與年紀逐漸成反比。此時，他的心靈將逐漸沉睡，單純仰賴大腦運作所產生的情緒反應過生活，他的痛苦之身也將日益壯大。

當一個人生氣、憤怒、不耐煩，又或是想看暴力、恐怖電影，這就意味著他的痛苦之身餓了，正從休眠狀態中甦醒，準備覓食。

願意放手讓充滿良善的心靈引導自己、呵護自己，而不再依賴他人的評價以建立形象，是察覺痛苦之身（如果有的話）的方法之一。能真正地做到愛自己，痛苦之身會自然消褪，也才有能力去愛更多的人。

導護自己，就能真正愛自己。華人始終被教育要「捨己為人」，所以只要談到「愛自己」，不免會擔心被視為冷漠、自私，內心也因而充滿罪惡感、愧咎感。

有如此想法的人，不妨對自己微笑一下吧。這世界，如果每個人都能好好導護自己、照顧好自己的物質需求及心靈，還有誰需要我去「捨己為人」呢？

除非一個人只想改變他人，想從這世界無止境地取得事物，以填補自己的空虛、不安全感。這些想法及做法，都來自教育。教育不能即時改變、創造，就很難停止這種輪迴。

然而，當衝突已被造成時，終究要面對現實。這世界沒有無法回復的狀況，因為人的力量總是被低估。只要大多數的人輔導自己站在爭議的中間，衝突會逐漸消失，它是一種極具光明的尊重、包容。這尊重及包容，將使「愛」重新浮現人的心中。

「愛」是天生的，是人來到世界之前就擁有的禮物。

這種導引自己心念的方法，其實是不需要花費力氣的。當然，華人如果無法正視、面對自己的恐懼、不安全感，就很難跨出第一步。這也是為什麼許多人會認為：改變別人比較容易，改變自己很困難。

在物質的世界裡，人可使用金錢、權力、情感（包括親情、友情、愛情）來屈服別人的意志，使對方在精神上也形成依賴、需要。如果雙方在如此的支配、控制之下，可以感到快樂、安全感，那其實也無妨。

如果得到是更多的恐懼、不安全感，那麼，是該靜下心來仔細檢視自己一生所行的道路的時候了。審視自己未來想走的方向，引導自己趨向光明、快樂。屆時，相對於「取」的給「予」和分享將是一種自然地流露，不需要更多的道理來指導自己。

我所擁有的，才能給予別人；我所沒有的，別再要求自己先給別人。這也是來自宇宙自然的規律。違反這必然規律的結果，就是一場悲劇隨時等待上演。

推己及人，就是如此簡單的一件事。

(二) 予

給「予」似乎是人的天性。我親眼見過許多襁褓（ㄑㄧㄤˇ　ㄅㄠˇ、qiǎngbǎo；還需要大人揹或抱的）中的幼兒，在沒有人教導的情況下，會將自己手上的食物，直接伸手想給另一位幼兒。我也看過一位小朋友將原本騎得很開心的小小電動車，直接推到另一小朋友的身前，說：「給你玩。」

他們都只是萍水相逢，沒有任何血緣關係。

甲骨文	金文	漢簡	說文小篆	標準字體	通用規範字
[甲骨文字形]	／	[漢簡字形]	[小篆字形]	予	予

《說文解字》說：「予，推予也。象相予之形。」許慎解釋予為相互給（給與）、受（接受）的意思。這個字形的上半部有兩個方框交錯，就在解釋這個動作。下

方有引長的一筆，表示推予的行動[107]。

「予」(ㄩˇ；yǔ) 字是表達一種抽象的概念，屬於漢字六書造字理論中的「指事」。整體形構無法再拆解，所以又稱為「獨體指事字」。

「予」的本義是「給」，相當於交付或用某種動作對待別人。論述它時，可以分為兩個層面：一是面對他人的給予；一是主動的給予。

在面對他人的給予方面，我喜歡引用臺灣年輕人「TGOP 這群人」的創意影片「過年最常發生的事」，來詮釋「予」字。劇中片段「3.『推文化』」[108]，具體地解說了漢字「予」的造字原理及文化內涵[109]。

全片帶點戲謔，卻十分貼切。年輕人對於華人贈予／推予 (包括物質及精神) 的文化傳統，有些認同 (或被迫接受)，所以在人際互動上偶而有撞壁的時候。我很佩服他們勇於體驗的選擇 (「1.無形中的比較」、「2.傻傻分不清」)。

當然，他們礙於家庭倫理道德的約束，只能選擇用表情做為對大人們言行的反應。看似不予置評 (不做任何評論)，其實是無聲的抗議。不過，等到年輕人長大成人之後，有些人會放棄昔日心靈的聲音，開始複製這些曾經不予認同的言行。

年輕人對於推予的傳統，也有些新想法。他們試圖擺脫這過程中不符合人性的地方，決定更真實地面對自己及他人 (「2.不間斷地問候」、「3.『推文化』」)。我很欣賞他們忠於內心的選擇。

面對他人的給予，推讓、謙讓似乎是華人不可少的回應動作，它已然深植為文化傳統。這項觀念大概可以從《論語》中，一窺究竟：

> 子禽問于子貢曰:「夫子至於是邦也，必聞其政，求之與？抑與之與？」
>
> 子貢曰:「夫子溫、良、恭、儉、讓以得之。夫子之求之也，其諸異乎人之求之與！」

---

[107] 這一豎筆發展至楷書，與另一字「亅」(ㄐㄩㄝˊ; jué) 同化了。「亅」指倒掛的鉤。《說文解字》說:「亅，鉤逆者謂之亅。」

[108]「3」應作「5」，可能是後製誤植。

[109] 見「YouTube」: https://www.youtube.com/watch?v=k2eeqrt5if8

孔子的弟子子禽問他的同學子貢：「老師每到一個國家，就能瞭解到該國的政事。這是他主動要求來的嗎？還是這個國家的人主動告訴他的？」

子貢回答：「老師是憑著溫和、善良、恭敬、節儉、謙讓的品德得來的。就算是老師請求來的，應該也和一般人的請求不一樣吧！」

以上是孔子兩位弟子的對話。他們對於孔子的言行舉止，有一番觀察及解讀，未必就是孔子本人的形象。不過，對話中的「溫、良、恭、儉、讓」，至今依舊被許多華人奉為圭臬（把某些事物、言論信奉為依據的準則）。

五項品德標準中的「讓」，被視為是在面對他人給予時，一種高尚的反應。如果一個人直接收下別人的給予，他可能會予人口實（留下給人指責、議論的把柄），被賦予（給與）沒禮貌、貪心、吃相難看等負面形象。

二千多年過去了，這五項品德依舊被許多父母師長高舉為言行準則。可是，華人的個性有沒有更陽光、更快樂？華人之間的互動，有沒有更坦然、更團結？如果有，這意味著這項文化傳統很值得繼續傳承下去。

如果沒有，或許問題就出在以身作則。如果父母教導孩子們要「溫、良、恭、儉、讓」，卻時常關起房門吵架；如果教師、長官標榜「溫、良、恭、儉、讓」的重要性，卻經常關起辦公室的門，指責他人或摔公文。

還有，明明想要得到的利益、權位，卻先是不斷謙讓，最後才表現出勉強接受的樣子。這些作為看在孩子們及大眾的眼裡，只會將這些德目（德行的要項）定義為虛假。

許多人即使從小就意識到自己不喜歡上述現象，但有時在權威、經濟、情感等因素的牽制之下，長大後還是選擇了加入這現象的行列。當然，也有一些人跟隨自己的心，堅持做「真實的自己」，但是他們可能就會被冠上叛逆、白目等稱號。

在公開場合強忍情緒，盡量表現得合乎這些德目的要求，回到私人場所才敢說出「真心話」，其實這些都是傷人、自傷的行為。人與人之間的不信任感，就在這其中不斷循環、擴大；人對自己的評判、愧咎，則是在這重複的行為中，持續堆疊。

文明愈豐盛，人與人之間的交流方式，愈被導向外在的語言文字及行動。心與心的距離，卻愈來愈遠。近年來，這個現象又被重新關注。這世界還存在著一種比言行更強大的力量，叫心念。佛經中有所謂「一念三千」[110]的概念，意思是說：眾生一個心念活動，就含括宇宙萬有，輪迴和解脫的一切總和[111]。

如果說一個人內心實在想批評對方，言行卻表現得很溫和、客氣。這內心的「真心話」會不會其實第一時間就傳予了對方呢？

一個人如果除了法律規定不可以拿取的以外，其他時候都可以「從心所欲」地取／捨他人的施予，而施予的人也完全遵重對方的取捨，不因此心生間隙。雙方都將因此獲得心靈的解放，卸下不少身心重擔。

本書對於予的第二層討論是：主動的給予。

華人是十分熱衷於「主動給予」的民族。例如，到親友、師長、主管等府上拜訪，最好帶上禮物，否則可能會被視為不禮貌，甚至是傲慢、輕視、沒家教。有時，禮物的價值還會被檢視，與送禮者的身分地位是否相符。

或許這項習俗文化已成為一種無形的壓力，經常可以看到有人為了準備禮物而大傷腦筋。這種壓迫力，有時會將自己推向一個給得過多、無法收手的地步。最後，關係被破壞了，雙方都受到傷害。下次再為送禮這種事傷腦筋時，不妨想想：為什麼這樣的景況會一再上演？

藉由物質傳達情意是華人的文化傳統之一。只要真心給予而不求回報，它會是一樁美事。每個人不都是希望如此被對待？可是，如果每個人都無法從自己做起，只單方面希望別人如此對待自己，這種美事就很難達成。

華人藉由「送禮」傳達情意的文化傳統，創造了有許多傳為美談的故事，也製造了許多悲劇。前文第二章第一節第一單元提到的，鮑叔牙與管仲的故事，就是一樁歷史美談，結局溫馨感人。

至於經由物質贈予而造成的歷史上悲劇，不在少數。戰國時期（403B.C.～221B.C.）的楚文王，他是位有智慧的國君。曾經有位國民卞（ㄅㄧㄢˋ；biàn）和，在還是楚厲王的時代，無意間在楚山發現一塊礦石。他獻予國君，聲稱這塊

110見（五代）釋延壽：《宗鏡錄》，「中國基本古籍庫」（漢珍電子版）「大正新脩大藏經本」，第 146 頁。

111見教育部《重編國語辭典修訂本》：
http://dict.revised.moe.edu.tw/cgi-bin/cbdic/gsweb.cgi

還沒切磋琢磨的石頭是珍貴的美玉[112]。

結果，沒有人可以看出這塊石頭的價值。卞和被楚厲王處罰，砍去左腳。等到楚武王繼任，卞和再次進獻石頭。武王命玉匠鑑定，沒想到玉匠還是維持厲王時代的講法。卞和再次被懲處，失去右腳。

直到文王時代，卞和帶著這塊石頭回到楚山，痛苦三日三夜。這件新聞被文王知道了，立刻派人前往了解實情。

卞和對著使臣哭說：「我不是為了雙腳被砍去而傷心的。我是因為美玉無法被發現，一片忠心卻被看做騙子，才會心有不甘啊！」楚文王決定再次派玉匠了解狀況。結果玉匠切除了玉石外層的石頭，赫然發現包裹在石中的，真的是一塊美玉。文王除了還給卞和公道之外，還將這塊玉命名為「和氏壁」。

為百姓伸冤，楚文王表現十分有智慧。何況，他這麼做等於間接宣示：前面兩位君王錯怪了卞和。這在講究家族倫理的當時，需要莫大的勇氣。不過，文王也有理智被個人好惡慾望蒙蔽的時候。

據說，楚文王非常寵信大夫申侯。申侯與很多人結怨（原因不明）。文王臨終前，賞賜申侯一塊玉壁，而且要他離開楚國。史書記載了文王對申侯說的一段話[113]：

> 唯我知女。女專利而不厭，予取予求，不女疵瑕也。後之人將求多於女，女必不免。我死，女必速行。無適小國，將不女容焉。

文王說：「只有我最了解你。你平日獨占利益，從不滿足。你對我取用求索，我也從不怪罪你。將來，繼位的國君會對你有很多的要求，你一定會因此獲罪。等我死後，你一定要盡快離開楚國。切記不要去小的國家，他們容不下你的。」

*這個故事後來衍生為成語「予取予求」，比喻對他人任意取求，需索無度。句中的「予」已經被借為第一人稱「我」的意思。字音轉變為ㄩˊ（yú），以便與本義「給」的「予」（ㄩˇ；yǔ）區隔。不過，故事的主軸仍緊著給予的概念。

現在重讀這一則歷史故事，昏君、小人、佞臣、貪婪等批判字眼，已不如以

112切、磋、琢、磨是將物件加工成玉石、象牙等的方法。後來它被做為成語，比喻互相研究討論，以求精進。

113見（春秋）左丘明撰，（晉）杜預注：《春秋左傳正義·僖公七年》，第 215 頁。

往般，盤旋在大腦裡。我很為楚文王和卞和之間的情誼感動。在這世上，誰不希望身旁有位可以讓自己「予取予求」的對象？一般人會在這過程中，認為不安全感被抵銷了，愛的渴求被滿足了。

可是，如果楚文王和申侯之間的相處、贈予，無論動機、物質來源等，都是純淨無瑕的，又怎麼會造就這場悲劇呢？他們之間的給予／接受，必然有許多來自公家的資源，而這些資源又大多來自民間百姓。他們帶給百姓的痛苦，日後終究回到他們的身上，這是宇宙、大自然界的規律之一。

在本書第二章第一節第一單元「人」，我曾經討論鮑叔牙與管仲的互動。他們的關係一樣令人動容，可是，為什麼結局卻大相逕庭（兩者截然不同，相去甚遠）呢？

主動的給予如果不帶有任何目的性或交易的意圖，而是出自純粹的分享（包括物質或精神），似乎總是能恰到好處，不會為對方造成困擾。相反的，過多的盤算、考量，往往會造成不當的主動給予。誰說「思而後行」總是沒錯的呢？

給予、贈予曾經是我生命中的一大困擾。有些來自長輩的示範，有些來自教育的指導。不過，最終是我個人的選擇。一個人成年後的言行，都必須自行負責，不能再推給長輩或教育了。

我發現，人生的樂趣之一就是看到自己像個陀螺，不斷在一個固定問題上，持續輪迴，轉啊轉的。轉累了，也就是困擾被解決的時機成熟了。我觀察到一個現象：無論什麼樣的困擾，只要我一天不勇敢面對，與它對話，它就會藉著不同的事件，重複出現在我的眼前。當我正視重複來到眼前的困擾，它才可能真正消失無踪，因為我不再需要它了。

經過幾次的嘗試、學習。現在，面對親友的饋贈，只要直覺沒有不妥之處，我會欣然接受，發自內心地說聲謝謝。贈予他人禮品時，如果對方有為難之處，我也不再多加勉強。

贈予／推拒如果都出於自然、誠意，不就對方的動作多做聯想，這種活動就不會成為「幻」覺。它促使雙方真情交流，使雙方心靈共同成長，沉浸於難以言喻的喜悅。

1. 幻

這世界是變「幻」（ㄏㄨㄢˋ；huàn）莫測的。有的人因而感到不耐、痛苦。有的人可以徜徉（ㄔㄤˊ　ㄧㄤˊ；chángyáng；安閒自在的徘徊）其中，就像是參與一場電影的演出；抑或是跳脫出來，觀賞一齣電影。

甲骨文	金文	秦簡	說文小篆	標準字體	通用規範字
				幻	幻

《說文解字》說：「幻：相詐惑也。从反予。」許慎認為，相互欺瞞、以不真實的方式互動，就是「幻」。

不知讀者是否發現，幻的古文字體和前一單元的「予」，十分相似？

將「予」反過來寫，讓「予」字上下 90°顛倒，就成為「幻」字了。「予」的字形無法再拆解，是一個獨體的指事字。「幻」改變「予」形體，成為另一個表示抽象概念的指事字[114]。這種造字方式稱之為「變體指事」。

教授這一個字時，它的古文字形是少不了的輔助教材。現行的楷書已經解散了古文字形的線條，以橫直的筆畫取代，而再也看不出這 2 字之間造字的關係。不過，透過古文字的認識，將「幻」字搭配上「予」字，以及它們所衍生的辭彙，藉此詮釋相關的華人文化及生活經驗，或許可以加深學習者的識字印象。

華人的造字者，為什麼要利用一個現成的字來造出另一字，而不乾脆直接另外造一個新的字就好了呢？這其中有許多關於華人文化的趣味聯想，提供給讀者自行解讀。

從給予（物質或情感）、贈予，到不給予、不贈予，這中間必然有各種不同的多原因。許慎定義它就是欺瞞、詐惑（虛假迷亂）的狀況。他選擇了大多數人都會有的負面思維。這「大多數人」包括以前的我在內。

---

[114]改變的方式還有相反、改易筆畫等。

無法第一時間沉靜下來看看發生什麼事了，卻急於定義、區別（是／非、善／惡、好／壞、同／不同等）。這是受到儒家教育的影響。

儒家思想源起於亂世，儒者的理想是「撥亂反正」（除去禍亂，歸於正道）。這需要透過明確的正／反區隔、對立，以便達到和同去異的目標。這一套思想容易建立一套正面形象，而描繪出相對於亂世的理想藍圖，是合情合理的。可是，當天下太平之時，還是執著於只推崇這一套思想，或許時代氛圍再次走入負面，也是合情合理的。

日本精神科醫師最上悠曾指出，能分清是非黑白，就能面對問題，如此才能正面發揮負面的真正力量[115]。即使醫師的目的是要引導人走向正面，如果一開始就先行定義，繼而做出選擇，如此的結果未必能真正走向正面。

我現在接收一項新的說法時，會先將自己置入該學說實驗。透過親身的體驗，會有不一樣的心得。

剛開始這麼做時，我發現我活在一個是非分明、積極正面的世界，親益友、貴人，遠損友、小人。遇到困境，不斷提醒自己要面對問題，拿出所學所知，試圖趕走負面思維。當然，還要提醒自己不可以過度樂觀，成為絕對的正面思想者。

應該是我的功力不足。由於我急著想擁有兩種對立而可供選擇的答案，每天不間斷地分析來到眼前的物質實相（包括人、事、物）。最後，疲累使我無力再去分析任何實相，心理活動經常呈現不平穩、易怒的狀態。最後的結果是：我失去了最想擁有的、最珍惜的，卻將自己置於一個許多人認為最正確的選擇。換言之，想要控制、支配自己／環境的情緒，反而會使狀況呈現一團混亂的狀態。此時，我才真正意識到何謂幻象。

於是，我決定讓自己轉而投入另一種新思想。有趣的是，當我開始慢慢放手、臣服於現狀，放掉所有的對立選擇，回到「守中」，我發現生命似乎真的會主動帶著我前進。每天不一定要是積極、有意義，凡事也不急著定義；給自己也給旁人空間，忘掉時間的限制。如此，情況又逐漸地改變。

我的生活未曾回到以往的穩定、安逸狀態，卻來到一個新奇而從未體驗過的境界。

---

[115]見（日本）最上悠著，朱麗真譯：《負面思考的力量》，臺北，商周出版社，2016年。

在我試過各類書本教導的方式之後，發現放手的過程沒有特別的方法，也不是頭腦邏輯可以主導的。嘗試順著心靈的本質，傾聽祂的聲音，是快速解脫的方法之一。

從小到大所受的教育，形塑了一個「我」，而當這個「我」認為最想擁有的、最珍惜的一切面臨取捨，原以為是痛苦的，卻是開啟了一個令事後的自己驚豔的學習過程。

當我發現來到眼前的人、事、物，無法給予我什麼，或是滿足我的渴望、慾望，我不再失望，也不再用夢幻泡影、魔幻、欺騙等辭語來形容它們。我第一次感受到它們真實的存在，而且充滿感恩。《老子》順任自然的意境，會在這過程中被具體化。以往愛幻想的習性，逐漸在自然規律的流動之中，被解放了。

有些人認為談心靈很虛幻。是的，心靈的確很虛幻，因為沒有任何語言文字可清晰地描繪出祂的輪廓，但祂又是如此真實地存在於每個人的生命裡。

把自己投入思想實驗的做法，很冒險，甚至是世人眼中的危險。不過，它是無法用任何知識或金錢可以取得的生命經驗。

日本文化深受儒家思想影響。部分日本學者將正面、負面思想的掌控、切換，拿捏它們力道的方法，訴諸語言文字（大腦）的教導[116]，忽略了「心」的作用。它需要花費更多的力氣、更周折的途徑，才能略略自拔。一旦類似的困境又出現了，很容易再次陷入輪迴。

負面情緒不是人的自然情緒。人一開始來到這世上，只帶著「愛」，一如大自然的本貌。除此之外，喜、怒、哀、樂、恨、懼、苦，都來自後天的習得。負面情緒的相反，不必然就是正面情緒；反之亦然。

《老子》一書寫著[117]：

> 五色令人目盲；五音令人耳聾；五味令人口爽；馳[118]畋獵令人心發狂；難得之貨，令人行妨。是以聖人為腹不為目，故去彼取此。

116見（日本）最上悠著，朱麗真譯：《負面思考的力量》，第4、5章。

117見（晉）王弼注：《老子》，第11-12頁。

118學者或於「馳」字之後，補入「騁」字。

繽紛的色彩，使人眼花瞭亂；迷幻多端的音樂，使人聽覺遲頓；精緻的美食，使人味覺一時感到舒暢，卻會逐漸喪失靈敏度；縱情於狩獵，會使人身心放蕩；稀有的物品，使人忽視制度，意圖不軌。所以，聖人只求平安飽食，不會去追逐聲色的歡娛；遠離物質的誘惑而維持祥和滿足的生活。

有些人認為，這種說法是要求人應該控制、摒棄慾望的主張。我倒認為，《老子》所說該去除的聲色、口味、遊獵、珍貴物品，指的是超過感官所應、所能承受的程度而言。這個「所應」、「所能」的標準、界限，存乎每個人的心靈。

人被創造為擁有多種感官的物質形象，也被賦予創造可供感知的物質的能力。二者相輔相成，造就這多采多姿的世界。如果來到這世上只是為了壓抑、控制感官本能，消滅物質的創造、生產，那似乎不合邏輯的。

這世上所有事物，都有值得被讚賞、尊重之處。會使它成為邪惡、虛幻不實的，是人，而不是物質本身。

有些人懂得適度運用感官，欣賞、品味這世界的色彩、音樂、食物、遊樂及其他物質，對於有／無之間，順其自然。他們享受物質而不必占有，永遠以真誠的心對待物質。這大概就是《莊子》書中所稱「物物而不物於物」（主宰外物而不被外物控制、支配）的人了[119]！

其實，《老子》中的「聖人」，《莊子》中役物而不役於物的人，在現今臺灣社會經常可以看見。許多人有著「為腹不為目」、「去彼取此」的生活態度，低調地悠遊於物質生活之中，卻不致成為「富有的窮人」。

其中有些人是隨著年紀增長，透過許多生活實例之後，做出如此的選擇；有些人則是憑藉著閱讀、參酌他人的經驗，加上遵隨內心的渴望、意志，不需要花費太多成長的時日，就能朝著這個方向前進。我也發現：想要看到如此與物質世界祥和共存的人，而不是透過報章媒體或書籍的介紹，似乎得自己先步入如此的生命情境，才能親眼得見志同道合者。

人有幻想的能力，促成了科幻藝術作品[120]，進而又催促了大量的科技產品，

[119]見（晉）郭象注，（唐）陸德明釋文，（唐）成玄英疏，（清）郭慶藩集釋：《莊子集釋·山木》，第 293 頁。

[120]教育部《重編國語辭典修訂本》釋「科幻」為：「以科學上的新發現或新成就為根據，幻想預見未來的一切，常與各種不同形式的藝術結合表現。如科幻小說、科幻電影等。」，見：

日新月異。許多人將這過程視為文明進步的象徵。不過我卻發現，人與人之間的身體傷害減少了，精神攻擊卻更加猛烈。此外，有愈來愈多的人受到這些作品、產品的制約，甚至不能一天沒有它們陪伴。

虛幻的究竟是作品、產品本身，還是進入作品、使用產品的人？

眾所周知，人際關係受到這些作品、產品的影響，正急速變化。人與人之間，心靈和現實的距離似乎沒有因為傳達加速而更為緊密，更能真實相待。否則怎麼會需要透過遊戲，才能說「真心話」呢[121]？

人際關係如果一直建立在虛幻不實的精神交流，久而久之，不僅信任度降低，創造力也會隨之減弱或走向偏鋒。人生而自由，卻又讓各種由人所創造出的科幻作品、科技產品所束縛。不過想想，這也是生命的趣味之一。

或許，有了這種困限感，到了一定的極限，人才會又開始尋找回復自由之道，重新體驗寬「仁」大度之美。

2. 仁

人到這世上，應該有許多目的。我想，其中之一應該就是體驗和諧的人際關係，以及這關係的變幻莫測。

甲骨文	金文	秦簡	說文小篆	標準字體	通用規範字
				仁	仁

http://dict.revised.moe.edu.tw/cgi-bin/cbdic/gsweb.cgi?ccd=0wOgxx&o=e0&sec=sec1&op=v&view=0-1

[121] 關於「說真話」，我很喜歡一段相關敘述：「先開始對自己講關於自己的真話。然後對自己說關於別人的真話。然後對別人說關於你自己的真話。然後對別人說有關他人的真話。最後，對人人說事實的真話。」見（美國）尼爾·唐納·沃許（Neale Donald Walsch）著，孟祥森譯：《與神對話》（Π）（Conversations with God: An Uncommon Dialogue）（Book Π），臺北，方智出版社，2015 年，第 10 頁。

《說文解字》解釋「仁」為：「親也。从人，从二。」許慎認為「仁」是由二個人的概念組成。表示二人之間，相親相愛。

這是一個散發著溫柔、馨香氣味的漢字。

「人」、「二」兩個部件都用以表義，屬於形符。結合兩個表義的部件，會合兩個部件的字義，而形成另一新的意思。這是漢字六書造字理論中的「會意」字。因為組合的部件有兩個，各自都是不能再拆解的獨體字。獨體字又稱「文」，所以「仁」是「異二文會意字」。

「仁」字內涵主要述說著人與人之間的關係。

許多學者主張，《論語》的中心思想就是「仁」，出現的次數也最多。有些學者進而將它分為多種意義或層次，加以論述。相關學術作品，可謂豐盛厚實。所以本書就不選擇學術的分析，而是回歸造字之初，以它的本義做為出發點，散論華人文化中，與「仁」字有關的思維。

儒家十分重視人際關係，所以為它量身打造了許多德目。例如《論語．陽貨》說[122]：

> 子張問仁於孔子。
>
> 孔子曰：「能行五者於天下為仁矣。」
>
> 請問之。曰：「恭、寬、信、敏、惠。恭則不侮，寬則得眾，信則人任焉。敏則有功，惠則足使人。」

孔子的弟子子張，請教孔子何謂「仁」。孔子回答說：「能以五種品德行走於天下，就是仁了」。子張問是那五種。孔子回答說：「尊重他人、待人厚道、誠實不欺、聰慧勤勉、廣施恩惠。尊重他人，就不會受到侮辱；待人厚道，就會受到眾人愛戴；誠實不欺，就會受到重用；聰慧勤勉，就能功成名就；廣施恩惠，就會有足夠的人為我所用。」

「恭、寬、信、敏、惠」五項德行，都是使人感到溫暖、愉悅的言行狀態。我想，大多數的人會想要擁有這些性格，也希望能受到他人如此地對待。不過，

---

[122]見（魏）何晏注，（宋）邢昺疏：《論語注疏》，第 155 頁。

我認為這些德行如果能不帶任何的目的性，也不拿來做為評判一個人究竟是君子或小人的標準，那就更完美了。它們會是一個人經過教育後，所培養出的純淨良善。

何況，前面說著要「恭、寬、信、敏、惠」，如果又拿它們來批判別人是好人或壞人，那不正是自我矛盾的做法嗎？

當然，如果可以不再拿它做為考試、背誦的標的，還給它們原始柔軟、陽光的面貌，那就更好了。臺灣實施了二十幾年的教育改革，內容不乏來自參考國外的教育制度。最近聽聞，一個經濟高度發展、文化水準極獲好評、教育制度總是國際排名前十名的國家：芬蘭，即將實施更先進的教育改革[123]。個人認為它是個不錯的參考對象。

芬蘭宣稱將在四年內，取消「單一學科」，改設主題式課程（跨領域）。上課採小組討論方式，不再是傳統的老師臺上教，學生臺下聽。學生可以自行選擇主題或主題下的單一子項目。主導的教育單位不希望再聽見學生們問:「為什麼要學這個！」這項措施會先從 16 歲的孩子們開始做起。

初步觀察，相關單位的用意在將學習的選擇權，逐步交還給學生，讓學生更早可以自己選擇未來。這種放手、信任，只會使學生更早開始學習自我負責，脫離對父母師長的依賴、依附。在這學習過程中，學生會更早地、自然地面對「我是誰？」「我要成為誰？」等生命哲學議題。

在如此的學習環境下，人際關係不再是紙上談兵，而是需要更多實質的互動。現今臺灣很流行教導孩子們認識「培養人脈」的重要性。我常笑稱：人脈是用吸引的，培養來的不夠天然，可能有傷身心。

培養人脈的觀念，類似前文提及的，像是一種有目的性、利益性的德行。德行如果不是來自於一個人心甘情願、發自內心地想要擁有，而是附帶許多目的性、利益性，那麼德行就只會是冰冷的禮儀、禮貌了。這些質變後的德行，所造成的結果及影響，也都是可以預期的。

沒有真心的「仁」，很容易變成「痲不不仁」（比喻對事物漠不關心或反應遲

---

[123] 見「INDEPENDENT」：

http://www.independent.co.uk/news/world/europe/finland-schools-subjects-are-out-and-topics-are-in-as-country-reforms-its-education-system-10123911.html

鈍）。

其實，先秦儒家的有志之士（有志氣、有抱負的人），在學說盛行的當時已經看到這種結果及影響了。據說，這位有志之士就是孔子。

《禮記・禮運》有這麼一段故事[124]。有一天，孔子參加歲末年終祭典。完畢後，孔子遊走到宮門外懸掛告示的地方，突然歎了一口氣。這時，一直陪在他身旁的弟子言偃（ㄧㄢˊ　ㄧㄢˇ；yányǎn；字子游）關心地問他怎麼了。

這時，孔子說出了他內心真正嚮往的「大同世界」，及其樣貌。那是一個天下為所有人共有的狀況，大家不僅照顧好自己及家庭，同時像照顧自己般，真心地照顧其他人。沒有人會被遺棄，所有人都能得到妥善的安頓、富足平安的生活。相反的，孔子看到當時的狀況是如此：

> 今大道既隱，天下為家。各親其親，各子其子。貨力為己，大人世及以為禮。城郭溝池以為固，禮義以為紀。以正君臣，以篤父子，以睦兄弟，以和夫婦；以設制度，以立田里；以賢勇知，以功為己。故謀用是作，而兵由此起。孔子認為他所處的環境，政治上不再選賢與能，而是父死子繼，天下成為一家一姓所私有。人人只孝敬自己的父母、愛護自己的子女。社會上不再團結和睦，人民做生意或付出勞力，都只是為了自己的利益。官宦人家將爵位傳給自己的子弟，還使它成為禮制。

他們各自築起高牆壕溝，保衛領土；依傳統禮義制度法度，以確立君臣的名分，深化家庭所有成員（親子、手足、夫妻）之間的感情；設立各種制度，劃定田地、住宅的疆界；推崇勇敢、聰明的人，獎勵為他們效力賣命的人。如此一來，形成了各式各樣的策略、計謀，戰爭也因此產生了。

孔子似乎看見了他一向推崇的傳統禮義，被誤用為謀取私利的工具；他一向重視的家庭結構，已經成為一小群人維護利益的藉口。這些年來，臺灣有許多大型社會運動，議題也十分前衛，無論是政治上的或社會上的。如今再重讀《禮記》

---

[124]見（漢）鄭玄注，（唐）孔穎達疏：《禮記正義》，第412-414頁。

中孔子的這一大段話（我不確定真的是孔子所說的），似乎他所憂慮的，關於禮義的「負作用」，已延伸了超過2500年，直到現今的臺灣。

如果我沒有理解偏差，孔子看出來華人之所以一直無法進入大同世界，問題就出在傳統禮義所標榜的倫理制度，以及它所極為重視的血緣關係。這兩大關鍵，後來深入了儒家思想，緊緊地束縛著華人文化，更激起了無數次試圖衝破柵欄牢籠的爭戰、衝突。

有趣的是，「大同」的相對是「不同」。華人的教育，習慣對於嬰兒階段的孩子們，一開始就教導他們如何區別不同。物質上，如大／小、好／壞、香／臭、你的／我的等；精神上，如喜歡／討厭、家人／外人、敵／我等。

如果孩子們長大後，會反過來用著他們的不同觀念，來挑戰曾經生養照護他們的大人們，其實大人們真的不用感到訝異。這宇宙是圓的，一個人所給予他人的，最後都會回到自己的身上。道理就如此簡單。

想進入大同世界，就得先從移除不同或接受不同的觀念開始。

至於血緣關係，許多父母總是拿著儒家思想教導孩子：親權血緣至上、家庭優於一切。矛盾的是，父母的結合、家庭的組成，一開始就來自於兩個完全沒有血緣關係的人。

我好奇的是：如果將親權、血緣等觀念暫時移除，不知道有多少子女長大成人後，最敢說真心話的對象，是父母？當然有！不過仔細觀察這種家庭的親子關係，或許會發現很多儒家視為僭越、踰矩、不合法度的思維在其中。

「仁」字既然貫穿整個儒家思想，或許也正是儒家該重新檢視這個德目的本質。根據造字的原始意象，它就單純地只是聚焦在兩個人身上，有著親愛的互動關係。

如果這份愛，是純潔如初生嬰兒般的自然表達，沒有任何目的性、利益性，那它會是仁厚的慈愛，還能推己及人，形成大愛。如果這份愛，是有著一層又一層的利益關係，只想滿足掌握、支配物質的慾望，那它會是占有的偏愛，很難不招致爭戰、衝突。

人與人之間要能夠相親相愛，必然要有真心相待。人與動物之間的互動，也是如此。

《列子・黃帝第二》記載一則故事[125]：

> 海上之人有好漚鳥者，每旦之海上，從漚鳥游。漚鳥之至者，百住而不止。
> 其父曰：「吾聞漚鳥皆從汝游。汝取來，吾玩之！」
> 明日之海上，漚鳥舞而不下也。

海邊住著一位喜歡海鷗的人（以下以「主角」代稱）。他每天早上到海邊和海鷗一起游玩。海鷗逐漸聚集，竟然超過一百多隻。

有一天，他的父親對他說：「我聽說海鷗很喜歡跟你玩。你抓幾隻來讓我玩玩吧！」隔天他到了海邊，海鷗全部在空中盤旋，沒有一隻下來和他游玩。

*動物沒有如人類一般的智力、物質慾望，但也因為如此，它們反而能保有更強大的心靈發送／感應的力量。人也如此，這種力量超越外在言行的表達。一個簡單的起心動念，據說就會立即被傳送出去。

至於將動物、人的意念傳送出去的，是現代許多科學家或靈性學者關注的議題。有人說它是振動頻率（vibration frequency）[126]，有人說是能量（energy）[127]，也有人說是 DNA 的光子作用[128]。

故事中的海鷗察覺到主角對它們有傷害的意圖，它們沒有因此消失無踪，只是和主角遠遠地保持距離。它們也沒有做出任何反擊主角的行為。這應該符合儒

125見（晉）張湛撰：《列子注》，臺北，世界書局《新編諸子集成》（第三冊），1991 年，21 頁。《列子》舊題列禦寇（列子）撰，學者認為是魏（A.D.220～A.D.265）、晉（A.D.265～420A.D.）時期的人，蒐集道家文獻編輯而成。大部分思想與莊子相同。唐朝天寶元年（A.D.742），玄宗下詔，封列子為「沖虛真人」，尊稱他的書為《沖虛真經》。

126見（美國）大衛. 霍金斯（David R. Hawkins, M. D., Ph. D.）著，蔡孟璇譯：《心靈能量：藏在身體裡的大智慧》（Power VS. Force: The Hidden Determinants of Human Behavior），臺北，方智出版社，2012 年。

127見（美國）喬·迪斯本札醫師（Joe Dispenza, DC）著，謝宜暉譯：《未來預演：啟動你的量子改變》（Breaking The Habit of Being Yourself: How to Lose Your Mind and Create a New One），臺北，地平線文化公司，2016 年，第 31-64 頁。

128見（美國）大衛·威爾科克（David Wilcock）著，黃浩填譯：《源場 2·同步鍵——超宇宙意識關鍵報告》（The Sychronicity Key: The Hidden Intelligence Guiding the Universe and You），臺北，橡實文化，2015 年，第 101-105 頁。

家「仁」的條件吧！

我還注意到故事中，這一對父子的關係。主角能與海鷗一起游玩，意謂著他們有著一樣的意識，心靈相互敞開，毫無介蒂。可是，為什麼他會因為父親一句不甚莊重的話語，就失去了他原有的意識？

主角與海鷗之間，形同誠信的摯友。父親指使主角去做違背摯友的事，可說已不符合「仁」的要件。然而，主角為什麼沒有絲毫質疑或反抗的心理？

這一則故事有合乎「仁」的角色、情節，也有不合乎「仁」的角色、情節，二者相互襯托。如果可以先不以誰對、誰錯，誰是好人、誰是壞人來評論父子的作為，從中可以獲得不少與「仁」相關的義涵及啟發。

「仁」與「愛」經常合併構詞為「仁愛」，指寬厚、恩惠、善良的德行。擁有這些德行的人，就稱為「仁人君子」。故事中的鷗鳥可說完全符合這兩個辭彙的內涵。它們曾經給予主角無私的情誼，溫暖、喜悅他的心。即使得知主角有意傷害它們，依舊選擇寬恕而不做任何反擊。

或許是期許每個人都能相親相愛，「仁」字有時也與「人」字通用，成為一個更普遍的概念。在職場上，稱一起工作、合作的人就稱為「同仁」。遇到與他人意見不同，卻又不想起爭執、失去情誼時，就以「見仁見智」（對同一事情，每個人看法各異）做為結論。

「仁」字既然扣合著人際關係，且有著親愛的期許在其中，如今我時時拿它來檢視自己的人際關係。尤其是文化中的人們在乎什麼，而我又可以請這個字來點醒我一些什麼。

如今，大多數人仰賴的互動模式是通訊軟體或交友平臺。受儒家文化薰陶的華人們，真的很在意人際關係，它尤其表現在面對「已讀不回」時的狀況。根據一些調查報告，它已經成為很容易引起負面情緒的一個動作（沒回應也是一種動作）。

的確有這種氛圍。以前，我總急著回應收到的訊息，擔心對方會認為自己「已讀不回」，很沒誠意、沒禮貌或是不在乎對方。學會靜下來觀察自己的生活言行後，再次發生焦慮、掙扎等狀況時，對於自己的反應投以微笑、包容，它反而不再有作用。如今，它逐漸遠離，不再出現我的生活裡。

此時，我忽然意識到以往回應訊息的過程，宛如電影重播畫面。不同的是，自己成為觀眾。為了保有與對方的情誼，我經常陷入字斟句酌（逐字逐句皆仔細斟酌、推敲）。再深入觀察，這動作或許是我正計算著，對方會不會贊成自己的說法？會不會對我的印象更好？回覆之後，我可以從自己的表現之中，得到什麼？

原來，這些細微的心理活動、反應，只有在內心真正沉靜下來時，才得以一窺它們的樣貌。

生活中不斷急於定義別人，定義各種出現身前的事物，它沒有為我帶來更多的快樂。更別說以往我習慣於做出負面的定義，卻又要在言行上表現得很樂觀。

如今放下了急於定義的習慣，與人之間的情感流動自然化身為清澈的涓涓細流，優雅地陪伴在我的生活之中。這細流宛如「仁」字中的右方二劃。

以前，意識之中有太多的好人／壞人、貴人／小人、喜歡／討厭區分，讓我在使用通訊軟體或平臺時，會做出封鎖別人、刪好友的舉動。原以為如此可以自我保護，獲得尊嚴。有趣的是，每當夜深人靜時，這個舉動會引發心靈中一道質疑的聲音。

我不知道這聲音是什麼樣的存在，我只知道它讓我感到不安。一度，這個情況讓我陷入更多的反覆、掙扎。如今再回顧這過程，我十分感謝它們。許多心理專書中的理論，在這過程中，我一一實驗了。實驗結果，有些符合心理學者的說法，有些不盡相同。

在過程中，我一度模仿別人的做法。既不封鎖不喜歡的人，卻也不回應對方的任何訊息。結果我的內心依舊出現質疑聲音。思考模式的改變，讓我不再批判自己的行為，而是盡量客觀分析：我這麼做的目的是什麼？想減少什麼損失，或是得到什麼？想為自己創造什麼樣的形象？

關於形象，印度的克里希那穆提（J. Krishnamurti）有二段話，形容得十分傳神[129]：

形象是一種沒有生命的存在。很簡單。你奉承我、你尊敬我；透

[129]見（印度）克里希那穆提（J. Krishnamurti）著，麥慧芬譯：《與生活和好》（What Are You Doing with Your Life?），臺北，商周出版社，2015 年，第 192-193 頁。原文最後還有一段話：「我們對自己的想法，其實是我們對於自己真實面貌的逃避。然而，當你看到自己真實的面貌時，沒有人可以傷害得了你。因此若一個人是騙子，其他人對這個人說你是騙子，並不代表這個人受到了傷害；因為這是事實。」由於克里希那穆提的著作大多是門徒整理、記錄，加上我對這段話有不同的想法，所以未將它列入。

> 過傷害，透過奉承，我對你有了既定的形象。我經歷痛苦、不幸、衝突、飢餓與寂寞，所有這些經驗都創造出了形象，而我就是那個形象。並不是說我是那個形象，也不是說那個形象與我不同，但「我」就是那個形象。是思想創造了那個形象。……
>
> 你為什麼會受傷？自大，不是嗎？你為什麼自大？因為一個人對於自己、自我形象、自己應該是什麼樣子和是什麼，以及不應該是什麼，有一定的想法。一個人為什麼要創造自我的形象？……當我們的理想，也就是我們對我們自己的看法，受到攻擊的時候，我們便會感到憤怒。

如今，每當我收到訊息，無論對方是誰，內容是什麼，我第一時間會在內心感謝訊息本身，它為我創造了體驗「仁」的機會。接下來是感謝對方，他為我創造體驗生命的機會。

回應與否、時機的拿捏，都不再透過大腦的思考，而是訴諸直覺。過程中，不再需要字斟句酌，因為它們都是內外如一的話語。

我也選擇相信，當我真的忙著處理公務、私事，抑或是一時之間難以回應時，對方可以耐心等待我的回覆。然後不再多想對方究竟會如何想、如何做……「替對方著想」不盡然適用於生活上所有的人際關係。

「三思而後行」有時會為自己創造更多的困境。這種困境往往會快速地顯化在之後的兩人關係。

當我得知被封鎖、被刪好友時，一樣送上感謝、祝福。深知這是宇宙將我過往對別人做出的言行，送回到我的身上。欣然接受、道歉，卻也不為把罪惡感、愧咎感加諸自己的身上。傷害自己只會更加惡化雙方的關係，無助於任何的成長。

罪惡、愧咎是要一個人感覺到「知恥」，這也是儒家思想的德目之一。可是，我認為它們與儒家標榜的「寬」是相違背的。在無形中，它們已成為許多人攻擊、控制他人的手法，無論是親情、友情或愛情。這種做法只會傷人，也傷自己，雙方不斷陷入輪迴。

一個人之所以能真正寬恕別人，是因為他可以先做到寬恕自己。如此一來，我自然做到了允許他人在我的生命中，自由進出。解放自己心靈的同時，也成就了別人的幸福、快樂。

奇妙的是，當我在通訊軟體、交友平臺的使用中，做到「放下」之後，二個有趣的經驗調皮地來到我的眼前。

有一次，當我與朋友在 Line 來回對話後，對方突然很貼心地傳送了一句：「可以已讀不回哦！」

我啞然失笑[130]！這句話是一面鏡子，我看到了過往的自己。我沒有針對這句話回應。如今我選擇相信，情意可以透過持續、內外一致的行為表現，而不是立即的言語辯解說明。前者需要耐心，卻是堅定有力的。

另一次，當朋友得知我和家人出遊時，他傳了一些很直接、很「酸」的話，而且還送了我一句「濫好人」。

我回應了一句看似笑鬧的辭彙：「壞人！」不過，送出後，內心的聲音立刻出現：「厚......你在反擊對方。」我又啞然失笑了。我的話語也是一面鏡子，它讓我再次看到過往的自己。於是，我停止了想再回應的衝動，並且在內心向對方及自己說聲「對不起」。

之後，那位友人試圖透過許多間接的方式，或是利用身邊的人，傳達訊息，希望能得到我的主動回應。我不再附和這種模式，也沒有封鎖對方。如果我回應或是封鎖對方，兩人都將再次步入輪迴。我很清楚自己的選擇：當友人有一天能真正面對自己，勇於直接傳達訊息給我時，我依舊會真誠地做出回應。

這兩位友人的心思，當下我都了然於心。不同於以往的是，我不再針對這句話，想要給他們什麼樣的說教。我似乎搆到了一種心疼他們的感覺，因為第一時間在我內心播放的，不是自己的尊嚴如何受到挑戰，而是關於他們的生活背景及工作狀況。

每個人來到這世上，都是為了體驗「仁」，即使一個人選擇孤獨、自閉，那也是在許多人的襯托之下才能顯現的。

如果人來這世上之後，可以一直保持著情感上的純真，一如「海上漚鳥」故事中的主角及海鷗，「仁」字的親愛精神就會如陽光般地體現、散發。

嬰孩還沒被教導「不同」的觀念時，他們的給予或不給予，出於自然反應，

130「啞」音ㄜˋ（è）。啞然失笑指情不自禁地發出笑聲。見教育部《重編國語辭典修訂本》：http://dict.revised.moe.edu.tw/cgi-bin/cbdic/gsweb.cgi?ccd=WgBCcr&o=e0&sec=sec1&op=v&view=2-2

沒有任何心機算計在其中。之後，他們被父母師長教導了「不同」，區別人、事、物的差別、等級等概念，並據此從事競爭，為自己掙得更多的物質（物品、成績、地位、權勢等）。

看似平和、單純的校園，其實早已潛藏、滋生許多的衝突因子。否則為什麼現今許多臺灣的孩子需要每天來點負能量，「厭世」、「靠北」聲不斷呢[131]？

有趣的是，學生在課堂上還要背誦許多來自儒家思想的德目，以及這些德目的解釋、翻譯。如果臺灣的年輕人有愈來愈不快樂的傾向，問題並不始於他們的身上。

以上情況讓我聯想到《聖經》裡話：「我實在告訴你們：你們若不回轉，變成小孩子的樣式，斷不得進入天國。」[132]《老子》也說「專氣致柔，能如嬰兒乎」、「我獨泊兮其未兆，沌沌兮如嬰兒之未孩」[133]。中外經典都曾出現關注嬰孩的論述，又豈是偶然、巧合。

華人文化下的父母師長，習慣用「年紀」來規範孩子們，什麼該做，做麼不可以做。對於嬰孩純純的愛、耐心、關心，也會隨著年紀而逐漸質變或減弱。這些原本立意良善，是希望孩子們都可以成為符合社會要求的「志士仁人」（具有理想抱負和道德仁心的人）。

這過程中，父母師長是否會不小心斲[134]喪了孩子們珍貴的本「性」，反倒流失了「仁」的本義呢？

---

131 「靠北」為臺灣閩南語的國語諧音（khàu-pē）。它目前有兩種釋義：一是粗俗的罵人語。以喪父為比喻，來表示不屑他人的叫苦或抱怨。另一是粗俗的口頭語，用來表示糟糕、不滿或遺憾。見教育部「臺灣閩南語常用詞辭典」：

http://twblg.dict.edu.tw/holodict_new/result_detail.jsp?source=8&in_idx=01e7&n_no=5847&curpage=1&sample=%E7%88%B8&radiobutton=1&querytarget=2&limit=20&pagenum=1&rowcount=18

132 見《新舊約全書．新約全書．馬太福音》，第 25 頁。

133 見（晉）王弼注：《老子》，第 9、21 頁。本段內容，將於第四章第一節詳細論述。

134 斲，音ㄓㄨㄛˊ（zhuó）。斲喪有砍削、傷害之意。

Chapitre 2

L'homme et sa nature selon les sinogrammes

L'Homme est substance élémentaire constituant ce monde. L'anthropologie, science qui étudie l'homme dans ses aspects, cherche à établir des principes expliquant l'évolution de l'organisation et de la culture humaines. L'Homme (*rén* 人) a sa nature (*rénxìng* 人性), cette nature est une chose complexe. Basant sur cette nature humaine, les domaines d'étude tels que la politique, l'économie, la sociologie, les sciences humaines, l'histoire, la psychologie, ou la théologie, sont centrés sur le fondement des règles pour expliquer l'existence humaine et la manière d'être de l'Homme.

Toutes ces disciplines susmentionnées ne peuvent être exclues de la Culture. Il y a une réciprocité entre l'Homme et la Culture. L'Homme apprend et se corrige à travers l'apprentissage culturel ; la Culture, une fois modelée, devient à son tour les moteurs (*drives*)[1] affectant les besoins et les choix de l'Homme dans la vie quotidienne.

La Culture est complexe en soi. Dans les effets inextricables résultant des comportements humains, il semble y avoir une règle sous-tendant. Cette règle est parfois explicite, parfois implicite ; tantôt vénérée tantôt ignorée. De temps à autre, l'homme s'en éloigne puis y revient.

Le *Laozi* ou *Livre de la Voie et de la Vertu*, ouvrage canonique de la pensée chinoise classique, nomme cette règle la « Voie » (*dào* 道).

Section I : La Voie qui suit la Nature

1. Humain (*rén* 人)

Inscription oraculaire (*jiaguwen*)	Inscription sur bronze (*jinwen*)	Écrit sur bambou de Qin	Petite sigillaire du *Shuowen*	Forme standardisée	Caractère général et normalisé
[illegible]	[illegible]	[illegible]	[illegible]	人	人

Voici comment Xu Shen 許慎 explique le caractère *rén* 人[2] dans son ouvrage *Shuowen jiezi* : « C'est celui dont la nature est la plus distincte dans le monde. Le caractère ci-présent est du style *zhouwen* 籀文. La graphie représente l'image des bras et des jambes ».

Selon Xu Shen, la qualité intrinsèque et le caractère inné de l'espèce humaine sont les plus nobles parmi les dix mille êtres sur terre. Le caractère présente un portrait d'un humain avec ses bras et ses jambes[3]. Ses explications semblent très concrètes et correspondent bien à ce propos qui dit que « l'Homme est l'essence de toute chose vivante ». Cependant, pour associer les deux traits de la graphie aux explications de Xu Shen, il demande beaucoup d'imagination chez les apprenants des sinogrammes.

Selon les six principes de la formation des caractères chinois (*liùshū* 六書), le *ren* 人 est l'exemple typique d'un pictogramme (*xiangxingzi* 象形字)[4]. Il est aussi appelé *caractère automne* (*dútǐzì* 獨體字) étant donné qu'il ne peut être divisé en d'autres caractères. Vous, le lecteur, pourrait peut-être regarder les caractères chinois de votre nom, est-ce qu'il y en a qui appartiennent à cette catégorie[5]?

De caractère ancien à caractère moderne (*jinwenzi*), le *ren* ne subit aucune transformation. Même avec un seul *pie* 撇 (un trait descendant en incurvant vers la droite) et un seul *na* 捺 (un trait descendant vers la gauche avec une légère pression appuyée en fin du tracé) du style *kaishu*, ce sinogramme demeure toujours dans sa simplicité avec seulement deux tracés. Ce fait semble vouloir dire que la pensée huamine ne devrait pas être très compliquée.

Pour apprendre à quelqu'un à connaître le caractère *ren*, il serait préférable d'utiliser la méthode d'enseignement didactique (*Didactic instruction*)[6]. L'enseignant pourrait expliquer les principes de la formation de *ren* 人 en mimant le caractère devant les élèves. Sans être contraint par les limites spatio-temporelles, il lui est libre de les expliquer dans un délai raisonnable. Il s'agit d'ailleurs d'une méthode volitive qui ne demande pas de préparer de matériaux de support dispendieux pouvant inciter les apprenants à s'envoler dans leur imagination.

Après avoir appris la façon d'écrire des caractères, il serait profitable si l'enseignant pouvait inciter les apprenants à connaître la culture des sinogrammes, à associer et à réfléchir aux connotations de ces caractères et même à la culture chinoise. Apprendre de cette manière permettrait aux apprenants d'approfondir leur apprentissage des caractères. Ce faisant serait également bénéfique pour faire durer la vitalité des *hànzì* et les rendre plus solides leur utilisation et leur existence.

Peu importe la nationalité de ceux qui apprennent le chinois. Si jamais la Langue et l'Écriture de chaque pays et de chaque région seraient considérées comme le bien commun de la Terre et n'appartiennent à personne, quel serait l'impact sur le Monde ?

N'étant composé que de deux traits simples, Xu Shen définit le sinogramme *ren* 人 par l'humanité (*ren xing* 人性) en lui attribuant le caractère le plus noble dans le monde. La Bible[7] semble exposer une idée semblable au propos de Xu Shen :

> Puis Dieu dit : Faisons l'homme à notre image, selon notre ressemblance, et qu'il domine sur les poissons de la mer, et sur les oiseaux des cieux, et sur le bétail, et sur toute la terre, et sur tout reptile qui rampe sur la terre. Dieu donc créa l'homme à son image, il le créa à l'image de Dieu, il le créa mâle et femelle. Et Dieu les bénit, et leur dit : Croissez, et multipliez, et remplissez la terre ; et l'assujettissez, et dominez sur les poissons de la mer et sur les oiseaux des cieux, et sur toute bête qui se meut sur la terre. (Gen. 1:26-28)

Si bien que Dieu créa l'homme à son image, ce dernier devrait donc correspondre à la définition du *Shuowen jiezi* qui le considère avec la qualité intrinsèque et le caractère inné les plus nobles parmi les êtres du monde. Dieu fit l'homme l'essence des dix mille êtres et l'espèce dominant sur les autres. Selon ce que raconte la Bible, il semble avoir une loi implicite dans le monde, que ce soit parmi les affaires humaines ou dans la nature.

L'homme, malgré ses forces, ne peut aller à l'encontre de cette loi régulatrice. Depuis quelques années, la conscience écologique et la prise de conscience des aspects humanistes continuent de gagner de l'importance. N'est-ce pas justement parce que les hommes se rendent compte de l'existence de cette règle et sont conscients qu'elle est déjà corrompue ?

Le *Laozi*, livre canonique du Taoïsme, qui date de plus de deux mille ans note : « L'homme prend modèle sur la terre. Le ciel prend modèle sur la voie. La voie prend modèle sur ce qu'elle est d'elle-même » (R. MATHIEU, 2008, p. 123). Cette phrase s'adhère aussi à cette règle. Quant à ce qu'est cette Voie[8]? Il y a de nombreuses explications et interprétations. Il me semble que la Voie se ressemble à l'existence du *Créateur* dans la croyance occidentale, ou bien à ce à quoi le domaine de physique quantique commence à mettre de l'avant, la *cause première*.

De toute évidence, l'Homme possède divers caractères physiques et dans son intérieur, on trouve ses sentiments, ses désirs et ses pensées compliqués. Pourquoi les ancêtres des Chinois auraient-ils créé le caractère avec deux traits si simples ?

Pour l'instant, j'ai deux idées à propos de cela. Premièrement, cela montrer l'expression artistique des Chinois de l'époque. C'est surtout la capacité de transformer un objet concret qui est complexe et neutre en image mentale qui est simple et subjective.

Deuxièmement, une fois l'homme est né, sa première leçon de vie est celle des relations sociales. Le sinogramme *ren* 人 est aussi un caractère utilisé comme radical[9]. Se combinant avec d'autres caractères, il est possible de créer une panoplie de nouveaux caractères en lien avec le concept de l'homme. Ainsi, il serait plus convenable de ne pas avoir trop de traits pour pouvoir combiner avec d'autres caractères.

Bien sûr que ce ne sont pas les deux seules raisons. J'espère que le lecteur pourrait réfléchir à d'autres possibilités et ne se limite pas à ces deux raisons proposées de ma part.

Vous trouveriez des questions ouvertes et des discussions dans ce livre. C'est parce que je souhaite que, tout en *suivant cong* 从 (caractère primitif de 從) la théorie ou la discipline des sinogrammes, des enseignants tout comme des apprenants dépassent les idées traditionnelles et qu'ils soient plus constructifs en ce qui concerne la culture des sinogrammes.

1) **Suivre (*cóng* 从/從)**

Les relations humaines sont établies à la base d'une personne et plus, et l'homme a tendance à suivre et à s'attacher aux autres individus. Ainsi, le caractère « *cóng* 从 » est créé.

Inscriptions oraculaire (*jiaguwen*)	Inscriptions sur bronze (*jinwen*)	Écrits sur bamboo de Chu	Petite sigillaire du *Shuowen*	Forme standardisée	Caractère général et normalisé
[illegible]	[illegible]	[illegible]	[illegible]		从
[illegible]	[illegible]	[illegible]	[illegible]	從	

Le *cong* 从 se ressemble toujours à deux personnes qui suivent l'une l'autre depuis les caractères anciens aux caractères modernes. C'est la forme fondamentale de ce caractère.

Certains caractères *jiaguwen* de *cong* 从 ont une composante *chì* 彳 (彳`) de plus (*bujian* 部件, appelé aussi *pianpang* 偏旁). C'est un phénomène commun qui se produit lors des époques où les sinogrammes ne furent encore pas standardisés. On désigne ce phénomène par *graphie en formes multiples*, cela dit un même sinogramme eut différentes structures et plusieurs façons d'écrire. Ces caractères sont appelés également les *variantes* (*yì tì zì* 異體字), possédant les mêmes signification et prononciation, sauf la graphie.

Le *chi* 彳 est la composante à droite du caractère *xíng* 行[10] et porte une même signification. Le sens original signifie la route, et par extension, cela indique l'action de marcher. Si un sinogramme comprend cette composante dans sa graphie, la plupart auront une signification en lien avec le concept de marcher.

Certains caractères de *cong* 从 possèdent une composante *zhǐ* 止 de plus, comme dans l'exemple du *jinwen* et de l'écrit sur bambou de Chu. Le sens originel du caractère 止 désigne les pieds huamins. Si cette composante fait partie de la graphie du sinogramme, sa signification serait en lien avec le concept de marcher.

Comme susmentionné, le sinogramme *ren* est un caractère autonome. Redoubler le *ren* formerait un *caractère composé* (*hétǐ zì* 合體字). Selon le principe des *liushu*, le caractère *cong* 从 est un *idéogramme* (*huìyì zì* 會意字) qui réunit l'idée de deux personnes, pour ainsi former un nouveau sens.

Que le caractère ancien de *cong* 从 s'ajoute la composante 彳 ou celle de 止, il s'agit d'un idéogramme pareil. Pourquoi l'idée de deux personnes qui se suivent serait-elle exprimée en réunissant les caractères [人+彳] ou ceux de [人+止] ? Cela laisse place à l'interprétation. On pourrait développer cette question selon nos expériences de vie et interprète de manière personnalisée l'aspect culturel des sinogrammes.

Le *cong* 从 pourrait très bien être un caractère ayant été simplifié ou bien complexifié. Personne ne peut confirmer à cent pour cent laquelle des graphies de caractères *cong* en forme *jiaguwen*, avec ou sans la composante *chi* 彳, aurait été créée préalablement.

La Chine continentale utilise cette forme du caractère 从 et à Taïwan, c'est celle de 從. Il n'y a pas de question de savoir lequel est simplifié ou bien traditionnel, ni de savoir qui a bien raison ou lequel a eu tort, ce sont deux caractères héritiers de la tradition culturelle des sinogrammes depuis leur création.

Le caractère *cong* se crée à partir de l'idée d'une personne qui suit une autre, ce qui semble suggérer que l'homme ne peut vivre à l'isolement. Si l'on pense à l'homme au moment de sa naissance, son corps et son esprit sont-ils autonomes ? Ou bien éprouve-t-il de la volonté innée de suivre les autres ?

Une relation sociale impliquant un individu qui *suit* (*gēn cóng* 跟從/*suí cóng* 隨從) un autre reste plutôt neutre. Dans une relation interpersonnelle, s'il s'agit d'une relation harmonieuse, ce serait une bonne chose de pouvoir s'apprendre et s'améliorer mutuellement. Une fois l'individu devrait *se supplier* ou *s'obéir* (*fúcóng* 服從/*zūncóng* 遵從), cela devient une relation inégale impliquant le contrôle, la dépendance et l'imitation entre les hommes.

Dans le livre chinois classique, le *Zhuangzi*[11], on note une histoire :

> « La belle Si-che, ayant eu un malaise au cœur, fronça les sourcils en regardant ses voisins. Un laideron du voisinage, la trouvant belle, s'essaya à l'imiter et fronça ses sourcils en portant la main à son cœur. Ce que voyant, les riches du voisinage fermèrent solidement leurs portes et ne sortirent pas, tandis que les pauvres s'enfuirent en emmenant leurs femmes et leurs enfants. Le laideron ne savait pas que l'acte de froncer les sourcils n'était beau que parce que Si-che était belle. [...] »

Selon la légende, la belle Xi Shi 西施 vécut lors de l'époque Chunqiu 春秋 (env. 770-476 av. J.-C.). Née avec une maladie de cœur, elle mit souvent les mains sur sa poitrine tout en se fronçant des sourcils.

Une autre fille du même village (que les hommes postérieurs appellent par Dong Shi 東施) pensa que Xi Shi fut belle avec ses gestes, de sorte qu'elle attirât tous les regards de piété de tous les gens. Elle décida d'imiter la belle et se promena dans le village.

Chose inattendue, en la voyant, les riches du village fermèrent leur porte et n'osèrent plus sortir. Quant aux gens pauvres, en la voyant, prirent la main de leur femme et s'enfuirent précipitamment.

Cette histoire est racontée par l'individu connu sous le nom de Zhuangzi. S'il vivait encore aujourd'hui, il devrait sans doute être quelqu'un d'humour pince-sans-rire. Au lecteur de penser à l'intention de Zhuangzi de soulever la différence entre les hommes riches et les pauvres, comme ceux-ci sont tous choqués par le fait.

L'apparence peut être copiée, alors qu'il n'est jamais possible de reproduire le tempérament et l'esprit d'un individu. À Taïwan, tout le monde parle des influences de la nouvelle expression *gēnfēng* 跟風 (suivre le courant) pour savoir comment cette tendance pourrait avoir de conséquences sur la culture taiwanaise. Le terme terme *mángcóng* 盲從 (suivre aveuglément) est même utilisé pour décrire cette nouvelle tendance.

Le terme *mangcong* 盲從 désigne quelqu'un qui ne fait que suivre les autres en fermant ses yeux et s'y rattacher, qui ne discerne plus le bien et le mal, ne pense plus quelque chose est convenable ou pas pour soi. Il finirait probablement comme le laideron Dong Shi qui se rend ainsi plus laide que jamais en imitant avec maladresse la belle Xi Shi (d'où l'idiome *dōngshī xiàopín* 東施效顰[12]).

La manière dont Dong Shi singea Xi Shi, selon la société chinoise contemporaine, c'est qu'elle voulut augmenter son *score de beauté* (*yánzhí* 顏值). C'est un score évaluatif basant sur les commentaires de l'image ou sur l'apparence d'une personne et d'un objet. De temps en temps, je pense à la vie de Dong Shi avant et après que celle-là imite Xi Shi pour me rappeler de ma manière d'agir devant ces critères de la beauté.

Si seulement l'homme est fait pour être modulé ou assimilé en bonne partie à une seule forme, pourquoi le Créateur aurait-il pris la peine de continuer à créer l'être humain qui ne se ressemble guère l'un l'autre[13] ? Pas Un seul des dix mille êtres dans la nature ne soit identique à cent pour cent, n'est-ce pas pareil pour l'homme ?

C'est pourquoi certains diraient : chacun est très spécial en soi, mais pas plus spécial que les autres[14].

Voilà la méthode d'enseignement pédagogique que j'utilise fréquemment dans mes cours. *C'est partir d'abord des éléments théoriques des caractères (de *ren* 人 à *cong* 从/從), puis introduire des histoires associées à la graphie des sinogrammes. Dans ce premier exemple illustré, c'est l'histoire de *Dongshi xiaopin* de Zhuangzi. *En se faisant, c'est partir* de l'analyse structurelle des lignes et des traits jusqu'à provoquer une expérience mentale chez les apprenants à travers des histoires *variées*. En effet, j'aimerais incruster une âme dans les silhouettes des sinogrammes pour les transformer en une entité organique, de telle sorte que celle-ci devienne un ami aidant

---

* Des modifications sont pour expliciter les étapes de la méthode d'enseignement de l'auteure.

les apprenants à s'autorétablir ou à mener les expériences introspectives aurpès d'eux *afin de mieux se connaître soi-même*[15].

L'homme est né pour montrer son unicité et vivre de l'expérience sociale avec autrui. Une relation interpersonnelle bonne et harmonieuse pourrait très bien être entretenue tout en suivant les autres. Par contre, un individu qui suit les autres aveuglément se mettrait dans une situation où il se *comparerait* sans cesse à autrui (*bǐjiào* 比較). À chacun pour soi de déterminer, d'expérimenter pour savoir quelle relation sociale est plaisante et laquelle est anxiogène.

2) Comparaison (*bǐ* 比)

Les termes *fúcóng* 服從 et *mángcóng* 盲從, selon leurs sens, semblent indiquer une personne qui écoute ou qui imite une autre sans condition. Que veux-je dire alors par *se comparer* (*bijiao* 比較) ?

Inscription oraculaire (*jiaguwen*)	Inscription sur bronze (*jinwen*)	Écrit sur bambou de Qin	Petite sigillaire du *Shuowen*	Forme standardisée	Caractère général et normalisé
				比	比

Le dictionnaire *Shuowen jiezi* définit le caractère *bi* 比 par « une relation intime. Deux hommes (人) côte à côte forment le caractère *cong* 从, le *cong* inversé est le caractère *bi.* »

Il y a une grande similitude entre les caractères de *bi* 比 et de *cong* 从 dans la forme *jiaguwen*. Observer de plus près, ces deux se distinguent seulement par le fait que la graphie de *bi* est expressément plus incurvée. C'est pour faire ressortir l'intimité entre deux personnes, dont le concept dérivé du caractère *cong* 从.

Selon le *Shuowen jiezi*, écrire le caractère *cong* d'un sens inverse, c'est le caractère *bi*. Cependant, ce propos n'est pas tout à fait juste. À l'époque où Xu Shen composa le dictionnaire étymologique *Shuowen jiezi*, les sources des caractères anciens furent limitées. Comparé aux spécimens déterrés, il y a donc une certaine absurdité dans ses explications concernant les principes de formation des caractères.

Je ne dirais plus que Xu Shen a eu tort. Ce dernier compila par lui-même un total de 9353 sinogrammes bien organisés, tout en expliquant la graphie, la prononciation et la signification de chacun. Tout au long de ce parcours, il n'a obtenu aucune subvention ni assistants ou l'ordinateur. C'est un travail extraordinaire et remarquable de l'homme de pouvoir éditer un premier dictionnaire de la langue chinoise. Pour ce que les érudits contemporains critiquent de contenus erronés, je considère plutôt comme des interprétations différentes de la part de Xu Shen.

En fait, la forme ancienne de *bi* possède plusieurs graphies, tantôt vers la gauche tantôt vers la droite, le tableau ci-haut ne présente pas tous les exemples. Comme mentionné *supra*, la paternité des caractères chinois n'est pas attribuable à un seul homme dans un temps et dans un lieu. Les graphies en multiformes ne sont qu'un phénomène commun avant que les sinogrammes soient standardisés.

Si l'on suit l'évolution du caractère *bi* jusqu'à l'époque de Zhanguo (403-221 av. J.-C.), sa graphie de l'État de Qin 秦 est tracée d'un angle de 45 degrés pour faire la distinction avec celle de *cong*. Le système d'écriture chinoise actuelle est principalement issu de l'écriture des Qin. L'initiation de Qinshihuang de normaliser l'écriture est un jalon primordial dans la culture des sinogrammes.

Selon la définition du *Shuowen jiezi*, de *cong* 从 à *bi* 比, deux personnes semblent encore plus intimement reliées. Je pense que la comparaison est à l'origine du fait qu'un individu suit et obéit aux autres. Une des raisons : Comment un individu pourrait-il ne pas avoir l'envie de se comparer aux autres, voire développer une dépendance, si celui-ci n'est pas attiré physiquement par les conditions matérielles ?

Ce choix est plus souvent influencé par l'éducation et les idées préconçues d'un individu. Cette procédure est motivée par toutes sortes d'émotions, d'où la peur est le plus grand facteur. De par peur d'isolement, d'exclusion, ou de ne pas pouvoir être admiré, beaucoup de monde laisse tomber donc sa nature autonome et commence à s'attacher aux autres ou à vivre aux dépens de jugements d'autrui.

Dans le *Lunyu*, ouvrage considéré comme étant la Bible chinoise, se figure un tel système d'évaluation[16] :

> Confucius dit : « Parmi les choses bénéfiques, il y a les trois amitiés ; parmi les choses dommageables, il y a les trois amitiés. Il est bénéfique de lier amitié avec des personnes droites, de lier amitié avec des personnes sincères et de lier amitié avec des personnes au large savoir. Il est dommageable de lier amitié avec des sycophantes, de lier amitié avec des opportunistes et de lier amitié avec de beaux parleurs. »

Le *Lunyu* cite ce que dit Confucius : « Il y a trois sortes d'amis qui nous sont utiles : ceux étant droits, sincères et ayant une vaste connaissance ; trois sortes d'amis qui nous sont nuisibles : des hypocrites, des flatteurs et de beaux parleurs. »

Une idée me trottait quand je lisais ce passage. Pourquoi divise-t-on les hommes en différents niveaux, et en se basant sur ces niveaux-là, on décide s'il faut suivre ou pas les autres individus ? Si j'applique ce standard dans ma vie auprès des gens que je rencontre, c'est difficilement réalisable. Et si je me force à y parvenir, il devient pour moi une relation sociale complexe et troublante.

Or, cela ne veut pas dire que je mettrais en question les paroles et les conduites de Confucius. Il reste à prouver si ce sont bel et bien les paroles du Maître, car le *Lunyu* est une œuvre éponyme. Tout comme les autres livres classiques ayant influencé profondément le monde, ceux-ci sont écrits par autrui ou par les postérieurs. Et même s'il s'agit bien des paroles de Confucius, je ne porterais pas non plus de jugements.

Il s'agit simplement d'opinions de Confucius ou du *Lunyu*. Désormais, je n'accepterais plus telles quelles ces paroles, et me basant sur mon propre vécu, je relirais ce passage avec mes propres idées en me basant sur mon propre vécu.

Dans la société taïwanaise d'aujourd'hui, lorsqu'il surgit des cas de crime juvénile dans les affaires sociales, on entend souvent dans le média les parents qui disent : « Parce qu'il s'acoquine avec de mauvais amis ! » Je crois bien que cela reflète en quelque sorte les influences de la tradition culturelle qui distingue les amis utiles des amis nuisibles.

Beaucoup des Chinois préfèrent consulter les diseurs de bonne aventure et croient aux principes de la divination. Ils pensent que la vie est remplie d'hommes protecteurs/hommes de peu. Je pense que c'est aussi sous l'influence des notions d'amis utiles/nuisibles présentées dans le *Lunyu*.

En effet, ce n'est pas réservé à la culture chinoise. Des phénomènes semblables se produisent également dans les autres cultures à travers le monde. Tout le monde est familier avec le réseau social Facebook. Sa fonction « Ajouter » permet non seulement d'ajouter des « Amis », mais de les catégoriser selon les listes d'*Amis proches*, *Connaissances* ou *Restreints*. Ces catégories ne paraissent pas peut-être si directes et fortes comme « Amis utiles » et « Amis nuisibles », mais quand un individu apprend qu'il est classé parmi une catégorie quelconque, ses processus mentaux qui suggèrent les sentiments d'être comparé et sélectionné méritent alors d'être étudiés.

En matière de l'éducation, familiale ou formelle, si l'un apprend aux enfants d'aimer autrui, mais ces derniers sont aussi appris à juger les autres en premier temps. Bien que ce soit des gestes soulignant l'importance de la vertu morale, comment les enfants pourront-ils ne pas développer des idées et une mentalité de comparaison, de classe, d'intrigue ou de discrimination découlant d'une telle éducation ?

Les obstacles dans l'éducation ne sont pas liés aux matériels pédagogiques, mais c'est le non-sens et l'illogique dans la façon d'enseigner. De plus, dans la culture chinoise, *l'amour est conditionnel généralement*[17], ce qui fait découler facilement les dilemmes culturels et les problèmes sociaux.

Ce qui n'a pas de logique n'est pas durable. Si les relations humaines d'un individu ou d'une époque changent à un moment spécifique, c'est peut-être la culture de cette époque-là ou bien un événement concernant l'individu voudrait prendre la parole. La Culture et les événements sont parlants, mais c'est souvent les hommes qui ne les entendent pas.

Chacun a sa façon de percevoir ce qu'est la *comparaison*. Pendant que certains se baignent dans la joie que celle-là procure ; pour d'autres, elle représente l'angoisse et un combat difficile à relever. Bref, cette mise en relation fait en sorte que l'homme vive dans un état déchirant sans s'en rendre compte.

Dans la vie quotidienne, il y en a des individus qui arrivent à s'échapper de ces critères de jugement et de comparaison entre les amis utiles/nuisibles.

La relation amicale entre Guan Zhong 管仲 et Bao Shuya 鮑叔牙 des époques Chunqiu 春秋 (env. 770-476 av. J.-C.) est très connue dans l'histoire de la Chine. La manière dont les deux se percevaient et se valorisaient est très particulière. Le *Shiji*, « Guanyanliezhuan » note un tel fait historique[18] :

> Si le duc Huan 桓公 devint hégémon et réunit à plusieurs reprises les feudataires sous son autorité, ce fut grâce aux plans de Guan Zhong.
>
> Quand au début j'étais pauvre, disant Guan Zhong 管仲, je m'attribuais la plus grande part des bénéfices au détriment de Bao Shu 鮑叔, mais lui ne me considérait pas comme un homme cupide, car il savait que j'étais pauvre. Quand je faisais des affaires avec lui et lui faisais perdre de l'argent, il ne me prenait pas pour quelqu'un de stupide, car il savait que l'on ne fait pas toujours des bénéfices. Par trois fois j'ai été nommé à un poste et, par trois fois, j'en ai été chassé par le seigneur ; il ne pensait pas pour autant que j'étais un incapable, car il savait que l'on ne rencontre pas toujours une situation favorable. Trois fois j'ai participé à des combats, et trois fois, je me suis enfui ; mais lui savait que ce n'était pas par lâcheté, mais parce que j'avais encore vaincu, mon collègue Shao Hu 召忽 décida de mourir avec lui, mais j'ai préféré me rendre ; Bao Shu comprit que mon sentiment de honte dépassait des considérations mesquines et que, pour moi, la honte était que mes mérites et mon renom n'étaient pas reconnus dans l'empire. Ceux qui m'ont donné naissance sont mes parents, mais celui qui m'a compris fut Bao Shu. » Quand Guan Zhong devint premier ministre, Bao Shu prit sa retraite. Ses descendants pendant plusieurs générations reçurent des prébendes, jouirent d'un fief et plusieurs d'entre eux furent élevés au rang de haut dignitaire. Dans l'empire, on n'admirait pas tant Guan Zhong pour ses talents que Bao Shu pour sa capacité à comprendre les autres.

Basé sur la mémoire autobiographique de Guan Zhong après s'être devenu le premier ministre : Avant que celui-ci se succédât dans sa carrière politique, il fut partenaire d'affaires avec Bao Shuya. En raison de sa difficulté financière, Guan Zhong se versa toujours un peu plus de dividendes, mais Bao Shuya ne vit pas la cupidité dans son geste. Plus tard, il fut engagé par Bao Shuya, mais sa vie s'empira. Or son ami ne pensa pas que Guan Zhong ne fut pas doué, ce fut la situation présente qui ne lui fut pas opportune.

Après avoir commencé sa carrière politique, Guan Zhong devait se résigner plusieurs fois de ses postes fonctionnaires. Bao Shuya ne pensa pas que son ami manqua de compétences, mais ce fut la question de l'opportunité. Guan Zhong s'enfuit à plusieurs reprises lors des batailles. Bao Shuya ne le prit pas comme un homme peureux, mais il sut que son ami le fit parce qu'il eut sa mère à entretenir.

Lorsque la guerre de succession s'éclata à l'État de Qi 齊 où se trouvait Guan Zhong, il s'enfuit à l'État de Lu 魯 avec le Prince Jiu 糾. Quant à Bao Shuya, il se sauva à l'État de Jü 莒 avec le Prince Xiaobai 小白. Guan Zhong avait échoué sa tentative d'assassinat sur Xiaobai. Plus tard, ce dernier retourna à l'État de Qi pour succéder au trône et demanda à l'État de Lu d'exécuter Jiu, en plus de renvoyer Guan Zhong pour se venger de lui.

C'est Bao Shuya qui a pu empêcher le tragique de son ami au moment charnière et persuada l'État de Qi d'accepter son ami comme Grand conseiller. Guan Zhong s'exclama : « Mes parents m'ont donné le jour, mais celui qui a compris mes qualités, c'est Bao Shuya. »

Les historiens émettent souvent le commentaire « comprendre les hommes » (*zhīrén* 知人) sur les comportements de Bao Shuya envers son ami. De ma part, je pense que si Bao Shuya n'était pas quelqu'un qui se connaît bien et qui pouvait voir les qualités chez Guan Zhong ; si son amour envers son ami n'était pas inconditionnel et égalitaire, comment pouvait-il éprouver une si grande capacité de tolérance ?

La tolérance de Bao Shuya ne fut pas réservée inclusivement à Guan Zhong, sinon comment expliquer pourquoi sa postérité pourrait mener une vie politique florissante à l'État de Qi pour plus de dix générations ? Si Bao Shuya avait l'idée de se comparer à ses amis, il se trouverait donc avec la présence des amis nuisibles et des hommes médiocres dans son entourage. Ceux-ci deviendraient alors des obstacles empêchant la réussite de ses carrières en tant que l'homme d'affaires et l'homme politique.

Si les générations postérieures de Bao Shuya pouvaient se trouver sous protection de leur ancêtre, c'est seulement parce que, en plus de sa bonté, celui-ci était sincère et égalitaire envers ses amis, tout comme il l'était envers sa famille. C'est cette congruence dans ses conduites qui permettait ainsi à sa postérité de se profiter du réseautage découlant de ses actes bienveillants.

En plus, Bao Shuya aurait dû se démontrer comme la maxime de conduites auprès de ses descendants. Suivant le chemin de leur ancêtre, ceux-ci se partageaient également la considération et le prestige qui en découlaient. La vie de Bao Shuya pourrait très bien être résumée par ces paroles notées dans le *Laozi*[19] : « C'est la raison pour laquelle l'homme saint ne se tient qu'aux entreprises où il n'agit pas, ne pratique qu'un enseignement où il ne parle pas. Les dix mille êtres surgissent là sans qu'il n'en récuse aucun ; il les fait engendrer, mais sans les posséder ; il agit sur eux, mais sans s'en prévaloir. Sa tâche achevée, il ne se tient plus à sa place. C'est seulement parce qu'l ne se tient plus à sa place que les êtres ne le quittent pas » (R. MATHIEU, 2008, *op. cit.*, p. 84), ou bien « Connaître les autres, c'est être intelligent; mais se connaître soi-même, c'est être clairvoyant » (*ibid.*, p. 137).

Ce fait historique serait probablement révélateur chez certains parents chinois ! Pourquoi n'est-ce pas le père ou la mère la personne qui connaît le mieux ses enfants ? C'est surtout cette question qui me revient en lisant cette histoire. Bien sûr que cela est un phénomène commun partout dans le monde et qui ne se trouve pas seulement dans la culture chinoise.

Voici ce que je pense : la raison pour laquelle le Monde avait traversé une longue époque de rétablissement, l'Éducation et les rapports familiaux en sont une des causes principales.

Revenons à la relation amicale entre sieurs Guan et Bao. Rares sont le cas comme Bao Shuya qui parvenait à entretenir une longue période de prospérité, tant la richesse et le pouvoir, dans l'histoire de la Chine. Les lecteurs postérieurs se fient souvent à des commentaires et à des jugements faits par des historiens, alors que peu entre se montrent la volonté de se mettre à sa place pour comprendre pourquoi Bao Shuya se démarqua des autres.

Par ailleurs, beaucoup de Chinois considèrent que c'est impensable, voire quasi impossible, de se comporter de la même manière que Bao Shuya, soit de considérer entièrement un ami dans son intégrité. On se sent plus sécurisé en se comparant à des amis, ou en se rivalisant avec certains. Il y en a qui vont jusqu'à jurer sa descendance, comme montré dans les proverbes d'une connotation péjorative tels que : « La richesse familiale ne passerait jamais au-delà de trois générations » ou « De mauvais bambous peuvent donner de bonnes pousses, si bien que de bons parents peuvent avoir demauvais enfants ».

Si Bao Shuya était quelqu'un de l'époque contemporaine, il est certain qu'il ne peut être un *cháokā* 潮咖, car il ne saurait comment *cultiver un réseautage* ou *suivre la tendance*. Il est aussi possible qu'il soit considéré comme un homme de gentillesse excessive, un fou, voire un imbécile. Ensuite, ses proches vont le dissuader en lui disant qu'il y en a partout des méchants, il faut d'abord et avant tout bien se protéger.

Le problème est que qui ne souhaiterait-il pas une pareille amitié telle celle entre Guan et Bao ? Certains vont pesner que ce sont des gens d'incomparables que l'on ne peut rencontrer que par hasard dans la vie. Est-ce vraiment le cas ?

Dans le *Lunyu*, Guan Zhong est qualifié de quelqu'un de petite valeur et dépourvu de la politesse[20]. Mais, Bao Shuya a transformé un tel *ami nuisible* en un *ami utile*. S'il y parvenait à rendre noble un ami nuisible, ce n'est pas parce qu'il savait communiquer avec les esprits ou était capable de modifier la fortune d'autrui. Cela devient faisable grâce à son courage d'oser aimer un individu (la famille, les amis) inconditionnellement. Bien sûr, tout commence ainsi par *aimer soi-même*. Celui-ci ne peut donner aux autres ce qu'il ne possède même pas en soi.

Tout le monde possède ce courage inné, mais ili devient dormant puis disparaît au fur et à mesure en raison des facteurs acquis. Si l'homme est déterminé par sa volonté invincible, il deviendrait plus puissant qu'il ne l'aurait imaginé. Par ailleurs, sa conscience interne se projetterait sur tous les individus de son entourage. La conscience de chacun crée constamment un petit univers qui est propre à lui-même.

À travers l'histoire de Bao et Guan, on voit que l'homme peut suivre les autres, mais pas avec de l'ignorance ; que l'homme puisse s'adhérer (*bǐfù* 比附) mutuellement, mais pas en se comparant l'un à l'autre. Bao Shuya ne regretterait pas que ses efforts envers Guan Zhong ne soient pas rentables et, par le fait même, il lui est difficile de se sentir déprimé ou perdant. Bao Shuya n'aurait jamais connu des mots comme *impossible*, *trop difficile*, *méchant*, *amis nuisibles*, ou *homme de gentillesse excessive*. Celui-ci a en soi un petit univers exquis, qui est comparable à un paradis éternel.

Qui vit dans un monde de comparaison cherche en tout moment à s'identifier à quelqu'un et à distinguer l'homme qui lui est bénéfique plutôt que l'autre. Ou parfois, celui-ci a du mal à se décider de « Bloquer » un ami, ou bien il s'endure souvent pour ne pas le faire.

C'est ainsi que cette personne serait toujours prise dans un cercle vicieux, d'être un mouton de Panurge (*mangcong* 盲从) ou bien un *traître* (背叛). C'est parce que ce que l'on fait sentir aux autres, que ce soit verbalement ou de manière subtile, nous revient.

3) <u>Opposer (Trahir) – *běi* 北 (*bèi* 背)</u>

Initialement, le caractère *bèi* 背 du verbe *bèipàn* 背叛 (trahir) s'écrivait seulement avec *běi* 北 sans la composante *ròu* 肉. Il y a un lien étroit entre les graphies de ces deux caractères-là.

Inscription oraculaire (*jiaguwen*)	Inscription sur bronze (*jinwen*)	Écrit sur bambou de Qin	Petite sigillaire du *Shuowen*	Forme standardisée	Caractère général et normalisé
 [illegible]	 [illegible]	 [illegible]	 [illegible]	北	北
			 [illegible]	背	背

Le *Shuowen jiezi* explique le caractère « *běi* 北 » par : « S'opposer (*guāi* 乖). Le caractère représente deux individus (*ren* 人) se détourant le dos. » Le caractère« *guai* 乖 » a un sens de « désobéir » ou « ne pas être conforme à ». Le sens d'origine de *bei* 北 est « Tourner le dos à », la graphie est donc créée en se basant sur la manière dont deux individus se mettent dos à dos.

Plus tard, le caractère *bei* 北 est emprunté pour indiquer la direction du nord. Mais, il fallait garder un caractère pour exprimer le concept « avec le dos tourné ». L'inventeur des caractères avait donc l'idée de créer un autre caractère *bèi* 背, en ajoutant la composante 肉 sous le caractère 北, car le dos (*bei* 背) est une partie du corps humain[21].

Une autre graphie de ce caractère se figure dans le dictionnaire *Shuowen jiezi*, qui veut dire « colonne vertébrale » (*jǐ* 脊), mais le sens original demeure celui de « se détourner le dos ».

Le dos est la partie du corps où l'homme transporte les objets ou les personnes. Pour ne pas augmenter la quantité des nouveaux caractères du répertoire et pour diminuer la difficulté d'apprendre ces caractères nouveaux, l'inventeur trouva une autre méthode plus simple pour créer de caractères. Il modifia la prononciation du caractère *bèi* 背 en *bēi*, d'où le sens fut dorénavant le « fardeau ».

La simplicité des traits du caractère de *ren* 人 discuté *supra* me fait toujours penser toujours que l'homme est simple, compliquées sont les affaires du monde. Avec ce caractère de *bei* 北, cela me fait sentir davantage que l'homme ne se lasse pas à tenter de comprendre la complexité de ce que c'est la nature humaine.

Inimaginable de penser que la trahison puisse venir de la personne devant laquelle on s'incline ou bien à qui on obéit complètement ! Il y eut un tel cas concret dans l'histoire de la Chine. Dans le *Zhan guo ce* 戰國策 ou *Les Stratagèmes des Royaumes combattants* compilé par Liu Xiang 劉向 de la dynastie des Han 漢 (206 av. J.-C. à 220 apr. J.-C.), on note une bataille entre l'État de Wei 魏 et l'État de Zhongshan 中山[22] :

> Yue Yang 樂羊 fut le commandant général de l'État de Wei lors du combat contre l'État de Zhongshan.

Son fils était à Zhongshan. Le souverain de Zhongshan fit cuire son fils et donna le bouillon fait de sa chair à Yue Yang. Assis à côté de sa tente, Yue Yang finit tout le bol du bouillon. Le marquis Wen 文 dit à Dushi Zan 睹師贊 : « C'est à cause de moi que Yue Yang ait mangé la chair de son fils. »

Dushi Zhan répondit : « S'il mange déjà la chair de son propre fils, la chair à qui il refuserait ! »

Yue Yang retourna de Zhongshan, le marquis Wen le récompensa selon ses contributions, mais il devint sceptique pour sa loyauté.

Général de l'État de Wei, Yue Yang se chargea d'une grande responsabilité des affaires de l'État. Selon l'ordre reçu du souverain Wenhou 文侯, il lança une expédition militaire contre l'État de Zhongshan, où se trouva son fils à ce moment-là. Ce dernier fut vite détenu comme otage.

Devant la force militaire menaçante de Wei, le souverain de Zhongshan décida de porter le premier coup afin de rompre le moral des troupes de Wei. Il donna l'ordre de tuer le fils de Yue Yang et de préparer le bouillon fait de ses chairs. Puis, ce bouillon fut envoyé à la troupe de Wei.

Yue Yang, assis dans sa tente de Général avec le bol du bouillon dans sa main, regarda le bouillon impassiblement et le vida d'un seul coup.

Ayant appris ce fait, le marquis Wenhou de Wei dit à son ministre Dushi Zhan : « C'est à cause de moi que Yue Yang ait mangé la chair de son propre fils ! »

« S'il est capable de manger la chair de son propre fils, répliqua-t-il, la chair à qui d'autres qu'il n'oserait pas manger ? »

Yue Yang triompha sur l'État de Zhongshan et retourna à la cour. Sa victoire méritait des récompenses généreuses octroyées par le marquis Wenhou, sauf que ce dernier devint plus sceptique et n'eut pas la même foi envers son général.

Maintenant rendu à la fin de l'histoire, rappelons-nous de la scène où Yue Yang consomma la soupe offerte par ses ennemis. En se faisant, il réussit à provoquer une sorte de sentiment d'indignation commune auprès de ses soldats tout comme chez le souverain au loin, de sorte qu'il devînt très émouvant. Or son collègue, ministre Dushi Zan, sut aller chercher la corde sensible de l'être humain par ses simples paroles. Ses paroles réussirent à revirer complètement la pensée du souverain, qui fut d'accord avec Yue Yang à y tourner le dos, et ainsi influèrent sur le destin de Yue Yang voire celui de l'État de Wei.

Comment, tant les gens de l'époque, les historiens et les lecteurs postérieurs, devraient-ils prendre ces personnages et l'aspect de l'humanité qui se présentent dans cette histoire il y a deux mille ans ? Regardant la définition du caractère *ren* 人 donnée par Xu Shen, comment savourerait-on ses explications ?

La nature humaine peut être traitée sous les aspects du matériel et de l'esprit. Dans l'histoire de « Yueyang qui mange la chair de son fils », le *statut social* du Général (*jiàng* 將) et le *succès méritoire* (*gōng* 功) représentent la quête du désir matériel chez l'homme ; alors que le *fils zǐ* 子 (lien sanguin) et le *doute yí* 疑 (le sentiment de méfiance et d'insécurité dans une relation humaine) montrent les activités internes de l'individu.

Beaucoup pensent que cette histoire présente des personnages types de l'homme médiocre et la médisance[23], d'un individu compromis et son talent non reconnu, d'où la typologie d'un autre personnage historique de la Chine : Qu Yuan 屈原 (né en 343 av. J.-C. env., date de mort inconnue ; la fête du double cinq est à sa commémoration).

Désormais, j'ai d'autres idées en relisant cette histoire. Ce qui importe, en fait, c'est le bouillon et Yue Yang lui-même. Les autres personnages tels que le marquis Wenhou de Wei ou le ministre Dushi Zan n'ont qu'un rôle secondaire dans le déroulement de l'histoire.

Chaque individu connaît de nombreux tournants durant sa vie. Le bol de bouillon, sans doute, représente un choix crucial pour Yue Yang. Certes il prit le bouillon pour démontrer sa justesse et son impartialité : il manifeste sa loyauté envers son souverain et fait preuve de l'équité devant ses camarades. La finalité de toutes ses actions est de susciter une atmosphère d'indignation commune au sein de sa troupe pour se confronter à des ennemis.

Cependant, n'y avait-il pas d'autres moyens pour manifester la loyauté et l'équité que de consommer le bouillon ? Au plus profond de la nuit, derrière son souverain et ses camarades, qu'aurait-il pensé Yue yang du bouillon et comment percevrait-il ses gestes ? Qu'avait-il écouté ? De quoi s'était-il détourné ?

Y a-t-il des moyens qui permettent à la fois de préserver *l'humanité* (les Chinois disent souvent que « même le tigre féroce ne dévore pas ses petits »), tout en montrant la faculté la plus noble de la nature humaine, et de soulever la détermination chez les soldats à brûler leurs vaisseaux pour les combats, tout en laissant la chance à Yue Yang de vaincre la bataille et d'obtenir une renommée ?

Lorsque je posai cette interrogation dans mon cours, les étudiants répondaient rapidement avec des exemples concrets : On va organiser une cérémonie funéraire circonspecte pour le bol de bouillon. Puis, Yue Yang devrait se dégager de toutes ses émotions, y compris sa crainte qui est longtemps refoulée (son fils étant otage dans un autre état) et sa tristesse de la mort de son fils. Il devrait pleurer amèrement sans se soucier de que ce soit ! Ce faisant n'empêcherait guère Yue Yang de remporter la victoire[24].

De fait, je n'ose pas dire que Yue Yang n'aime pas son fils (aspect mental), mais il me paraît qu'il décide de se laisser remporter par les désirs matériels et choisit ce qu'il considère être la meilleure façon pour remuer les gens.

De plus, la soumission et la conformité que se montre Yue Yang sont-elles intériorisées, ou c'est seulement superficiel ? À l'aide de la pensée provoquée du marquis Wenhou de Wei, on pourrait pousser plus loin la question.

Toutes ces idées et ces questions découlent du fait que je commence à m'intégrer les habitudes d'*observer* au lieu de *juger*. Par ce faire, il me paraît difficile de vénérer ou blâmer les personnages dans l'histoire. Au contraire, cela devient le premier outil auquel je fais recours pour examiner mes pensées et mes comportements manifestés.

Quand je regarde comment je me suis comportée au sein de ma famille et dans mon milieu de travail, cette histoire me permet alors d'en avoir des idées et des sentiments différents. C'est quand même quelque chose de particulier.

Cette histoire pourrait donner un bon cadre de référence si elle est placée dans le milieu de travail actuel. Si l'individu se consacre entièrement à son supérieur, et que ce sacrifice laisse derrière tous ses désirs véritables, rende épuisées sa force, son énergie, sa relation familiale, son amitié et bien d'autres. Qu'est-ce que le déséquilibre de sa vie (entre le matériel et l'esprit) peut entraîner comme conséquences si ce n'est pas de compensations ?

En plus, comment le supérieur considérerait (ou devrait considérer) un tel employé qui met toutes ses forces ainsi ? On ne regarde que son travail ? Ou bien inconsciemment, on se rend compte de la tension mentale *portée sur le dos* de son employé ?

Somme toute, quelqu'un n'étant pas fidèle à soi ne peut se montrer sincère aux autres ; et par le fait même, il ne peut tolérer la vérité dite par les autres. La raison pour laquelle un individu est trahi par autrui, c'est que, en premier temps, il se tourne le dos de soi-même.

Au moment décisif, Yue Yang se tourne vers les choses matérielles et les jugements des autres portant sur lui. Ses comportements laissent croire qu'il est aussi quelqu'un désirant la loyauté d'autrui et ayant peur de la trahison. Or si, au moment même de l'événement, le Général s'était dialogué avec son cœur et acceptait son intuition, sa vie aurait fait florès de la même façon, sauf que son histoire terminerait autrement.

Il est préférable de retourner vers soi-même et écouter sa propre voix lors des moments charnières de la vie. En se faisant, il serait probable qu'on parvient à prendre une décision remplie d'amour et satisfaisante, une décision qui ne laisse pas entendre de sentiments de culpabilité ni de regret.

Les hommes sont soumis à l'image d'homme sage (*shèng rén* 聖人) vénérée et créée par eux-mêmes. Et parmi la culture des sinogrammes, il semble avoir quelqu'un qui sait écouter, parler moins et qui assume les responsabilités de ses paroles et actes.

4) **L'homme sage (*shèng* 聖)**

Depuis le personnage historique le Duc de Zhou (Zhou Gong 周公, ?-1105 av. J.-C.), qui avait soutenu le roi Wu 武王 de la dynastie des Zhou (1122-256 av. J.-C.)

pour instaurer sa monarchie, le peuple chinois fut exposé à une série normative de rites et de musique. Les pensées confucéennes vinrent par la suite pousser cette vague et constituèrent ainsi les connotations culturelles enrichies de la Chine pour une période de près de trois mille ans.

Cependant, si l'on demande à des Taïwanais de nos jours : « Es-tu heureux ? », peu sont des réponses positives. Il suffirait alors de souligner une autre remarque de ma part : même si l'individu ble satisfait de sa situation actuelle, ou bien il se sent heureux à son intérieur, il est hésitant d'y répondre par une affirmative. Ce phénomène soulève quand même quelques sujets de réflexion.

« Si la culture du Sage se montre très bien, mais pourquoi Taïwan est devenu… ? » Voici une question soulevée lors d'une discussion dans un de mes cours. J'étais en train de formuler ma question et un étudiant reprenait tout de suite ma phrase non terminée par : « de même ! ».[25]

Sur le coup, je n'ai pas pu m'empêcher de rire, et une voix apparut dans ma tête : « Cela ne représente pas mon opinion personnelle. » (Je ne me souviens pas par contre de l'avoir dit ou pas).

Inscription oraculaire (*jiaguwen*)	Inscription sur bronze (*jinwen*)	Écrit sur bambou de Qin	Petite sigillaire du *Shuowen*	Forme standardisée	Caractère général et normalisé
[illegible]	[illegible]	[illegible]	[illegible]	聖	圣

L'explication du *Shuowen jiezi* du caractère *shèng* 聖 est : « Celui qui comprend tout. Ce caractère est composé de l'oreille 耳 et de la prononciation de *chéng* 呈. À la lettre, le *sheng* 聖 fait référence à quelqu'un d'une connaissance considérable, quelqu'un de débrouillard et non borné, d'où l'expression « un érudit d'un savoir étendu » (*bóxué tōngrú* 博學通儒).

Or chez les confucéens, il lui faut aussi être quelqu'un de caractère noble ou de haute moralité. Malheureusement, ces gens sont peu nombreux, c'est pour cela que le

Lunyu note[26] :

> Le Maître dit : « Il ne m'a pas été donné de rencontrer un homme saint ; s'il m'était donné de rencontrer un homme de bien, ce serait déjà beaucoup. »
>
> Le Maître dit : « Il ne m'a pas été donné de rencontrer un homme bon ; s'il m'était donné de rencontrer un homme constant, ce serait déjà beaucoup. Mais comme le rien se fait passer pour réel, le vide pour plein, l'infime pour immense, il est bien difficile d'être constant. ».

Le *Lunyu* cite les paroles de Confucius et dit que celui-ci n'a jamais vu un h*omme sage* ou un *homme vertueux*. Si bien que l'on arrive à voir un homme noble et un homme se portant au bien de toute son âme, déjà, ce n'est si pire. Il en va jusqu'à critiquer les gens qui ne possèdent pas la qualité intrinsèque ni la compréhension d'un homme vertueux, mais qui se prétend l'être. Ce sont des gens qui n'ont jamais rien eu, qui sont de l'esprit vide, qui ont une vie misérable ; mais qui font semblant d'avoir quelque chose, d'être d'un cœur plein, d'avoir une vie riche. Il est difficile de les envisager comme quelqu'un qui se porte au bien de toute son âme.

L'image du Sage dépeinte dans le *Lunyu* est héritée des traditions rituelles et de musique de Zhou Gong, avec un standard très sévère. Il se peut que ce soit pourquoi Confucius lui-même, par modération, dit qu'il n'a jamais vu un seul homme de telle sorte. Les Chinois ne croient pas pourtant à ses paroles et qu'ils le vénèrent tout de même comme le « Maître suprêmement sage ».

Tout au long des dynasties existantes dans l'histoire de la Chine, en général, du monarque aux gens du peuple, Confucius a été considéré comme étant la figure représentative de la culture chinoise. Confucius fut octroyé des noms de fief par nombreux empereurs qui ordonnèrent même de reconstruire son domicile. Le Maître fut ainsi tenu en haute estime par des milliers de personnes et sa résidence devint un site de visite incontournable. Ses descendants reçurent également le privilège de pouvoir se servir à la cour impériale en dispensant d'examen.

En même temps que le Maître est divinisé, la moralité (*dàodé* 道德) ne cesse d'être sublimée et devient un lourd devoir. Qu'est-ce que c'est la moralité ? Selon le dictionnaire officiel de Taïwan *Grand Dictionnaire de la langue chinoise (révisé)* : « C'est des règles et des normes auxquelles devraient se conformer les conduites des hommes entreprenant une vie commune. Comme montré dans le « Shuogua » du *Yijing* : "Se conformer à la moralité et gérer [les choses] raisonnablement, scruter à fond la raison [des choses] et la nature [du Ciel et de la Terre] pour ainsi parvenir à connaître [les principes] de la vie." ».[27]

Il s'agit d'une sorte d'explication des principes et des ententes les plus communes qui ne comporte aucun contenu normatif. Car le standard de la *moralité* varie selon l'espace, le temps, les nations, les sociétés, les experts et les érudits, différents enseignants et différentes familles.

L'essence et les connotations de la moralité sont en constant changement. Or, il semble difficile de changer l'attitude des hommes face à cette moralité ainsi que leurs motifs de condamner et juger les uns les autres sous prétexte de cette moralité.

À vrai dire, en regardant les exigences, les normes et les descriptions de ce auxquelles l'homme est demandé de se comporter confromément, ainsi que toutes les catégories de l'homme et ses appellations dans le *Lunyu*, une voix surgit en moi de temps en temps : « Il est fatiguant d'être un homme ! » C'est parce que je m'éprends de liberté et je suis contre toute contrainte, je suis aussi consciente que je ne pourrais devenir quelqu'un parmi les lettrés confucéens.

Néanmoins, cela ne m'empêche pas d'apprécier les descriptions de la relation humaine se figurant dans ce livre canonique, ou bien celles qui font l'écho à l'autodiscipline. Par exemple[28] :

> Le Maître dit : « Si nous sommes trois à cheminer, les deux autres pourront être mes maîtres : le meilleur pour l'imiter, le moins bon pour me corriger. »

Je pense que cette phrase pourrait venir équilibrer l'idée d'amis utiles et amis nuisibles susmentionnée. Je. Je paraphrase* et interprète cette citation selon ma compréhension actuelle :

Confucius dit : « Parmi un groupe de personnes, il y a sûrement quelqu'un que je pourrais prendre comme modèle et qui pourrait stimuler mes réflexions. Je m'adhère à ce qui me plaît et observe ce que je n'aime pas pour ajuster mes propres conduites et pensées. »

Et voici ma propre interprétation de ce passage :

Les personnes qui sont présentes dans ma vie, peu importe comment celles-ci me traitent, seraient là pour une raison. Avant que je quitte le monde, il est très probable que je ne puis encore saisir cette raison, mais au moins je pourrais m'en profiter le mieux possible. Inutile de penser comment on peut tirer profit des gens fréquentés ou ou comment les affronter. Il suffit de considérer l'autre comme un miroir, c'est le meilleur cadeau que la vie pourrait m'offrir ! La vie humaine contient des aspects inchangeables puis d'autres, changeants, alors ce qui ne change jamais, c'est le fait que l'homme fait face constamment aux changements. Tout changement découle de mes choix et n'a aucun rapport avec l'existence des autres ou avec ce que ceux-ci ont fait sur moi.

L'individu qui est assez courageux de s'assumer ne trahira jamais les autres, tout comme il ne sera jamais trahi par autrui. Il éprouve de l'empathie pour les comportements des autres, malgré que les autres le considèrent comme étant trahi, celui-ci ne changera pas ses idées. Il comprendrait en fait que s'il ne donne pas un sens à des personnes, à des objets et à des affaires dans ce monde, rien n'aura de sens[29].

Les Chinois adorent se promener dans les temples de Confucius. C'est une activité récréative et culturelle. À Taïwan se trouvent beaucoup de temples de Confucius avec

---

* En chinois, il y a une différence en ce qui concerne le niveau de langue écrite. Les textes anciens sont écrits avec la langue dite classique (*wényán* 文言), dite aussi langue écrite des savants. Aujourd'hui, on parle plus de la langue vernaculaire (*báihuà* 白話), la langue parlée, c'est ce qui est utilisé par les Chinois modernes. Pour ce qui est du terme « *yǔyì* 語譯 », c'est reprendre dans ses mots en langue courante pour expliquer un extrait écrit en langue classique, donc, paraphraser.

un environnement exquis et fascinant, en plus de l'entrée gratuite.

Dans une telle ambiance ruminant l'aisance et la nostalgie, que ce soit les pèlerins du Sage ou les adultes pour qui c'est une visite familiale, réfléchissez-vous : Diriez-vous à des enfants qu'ils devraient imiter Confucius comme étant leur modèle ? Si bien que vous discuteriez de la vie du Maître avec eux. À travers son histoire, vous leur feriez comprendre que malgré que leur ventre soit plein des talents et de connaissances, la vie et le savoir-vivre ne seront peut-être pas tout à fait au gré de leurs désirs. Qu'est-ce qui mènera à cette situation ? Quelles seraient les réactions de Confucius face à cette situation ? Si les enfants étaient à sa place, que devraient-ils réagir à leur tour ?

Guider les enfants à connaître l'histoire d'un *Sage* et à jouer son rôle, écouter leurs interprétations de l'histoire et respecter leurs choix, entre temps et lieu, les adultes y ajoutent aussi leurs idées. En se faisant, ne serait-il pas plus créatif que de juste simplement leur inculquer les catéchèses et les idées de culte ?

Aujourd'hui, quand j'enseigne à mes étudiants, je m'attends à : respecter entièrement les choix de ces jeunes gens et exprimer telles quelles mes propres idées. Je ne mettrais plus mes attentes sur leurs épaules au nom d'un Sage. Je ne vanterais non plus les principes et les idées du Sage d'anciens textes, car je me reconnais que je ne poursuivrai plus cette figure, ni me forcerai non plus à y parvenir.

Je me questionne souvent, si on laisse Confucius continue à jouer ce rôle d'un sage suprême, les jeunes gens d'aujourd'hui ou les étrangers prendraient-il cette figure pour comparer à des Chinois qu'ils voient ? Qu'est-ce que cela va donner alors comme résultat ?

Il est dit que pour détruire une personne (y compris soi-même et les autres) ou une relation, il suffirait de l'embellir, l'idéaliser et le diviniser. Lorsque mes vieilles habitudes de la quête des pouvoir et réputation refont surface dans mes pensées, cette phrase vient donc freiner ces envies et je me souris doucement.

Que veut dire un *homme sage* ? Revenons-nous à l'explication de sinogrammes en soi.

Le caractère ancien de *sheng* 聖 est formé de trois composantes : l'oreille 耳, la bouche 口 et l'homme 人[30]. Ces composantes représentent les capacités auditive et langagière ainsi que le corps sujet possédant ces deux fonctions. Donc, d'après la structure du caractère, un *sage* serait un individu qui est capable d'écouter et de raconter[31].

Étant donné que la taille de la graphie de l'oreille est plus grande que celle de la bouche, celui-ci devrait être capable d'*écouter davantage et parler moins*. Cela correspond bien à ce que le *Laozi* entend par *xíng bùyán zhī jiào* 行不言之教[32], cela dit « [l'homme sage] ne pratique qu'un enseignement où il ne parle pas ». Évidemment, le terme « *bùyán* 不言 » ne va pas dans le sens de ne pas du tout parler, mais de parler moins.

Un homme sage me paraît plus vivant (au moins je suis capable de le visualiser) lorsque je le réintègre dans l'origine du caractère. Cet objectif est lors plus simple pour moi. Pourtant, il faut une condition primordiale pour devenir un tel Sage : Il faut de la spontanéité, que cet état se crée tout naturellement. Si quelqu'un se force pour ne pas trop parler et écouter davantage, mais son intérieur est tout tumultueux ; qui voudrait répondre aux autres avec hâte, mais ne pourrait que se forcer à ne pas s'exprimer, cela générait plutôt une répression.

La répression est un meurtrier silencieux. Tôt ou tard, elle s'explosera. Plus une personne est réprimée, plus c'est intense le refoulement. D'une telle sorte que beaucoup aient été poussés jusqu'à un abîme éternel.

Pensez-y, si quelqu'un sur Facebook était plus à l'écoute et disait le moindre, ne serait-il pas un *sage cybernaute* (*wǎnglù shèngrén* 網路聖人) ? Dans un monde d'amour, lors d'un moment romanesque idéal, plus l'un écoute et moins l'un dit, ne deviendrait-il pas facilement un *sage amoureux* (*qíngshèng* 情聖) ?

Dans la sphère politique, c'est aussi facile pour quelqu'un de devenir un *sage vertueux* (*shèngxián* 聖賢) auprès de la population si celui-ci avait le cœur capable de s'aimer et d'aimer les autres, qui ferait ses devoirs sans dire un mot, alors que sa volonté ne serait pas influée par le souci de ses réputations. Le recensement n'est que surnuméraire pour un sage vertueux, ce qui n'indique rien d'autre que le manque de confiance en soi.

Les Chinois disent souvent que l'homme n'est pas un Sage, personne ne peut s'échapper des erreurs (*rénfēi shèngxián, shúnéng wúguò*).[33] Cette expression est utilisée comme une excuse pour pardonner soi-même ou bien les autres pour les fautes commises ; sauf qu'on rabaisse par mégarde la nature de l'homme. Si dans la nature humaine se trouve la nature divine, cette phrase ne vient-il pas porter atteinte à cette nature, qui est un cadeau donnant la chance à chacun de devenir un Sage ?

Selon ce qe j'ai oberservé, il existe des sages vivants au sein de nombreuses familles taïwanaises et dans tous les métiers. Ceux-ci ne parlent pas beaucoup, mais qui écoutent et prêtent attention à leur for intérieur et le cultivent ; en plus de s'aimer, ils n'hésitent pas à montrer leur amour envers les autres sans compter sur la gratification (y compris l'aspect immatériel). D'esprit autonome, ils recherchent l'harmonie dans la relation interpersonnelle. Sans le besoin de contrôler, de manipuler ou de s'appuyer sur quelqu'un, ils sont toujours honnêtes face à autrui et au Monde, tout comme l'homme dans son état originel à sa naissance.

Le Sage peut être aussi mobile qu'inerte, même s'il se trouve seul, il ne se sent pas solitaire[34]. Le tabac, l'alcool et la drogue, ces produits ne lui paraissent guère attractifs, et naturellement, il s'en éloigne[35].

Il y avait une période où les Taïwanais se vantaient : « Le plus beau paysage de Taïwan, c'est les individus ». Ce slogan met en relief justement que beaucoup d'hommes sages de l'époque moderne s'y présentent. Dommage que ce soit devenu ironique après les impacts de certains faits sociaux.

En fait, si seulement on remplace le mot « *zuì*最» (le plus) par « *yǒu*有» (avoir), il demeure toujours une réalité. Il est alors aussi vrai pour le monde entier.

Dans un monde dualiste, comment le beau serait-il percevable sans ce qui n'est pas beau ? Dans un espace où il n'y a que des lumières sans d'autres couleurs, la plupart auraient du malaise et se perdraient. Ainsi, avec la gratitude et la bénédiction, ce qui n'est pas beau disparaîtrait plus rapidement ; que sa présence serait renforcée si l'on s'y attaquait ou si l'on ne s'y résistait.

Plus nombreux sont les sages, plus le rythme de la société serait ralenti, et ce ralentissement permettrait à saisir davantage le vrai sens de la vie. Suivant ainsi ce fil de la pensée, je présumerais que face au destin ultime de la vie : la mort, les Chinois pourraient aller au-delà de cet aspect dans le développement de leur culture actuelle.

La mort est un sujet tabou que les Chinois ont peur d'aborder. Alors que ce livre apporte une nouvelle interprétation au Sage, il n'y a pas d'inconvénient à mettre son talent au défi, après les discussions du caractère *ren* 人, de parler tout de suite de l'état de l'homme mort, son cadavre (*shī* 尸).

2. Cadavre (*shī* 尸)

Inscription oraculaire (*jiaguwen*)	Inscription sur brozne (*jinwen*)	Écrit sur bambou de Qin	Petite sigillaire du *Shuowen*	Forme standardisée	Caractère général et normalisé

L'homme sage est né, et comme l'homme du commun, il en vient au moment où il arrêtera de respirer. Pour représenter le corps humain qui ne respire plus, le sinogramme s'écrit avec le caractètre « *shi* 尸 ». L'idée de sa structure et la base de sa forme viennent toutes du caractère de l'homme, le « *ren* 人 ».

La forme graphique du caractère *shī* 尸（𡰣）dérive de celle de *ren* 人, en incurvant intentionnellement la ligne à droite. Il se peut que ce soit toujours un *corps humain* avec ou sans signes vitaux. Comme susmentionné, le caractère *ren* 人 est appelé *pictogramme* selon les six catégories des *liushu*. Alors que le *shi* 尸 est dérivé du *ren* 人, celui-ci est appelé *pictogramme transformé* (*biàntǐ xiàngxíng zì* 變體象形字), faisant toujours partie de la catégorie des Pictogrammes.

Les idées se divergent quant au sens originel de ce caractère. Certains érudits pensent que la forme verticale présentée dans les caractères de *jiaguwen* et de *jinwen* se ressemble à une personne assise, faisant référence aux rites funéraires de la Chine d'Antiquité où la personne vivante acceptait les offrandes à la place du défunt[36]. D'ailleurs, l'idiome chinois « *shīwèi sùcān* 尸位素餐 », qui désigne quelqu'un occupant un poste sans remplir les devoirs de sa charge, dérive justement de cette ancienne cérémonie. Notez bien que ceci est aujourd'hui un lexique d'une connotation péjorative. D'autres disent que c'est la protoforme du caractère *shi* 屍 (la forme et la façon d'écrire les plus primitives)[37], qui veut dire le corps d'un homme mort.

Basant sur les archives archéologiques conservées, le caractère 尸 est placé horizontalement à partir de l'État de Qin de l'époque 戰國 Zhanguo (403-221 av. J.-C.). Dès lors, la manière d'écrire demeure pratiquement pareille, et cela jusqu'à nos jours. C'est probablement que la plupart des hommes morts se trouvent dans une position couchée et étendue.

En outre, lorsqu'on écrit avec le pinceau, il est plus facile et plus rapide de tracer les traits horizontaux et verticaux que les lignes droites et cursives. C'est d'ailleurs la raison principale pour laquelle la tendance des sinogrammes constitués des lignes, comme le *jiaguwen*, le *jinwen* et l'écriture sigillaire, se dirige vers une structure des traits comme dans l'écriture des scribes *lishu* et l'écriture régulière *kaishu*.

Pour la plupart de temps, le caractère « *shi* 尸 » désigne un corps sans âme. Les Chinois croient que l'homme possède une âme et que l'homme est mort lorsque son âme est partie. Cependant, il y a certaines personnes qui mènent une vie cadavéreuse. Les Chinois les appelleraient par l'expression « cadavre ambulant et chair marchant (*xíngshī zǒuròu* 行尸走肉) ».

Cette expression figée décrit aussi un état de quelqu'un sans la moindre énergie de vie et qui passe son temps à ne rien faire. Il paraît impensable si l'on tourne le regard vers ce qui est présentement à la mode en occident, les *morts-vivants* et les *zombies*[38].

Un livret d'apprentissage pour les enfants intitulé *Youerqionglin* 幼學瓊林 en Chine antique note : « La superficialité et l'incompétence, c'est ce qu'on appelle la nullité. »[39] Cela étant dit, les personnes ne possédant pas de vrais talents sont appelées les *hommes indolents* (*huó sǐ rén* 活死人).

Il est certain que l'initiation de l'auteur de ce livre est d'encourager les petits enfants à prendre au sérieux les études pour devenir quelqu'un d'utile. Or, si ce livre était encore étudié de notre époque, il semble avoir moins de tolérance et de philanthropie, mais plus d'idées de terreur, de discrimination et d'élitisme dans ses contenus. Pourtant, ce n'est qu'une vision de comparatiste culturelle. D'une époque à l'autre, les connotations culturelles se construisent à travers la conscience collective. La formation de la culture commence au sein d'une minorité et devient un choix accepté par la plupart. Il faut présenter les respects envers le fruit de cette conscience collective.

De l'importance accordée aux rites funéraires à la création de l'expression péjorative de *xingshi zourou* 行尸走肉, cela reflète le complexe paradoxal chez le peuple chinois face à la *dépouille*.

Les Chinois tiennent le cadavre humain en haute estime. À Taïwan, étant désigné par le terme de « *dàtǐ* 大體 » (*noble corps*), un corps sans vie est conféré un statut encore plus élevé. Après que l'homme soit mort, il y a toute une procédure élaborée et compliquée concernant les rites traditionnels pour ce qui est de la dernière étape de la vie humaine, soit l'enterrement ou l'incinération. À travers tous ces rites, non seulement les Chinois se montrent respectueux envers le cadavre, mais il leur est aussi redoutable.

Le cadavre pourrait devenir un objet pour ventiler la colère. Il y avait une histoire de *fouettement du cadavre*[40] :

> Jadis, Wu Zixu 伍子胥 avait eu comme ami Shen Baoxu 申包胥 ; et, quand il s'était enfui, il avait annoncé à son ami qu'il finirait par renverser le royaume de Chu 楚. Le dernier lui avait répondu qu'il allait sûrement le sauver. Après la prise de la capitale de Chu par les troupes de Wu 吳, Wu Zixu rechercha le roi Zhao 昭王. Ne pouvant le trouver, il fit ouvrir la tombe du roi Ping 平王, exhuma son cadavre et lui infligea trois cents coups d'un bâton cannelé.

Wu Zixu 伍子胥 (Yuan 員 son prénom et Zixu 子胥 son prénom de courtoisie) fut un ministre du royaume de Chu lors de l'époque 春秋 Chunqiu (722-481 av. J.-C.). Selon les descriptions du *Shiji*, en suivant le conseil de Fei Wuji 費無忌, le roi Ping de Chu 楚平王 tua par erreur toute la famille de Wu She 伍奢. Avec l'aide de Shen Baoxu 申包胥 et les autres, son second fils Wu Zixu se sauva dans le royaume de Wu.

Sous la protection de ce royaume, Wu Zixu fut invoqué dans la guerre de succession et soutint le Prince Guang 光 à monter sur le trône. Il y devint le ministre principal. Ainsi, Wu Zixu parvint à conduire des troupes du Wu pour attaquer le Chu et triompha sur ce dernier. À ce moment-là, le roi Ping de Chu fut déjà décédé et son fils le roi Zhao 昭 de Chu s'enfuit de son royaume. Wu Zixu ordonna d'exhumer le corps du roi Ping de sa tombe et le fouetta trois cents fois pour tirer vengeance de sa famille.

En relisant cette histoire, je me suis dite d'observer sans porter jugement dans la mesure du possible. D'un côté, en jugeant, je pourrais ignorer les éléments révélateurs ; d'un autre côté, il y a encore des débats concernant l'authenticité de cette histoire[41] ; et finalement, je me retrouverais plus tard avec mes jugements faits aujourd'hui. Désormais, je suis convaincue de cette règle naturelle.

Les thèmes qui m'intriguent maintenant est : pourquoi Wu Zixu s'est-il comporté de cette manière envers un corps sans vie ? À quoi avait-il pensé dans son profond intérieur ? Si les événements semblables m'arrivaient, comment je me réagirais ?

D'après moi, ce qui influencerait sur mes choix, ce serait ce que l'on connaît sur la vengeance et sur la mansuétude dans l'éducation traditionnelle. Il existe deslocutions chinoises comme « Il n'est pas trop tard pour un gentilhomme d'attendre dix ans pour se venger » ou « Ne pas imposer aux autres ce qu'on ne désire pas pour soi-même » (LEBLANC, « Lunyu », "Le Duc Ling de Wèi", *op.cit.*, p. 177).

Sous prétexte de vouloir causer le tort aux autres, l'action de se venger est un moyen par excellence pour évacuer les émotions et pour marquer dans l'esprit des gens. Bien qu'il soit emblématique de dire *dans dix ans*, mais si l'on réfléchit bien, avant d'actualiser l'action de se venger, la personne vit chaque jour avec ses rages ; et après la vengeance, lorsque le profond silence règne la nuit, serait-il capable de retrouver la tranquillité de son esprit ?

Dans une bonne partie du langage quotidien chez les Chinois semblent se cacher certains facteurs de vengeance. Pour encourager les enfants, ou bien conforter les gens frustrés, les Chinois disent souvent : « Il faudrait que tu travailles fort alors que personne ne te sous-estimerait jamais dans l'avenir. » Celui disant vit dans les jugements des autres tandis que celui écoutant ne pourrait non plus être détendu, même s'il décide de ne pas le suivre.

La voie de l'indulgence est d'une tradition qui remonte à loin dans la culture chinoise. Dans le *Lunyu*, le Maître a bien dit : « Il pourrait seulement s'agir de la mansuétude, n'est-ce pas ? Ne pas faire aux autres ce qu'on ne désire pas pour soi-même[42] ». Si seulement aucune condition ni aucun standard fait par l'homme n'étaient ajoutés, je crois qu'il s'agirait d'une phrase venant de Lui ! C'est un pardon d'*inconditionné* qui commence ainsi par donner soi-même.

Qui est capable de se pardonner serait capable de pardonner à autrui. Avec cette capacité, ni contextes spécifiques ni livres canoniques ne seraient à la nécessité poursurveiller les conduites des autres à chaque instant. L'indulgence est la première étape pour se guérir. Et pour moi, c'est le tout départ vers la liberté de l'esprit.

J'ai vécu toutes ces deux expériences ineffaçables de vengeance et d'indulgence, nous sommes dorénavant de bonnes amies. Quand la nuit tombe et les étoiles brillent, ces deux m'accompagnent à savourer la vie, à vivre ce que m'offrent la grande nature, le grand univers et ce monde attrayant[43].

L'indulgence est une des leçons emmenées au monde par l'homme. Un jour ses devoirs ne seraient pas complétés, celui-ci semble être voué inévitablement aux obstacles et la vie lui serait alors à peine heureuse. L'histoire de Wu Zixu n'est pas encore terminée. Ayant soutenu le souverain et conquis le royaume de Chu, il s'occupa un poste important au sein de la cour impériale de Wu grâce à ses mérites.

Plusieurs années plus tard, Wu Zixu exhorta le souverain Fu Chai 夫差 de Wu 吳 à envahir le royaume de Yue 越, mais ce dernier refusa de l'écouter. Selon les écrits historiques, Bo Pi 伯否, le ministre conseiller de Wu de l'époque fut corrompu par le souverain de Yue pour semer le désordre. En conséquence, le roi Wu donna un ordre à Wu Zixu de se suicider. Avant sa mort, il jura de l'exécration en ordonnant à sa famille d'arracher ses yeux et de les accrocher sur la porte de ville pour qu'il puisse voir comment l'État de Wu aurait été détruit par l'État de Yue.

Après avoir entendu ce que Wu Zixu avait fait, le souverain Fu Chai de Wu commanda à exhumer son cadavre et le fouetta. Son corps fut abandonné, dans la rivière, tantôt flottant, tantôt s'enfonçant. Il est noté dans le *Shiji*[44] :

> Il se trancha alors la gorge et mourut. Le roi, en apprenant cela, entra dans une violente colère. Il fit mettre le cadavre de Wu Zixu dans un sac en peau de hibou et le fit jeter dans le fleuve. Les habitants de Wu eurent pitié de Wu Zixu, lui élevèrent un sanctuaire sur la rive du fleuve et donnèrent son nom à la montagne voisine.

Plus tard, les gens de Wu eurent pitié de ce qui était arrivé à Wu Zixu et lui construit un temple pour garder sa tablette mémorielle.

Je ne verrais plus cette histoire comme une sorte de karma ou une cause à effet. Je crois que ce terme fait circuler désormais l'idée de *vengeance*, qui façonnerait facilement un *défenseur de justice* (*zhèngyì mórén* 正義魔人)*.

Le monde et l'univers sont sphériques. Tout ce que je projette sur les autres, les conduites ou les sentiments, refléterait sur moi-même d'une manière ou d'une autre. Je l'aurais saisi grâce à des différents états et conditions venant de l'extérieur. Il s'agit d'une des lois naturelles magnifiques dont je pourrais faire preuve jusqu'ici, après les avoir vécues personnellement.

Je ne pense pas non plus que cette loi serait influençable par les hommes, ses raisons ou ses excuses. Elle fonctionne de manière autonome et ne possède aucun espace de négociation. Ce que le *Laozi* dit par les expressions « *tiāndì bùrén* 天地不仁 » (le Ciel et la Terre n'ont aucune préférence) et « *tiāndào wúqīn* 天道無親 » (la loi naturelle n'a pas de préférence)[45] fait appel exactement à cette loi-là.

Le personnage Wu Zixu dans cette histoire devrait faire face à beaucoup d'adversités dans sa vie, d'où il fallait faire des choix. Ce sont des situations difficiles, mais qui s'avéraient être celles qui débouchent d'autres possibilités dans sa vie. Il faut parfois un peu de patience face à ces difficultés, qui, de manière répétée, prendraient diverses formes dans les événements ayant de semblables significations, jusqu'à ce que l'homme puisse rompre le *cycle vicieux*.

Auparavant, j'avais besoin de toutes sortes de raisons pour me justifier, et je

---

* C'est un terme très proche au terme anglais *social justice warrior* (*SJW*).

pouvais changer certaines situations selon mon intention. Or avec ce que je me suis forcée pour en avoir, je ne connaissais pas le bonheur au fond de mon cœur. Il fallait attendre jusqu'au moment où je me suis obligée à me confronter à une période critique de ma vie, qui m'est arrivée d'une manière très hyperbolique.

Aujourd'hui, je vois ces causes, ces raisons comme un *prétexte* me permettant à franchir vers une autre étape. Lorsque je décide de changer ma manière de penser, d'encourager soi-même à faire des changements souhaités ; de respecter mes idées et mes envies et de ne pas me laisser influencer par les facteurs externes, la situation semble être différente.

Ayant appris à étreindre le misérable, cela me mène à percevoir le meilleur des mondes.

Se basant sur la fin de l'histoire, peu de gens choisirait d'adopter le rôle de Wu Zixu ou celui du souverain Fu Chai de Wu. Comme souhaité Wu Zixu avant de se donner la mort, le Wu fut anéanti par l'État de Yue. Ne voulant pas s'indigner devant Wu Zixu une fois rendu au lieu de séjour des morts, avec ses yeux bandés, Fu Chai 夫差 se trancha la gorge comme Wu Zixu.

Une grande vivacité dans les récits de vie de ces deux personnages, alors que leur fin est aussi si dramatique. En effet, c'est par cela que j'appelle la vraie *souffrance*. Leurs honneurs et leurs richesses ne leur garantissent guère un avenir brillant, mais font ressortir plutôt ce qui est le plus sombre de leur état d'âme.

Le proverbe chinois dit : « Ce n'est qu'à force d'épreuves que l'on devient homme supérieur »[*] (*chīdé kǔzhōng kǔ* 吃得苦中苦, *fāngwéi rénshàng rén* 方為人上人). Les aînés disent souvent aux enfants qu'« il faut d'abord goûter l'amertume pour se jouir, de la douceur qui s'en vient par la suite ». Selon eux, la vie est dure, ils placent tout leur espoir de se débarrasser de ce *cycle* dans une vie ultérieure, oubliant souvent que le *cycle de samsara* pourrait prendre fin immédiatement, que l'on puisse s'en sortir déjà lors de cette vie mondaine.

---

[*] Dans le *Grand Ricci online*. Repéré à http://chinesereferenceshelf.brillonline.com/grand-ricci/entries/1104?highlight=%E5%90%83

Pour s'en échapper, il faut commencer par la conception. Sentirait-il cette *amertume*[46] si quelqu'un qui se donne à cent pour cent pour ce qu'il désire faire ? La vraie *souffrance* vient du fait qu'un individu accepte de s'adhérer à ce que reflètent les sentiments intimes d'une tierce personne.

Dans l'histoire taïwanaise, il s'est passé de rares cas d'incidents sociaux qui, à un certain degré, sont semblables aux comportements de Wu Zixu fouettant la dépouille. Les héritiers se disputent pour les biens laissés par les parents décédés. Avant que la querelle soit réglée, on ne peut procéder à l'inhumation des défunts. Le cadavre devient l'objet d'expressions émotionnelles des personnes vivantes.

Les Chinois sont *ambivalents* envers le cadavre, tantôt respectueux, mais ils se tiennent à une distance respectueuse ; tantôt curieux, mais ils le traitent avec des comportements curieux. C'est probablement parce que la mort est quelque chose de vraiment baroque. Pourquoi l'homme ne peut-il plus bouger lorsqu'il cesse de respirer ? Où s'en va-t-elle la personne ? Ou bien il se disparaît tout simplement.

Puis, pourquoi il y a autant de différences dans l'explication de la *mort* (*sǐ* 死) auprès des médiums ou le porte-parole de Dieu ?

En général, la culture chinoise traditionnelle met l'accent sur l'intégralité du cadavre. Paradoxalement, le cadavre est considéré d'impur[47] malgré tous ces respects et tous ces rites sublimés manifestés. Chez certains, ce ne serait pas le cas s'il s'agissait d'un membre de la famille alors que le contraire s'appliquerait. Personnellement, je crois que c'est à cause de la peur et de l'inconnu de l'après-vie.

1) **Mort (*sǐ* 死)**

La mort est un fait inexplicable par le langage humain, suscitant ainsi de la curiosité et de la peur. Malgré l'expérience de *mort imminente* (*sǐ ěr fùshēng* 死而復生, *litt.* Mourir et ressusciter) chez grand nombre de personnes, si ces gens ne se divergent pas dans le discours concernant la description de ce qui arrive après la mort, c'est que personne ne soufflerait mot. C'est par le fait même que devant la mort, l'homme vivant ne saurait comment s'y adapter.

La mort est officiellement annoncée lorsque le corps humain devient un cadavre.

Inscription oraculaire (*jiaguwen*)	Inscription sur bronze (*jinwen*)	Écrit sur bambou de Qin	Petite sigillaire du *Shuowen*	Forme standardisée	Caractère général et normalisé
[illegible]	[illegible]	[illegible]	[illegible]	死	死

Le caractère de *jiaguwen* contient de deux composantes graphiques : le « 人 » à gauche et le « 歺 » à droit.

Le sens originel du caractère « *è* 歺 » est ossements humains. La graphie même se ressemble à des morceaux d'os incomplets, c'est un *pictogramme autonome* selon le principe des *liushu*.

Le caractère « *e* 歺 » s'écrit plus tard sous forme de « 歹 ». Selon le *Guangyun*, dictionnaire de rimes datée de la dynastie de Song, « Le *Shuowen* explique le caractère *e* 歺 par "le restant après avoir détaché la chair de l'os". Dorénavant, tout ce qui entre dans la catégorie de 歺 est également conforme à 歹. »[48]

Par extension, le *dai* 歹 veut aussi dire quelque chose de mauvais. Pour se distinguer de son sens originel, sa prononciation est transformée alors en « *dǎi* ». Un individu qui ne sait distinguer le bien du mal dans une circonstance donnée, il est décrit comme « *bùzhī hǎodǎi* 不知好歹 ». Le 歹 peut aussi utilisé comme un adjectif, alors celui qui fait le mal est appelé « *daitu* 歹徒 ».

Les graphies du caractère *si* 死, depuis le *jiaguwen* jusqu'à la petite sigillaire du *Shuowen*, sont encore proches de la période où les sinogrammes se sont créés. La composante *ren* 人 est comme une personne s'agenouillant à côté des ossements humains (le défunt). Or, elle est transformée en *huà* 匕dans le *kaishu* moderne.

Selon le *Shuowen jiezi*, « le "匕", c'est le changement. La graphie représente la figure de *ren* 人 à l'envers. » La dernière phrase « *cóng dào rén* 从到人 » explique comment la graphie de 匕 est créée. Le *dao* 到 est en fait le caractère primitif (*běnzi* 本字) de *dào* 倒, *qui veut dire inverser*. Comme mentionné ci-haut, le *ren* 人 est un pictogramme selon les *liushu*. Alors que le caractère de *hua* 匕 est fait à partir des caractéristiques du caractère *ren* 人 en modifiant le sens de la graphie, ce principe d'invention de caractères s'appelle donc *pictogramme modifié*. Ça se peut que la graphie de *ren* 人 soit inversée parce que l'inventeur des caractères avait bien saisi que l'homme change à tout moment, et que le changement signifie que l'homme ne serait plus identique ou bien opposé à ce qu'il le fût antérieurement.

J'espère que le lecteur pourrait se faire une idée de l'esprit observateur de celui ayant créé les sinogrammes, de la sagesse de ses idées et du génie artistique qu'il manifeste auprès des dix mille êtres.

Le caractère ancien de ce sinogramme *hua* 匕 se confond facilement avec celui de *bǐ* 匕(ㄅㄧˇ)[49]. Je ne sais pas si c'est bien celle-là la raison pour laquelle qu'à partir de *jiaguwen*, le 匕 est présenté par la graphie de *huà* 化.

Inscription oraculaire (*jiaguwen*)	Inscription sur bronze (*jinwen*)	Écrits sur bambou de Han	Petite sigillaire du *Shuowen*	Forme standardisée	Caratère général et normalisé
[illegible]	[illegible]	[illegible]	[illegible]	化	化

Le caractère *huà* 化 se ressemble en fait à deux personnes, à l'endroit et à l'envers, se mettant dos à dos. On pourrait dire que cela reflète bien la différence entre chaque individu dans le monde ; tout comme on pourrait bien penser que cela indique le changement constant et cyclique chez l'être humain.

En extension, le sens de « *hua* 化 » part de l'aspect humain et parle des dix mille êtres engendrés par le ciel et la terre, comme dans les termes de « *zàohuà* 造化 » (*création/conception*) et « *huàyù* 化育 » (*former/éduquer*). Les sens dérivés reflètent en même temps la quête du désir ou la volonté de l'homme d'influer sur les autres, comme dans les mots *jiàohuà* 教化 (*civiliser*) et *huàdù* 化度 (*convertir et sauver*).

Le caractère *si* 死, dans ses formes ancienne et moderne, est toujours formé des composantes *dai* 歹 et *ren* 人 (ou 匕). Ces deux composantes sont tant des pictogrammes automnes et des *xingfu* 形符, sous-graphies sémantqiue, qui expliquent le sens du caractère. Ensemble, les deux ajoutent une signification encore plus amplifiée à ce que représente la mort. Selon le principe des *liushu*, le sinogramme *si* 死 est un *idéogramme*.

Bien que l'homme sache très bien que c'est la loi naturelle de se mourir, la mort demeure craintive pour beaucoup de gens. Vis-à-vis de cette mentalité, les Chinois inventent toutes sortes de croyances et de rites, espérant éliminer l'incertitude de ce qui est incontrôlable de la vie. C'est par ce fait même que depuis la période de la dynastie Shang 商, le chamanisme et la divination avaient occupé une place primordiale dans la culture chinoise.

Les pratiques chamaniques et divinatoires consistent des interdictions, et les interdictions sont engendrées par la peur. Dans l'histoire de la Chine, beaucoup auraient déjà saisi cette simple logique. Un homme de l'époque de Royaumes combattants, que les hommes postérieurs appellent par « Maître Zhuang », fait partie de cette catégorie-là. Après la mort de sa femme, il a fait quelque chose d'ahurissant et stupéfiant[50] :

> La femme de Tchouang-tseu étant morte, Houei-tseu s'en fut lui offrir ses condoléances. Il trouva Tchouang-tseu assis les jambes écartées en forme de van et chantant en battant la mesure sur une écuelle. Houei-tseu lui dit : « Que vous ne pleuriez pas la mort de celle qui fut la compagne de votre vie et qui éleva vos enfants, c'est déjà assez, mais que vous chantiez en battant l'écuelle, c'est trop fort!
>
> — Du tout, dit Tchouang-tseu. Au moment de sa mort, je fus naturellement affecté un instant, mais réfléchissant sur le commencement, je découvris qu'à l'origine elle n'avait pas de vie; non seulement elle n'avait pas de vie, mai spas même de forme; non seulement as de forme, mais même pas de souffle. Quelque chose de fuyant et d'Insaisissable se transforme ne souffle, le souffle en forme, la forme en vie, et maintenant voici que la vie se transforme en mort. Tout cela ressemble à la succession des quatre saisons de l'année. En ce moment, ma femme est couchée

tranquillement dans la grande Maison. Si je me lamentais en sanglotant bruyamment, cela signifierait que je ne comprends pas le cours du Destin. C'est pourquoi je m'abstiens. »

Lorsqu'un de ses amis passa pour présenter ses condoléances, Zhuangzi, assis par terre, était en train de chanter en tambourinant sur une écuelle. Hui Shi 惠施 (ami avec qui il aime se chamailler) le reprocha en disant : « Ta conjointe, mère de tes enfants, la femme qui t'avait accompagné pour si longtemps, maintenant qu'elle est morte, non seulement que tu n'es pas attristé, mais tu t'enchantes en jouant une écuelle, n'est-il pas quelque chose de trop démesuré ? »

Zhuangzi lui répondit : « Ce n'est pas comme ce que tu viens de dire. Sur le coup, comment pourrais-je ne pas être affecté par sa mort ? Mais en réfléchissant à sa vie durant, elle n'existait pas avant sa naissance. Non seulement que sa vie n'existait pas, elle n'avait non plus de forme physique. Sans forme physique, elle n'avait pas non plus de souffles vitaux. À un instant impalpable, elle est venue au monde et devenue le souffle, le souffle devient le corps et se transforme en une forme de vie. Maintenant qu'elle est morte, tout semble retourner à l'origine. Ce changement de stades de vie et de mort est comparable à la régulation des quatre saisons. Pendant que ma femme se repose en paix et en sérénité parmi ce monde, moi je suis ici en train de larmoyer. Considérant insensé pour comprendre la vérité de la vie, je cesse donc de pleurer. »

Ce qui lui arriverait dans nos temps, c'est que Zhuangzi serait jugé comme déréglé et que ces proches le décriraient comme un *fou*. De fait, ces comportements correspondent bien à ses personnalités. Durant toute sa vie, Zhuangzi adopte un rôle d'antisocial et d'anti-traditionnel.

Le monde est intéressant parce qu'il y a toujours quelqu'un étant prêt à jouer le rôle d'antagoniste qui s'oppose aux autres. Pensez-y, dans un film, peu importe le nombre d'acteurs qui y participent, tout le monde joue les rôles avec une seule caractéristique, et ce n'est que l'atmosphère paisible et harmonieuse qui se présente. Ce film serait-il un gros succès ?

Dans la réponse de Zhuangzi, je vois une divinité du *bonheur suprême* (*zhìlè* 至樂) vivant dans le monde terrestre. Celui-ci a une vision perçante de toute existence matérielle et perçoit l'existence de la vie et de l'esprit. Il va au-delà de ce qui est émotionnel et matériel en s'unissant directement avec son âme, sachant très bien qu'il ne serait pas manipulable par la rigidité cadavérique de sa femme décédée en s'unissant directement avec son âme (cette interprétation n'est qu'une supposition de ma part).

La nature divine de Zhuangzi se manifeste aussi dans son attitude face à l'*incertitude*. Les Chinois ont tendance à s'ajuster aux normes et règles de l'extérieur pour pouvoir atteindre les sentiments d'aisance et de sécurité. En réalité, l'homme est aussi né pour s'aventurer dans le monde. Le fait que les nouveau-nés se montrent curieux envers le monde, qu'ils désirent explorer et être en contact avec leur milieu en est le meilleur exemple. Ce n'est qu'après qu'ils continuent à se faire dire par les adultes : « non », « dangereux », « c'est embarrassant », « on n'aime pas ça » …

Les gens croient qu'en se faisant, ils s'éloigneraient de la mort et seraient protégés par les choses matérielles et par les groupes de leur sort. Dans une moindre de mesure, la mort serait un peu plus contrôlable. En deuil de son épouse, Zhuangzi chanta en tambourinant sur une écuelle (*gǔpén ěrgē* 鼓盆而歌), cet acte montrerait peut-être une réalité : le confort représente le plus grand danger et le sentiment de sécurité n'est qu'une illusion.

Nombreux sont les interdictions et les rites mortuaires qui racontent la peur de *l'incertitude* de la vie chez le peuple chinois. C'est cette peur qui met souvent la contrainte sur la vitalité et la créativité.

Peut-être le lecteur se douterait : si Zhuangzi était un être divin, pourquoi devant la mort, il se comporterait d'une manière comme s'il a perdu le sens ? Il est vrai que dans la culture chinoise, les divinités, dont les comportements sont plus espiègles ou bizarres, sont d'un rang moins élevé (comme le Roi des Singes 孫悟空, Ji Gong 濟公, le Troisième Plus Haut Fils 三太子) et que ces entités divinisées devraient être soumises à des divinités majestueuses du rang plus élevé.

D'après moi, les caractéristiques et le système de ces entités divinisées sont créés par les hommes pour satisfaire leurs désirs de régenter et de contrôler le monde. Pour le comprendre, il suffirait d'observer de plus près les aspects paradoxaux de la croyance, des interdictions et des rites, ainsi que les aspects anxiogènes qui se présentent à l'intérieur de la religion mondiale.

Si l'on accepte que Zhuangzi lui aussi soit une reproduction de Dieu, comme le dit la Bible – qui dit que Dieu ne peut être aussi humoriste que Zhuangzi ? Qui dirait que Dieu se montre toujours un visage sévère, et ce qui lui importe c'est la loyauté et les contributions matérielles de ses croyants, que Dieu ne voudrait point folâtrer avec eux ?

Bien sûr que quelqu'un pourrait dire que « cela est impossible » et l'accuse d'une pensée diabolique ! Le nouveau courant de pensée occidentale et la physique quantique citent souvent cette phrase du sûtra bouddhique : « Tout se crée par l'esprit »[51]. Tout ce que l'homme voit est créé par sa conscience interne. Un individu reproduit dans son environnement ce qu'il pense à l'intérieur de soi.

Je ne puis voir la crainte chez Zhuangzi, mais seulement le vrai amour qu'il éprouve pour la vie et le défunt. Sa vision ne se limite pas à la réalité matérielle, mais son horizon comprend aussi la loi régulatrice de la grande Nature. Il ne relève pas de naturel les croyances, les interdictions et les rites qui sont forcés ou qui vont à l'excès. Dans sa vie, Maître Zhuang ne voit aucun esprit ancestral de mauvais sort et n'aurait pas besoin de montrer son amour à travers les offrandes abondantes, ou de tirer le profit en priant de lui offrir du service.

Je connais *grosso modo* les contextes sociohistoriques de la période où Zhuangzi vivait, car mon champ de recherche porte justement sur cette époque. À travers les caractères anciens des sinogrammes et les recherches des textes excavés, je comprends plus ou moins pourquoi Zhuangzi bravait la *loi* et se défiait à la culture traditionnelle et coutumière de son temps.

C'était une vraie époque où régnait la peur.

À partir de la dynastie Shang (env. 16e à 11e siècle av. J.-C.), la cour impériale se fia aux pratiques divinatoires pour prendre les décisions sur toutes les affaires personnelles ou étatiques. Il s'agit d'ailleurs du contexte où se formèrent les inscriptions sur os divinatoires (*jiaguwen*). On interrogea les ancêtres sur l'avenir et sur toutes sortes de circonstances, comme les sacrifices des morts et des esprits, les événements importants de la famille, des allées et venues, etc. C'est ainsi que se se développèrent les nombreuses cérémonies rituelles et interdictions à l'égard de toutes ces pratiques.

Dans la culture chinoise liée à la coutume mortuaire, les vivants devraient organiser pour le défunt toute une série de rites sophistiqués, en plus de lui bâtir un lieuaprès la mort. À partir d'une étude sur un morceau d'une *Lettre informant la terre* (*gàodì shū* 告地書) daté du début de la dynastie des Han occidentaux (206 av. J.-C. à 8 apr. J.-C.), on parviendrait à concevoir en gros à quoi ressemble-t-il le prototype du séjour des morts et du monde des ténèbres dans la culture chinoise[52].

Le *Gaodishu* est une tablette de bois utilisée pour inscrire les inventaires funéraires de l'occupant du tombeau. Je *paraphrase* le texte d'origine[53] dans l'extrait suivant[54] :

> À la deuxième année du calendrier impérial, le premier mois désigné par les lettres *jiachen* 甲辰, le neuvième jour *renzi* 壬子, Yan 燕 et Rong 戎 du comté Taohou 桃侯 ont l'honneur de présenter : Pi 辟, l'occupant du tombeau, qui fut un fonctionnaire chargé des travaux publics (*kù sèfū* 庫嗇夫) de son vivant. *Le défunt serait accompagné* de quatre serviteurs nommés Yima 宜馬, Qu 取, Yizhi 宜之, Yizhong 益眾, de deux servantes dont le nom est Yifu 益夫 et Mozhong 末眾, d'un char et de quatre chevaux. Le neuvième jour du premier mois, il serait souhaité que l'officier du comité Taohou livre ces inventaires au ministre responsable du monde sous-terrain. Le ministre responsable, après avoir reçu les inventaires tel qu'indiqué dans la liste, n'aurait pas à répondre. Ding 定 fut l'agent responsable.

Le nom des serviteurs et servantes figuré sur la tablette est de nom fictif tandis que celui des officiers et du défunt est de nom réel. Celui ayant rédigé cette tablette souhaita que le défunt puisse amener avec lui toutes ses richesses, son pouvoir et son statut du monde terrestre au monde postmortel.

Pris entre les désirs matériels et spirituels, l'homme se développe et s'invente toute sorte de choses matérielles correspondant à la quête spirituelle, de sorte qu'il éprouve une dépendance grandissante envers ces choses matérielles mêmes. Pourtant, il comprend très bien que personne ne s'échappe à la mort et qu'il n'y a aucun moyen d'emporter ces choses matérielles engendrées par le désir. C'est à ce moment-là que l'être humain commence à créer une sorte de rites, à l'aide de l'imagination, réclamant que le défunt puisse les emmener vers un autre monde, et qu'il continue à exercer ses pouvoirs comme lors de son vivant. Malgré l'incertitude, devant le départ du défunt, ses proches essaient quand même d'accepter un tel rite.

La formule de Gaodishu fut peut-être développée par quelqu'un qui aurait saisi la mentalité du défunt, de ses proches et de sa famille face au monde matériel. Les contenus matérialisés du Gaodishu semblent avoir l'effet thérapeutique pour la personne qui va rendre l'âme et les gens encore vivants.

Lors des époques de Royaumes combattants, le « *qiǎncè* 遣策 » fut le document écrit le plus souvent enterré avec le mort. *Ce sont des tablettes enfilées* répertoriant des mobiliers funéraires tels que les habits du défunt, les outils/ustensiles, les figurines, etc. Dans le Gaodishu, à part ces mobiliers funéraires, il y a également mention de la transmission de statut du défunt et des demandes faites auprès des ministresdu monde funeste. Il n'est pas difficile de constater que le Gaodishu est une recréation qui se base sur la culture traditionnelle et qu'il s'agit d'un protocole avec une fonction plus thérapeutique.

Selon les contenus de Gaodishu, son rédacteur se soucie non seulement du statut et du bien matériel du monde terrestre, mais il craint encore plus que le défunt soit seul, voire solitaire, lors de son parcours vers l'autre monde[55]. Cette peur, quant à elle, vient de l'influence culturelle du régime féodal chinois, de l'éducation des rites et de la musique, du culte de sage, des sacrifices envers les êtres supranaturels ; tout cela forme de son tour un *complexe d'infériorité*.

Ce complexe d'infériorité chez les Chinois remonte à l'enfance lorsqu'on se fait dire qu'il faut courir après les performances optimales[56], comme montré dans l'idée confucianiste qui dit qu'« après avoir bien étudié, on assume une charge officielle » (*xué ér yōu zé shì* 學而優則仕)[57].

Avec le développement de ce complexe, les hommes éprouvent des besoins grandissants du matériel et s'en dépendent de plus en plus. Le rédacteur de Gaodishu pourrait être quelqu'un d'aristocratie aussi bien qu'un médium ou un shaman. Si bien qu'il soit du milieu du petit peuple, l'infériorité née de la culture traditionnelle est enracinée profondément dans sa vie, de sorte qu'il est difficile pour l'homme de devenir réellement un être automne, surtout au niveau psychologique.

Outre le complexe d'infériorité, les Chinois ont longtemps cru aux images des divinités surnaturelles capables de *récompenser le bien et punir le mal* (*shǎng shàn fá è* 賞善罰惡). Pour l'homme, cela représente un grand défi à relever quand il doit faireface à la mort. L'homme est pourvu des capacités potentielles au cours de son développement. Il lui serait inévitable, lorsque l'homme s'interagit avec les autres dans une relation sociale, de se confronter aux règles et principes que l'homme, lui-même, a établi (intéressant de voir que l'homme ajuste sans cesse ces règles et ces principes pour adapter à ses besoins). En se faisant, les sentiments de regret et de culpabilité commencent à s'accumuler tranquillement dans l'esprit des hommes.

Les contenus du Gaodishu semblent présenter un arrangement parfait pour protéger le défunt contre les actes commis lors de son vivant. Car il est censé d'être protégé et respecté pour son titre de fonctionnariat qui est transmis en même temps que son arrivée dans l'autre monde. Il paraît que le rédacteur de Gaodishu tenta d'amoindrir les effets psychologiques négatifs, découlant du système d'étiquette, par ces formules recréées.

Un individu qui s'abaisse et se rattache aux autres, croyant au Ciel punisseur et à l'amour conditionnel, s'incline souvent vers l'angoisse et le pessimisme. Au contraire, quelqu'un qui croit à la volonté bonne du Ciel et qui sait s'adapter à la nature et aimer inconditionnellement le monde, tout en étant confiant et autonome, se trouve dans l'imperturbabilité et l'optimisme. Ce sont deux états d'existence complètement différents, qui se démarquent encore plus devant la mort. Les rituels tels que les mobiliers funéraires et le document de transmission semblent être, au premier coup d'œil, un acte de respect et d'apaisement envers le défunt. Pourtant, si le Gaodishu est préparé par quelqu'un d'optimiste, croyant qu'au monde postmortel, l'homme serait sous protection des divinités ancestrales, pourquoi aurait-on besoin des pratiques rituelles ? Voire transmettre son titre de fonctionnaire du monde terrestre ?

Personnellement, je pense que le Gaodishu est un document rédigé par quelqu'un pessimiste et craintif, qui ne se fie pas à la vie après la mort.

Le Gaodishu indique que le défunt serait transporté vers un autre espace. À la première vue, ses contenus suggèrent que l'homme de l'époque fut conscient que la mort est un processus où l'âme (*línghún* 靈魂) quitte le corps, et au moyen des pratiques rituelles, il exerça un contrôle sur où s'en va cette âme-là[58]. Or, selon moi, le Gaodishu suggère en revanche que l'homme fut encore dans une phase d'ignorance pour ce qui est d'affaire mortuaire. Il paraît que notre âme fut assignée une place bien spécifique après la mort, mais en réalité ce ne fut qu'une destination non orientée. C'est que l''homme se tourna vers une identité divine imaginée gouvernant le monde sous-terrain, le ministre funeste, pour protéger le défunt ainsi que ses biens.

En plus de l'ignorance, les pratiques mentionnées dans le Gaodishu renvoient également à un portrait d'un individu rattaché à des besoins matériels et à des luxures mondaines, qui refuse de s'y renoncer.

Au moment de la mort, le *défunt* se sent-il prêt à faire face à un monde inconnu, et qu'en serait-il de son état mental ? Il demeure depuis toujours une énigme impossible de résoudre. Nombreux sont des cas de ressuscitations mentionnés dans l'histoire de la Chine et dans les romans chinois. Sauf qu'ils sont rarement parlés ou étudiés en profondeur parce qu'il s'agit d'un tabou sinon un thème considéré non sérieux. Mais en Occident, il existe des recherches auxquelles on pourrait se référer quant à ces sujets.

Dans son ouvrage intitulé *La vie après la vie*, Jr., M.D. Raymond A. Moody, grande figure de chercheur dans le domaine d'expérience de mort imminente (EMI), rassemble 150 cas d'étude lui permettant de regrouper une quinzaine conditions de l'EMI selon le témoignage des mourants : 1) douleur corporelle extrême, 2) sentiment de calme et de paix, 3) entendre des bruits aigus, 4) traverser rapidement le tunnel obscur, 5) décorporation, devient audience, 6) pas de notion de temps, 7) l'incommunicabilité, 8) sensibilité très fine, 9) sentiment intense de la solitude, 10) en compagnie des autres *personnes*, 11) rencontre avec l'être de *lumière*, 12) le panorama de la vie, 13) frontière ou limite, 14) le retour, 15) retourner au corps[59].

Cela ne veut pas dire que tous les participants ont vécu d'expériences identiques. Au contraire, il n'aura pas deux témoignages qui se ressemblent à cent pour cent malgré les similitudes entre eux[60]. Néanmoins, la plupart d'entre eux partagent cette expérience : alors que l'âme quitte le corps physique, mais le sujet n'est pas en mesure de communiquer avec les personnes sur place (les médecins, les proches), cela crée un sentiment de solitude très fort.

Selon ce qui est noté dans l'œuvre éponyme de Laozi [61] : « Faveur et disgrâce sont comme un effroi. / Honneur et grande infortune nous touchent comme s'ils s'atteignaient notre corps ». Les hommes deviendraient paniqués qu'ils soient aimés ou dédaignés. La faveur et la disgrâce représentent de grands ennuis, causés par le fait que ceux-ci possèdent un corps. Donc, il faut prendre soin de notre corps à la manière dont on préoccupe de la faveur et de la disgrâce. Les paroles du *Laozi* sont révélatrices pour la situation dilemmatique longtemps existée dans la culture chinoise : dans la société chinoise, les jugements d'autrui importent.

Au contraire, si quelqu'un connaît très bien ses valeurs, il ne manquerait pas l'esprit autonome dans sa personnalité.

Ce que le *Laozi* entend par *guìshēn* 貴身 ne veut pas dire qu'il faut se craindre de la mort, mais c'est faire valoir l'existence même de son propre corps. Par le fait même, on construirait une personnalité solide et non malléable, permettant de rester indifférent devant les situations défavorisées ou pas. Jusqu'ici, l'esprit et le corps, l'extérieur et l'intérieur de l'homme se trouvent tous dans un état équilibré, l'homme est donc capable de se porter des tâches importantes. Une fois l'opportunité d'entrer dans la carrière officielle est arrivée, « même s'il contemple les magnificences, / Il demeure tranquille et détaché »[62]. N'étant influencé par les changements de l'environnement physique, il resterait fidèle à soi-même et à sa position.

Bien heureuse et exempte de souci, une telle personne n'aurait pas besoin d'être accompagnée des biens matériels dans son chemin vers le monde inconnu le jour où son âme se sépare de son corps.

Par les mentions des serviteurs, du char et des chevaux, et du processus de transmission dans le Gaodishu, seule emphase est mise sur le schéma matérialisé. Toutefois, ce type de manuscrits ne fut pas nombreux et son usage fut limité dans les régions et dans le temps. Il fut remplacé plus tard par les *textes calmant la sépulture* (*zhènmùwén* 鎮墓文).

Le caractère *zhèn* 鎮 veut dire contraindre ou réprimer. Comme son nom l'indique, ces textes visent à exercer du pouvoir surnaturel sur défunt à l'aide d'outil ou méthode rituels quelconques. Selon l'explication du professeur Huang Jingchun 黃景春[63] :

> « Les textes *Zhenmuwen* s'adressent au défunt lui-même et aux êtres supranaturels demeurant dans le monde des ténèbres. Le premier est surtout visé dans le but de séparer la vie de la mort. On le prévient de ne pas revenir à ce monde pour commettre les maléfices auprès des vivants, donc ses proches et sa famille. On trouve souvent dans les *Zhenmuwen* des lexiques insistant sur le fait que « l'homme mort est du *yin*, alors que celui de vivant est du *yang* », « l'homme vivant s'installe à Chang-an de l'ouest pendant que le mort demeure à Taishan de l'est », « la vie et la mort suivent leur chemin distinctif, il est interdit que *les vivants et le mort* se rencontrent ». Afin de rompre le rapport entre le mort et les vivants et d'éliminer le mauvais esprit, il faut parfois expulser le mort dans une terre extrêmement lointaine. »

En général, la cérémonie funéraire est organisée par les membres de la famille du décédé. Si seulement lors de son vivant, le défunt était entouré des gens aimables dans son milieu familial et dans sa relation sociale, pourquoi, suite à sa mort, ceux-ci évitent à tout prix son existence ? Ils vont jusqu'à recourir à des rites ou à des méthodes pour avertir et donner l'ordre à son âme (si celle-ci existe) de ne plus s'attacher à ce monde et de s'en éloigner. Pire encore, il y aurait un parti pris que le mort serait un *esprit hantant*.

Les funérailles, que ce soit pour la famille ou l'inconnu, sont encore considérées comme quelque chose d'impureté dans la culture chinoise aujourd'hui. Mais s'il est bel et bien le cas d'une famille dont les membres, de par le lien sanguin, s'appuient intimement les uns les autres et qui s'aiment mutuellement, comment autant les biens et les processus funèbres du défunt seraient-ils considérés comme corrompus après sa mort ?

De l'autre côté, si l'on était le mourant, est-il souhaitable que l'on soit traité avec tous ces rites de *purification* organisés par lesdits chers familles et amis ayant toute une attitude évitante et peureuse ?

Dans cette partie, je crois qu'il serait révélateur de parler des hommes vivants, même s'il s'agit d'une discussion sur le sinogramme de *si* 死, la mort. Ce faisant mettrait peut-être encore plus en évidence qu'il serait sans importance d'adopter une attitude distinctive étant donné que la vie et la mort relèvent de la même nature.

Dans son livre *Rompre avec soi : pour se créer un nouveau*, Dr. Joe Dispenza mentionne que[64] :

> Vivre en état de création, c'est vivre en n'étant personne. Avez-vous déjà remarqué que quand vous êtes vraiment en train de créer quelque chose, vous oubliez tout ce qui vous concerne ? Vous êtes dissocié du monde connu. Vous n'associez plus votre identité à des biens que vous possédez, aux personnes que vous connaissez, aux tâches que vous effectuez et aux endroits où vous avez vécu à tel ou tel moment. On pourrait dire que quand vous êtes dans un état créatif, vous oubliez qui *vous êtes* (DISPENZA, 2013, p. 121).

L'éducation chinoise traditionnelle met l'emphase sur la capacité adaptative de l'individu et son pouvoir de changer les autres dans son environnement. En fin de compte, c'est lui-même qui serait perdu.

La nouvelle tendance idéologique en occident encourage l'individu voulant se libérer du *statu quo* à se rendre compte du fait que le monde phénoménal, l'univers, sont créés par la conscience humaine plutôt que l'inverse. Cette prise de position se rapproche à la pensée bouddhique qui préconise l'idée que « tout se crée par l'esprit ». C'est une conception qui inspire, d'une manière ou d'une autre, la néo-théologie et les nouveaux concepts scientifiques.

Si tel était bien le cas, quel serait le nouveau monde auquel les hommes aspirent après la mort ? Est-ce bien « *le monde souterrain* » comme proposé dans le Gaodishu ? Un monde protectorat où ils feraient tout pour conserver les privilèges possédés avant la mort ? Ou bien il s'agirait d'un nouveau monde de lumières et de bonheur ? Peu importe les aspirations, la transmission culturelle ne devrait pas se limiter à une seule interprétation du traditionnel. Il faut que les chercheurs aient le courage de créer la tradition pour la postérité.

Le terme « traditionnel » ne pourrait pas se poser comme facteur contraignant au développement culturel, seuls les agents ayant un rôle à jouer dans la culture seraient capables de se mettre des limites.

Peut-être le lecteur voudrait me demander : « En dépit de tout ça, est-ce que tu as peur de te mourir ? » Bien sûr que la mort me fait peur, mais après en avoir parlé, il me semble que je ne suis pas si peureuse finalement.

Je commence à penser à quoi je me ressemblerais après la mort quand je lisais des études liées à ce sujet. Il serait *à priori* de vivre l'état libre de toute contrainte et par la suite de se contenter de tous les superpouvoirs variés ! Quand viendrait le temps de quitter ce monde matériel, j'envoie mes meilleurs vœux à toutes les personnes que j'avais rencontrées dans ma vie. Si seulement la mort était interprétée positivement et accueillie avec une attitude chaleureuse, je sais qu'on serait moins peureux devant la mort et moins troublé face à la vie après la mort.

Si seulement les gens pouvaient dire adieu à leur cher avec des larmes de joie et un état d'esprit paisible, cela devrait lui fournir de la force à s'aventurer dans le monde inconnu (ou bien connu). Dès lors, la religion et les rites s'avéraient qu'un processus de fonction auxiliaire.

Hantée par nombreuses funérailles des aînés de la famille, depuis mon enfance, il m'était insupportable de rester sans accompagnement. Il fallait que la pièce soitallumée lors de la nuit. Et si je me suis obligée de rester seule, je serais passée la nuit blanche.

Or, depuis que ma perception de la mort ait changé et que je décide de mener un pas vers l'avant, à une journée dont je ne me souviens pas trop, ces habitudes se sont effacées.

La plupart des individus ayant peur de se trouver dans la solitude ont une imagination vivace. Pourtant, lorsque cette capacité devient toute sauf le positif, elle ne renforcerait que le sentiment de peur chez ces individus-là. Qu'imaginent-ils alors ces gens à ce moment ? Pour les Chinois, je pense qu'ils l'associeraient à ce qu'on appelle le « *gui* 鬼 ».

2) Fantôme (*guǐ* 鬼)

Les Chinois sont plutôt craintifs face à ce qui n'est pas encore connu et ce qui échappe à leur contrôle. Comme cette tendance culturelle se transmet de générations à générations, celle-ci influence inévitablement leur style de vie ainsi que leurs personnalités.

Inscription oraculaire (*jiaguwen*)	Inscription sur bronze (*jinwen*)	Écrit sur bambou de Qin	Petite sigillaire du *Shuowen*	Forme standardisée	Caractère général et normalisé
[illegible]	[illegible]	[illegible]	[illegible]	鬼	鬼

Alors que l'homme devient un fantôme *après sa mort*, la partie inférieure de la composante du caractère « *guǐ* 鬼 » en forme de *jiaguwen* est une personne (*ren* 人). La partie supérieure de sa composante « 田 » n'est pas le caractère *tián* 田 (champs). On pourrait voir que dans la graphie du style petit-sigillaire du *Shuowen* et celle du *jinwen*, cette composante s'écrit avec « [illegible] » (*fú*), représentant la tête de *gui* 鬼. Dans l'écriture régulière (*kaishu*), celle-ci s'écrit comme « 甶 ».

Les Chinois ont longtemps considéré qu'ils coexistent avec la présence de *gui* 鬼 dans ce monde. Ceux-ci tentaient de limiter son intervention par la crainte de ses capacités, d'une part ; d'autre part, ils montraient la volonté de trouver des moyens pour résister à ses influences. Les manuscrits « *Shuihudi Qinmu Zhujian* » (les textes sur lamelles de bambou de Shuihudi de Qin) sont sans doute les premiers récits chinois qui parlent abondamment des *guǐguài* 鬼怪 (*spectre, fantôme ou monstre*).

Un chapitre intitulé « Jie 詰 » parmi ces manuscrits dépeint toutes sortes de ces êtres, dont certains sont attribués d'appellation propre à eux. Dans ces textes sur lamelles de bambou mentionnent d'ailleurs comment ceux-ci commettent les maléfices dans le monde d'ici-bas. Par exemple, il existe un 鬼 qui se couche avec des filles en prétendant être le fils de la *divinité suprême du Ciel* ; il y a un autre 鬼 d'esprit animal appelé « *shéngǒu* 神狗 », qui est capable, il est capable de contrôler le maître de la maison et jouer de mauvais tour à sa femme.

Parfois, on y trouve les contenus concernant les méthodes à contrer ces êtres malicieux. Par exemple, lorsque le *gui* entre dans la maison avec un égouttoire de bambou (*suǎn* 匴) dans sa main en disant : « donnez-moi la nourriture », il s'agit alors d'un *esprit affamé* (*è guǐ* 餓鬼). Il suffirait de lui lancer un soulier pour s'en débarrasser[65].

C'est par contre à vous, le lecteur, de supputer pourquoi le soulier est utilisé pour chasser les *êtres spectraux* lors des époques archaïques.

Le caractère « *gui* 鬼 » désigne l'âme humaine après sa mort. Animal ou humain, ce qui est susceptible de faire du mal à l'être humain est appelé *les démons de toutes sortes* (*yāomó guǐguài* 妖魔鬼怪. Ce caractère, *employé comme un qualificateur*, caractérise les comportements jugés incongrus d'un individu, ses mauvaises habitudes et conduites ou bien des manies non appropriées. *Surtout lorsqu'il s'agit des cas de la dépendance*, on dit *jiǔguǐ* 酒鬼 pour alcoolique, *yāngui* 煙鬼 pour grand fumeur et *dǔgui* 賭鬼 pour joueur compulsif.

On aura aussi tout un autre lexique fantomatique pour des comportements vicieux et malicieux de l'homme : idée astucieuse (*guǐ zhǔyì* 鬼主意), ruses et tromperies (*guǐjì duōduān* 鬼計多端), perfide (*guǐtóu guǐnǎo* 鬼頭鬼腦), quelqu'un tenant des propos vides de sens (*guǐchě* 鬼扯), quelqu'un qui ne mène pas une vie sérieuse (*guǐhùn* 鬼混).

On utilise également le caractère *gui* 鬼 pour composer les lexiques en lien avec des sensations désagréables, un mauvais sentiment aussi bien qu'un sentiment d'inconfort. Par exemple, on dit *guǐ tiān qì* 鬼天氣 pour le mauvais temps et *guǐ dì fāng*

鬼地方 pour un endroit provoquant un sentiment non agréable.

Ne trouvez-vous pas qu'il y a beaucoup d'expressions chinoises contenant le caractère *gui* 鬼 pour décrire les manières d'agir de l'homme et comment les autres ou les choses sont considérés à un degré inférieur ainsi que les sensations non plaisantes chez l'homme ? C'en est une des raisons pour laquelle la plupart des Chinois vivent dans un climat de peur ?

La parole n'est pas le moyen de communication le plus précis, mais elle est dotée d'une force inimaginable. Lorsque la vie est remplie de cette voix suscitée par l'imagination de l'être spectral, cela deviendrait une force convoquant. Hormis de mentionner des gens qui préfèrent prier aux forces des revenants pour résoudre leurs problèmes ou pour atteindre un objectif. C'est ce qu'exprime l'espression taïwanaise « Confier une tâche à un Fantôme » (*qǐngguǐ chāi yàodān* 請鬼拆藥單, *litt.* demander à un Fantôme de préparer l'ordonnance des médicaments) pour décrire une situation mortelle.

Ensemble, le caractère *si* 死 abordé *supra* et celui de *gui* 鬼 forment le terme « *sigui* 死鬼 » (*litt.* maudit revenant). C'est le terme par lequel la conjointe appelle son mari, soit de raillerie sinon d'ironie. Que les paroles qui passent à travers notre esprit soient parfois tranchantes. Étant donné qu'il y a d'autres manières plus radieuses de se taquiner entre les époux, il ne serait pas à conseiller de faire ce genre de plaisanteries anodines qui pourrait porter atteinte à leur relation[66].

S'il s'agit bel et bien de l'amour au sein du couple et non des sentiments d'intrigue, des demandes, ou de manipulations, le terme 死鬼 ne viendrait même pas à l'esprit de l'épouse.

La formation graphique du sinogramme *gui* 鬼 est neutre, la manière dont le caractère est construit manifeste cette idée que le *gui* est en fait notre avenir. Donc, vous, le lecteur, comment verriez-vous dans cet état-là ? Est-ce une figure terrifiante comme décrite par les autres, ou envisageriez-vous avec une image sublime de soi pour bâtir votre future figure ?

Posez la question « De quoi a-t-il l'air un Fantôme ? » à dix personnes pourvues des facultés paranormales, on aurait dix réponses différentes. La raison est tout simple,

« tout se crée par l'esprit »[67]. Tout Fantôme *visible* vient de la représentation intérieure d'un individu. Alors, pourquoi l'individu ne planifierait-il pas lui-même son avenir après sa mort ?

Intéressant de noter que si les Chinois ont pu développer toute sorte de rites, de croyances, et d'interdictions concernant les esprits, c'est à cause de leur sentiment paradoxal envers les *gui* 鬼. Tantôt ils sont curieux, mais aussi craintifs ; parfois ils font appel à ces esprits pour demander de faveur, mais souhaitent que ceux-ci s'en aillent vers où ils sont censés de demeurer, sans trop déranger la vie des vivants.

Certes, on trouve aussi des imaginations romanesques concernant les êtres spectraux chez les Chinois. Le recueil de contes classiques composé par le lettré Pu Songling 蒲松齡 de la dynastie Qing 清 (1644-1911 apr. J.-C.), le *Liaozhai zhiyi* ou *Contes extraordinaires du pavillon du loisir*, raconte donc les histoires d'amour entre les pauvres lettrés et les êtres surnaturels (Fantôme, animal devenu esprit ou déesse).

Personne n'advient à confirmer l'état de l'homme après la mort, il y a par contre les différentes interprétations religieuses de quoi ressemble-t-il après que la vie a quitté le corps. Celui ayant inventé les sinogrammes imagina que ce serait quelque chose flottant comme un nuage blanc qui quitte le corps après la mort. Il l'appella donc par le caractère « *hún* 魂 » (âme spirituelle).

L'expression « *xīn zhōng yǒu guǐ* 心中有鬼 » décrit quelqu'un ayant quelque chose de louche qui préoccupe son esprit, c'est quelqu'un qui devrait donc se sentir de la honte ou du malaise, faisant l'objet de blâme. De cette idée est dérivé un autre sinogramme, le *kuì* 愧, qui veut dire la honte.

Les Chinois se servent de la *signification* de ce caractère pour condamner ou pour rectifier les conduites des autres dans l'éducation et dans les interactions sociales. Cela remonte à l'éducation du confucianisme, comme montré dans l'extrait du *Mengzi*, « Jinxin shang 盡心上 »[68] :

> « Un homme digne de ce nom ne saurait être dépourvu du sentiment de la honte ; mais celui qui est honteux d'être dépourvu du sentiment de la honte n'a plus à ressentir la honte. »

L'interprétation officielle est la suivante[69] :

> « Selon Mengzi, l'homme ne peut être dépourvu du sentiment de la honte. En fait, il se comporte prudemment lorsqu'il saurait être honteux. En dépit des erreurs, il saurait se corriger et deviendrait ainsi celui qui se prive d'être déshonoré. Confucius a dit : « Celui qui, dans sa conduite personnelle, a le sens de la honte et, envoyé en mission aux quatre orients, ne déshonore pas le mandat de son souverain. Un tel homme peut être appelé un gentilhomme. » (C. LEBLANC, « Lunyu », "Zilu", *op. cit.*, p. 154.) Le Maître Kong prône l'image d'un gentilhomme qui saurait ressentir la honte de ses conduites, d'où l'importance de ce que c'est comprendre la honte. Meng Zi ajoute dans son extrait suivant : « La honte est d'une grande importance dans les rapports humains. » (C. LEBLANC, « Meng zi », *op. cit.*, p. 510). Encore une fois, il met l'accent sur le fait que l'homme ne peut jamais être dépourvu de ce sentiment de la honte, sans la honte, c'est alors *éhonté*. »

C'est d'*avoir honte* (*xiūchǐ* 羞恥) de ce qui est *honteux* (*cánkuì* 慚愧). On dit souvent : « N'aurais-tu pas le sentiment de honte ? » ou « Tu devrais être honteux pour cela ! ». Ces phrases sont utilisées pour rectifier et discerner le *tort* et le *bien.*

Mais ce qui est problématique, c'est à propos de ce qui est qualifié d'*erreur*, dont le standard varie selon les contextes. Ce serait trop subjectif d'examiner les conduites des autres à partir de leurs erreurs. Il est encore plus douteux quand on demande à celui qui juge s'il serait capable de *se donner soi-même comme exemple*.

S'attribuer de *fautes*, c'est s'évaluer en fonction de critères et de jugements venant de l'extérieur, c'est ignorer notre pensée et notre propre estime. Il s'agit justement du fil conducteur de la pensée dans l'éducation chinoise. Si le fait d'être congruent avec soi relève de la forme la plus naturelle de l'homme, alors il serait difficile de mener une vie conscientisée pour celui qui cherche sans cesse à *bien* se comporter en fonction des *fautes* définies par les autres.

En outre, se corriger et se tourner vers le bien permettrait-il réellement de se priver du sentiment de la honte ? De fait, si ce n'est pas par une maxime par excellence, après s'être corrigé, les blâmes (adressés à soi-même ou à autrui) resteraient parmi nous et vont se transformer en *Fantôme* (sentiment de culpabilité) qui nous surveille à chaque instant. Les caractères *kui* 愧 et *can* 慚 vont souvent de pair pour composer un terme. Selon la graphie de *can* 慚, on voit le cœur retranché. Si l'homme se laisse trancher par un Fantôme dans le terme *cankui* 慚愧, comment guérir donc les cicatrices?

Est-ce qu'on ne peut que punir un individu en culpabilisant ses comportements dits non conformes aux lois ou aux normes de la société ? Ici, il me semble que, encore une fois, l'idée de *vengeance*, qui est profondément ancrée dans la culture chinoise, revient.

La culpabilité se transforme facilement en ce qui est colérique, voire un esprit de vengeance. Selon le *Zuozhuan*, « Dix-septième année du règne Chenggong 成公 »[70] :

> « Fan Ouen tseu (Cheu sie) de Tsin, à son retour de Ien ling, chargea le grand invocateur du temple des ancêtres de demander pour lui une prompte mort.
>
> Le prince de Jin, dit-il, est arrogant, sans frein. Ses victoires sont un châtiment du ciel pour augmenter ses vices. Que mes amis prient pour moi et obtiennent que je meure bientôt, afin que je ne voie pas nos maleheurs. Ce sera un grand bonheur pour la famille Fan.
>
> Au sixième mois, le jour *meóu tch'ên*, Cheu sie mourut. »

Fan Wenzi 范文子 est grand ministre de l'État de Jin 晉 à l'époque de Chunqiu 春秋 (722-481 av. J.-C.) connu sous le nom de Shi Xie 士燮. Conféré à la principauté de Fan, il fut aussi appelé Fan Wenzi.

Lors de Bataille de Yanling 鄢陵 (575 av. J.-C.), l'État de Jin triompha sur le Chu 楚, le duc Li 厲 de Jin ne put être mieux que de se sentir la suffisance envers soi-même. En le voyant ainsi, Shi Xie pria devant les tablettes de ses ancêtres et dit : « Le souverain de mon pays est arrogant et fastueux, c'est la volonté du ciel que ses vices se détériorent aussi rapidement ! Un grand malheur imminent arrivera à ma patrie. Si le

Ciel viellez sur moi, je vous en prie de me donner la mort, de me garder hors de la vue de ces malheurs, ce sera mon bonheur ! » Étant donné que les comportements de son supérieur, le souverain, ne conforment pas à ses règles de conduite, Fan Wenzi se demande la mort immédiate du Ciel. Il invoque des propos imprécateurs non seulement envers soi-même, mais envers sa patrie aussi. L'État de Jin et Fan Wenzi connaissent tous les deux le même malheur. Que l'influence et le pouvoir des paroles y sont remarquables.

C'est difficile d'imaginer que la famille de Fan s'agit en fait d'un modèle de la bonne éducation familiale, et que Fan Wenzi lui-même est le modèle de « quelqu'un qui est brave à corriger ses erreurs ». En effet, père aimant et fils pieux, les trois générations de la famille Fan s'occupent de postes importants dans la cour impériale. Or, à mon avis, si Fan Wenzi se montre si impudent, c'est peut-être à cause de cette éducation familiale même.

Selon les autres écrits historiques, le père Fan Wuzi 范武子 était très sévère envers son fils. Un jour, Fan Wenzi rentra tardivement de la Cour. Le père apprit que c'est parce que son fils s'était trop amusé avec les visiteurs. Sur un coup de tête, les envoyés de l'État de Qin proposèrent des jeux de devinettes. Seul Fan Wenzi fut capable de résoudre trois devinettes d'un seul coup pendant que les autres ministères de la cour n'en répondirent à aucune.

Plus Fan Wuzi écouta, plus il devint furieux. Il battit Fan Wenzi en l'accusant de ne comprendre rien du savoir-vivre par le fait que ce dernier se dressa devant les autres ministres pour faire montrer ses habiletés. Le père croyait que ces derniers se prétendaient ne pas connaître les réponses pour des raisons de politesse. Il frappa et blâma son fils comme si celui-ci ne fut pas adulte ni ministre important de la cour.

Effectivement, Fan Wenzi est quelqu'un qui sait apprendre de ses erreurs. Une fois, celui-ci est retourné en triomphe à son royaume. Son père l'attendit longtemps pour sa rentrée à la maison. Enfin, lorsque son fils parut, il apprit que Fan Wenzi rentra exprès tardivement pour ne pas attirer l'attention et les mérites à la place du Général commandant. En entendant ces mots de son fils, Fan Wuzi était très satisfait de ses comportements.

Fan Wenzi suit le modèle de l'éducation père-fils de son père pour éduquer son fils Fan Xuanzi 范宣子. Ce dernier se servit lui aussi plus tard dans l'armée. À chaque fois que quelqu'un fut monté en grade, tout le monde refusa par modestie son offre. Par l'influence de la famille de Fan, céder humblement était devenu une tendance de manière d'agir au sein de l'armée de l'époque[71].

Cette histoire me fait comprendre pourquoi le peuple chinois est modeste de par sa nature. Je comprends d'ailleurs pourquoi Fan Wenzi émet des phrases si sévères et graves envers son souverain et sa patrie. Celui-ci a incorporé inconsciemment la relation père-fils dans celle de souverain-ministre. Et derrière cette relation, on constate un ressentiment d'un ministre qui déplore que son souverain n'arrive pas à atteindre à la hauteur de ses attentes.

Maintenant que je relis cette histoire, outre les frissons, je n'envie plus ce genre de relation familiale. Je remets d'ailleurs en question cette manière d'agir dite avec la modestie. La famille de Fan paraît être une famille de noble que tout le monde admire. Or, l'interaction entre les membres de la famille ne me donne que l'impression de *yuàn* 怨, la désolation, et de *nù* 怒, la colère. C'est ce que je me ressens quand je commence à considérer les personnages de façon équitable en laissant tomber tous mes préjugés, et respecte les choix de chacun entre eux.

Le ressentiment (*yuan* 怨) est un cœur déformé alors que la colère (*nu* 怒) est un cœur asservi d'émotions[72]. Ce sont des émotions négatives transformées par les désirs et les répressions au niveau matériel ou spirituel. Bien sûr, je ne dénie pas que *l'amour* existe au sein de la famille de Fan Wenzi. L'amour est une disposition naturelle, mais sa nature se présente d'une manière distordue chez cette famille-là parce que ses membres sont pris, inconsciemment, dans le chantage affectif (surtout dans la crainte).

Selon moi, la manière d'agir de céder-par-modestie de la famille de Fan ne renvoie qu'au fait que ses membres ne partagent pas nécessairement les mêmes idées – ce que les psychologues appellent par la mentalité de *se donner de l'importance*. Comme l'a soulevé la psychanalyste allemande Alice Miller (1923-2010)[73] :

> « Qu'arrive-t-il lorsque la mère est incapable d'aider son enfant ? Qu'arrive-t-il si non seulement elle est inapte à deviner les besoins de son enfant et à y répondre, mais encore se trouve elle-même inassouvie ? Elle cherchera alors, inconsciemment, à satisfaire ses besoins auprès de son enfant. »

Depuis la dynastie Shang 商 (env. XVIe à XIe siècle), les Chinois ont tendance d'omettre l'existence de la mère ou de l'amoindrir dans l'historique. Très souvent, le Père adopte aussi le rôle d'une mère, comme on peut voir dans le cas de Fan Wuzi.

Que ce soit une mère ou un père, très souvent, c'est quelqu'un de très exigeant envers ses enfants, c'est quelqu'un de grand-manipulateur, qui se fâche facilement et qui se montre difficilement approchable.

Selon les psychologues, dans telle relation parents-enfants, les enfants deviennent narcissiques, arrogants, dépressifs, solitaires. Ils sont très craintifs envers l'épuisement physique et mental. On se ment en s'accordant de l'importance, comme ce que dit professeure A. Miller [74] :

> L'individu « grandiose » est admiré en tous lieux, et il a besoin de cette admiration, il ne peut vivre sans elle. Tout ce qu'il entreprend, il lui faut le réussir brillamment – et du reste il en est capable (autrement il ne s'y lancerait pas). Il s'admire lui-même pour ses qualités : pour sa beauté, son intelligence, son talent, ses succès et ses performances. Mais malheur si l'un de ces avantages vient à lui faire défaut : la catastrophe, sous forme d'une sévère dépression, est alors imminente.

Si l'on trouve que Fan Wenxi se profère des injuries tout en adressant à son souverain et sa patrie, c'est qu'il n'est pas quelqu'un de congruent entre ses comportements manifestés et son intérieur. Dire autrement, il considère son souverain comme étant son enfant, mais c'est un enfant qui échappe à son contrôle. Au moment où il prononce ses malédictions, il semble que toute moralité de modestie du jadis demeure silencieuse, qu'en est-ce la raison ?

Selon la perspective psychologique moderne, il serait sans doute un patient souffrant de la dépression.

Nous avons parlé des sentiments de honte et de culpabilité et du fait que l'homme est capable de corriger ses défauts. Mais tout cela fait en sorte que la prise de conscience de la force interne et l'esprit penseur s'écroulent dans ce auxquels la société chinoise accorde de l'importance : le système juridique, la norme sociale, l'évaluation du groupe, etc. Cet enseignement de ce qui est *honteux* deviendrait une autre épreuve ou un autre défi si on le met en parallèle avec la Religion.

La *honte* est un outil moraliste pour corriger les conduites manifestes ditesnégatives de la nature humaine. Sur le plan pratique, c'est introduire un Fantôme (les sentiments de culpabilité) dans l'esprit de l'individu qui commet des erreurs. En se fiant à un être spectral pour résoudre les problèmes émotionnels, comment voudrait-on que la bonne nature de l'humanité ainsi que l'abondance du monde matérialiste ne soient pas corrompues conjointement, mais de s'épanouir réciproquement ?

Seulement si, après que les problèmes soient réglés, ce Fantôme est capable de guider l'homme à se diriger vers la lumière et la direction juste

L'histoire de Fan Wenzi me fait penser au *Fantôme*, un fantôme vivant. Lorsque je regarde mon parcours de vie, j'ai traversé les périodes où je vivais tant une vie humaine et fantomatique. C'est justement la merveille du monde dyadique que j'ai vécue.

En effet, cela ne veut pas dire que j'avais moi-même témoigné l'existence du Fantôme, mais je menais une vie où il semblait que j'avais un Fantôme au fond de moi. Celui-ci se concrétisait dans les émotions de ressentiment et de rage. Maintenant que je m'en rappelle, ce sont des expériences de vie assez spéciales en soi. Quand je pense à mes expressions faciales de ressentiment et de colère, n'est-ce pas que c'est la tête du Fantôme qui se trouve dans la composante d'en-haut du caractère 鬼 ?

Pourquoi l'homme est-il venu dans ce monde dualiste ? Aujourd'hui, je pense que l'homme y est venu avec l'objectif de vivre de son plein gré, en plein épanouissement de sa nature, en se dirigeant vers l'état où son corps et son esprit ne forment qu'une seule entité. Si l'on continue à vivre sous l'ombre de la *honte*, ce sera l'enfer, le monde des ténèbres qui nous accueillerait avant que l'on ne soit capable de transcender ce monde dualiste.

Si le *fantôme* est ce que projette l'esprit humain, quel serait alors son but de créer une telle image ? Poser la question pourquoi il a peur du Fantôme à quelqu'un qui l'est, mais qui n'en a jamais témoigné un, c'est le premier pas vers la réponse de cette question.

Même si le fantôme existe réellement, en se rappelant du sinogramme *gui* 鬼, on saurait alors que celui-ci est *congénère* à l'être humain. Si l'on est honnête et respectueux envers lui, si on le traite avec la bonne volonté tout comme on traite les autres personnes, d'après moi, même le fantôme ne serait pas mécontent de sorte de se montrer nuisible à l'homme !

La plupart des gens possèdent une partie de soi pour laquelle on aurait besoin de se demander du pardon, le pardon qui serait mis à l'écart par la culpabilité. Qui ne saurait se pardonner que sous prétexte du pardon de l'autrui ne sortirait pas de la vie culpabilisée ; en fin de compte, il ne reste que de se faire anéantir tous les deux en même temps (c'est au moins au niveau spirituel). Pardonner le soi-même dans le passé et aimer de nouveau le véritable soi-même, non seulement que le fantôme ne viendrait plus déranger, la vie pourrait aussi apporter plus de merveilleux changements.

L'homme est autonome et intelligent de par sa nature. Hormis du fait d'être jugé par le monde d'extérieur, l'homme serait joyeux de se jongler entre le matériel et l'esprit, obtiendrait-il ainsi l'équilibre inhérent. Quelqu'un qui est prêt à être respectueux envers ses propres désirs et vénérations, qui *prend* du Monde mais prêt à s'y donner en même temps, ses paroles et ses conduites relèveraient naturellement de la modestie qu'il n'est pas obligé de la retenir. De ce faire montre le côté éclairé de l'humanité (*la nature de l'homme*).

Section 2
La réciprocité et l'empathie

1. Prendre (*qǔ* 取)

Beaucoup des Chinois croient que de sa nature, la vie est une souffrance, tout en espérant que la religion les aide à se sortir du cycle vicieux de cette souffrance dans une vie ultérieure. Quant à moi, je dirais que quel bonheur d'être humain ! Mis sur terre, l'homme obtient de ce que la grande nature offre de gratitude : le soleil, l'eau, l'oxygène, les plantes, etc.

Dans le *Laozi*[75], il est noté :

> « Le ciel est persistant et la terre est pérenne. / Si le ciel et la terre peuvent persister et se pérenniser, / C'est qu'ils ne vivent point pour eux-mêmes. / Voilà pourquoi ils peuvent vivre et persister. »

Le ciel et la terre existent de manière permanente. Leur permanence vient du fait que leur régulation n'est pas pour soi-même. En se faisant, la façon dont le ciel et la terre conçoivent l'être humain est comparable à la manière dont les parents nourrissent leurs enfants. C'est l'amour inconditionnel envers tout être mondain.

Ce serait sans doute le paradis terrestre si tous les parents pouvaient posséder ce genre d'affections. Malheureusement, ce sens d'attachement avec le ciel et la terre serait affaiblie, voire disparu lorsque l'homme commence à avoir un sentiment de ne pas en avoir assez, un sentiment de carence, ou un sentiment d'en vouloir encore plus.

Ainsi, l'homme commence à avoir l'idée de « s'emparer » (*qŭ* 取) de ce que les autres possèdent.

Inscription oraculaire (*jiaguwen*)	Inscription sur bronze (*jinwen*)	Écrit sur bambou de Qin	Petite sigillaire du *Shuowen*	Forme standardisée	Caractère général et normalisé
				取	取

Dans sa forme d'inscription oraculaire, la composante à droite du caractère *qu* 取

est l'oreille (*er* 耳) et celle à gauche est la main (*shou* 手). Leurs positions sont inversées en inscription sur bronze. Pourtant, ce n'est qu'une façon d'écrire parmi d'autres, il existe nombreux exemples des composantes qui sont placées de manière interchangeable.

S'évoluant en écriture régulière *kaishu*, la structure de ce caractère n'a pas trop changé, sauf les traits qui viennent remplacer l'allure linéaire de sa forme initiale.

Selon le *Shuowen jiezi* : « le caractère *qu* 取, c'est attraper/prendre. Il se compose de *you* 又 et de *er* 耳. » Dans les batailles chinoises de l'ancienne époque, on découpa l'oreille des ennemies comme preuve pour la rémunération. Le sens d'origine de *qu* 取 est justement couper l'oreille gauche[76].

On constate que les composantes 又 et 耳 sont des sous-graphies sémantiques indiquant la signification du caractère. Ils sont aussi deux pictogrammes autonomes qui forment un nouveau sens. Ce principe de former un caractère est donc appelé « *idéogramme* ».

Étant donné que le 又 et le 耳 ne sont pas d'un même caractère, le caractère 取 est également appelé « idéogramme de graphies distinctes » (*yìwén huìyì* 異文會意)[77].

Aujourd'hui, c'est le sens dérivé du caractère 取 indiquant l'action de « prendre/recevoir » qui est plus utilisé. Par exemple, *lǐng qǔ jiǎng jīn* 領取獎金 c'est « recevoir un bonus » comme récompenses et *gè qǔ suǒ xū* 各取所需 désigne « chacun prend ce dont il a besoin ».

Un autre sens dérivé de 取 veut dire « obtenir/adopter », comme *qǔ nuǎn* 取暖, se réchauffer. Le sens figuré découlant de l'action de se réchauffer indique alors le fait d'obtenir, au recours à une méthode quelconque, la pitié, le réconfort ou le support d'autrui. Mais il faut être prudent avec cette méthode. Il se peut très bien que ce soit la froideur que l'on reçoive avant que la chaleur se produise, parce que l'autre éprouve d'abord et avant tout de l'antipathie.

Il s'agit d'un acte naturel de *prendre* quelque chose. La grande nature se dote d'une loi régulatrice : les dix mille êtres prennent de ce monde ce qui est essentiel pour la survie, et ils délivrent à charge de revanche ce qui est subventionnel au monde. Ce processus n'aurait besoin d'aucune force externe pour intervenir. Comme l'arbre et l'océan qui aspirent et inspirent tout naturellement, il s'agit d'un rapport donneur-receveur de ce qui est fondamental de la vie, le souffle vital.

Xun Kuang 荀況 (appelé plus tard par Xunzi 荀子, son titre respectueux) du royaume de Zhao 趙 de l'époque des Royaumes combattants (403-221 av. J.-C.) fit remarque de cette tendance naturelle de l'homme de « saisir ». Celui-ci exprime bien ses pensées dans l'extrait « Xing'e » de son œuvre éponyme, le *Xunzi*[78] :

> « La nature de l'homme fait que, quand il a faim, il aspire à se rassasier ; quand il a froid, il désire se réchauffer ; quand il est fatigué, il cherche à se reposer. Ceci tient aux sentiments et à la nature même de l'homme. Mais si un homme a faim, il n'ose pas manger en premier au cas où il se trouve en présence d'un aîné ; il veut d'abord lui céder la politesse. S'il est fatigué, il n'ose pas chercher à souffler un peu ; il veut d'abord le remplacer. Ainsi, lorsqu'un fils cède la politesse à son père ou un frère cadet à son aîné, le fait que le fils remplace son père ou que le cadet remplace son aîné est deux actions qui vont toutes à rebours de leurs natures et contreviennent à leurs sentiments. » (Rémi MATHIEU, « Xunzi », "La nature humaine est mauvaise", *op. cit.*, p.1175)

Selon Xunzi, la nature innée de l'homme devrait être cela : « quand il a faim, il aspire à se rassasier ; quand il a froid, il désire se réchauffer ; quand il est fatigué, il cherche à se reposer. »[79] Selon moi, c'est une façon naturelle de se procurer (*qu* 取). Pourtant, si Xunzi met de l'avant cette observation, ce n'est pas pour encourager cette loi naturelle, mais d'accentuer sur l'ensemble d'étiquettes confucéennes qu'il vénère. C'est de relever ce qui est important de ces normes et rites cérémonieux, des lois et des institutions.

Celui-ci dit : maintenant, même si un homme a faim, il n'ose pas prendre son repas en présence d'un aîné parce qu'il veut céder la politesse. Même s'il est fatigué, il n'ose pas se reposer parce qu'il doit travailler à la place des aînés de la famille. Le fait que les enfants se cèdent pour leurs parents et que les cadets devraient se céder à leurs frères et sœurs aînés, ce sont des comportements qui vont à l'encontre des désirs naturels de l'être humain.

Ce qui mérite d'être soulevé est que Xunzi n'a jamais dit que « l'homme est mauvais de par sa nature » (*rén xìng běn è* 人性本惡), mais plutôt « la mauvaise nature de l'homme » (*rén zhī xìng è* 人之性惡)[80]. Il s'agit d'un propos déduit des descriptions de la nature humaine dans le *Xunzi* par les hommes postérieurs. Selon moi, Xunzi adopte une attitude plutôt neutre quant à la nature de l'homme. Il voit le *naturel inné* de l'être humain et croit que c'est grâce à l'éducation et à l'apprentissage que ce naturel ne s'inclinerait pas vers le mal[81].

À partir de la dynastie Han 漢 (206-220 av. J.-C.), les intellectuels chinois et la structure administrative impériale des dynasties successives se sont adhérés à la doctrine confucéenne de sorte que celle-ci devenait le courant principal, et ce malgré l'invasion des peuples étrangers (*de l'époque*). Pourtant, je pense souvent que si le confucianisme est aussi bon, pourquoi depuis plus de 2500 ans, il n'a pas pu empêcher les guerres et mettre fin aux successions sans cesse des dynasties, ou sinon pourquoi il ne parvenait pas à priver les Chinois de l'hostilité mutuelle ?

Dans le chapitre « Tianzifang » du *Zhuangzi*, il est noté ce que pense Zhuangzi à propos des lettrés confucéens[82]:

> Tchouang-tseu étant allé voir le duc Ngai 哀 de Lou,洛 celui-ci lui dit : « Il y a dans le duché de Lou beaucoup de lettrés. Mais peu d'entre eux, Maître, vous sont comparables.
>
> — Il n'y a pas beaucoup de lettrés à Lou, repartit Tchouang-tseu.
>
> — Comment pouvez-vous parler ainsi, dit le duc, alors qu'on y voit partout des hommes portant le costume des lettrés?
>
> — J'ai entendu dire, repartit Tchouang-tseu, qu'un lettré portant un bonnet rond connaît les périodes du ciel, et que s'il est chaussé de souliers carrés, il connaît les dispositions de la terre; s'il est orné d'un pendant de jade en demi-cercle c'est qu'il sait juger les affaires qui se présentent. À vrai dire, ceux qui possèdent ces différentes compétences n'en portent pas nécessairement le costume,

et ceux qui portent le costume ne sont pas nécessairement compétents. Si vous ne me croyez pas, vous n'avez qu'à interdire, sous peine de mort, le port du costume à quiconque n'a pas la capacité requise. »

Le duc fit ainsi. Au bout de cinq jours, personne n'osa plus porter le costume de lettré dans le pays de Lou. Seul un vieillard se présenta en costume de lettré devant la porte du duc. Celui-ci le fit mander et l'interrogea sur les affaires de l'État. Le visiteur répondit en abondance avec beaucoup de détails et de subtilité.

« Dans tout le pays de Lou, conclut Tchouang-tseu, il n'y a qu'un seul lettré, est-ce beaucoup? »

*La façon de faire de Zhuangzi et son conseil pour le duc Ai 哀 montrent que celui-ci savait à quel point l'influence du courant confucianiste eut l'impact sur les lettrés de l'époque. En plus, il saisit le coup joué par lesdits lettrés, dont l'intention n'est pas de vénérer la pensée confucéenne.

Cet extrait dévoile le revers de la médaille en ce qui concerne les rites et les règles : l'homme se montre trop dépendant aux besoins externes et ignore ses propres besoins internes, de sorte que sa nature soit réprimée. Afin de répondre aux attentes du grand public, les lettrés confucéens se préoccupent de bien soigner leur image de sorte d'ignorer comment rester congruents dans ses conduites et se comporter conformément à leur doctrine.

Quand ces lettrés se trouvent dans un rapport social, ils tomberaient facilement dans les jugements de l'apparence. Qu'ils s'observent ou considèrent les autres, ils ne font pas attention à l'esprit sincère et fidèle que possède chacun dès sa naissance.

À travers la conversation entre Zhuangzi et le duc Ai 哀, il n'est pas difficile de constater que depuis l'époque des Royaumes combattants (403-221 av. J.-C.), le courant confucianiste opta d'embellir soi-même et de vivre dans les jugements d'autrui.

Et parmi tous ces embellissements, le céder-par-modestie semble être un élément incontournable. C'est avec une bonne intention que les Chinois apprennent à leurs

* L'extrait paraphrasé du texte classique est omis.

enfants à se céder. Lorsque l'homme commence à vivre en groupe et forme une société, la tendance naturelle de « prendre » deviendrait une intuition de « s'emparer » ; et par manque d'empathie et de conscience de soi, cela transformerait en guerre de nature possessionnelle. La tendance naturelle de « prendre possession » pourrait être modérée par le fait que l'on se cède mutuellement. Cependant, cette modération, une fois devenue intentionnelle, pourrait causer une non-congruence à l'intérieur d'un individu, qui fait en sorte que celui-ci se confronte à des conflits entre ses besoins internes et ses comportements manifestés.

Quelle est la nature de cet acte de céder humblement (*qiān ràng* 謙讓) ? Très peu de gens s'en questionnent pour savoir davantage. Est-ce que cela se conforme à la nature humaine ? Est-ce qu'il est sans défaut, ou bien il aurait besoin de s'évoluer avec le temps ? Sous un régime autocratique et monarchique, il s'avéra être une question difficile à être examinée du plus près. Et bien qu'il soit l'ère modernisée comme de nos jours, la pensée confucéenne demeure le thème principal de l'examen national et le noyau fondamental quant à la diffusion de la culture chinoise traditionnelle. Somme toute, dans un tel contexte socioculturel, comment peut-on comprendre la pensée confucianiste sans porter aucun jugement fondé sur l'inertie cognitive ?

De plus, si jamais un enfant découvre que s'agir en cédant humblement lui permet d'obtenir la reconnaissance, les compliments, voire les avantages liés à ses intérêts personnels, il serait grandement influencé par ces valeurs, d'où le comportement est échangeable pour un bien, mais qui ne va pas de soi.

Vers la fin de l'époque de Han (206 av. J.-C. à 220 apr. J.-C.), il y eut un lettré confucéen très connu : Kong Rong 孔融 (153-208 apr. J.-C.). Descendant de Confucius (Kong Zi), il fut intelligent et talentueux, et s'occupa en plus le poste de haut fonctionnaire dans la cour impériale. D'après ce que l'on dit, celui-ci avait bien saisi la manière de céder par modestie depuis qu'il était tout jeune. Un jour, il partagea les poires avec ses frères aînés. Il réserva pour soi une poire plus petite et laissa les plus grandes à ses frères. Cette anecdote devint une histoire passionnante de l'époque.

Même aujourd'hui, on trouve encore les livrets pour des enfants[83] comprenant cette histoire, et celle-ci devient un souvenir d'enfance de la plupart des Chinois.

Beaucoup de familles apprennent cette histoire à leurs petits en insistant sur l'importance de la préséance entre les jeunes et les plus vieux, tout comme le respect et l'amitié fraternels (qui sont d'ailleurs les idées préconisées par la pensée confucianiste). Si le contraire se produit, c'est-à-dire les disputes entre les frères ou bien ceux-ci ne se cèdent pas mutuellement, il serait considéré comme un « scandale de la famille ».

Mais pourquoi Kong Rong distinguait-il la taille des poires ? Par le fait de se céder, est-ce que cela pourrait suggérer qu'il voulait en fait une plus grande ? S'il voulait prendre une poire plus grande, s'agissait-il de sa nature ou bien c'est quelque chose d'acquis par l'éducation des adultes ? Est-ce que dès sa naissance, l'homme saurait séparer la taille des poires et comprendrait qu'il faudrait prendre la plus grande ? Si Kong Rong ne s'était pas cédé à ses frères et avait pris une poire plus grande, aurait-il été jugé comme étant désobéissant et d'un enfant mauvais ?

Si l'homme n'est pas appris à choisir ce qui est mieux, mais suit son naturel de se servir de ce qui se présente sous les yeux, il est très probable que la manière d'agir par modestie serait tout sauf utile.

Toutefois, chaque école de pensée a sa manière de concevoir des idées. Le comportement de *se céder par modestie*, et même l'ensemble de la doctrine confucéenne, ont toujours leur valeur existentielle. C'est à l'individu qui s'y intéresse de concevoir la signification de bien et de mal, de bon et de mauvais, ainsi que la valeur de cette école de pensée ; les autres ne sont pas là pour exprimer leurs jugements. De ce faire, il adviendrait à dire que l'on respecte tout individu mis au monde, sa vie et sa divinité innée[84].

Un grand Maître occidental cité dans l'œuvre d'Ehrlich* dit que[85] :

> Jadis apparemment la principale préoccupation et le chef-d'œuvre des dieux, la race humaine commence désormais à assumer des conséquences accidetnelles des produits-dérivés de ses actions immenses, impénétrables et probablement absurdes. (Traduit de l'anglais, cf. Paul R. EHRLICH. (2000). *Human Natures: Genes, Cultures, and the Human Prospect*, « Preface », p. xi.)

Je pense bien qu'il serait probablement préférable de considérer les « actions absurdes » comme étant un défi relevant de l'expérience humaine dans une situation conflictuelle afin d'obtenir de résultats favorables.

Est-il possible que le céder-par-modestie pourrait créer de conflits ? Surtout quand ce comportement est poussé par les forces externes comme les normes sociale et morale, s'il n'est pas issu de la pulsion d'une personne de se comporter de manière à chercher la reconnaissance auprès d'autrui.

L'histoire de Kong Rong cédant la politesse à ses frères aînés fait en sorte qu'il se démarqua des autres enfants de son âge. Il reçut beaucoup d'attention et de bonne réputation, c'est ce qui ne fut pas ordinaire à l'époque où la masse média n'existait pas. Il fut très connu et discuté parmi les milieux de hauts placés de l'époque pour ses talents et ses conduites.

Tout cela est peut-être en lien avec son *parcours* (*dao* 道*)* personnel étant donné qu'il est issu d'une famille illustre.

1) **La Voie (*dào* 道)**

Inscription oracualire (*jiaguwen*)	Inscription sur bronze (*jinwen*)	Écrit sur bambou de Qin (*qinjian*)	Petite sigillaire du *Shuowen*	Forme standardisée	Caractère general et normalisé
[illegible]	[illegible]	[illegible]	[illegible]	道	道

Le *Shuowen jiezi* explique le caractère *dao* 道 par « le chemin sur lequel on marche. Le caractère se compose de *chuo* 辵 et de *shǒu* 首. C'est la voie qui peut être atteinte. » C'est le sens originel de ce caractère selon Xu Shen.

Dans la structure graphique de *dao* 道 en *jiaguwen*, on trouve donc « un homme (*ren* 人) qui se situe au milieu du chemin (*xing* 行) », ce qui correspond très bien à son sens d'origine. Les deux composantes *ren* 人 et *xing* 行[86] sont deux *graphies* (*wen* 文) autonomes ayant une fonction de sous-graphie de la forme qui exprime le sens du caractère 道. Selon le principe des *liushu*, le 道 en sa forme *jiaguwen* est un idéogramme.

La composante *ren* 人 du caractère 道 en *jiaguwen* se transforme en *shou* 首 sous la forme de *jinwen*. Le sens originel de *shou* 首 désigne une tête d'humain. Sa graphie en *jiaguwen* « [illegible] » se ressemble à une tête humaine avec des cheveux (certaines graphies se trouvent sans cheveux). Dans la graphie de *jinwen* « [illegible] », la tête est remplacée par les yeux (donc *mu* 目), mais la partie qui représente les cheveux comme dans le *jiaguwen* est gardée. Déjà, le *jinwen* se rapproche beaucoup à la façon d'écrire de *dao* 道 en *kaishu* moderne.

Dans la forme de *jinwen*, la composante *shou* 首 est une sous-graphie phonétique indiquant la prononciation du caractère 道. Pourtant, avec l'évolution phonologique de la langue chinoise, cette sous-graphie ne permet plus d'identifier la prononciation de *dao* 道 dans le temps. Quoi qu'il en soit, le *dao* 道 est toujours considéré comme un idéo-phonogramme selon le principe des *liushu*.

La classification du 道 parmi les six catégories des *liushu* varie selon ses composantes et sa structure graphique. Si le 道 est un idéogramme en *jiaguwen*, il s'agit d'un idéo-phonogramme en *jinwen*. Cette différence de catégorisation est souvent ignorée par certains enseignants de chinois, de sorte qu'ils conçoivent les questions d'examen susceptibles d'être contestables[87].

De l'inscription oraculaire à l'inscription sur bronze, la forme réaliste de 道 s'évolue graduellement vers une approche artistique qui est plus abstraite. Il semble que l'inventeur des sinogrammes de différentes périodes ait sa propre vision de ce que représente la voie de l'homme. Comme l'œil est mis en relief dans la graphie de *shou* 首, je crois bien qu'il s'agit d'une voie *choisie* par la capacité visuelle de l'homme.

La vie humaine est toujours remplie de choix, que ce soit dans le quotidien ou dans la vie entière. On décide ce qu'on va manger tout à l'heure, ce qu'on va faire aujourd'hui ; on décide d'écouter ou pas ce que disent les professeurs ou le patron. On pense à l'avenir, à la personne de la vie… On fait face à de nombreuses « voies » (méthodes, moyens) offertes par ce monde si diversifié et inconstant.

La composante *mu* 目 (l'œil) du caractère 道 est un critère important sur lequel on base pour faire des choix. Il existe alors deux niveaux de cette capacité visuelle. C'est de voir à travers nos yeux et de trier sur le volet à partir des stimuli externes. C'est un choix influencé par l'éducation et la relation sociale.

On peut également voir à partir de notre cœur, c'est l'*œil de l'esprit* (*xīnyǎn* 心眼). Ce terme a beaucoup d'usages et d'explications[88]. Permettez-moi donc d'y ajouter ici une autre signification : il vient de la clarté et de la bonté innées de l'homme. C'est la vision originelle venant de Sa création. C'est la conscience morale innée (*liángzhī* 良知), la bonté naturelle du cœur (*liángxīn* 良心). Cet œil de l'esprit pourrait se trouver dans un état dormant sous l'influence de l'éducation, mais il ne disparaît jamais.

Dans l'évolution graphique du caractère 道, ce qui était la composante de *xing*, comme dans le cas des *jiaguwen* et *jinwen*, se transforma en *chuò* 辵 dans l'écriture des scribes de Qin (*qinjian*). Le caractère *chuo* 辵 indique l'action de tantôt avancer tantôt arrêter. Sa forme oraculaire «[illegible]» est composée des graphies de *xing* 行 et de *zhi* 止. La graphie de *dao* 道 en style *qinjian* se compose donc des sous-graphies *chuo* 辵 et *shou* 首. La composante 首 indique non seulement le sens, mais aussi la prononciation du caractère 道. On pourrait ainsi dire qu'à partir de de l'écriture des scribes de Qin, le 道 se classe parmi les idéo-phonogrammes (un dit : le *dao* est à la fois un idéogramme et idéophonogramme). Dans le style régulier *kaishu*, lorsqu'il s'agit d'une clé combinée avec d'autres caractères, le 辵 se simplifie en « ⻌ » (Forme standardisée utilisée à Taïwan) ou en « ⻍ » (Caractère général et normalisé utilisé en Chine).

Comme susmentionné, le caractère *chuo* 辵 indique deux différentes actions simultanées, avancer et arrêter[89]. Il pourrait paraître bizarre à première vue. De fait, si l'homme ne « s'arrête » pas, il ne « s'avance » pas (ou ne peut s'avancer). L'inventeur des sinogrammes de la haute antiquité avait déjà compris cette philosophie de la vie.

Récemment à Taïwan, il y a des débats pour savoir s'il faut annuler la période de salle d'étude du matin pour que les élèves du primaire et du secondaire puissent avoir plus de sommeil. Cette « méthode » d'apprentissage est comme si tout le monde, tant les adutles et les enfants, s'avance tout à la fois avec des yeux fermés ; mais on oublie qu'il faut s'arrêter de temps en temps pour regarder la direction où l'on s'en afin de trouver ce qui convient le mieux aux enfants, pour bien réfléchir à ce que ces dernieres veulent comme mode de vie (leur chemin, leur parcours).

Dans le *Laozi*[90], il est écrit : « Qui se hausse sur la pointe des pieds ne se tient pas d'aplomb. / Qui ne fait que des enjambées ne voyage pas loin » (LEVI, 2008, p. 121). Lorsqu'un individu se tient debout sur la pointe des pieds, il perd son équilibre ; lorsqu'il marche rapidement à grands pas, il se tombe facilement et ne peut s'avancer. Laozi croit que ce sont deux actions, dont l'excès ne vaut pas mieux que l'insuffisance, qui vont à l'encontre du principe de la nature (le véritable principe).

Outre le sens propre de « marcher », on pourrait peut-être trouver des indices de ce principe dans le récit de vie de Kong Rong.

Non seulement connu pour son action de céder pour la politesse, le petit Kong Rong a eu une conversation très brillante en se confrontant aux hommes du milieu haut placé. Dans le *Shishuo xinyu* 世說新語 ou *Anecdotes contemporaines et nouveaux propos*[91] note cet extrait :

> À l'âge de dix ans, Kong Wenju 孔文舉 accompagna son père à Luoyang. En ce moment, Li Yuanli 李元禮 (Ying 膺 son prénom), qui fut commandant de la capitale connut une brillante réputation. Pour les hommes qui se rendirent à sa porte, seuls ceux de talent exceptionnel ou bien ceux de réputation impeccable, sinon ceux étant membres de famille des ses parents du côté maternel ou paternel furent permis d'entrer.
>
> Wenju se présenta à la porte et réclama au portier : « J'ai un lien de parenté avec la famille Li. »
>
> Une fois entré, il s'assit devant l'hôte. Yuanli lui demanda : « Quelle est la relation entre nous deux ? » « Autrefois, répondit-il, mon ancêtre Confucius avait une relation respectueuse de disciple-maître avec le vôtre, Boyang (Laozi), cela veut alors dire que nous avions entretenu de bonnes relations depuis des générations. »
>
> Yuanli et les autres invités furent stupéfaits de sa réponse. Chen Wei 陳韙, Grand conseiller du palais, fut arrivé plus tard. Quelqu'un lui rapporta ce que

> Wenju avait dit. Wei commenta : « Qui est intelligent pendant l'enfance ne signifie pas qu'il le serait toujours lorsqu'il est grandi. »
>
> Wenju répliqua : « Je suppose donc que vous devriez sans doute être doué pendant votre enfance ! » Wei devint très décontenancé.

*Le commentaire « *xiǎoshí liǎoliǎo* 小時了了 » de Chen Wei devient alors une expression pour décrire quelqu'un qui est intelligent et sage pendant son enfance.

Je suis plutôt curieuse : Pourquoi Kong Rong se cède pour la politesse à ses frères aînés, mais il ne se comporte pas de cette manière avec les autres invités ? Certes, les paroles ironiques de Chen Wei envers Kong Rong et ses gestes stigmatisants ne convenaient pas à son statut en tant qu'aîné. Malgré tout, on constate que la manière dont Kong Rong se comporta ne correspondait pas non plus à l'étiquette prescrite dans la pensée confucianiste (c'est-à-dire que dans une relation bien hiérarchisée et harmonieuse, on suit avec respect en fonction de l'âge).

Permettez-moi de resituer l'acte de céder-par-modestie dans son contexte d'origine de *rite* (*lǐ* 禮) préconisé par le Confucianisme. Le « rite » est un des aspects fondamentaux de la pensée (soit la voie) de la doctrine confucianiste, dont le rôle est ainsi expliqué dans le *Lunyu*[92] :

> « Le Maître dit : "Le respect sans les rites mène à la flatterie ; la prudence sans les rites mène au scrupule ; la bravoure sans les rites mène à la sédition ; la droiture sans les rites mène à l'inflexibilité." »

Le *Lunyu* cite les paroles du Confucius et dit : L'homme dépenserait ses forces en vain si c'est seulement le respect dans ses conduites, mais sans les rites ; il s'agirait un d'un homme pleutre avec sa prudence sans les rites ; il causerait des ennuis avec sa bravoure sans les rites ; il serait plutôt mordant de s'exprimer avec franchise sans les rites.

Respectueux, prudent, brave et droit sont de bons caractères personnels, pourquoi

---

* Le passage paraphrasé du texte chinois de l'auteure est omis.

serait-il nécessaire que ces qualités soient tempérées par les *rites* ? À moins que ce soient des expériences désagréables qui en découlent. Pensez-y, pourquoi me sentirais-je inconfortable face à quelqu'un qui se montre respectueux envers moi ? Est-ce que c'est parce qu'il y a des desseins inavouables derrière son respect ? Que cela relève de l'hypocrisie ?

Je propose seulement mes réflexions sur le premier rôle des rites susmentionné. Le reste pourrait être déduit de la même manière. D'ailleurs, le respect et la prudence sont deux conduites que l'homme acquiert par l'apprentissage. Serait-il encore plus difficile pour l'homme de s'exprimer le vrai soi avec ce qui est acquis, en plus des contraintes liées à l'aspect rituel ? Ce que l'on désire ardemment dans une relation sociale, n'est-ce pas de rester fidèle à soi-même et que les autres se montrent fidèles à nous ?

La plupart des gens n'accepteraient pas les conduites hypocrites ou celles qui se cachent un dessein derrière. Ces comportements qui ne viennent pas de soi sont-ils innés ou relèvent-ils de l'acquis ? Je crois que c'est bien de l'apprentissage. En effet, si l'on évite l'origine des problèmes, mais établit seulement les *rites* pour tempérer et normaliser les comportements, on ne traite que les manifestations extérieures d'un mal, mais ne s'attaque pas à la cause. Cela dit, pourquoi l'homme est-il appris à ne pas montrer son vrai soi envers ce monde ? Dans cet ordre d'idée, on voit que les comportements humains sont contraints par les rites, rites qui sont engendrés par d'autres rites, en fin de compte, l'homme ne serait plus maître de lui-même[93].

Selon les écrits historiques, plus tard lorsque vint le temps de troubles, Kong Rong put quand même s'exalter dans sa carrière politique. Apparemment, la prédiction « *dàwèi bìjiā* 大未必佳 » de Chen Wei qui dit que Kong Rong, une fois grandi, n'éprouverait pas de grand talent, ne s'était pas réalisée. Cependant, étant direct et sévère dans ses propos et dans son expression du visage, Kong Rong se confrontait très souvent au ministre tenant le gouvernail, Cao Cao 曹操. Finalement, face aux accusations d'intention de rébellion, de diffamation de la cour impériale et de violation à la doctrine confucianiste, celui-ci fut condamné à la peine de « décapiter toute sa famille et confisquer tous ses biens » (*mǎnmén chāozhǎn* 滿門抄斬).

Le sens premier du caractère *jia* 佳 signifie le beau et le bien. Si l'on regarde la fin de la vie de Kong Rong de cette perspective, Chen Wei avait bien raison.

Toute sa vie durant, Kong Rong avait su se céder à ses frères aînés depuis son enfance, mais finalement, il entraînait toute sa famille à la peine capitale. Pourquoi son intelligence précoce ne lui permettait pas d'aboutir à une vie d'honneurs et de richesses ou d'une vie bien commencée et bien finie ; mais au contraire, cela lui menait vers la route des enfers avec les membres de sa famille ? Y avait-il un point mal tournant quelque part ?

Beaucoup de commentateurs contribuent la cause aux contextes historiques de l'époque, à des hommes vils, des ministres flatteurs, etc. Si la culture chinoise ne retourne pas vers l'introspection de soi, mais continue à blâmer les fautes aux autres et aux facteurs externes, il serait alors difficile de *discerner clairement la cause du mal*[94].

J'ai cette question : Kong Rong pouvait céder la plus grande poire à son frère aîné, mais pourquoi il ne s'est pas cédé devant les commentaires de Chen Wei, qui est aussi un aîné sauf sans lien de parenté ? Si son partage est altruiste et que la vertu de se céder par politesse est volitive, dans cet ordre d'idée, ce devrait être les mêmes normes de conduites que Kong Rong toujours et pour tout le monde. Bien que l'on puisse considérer les propos de Chen Wei comme une violence verbale (aujourd'hui considérée comme une sorte d'*intimidation*), si seulement Kong Rong pouvait se comporter de manière constante face à l'attaque de Chen Wei, il serait hors de tout doute que par la suite, ce dernier ne serait pas bien accueilli auprès des autres.

Le principe de formation du caractère *dao* 道 indique que l'homme trouve son chemin à l'aide des capacités visuelles. Face à ce monde de luxe et de prospérité, l'homme saurait comment choisir ce qui est prenable de ce qui ne l'est pas par le *moyen* (*dao* 道) qui remonte à la nature non nuisible. Si ce n'est pas l'éducation, c'est les adultes qui *conduisent* (*yǐndǎo* 引 « 導 ») à la modification de nature de ce « 道 », et par conséquent, cela change tout ce que l'on attend d'un individu.

2) Guider (*dǎo* 導)

Plus l'enfant est précoce et intelligent, plus les adultes portent attention sur lui et plus il est aimé par ces derniers. Il se peut que dès son enfance, Kong Rong soit *formé* (*jiāodǎo* 教« 導 ») par les adultes qui essaient de le *conduire* (*yin dao* 引« 導 ») sur la route vers une vie qui vise à accumuler les richesses au moyen de son intelligence.

Le *dao* 道 avec le *cùn* 寸 forment alors le caractère *dao* 導.

jiaguwen	*jinwen*	*qinjian*	Petite sigillaire du *Shuowen*	Forme standardisée	Caractère général et normalisé
/	/	/	導	導	导

Dans le *Shuowen jiezi* : « Le caractère 導 veut dire guider. Il se compose de la clé de *cun* 寸 et la prononciation de *dao* 道. » La composante *cun* 寸 est lié au concept de *shou* 手 (main), qui exprime la signification du caractère *dao* 導. Un dit que c'est une sous-graphie de la forme indiquant les règles et les normes. Le *dao* 道 est alors une sous-graphie phonétique indiquant la prononciation de *dao* 導 ; qui exprime également l'idée des routes, des chemins. Le *dao* 導 est un idéo-phonogramme typique, dont la sous-graphie phonétique occupe aussi fonction sémantique.

Le caractère de *dao* 導 utilisé en Chine s'écrit avec un *sì* 巳 et un *cun* 寸, ces deux composantes forment donc le « *dao* 导 » en caractère général et normalisé. Il serait alors intéressant si l'on pouvait modifier légèrement la composante *si* 巳 (serpent) à celle de *jǐ* 己 (soi) dans le caractère *dao* 导. C'est soi-même qui se guide sur le chemin qu'il entreprend. Et durant sa vie, c'est l'individu même qui assume toutes les conséquences découlant de ses choix et de ses responsabilités, de ses normes de conduites et de ses objectifs de vie, etc. En effet, seuls les individus s'avouent être très autonomes et courageux pourraient y parvenir, car ils devraient faire face à des opinions de ses entourages (famille, enseignants) ainsi qu'aux attirances de la tendance des groupes sociaux. Toutefois, on constate que s'ils y arrivent, ce genre de personnes deviendrait celui qui dirige sur les autres, c'est un *leader*.

Le sens premier de *dao* 導 est diriger ou guider. Aujourd'hui, la plupart des automobiles sont équipées avec un système de navigation. Pendant que les niveaux de sécurité et d'efficacité augmentent, il aura moins de difficultés et d'aventures sur la route. En effet, cette invention fait ressortir le fait que l'on apprend à l'homme de devenir dépendant.

Intéressant de noter que l'individu qui ne compte pas sur les autres pour faire ses choix ; mais qui cherche à comprendre par soi-même, c'est souvent lui qui réussit le mieux.

L'artiste français Philippe Petit[95] s'adonne à l'activité de funambule. Pendant que la plupart considèrent cette activité comme des spectacles de cirque, Philippe Petit la voit comme une forme d'expression artistique. C'est son aspiration et la carrière de sa vie.

Il est surtout connu pour sa traversée entre les deux tours jumelles du World Trade Center le 7 août 1974. Son exploit n'a pas obtenu l'approbation de l'autorité. Pourtant, étant donné que Philippe Petit avait accompli un acte de l'impossible, ses poursuites furent révoquées par le tribunal. Par contre, en échange, il devait jouer le funambule pour les enfants dans Central Park.

En 2015, basant sur son histoire, une adaptation cinématographique intitulée *The Walk*[96] est sortie. Il y a trois aspects de ce film qui m'intéressent :

Premièrement, c'est le fait que Philippe Petit, le personnage principal, décide d'entrer dans un cirque pour apprendre auprès d'un grand maître afin de s'exceller dans ses techniques de funambule. S'il n'était pas ému par l'honnêteté du Philippe, le maître aurait réservé ses techniques inclusivement à son fils. Le maître et le disciple s'estiment mutuellement, mais leur relation est aussi conflictuelle. Philippe ne se laisse pas influencer par son maître. Il n'abandonne jamais son intention initiale de faire le funambule d'une performance artistique. Alors que les autres pensent qu'il entreprend un chemin dur et difficile, on voit que le protagoniste ne s'y cède pas. Il suit toujours ce que désire son esprit et ce que dit son cœur.

Deuxièmement, on voit que Philippe Petit est très motivé pour son projet de traversée du World Trade Center. Sa passion a ému le grand public de sorte que les gens s'arrêtaient pour apprécier sa performance. Celui-ci a réalisé quatre traversées d'aller-retour avec l'accompagnement des spectateurs qui retenaient leur souffle en le regardant. Cependant, une fois la performance s'est terminée, le public se dispersait comme une volée de moineaux. Les gens continuaient à s'occuper de leur vie de tous les jours, une vie matérielle stable et affairée.

Sous l'angle de la caméra du réalisateur, on présente le public plutôt comme des badauds stupéfiés par cette scène quasi miraculeuse. En regardant les spectateurs qui se dispersent de la scène, cela me fait penser à des gens ordinaires qui manquent de confiance en soi et qui oublient la force prodigieuse de leur intérieur. Ou, pour le dire autrement, malgré le miracle témoigné, les gens décident de se retourner dans l'ordinaire, car ils se sont accoutumés à l'indifférence. Est-ce que Philipe Petit devrait être quelqu'un d'extraordinaire ou ayant un talent exceptionnel pour obtenir son succès ? Ou du fait, croyant être en mesure d'obtenir ce qu'il veut, est-ce également quelqu'un parmi les gens de commun, mais qui ne se laisse pas influencer par la pensée préconçue, mais qui se concentre sur sa voix intérieure ?

Troisièmement, sur l'affiche de ce film se figure l'image d'une croix. Que provoquerait-il chez le public à travers cette image pour ce qui concerne les scenarios et la mentalité des personnages ? Les cathédrales sont les endroits préférés de Philippe Petit pour effectuer ses traversées. Outre la spécificité du bâtiment, aurait-il d'autres connotations plus profondes ?

Philippe Petit pourrait paraître comme quelqu'un de maniaque au regard de bien des gens. Grâce à sa passion et son enthousiasme, il réussit à rassembler les gens qui ne tiennent pas compte de gain ou de perte pour l'aider, y compris sa copine. Face à ceux qui lui sont hostiles, il irait par la persuasion pour les convaincre à la place d'une attitude contre-offensive ou conflictuelle.

En outre, si ce n'est pas l'arrogance, celui-ci semble être sûr de ses objectifs fixés, et cela donne l'impression convaincante à des personnes qui l'ont aidé. C'est cette attitude qui préside ses actions actualisées qui est le facteur prometteur à atteindre ses buts plus rapidement.

Philippe Petit choisit une voie qui correspond à ses désirs, mais ne correspondant pas aux attentes de son entourage. Étant renommé, s'il se dirige vers les intérêts moraux et vers les profits matériels tout en se souciant des commentaires des médias et du grand public, son histoire aurait fini autrement. Il aurait eu une vie qui ne concorde guère au plan prévu par son cœur.

Se concentrer sur son monde intérieur et sur ses actes et ses paroles, c'est ce qui mène le don et le talent vers leur plein épanouissement.

Le *Liji* 禮記 ou *Mémoire sur les rites* est un ouvrage classique du confucianisme. Dans l'extrait de « Daxue 大學 » ou Grande Étude, il est dit que celui qui voudrait influer sur le monde ou qui voudrait bien contribuer au monde, devrait suivre ces quatre volets étape par étape : il faut d'abord « perfectionner leur propre personne » (*xiūshēn* 修身) et « réguler les affaires familiales » *(qíjiā* 齊家), c'est ce qui permet à « la mise en ordre du pays » (*zhìguó* 治國) et à « la paix du monde » (*píng tiānxià* 平天下)[97].

Se perfectionner est le point de départ de tout apprentissage et de tout accomplissement. Ce faisant désigne la culture morale de soi, permettant à l'homme d'atteindre l'état harmonieux et parfait. Or, dans la pensée confucéenne, il semble avoir une finalité sous-tendant ce volet moral, qui affecte en même temps l'objectif de ce perfectionnement de soi.

Dire autrement, « perfectionner leur propre personne » permet à participer à la vie politique afin d'exercer ses influences sur le monde. Pour ceux qui apprennent à se perfectionner mais qui n'opte pas pour une carrière politique, ces visées n'aboutiraient qu'à des conditions ou des normes contrariées, voire à des limites. Ainsi, pour ces gens, ce volet de *xiushen* 修身 ne serait-il pas plutôt une impasse ?

L'influence du Confucianisme est profondément inculquée dans la culture chinoise. L'enseignement de la littérature et la langue chinoise (*huá yǔwén* 華語文, appelé aussi *guó yǔ wén* 國語文 à Taïwan), se base d'ailleurs sur les contenus de cette doctrine. Jusqu'à nos jours, l'acceptabilité du confucianisme chez les jeunes gens demeure toujours un sujet inquiétant chez ces éducateurs de chinois.

Si seulement la pensée confucianiste est parfaite et correspond bien aux besoins des jeunes, d'où vient-elle alors cette inquiétude ? Si seulement la pensée confucéenne pouvait nous mener vers la paix et la tranquillité du monde, pourquoi alors les Instituts Confucius, implantés et popularisés par le gouvernement chinois à l'étranger, se trouvent-ils face à de nombreux défis locaux[98] ?

Ne serait-il pas mieux si seulement le fait de se perfectionner pouvait retrouver sa qualité intrinsèque, c'est-à-dire la finalité ne se trouverait pas en dehors de la simple culture de soi ?

Chose intéressante, cette cause finale est, par défaut, introduite par la pensée de la doctrine confucéenne elle-même.

Propager la pensée confucianiste est aussi une des responsabilités de la part des enseignants de la littérature et de la langue chinoises. Toutefois, prêchant la voie des sages sans tenir compte des besoins et des opinions des apprenants, les enseignants ne conduiraient ces derniers qu'aux conflits accumulés, tant internes et externes. C'est dans une telle situation que la pensée confucéenne se trouve confrontée à ses défis.

Dans la culture chinoise, le confucianisme était une fois une fierté nationale. Cependant, lorsque la culture est entremêlée avec la politique sous prétexte du *soft power*, ce n'est pas possible de la traiter de juste valeur. Pour ceux qui s'intéressent à la pensée confucéenne, ils associeraient et compareraient sans faute les personnels engagés dans la propagation de cette idée à ce que ceux-ci représentent.

Du côté de Taïwan, le défi de la pensée confucéenne est manifesté dans les débats de l'éducation en ce qui concerne le projet de « *Rescue Chinese* »[99].

Selon les remarques psycholinguistiques : plus on met l'accent sur quelque chose, plus on fait ressortir sa réalité ; plus c'est attendu, plus on pousse cette attente loin de soi. Ainsi, la volonté de *sauver* indique clairement que l'enseignement des cours du chinois (en langue classique) est déjà envoyé à l'unité de soins intensifs ; les débats ne font qu'augmenter l'hostilité et les conflits qui y concernent.

L'éducation traditionnelle se construit sur ce modèle : l'éducateur essaie de diriger, de réprimer ou de changer l'aspiration de celui qui apprend, celui-ci ne permet pas au dernier d'exprimer ses désirs et sa volonté en premier lieu. L'apprenant n'est pas permis de participer ni à la modification ni au changement des normes (d'éthique et de moralité), anciennes ou modernes, imposées par l'éducateur.

Autre temps autre mœurs. Si la notion de l'éducation traditionnelle ne s'évolue pas avec le temps, si jamais la nature humaine n'arrive pas à se déterminer, mais au contraire, l'homme est forcé à imiter, une fissure serait inévitablement formée. Cette fissure de la nature humaine pourrait trouver son origine dans l'enseignant de la littérature et la langue chinoise lui-même.

La plupart des enseignants ont suivi des formations professionnelles dans les départements spécialisés (par exemple celui de langue chinoise, de littérature chinoise et de linguistique). En effet, formés avec les corpus classiques et traditionnels, ils devraient s'adapter rapidement au contexte du réel. Cela représente déjà comme étant un risque et une aventure. En fait, l'idée de « se perfectionner », préconisée par le Confucianisme, en soi, est bien.

La première chose à faire pour se perfectionner, c'est de s'instruire et d'accepter autrui.

Dans les départements spécialisés d'enseignement de littérature et langue chinoises, il est presque inévitable de suivre le cours spécialisé qu'est l'histoire de la littérature chinoise pour connaître la littérature chinoise classique. Si je regarde dans les manuels, il ne me reste que quelques impressions : les lettrés dont les talents n'étaient pas reconnus, ceux qui buvaient pour oublier leurs soucis, l'homme de peu et la calomnie, le souverain non éclairé et le ministre flatteur.

Dans un corpus d'histoire de littérature chinoise se trouve une dimension langagière vive et binaire qui compose un monde littéraire rempli de conflit, de jugement, de blâme, etc. Les quelques lettrés capables d'employer les mots splendides pour chanter les louages aux usages du monde dans leurs œuvres sont susceptibles d'être considérés comme étant pesanteurs qui agissent pour complaire les hauts placés.

Je me base souvent sur cette impression pour observer les étudiants taïwanais de nos jours ainsi que les adultes qui entrent dans la société. Avec le système éducatif fondé principalement sur le Confucianisme, la relation interpersonnelle est évaluée selon les critères tels que l'homme de bien et l'homme de médiocre, le souverain non éclairé et le ministre flatteur ; on s'exclame du fait que les hommes de talent sont mis de côté pendant que les incompétents s'occupent de places importantes[100], où réside-t-il alors le bonheur ?

Arrêter tout critique, ce n'est pas simplement réprimer notre expression verbale, mais cela commence par la force élémentaire issue de nos idées. Si seulement nous parvenons à ne porter aucun jugement définitif à l'intérieur de soi, sous peu, le bonheur pénétrait dans notre esprit.

Peu importe le nombre de conseils verbaux, rien ne vaut des petits gestes exemplaires venant des parents et des enseignants.

Dans le *Laozi*, on dit que « Plus nombreux les propos, plus abondantes les difficultés. / Mieux vaut préserver le vide.[101] » (R. MATHIEU, 2008, p. 89). Les érudits expliquent le terme de « *shǒuzhōng* 守中 » par maintenir et préserver le vide et la sérénité (*chíshǒu xūjìng* 持守虛靜)[102]. J'ajouterais une interprétation dynamique à ce qui est statique dans les notions de vide et de sérénité : Envisager le bien-fondé et la compatibilité de la *parole* ; se débarrasser de la façon de juger et de critiquer du passé et revenir à la neutralité en ce qui concerne l'analyse et l'observation.

Pour que le corpus soit bien accueilli auprès des jeunes d'aujourd'hui, il serait nécessaire, voire souhaitable, que l'on révise les contenus de l'éducation de la langue chinoise, pour voir si cela s'adapte bien aux contextes actuels. C'est aussi de se demander s'il y a d'autres interprétations possibles quant aux commentaires des anciens textes. Les principes moraux et les valeurs préconisés présentent-ils les aspects contradictoires ou inconsistants ? Si bien que tout cela varie en fonction des facteurs spatio-temporel et individuel, pourquoi les étudiants de nos jours ne sont-ils pas permis à participer à la discussion sur la redéfinition et réinterprétation de leur corpus ?

Désormais, ce qui me concerne face aux conflits interpersonnels ou sociaux, ce n'est plus de mettre l'accent sur les arguments pour ou contre ou sur le côté auquel je m'adhère. Il s'agit plutôt d'observer en premier lieu mes propres idées et pensées. Ensuite, je fais de mon mieux pour me situer au juste milieu pour traiter de façon égalitaire les deux partis pris.

Est-ce que cela signifie que je n'ai pas mes propres opinions ? Bien sûr que j'en ai. Je respecte toutefois mes propres désirs et besoins, mais je suis consciente que ce n'est pas la raison pour laquelle je m'adhère à l'un ou à l'autre pour la discussion.

C'est seulement de cette manière que je puisse vivre pleinement les expériences que m'offre la vie, et de telle manière que ces expériences-là puissent être inépuisables.

Donc, je découvre que peu importe les débatteurs soient fins et habiles dans leur sujet, ils devraient sans faute faire face à une situation où les conflits s'intensifient. On n'aura jamais un vrai gagnant ou perdant. Même aujourd'hui, la société taïwanaise reproduit encore cette scène qui s'était longtemps répétée dans l'histoire et la culture.

Se placer au milieu nous permet d'avoir de l'espace pour recevoir encore plus de mondes. L'être humain a toujours le droit de devenir soit ou bien le point d'appui de la balance, ou bien le poids des deux côtés de la balance.

La deuxième chose que l'on peut faire avec le perfectionnement de soi, c'est de veiller sur les autres après s'être instruit.

Les confucianistes prônent aussi l'idée de *shouzhong* 守中, mais ils la nomment par « *zhōngyōng* 中庸 », le juste milieu. Dans le *Lunyu*, « Yong Ye »[103] mentionne : « La vertu fondée sur le juste milieu est la plus parfaite » (LEBLANC, *op. cit.*, p. 85). Cela dit, le juste milieu pourrait être considéré comme étant le critère le plus élevé pour la morale ! Si le *juste milieu* dans le *Lunyu* signifie se comporter de manière égalitaire, donc il ne serait pas possible d'y parvenir en suivant la pensée confucéenne.

La raison est toute simple, le juste milieu du confucianiste se fonde sur le concept d'opposition binaire. Dans le chapitre « Zi Lu » du *Lunyu*[104], « [l]e Maître dit : "Si l'on ne réussit pas à s'associer à ceux dont la conduite tombe dans le juste milieu, ne doit-on pas aller vers les téméraires et les pusillanimes ? Car les téméraires savent prendre des initiatives opportunes et les pusillanimes savent éviter certains gestes indésirables." » (LEBLANC, *ibid.*, p. 155). Confucius, selon ce qui est cité dans le *Lunyu*, s'exclama : « Je ne trouve plus des gens qui correspondent bien à la voie de juste milieu ! Je ne peux que fréquenter des gens considérés plus ou moins radicaux sinon conservateurs. C'est dommage que les plus radicaux soient téméraires alors que les plus conservateurs sont pusillanimes.

Lorsque les gens rencontrés sont classés selon différents degrés, ce n'est pas possible d'être dans le juste milieu parmi cette distinction. Sans dire que l'on se trouve parfois dans la nécessité d'avoir des échanges sincères avec quelqu'un que l'on ne désire pas.

Lorsque notre intérieur est déséquilibré, comment peut-on veiller sur les autres ? Les autres, ce sont la famille, la nation, le monde. Comment pourrais-je donner aux autres ce que je ne possède pas en soi ?

L'extrait de « Zhong Yong » dans la *Mémoire sur les rites* va plus loin de distinguer une personne gentille d'une personne mauvaise selon le critère fondé sur le juste milieu : « L'homme de bien exerce une pratique équilibrée. L'homme de peu exerce le contraire d'une pratique équilibrée.[105] » (Rémi MATHIEU, 2009, « Zhongyong », dans *Philosophes confucianistes*, *op. cit.*, p. 578). Mais est-ce que cette distinction permet vraiment d'éliminer tous les *hommes de peu* ? Ou bien au contraire, cela ne fait qu'augmenter la tension entre les deux parties prenantes ?

Beaucoup de livres canoniques religieux écrits par les hommes sont également empêtrés dans cette contradiction de la pensée.

Selon une perspective psychologique, ce besoin de séparer le bien du mal et le gentilhomme de l'homme de peu, vient des sentiments d'insécurité et de crainte profondément enracinés dans notre esprit. En plus, lors du processus de distinction, les sentiments négatifs viennent à point nommé pour nourrir le corps de souffrance de l'homme. Les Chinois sont ainsi pris dans ce cycle vicieux où ils se nourrissent de la négativité.

Certes, le corps de souffrance n'est pas réservé aux Chinois seuls. Dans son livre *Nouvelle terre : l'avènement de la conscience humaine*[106], Eckhart Tolle mentionne que :

> Le corps de souffrance est une forme énergétique semi-autonome, une entité faite d'émotions, qui vit dans presque tous les êtres humains. Il a sa propre intelligence primitive, qui ressemble un peu à un animal rusé, dont le principal objectif est la survie. À l'instar de toutes les formes de vie, il a périodiquement besoin de se nourrir, d'absorber de l'énergie fraîche. Et la nourriture qu'il lui faut pour se renflouer est une énergie compatible à la sienne, c'est-à-dire une énergie vibrant à une fréquence semblable à la sienne. Toute expérience émotionnellement

> douloureuse peut servir de combustible au corps de souffrance. C'est pour cette raison qu'il se repaît de pensées négatives ainsi que des sempiternels mélodrames relationnels. Le corps de souffrance est un drogué du malheur. (TOLLE, 2005, p. 92)

Le corps de souffrance serait facilement implanté dès un très jeune âge à travers l'éducation chinoise. Alors qu'un enfant s'efforce de connaître ses propres normes idéales en cherchant à se faire reconnaître et à s'identifier à un groupe à partir des critères des parents, des proches, des enseignants, des pairs, des manuels, des médias, etc., graduellement, sa perception de soi deviendrait inversement proportionnelle à son âge. Dès lors, son âme s'endormirait peu à peu, il mènerait une vie aux dépens des émotions et des réactions indiquées par son cerveau, alors que son corps de souffrance se grandirait de jour en jour davantage.

Lorsqu'un individu se fâche, s'enrage, s'impatiente, ou bien celui-ci voudrait regarder les films violents ou d'horreur, c'est que son corps de souffrance se réveille de l'état d'hibernation et cherche à se nourrir.

Un des moyens pour percevoir le corps de souffrance (s'il y en a), c'est d'être prêt à laisser l'esprit de bonté nous guider et nous protéger ainsi que d'arrêter de se construire son image à partir des commentaires d'autrui. Le corps de souffrance se dégraderait une fois l'homme parvenait à s'aimer véritablement et d'ainsi faire, il serait capable d'aimer encore plus de mondes.

En se protégeant et se guidant, on serait capable d'aimer soi-même véritablement. Les Chinois se font dire depuis toujours qu'il faut *se sacrifier pour autrui*. En conséquence, chaque fois qu'on parle d'*aimer soi-même*, on aurait peur d'être associé à l'indifférence ou à l'égoïsme, de sorte que l'on se culpabiliserait au fond de soi.

Si vous avez cette idée-là, ne gênez-vous pas de vous faire un sourire. Si chacun était capable de bien se protéger et se guider, tout en prenant bien soin de ses intérêts moraux et matériels, aurait-il besoin que je me sacrifice pour le sauver ?

Sauf si quelqu'un veut changer les autres et qui veut prendre sans cesse ce qui est disponible dans le monde pour combler ses vides et ses sentiments d'insécurité. Ces manières et ces pensées sont issues de l'Éducation. Il est difficile d'arrêter ce cycle vicieux à moins qu'il y ait de changement et d'innovation imminents dans la matière de l'Éducation.

Toutefois, on ne peut se tourner le dos de la réalité lorsque des conflits se sont déjà produits. Il n'y a aucune situation qui soit irrévocable dans ce monde, car les capacités humaines sont toujours sous-estimées. Il suffirait que la plupart d'entre nous s'orientent vers le juste milieu pour que les conflits se disparaîtraient progressivement. C'est une sorte de respect et de tolérance qui brille comme la lumière. Ce respect et cette tolérance feront réapparaître l'*amour* dans le cœur de l'homme.

L'*amour* est inné, c'est un don que l'homme possède avant même qu'il soit venu au monde.

Cette manière de faire appel à son esprit et à ses idées est, en effet, plus aisée que l'on pense. Bien sûr, le premier pas serait difficile si les Chinois n'arrivaient pas à se regarder soi-même et se confronter à leur crainte et à leur sentiment d'insécurité. C'est aussi pourquoi beaucoup pensent qu'il est plus facile de changer les autres, mais il est difficile de changer soi-même.

Dans un monde de matériels, l'homme pourrait utiliser l'argent, le pouvoir et les sentiments (incluant l'affection entre les parents, l'amitié et l'amour) pour soumettre quelqu'un à sa volonté, qui fait en sorte que l'autre se développe à son tour un besoin et une dépendance psychologiques. Rien ne les empêche, effectivement, si les deux parties se contentent de vivre sans souci sous le contrôle et la manipulation.

Seulement si l'on ne voit que la crainte et l'insécurité grandissantes, c'est donc le moment de retrouver notre esprit tranquille et de reconsidérer soigneusement notre parcours de vie. Bien examiner la direction où l'on s'en va et se diriger vers le bonheur et le brillant avenir. Alors, vis-à-vis du fait de *prendre*, *donner* et partager relèvent d'une spontanéité innée, on saurait comment s'orienter sans éprouver le besoin d'être dirigé par d'autres principes additionnels.

Je suis capable de donner aux autres avec ce que je possède ; ce que je ne possède pas, il suffirait de ne plus se forcer à offrir aux autres avant de se donner à soi-même. Il s'agit également d'une loi naturelle de l'univers. Aller à l'encontre de cette règle nécessaire, c'est la tragédie qui nous attend en tout moment.

Se mettre dans la peau des autres, c'est aussi simple que ça.

2. Donner (*yǔ* 予)

L'acte de *donner* (*jí yǔ* 給予) semble relever de la nature humaine. Nombreux sont des enfants en bas âge que les adultes portent encore sur le dos ou dans les bras que j'avais vus, sans être appris préalablement, ils tendaient ce qu'ils ont à manger dans leurs mains vers un autre nourrisson. J'ai vu d'ailleurs un autre enfant qui s'amusait avec sa voiture électrique, alors que celui-ci la passait à un autre sans aucune hésitation et disait : « Tiens, à toi de jouer. »

Ce ne sont que des rencontres fortuites entre ces enfants qui n'ont pas de lien sanguin.

Inscription oraculaire (*jiaguwen*)	*jinwen*	Écrit sur bambou de Han	Petite sigillaire du *Shuowen*	Forme standardisée	Caractère général et nomralisé
				予	予

Selon le *Shuowen jiezi* : « le caractère *yu* 予, c'est l'action de conférer à quelqu'un. La graphie se ressemble à l'action de se conférer mutuellement. » Xu Shen explique le caractère *yu* 予 par le fait de donner *gěi* 給 (*geiyǔ* 給與) et de recevoir *shòu* 受 (*jiēshou* 接受) mutuellement. Les deux carrés croisés de la partie haute de ce caractère expliquent justement cette action. Dans la partie base, il y a un trait prolongé indiquant l'action de pousser et repousser[107].

Le caractère *yǔ* 予 (ㄩˇ) représente un concept abstrait, il s'agit donc d'un *déictogramme* (*zhǐshì* 指事) selon les six cartégorie de formation des sinogrammes. Étant donné que la structure graphique ne peut plus être divisée davantage, il est aussi appelé *déictogramme autonome (dútǐ zhǐshìzì* 獨體指事字).

Le sens premier de *yu* 予 veut dire « donner » (*gei* 給), qui s'équivaut à remettre à quelqu'un ou l'action de traiter quelqu'un. Pour l'expliquer, ce caractère pourrait être divisé en deux niveaux différents : c'est face au don venant des tiers, d'un côté ; et de l'autre côté, notre.

Pour ce qui concerne le don des autres, je préfère utiliser la vidéo créative *Common Occurrences during New Years* mise en ligne par des jeunes taïwanais « This Group Of People (TGOP) » pour interpréter le caractère « *yu* 予 ». Le passage « 3. La Culture de refuser »[108] illustre de manière très concrète le principe de la formation du sinogramme *yu* 予 aussi bien que sa connotation culturelle[109].

Le clip tout entier est un peu ridiculisé, mais très bien adapté. Les jeunes reconnaissent (ou sont forcés à accepter) la culture chinoise traditionnelle (matérielle ou immatérielle) concernant le fait d'offrir ou d'octroyer, qui fait en sorte qu'ils se heurtent parfois à des murs dans leur relation sociale. En quelque sorte, j'apprécie beaucoup leur choix et leur courage de présenter ces expériences (comme dans le « 1. Comparer discrètement » et « 2. La confusion »).

Il est de toute évidence que ces jeunes sont gênés par les principes moraux et les ethniques familiales. Ils ne peuvent que se manifester par les expressions faciales vis-à-vis des conduites des adultes. Il pourrait sembler qu'ils ne donnent aucun commentaire (*bùyŭ zhìpíng* 不予置評), mais il s'agirait en fait d'une protestation silencieuse. Pourtant, devenus grands, certains d'entre les jeunes gens n'écoutent plus leur voix intérieure d'autrefois. Ils commencent à reproduire à leur tour des conduites avec lesquelles ils n'étaient point d'accord.

Les jeunes ont de nouvelles idées à propos de la tradition d'offrir et refuser. Ils font l'effort pour présenter ce qui n'est pas conforme à la nature humaine. C'est ainsi qu'ils décident d'être fidèles face à soi-même et lors des échanges avec autrui (comme dans le « 2. Salutations sans cesse » et « 3. La Culture de refuser »). Je les ai beaucoup admirés pour leur choix d'avoir écouté leur voix intérieure.

Face à ce qui est offert par les autres, les Chinois sont plus susceptibles de décliner ou de refuser par modestie. Il devient une tendance dominante de la culture traditionnelle. On pourrait trouver un aperçu de ce concept exprimé dans le *Lunyu* :

Zi Qin 子禽 s'enquit auprès de Zi Gong 子貢 : « Quand notre Maître se rend dans un pays, il se renseigne toujours sur son gouvernement ; sollicite-t-il ces renseignements ou les lui fournit-on spontanément ? »

Zi Gong répondit : « C'est par son naturel doux, avenant, respectueux, modeste et conciliant que notre Maître les obtient. La manière de les solliciter de notre Maître ne diffère-t-elle pas en tout point de celle des autres ? » (Charles LEBLANC, « Lunyu », "De l'étude", *op. cit.*, p. 37).

*Il s'agit d'un dialogue entre deux disciples de Confucius. Ceux-ci furent constat des comportements de leur Maître et les interprétèrent à leur manière. Cela suggère qu'il ne s'agirait peut-être pas de l'image propre de Confucius. Pourtant, les valeurs de « naturel doux (*wēn* 溫), avenant (*liáng* 良), respectueux (*gōng* 恭), modeste (*jiǎn* 儉) et conciliant (*ràng* 讓) » soulevées dans le dialogue sont toujours considérées par les Chinois comme des qualités suprêmes (l'expression *fèngwéi guīniè* 奉為圭臬 veut dire que l'on accepte comme règle absolue de nos conduites).

Parmi les cinq qualités morales, savoir être *conciliant* est considéré comme une réaction noble face à ce que les autres ont à offrir. Si l'on accepte sans tarder ce qui est offert par autrui, on prêterait le flanc à la critique (*yǔ rén kǒu shé* 予人口實) tout en laissant une impression négative d'être impoli, avide, vorace, etc.

Plus de deux millénaires se sont passés, les parents et les enseignants considèrent toujours ces cinq qualités morales comme la plus haute maxime de conduites. Cependant, est-ce que les Chinois sont devenus plus radieux ou plus heureux dans leurs caractères ? Sont-ils plus à l'aise et plus solidaires dans leurs interactions ? Si oui, cela veut dire que cette culture traditionnelle mérite toujours d'être transmise.

Si ce n'est pas le cas, c'est peut-être le Modèle exemplaire qui est problématique. Si les parents apprennent aux enfants à se comporter en suivant les cinq qualités morales mentionnées précédemment, c'est qu'ils se disputent derrière leur dos ; si les enseignants ou les supérieurs accordent tant de l'importance à ces cinq qualités, c'est que, dans son bureau, ils pointent souvent du doigt aux autres si bien qu'ils déchargent leur colère avec des gestes dits impulsifs.

En plus, il y en a des gens pour lesquels il est évident qu'ils désirent les profits et le pouvoir, mais qui s'obligent à d'abord refuser par modestie à plusieurs reprises. Ils font semblant d'accepter, enfin, à contrecœur ce qui leur est offert. En fait, les enfants et le public ne voient que l'hypocrisie dans les principes des conduites morales à travers ces comportements.

Bien que beaucoup auraient pris conscience qu'ils n'aiment pas les phénomènes susmentionnés dès leur enfance, mais contraints par l'autorité, l'économie ou les émotions, une fois grandis, ils finissent par s'y adhérer. Il y a certes des gens qui insistent à « être fidèles à soi-même » en écoutant ce que le cœur leur dit, mais ils seront vite considérés comme rebelles ou abrutis[*].

Quand l'homme se force à retenir ses émotions devant le public pour pouvoir répondre aux exigences des principes moraux, alors qu'il serait seulement capable de *s'exprimer véritablement* dans sa sphère intime, si ce n'est pas un acte autodestructif, il affecte également les autres. En effet, alimenté par de cercle vicieux, le sentiment de méfiance entre les hommes, se répandrait parmi eux. L'individu lui-même ne peut non plus s'échapper à ce cercle s'il continue à répéter les comportements de s'autocritiquer et de se culpabiliser.

Plus la civilisation est florissante, plus la communication entre les hommes se tend vers le langage et les comportements externes. Pendant ce temps, leur cœur s'éloigne de plus en plus. C'est un phénomène qui resurgit au cours des dernières années. Ce qui est plus fort que des paroles et des conduites, c'est *les idées, nos pensées*. Dans le sûtra bouddhique, on trouve le concept de « trois mille dharmas (mondes) en un seul instant de pensée » (*yí niàn sān qiān* 一念三千)[110], cela dit : une simple expérience de pensée de tous les êtres vivants englobe l'ensemble de tout univers, le cycle des renaissances et le salut[111].

Si quelqu'un se montre très docile et courtois envers un autre, mais qui ne pense qu'à le critiquer, cette *pensée véritable* ne serait-elle pas transmise à l'autre sans trop tarder ?

---

[*] Le terme de « *báimù* 白目 » est un terme péjoratif qui vient du dialecte taïwanais décrivant une personne qui n'a pas une vision claire.

Outre ce qui est interdit par la Loi, si seulement l'action d'accepter ou de refuser une offre vient du cœur de l'individu même, et que celui qui offre respecte en même temps le choix du receveur sans que la dissension traverse son esprit. De ce faire, les deux s'émanciperaient de lourde charge de leur corps et de leur esprit.

Le deuxième aspect du caractère *yu* 予 discuté dans ce livre sera : l'initiative de donner.

Cela part de soi que le peuple chinois s'exalte à l'*initiative de donner*. Par exemple, il est préférable d'amener avec soi un cadeau quand on rend visite chez les parents proches, les enseignants, les supérieurs, etc. Dans le cas du contraire, on serait considéré comme impoli, voire arrogant et hautain, sinon ce serait quelqu'un qui n'est pas bien élevé ni éduqué. Parfois, cela pourrait arriver que la valeur des présents soit jugée pour voir si cela convient ou pas au statut du donneur.

Il se peut très bien que cette pratique coutumière devienne une pression invisible, c'est un vrai casse-tête de choisir ce qui advient à donner. Cette pression n'arrête pas de pousser l'individu à donner davantage à un point qu'il dépasse ses capacités. Finalement, tant le donneur et le receveur sont blessés et leur relation est brisée. Quand cela vous arrive de vous casser la tête pour choisir des cadeaux à donner, pensez-y : pourquoi ce sont toujours ces mêmes scènes qui se reproduisent ?

Se servir des objets matériels pour manifester l'affection, cela fait partie de la culture chinoise traditionnelle. Ce sera un bel acte lorsqu'on offre sincèrement sans demander rien en retour. N'est-ce pas que tout le monde désire être traité de cette manière ? Pourtant, si personne n'arrive à commencer par soi-même, mais c'est plutôt un acte unilatéral d'exiger les autres à se comporter de cette manière envers soi, cet acte serait difficilement réalisable.

Il y a tant des histoires louables et des tragédies autour de la culture chinoise de *donner un cadeau* pour manifester les affections. Comme l'histoire entre Bao Shuya et Guan Zhong susmentionnée, c'en est une histoire louable et réconfortante qui se termine bien.

Quant aux tragédies découlant des cadeaux mal présentés, il existe de nombreux cas dans l'histoire chinoise. Le Wenwang de Chu 楚文王 de l'époque des Royaumes combattants (403-221 av. J.-C.) fut un souverain éclairé. Encore sous le règne du souverain Liwang 楚厲王, un citadin s'appela Bian He 卞和 lui offrit comme présents un morceau de minerai que celui-ci avait découvert dans la Montagne de Chu. Il réclama que cette pierre minérale brute fût un jade précieux[112].

Cependant, personne ne put voir la vraie valeur de cette pierre. Bian He fut puni par le souverain Liwang 楚厲王 et reçut la peine d'amputation de sa jambe gauche. Quand le roi Wuwang 楚武王, successeur de Liwang, fut monté sur trône, Bian He offrit de nouveau sa pierre. Cette fois-ci, suite à l'expertise du lapidaire ordonné par Wuwang 楚武王, on en vint à la même conclusion que celle de l'époque de Liwang 楚厲王. Bian He fut puni de nouveau et perdit sa jambe droite.

Retourné à la Montagne de Chu avec sa pierre, Bian He fut dans un profond chagrin pendant trois jours et trois nuits. Maintenant que ce fut le règne de Wenwang 楚文王, après avoir entendu cette nouvelle, le souverain envoya un ministre pour se renseigner de cet événement.

Bian He pleura devant le ministre en disant : « Je ne pleure pas pour mes jambes amputées. Je suis attristé parce que personne ne peut découvrir la valeur de ce beau jade. On me prend comme arnaqueur pour ma loyauté. C'est pourquoi mon cœur ressent cette amertume ! » Ainsi, Wenwang 楚文王 décida d'envoyer un lapidaire pour évaluer de nouveau la pierre. Finalement, le beau jade fut révélé à l'intérieur de cette pierre après avoir enlevé la couche superficielle. Wenwang rendit justice à Bian He et nomma ce jade « *héshì bì* 和氏璧 », *le jade de Bian He, qui veut dire un jade très précieux**.

Wenwang de Chu semble éprouver une grande sagesse dans la matière de demander justice à son peuple. En plus, le fait de disculper Bian He signifie, indirectement, que ces prédécesseurs avaient tort. Ce faire demande un grand courage, car les principes de l'éthique familiale furent très dominants à l'époque. Néanmoins, il est arrivé que la raison de Wenwang fût trompée par ses préférences personnelles.

Il est dit que Wenwang 楚文王 eut beaucoup de confiance en son Grand officier Shen Hou 申候. Pour des raisons inconnues, ce dernier conçut de l'inimitié auprès de beaucoup de gens. Au moment de sa mort, Wenwang octroya un morceau de jade à

Shen Hou et lui dit de quitter le royaume de Chu. Dans le *Zhuozhuan* note ce que le souverain dit à son ministre préféré[113] :

> « Moi seul, dit-il, je vous connais. Vous ne pensez qu'au gain, et votre cupidité est insatiable. Vous m'avez pris, vous m'avez demandé tout ce qui vous a plu ; je ne vous en ai pas fait un crime. Mais mon successeur sera exigeant à votre égard. Certainement vous n'échapperez pas à sa justice. Après ma mort, il faut vous en aller au plus vite. N'allez pas dans un petit État, où l'administration (serait méticuleuse et) ne vous supporterait pas. » (S. COUVREUR, 2004c, p. 171)

*L'expression « *yúqŭ yúqiú* 予取予求 » qui signifie prendre à sa guise et demander à l'excès dérive de cette histoire. Ici, le caractère *yu* 予 est emprunté pour exprimer le sens du pronom « je ». Sa prononciation devient alors « *yú* » (ㄩˊ) afin de se différencier de son sens originel de « donner » (*yŭ* 予). Cependant, le grand axe de l'histoire tourne toujours autour de l'idée de donner.

Maintenant quand je relis cette histoire, ce ne sont plus les termes stigmatisants tels que souverain indulgent, homme médiocre, ministre flatteur, avide, etc. qui apparaissent, comme auparavant, dans ma tête. Au contraire, je suis plutôt émue par l'amitié entre le souverain Wenwang et Bian He. Qui n'est pas désireux d'avoir quelqu'un à son côté, avec qui on peut agir selon sa fantaisie ? La plupart des gens penseraient que tout au long de ce parcours, le sentiment d'insécurité est compensé et que le désir de l'amour est comblé.

Cependant, si jamais les échanges et le rapport de donneur-receveur entre Wenwang et Bian He, que ce soit les motifs et les sources des biens matériels, soient tous de nature pure et non-viciée, comment est-il possible que que leur histoire forme une tragédie ? Il est bel et bien clair que l'offre et la demande entre ces deux puisent sans doute les sources dans les biens communs provenant de la masse populaire, causant donc la souffrance chez le peuple. On récolte ce qu'on a semé, c'est une des lois de l'univers et de la grande nature.

Dans la section précédente, j'ai déjà abordé les interactions entre Bao Shuya et

Guan Zhong. Tout comme l'histoire de Wenwang et Bian He, leur relation amicale était très touchante. Pourtant, pourquoi la fin leur histoire est-elle tout à fait différente (*dà xiāng jìng tíng* 大相逕庭) ?

Il semblerait que personne ne serait dérangé par le fait que ni la finalité ni l'intérêt d'échange en retour ne soient derrière l'initiative de donner, alors qu'il s'agit de simple partage (matériel et spirituel) au juste titre. En revanche, quand trop de calculs et de considérations sont impliqués, ce serait plutôt une offre inappropriée partant de soi. Qui dirait que « bien réfléchir avant d'agir » ne s'égarerait jamais ?

J'étais longtemps ennuyée par tout ce qui est de donner et d'offrir. Si ce n'est pas dû aux exemples des aînés, c'est à l'éducation. Cependant, il reste que c'est mon choix personnel finalement. Somme toute, une grande personne ne se déresponsabilise pas de ses actes, les actes dont elle est la seule responsable, celle-ci ne peut plus faire porter le chapeau aux aînés ou à l'éducation.

Je trouve que la vie se ressemble à une toupie. Un de mes loisirs, c'est de voir se tourner en ronde face à un problème donné. Et quand je sens la fatigue, je sais que ce serait le bon moment de résoudre le problème. Je constate alors un phénomène : que ce soit les ennuis, aussi longtemps que je ne m'y confronte pas, ils continuent à se présenter dans ma vie d'une manière ou d'une autre. Je ne trouve pas leurs traces seulement quand je suis prête à y faire face, car ceux-ci ne m'importent plus.

Après tous ces apprentissages et ces essais, désormais, si je ne trouve rien d'inadéquat face à des offres de mes proches, je leur remercie du plus profond de mon cœur. Je ne forcerais pas non plus quelqu'un d'autre à accepter mes présents si celui-ci éprouve un malaise quelconque.

Quand l'action d'offrir et de refuser relèvent toutes les deux d'une bonne entente avec la sincérité et que l'action de l'autre ne suscite pas trop d'associations, cette activité ne s'avérait jamais être une *illusion* (*huànjué* «幻»覺). Cela favorise les échanges de vrais sentiments entre les deux parties et permet à leur esprit de se développer conjointement pendnat qu'il s'immerge dans une joie indicible.

1) **Illusion (*huàn* 幻)**

Notre monde est imprévisible et changeant. Cela fait en sorte que certains éprouvent un agacement et une souffrance face à ce monde ; pendant que d'autres s'y flânent, comme si ceux-ci sont en train de jouer dans un film ; ou bien ils prennent un pas reculé et adoptent le rôle d'un spectateur du film.

jiaguwen	Inscription sur bronze (*jinwen*)	*qinjian*	Petite sigillaire du *Shuowen*	Forme standardisée	Caractère général et normalisé
				幻	幻

Dans le *Shuowen jiezi* : « Ce qui veut dire par *huan* 幻, c'est la tromperie mutuelle. Le caractère se compose de « *yu* 予 » inversé. » Xu Shen pense que c'est *illusoire* le fait de se tromper mutuellement dans une interaction où rien n'est vrai.

Peut-être certains entre vous l'auraient remarqué qu'il y a une grande ressemblance entre la forme ancienne de ce caractère *huan* 幻 et celle de *yu* 予 qui vient d'être abordé.

En effet, si l'on tourne la graphie de *yu* 予 à 90° degré, on obtiendrait celle de *huan* 幻. Le « 予 » est un déictogramme autonome, car sa graphie n'est plus divisible. On obtient la graphie de *huan* 幻 en modifiant la forme de *yu* 予, qui devient un nouveau déictogramme exprimant un concept abstrait[114]. Cette façon de former un caractère s'appelle *déictogramme transformé* (*biàntǐ zhǐshì* 變體指事).

Lorsque l'on enseigne ce caractère, sa graphie ancienne est indispensable. L'écriture *kaishu* de l'usage actuel a défait l'allure linéaire dans la graphie ancienne, en la remplaçant par les traits rectiglignes. On n'y voit plus de lien entre les deux caractères *huan* 幻 et *yu* 予 dans leur invention. Néanmoins, avec les connaissances des caractères anciens, en combinant le *huan* 幻 avec le *yu* 予, en plus de leurs vocabulaires dérivés, on parviendrait à interpréter la vie et la culture des Chinois. De cette manière, on pourrait peut-être approfondir l'impression de ces deux caractères auprès des apprenants.

Pourquoi décidèrent-ils les Chinois d'inventer un autre caractère à partir d'un caractère tout prêt au lieu d'en créer un nouveau ? À vous, le lecteur, de faire des libres associations intéressantes quant à cet asepct dans la culture chinoise.

Différentes raisons sous-tendent l'action allant de donner à ne pas offrir (quelque chose matériel ou d'émotionnel). Xu Shen définit cette situation comme trompeuse et mensongère. Il fonctionne en fait par la pensée négative qui se trouve chez la plupart, incluant le moi d'avant.

Penser négativement, c'est parce que ce qui vient immédiatement à l'esprit face au changement invraisemblable, c'est de se presser à définir et à distinguer le bien du mal ou le semblable du différent, et non de s'en renseigner avec l'esprit tranquille. Il s'agit de l'influence de l'éducation confucianiste.

L'origine de la pensée confucéenne remonte dans les périodes d'anarchie. L'idéal de ce courant de pensée est « réprimer les troubles et rétablir l'ordre » (*bōluàn fǎn zhèng* 撥亂反正). Pour y parvenir, il faut donc deux idées nettement distinctes et contrastées afin de pouvoir concilier les ressemblances et d'exclure les différences. Il est légitime que cette pensée construise facilement une image positive et dépeigne un avenir idéal eu égard à des périodes de trouble. Or, il est aussi juste de croire que quand on insiste à vénérer cette idée lors des périodes de paix, on retomberait de nouveau dans les troubles.

Le psychiatre japonais Mogami Yu montre que pour faire valoir postiviement le pouvoir de la pensée négative d'une manière positive, il faut être capable de discerner le noir du blanc avant de faire face à un problème[115]. En dépit de son but de conduire les hommes vers le côté positif, si l'on part avec une idée préconçue avant de faire des choix, je douterais que cela nous mène à un véritable résultat positif.

Aujourd'hui, quand je reçois un nouveau discours, je me mettrais d'abord à la place de cette doctrine pour expérimenter. En se faisant, le fruit retiré de mes expériences personnelles serait d'autrement.

Quand je commençais à appliquer cette méthode, je me suis trouvée dans un monde positif sans de zones grises. Je me suis approchée des amis utiles et des personnes marquantes, tout en m'éloignant des amis nuisibles et des personnes vicieuses. Face à une situation difficile, je me disais constamment de me confronter au problème et de chasser les pensées négatives avec tous mes acquis et ~~mes~~ connaissances. Bien sûr, il fallait aussi me rappeler de ne pas avoir un esprit trop optimiste pour devenir un penseur positif absolu.

Peut-être que je n'étais pas assez compétente et apte. Étant donné que je me suis pressée à obtenir les réponses possibles de deux idées paradoxales, j'analysais sans cesse la réalité matérielle devant moi tous les jours (les hommes, les affaires et les choses). En fin de compte, tout cela m'était insupportable à cause de la fatigue, de sorte que mon état mental fut instable et facilement irritable. Résultat final : Je me suis retrouvée avec le meilleur choix à l'égard des autres, sauf que j'avais perdu tant ce que je voulais garder et ce qui m'était précieux. Dire autrement, voulant contrôler et dominer sur les circonstances émotionnelles de soi-même et du milieu, c'est plutôt l'état chaotique qui en découlerait. C'est à ce moment-là que je me suis rendue compte de ce que veut dire l'illusion ou le fantasme.

Ainsi, je décide de se tourner vers une nouvelle pensée. Chose intéressante, quand je commence à lâcher prise graduellement toute opposition, à me soumettre à l'état actuel et reviens au « juste milieu », il me semble que la vie saurait me mener vers où je devrais m'en aller. Ce n'est pas important que chaque jour soit forcément positif et signifiant et que chaque chose soit clairement définie. C'est de laisser l'espace à soi-même aussi bien qu'aux autres et d'oublier la limite de temps. C'est ainsi que la situation change progressivement.

Ma vie devient irréversible que je ne trouve plus la stabilité et le confort de ma vie passée. Or, je crois être dans état nouveau et extraordinaire jamais vécu auparavant.

Après avoir testé les méthodes et les guides de toutes sortes de livres, je trouve que l'on n'est pas guidé par la raison dans le processus de laisser-aller, et qu'il n'y a pas non plus de méthodes particulières pour y arriver. Essayer de suivre la qualité intrinsèque de l'esprit et d'écouter sa voix, voici un des moyens prompts de se délivrer.

Le « Moi » est façonné à travers l'éducation depuis l'enfance. Quand ce « Moi » se trouve face à une décision de prendre ou de laisser ce qu'il compte et apprécie le plus, croyant être souffrant, il s'agit pourtant d'un processus qui ouvre à un apprentissage fascinant *à postériori*.

Quand je découvre que les personnes, les affaires et les objets qui se trouvent devant moi n'auraient rien de plus à m'offrir ou qu'ils ne peuvent plus combler mes désirs et mes passions, je ne serais plus déçue. Je ne les décrirais pas non plus comme des rêves, des imaginés ou des tromperies. Pour la toute première fois, je suis pleinement reconnaissante de l'existence réelle de tout cela. La conception naturelle mentionnée dans le *Laozi* se concrétiserait durant ce processus. Mon tempérament du passé de s'incliner vers les fantasmes et les imaginations s'est émancipé progressivement avec le flux de la loi naturelle.

Certains presonnes pensent que parler de l'Esprit est chimérique. Certes, l'Esprit n'est rien de concret, mais purement imaginaire, car on ne trouve pas un langage avec des mots précis pour esquisser sa silhouette. Pourtant, son existence est si réelle comme il se présente dans la vie de chacun.

Se lancer dans une expérience de pensée pour la tester est aventuré, voire risqué à bien des égards. Cependant, ce n'est pas une expérience de vie obtenue ni par les savoirs ni par l'argent.

La culture japonaise est profondément influencée par la pensée confucianiste. Une partie des érudits japonais, ignorant ce que le « cœur » peut faire, font recours au langage (le cerveau) pour montrer comment manier les pensées tant positives et négatives et comment s'y prendre[116]. Pour s'en sortir, il demande encore plus d'énergie et plus de parcours sinueux. Et une fois une situation semblable surgirait, on risquerait de rechuter dans ce cercle dit vicieux.

Les émotions négatives ne sont pas d'émotions naturelles de l'homme. Tout comme l'aspect originel de la grande nature, seul « l'amour » est inné lorsque l'homme est mis au monde. Le reste, comme la joie, la colère, la tristesse, le bonheur, la haine, la crainte et la douleur, ce n'est que des acquis. À l'opposé des émotions négatives, ce ne sont pas forcément les émotions positives ; et vice versa.

Dans le *Laozi*[117], il est noté :

> Les cinq couleurs aveuglent les yeux des hommes. / Les cinq notes assourdissent les oreilles des hommes. / Les cinq saveurs gâtent le palais des hommes. / Les

> galops[118] débridés des chasses affolent le cœur des hommes. / Les biens rares entravent l'activité des hommes. / C'est la raison pour laquelle l'homme saint agit sur les ventres. / Mais il n'agit pas sur les yeux. / Aussi rejette-t-il ceci et prend-il cela. » (R. MATHIEU, 2008, *op. cit.*, p. 99)

L'homme aurait le vertige à force de regarder toute sorte de couleurs ; la variété de la musique dite psychédélique affecterait la capacité auditive de l'homme ; la gustation des plats exquis et délicieux mènerait à des expériences agréables, mais désensibilise l'organe du goût de l'homme ; l'homme se livrait à des débordements en s'adonnant à ses passions de chasses ; les objets rares inciteraient l'homme à la subversion tout en négligeant le règlement. Ainsi, les sages ne demandent que la paix et la satiété et ne courent pas après les divertissements stimulants. Ils mèneraient une vie harmonieuse et satisfaisante en s'éloignant de toute tentation matérialiste.

Certains croient que Laozi préconise l'idée que l'homme doit contrôler ou rejeter tous ses désirs. Personnellement, je pense que la couleur, la musique, le goût, la chasse et les objets rares mentionnés dans le *Laozi* se réfèrent à des aspects transcendant les organes de sens de l'être humain. Le seuil de la *réceptivité* de tous ces éléments réside dans l'esprit de chacun.

On fait de l'homme une figure matérialiste et lui distribue diverses capacités sensorielles pour apercevoir les choses matérielles. Ces deux facultés sont complémentaires pour former ce monde d'intérêts différents et variés. Il semble illogique que l'homme soit venu au monde pour réprimer ses instincts sensoriels et pour diminuer la création et la production matérielles.

Toute chose et tout être sur terre méritent d'être appréciés et respectés. Si ce n'est pas la matière en soi qui possède les caractères vicieux et hallucinants, c'est l'homme qui lui attribue lesdits caractères.

Certaines personnes savent comment utiliser modérément ses perceptions sensorielles pour apprécier les couleurs, la musique, les plats, les bons temps ainsi que d'autres choses matérielles de ce monde. Entre ce qu'elles possèdent et ce qu'elles n'en ont pas, celles-ci savent suivre leur naturel. Face à ces objets matériels, n'éprouvant pas le besoin de s'en approprier, elles sont capables de s'en profiter tout en étant sincères à jamais. Il s'agirait probablement du type de personnes mentionné dans le *Zhuangzi*[119] qui « traite les choses en choses en sorte qu'il n'est pas chosifié par les choses » (LEVI, 2010, p. 161) !

En fait, dans la société taïwanaise contemporaine, on y trouve souvent le *shengren* 聖人 mentionné dans le *Laozi* aussi bien que l'homme dépeint dans le *Zhuangzi*, l'homme qui se sert des choses à son service, mais qui n'est pas asservi au confort matériel. L'attitude de vie de la plupart d'entre ces gens est d'« agir sur les ventres et pas sur les yeux », qui « rejette ceci et prend cela », qui se baignent dans cette vie matérielle sans devenir nécessairement « un pauvre homme riche ».

Au travers des expériences de vie qui augmentent avec l'âge, certains décident de mener une vie telle quelle ; alors que d'autres, sous peu de temps, arriveraient dans la même direction en prenant comme cadre de référence les expériences de vie des autres en plus de suivre leurs désirs et leur volonté. Je constate également que ce n'est pas à travers les livres ou les médias que l'on peut apercevoir de telles personnes vivant en harmonie avec le monde matériel. Il semble que nous devrons entrer dans un tel contexte de vie pour pouvoir témoigner les gens partageant les mêmes vues d'esprit que nous.

C'est la faculté d'imaginer de l'homme qui rend possible la création d'art de l'anticipation[120], qui à son tour permet aux nombreux produits technologiques de voir le jour. Beaucoup considèrent ces progrès incessants comme étant un signe de l'avancement de la civilisation. Par contre, bien qu'il y ait moins de dommages corporels infligés parmi les gens, je trouve que l'on subit une violence psychologique d'un niveau encore plus drastique. En outre, il semble que les hommes deviennent de plus en plus contraignants par ces produits, de sorte qu'ils ne puissent se trouver sans leur accompagnement.

Ce qui est illusoire, est-ce bien les produits ou les utilisateurs eux-mêmes ?

Comme tout le monde le sait, influencé par ces créations et ces produits, l'aspect relationnel entre les hommes connaît de changements rapides et subits. Il semble que les hommes ne deviennent pas plus authentiques dans leur relation, et que la distance entre le réel et le spirituel n'est pas plus consolidée par la rapidité des moyens de communication. Si c'était le contraire, pourquoi aurait-on besoin d'avoir recours au jeu de société pour sortir nos *paroles sincères*[121] ?

Si la relation humaine se fonde toujours sur la base d'une communication spirituelle illusoire, non seulement elle affaiblirait le niveau de la confiance mutuelle, elle porterait atteinte à la capacité créatrice de l'individu, ou bien le menant à viser à l'effet. L'homme est né libre, mais se laisse entraver par les nouvelles technologies et les œuvres de fiction créées par l'homme lui-même. Mais si l'on réfléchit bien, c'est une des raisons pour laquelle la vie ne manquerait pas de sel.

Il vaut mieux peut-être attendre jusqu'à ce que son sentiment d'être borné se rende à la limite pour que l'homme puisse commencer à retrouver le chemin vers la liberté, qu'il puisse vivre de nouveau la beauté de la *bienveillance* magnanime.

2) Bienveillance/Humanité (*rén* 仁)

L'homme est mis au monde avec des missions diversifiées. Je crois qu'un des objectifs parmi d'autres, c'est de faire l'expérience d'une relation sociale harmonieuse aussi bien que de l'imprévisibilité de cette relation.

Inscription oraculaire (*jiaguwen*)	Inscription sur bronze (*jinwen*)	Écrit sur bambou de Qin	Petite sigillaire du *Shuowen*	Forme standardisée	Caractère général et normalisé
				仁	仁

Le *Shuowen jiezi* définit le caractère « *rén* 仁 » par « chérir. Ceci se compose de *ren* 人 et de *er* 二. » Selon Xu Shen, le concept du caractère *ren* 仁 est formé de l'idée de deux individus. C'est pour montrer l'amour mutuel entre deux personnes.

Il s'agit d'un sinogramme qui transmet un message très tendre et chaleureux.

Les deux composantes « *ren* 人 » et « *er* 二 » sont des sous-graphies sémantiques. Combiner deux graphies sémantiques et unir leur signification pour ainsi former un nouveau sens, selon le principe des *liushu*, c'est un *idéogramme* (*huiyi zi* 會意字).

Étant donné que chacune des deux composantes est un caractère dit autonome et que le caractère autonome est aussi appelé par le terme de *wen* 文 (*graphie*), le caractère *ren* 仁 est considéré comme un « *idéogramme avec deux graphies distinctes* ».

La connotation de du caractère « 仁 » raconte principalement la relation entre les hommes.

Nombreux sont les érudits qui sont persuadés que l'idée centrale du *Lunyu* est justement le *ren* 仁, parce que c'est le caractère qui apparaît le plus souvent dans l'ensemble des extraits de cet ouvrage. Certains d'entre eux vont jusqu'à aborder ce concept en plus de profondeur en hiérarchisant ses significations. Abondantes sont les œuvres académiques qui y sont reliées. C'est pourquoi dans ce livre, ce caractèreserait discuté d'une perspective différente. On retourne à l'origine du caractère, au moment de son invention, pour parler de la pensée en lien avec le *ren* 仁 dans la culture chinoise.

La doctrine confucéenne accorde beaucoup d'importance à la relation humaine de telle sorte de créer des principes moraux axés sur cette relation. Par exemple, dans le *Lunyu*, « Yang Huo »[122] :

> Zi Zhang s'enquit de l'humanité auprès de Confucius.
>
> Confucius répondit : « Celui qui peut pratiquer cinq choses où qu'il soit dans le monde peut être considéré comme ayant de l'humanité. »
>
> Il demanda : « Puis-je demander ce qu'elles sont? »
>
> Il répondit : « Le respect, la grandeur d'âme, la bonne foi, la vigilance et la générosité. Le respect permet d'éviter l'outrage ; la grandeur d'âme gagne la multitude ; la bonne foi suscite sa confiance ; la vigilance favorise son succès ; la générosité facilite son commandement. »

Zi Zhang 子張, disciple de Confucius, demanda de quoi s'agit-il « l'humanité »auprès de son Maître. Ce dernier répondit : « L'humanité est ce qui est applicable partout dans le monde à travers cinq qualités morales. » Zi Zhang demanda de quoi s'agit-il ces cinq qualités. Confucius répondit : « C'est "[l]e respect, la grandeur d'âme, la bonne foi, la vigilance et la générosité". Respecter les autres, on ne serait pas outragé ; être honnête et gentil envers les autres, on serait aimé par tout le monde ; avoir de la bonne foi sans malhonnêteté, on serait confié de tâches importantes ; être vigilant et assidu, on réussirait dans la vie ; accorder largement les bienfaits et les faveurs, on aurait assez de personnes à notre service. »

« *Le respect, la grandeur d'âme, la bonne foi, la vigilance et la générosité* », ce sont les cinq conduites morales qui font ressentir l'état de la docilité et du plaisir aurpès d'un comportement. Je pense que la plupart d'entre nous voudraient posséder ces caractères et dans la mesure du possible, on espérait être traité de cette manière. Pourtant, d'après moi, c'est encore mieux que si ces conduites morales ne visent aucun but spécifié, encore plus parfait que si l'on ne se sert pas de ces cinq critères pour la distinction de l'homme noble à l'homme médiocre. Ce serait la pure bonté que se développe un individu après avoir être éduqué.

A fortiori, ne vous paraît-il pas contradictoire que, d'un côté, il dit qu'il faudrait se comporter conformément à ces *cinq vertus morales**, mais de l'autre côté, il fallait juger les autres selon ces critères pour savoir s'ils sont gentils ou vilains ?

Bien sûr, il serait encore mieux si l'on redistribue à ces vertus morales leurs caractères originels de flexibilité et de vivacité, de sorte que cela ne constitue plus d'objet d'examens ni de sujet à réciter de mémoire. Les réformes d'éducation appliquées à Taïwan depuis plus de vingt ans s'inspirent grandement des systèmes d'éducation étrangers. Personnellement, je pense que la Finlande pourrait être un bon modèle. En 2015, ce pays, qui est reconnu pour ses développements économiques et pour ses niveaux d'instruction, mais surtout pour son système éducatif qui se figure parmi les meilleurs selon le rang mondial, a mis en place un programme de réforme radicale de l'éducation[123].

À l'intervalle de quatre ans, les curriculums traditionnels seront remplacés par l'enseignement par thème (intersujet). Les cours se dérouleraient sous forme de discussion en équipe et non de type magistral. Il est libre aux élèves de choisir les thèmes ou bien un sujet sous-thème. Les établissements d'enseignement ne voulaient plus entendre les élèves poser la question : « pourquoi apprendrait-on cela ! » Cette réforme débuterait auprès des jeunes de 16 ans et plus.

Selon mes observations préliminaires, l'intention de ces établissements est de redonner aux élèves le droit d'option afin qu'ils puissent décider eux-mêmes leur avenir. Avec cette confiance de laisser les élèves à agir sans aucune contrainte, les élèves apprendraient à s'assumer leur responsabilité et acquerraient leur autonomie encore plus rapidement. Durant ce parcours d'apprentissage, il est tout à fait naturel que ces jeunes se confrontent plus tôt les questions existentielles philosophiques comme « Qui suis-je ? » ou « Que veux-je devenir ? »

Dans un tel milieu d'apprentissage, la relation sociale ne s'avère plus de discussions en l'air. Il faut encore plus d'interactions réelles et concrètes entre les hommes. De nos jours, il paraît que beaucoup de parents taïwanais apprennent à leurs enfants à connaître l'importance du « réseautage ». Souvent, je me plaisante en disant que le réseautage est une attraction naturelle, si l'on fait exprès de le cultiver, il n'est plus organique qu'il devienne probablement nuisible à notre corps et notre esprit.

L'idée de cultiver le réseautage se ressemble à une conduite morale intentionnelle discutée précédemment. Si une conduite morale ne va pas de soi et de bon cœur, mais se mêle avec des fins et des intérêts, ce ne serait, en fait, qu'une étiquette ou une politesse froide comme la glace. Les conséquences et les influences découlant de ces conduites morales altérées seraient tout à fait envisageables.

L'*humanité* sans un cœur sincère, c'est de l'*apathie* et de l'*indifférent*.

Lors de la période en plein d'essor de sa doctrine, un lettré confucéen de l'ère préimpériale (*xianqin* 先秦) avait bien prévu ces conséquences et influences. Selon ce qui est dit, cette personne de nobles idéaux s'avère être Confucius lui-même.

L'extrait de « Liyun » dans la *Mémoire sur les rites*[124], nous raconte une histoire. Un jour, après avoir assisté à la cérémonie des rites de la fin d'année, Confucius se promena jusqu'à la porte en dehors du palais impérial, où étaient affichées les annonces. Soudainement, il poussa un soupir. Le disciple qui se trouva à son côté, Yan Yan 言偃 (dont le pronom de courtoisie est Zi You 子游), soucieux de son Maître, lui demanda de ce qui s'était arrivé.

C'est à ce moment-là que Confucius manifesta son aspiration pour le monde idéal. Il dépeignit l'image d'« un monde de grande union » (*dàtóng shìjiè* 大同世界) où tout serait compénétré. Tout le monde s'occuperait des autres et de leur famille tout comme il prenait soin de soi-même. Personne ne serait abandonné pendant que chacun trouverait sa place et mènerait une vie paisible et abondante. Cependant, la réalité devant Confucius s'avéra le tout contraire de ses aspirations :

> À présent que la grande voie est comme cachée, l'empereur considère l'empire comme un bien appartenant en propre à sa famille. Chacun se contente d'aimer ses parents et n'a de sollicitude paternelle que pour ses enfants. Il n'amasse, il ne travaille que pour lui-même. Les grands personnages (les princes feudataires) se font une loi de transmettre la dignité princière à leurs fils ou à leurs frères. Une double enceinte de remparts, des fossés et des amas d'eau sont à leurs yeux les meilleures défenses. Les règles de l'urbanité et de la justice leur servent commede fils (d'engins administratifs) pour maintenir l'équité mutuelle entre le prince et le sujet, l'affection entre le père et le fils, la bonne intelligence entre les frères et l'harmonie entre les époux, pour édicter des ordonnances et des règlements (concernant les édifices, les vêtements, les voitures,...), pour établir des fermes et des hameaux, pour mettre l'audace et la finesse à la place de la vertu et du talent, et pour travailler uniquement dans leur propre intérêt. Par suite, les mauvais desseins ont libre carrière et les guerres surgissent. (S. COUVREUR, 2004d, p. 191)

*Selon les descriptions ci-haut**, le contexte politique de son époque ne valorisait plus l'idée de choisir les gens compétents pour s'occuper des postes de fonctionnaires et le titre d'empereur passait du père au fils. Le système de succession au trône était réservé dorénavant exclusivement à la famille impériale. Chacun n'honorait que ses propres parents et ne s'occupait que de ses propres enfants. Il n'y avait plus de lien de solidarité entre le peuple. Tout le monde travaillait pour les intérêts personnels. Des familles de fonctionnariats se faisaient un système dit officiel pour pouvoir transmettre ainsi leur titre de noblesse à leur successeur.

Chacun d'entre eux construisait de haute paroi et de tranchée creusée pour protéger leur propre territoire. Ces gens faisaient recours à des normes et à des systèmes traditionnels de rites et équité afin de bien établir les statuts distincts entre le souverain et les ministres, ainsi que de solidariser les liens entre les membres de la famille. Ils créaient toute sorte de projets d'aménagement de la ville. Les individus courageux et les plus intelligents étaient vénérés, pendant que les gens à leur service étaient renommés. Par le fait même, toute sorte de manœuvres et de stratégies ont été formées. La guerre y était alors inévitable.

Il semble que Confucius avait déjà envisagé que les rites et l'équité traditionnels longtemps vénérés, qui deviendraient abusés et deviendraient un moyen par excellence pour se profiter des intérêts privés. La structure familiale qu'il valorise deviendrait un prétexte pour un petit groupe de personnes de maintenir leurs biens personnels. Au cours des dernières années, on voit que les mouvements sociaux (actions politiques ou sociales) importants à Taïwan se tournent autour des enjeux bien novateurs. Par les temps qui courent, quand je relis cet extrait de Confucius dans le *Liji* (je ne suis pas sûre s'il s'agit bel et bien des paroles de Confucius), il me semble que les « effets secondaires » des pratiques de rite et d'équité, ce dont se préoccupa Confucius, avaient perduré depuis plus de 2500 ans et se persistent encore dans la société taïwanaise d'aujourd'hui.

À moins que je ne me trompe, Confucius aurait prévu que les éléments empêchant les Chinois d'entrer dans un monde idéal de paix et de fraternité universelles résident dans le système éthique, d'où l'importance du lien sanguin est grandement valorisée par la tradition de rite et équité. Ces deux principes ancrés dans la pensée confucéenne avaient ébranlé la culture chinoise, qui allèrent jusqu'à semer les troubles et provoquer les guerres de nature rebelle visant à se débarrasser des limites et des restreintes.

Intéressant de voir que le vis-à-vis de l'*universel* (*dàtòng* 大同), c'est justement la *différence* (*bùtòng* 不同). L'éducation chinoise comporte cette tendance d'apprendre aux jeunes à distinguer ce qui est différent dès leur petite enfance. Par exemple, au niveau matériel, c'est la différence entre grand/petit, bien/mal, fragrant/puant, toi/moi, etc. ; au niveau spirituel, c'est la différence entre aimer/détester, intimité/altruisme, ennemi/soi, etc.

Quand les enfants sont devenus de grandes personnes, si jamais ils se tournent vers les adultes avec ces concepts de différence, à vrai dire, ces derniers ne devraient pas être étonnés. Après tout, le monde est rond, ce que l'on impose aux autres reviendrait, tôt ou tard, à soi-même. Il est si simple le principe.

Pour pouvoir accéder dans un monde de Grande union, il faudrait commencer soit par l'idée d'éliminer les différences ou de les accepter.

En parlant des liens du sang, les parents optent pour la pensée confucianiste pour éduquer les enfants : la parenté est la plus haute dans la hiérarchie, c'est la famille qui vient toujours en premier. Paradoxalement, l'union des parents et la composition d'une famille commencent alors par deux personnes sans aucun lien de parenté.

Je suis alors curieuse de voir que si l'on enlevait pour l'instant ce facteur de lien sanguin, combien sont les enfants qui, une fois grandis, découvraient qu'ils pourraient se fier à leurs parents et leur diraient la vérité ? Bien sûr qu'il va en avoir ! Pourtant, si l'on regarde de plus près ce rapport parent-enfant, on constaterait que cela implique les aspects qui, selon les idées confucianistes, outrepassent les droits, violent les règles ou ne sont pas conformes aux normes et aux règles.

Étant donné que le concept de « 仁 » (Humanité) est le fil conducteur de la pensée confucianiste, il faudrait peut-être réexaminer à la loupe la nature de cette vertu. Selon l'image originelle de la formation de ce caractère, le « 仁 » se focalise sur deux personnes entretenant mutuellement une relation intime et aimable.

Cet amour, si c'est une manifestation naturelle et pure comme le nouveau-né, il ne vise aucune finalité ni aucun intérêt spécifique, il s'agirait donc d'un amour bienveillant et affectueux qui part de soi et deviendrait le Grand amour adressé à tous par sa qualité empathique. En revanche, si cet amour se repose sur une relation accentuée sur les intérêts et vise à combler les désirs matériels de contrôler et de manipuler, ce n'est rien d'autre qu'un amour de prédilection. Il serait alors difficile que cela ne fasse pas appel aux guerres et aux conflits.

Il faut absolument un cœur sincère pour que les hommes soient capables de s'aimer réciproquement. Il en va de même pour l'interaction entre l'être humain et l'animal aussi.

Regardons-nous une courte histoire qui se figure dans le *Liezi*, « Huangdi di'er »[125] :

> Au bord de la mer vivait un amateur de goélands. Chaque matin il se rendait en bord de mer pour suivre leurs divagations. Plusieurs centaines de goélands arrivaient et se tenaient près de lui sans se poser.
>
> Son père lui dit : « J'ai entendu parler de tous ces goélands qui divaguent en ta compagnie. Attrape-m'en quelques-uns que je m'amuse avec [moi aussi]. »
>
> Le lendemain, il se rendit en bord de mer. Les goélands dansèrent, mais sans descendre [après de lui]. (Lie Zi. (2012). Lie-tseu présenté, traduit, et annoté par Rémi MATHIEU. Paris : Entrelacs, p. 115.)

*Les animaux ne possèdent pas les facultés d'intelligence comparables aux hommes, c'est aussi vrai pour ce qui est des désirs matériels. Or, c'est justement pour cela qu'ils pourraient mieux préserver la capacité de communiquer/de saisir par l'esprit. C'est en fait le cas chez les hommes aussi. C'est une force qui va au-delà des manifestations comportementales. Aussitôt qu'une pensée passe à l'esprit ou qu'une envie est surgie, celles-ci seraient transmises.

Les scientifiques ou les chercheurs en spiritualité modernes éprouvent un grand intérêt pour ce qui permet aux animaux et aux humains de transmettre leur pensée. Il y en a qui disent que c'est la *fréquence de vibration*[126], ou une sorte d'*énergie*[127], pendant que d'autres pensent que c'est une *réaction biophotonique de l'ADN*[128].

Les goélands dans l'histoire avaient pris conscience de l'intention malsaine du protagoniste, mais au lieu de s'enfuir, ils se gardent une certaine distance avec ce dernier. Ceux-ci ne tentaient pas non plus une contre-attaque envers lui. Il paraît que les goélands incarnent assez bien ce qu'on appelle le « *ren* 仁 » du Confucianisme !

J'ai fait d'ailleurs une remarque quant à la relation père-fils dans cette histoire. Étant donné que les goélands s'entendent bien avec le protagoniste, cela signifie que ces deux ont une pensée *sur la même fréquence**, leur esprit se montre transparent et qu'ils s'ouvrent mutuellement l'un envers l'autre. Pourtant, pourquoi le fils ne se tient-il pas devant les paroles assez indignées de son père ?

On pourrait qualifier de sincère et d'intime la relation amicale entre les goélands et le fils. Alors que le père incite son enfant à trahir son ami de cœur, c'est déjà un élément qui va à l'encontre de la valeur morale de *ren* 仁. Mais pourquoi le fils ne manifeste-t-il aucune volonté de contredire son père ?

Au travers de ses personnages et de son ntringue, cet extrait met en valeur autant ce qui se conforme à la vertu de *ren* 仁 et ce qui ne va pas dans le même sens de ce que l'on appelle « l'humanité ». Hormis de juger qui serait le bon ou le méchant, on pourrait s'inspirer de leurs comportements pour comprendre davantage ce que signifie l'humanité (*ren* 仁).

Les sinogrammes pour les conduites morales de bienveillance, de charité et de bonté sont les caractères composés « *rén ài* 仁愛 ». Les hommes se rapprochant de cette conduite morale seront qualifiés de « *rén rén jūnzǐ* 仁人君子 », un bon Monsieur. Les goélands dans l'histoire susmentionnée correspondent bien à ce que signifient ces deux termes. Ces oiseaux avaient, au moins, apaisé le cœur de notre protagoniste en lui procurant une amitié désintéressée. En dépit de son intention nocive, ceux-ci avaient choisi le pardon à la place de la vengeance.

Il se peut que ce soit en vue d'espérer que tout le monde pourrait s'aimer réciproquement que le caractère « 仁 » (l'humanité) soit parfois utilisé de façon interchangeable avec celui de *ren* 人 (l'homme), qui devient un concept de portée encore plus générale. Dans le milieu de travail, les collègues sont désignés par les sinogrammes *tóng rén* 同仁. Quand on est en désaccord avec l'autre, ne voulant pas se disputer ni perdre la bonne relation entre les deux, on adviendrait à dire que chacun a son point de vue différent (*jiànrén jiànzhì* 見仁見智).

Puisque le « *ren* 仁 » compte sur l'aspect chérissant de la relation humaine, désormais, c'est souvent en fonction de ce sinogramme que je regarde mes relations interpersonnelles. Plus particulièrement, je me demande ce que ce caractère pourrait m'aider à faire remarquer ce que les hommes cherchent dans un contexte culturel.

Les applications mobiles et la messagerie instantanée se montrent comme le moyen de communication indispensable dans la société actuelle. Encore une fois, on remarquera combien les Chinois sont obsédés par les pensées confucéennes concernant la relation sociale. C'est surtout face à la situation où l'autre ne répond pas au message *immédiatement** après l'avoir lu (*yǐdú bùhuí* 已讀不回). Selon certains sondages, cette préoccupation relationnelle pourrait évoquer les actions suscitant des émotions négatives (comme l'action de ne pas répondre).

Certes, cette ambiance sociale existe véritablement. Dans mon cas, je me suis pressée de répondre rapidement aux messages reçus par crainte d'être jugée d'impolie, d'hypocrite ou d'avoir négligé l'autre. Après avoir appris à se calmer pour observer mes comportements quotidiens, lorsqu'une situation anxiogène ou angoissante s'est reproduite, avec le sourire et la tolérance envers mes réactions, celle-ci n'avait plus d'impact sur moi. Désormais, tout ça s'éloigne de ma vie et je crois bien qu'il ne me reviendrait plus.

À ce moment-là, il me paraît comme une rediffusion d'un film lorsque je regarde comment je répondais aux messages. Sauf que cette fois-ci, je suis le spectateur. Pour maintenir l'amitié dans une relation, il m'est arrivé très souvent de choisir avec soin chaque mot utilisé. Quand je me regarde de plus près, ces actions à moi ne voulaient-elles pas justement dire que je fus en train de calculer pour savoir si l'autre allait être d'accord avec mes propos ou pas ? Est-ce que j'avais laissé une meilleure impression auprès de l'autre ? Qu'est-ce que j'aurais pu en tirer de mes réponses ?

De fait, ces activités mentales et ces réactions si minutieuses ne sont perceptibles qu'à travers la tranquillité de l'esprit.

Une vie où l'on cherche sans cesse à donner une signification à l'ensemble des choses et des affaires qui se trouvent autour de soi, cette vie-là ne m'a pas procuré plus de bonheur. Sans parler du fait que j'avais l'habitude d'interpréter les choses négativement, mais je devais me prétendre être optimiste dans mes actes et mes paroles.

Maintenant que je laisse tomber cette habitude, les flux d'affection circulant au sein de mes relations interpersonnelles se transforment doucement et naturellement à des filets d'eau pure qui s'écoulent gracieusement dans ma vie. Ces filets sont comparables aux deux traits qui se trouvent à droite du caractère *ren* 仁.

Auparavant, je portais trop d'attention à la distinction des notions de bien et de mal dans une relation sociale, de sorte que j'allais même à bloquer les autres ou bien supprimer les amis de mes listes quand j'utilisais les applications mobiles. Croyant que cela pouvait me protéger et me permettre de gagner du respect, c'est seulement dans le silence de la nuit qu'une voix douteuse émergeait dans mon esprit.

Je ne savais pas d'où venait cette voix-là, mais elle me rendait mal à l'aise. Pendant une certaine période, je luttais désespérément et perpétuellement contre cette situation. Aujourd'hui quand je regarde cette période de ma vie, je ne trouve d'autres mots que le merci, car j'ai eu de la chance de mettre en pratique les théories mentionnées dans les livres de psychologie. Les résultats obtenus ont montré tant les accords et les désaccords quant aux discours des psychologues.

Il m'est arrivé d'avoir imité les autres de ne pas bloquer les gens que je n'aimais pas, mais je ne répondais pas non plus à leurs messages. Or la voix douteuse demeurait toujours dans mon for intérieur. Le changement dans la mode de pensée me permettait de ne plus juger mes comportements, mais de me débrouiller avec plus d'objectivité : Quel est mon but d'ainsi faire ? Est-ce que c'est pour minimiser les dommages ou pour obtenir de quoi ? Pour me construire une image quelconque ?

Ce que décrit J. Krishnamurti quant à l'image est très vivant[129] :

> Alors il va en avoir une relation entre les êtres humains et non entre deux images, c'est seulement parmi les entités mortes. Il est très simple. Tu me flattes, tu me respectes ; et j'aurais cette image de toi à travers les insultes et les compliments. J'avais vécu la peine, la mort, la misère, le conflit, la faim, la solitude. Tout cela crée en moi une image ; je suis cette image-là. Ce n'est pas que je suis l'image, ce n'est pas que l'image se diffère de moi ; mais le « moi » est cette image en soi ; la personne pensant est cette image créée. C'est cette personne pensant même qui crée l'image. […]
>
> Pourquoi te sens-tu blessé ? N'est-il pas de la suffisance ? Et pourquoi y a-t-il la suffisance ? Parce que l'on a une idée, un symbole de soi-même, une image de soi-même, de ce que l'on devrait être, de ce que l'on est ou de ce que l'on ne devrait pas être. Pourquoi crée-t-on l'image de soi-même ? … Ce qui éveille la colère est que notre idéal, l'idée que nous avons de nous-mêmes, est menacé.

Aujourd'hui, quand je reçois un message, peu importe son expéditeur, peu importe son contenu, j'éprouverai de la gratitude envers ce message de me donner l'occasion de vivre l'expérience de l'humanité (*ren* 仁). Je remercie par la suite la personne de m'offrir de découvrir la vie.

Répondre ou pas, à quel moment, je ne ferai plus appel à la réflexion du cerveau, mais à mon instinct. De ce faire, je n'aurai plus besoin de bien soigner mes mots, car ce que je pense reflète bien dans mes paroles.

Je crois bien que quand je suis occupée et affairées ou bien et que je ne suis pas en mesure de répondre à des messages, l'autre pourrait attendre patiemment ma réponse. Je ne pense plus à quoi il penserait de moi ou à ce qu'il ferait… « Penser à la place de l'autre » ne convient pas dans toutes les relations sociales.

« Bien réfléchir avant de mettre en action » nous conduit parfois à des impasses. C'est ce qui va se dévoiler à toute vitesse lorsque l'on entre en relation avec une autre personne.

J'éprouvais toujours de la gratitude quand j'aurais appris que l'on m'avait bloquée ou supprimée de sa liste d'ami. Je suis convaincue qu'il s'agit de la volonté de la nature, j'ai bien récolté ce que j'avais semé auprès des autres. C'est avec plaisir que je l'accepte ou je m'en excuse, mais je ne mettrais pas les sentiments de culpabilité sur mes épaules. Si ce n'est pas la détérioration qui se produit, nous ne pourrions pas améliorer notre relation sociale en nous faisant du mal.

La culpabilité est là pour que *l'individu reconnaisse la honte*, c'est d'ailleurs une des vertus de la pensée confucianiste. Cependant, je remarque que cette idée se contredit à la notion de *l'indulgence* préconisée par le confucianiste même. Implicitement, les vertus confucéennes deviennent des moyens par excellence pouraltérer ou contrôler les autres, que ce soit par l'affection parentale, par l'amitié ou par l'amour. En se faisant, l'homme blesse les autres en se blessant et les deux parties prises se tournent en rond dans une telle relation.

S'il s'agit d'une vraie indulgence envers autrui, c'est que l'homme saurait d'abord se pardonner. Ainsi, on serait capable, tout naturellement, de laisser les autres participer ou se retraire de notre vie à leur guise. Émanciper notre esprit, c'est aussi aider les autres à achever leur bonheur et leur joie.

Je vous partage ici deux anecdotes intéressantes quand j'utilisais des logiciels de communication après avoir su *comment laisser aller et faire passer**.

L'une est quand j'étais en train d'échanger avec un ami sur l'application de Line, du coup, cet ami m'a répondu par « C'est correct si tu ne me réponds pas après avoir lu ! »

Je ne pouvais pas m'empêcher de rire (*é rán shīxiào* 啞然失笑)[130] ！Cette phrase serviable est un miroir, j'y vois le moi du passé. Je n'ai pas répondu à cette phrase en particulier. Maintenant je choisis de croire que l'affection est maintenue à travers les comportements congruents et non pas par les paroles servant à justifier et à expliquer. Rester congruent et fidèle envers soi-même demande de la patience, mais c'est quelque chose d'inébranlable et immuable.

L'autre est qu'un ami m'a envoyé un message assez direct et « sarcastique » en me décrivant comme « quelqu'un de servile » après avoir su que je faisais une sortie familiale.

Sur un ton bien moqueur, je lui ai répondu par : « Que t'es méchant ! » Or, après l'avoir dit, j'entendis cette voix à l'intérieur de moi qui dit : « Voyons donc… tu es en train de riposter l'autre. » Cela me fit rire encore une fois. Mes paroles furent aussi un miroir reflétant encore une fois comment j'étais. J'arrêtais donc d'y répondre à nouveau en disant à l'intérieur de moi « pardon » à l'autre et à moi-même.

Plus tard, cet ami cherchait de par tous les moyens indirects pour m'inciter à lui contacter. Je ne ferais plus chorus avec cette façon de faire, comme je ne le bloquerais pas non plus. Je sais que si je lui répondais, nous allons tous les deux être pris dans un cercle vicieux. Je suis consciente de mon choix : un jour où cet ami aurait le courage de me contacter par lui-même, ce qui veut dire qu'à ce moment-là, il serait prêt à connaître soi-même, je lui donnerais toujours mes réponses les plus sincères.

Sur-le-champ, je comprends très bien ce que pensaient ces deux amis. Par contre, ce que je ne ferais plus, c'est de faire la morale en réagissant contre leurs propos. En effet, ce qui me vint en premier, ce n'était pas le sentiment d'indigne, mais plutôt une sorte de compassion éprouvée pour leur cadre de vie et leur travail.

Chaque individu est mis au monde pour pouvoir vivre l'expérience de « 仁 », la bienveillance et l'humanité. Qu'il soit solitaire ou isolé, cela ne vient saillant qu'avec la présence des foules.

Après avoir mis au monde, si seulement l'homme était capable de toujours rester dans son état pur et authentique, tout comme les goélands et le protagoniste dans l'histoire sus-présentée, l'esprit d'amour intime qui se trouve dans le sinogramme *ren* 仁 serait incarné et diffusé de la même manière que le soleil qui brille sur le monde.

Avant que les nouveau-nés soient appris à faire la distinction, le schème de leur acte d'offrir ou pas relève du naturel. Ils ne connaissent ni les calculs ni les habiletés exploitantes. Ce sont les adultes (parents et enseignants) qui leur apprennent ce que veut dire la « différence » entre les personnes, les affaires, les choses, et les statuts. Et en se basant sur ces *critères*, il faut se battre pour s'accumuler le plus possible les ressources matérielles (la richesse, la réussite, le statut et le pouvoir, etc.).

Le milieu scolaire, bien paisible et simple que cela pourrait paraître, se crée et se cache en fait des potentiels conflictuels. Sinon, pourquoi les enfants taïwanais déchargent-ils toujours l'énergie négative par les expressions misanthropes (*yàn shì* 厭世) et plaintives (*kào bēi* 靠北)[131] dans leur vie quotidienne ?

Intéressant de voir qu'en classe, ces jeunes écoliers devraient réciter par cœur les principes vertueux de la pensée confucéenne, aussi bien que leurs explications et interprétations. Si les jeunes deviennent de plus en plus malheureux, ils ne sont pas la cause de leur propre malheur.

Ce qui est mentionné en haut me fait penser à ce qui est écrit dans la Bible[132] : « Je vous le dis en vérité, si vous ne vous convertissez et si vous ne devenez comme les petits enfants, vous n'entrerez pas dans le royaume des cieux. » (*Matt*. 18 : 3). Dans le *Laozi*[133], on trouve aussi ceci : « Concentrer ses souffles, se rendre entièrement souple, / Peut-on être tel un nouveau-né ? » (R. MATHIEU, 2008, p. 95) et « Moi seul suis détaché, oh ! Encore sans expression, / Tel le nouveau-né qui n'a pas encore fait risette » (*Ibid.*, p. 113). Est-ce une simple coïncidence ou du hasard que les deux ouvrages classiques chinois et occidental manifestent un intérêt sur les nouveau-nés ?

Les parents chinois ont tendance à encadrer leurs enfants en fonction de leur âge. L'amour initial et la patience éprouvés ainsi que les soins accordés deviendraient inversement proportionnels à l'âge. S'ils ne sont pas déterminés par la bonté du cœur, au départ, ces parents voulaient seulement que les enfants deviennent quelqu'un d'idéal élevé et d'aspirations morales quand ils seront grands.

Pendant que les adultes (parents et les enseignants) réalisent leurs *idéaux**, est-il possible que, par accident, la *nature* précieuse des enfants serait corrompue[134] de telle sorte que *l'humanité* se viderait de son sens originel ?

NOTES DU CHAPITRE 2

1 SONG Guangyu 宋光宇, *Renlei xue daolun* 人類學導論. Taibei, Guiguantushugongsi 桂冠圖書公司, 1990, p. 8-9.

2 Les signes phonétiques (*utilisés à Taïwan surtout*) et les définitions ont été consultés et cités à partir du *Grand dictionnaire de la langue chinoise (révisé)* du Ministère de l'Éducation 教育部國語辭典修訂本. Dictionnaire en ligne, http://dict.revised.moe.edu.tw/cbdic/index.html

3 Globalement, la forme ancienne (*guwenzi*) de ce caractère se ressemble à une personne vue de côté, ayant une tête, les bras, le corps et les deux jambes.

4 Concernant le pictogramme, voir note *supra* du caractère *yu* 聿, chapitre 1, section 2.

5 La plupart des érudits s'intéressent aux formes de *guwenzi* pour parler de la théorie des principes de l'invention des sinogrammes. Or, selon moi, il faut également prendre en considération de l'écriture régulière *kaishu* pour la vitalité et l'origine culturelle de son style. Ainsi, il vaut mieux bien distinguer le style visé lors de l'application d'une telle théorie des caractères chinois. Nombreux sont les caractères étant classés parmi les *dutizi* alors qu'aujourd'hui, c'est devenu les *caractères composés* (*hétǐzì* 合體字) et *vice versa*. Voir *infra* pour les explications du terme *hetizi* avec le caractère *cong* 从.

6 Cette méthode peut aussi être appelée méthode magistrale (*lecture*), *expository teaching/chalk-and-talk*, ou méthode d'annotation. C'est une des méthodes pédagogiques traditionnelles que le lecteur s'expose et les élèves l'écoutent. C'est une communication unidirectionnelle, simple et pratique, qui ne nécessite pas trop de matériaux pour support. Malgré les critiques, cette méthode d'enseignement didactique gagne toujours de la popularité auprès des enseignants et les élèves. Ceci montre en fait que sa valeur corresponde encore au besoin dans l'enseignement de nos jours.

7 Voir *Xinjiu yue quanshu : Jiuyue quanshi : Chuang shji.* Hongkong : Hong Kong Bible Society, 1981, p. 1-2.

8 Voir *Laozi*, édition de Wang Bi, p. 29 : « Il y eut, dans le chaos, un être qui s'acheva / Et qui, avant ciel et terre, s'engendra. / Silencieux, oh ! Informe, Oh ! / Se tenant solitaire, immuable, / Partout où il circule, il n'est point en péril. / On peut voir en lui la mère du monde sous le ciel. / Moi, j'en ignore le nom ; / Pour le désigner, je l'appelle « la voie ». / Forcé de lui donner un nom, je dirais « le Grand ». / Cette grandeur veut dire qu'il s'écoule ; / Cet écoulement veut dire qu'il s'éloigne ; / Cet éloignement veut dire qu'il fait retour. / Ainsi, la voie est grande. / Le ciel est grand. / La terre est grande. / L'homme aussi est grand. / Dans le monde, il y a donc quatre grandeurs. / Et l'homme réside en l'une d'elles. » Traduction française cf. Laozi, *Le Daode jing : « Classique de la voie et de son efficience »* ; nouvelles traductions basées sur les plus récentes découvertes archéologiques, trois versions complètes, Wang Bi, Mawangdui, Guodian par R. MATHIEU. Paris : Entrelacs, 2008, p. 122-123.

Professeur Chen Guying 陳鼓應 reprend cet extrait dans ses mots : « Il y a un "je-ne-sais-quoi" d'une entité intégrale, qui avait même existé avant la création de l'univers. Ni audible ni visible, ce *je-ne-sais-quoi* existe pour toujours et ne s'éteint jamais, ceci se meut selon une règle et se reproduit à l'infini, qui devient ainsi l'origine des dix mille êtres du monde. Je ne connais pas son nom, alors je suis obligé à lui donner le nom de *Dao*, et le désigne forcément par *Da*. Il est vaste et sans fin, sans fin et il se répand, se répand et il revient à l'origine. De par ce fait, le *Dao* est Grand ; le Ciel, la Terre et l'Homme le sont également. Parmi ces quatre Grands de l'univers, l'Homme s'y figure. » Voir CHEN Guying 陳鼓應, *Laozi jinzhu jinyi ji pingjia* 老子今註今譯及評介. Taibei, Taiwanshangwuyinshuguan 台灣商務印書館, 1985, p. 166.

9 Le concept de radical est principalement utilisé pour le classement dans le dictionnaire. Selon leurs composantes graphiques en commun, différents caractères seront classés en ordre sous un même radical (clé) pour faciliter la consultation. Le premier ouvrage qui a trait à ce classement par les clés des sinogrammes est le *Shuowen jiezi* de Xu Shen. Voir *supra* Chap. 1 sect. 2.

10 Voir *infra* au Chap. 3, Section 1.

11 Voir Zhuangzi 莊子, *Zhuangzi jizhu* 莊子集釋 ; annoté par GUO Xiang 郭象, expliqué par LU Deming 陸德明 et commenté par CHENG Xuanying 成玄英, texte établi par Guo QingFan 郭慶藩, p. 228.

Traduction française cf. LIOU Kia-Hway et GRYNPAS, Benedykt, *Philosophes taoïstes* I, Chap. XIV « Le Mouvement céleste », p. 191.

12 Le *pín* 顰 (ㄆㄧㄣˊ) désigne l'action de se froncer les sourcils, qui peut aussi décrire l'état malheureux de quelqu'un avec des sourcils froncés.

13 On utilise l'expression *chībǎo méishì zuò* 吃飽沒事做 ou *chībǎo xiánxián* 吃飽閒閒 pour décrire, d'un sens ironique, quelqu'un qui fait quelque chose d'inutile pour rien.

14 Cf. *Le Rêve dans le pavillon rouge*, extrait du récit XXX : « "Est-il croyable, pensa-t-il, qu'une soubrette au cœur niaisement sensible s'avise, à l'instar de ma sœurette *aux sourcils froncés*, de venir ici enterrer des fleurs ?" Puis il se dit à soi-même en riant : "Si c'est réellement, elle aussi, à enterrer les fleurs qu'elle s'applique, c'est bien le cas de dire que *la fille des Shi de l'est imite le froncement de sourcils* ; mais, bien loin de s'en émerveiller, il y aurait plutôt lieu de n'éprouver que dégoût." »* Voir CAO Xueqing 曹雪芹 et GAO E 高鶚, révisé par FENG Qiyong 馮其庸 et *al.*, *Caihuaben hongloumeng jiaozhu, diyi ce* 彩畫本紅樓夢校注·第一冊. Taibei, Lirenshuju 里仁書局, 1984. Pour d'autres idiomes semblables (*dongshixiaopin* 東家效顰/*chounvxiaopin* 醜女效顰), voir *Grand dictionnaire de la langue chinoise (révisé)* du Ministère de l'Éducation, repéré à http://dict.revised.moe.edu.tw/cgi-bin/cbdic/gsweb.cgi

* Traduction française cf. Cao Xue Qin ; *Le Rêve dans le pavillon rouge (Hong lou meng)*, traduction, introduction, notes et variantes par Li Tche-houa et Jacqueline Alézaïs ; révision par André d'Hormon. Paris : Gallimard, 1981. p. 682-684.

15 Raconter les histoires sous formes multiples devient une méthode thérapeutique en psychologie pour les enfants et les adultes. Voir Jerrold R. BRANDELL, Lin Ruitang 林瑞堂 trad., *Ertong gushi zhiliao* 兒童故事治療 (Of Mice and Metaphors). Taibei, Zhanglaoshiwenhuagongsi 張老師文化公司, 2002 ; voir Michael WHITE, Huang Mengjiao 黃孟嬌 trad., *Xushi zhiliao de gongzuo ditu* 敘事治療的工作地圖(Map of Narrative Practice). Taibei, Zhanglaoshiwenhuagongsi 張老師文化公司, 2008.

[16] *Lunyu zhushu* 論語註疏, « Jishi 季氏 », commenté par HE Yan 何晏, expliqué par XING Bing 邢昺. Taibei, Yiwenyinshuguan 藝文印書館(十三經註疏本), 1985, p. 148.

Traduction française cf. Charles LEBLANC et Rémi MATHIEU, 2009, « Lunyu », dans *Philosophes confucianistes*, p. 186.

[17] Voir *infra*, Chapitre 3, Section 2 « Amour ».

[18] SIMA, Qian 司馬遷, *Shiji huizhu kaozheng : Guanyan lie zhuan* 史記會注考證·管晏列傳, commenté par Kametarō TAKIGAWA, p. 829.

Traduction française cf. SIMA, Qian. *Les mémoires historiques de Se-ma Ts'ien*, « Chap. LXII – Guan Zhong et Yan Ying », trad. et ann. par Édouard Chavannes, Max Kaltenmark et Jacques Pimpaneau, Tome VII, 2015, p. 131-132.

[19] WANG Bi, *Laozi*, *op. cit.*, p. 2-3, 38.

[20] Cf. *Lunyu*, HE Yan 何晏, *op.cit.*, p. 30-31. « Le Maître dit : "Combine mince était la capacité de Guan Zhong !" […] "Si le sieur Guan comprenait les rites, qui donc ne les comprend pas ?" » Traduction française cf. Charles LEBLANC, 2009, « Lunyu », "Bayi", *op. cit.*, p. 56-57.

[21] Lorsque le caractère *rou* 肉 est un radical, il est abrégé en 月, se ressemblant au caractère de *yue* 月(la lune).

[22] *Zhanguo ce* 戰國策, commenté par GAO You 高誘. Taibei, Taiwansangwuyinshuguan 台灣商務印書館, 1974, p. 438.

Traduction française inspirée de cf. *Zhanguoce*, voir : *Zhan guo ce* 戰國策 (*Records on the Warring States Period*, vol. 2), traduit de l'anglais en chinois moderne par ZHAI Jiangyue 翟江月. Guilin, Guangxi : Guangxi Normal University Press, 2008, p. 942-945.

[23] Quand je raconte dans mes mots la scène où Dushi Zan exprime son opinion au marquis Wenhou de Wei, pour ne pas influencer les égards du lecteur envers le premier, je n'emploie pas exprès de qualitatifs qui laissent suggérer ses expressions faciales. Si ses commentaires sur Yue Yang relèvent simplement de son analyse et sa compréhension de la nature humaine, si c'est par le souci du danger éprouvé pour le souverain et son État, à ce moment, il ne s'agirait pas d'un discours semant la discorde ou pour nuire à Yue Yang.

[24] Je tiens cette occasion à remercier les étudiants ayant participé à mon cours intitulé *xùngǔ xué* 訓詁學 (octobre 2016) de m'avoir donné une réponse inattendue, mais complète concernant ce questionnement. Le *xunguxue* ou Commentaires des textes anciens, est un champ d'études qui combine les théories graphique (donc *wénzì xué* 文字學 ou *wànzì xué* 漢字學) et phonétique (donc la philologie chinoise, *shēngyùn xué* 聲韻學) des caractères chinois pour paraphraser des archives et des textes d'ancienne époque dans un langage dit moderne.

[25] Je tiens également à remercier les étudiants du cours de *wenzixue* 文字學 (novembre 2016). Leur réponse montre au moins que mes réflexions ne sont pas de pensées en l'air.

[26] *Lunyu zhushu* 論語註疏, « Shu'er 述而 », commenté et expliqué par HE Yan 何晏 et XING Bing 刑昺, p. 63.

Traduction française cf. Charles LEBLANC, « Lunyu », *op. cit.*, p. 93-94.

27 Dans *Grand Dictionnaire de la Langue chinoise (révisé)* du Ministère de l'Éducation : http://dict.revised.moe.edu.tw/cgi-bin/cbdic/gsweb.cgi?ccd=bEW.Ca&o=e0&sec=sec1&op=v&view=0-1

28 *Lunyu zhushu* 論語註疏, « Shu'er 述而 », *op.cit.*, p. 63.

Traduction française cf. C. LEBLANC, « Lunyu », "Shu'er", *op. cit.*, p. 93.

29 « En fait, rien n'a de sens, *sauf celui que vous donnez à toute chose*. » Voir Neale D. WALSCH. *Communion with God* (Jimmy trad.). Taipei, Shangzhouchubanshe 商周出版社, 2015, p. 233. Traduction française cf. Neale Donald WALSCH. *Communion avec Dieu* (traduit de l'américain par Michel SAINT-GERMAIN). Outremont : Ariane Éditions, impression 2001, p. 157.

30 Ces trois composantes sont des *caractères autonomes* (*détǐ zì* 獨體字) qui, ensemble, forment un nouveau sens. Selon le principe de la formation des caractères chinois, ce nouveau caractère est un *idéogramme* (*huìyì zì* 會意字). Autrement dit, il s'agit d'un nouveau caractère avec une nouvelle signification, qui est formé par la combinaison de différents caractères autonomes ou des *caractères composés* (*hétǐ zì* 合體字).

31 Le caractère *sheng* 聖 s'écrit avec *rén* 壬 à la place de *rén* 人 dans les inscriptions sur bronze. Ce serait probablement influencé par la prononciation que l'on écrivait involontairement la sous-graphie de la forme (radical ou composante graphique représentant la signification du caractère) par une sous-graphie phonétique *ren* 壬 (radical ou composante graphique représentation la prononciation). Dans les procédés de l'invention des sinogrammes, ce caractère idéogramme est devenu un *idéophonogramme* (*xíngshēng zì* 形聲字). Dans l'évolution des sinogrammes, certains appellent ce processus par *transformation erronée* (*é huà* 訛化, la graphie est mal écrite), *idéophonogrammisation* (*xing sheng hua* 形聲化 ou *yīnhuà* 音化 (*phonétisation*) ; cela dit les pictogrammes, les déictogrammes et les idéogrammes sont transformés en idéophonogramme) ou bien par *transformation* (*yìhuà* 異化 la façon d'écrire change).

32 *Laozi*, *op. cit.*, p. 3.

Traduction française cf. R. MATHIEU, 2008, *op. cit.*, p. 84.

33 Cela signifie que des défauts et des fautes sont inévitables chez l'être humain. Voir *Grand dictionnaire de la langue chinoise (révisé)* du Ministère de l'Éducation : http://dict.revised.moe.edu.tw/cgi-in/cbdic/gsweb.cgi?ccd=CqZAdZ&o=e0&sec=sec1&op=v&view=8-2

34 Il y a une différence et ressemblance entre *gūdān* 孤單 et *gūdú* 孤獨. Les deux seront discutés dans la section 2.

35 Des compagnes publicitaires mettent l'accent sur comment refuser ou s'éloigner de ces produits. Malheureusement, plus on veut les combattre et s'en débarrasser, plus ils nous suivent de près. Voir *infra* Chapitre 3, section 2 « *Pa* 怕, la peur ».

36 *Yili* 儀禮, « Tesheng kuishi li » 特牲饋食禮 : « Le futur représentant du mort, vêtu comme le chef de la maison, sort et se tient au côté gauche de la porte, le visage tourné vers l'ouest. ». Voir *Yili zhushu* 論語註疏, commenté et expliqué ZHENG Xuan 鄭玄 et JIA Gongyan 賈公彥. Taibei, Yiwenyinshuguan 藝文印書館, 1985, p. 521.

Traduction française cf. Séraphin COUVREUR, *I-Li (Yili) : Cérémonial*, « Chapitre XV : Offrandes d'une seule victime », p. 253.

[37] Voir *Chinese Linguipedia* 中華語文知識庫. Repéré à http://chinese-linguipedia.org/clk/search/%E5%B0%B8/87430/183698?srchType=1&fouc=

[38] Faute de penser que je crois que la société contemporaine est remplie des « hommes propres à rien ». Le fossé des générations est longtemps considéré comme un phénomène général dans la société taïwanaise. Si quelqu'un accepte l'idée que « les jeunes de nos jours ne sont pas endurants, pas responsables, pas réalistes, ou ils sont indifférents », ce n'est que ce groupe de personnes qui lui seront visibles. Suivant cet ordre d'idée, il n'est pas difficile de créer un fossé des générations, car, plus la personne est préoccupée par ces idées, plus celles-ci gagnent de l'importance. La société se développerait donc toute naturellement dans cette direction, et les schémas culturels seraient ainsi façonnés. Quant à la question comment le sentiment d'incompréhension mutuelle est-il créé ? La réponse semble ne pas avoir de l'importante en ce qui concerne la vérité. Est-il vrai qu'il *faut souffrir pour se fortifier* ? Pourquoi la culture taïwanaise traditionnelle croit-elle que la vie et le travail doivent être une souffrance ? Alors les jeunes gens devraient-il s'adhérer à ce modèle culturel pour ne pas ainsi comme un propre à rien ? Ce n'est pas forcément ce que je vois ou j'entends, ce qui suscite mes réflexions quant à ce genre de questions.

[39] Le *Youxue qionglin* 幼學瓊林 est composé vers la fin de la dynastie des Ming 明. C'est un manuel abécédaire parmi les petits enfants de l'école privée du village. Voir *Youxue qionglin jujie* 幼學瓊林句解, commenté et expliqué par YE Lin 葉麟. Tainan, Daxiachubanshe 大夏出版社, 1986, p. 238.

[40] SIMA Qian 司馬遷, *Shiji huizhu kaozheng* 史記會注考證« Wuzixu liezhuan » 伍子胥列傳, commenté par Kametarō TAKIGAWA, p. 850.

Traduction française cf. Sima Qian. (2015). *Les mémoires historiques de Se-ma Ts'ien*, « Chap. LXVI – Wu Zixu », *op. cit.*, p. 171.

[41] L'histoire de la Chine de l'époque Chunqiu vient principalement des *Annales des Printemps et Automnes*, il est dit que Confucius l'avait édité et révisé. Cependant, l'histoire de Wu Zixu fouettant la dépouille n'est pas notée là-dedans, mais qui se figure dans *Les Mémoires historiques de Sima Qian* de l'époque ultérieure. C'est la raison principale que les érudits se doutent de ce fait historique. Certains disent que Wu Zixu ne fouetta la tombe symboliquement au lieu du cadavre.

[42] Voir *Lunyuzhushu* 論語註疏 « Jishi 季氏 », *op. cit.*, p. 140.

Traduction française cf. Charles LEBLANC. « Lunyu », *op. cit.*, p. 177.

[43] Peut-être le lecteur se demanderait pourquoi je dis que la vengeance est mon amie quand j'en suis consciente que celle-ci ne nous apporterait que la souffrance ? C'est parce que j'ai profondément réalisé une loi de ce monde : ce que je résiste, je refuse le plus, c'est ce qui va me suivre de près. Dans ce cas-ci, il me suffirait de ne pas imiter ses conduites et je pourrais remémorer ma vie passée avec sa présence. Quand cela n'aura plus d'influence sur moi, je pourrais m'ouvrir et accepter le moi de toutes les étapes différentes de ma vie.

[44] *Shiji huizhu kaozheng* 史記會注考證, « Wuzixu liezhuan » 伍子胥列傳, *op. cit.*, p. 852.

Traduction française cf. SIMA, Qian. (2015). *Les mémoires historiques de Se-ma Ts'ien*, « Chap. LXVI – Wu Zixu », *op. cit.*, p. 175-176.

45 *Laozi*, *op. cit.*, p. 6 et 91.

Traduction française : *tiāndì bùrén* 天地不仁 « Le ciel et la terre ne font preuve d'aucune humanité » ; *tiāndào wúqīn* 天道無親 « La voie du ciel est dépourvue d'affection partisane ». Cf. Rémi MATHIEU, *Le Daode jing*, *op. cit.*, p. 88 et p. 223.

46 Je constate souvent les amis ou les étudiants qui pourraient travailler sans arrêt pour leurs passions. Pour la plupart de temps, leurs entourages leur disent de « ne pas trop se forcer » pour les réconforter. Or, ces gens ne sont pas conscients du fait qu'ils sont en train de se référer à eux-mêmes. Pour ceux dont le moindre sommeil suffirait pour se jeter dans leur travail, c'est du bonheur immesurable. À ce moment-là, son âme est bien éveillée et participative, elle est dans un état harmonieux avec son corps. Si ce n'est pas motivé par ses désirs, mais il court volontairement après les autres pour *être valorisé*, les circonstances et les conséquences seraient peut-être autrement.

47 Selon une coutume traditionnelle taïwanaise, il est préférable de ne pas rendre visite chez quelqu'un si l'on est encore en deuil, pour ne pas porter du malheur à des gens visités.

48 Dans le *Dictionnaire des variantes* du Ministère de l'Éducation 異體字字典 : http://dict.variants.moe.edu.tw/yitia/fra/fra02076.htm

49 Le 匕 *bǐ* (ㄅㄧˇ) est un ustensile pour puiser la nourriture, équivalent à une cuillère ou une louche de nos jours.

50 *Zhuangzi Jishi* 莊子集釋, « Zhile 至樂 », *op. cit.*, p. 271.

Traduction française cf. *Les œuvres de Maître Tchouang*, traduit par Jean LEVI, 2006, chap. 18. Paris : Encyclopédie des Nuisances, p. 145-146.

51 Le *Huayan Jing* 華嚴經 ou *Sutra Avatamsaka* dit : « Si les hommes voudraient connaître tous les Bouddhas de tout temps (*passé, présent et futur*), il suffirait de contempler la nature des lois cosmiques, que tout se crée par l'esprit. » Voir *Dafang guangfo huayan jing* 大方廣佛華嚴經, traduit par Śikṣānanda. *Chinese Classic Ancient Books* 中國基本古籍庫(e-version TBMC), 大正新脩大藏經, p. 222.

52 Le Gaodishu est excavé au tombeau M8 de Kongjiapo. On présume que l'identité de l'occupant est un fonctionnaire de base au niveau du comté de l'époque des Qin et Han (remonte au plus tard à 142 av. J.-C., soit la deuxième année de l'ère Houyuan 後元二年 du règne de l'empereur Jingdi 景帝), responsable de la gestion des ressources et productions. Voir HONG Yanmei, « "*Kongjiapo hanjian", gaodishu xundu ji shengsi wenhua yanjiu*《孔家坡漢簡·告地書》訓讀及生死文化研究. Taibei, Chutuwenxian 出土文獻 : YanjiushiyeyuFang 研究視野與方法, 2014, Department of Chinese Literature, NCCU, p. 119-140.

53 Voir Hubei Provincial Institute of cultural relics and Archaeology & Suizhou archaeological team (éd.), *Suizhou kongjiapo mu jiandu* 隨州孔家坡漢墓簡牘, p. 197.

54 Voir Hong Yanmei, *Kongjiapo hanjian, Gaodishu suojian shengming jiaoyu – jianlun xunguxue zhi yingyong*《孔家坡漢簡・告地書》所見生命教育——兼論訓詁學之應用. Taibei, Colloque

International sur la Littérature et la Pensée de la Dynastie Han & 60e Anniversaire du Département, Department of Chinese Literature, 26/27 novembre 2016.

55 La solitude peut être divisée en deux niveaux : extrinsèque, c'est « la situation d'être seul (*gūdān* 孤單), suscitant surtout le sentiment de malheureux » ; intrinsèque, c'est que l'individu se sent seul même accompagné d'autrui. Le terme *gudan* 孤單 désigne l'état d'être seul sans compagnie de quelqu'un d'autre. Celui qui est seul ne ressent pas nécessairement la solitude. Voir *Cambridge Dictionnairy* en ligne : http://dictionary.cambridge.org/dictionary/

56 Voir Alfred ADLER, *The Science of Living*, traduit par WU Shuyu 吳書榆. Taibei, Jingjixinchaoshe 經濟新潮社, 2016, p. 49-66. Or j'ai une opinion différente quant à ce propos de l'auteur dans son livre : « Tout être humain est né avec le sentiment d'infériorité, et qui s'efforce à rechercher un sentiment de supériorité* ». Je pense que le sentiment d'infériorité chez les petits enfants n'est pas congénital, mais c'est quelque chose acquis par l'apprentissage. Si l'éducation est impartiale et harmonieuse et qu'elle se conforme aux principes naturels de l'univers, comme ce qu'enseigne Spinoza (1632-1677) et ce que montre dans le *Laozi* ou bien le *Livre des mutations*, ce complexe d'infériorité n'aurait jamais sa place. J'assumerais que la conclusion de l'auteur résulte de l'observation des cultures européenne et américaine.

* Je traduis cette phrase telle quelle du chinois. Le phrase du texte d'origine en anglais est : « While the feeling of inferiority and the striving for superiority are universal… » cf. Alfred ADLER, 1930. *The Science of Living*. London : George Allen & Unwin Ltd, p. 65. Repéré à https://archive.org/details/scienceofliving029053mbp)

57 *Lunyuzhushu*, *op. cit.*, p. 172.

Traduction française cf. Charles LEBLANC, « Lunyu », "Zizhang", *op. cit.*, p. 213.

58 Dans les livres canoniques avant l'époque de Han, le terme « *húnpò* 魂魄 » désigne l'esprit et l'âme. Comme dans les paroles de Zichan 子產 citées dans le *Zuozhuan* 左傳, « Le septième année de Zhao Gong 召公七年 » : « Quand le corps de l'enfant commence à se former, l'âme qui lui donne sa forme s'appelle [*pò* 魄]. Quand cette âme lui a donné sa forme, l'âme spirituelle, nomme [*hún* 魂], survient. Le grand nombre des principes actifs des choses (des mets, des boissons,...) dont l'homme fait usage, rendent ces deux âmes très fortes. » Voir *Chunqiu Zuozhuan zhengyi* 春秋左轉正義. Taibei : Yiwenyinshuguanchongkansongben 藝文印書館重栞宋本, 1955, p. 764.

Traduction française cf. Séraphin COUVREUR (1835-1919). *Tch'ouen Ts'iou et Tso Tchouan* (*Chunqiu Zuozhuan*), « Livre X – Septième année », Tome III, p. 76.

Et dans le *Shiji* 史記, « cike liezhuan 刺客列傳 » : « Le comte Zhi 智伯 me comprenait ; je dois donc mourir pour le venger. Alors seulement mon âme sera sans remords. » Voir *Shiji huizhu kaozheng* 史記會注考證, *op. cit.*, p. 999.

Traduction française cf. SIMA, Qian. (2015). *Les mémoires historiques de Se-ma Ts'ien*, « Chap. LXXXVI – Les assassins », *op. cit.*, p. 74.

59 MOODY, Raymond A., LIN Hongtao 林宏濤 (trad.), *Sihou de shijie* 死後的世界 (*Life After Life*). Taibei, Shangzhouchubanshe 商周出版社, 2012, p. 51-139.

Pour traduction française, voir : Dr Raymond MOODY. (1977). *La vie après la vie* (traduit de l'américain par Paul MISRAKI). Paris : Éditions Robert Laffont.

60 *Ibidem.*, p.54.

61 *Laozi*, *op. cit.*, p. 12.

Traduction française cf. R. MATHIEU, *Le Daode jing*, *op. cit.*, p. 100.

62 *Ibidem*, p. 31.

Traduction française cf. R. MATHIEU, *ibid.*, p. 124.

63 Huang Jing-chun 黃景春. *The Studies on the Ground Certificate and the Zhenmuwen and the value of lingusitics and philoogy*. Shanghai, Université normale de la Chine de l'Est. Thèse, PhD, 2004.

64 Dr. Joe DISPENZA, XIE Yihui 謝宜暉 (trad.). *Weilai yuyan : qidong nide liangzi gaibian* (Breaking the Habit of Being Yourself : How to Lose Your Mind and Create a New One). Taibei, Dipingxianwenhuagongsi 地平線文化公司, 2016, p. 123.

65 HUNG Yanmei, *Chutu qin jiandu wenhua yanjiu : chutu qin jiandu de Fangshu wenhua*. Taibei, Wenjinchubanshe 文津出版社, 2013, p. 51-94.

66 On dit souvent que *la familiarité nourrit le mépris* (*qīn jìn dǎo zhì wū màn* 親近導致侮慢). En général, cela veut dire que l'on ne serait pas valorisé par la personne que l'on traite de trop bien, en plus de perdre nos habiletés de discerner. Personnellement, je trouve que cette interprétation est trop optimiste, qui est d'ailleurs résultat de la méfiance de la nature de l'homme. Si l'on ne s'arrête pas sur le superficiel et regarde l'esprit à l'intérieur d'un individu, il est tout naturel que l'on pourrait aller au-delà de l'apparence et entrer dans la peau des autres. Donc, que ce soit quelqu'un des proches ou pas, cela n'a pas d'impact sur comment cet homme traite de bien autrui. En plus, au lieu de se laisser avec ses émotions, celui-ci ne réagirait pas aux conduites méfiantes des autres, il serait patient pour comprendre la situation afin d'éviter la détérioration de sa relation.

67 Dire autrement, ce n'est plus la matière qui crée l'homme, mais c'est de la conscience de l'homme qui crée cet univers. Ce propos est inspirant pour l'homme de revoir ses propres valeurs en soi. Cependant, ce fait se montrait comme un grand défi pour les traditions religieuses ou éducatives qui exigent une autorité manipulatrice pour leur existence.

68 *Mengzi* 孟子, annoté ZHAO Qi 趙岐 et corrigé par SUN Shi 孫奭. Taibei : Yiwenyinshuguan 藝文印書館 (十三經註疏本), 1985, p. 230.

Traduction française cf. Charles LEBLANC, « Meng zi », dans *Philosophes confucianistes*, *op. cit.*, p. 510.

69 Voir National Academy for Educational Research 國家教育研究院. Repéré à: http://terms.naer.edu.tw/detail/1311442/?index=2

70 *Chunqiu zhuo zhuan zhengyi* 春秋左轉正義, *op. cit.*, p. 483.

Traduction française cf. Séraphin COUVREUR (1835-1919). *Tch'ouen Ts'iou et Tso Tchouan* (*Chunqiu Zuozhuan*), « Livre VIII – Dix-septième année », Tome II, p. 84.

71 *Guoyu* 國語, « Jinyu », commenté par WEI Zhao 韋昭. Taibei, Lirenshu 里仁書局, 1981, p. 400-401.

72 La clé du cœur *xin* 心 des deux caractères *yuan* 怨 et *nu* 怒 est une sous-graphie de la forme (*xingfu* 形符) qui indique les activités mentales. La composante « 夗 » (*yuàn*) décrit la position d'un corps accroupi latéralement. La composante *nu* « 奴 » désigne des criminels réduits aux hommes de corvée ; et qui désigne plus tard tous les serviteurs ou les esclaves. La *yuan* 夗 et la *nu* 奴 sont lcs sous-graphies phonétiques suggérant la prononciation des caractères. Dans la théorie des *liushui*, il s'agit d'un idéo-phonogrammes pour un sinogramme composé de sous-graphie de la forme et de sous-graphie phonétique. Néanmoins, pour les caractères 怨 et 怒, les composantes 夗 et 奴 indiquent également la signification du caractère respectif, alors on les appelle également « sous-graphie phono-sémantique » (*shengfu jianyi* 聲符兼義 *litt.* une graphie phonétique qui indique à la fois la prononciation et le sens du caractère). C'en est une spécificité de la formation des sinogrammes.

73 Alice MILLER, YUAN Haiying 袁海嬰 (trad.), *Das Srama des begabten kindes*. Taibei, 2016, p. 76.

Traduction française cf. Alice MILLER. (2008). *Le drame de l'enfant doué : à la recherche du vrai soi* (traduit de l'allemand par Léa Marcou). Paris : Presses universitaires de France, p. 29.

74 *Ibid.*, p. 81

Traduction française cf. Alice MILLER, *ibid.*, p. 32.

75 *Laozi*, *op. cit.*, p. 7.

Traduction française cf. R. MATHIEU, *Le Daode jing*, *op. cit.*, p. 91.

76 Ce fut une pratique guerrière que les soldats coupèrent une partie du corps de leurs ennemies et les ramenèrent à leur souverain comme preuve de récompense selon leur mérite. Il existe d'ailleurs le caractère spécifique de cette pratique : *guó* 馘 (ㄍㄨㄛˊ). Le *guo* 馘 désigne l'action de couper et collecter la tête de l'ennemi. Il y a même un record noté dans le *Chunqiu Zuozhuan*, « Deuxième année du Duc Xuan 宣 » : « deux cent cinquante hommes furent pris et cent têtes furent rapportées. » Voir ZUO Qiuming 左丘明, *Chunqiu zuozhuan zhengyi* 春秋左轉正義, annoté par DU Yu 杜預, p. 362.

77 Dans la préface du *Shuowen jiezi*, Xu Shen 許慎 appelle donc le *wen* 文 (graphie) les sinogrammes que l'on ne peut plus diviser et le *zi* 字 ceux qui sont divisibles davantage. Cela dit, « une figure autonome est une *graphie*, ce qui est de figures composées est un *caractère*. »

78 *Xunzi jijie* 荀子集解, annoté par YANG Jing 楊倞 et expliqué par WANG Xianqian 王先謙. Taibei, Shijieshuju 世界書局(新編諸子集成，第二冊), 1991, p. 291.

79 Cet instinct humain, Xunzi l'appelle aussi par « les désirs suscités par [le] ouïe et [la] vue » *ĕ mù zhī yù* 耳目之欲. Pourtant, Xunzi rassemble également le fait que « dès sa naissance, [l'homme] aime son propre intérêt » et que « [d]ès sa naissance, il a en lui jalousies et haines » dans la nature humaine (Rémi MATHIEU, « Xunzi », "La nature humaine est mauvaise", *op. cit.*, p.1172). Par contre, je pense le contraire. Ces aspects sont plutôt dus à ce qui est acquis et ne relèvent pas de la nature humaine proprement dit. Voir *Xunzi jijie* 荀子集解, *ibid.*, p. 289.

80 « La nature humaine est mauvais », *Xunzi jijie*, *op. cit.*, p. 289-300.

81 Voir BAO Guoshun 鮑國順, *Xunzi xueshuo xilun*. Taibei, Huazhenshuju 華正書局, 1982.

82 *Zhuangzi jishi*, *op. cit.*, p. 313.

Traduction française cf. LIOU Kia-Hway et GRYNPAS, Benedykt, 1980, *Philosophes toïstes* I, *op.cit.*, p. 244-245.

83 Voir XU Ziguang 徐子光, *Mengqiu ji zhu* 蒙求集註, « *juanxia* 卷下, *kongrong rangguo* 孔融讓果 ». Chinese Classic Ancient Books 中國基本古籍庫 (e-version TBMC), 青文淵閣四庫全書本, p. 96.

84 Certes, beaucoup proposent que l'homme doit apprendre à retenir ses désirs et envies et ne doit pas laisser la bride à ses passions selon ses dispositions naturelles. Tout comme on devrait priver des enfants des jouets violents (*wán dāo dòng qiāng* 玩刀動槍 signifie littéralement jouer avec les couteau et javelot). Je constate également que la plupart des gens disant qu'il faut réprimander la nature humaine sont souvent des porte-paroles de secte religieuse ou bien ceux ayant un certain pouvoir dans un domaine donné. Si l'homme est fait de ses désirs, c'est que le Créateur le veut ainsi. Stigmatisant cette nature innée, n'irait-on pas à l'encontre de sa bonne volonté ? Du moins que l'on pense que celui-ci est de mauvais sort, qui fournit les dispositions innées à l'homme pour qu'il puisse par la suite les réprimander. Alors que l'homme n'y parviendrait pas, sous ce prétexte, celui-ci pourrait ainsi punir les êtres humains créés par lui-même avec toutes sortes de désastres. Je pense souvent que si jamais l'homme voudrait accorder toute liberté à ses désirs, ne serait-il pas le résultat du refoulement découlant de la répression de ces désirs mêmes ? Qu'en est-il le but de se retenir ? Les enfants pouvant avoir accès aux jouets dits violents, si ce n'est pas la violence qui se trouve dans leur nature même, c'est devenu possible grâce à l'apprentissage des adultes. Si l'on réfléchit avec un esprit tranquille à ces nombreux conflits sociaux, et qu'on les observe sans juger ni distinguer le bien du mal (parce que nous sommes tous de Sa création), on constaterait que la plupart des conflits sociaux sont intéressants à voir.

85 Paul R. EHRLICH, LI Xiangci 李向慈 et HONG Jiaoyi 洪佼宜 (trad.), *Human Natures : Genes, Cultures, and the Human Prospect*. Taibei, Maotouyingchubanshe 貓頭鷹出版社, 2003, p. 20.

86 Pour le caractère *xing* 行, voir la section 2 de ce chapitre.

87 Prenons l'exemple de cette question : « Basant sur les catégories de *liushu* 六書, il y a combien de "pictogrammes" dans l'expression "對牛彈琴" ? (A) 1 (B) 2 (C) 3 (D) 4 ». Le caractère *tan* 彈 fut un pictogramme à l'époque de *jiaguwen* ; la forme sigillaire du *Shuowen* de *qin* 琴 fut aussi un pictogramme. Si l'on ne précise pas qu'il faut baser sur la forme de *kaishu* 楷書, il aurait deux réponses possibles pour cette question : (A), basant seulement sur le *kaishu* ; ou (C), basant sur les caractère anciens (*guwenzi*).

88 Voir le *Grand dictionnaire de la langue chinoise (révisé)* du Ministère de l'Éducation, repéré à http://dict.revised.moe.edu.tw/cgi-bin/cbdic/gsweb.cgi?ccd=9OI.0V&o=e0&sec=sec1&op=v&view=0-1

89 Le caractère *zhi* 止 veut dire les pieds et par extension indique l'action de marcher, il adopte plus tard un sens figuré d'arrêter.

90 *Laozi*, commenté par WANG Bi, *op. cit.*, p. 24.

91 Voir YU Jiaxi 余嘉錫, *Shuoshuo xinyu jianshu* 世說新語箋疏, « Yanyu di'er 言語第二 ». Taibei : Huazhengshuju 華正書局, 1984, p. 56.

Traduction inspirée de l'anglais cf. *Shih-shuo Hsin-yu: A New Account of Tales of the World* / by Liu I-Ching; with commentary by Liu Chün; translated with introduction and notes by Richard B. MATHER. 2nd ed. 2002, Center for Chinese Studies: The University of Michigan (Second Edition), p. 26.

92 *Lunyu zhushu* 論語註疏, *op. cit.*, p. 70.

Traduction française, cf. Charles LEBLANC, « Lunyu », "Le Grand Oncle", *op. cit.*, p. 99.

93 Cette partie est en lien avec la notion de *huàxìng qǐwèi* 化性起偽, transformer la nature et susciter l'artifice, mentionnée dans le *Xunzi*.

94 À l'époque des Royaumes Combattants (403-221 av. J.-C.), le médecin renommé Bian Que 扁鵲 avait reçu une prescription d'un immortel lui permettant de voir au travers le mur. Grâce à ce pouvoir supranormal, il examina alors les organes de ses patients et put *voir clairement les concrétions enfouies dans l'abdomen*. Il est devenu ainsi le médecin légendaire grâce à ce pouvoir. Voir *Shiji huizhu kaozheng* 史記會注考證, « *bianque canggong zhuan* 扁鵲倉公傳 », *op. cit.*, p. 1112. De cette histoire dérive la locution *dòngjiàn zhēngjié* 洞見癥結 décrivant la capacité de discerner la cause et la raison du mal malgré tout obstacle.

95 Voir *History* : http://www.history.com/news/the-twin-towers-high-wire-walk-40-years-ago ; *Telegraph* : http://www.telegraph.co.uk/men/the-filter/11017369/Man-on-Wire-the-criminal-artist-who-walked-on-air.html ; et *WikipediA* : https://en.wikipedia.org/wiki/Philippe_Petit

96 Voir *Internet Movie Database* : http://www.imdb.com/title/tt3488710/

97 *Liji zhengyi* 禮記正義, *op. cit.*, p. 982-988.

Pour traduction française de cet extrait, voir Charles LEBLANC, « Lunyu », "La Grande Étude", *op. cit.*, p. 553-559.

98 Voir *BBC* : http://www.bbc.com/zhongwen/trad/china/2015/01/150126_congfuciousinstitute_france ;

VOA : http://www.voacantonese.com/a/bh-mos-russia-confucius-institute/2891734.html ;

Telegraph: http://www.telegraph.co.uk/news/worldnews/northamerica/usa/11133921/China-soft-power-set-back-as-US-universities-shut-second-Confucius-Institute-in-a-week.html

99 Il existe une organisation taiwanaise, appelée *Association to Remedy Chinese Language Education*, qui donne ses opinions critiques en matière de l'éducation de langue et littérature chinoises.

100 L'expression *huáng zhōng huǐ qì* 黃鐘毀棄 veut dire un instrument de musique est détruit et abandonné lorsque l'on pourrait rectifier les tons, qui plus tard désigne qu'un homme de grand talent, mais auquel on ne confie pas une grande fonction. Celle de *wǎ fǔ léi míng* 瓦釜雷鳴 décrit *la marmite en terre cuite résonne comme le tonnerre*. Les deux viennent toutes des *Chants de Chu*, « Qu Yuan, Bu Ju ». Voir *Grand Dictionnaire de la Langue chinoise (révisé)* du Ministère de

l'Éducation, repéré à http://dict.revised.moe.edu.tw/cgi-bin/cbdic/gsweb.cgi et http://dict.revised.moe.edu.tw/cgi-bin/cbdic/gsweb.cgi?ccd=f0TNRq&o=e0&sec=sec1&op=v&view=1-2

[101]*Laozi* 老子, commenté par WANG Bi, p. 6.

[102]Voir CHEN Guying 陳鼓應, *Laozi jinzhu jinyi ji pingjie* 老子今註今譯及評介, p. 61.

[103]*Lunyu zhushu* 論語註疏, commenté et expliqué par HE Yan et XING Bing, p. 55.

[104]*Ibidem*, p. 118.

[105]*Liji zhengyi* 禮記正義, commenté et expliqué par ZHENG Xuan et KONG Yingda, p. 880.

[106]TOLLE, Eckhart. ZHANG Defen 張德芬(trad.), *A New Earth : Awakening to Your Life's Purpose*. Taibei : Fangzhichubanshe 方智出版社, 2015, p. 137-162.

[107]Ce trait vertical se fusionne avec un autre caractère dans le style régulier *kaishu* : le « *jué* 亅 » (ㄐㄩㄝˊ). Le *jue* 亅 veut dire un crochet inversé. Dans le *Shuowen*, on dit que « le caractère *jue* 亅, c'est ce qu'on appelle par le crochet inversé. »

[108]Le numéro « 3 » devrait en fait être le « 5 », il s'agirait peut-être d'une erreur d'édition de vidéo.

[109]TGOP. (2013, 04 février). *Common Occurrences during New Years【Quotation Series】* [Vidéo en ligne]. Repéré à https://www.youtube.com/watch?v=k2eeqrt5if8

[110]SHI Yanshou 釋延壽. *Zongjing lu* 宗鏡錄. Chinese Classic Ancient Books 中國基本古籍庫 (e-version TBMC), 大正新脩大藏鏡本, p. 146.

[111]Voir *Grand Dictionnaire de la Langue chinoise (révisé)* du Ministère de l'Éducation. Repéré à http://dict.revised.moe.edu.tw/cgi-bin/cbdic/gsweb.cgi

[112]Les caractères *qiē* 切, *cuō* 磋, *zhuó* 琢, *mó* 磨 indiquent le processus de raffinement des minéraux bruts, pièces de jade ou morceaux d'ivoire. Cela devient une locution pour dire que l'on se fignole et se discute pour s'améliorer.

[113]*Chunqiu zuozhuan zhengyi* 春秋左傳正義, « Xigong qinian » 僖公七年, *op. cit.*, p. 215.

[114]Parfois, on renverse la graphie ou bien modifie quelques traits pour changer une graphie.

[115]Voir MOGAMI Yu, ZHU Lizhen 朱麗真 (trad.), *Fumian sikao de liliang* 負面思考的力量. Taibei : Shangzhouchubanshe 商周出版社, 2016.

[116]*Ibidem*, MOGAMI Yu, « Chapitres 4 et 5 ».

[117]*Laozi* 老子, *op. cit.*, p. 11-12.

[118]Certains érudits ajoutent le caractère *chěng* 騁 suite à celui de *chí* 馳.

[119]*Zhuangzi jishi* 莊子集釋, « Shanmu 山木 », textes présentés par GUO Qingfan, *op. cit.*, p. 293.

[120]Dans le *Grand Dictionnaire de la Langue chinoise (révisé)*, on explique le terme *science-fiction* (*kēhuàn* 科幻) par : « Se basant sur de nouvelles découvertes ou réalisations scientifiques, on imagine et anticipe ce qui pourrait être le futur. Ce genre de création est souvent présenté avec les autres formes d'art, comme le roman d'anticipation et les films de science-fiction ». Repéré à :

http://dict.revised.moe.edu.tw/cgi-bin/cbdic/gsweb.cgi?ccd=0wOgxx&o=e0&sec=sec1&op=v&view=0-1

[121]Concernant le fait de « dire la vérité », je préfère surtout cet extrait : « Commencez par vous dire la vérité à vous-même, à propos de vous-même. Puis, dites-vous la vérité à vous-même des autres. Puis, dites la vérité à propos de vous-même à d'autres. Puis, dites la vérité à propos d'un autres à cet autre. Finalement, dites la vérité à chacun à propos de chaque chose ». Voir Neale D. WALSCH, MENG Xiangsen 孟祥森 trad., *Conversations with God: An Uncommon Dialogue* (Book II). Taibei : Fangzhichubanshe 方智出版社, 2015, p. 10.

Traduction française cf. Neale Donald WALSCH. *Conversations avec Dieu : un dialogue hors du commun* (traduit de l'américain par Michel SAINT0GERMAIN), Tome 2. Saint-Laurent : Édition du Club Québec loisirs, p. 4.

[122]*Lunyu zhushu*, *op. cit.*, p. 155.

Traduction française, cf. C. LEBLANC, « Lunyu », "Le Chef de clan Yang Huo", *op. cit.*, p. 193.

[123]Garner, Richard. (2015, 20 mars). Finland schools: Subjects scrapped and replaced with 'topics' as country reforms its education system. *Independent*. Repéré à http://www.independent.co.uk/news/world/europe/finland-schools-subjects-are-out-and-topics-are-in-as-country-reforms-its-education-system-10123911.html

[124]*Liji zhengyi* 禮記正義, *op. cit.*, p. 412-414.

[125]ZHANG Zhan 張湛, *Liezi zhu* 列子注. Taipei, Shijieshuju 世界書局(新編諸子集成) vol. 3, 1991, p. 21. L'ancien titre du *Liezi* fut *Lieyukou zhuan* 列禦寇撰 (Lie zi 列子 lui même). Les érudits croient que le *Liezi* fut composé à partir des textes du Taoïsme collectionné par les hommes des époques de Wei 魏 (220-265 apr. J.-C.) et de Jin 晉 (265-420 apr. J.-C.). On y trouve des idées semblables à celles de Zhuangzi. La première année de Tianbao 天寶 de Tang (742), Lie zi fut nommé par l'empereur Xuan Zong 玄宗 de la Dynastie Tang comme Chongxu Zhenren 沖虛真人, l'Homme Véritable du Vide Médian. Son œuvre reçut également par respect le titre de *Chongxu zhenjing* (*Le Véritable Classique du Vide Médian*).

Traduction française, cf. Lie zi. (2012). *Lie-tseu* (présenté, traduit, et annoté par Rémi MATHIEU). Paris : Entrelacs, p. 115.

[126]Voir HAWKINS, David R., CAI Mengxuan 蔡孟璇 trad., *Power vs Force: the Hidden Determinants of Human Behavior*. Taipei, Fangshizhichubanshe 方智出版社, 2012.

[127]Voir DISPENZA, Joe, XIE Yihui 謝宜暉 trad., Breaking The Habit of Being Yourself: How to Lose Your Mind and Create a New One. Taipei, Dipingxianwenhuagongsi 地平線文化公司, 2016, p. 31-64.

[128]WILCOCK, David, HUANG Haotian trad., *The Synchronicity Key: The Hidden Intelligence Guiding the Univers and You*. Taipei, Xiangshiwenhua 象實文化, 2015, p. 101-105.

[129]KRISHNAMURTI, Jiddu, MAI Huifen 麥慧芬 trad., *Yu shenghuo hehao* (*What Are You Doing with Your Life?*). Taipei, Shangzhouchubanshe 商周出版社, 2015, p. 192-193. Le texte d'origine se termine par : « Et notre idée de nous-mêmes est la fuite du fait de ce que nous sommes. Mais quand tu t'aperçois le véritable fait de ce que tu es, personne ne peut te blesser. Alors, si quelqu'un

est un menteur et se fait dire qu'il est un menteur, cela ne veut pas dire que cela lui fait mal ; c'en est un fait. » Étant donné que les œuvres de Krishnamurti sont les notes préparées par ses disciples et que j'en partage des idées différentes, je n'ai pas inclus ce propos *dans les extraits cités**.

Traduit de l'anglais cf. J. KRISHNAMURTI, 2001, p. 81-82.

130Dans *Grand Dictionnaire de la Langue chinoise (révisé)* du Ministère de l'Éducation, repéré à http://dict.revised.moe.edu.tw/cgi-in/cbdic/gsweb.cgi?ccd=WgBCcr&o=e0&sec=sec1&op=v&view=2-2

131La prononciation de 靠北 (khò-pē) est adaptée au dialecte Minnan parlé à Taïwan. Ce terme comporte deux sens. Le premier est un terme de juron qui fait référence à la mort d'un père pour exprimer l'idée de mépriser les lamentations des autres. Le deuxième est une interjection vulgaire pour exprimer un malheur, un mécontentement ou un regret. Dans le *Dictionnaire des mots fréquemment utilisés du dialecte Minnan à Taïwan* 台灣閩南語常用詞辭典. Repéré à http://twblg.dict.edu.tw/holodict_new/result_detail.jsp?source=8&in_idx=01e7&n_no=5847&curpage=1&sample=%E7%88%B8&radiobutton=1&querytarget=2&limit=20&pagenum=1&rowcount=18

132Voir *Xinjiu yue quanshu*..., *op. cit.*, p. 25.

133*Laozi* 老子, commenté par WANG Bi, *op. cit.*, p. 9 et p. 21. On reviendrait à cette discussion en détail au Chapitre 4.

134Ce caractère *zhuó* 斲 (ㄓㄨㄛˊ) veut dire « hacher ou blesser ».

第三章 漢字之事與事理

胡塞爾（Edmund Husserl）曾經在《歐洲科學的危機和超驗現象學》（The Crisis of European Sciences and Transcendental Phenomenology）之中，表達他對西方文化的省思。他認為西方文化喪失真正的方向及目的。他在《生活世界現象學》（Phänomenologie der Lebenswelt）之中，試圖通過生活世界的觀念，將哲學家從自然學科支配的觀點中解放。

漢字及其文化內涵，是否也有如此的走向及解放的需要？胡塞爾的現象學對於漢字及其文化研究，具有某種啟發。

漢字原是一種兼有具象及抽象、可閱讀、有審美思維的符號系統，正是現象學所謂能夠表達意義的記號（expression）。不同於拼音文字的是，它還有構造空間及內在的動態衝動。

一、尊重物質渴望

甲骨文、金文、篆文等古文字，以具象線條呈現靜態與動態之美。後來為了配合經濟、科技發展，文字要更便於書寫，於是逐漸走向隸書、楷書。在它們抽象筆畫的表現下，許多漢字的結構已無法表達、指稱或暗示某物、某事。

透過漢字動態發展的探討，加入文化解讀，教師與學習者之間，敞開心胸地討論，不失為一種心靈交流的契機。過程中，人「性」原有的光芒將被喚醒，獲得莫大的解放、舒展。

(一) 性

甲骨文	金文	秦簡	說文小篆	標準字體	通用規範字
／	／	／	性	性	性

根據現在出土材料觀察，「性」字的產生較晚。目前最早見於《說文解字》的小篆。

《說文解字》如此解釋「性」：「人之陽气性善者也。从心，生聲。」許慎從陰陽之道詮釋「性」，認為人循陰陽之道，感陽氣而生；又從人性本善的視角，定義人在天地之間的價值，是善的。

這是個典型的形聲字。部件「心」（忄）是表達字義，屬於形符。部件「生」表示字音，但也兼具表義的功能（即「聲符兼義」），可以合理地將「生」的字義也納入「性」字的解釋。

「性」本義是人或物天生、自然具有的本質、本能，華人稱它為「本性」。人的本性都是純淨、溫和的。這也是為什麼大多數的人喜歡嬰兒，對他們不會有任何戒心。有些人則是特別懷念自己在嬰兒階段所受到的待遇：自由、被允許犯錯，以及滿滿無條件的愛。

也許是因為嬰兒還處於身體較脆弱的狀態，大多數的父母不會要求嬰兒有什麼特定的表現。對他們來說，能保住孩子的性命是最重要的。「性命」一詞的「性」，表示生命。

隨著嬰兒的成長，父母開始注意到年紀與嬰兒表現之間的關係。這部分有一些是來自成長背景、父母的示範，有些來自他們所受教育的影響。對華人來說，當孩子學會了走路、說話之後，意味他「長大了」。接下來，孩子很快會被要求學習如何對待父母及家人、如何與親友互動、如何表現他的品性。「品性」一詞的「性」，就表示個性。這個「性」已不再是純天然的了。

《論語．學而》引孔子的話說[1]：

> 子曰：「弟子入則孝，出則悌。謹而信，泛愛眾而親仁。行有餘力，則以學文。」

孔子說：「年幼的人在家裡應該要孝順父母，在外要尊敬長輩。處事謹慎而待人誠信，廣施愛心而親近仁德之人。能夠做到這些要求，如果還有剩餘的心力，

[1] 見（魏）何晏注，（宋）邢昺疏：《論語注疏》，第 7 頁。

再去研究學問。」

人因群居而構成家庭、社會、國家，不免因為「本性」不同而需要一些人為的調整、規範。儒家講究的「孝悌」，是出於善意，用以避免衝突、動亂。

可是，這世界上有多少人口，就會多少種先天的本性及後天的個性。當儒家思想還只是單純的一種主張時，它不會太大的問題。可是一旦將它抬升為理家、治國的準則，甚至成為儒教，那問題可能就不單純了。

那些言行才能符合「孝」、「悌」？許多儒家的經典，包括《論語》，它們並未對此具有系統性的理論，更沒有一套可供遵循的細則。這也是為什麼許多家庭之間的孝悌標準，頗為不同。

有時，為了將孝悌觀念簡單化，就將它定義為順從、服從、聽從。可是，誰又能保證父母師長都是對的？儒家口誅筆伐的亂臣賊子[2]，其中不乏很多人同時兼有父母師長的身分。

人生而有自由意志，它或許會一時地被壓抑、箝制，可是它從來不會永遠沉睡不醒。或許是儒家意識到人性的這個傾向，在孝道的堅持裡，他們要求絕對的服從。《論語・學而》提到[3]：

> 有子曰：「其為人也孝悌，而好犯上者，鮮矣；不好犯上，而好作亂者，未之有也。君子務本，本立而道生。孝悌也者，其為人之本與？」

孔子的弟子有子（名若，字有子）說：「一位孝順父母、尊重兄長的人，卻喜愛冒犯長輩，這種狀況是很少見的。不喜愛冒犯長輩，卻喜愛興亂造反，這是從來沒有的狀況。一位才德出眾的人會從做人的根本做起，奠立了做人的根本，就能夠建立他的真理。從這樣的觀念看來，孝順父母、尊敬長輩就是做人的根本吧！」

從有子的話觀察，儒家的講究的孝悌，終極目的是為了服從長輩（或上級），

---

2 「口誅筆伐」表示用言語和文字來揭發、譴責他人的罪狀。見教育部《重編國語辭典修訂本》：http://dict.revised.moe.edu.tw/cgi-bin/cbdic/gsweb.cgi。「亂臣賊子」是指違叛國君或父命，不忠不孝之人。見教育部《重編國語辭典修訂本》：http://dict.revised.moe.edu.tw/cgi-bin/cbdic/gsweb.cgi

3 見（魏）何晏注，（宋）邢昺疏：《論語注疏》，第5頁。

為了讓他成為不會興風作浪的人。他認為孝悌是做人的根本，或許這正是不孝悌的人在華人世界裡，常會被罵「不是人」的原由。

儒家的孝悌之道不僅要要求外在的言行服從，還要能內外一致。《論語‧為政》說[4]：

> 子夏問孝。
>
> 子曰：「色難。有事，弟子服其勞；有酒食，先生饌，曾是以為孝乎？」

《論語》記載孔子弟子子夏（名卜商，子夏是他的字）請教孔子，怎麼樣做才算是「孝」。孔子說：「面容、神情的表現是最難的。長輩有事，晚輩願意代替他們效力；有酒菜美食，先讓長輩品嚐，這樣就算是『孝』了嗎？」

文中的反問語氣，其實就是沒有商討餘地的否定句。

的確，德行如果只講究外在的言行規範[5]，而不能發乎內心真誠，的確容易流於虛矯。重點是，如何「色不難」？外在言行可以被勉強，內心的思維是誰也左右不了的。或許正因為如此，儒家在這方面沒有太多的論述。

2500 多年過去了，華人依舊生活在儒家思想的披覆之下。我認為這也說明兩點：一是，儒家思想有它一定的文化價值，尤其在追求人際關係和諧的議題上。二是，華人雖然高舉儒家思想做為文化主流，卻沒有以此壓抑其他不同流派的思想，尤其是道家。

許多不服從於儒家思想的人，即使會被視為任性。但在批判之餘，整體社會或個別家庭，對這些人依舊有某種程度的寬容。或許，這也是儒家思想的外衣之下，華人社會仍保有個性與創意的根源。

這是否意謂著儒家未來依舊可以做為華人文化主流，屹立不搖？我不知道。

---

4 見（魏）何晏注，（宋）邢昺疏：《論語注疏》，第 17 頁。

5 「德性」同「個性」、「品性」，辭彙中的「性」指個人特有的性格。指個人穩定的心理特徵總和，包括性格、興趣、愛好等。見教育部《重編國語辭典修訂本》：http://dict.revised.moe.edu.tw/cgi-bin/cbdic/gsweb.cgi?ccd=JzKxBu&o=e0&sec=sec1&op=v&view=6-1

不過，現今許多臺灣年輕人視儒家為「魯蛇」主義[6]，近幾年許多大型社會運動由年輕人主導或發起，或許傳達了一些相關訊息。

面對年輕人意識型態與言行的變化，現今臺灣許多長輩開始選擇反擊。有能力（擁有一定地位、權勢、財富者）指責他人的時候，常會自己動手。當指責無法改變年輕人的想法、做法，就拿出各種宗教教義，或是轉身變成祂的代言人，對年輕人加以譴責。

我常開玩笑說：如果每個人都如《聖經》所說，來自於祂的創造，而且是按照祂自己的形象。那麼，當我罵一個人「不是人」、懲罰和我意見不同的人，好像不小心也指責、懲罰到祂了。不知道祂會不會一時不開心，也送我一些災難？

我給別人的所有感受，終將回到我的身上。這句話不等於許多宗教上講的「報應」、「業力」。它只是一種自然的循環，一種規律的天道。指責、攻擊他人，無論基於任何理由，最終都會回來面對自己。這部分我親身感受過，如今很感恩有這種豐富多樣的生命體驗。

我還聽聞有些人形容現代一些勇於表達自己意見的年輕人，是惡魔。此時，我的心中會浮現一句佛經的話語「一切唯心造」。我不知道這世上究竟有沒有惡魔的存在，至少我沒親眼見過（書籍、傳播媒體倒是不少）。不過我相信，心中璀璨如陽光普照的人是看不見惡魔的。

有些老一輩的人會評論：「年輕人就是任性」，這句話很可愛。我認為年長的人也應該要任性[7]，這樣才能夠永保年輕。臺灣現在迷漫著一片「恐老」心聲（30歲被稱為「初老」），如果可以從內心做起，找回年輕時的任性，那會是多有趣的

---

6 「魯蛇」是英語 loser 的音譯。好巧，儒家起源於戰國時期（770B.C.～476B.C.）的魯國。

7 以前，我常因為母親堅持要我做某些事或接受她的某些想法，而悶悶不樂，或是想盡辦法不出現在她的面前。我不回嘴，做到了服從，可是也體驗了儒家所說的「色難」（一方面和言悅色難以做到，一方面還真是面有難色）。無論回嘴或不回嘴，接下來都會為自己製造很多的罪惡感、愧咎感。不僅兩人一直輪迴再類似的困境，親子關係也始終處於貌合神離的狀態。現在，我試著敞開溝通，挑戰自己過往的個性。當困境再次來到面前時，提醒自己要真實，也不再讓表面服從的言行欺騙她。如果她有不開心的跡象，我就笑笑地說：「沒辦法，我就是任性。」更多的時候，我採取堅定溫和的微笑，不回應。奇怪的是，就算接下來兩人鬥一下嘴，終了卻可以笑笑地放過對方。她常說我是不乖、不聽話的小孩，以往我想反駁的衝動，如今卻都消失了。貌合神離只會讓她一直處於一種狀態：害怕孩子有突發狀況而無法掌握情勢。她以往所認知的孝順，無法為她在這個時代環境下，從我身上獲得預設的快樂。自從開始有意識地解放母親與我之間的羈絆、困限，我開始可以看到許多人勉強自己去做不開心的事，理由是父母「開心就好」。這是以往沒有過的現象。他們不開心的原因很多，這將會成為我日後研究的對象。

情況。

「任性」一詞現今多偏向貶義。其實，它有兩種意涵：一是放縱性情恣意而為；一是順任性情之自然，不矯揉造作[8]。後者也可以用來指接受儒家思想，卻能夠不被它束縛的人。如今，當有人責罵我任性時，我都很開心地接受，還謝謝對方，竟然可以看出我是一個真實而不會欺瞞他的人。

如果這個世界的每個人，都能接受別人的任性，會不會可以更快速地進入《禮記・禮運》中的「大同」世界呢？「大同」究竟是要將所有人的個性都調整、控制為相同，還是每個人都可以接受別人的不同？

華人歷史上有位以孝、順著稱的儒者，名叫石奮。根據《史記》記載[9]，他發跡於楚、漢相爭（約 206B.C.～202B.C.）之際，隸屬於劉邦陣營。劉邦很喜歡他「恭敬」的態度。他有位姐姐善於彈琴，被劉邦納入後宮，於是全家搬遷進駐京城長安。

其實石奮不通儒術（原文：「無文學」），但靠著極為恭敬的態度、兒子們性情馴順而聞名於當世。文帝（180B.C.～157B.C.）時，太子太傅（儲君的老師）一職出缺，大臣們都推舉石奮擔任。石奮教導的太子即位為景帝（157B.C.～141B.C.）時，他已經做到百官首席。

由於石奮太過於恭敬謹慎，加上擔任太子太傅而與文帝十分親近，連貴為皇帝的景帝也很怕他。石奮的四位兒子也因為孝順、謹慎而入朝為官。他們一家五口的奉祿超過萬石，所以景帝稱他的老師為「萬石君」。

石奮教育孩子的方法很特別。他一向不打不罵，只要家裡的孩子們（無論兒子或孫子）有人犯錯，他就在用餐時，刻意坐在側旁的座位，面對餐桌不吃飯。

在當時大家族共同居住、生活的社會背景下，同輩或相近輩份的子孫們會同聲譴責犯錯的人，當他的過錯和不孝行為（因自己的錯誤導致族長不願意吃飯即是一種不孝）遭受應有的責難後，家族中的長輩再向石奮求情。石奮會等到犯錯的人裸露上身、謝罪請罰（原文：「肉袒固謝罪」），並立誓改過，才會答應長輩的求情。

---

8 見教育部《重編國語辭典修訂本》：
http://dict.revised.moe.edu.tw/cgi-bin/cbdic/gsweb.cgi?ccd=3cRnDj&o=e0&sec=sec1&op=v&view=0-1

9 見（漢）司馬遷撰，（日本）瀧川龜太郎注：《史記會注考證·萬石張叔列傳》，第 1103-1105 頁。

石奮退休在家時，只有要成年的子孫陪伴在旁，一定穿戴整齊，表現出嚴肅整齊的樣子。連家中的僕人也都為人恭敬，做事特別謹慎。有時皇帝賞賜他食物，宮中使臣將食物送到他家時，他必定叩頭跪拜之後，才彎著腰低頭進食，宛如皇帝就在面前。

當時齊、魯二地的儒生以品行樸實聞名。連這二個地區的儒生都自歎不如石奮的家族。

石奮家中也曾經出現讓他頭痛的人物：他最小的兒子石慶。有一次石慶應酬喝醉了，回到里門（相當於現代獨棟社區的大門）時，忘了下車，直接讓車輛載到家門口。石奮非常生氣，又不肯吃飯了。

石慶酒醒後，非常害怕，連忙依照慣例請罪。石奮不肯原諒，全家族的人，連長子石建（石慶的哥哥）也加入袒身請罪的行列。這時石奮才語帶譏諷地說：「內史（石慶的官名）是尊貴的人，進入里門不下車，讓家族長輩紛紛迴避，也是理所當然的嘛！」說完後不僅沒有原諒石慶，還大聲命令石慶走開。

石奮應該是意在殺雞儆猴。從此以後，石慶和石家的弟兄們進入里門時，都下車快步走回家。

石慶後來做到諸侯國齊國的宰相。齊國人非常仰慕他的家風（家族世傳的習慣、行為），所以即使他沒有發布政令，舉國仍十分安定。齊國還為石慶立了「石相祠」，紀念他的功蹟。

華人經常以一個人的外在成就，以及這個人在群體中受到關注的程度，來定義他言行的好／壞、善／惡，並且做為要不要模仿、頌揚的依據。石奮雖然不是儒生，但是他的個人修持、治家方法，連儒生都讚歎不如。除了是他馴服家人有術之外，他步步高陞的人生想必也是儒生們欽羨的焦點。

後人對他的歌頌，大概等同於這些儒生們。

我比較好奇的是，如果這一家族的治家方法及成效是如此地好，為什麼齊國、漢朝沒有持續存在，直至今日？為什麼石氏家族的治家理念沒有發揚光大，也沒有受到歷朝歷代當政者的褒揚，或是民間的護持、膜拜，然後綿延到現代呢？

石慶是這整個完美故事的一個焦點。他的言行可以襯托故事中的人、事，成為發掘不同於儒生觀點的源頭、線索。

石奮是一位積極創造形象的人物。前文已提及，「形象」是一種沒有生命的東西，可人們卻已經將它發展到賴以維生的標的物。當形象成為生命目標時，它必然有個物質化的具體目標，人們未必會明說。在此同時，許多可能使人快樂的事物也要犧牲：溫暖、喜悅、歡笑、哭泣（感動或抒發情緒時的反應）等。

這些事物似乎原本就是人在嬰兒時期的本性。

如果將官位、權勢從石奮的身上拿走，使他成為一位平民百姓，我比較好奇他的治家成效會如何。

然而，我沒有預設立場，不評斷石奮的治家之術究竟是好是壞（我以前會如此）。我也相信有許多人喜歡他的方法，積極模仿。現今世界上許多豪門生活的整體氛圍、人際關係，與石氏家族應該相去不遠。

對我而言，石奮帶給他子女的不是愛，而是滿滿的恐懼、創傷。他對石慶的冷嘲熱諷，正足以閱讀到他內心必然有過創傷（過度恭敬謹慎），也被恐懼所填實。他究竟在害怕些什麼？

石奮利用群體壓力來控制、支配子女、族人的一舉一動。看似以身作則，事實上卻以傳統文化中的倫理規範，達到某種政治目的的追求。子女們成年後，也選擇了走向與父親、祖父一樣的道路，共同建構這一個生命故事。雙方其實都有共同的目的。

石慶為什麼會一度嗜酒？一位內心充滿熱情、陽光、獨立的人，是不會以酒精麻痺自己的。華人從有歷史記載開始（商朝，約西元前 16 世紀～前 11 世紀），就是一個與酒無法分離的民族。我認為石奮、石慶這對父子及整個家族，正好是整體華人文化的部分縮影。

每一種文化現象的存在，都有它的背景及需要。後人在閱讀、研究的時候，如果能以一種持平、欣賞、分析的態度，而非急於論斷、模仿，或許可以得到更多藉以成長的養分。

讓「性」字回到漢字學理。

每個漢字都有它本然的樣貌（造字之初）及衍生出的形態內涵（字形、字義發展）。「性」字是由「心」與「生」兩字組合而成。「性」的本義是指人或物自然具有的本質。讓我們就回到「心」與「生」。

1. 心

就字形結構而言，「性」應指「心」的作用，一種「生生」不息的作用。

甲骨文	金文	秦簡	說文小篆	標準字體	通用規範字
				心	心

甲骨文、金文「心」都像心臟的邊緣；裡面的短劃像瓣膜。每次教到這個字，我就會引導學生思考甲骨文中的那兩點是什麼？學生大多會說著：左右心室、靜脈及動脈……，做出各種與現代解剖學有關的推測。一邊用著有趣的口吻揣測，一邊帶著不可思議、不太可能的心態。

為什麼不可能呢？上古文化必定比現代落後？這種推論在文化研究之中，是不合邏輯的。

「心」字根據客觀實體，以彎曲的線條造字，屬於漢字六書造字理論中的象形字。發展到隸書之後，造字的原意已流失殆盡，看不出像心臟的樣子。教授這個字的時候，最好搭配古文字形及圖片，加深學習者的印象。

從線條到筆畫的構形變化，對整體漢字發展而言，是因應日常書寫需要的結果，但以抽象的筆畫構形後，原有的造字文化內涵隱而不顯，卻不利於教學。在現今世界盛行華語文教學的氛圍中，舉凡涉及筆畫、字體的討論，似乎就多少隱藏著一種漢字存廢的危機。

我常在課堂上對著學生開玩笑地說：「如果有一天漢字被漢語拼音取代，也是剛剛好而已。」這不是詛咒，純粹就是一種文化上的觀察。講究一筆一畫書寫的漢字，如何抵擋科技（電腦）日新月異、講究快速效率的需求呢？

不過，我不悲觀。每一項看似危機的文化現象，都帶著一項極大的、潛藏的祝福。如果漢字還沒有被漢語拼音取代，那是因為它有著豐富的文化蘊藏，早已深嵌在每位漢字使用者的內心[10]。

---

[10] 就以「心」為例：漢字「心」隨著人心成長，衍生出另一個「多層次」的字形，作「惢」（ㄙㄨㄛˇ / suǒ），《說文解字》解釋說「心疑也」，心疑、多慮的意思。「心疑」與現代人常說的「心機重」是否有雷同之處？聽到別人說「心機重」，被指稱的人往往會很生氣。可是古人不是說「盡信書不如無書」？讀書應該要「於不疑處有疑」？如此說來，「心機」不也有它的好處、優點。在廣東話中，「心機」多褒義或中性用法。如果說一個人「有心機」，即指他「做得很用心、用功、很有心思」；如果說一個人「冇心機」，即指他「無精打采」。與國語「心機」的語義不盡相同。（有關廣東話的論述，由助理倫凱琪同學提供意見）

「心」這個字的本義是指人的心臟。古代學者認為心主管思考，於是以心做為大腦的代稱。戰國時期（403B.C.～221B.C.）儒學著作《荀子‧正名》就說[11]：

> 心有徵知。徵知，則緣耳而知聲可也，緣目而知形可也。然而徵知必將待天官之當簿其類，然後可也。

荀子認為人可以經由「心」的思維能力，將耳、目、鼻、口等感官獲得的認識，加以分類、辨識、取捨，並將之轉化為抽象的知識、判斷。《荀子‧解蔽》又說[12]：

> 心者，形之君也，而神明之主也。出令而無所受令，自禁也，自使也；自奪也，自取也；自行也，自止也。故口可劫而使墨云，形可劫而使詘申，心不可劫而使易意。是之則受，非之則辭。

《荀子》作者認為「心」具有自由意志，不受外力的影響、約束。它不僅毫無限制地接納物質世界的各種訊息，也具備將訊息理性思考的能力，並形成意識、思維或一般的心理狀態。

其實，《荀子》說法是將大腦與心的作用，混淆在一起。這個部分會在本單元下一個字例「思」說明。

「心」做為部首時，只要是放在左邊的，大多簡化作「忄」。

華人常被形容為心機（心裡的思想、計謀）很重的民族。這個詞原本有中性成分，當它等同於「心思」時，就只是一般所指稱的指智力、思想。不過「心機」一詞現在已偏向貶義了。平時有人說我心機重時，我會很開心地回應對方，謝謝他這麼了解我，知道我是個有思想、智力不差的人。

不過，華人心思的確較為深厚，是有跡可尋的。在造字方面，從獨體字的創造，到合體字的組織，都盡量朝著不增加識字量的方向前進。這過程需要很多的

---

11 見（唐）楊倞注，（清）王先謙集解：《荀子集解》，第 277 頁。

12 見（唐）楊倞注，（清）王先謙集解：《荀子集解》，第 265 頁。

推敲及聯想能力，學習者的認知和思維方式也因而受到影響。

在生活哲學方面，「三思而後行」是造成華人「想很多」的一大關鍵。有很多人三思後行是為了「不二過」（不犯下第二次相同的錯誤），無形中卻也形成了自設的困限。現代人很講究創意。可是如果一個人想發揮創意，卻又凡事斟酌再三，這就好像開車時，左腳踩油門，右腳踩煞車。

不過，華人利用部首概念製造新字，是十分有創意的。就以「心」為例：當一個人無法控制自己的心思，而被外在的人、事或物給奴役了，就形成了「怒」字。

據《論語・雍也》說[13]：

> 哀公問：「弟子孰為好學？」
> 　孔子對曰：「有顏回者好學。不遷怒，不二過，不幸短命死矣。今也則無，未聞好學者也。」

魯哀公（約508B.C.～468B.C.）問孔子：「您的學生之中，誰比較喜好學習？」孔子回答：「我有位學生顏回，他很好學。他從不把怒氣發洩在不相干的人、事、物上，也不重複犯錯。可惜他不幸短命早死，現在沒有好學的學生了，也沒聽說過那位學生比較好學。」

*前文提到華人追求「不二過」的精神，就出自於這段經文。文中的「怒」指憤怒的情緒。這個字的部件「奴」不僅可以表義（形符），也可以用來表音（聲符）。所以「怒」是個形聲字，聲符兼義。

「心」可以引申做意志。當一個人想要表達堅定、果決的意志，就讓內心貫穿一把劍，形成了「必」字。這把劍象徵自行決定行為的能力、志向。華人古詩詞常以劍做為思想、情感的象徵，或是堅定不移的志向[14]。唐朝（A.D.618～A.D.906）詩人李白，就有不少這一類的作品。

「心」可以引申為思慮、謀畫（應該是指大腦的運作）。可是，當一個人事情

---

13 見（魏）何晏注，（宋）邢昺疏：《論語注疏》，第51頁。

14 「必」字的六書造字原理，必須藉助古文字。由於此處是以楷書分解字形、字義，故暫不討論。

繁多，沒有空閒，他的心很可能會變得遲頓、凝滯（停止不動），甚至就像死亡般。「心」加「亡」，就形成了「忙」。現代人常陷入「忙、茫、盲」的狀態，如何找回一顆活絡的心，成為重要課題。

「忙」字的部件「亡」不僅可以表義（形符），也可以用來表音（聲符）。所以它是個形聲字，聲符兼義。

「忙」是把心擱置在一邊了，想找回來，可以是在一念之間。不過，如果「亡」把心給壓制了，想找回心，可就要要費一番功夫了。這個時候，就形成了「忘」字。它的六書造字原理同於「怒」、「忙」。

「心」可以引申為精神，如「心力交瘁」（精神和體力都已疲弊。比喻非常勞累辛苦）。當一個人精神不寧，會感覺到一顆心宛如上上下下地跳動，所以就形成了「忐」（ㄊㄢˇ；tǎn）、「忑」（ㄊㄜˋ；tè）二字，它們構成一個辭彙「忐忑」，指心神不寧的樣子。

以上以簡單幾個可以就楷書解釋文化內涵的字例，說明結合漢字與心靈，甚至是以漢字教學引導學習者「覺醒」的簡單方法。其他可以比照這種方法分析的楷書單字，為數不少。它是結合「部首」及「心靈」的一種教學方法[15]。

如果華人允許每一楷書字形的文化內涵「被創造」，而不再是只有沿襲，那又何需耽心下一代子孫或外國漢字學習者，無法接受呢[16]？

「性」以「心」為源頭，再搭配上大腦（囟）對於知識的吸收、思考能力，每個人因而維持著「生」存的狀態。

2. 生

漢字就像人一般，有初生，有成長，也有死亡。「性」至今仍活躍在華語文的

---

[15] 漢字有大量以「心」為部件或部首的單字，而且大多與思考相關。漢字教師可以透過「團體活動學習」，在講述了「思」的構字原理之後，使用遊戲或短劇表演，讓學習者表達華語學習的心路歷程或頗具影響的經驗。有人稱這種教學方式為「啟示頓悟（暗示感應）法」（Suggestopedia）。

[16] 2015 年 9 月，中華人民共和國主席習近平先生於訪美歡迎會上致詞，內容中提到：「在漢字中，『人』字就是一個相互支撐的形狀。中美友好，根基在民眾，希望在青年。我願在此宣布，中方支持未來 3 年中美兩國互派 5 萬名留學生到對方國家學習，中美將在 2016 年舉辦『中美旅遊年』。中國將為兩國人民友好交往創造更多便利條件。」見「紐約時報中文網」2015 年 9 月 24 日，http://cn.nytimes.com/china/20150924/cc24xijinpingspeech/zh-hant/

生活世界中。它的部件「生」，同時標識著「性」字應該具有成長的本質。

甲骨文	金文	秦簡	說文小篆	標準字體	通用規範字
[illegible]	[illegible]	[illegible]	[illegible]	生	生

許慎《說文解字》釋「生」為「進也。象屮木生出土上。象形。凡生之屬皆从生」。本義是指像草木般的生長。

甲骨文的「生」，上半部像初生的草；下半部的一劃（不是數字的「一」），表示土地。這兩個部件都沒有獨立的形、音、義，字形也無法拆解，所以是獨體字。它根據具體的實像造字，所以是六書造字理論中的「象形」。

金文、秦簡、小篆中的「生」，上半部演化為「屮」，仍然指初生的草。「屮」有獨立的形、音（ㄔㄜˋ；chè）、義，可以獨立成一個字，本身就是一個象形字。下半部「一」演化為「土」，也有獨立的形、音、義，可以獨立成一個字。

金文、秦簡、小篆的「生」，在漢字六書造字理論中已經變為「會意字」。不僅結合「屮」、「土」兩個獨立的象形字，成為一個新的漢字，也結合了它們的字義，成為一個新的概念。

「生」的六書歸屬在它本身字形演變過程中，可能會發生變化。這是約定俗成的過程。當然，後人也可以從社會、經濟、政治、心理、風俗等文化角度，加以分析。如果想讓漢字生生不息，這種詮釋漢字的方法，不妨推廣給所有用字者，而不一定要緊守只能交付專家學者研究的傳統。

這裡也可以看出：用以分析漢字構形的「六書理論」，是相對的，而非絕對的。「生」在造字之初，就是一個無法再拆解的獨體象形字；到了金文以後，逐漸演變成為由兩個象形字（土、屮）組合而成的會意字。

先有造字，才有六書理論；先有用字，才有漢字演變規律。漢字教師引用「六書教學法」時，可以特別留意這項基本邏輯。這個觀念的建立，也有助於漢字教師或學習者，提升漢字文化的創造力。

將漢字從科學支配的觀點中解放，不斷建構、創新它的人文，是生育漢字並呵護它成長的方法之一。教師教導漢字，除探討它的構造法則，如果再加上文化內涵，自然可以使漢字教學不再像是一盤半生不熟而且沒有味道的食物。

「生」以成長為本義，字義發展過程則是沿著成長相關議題的軌道而行。這個字代表著生物生存的狀態是不言可喻的。人的成長，可大致區分為物質及精神兩大領域。因此，當「生」與「心」結合在一起時，就成為一個容易挑動華人用字者敏感神經的漢字：「性」。

為什麼說「敏感」呢？

在某一堂通識課程中，我帶領著同學們討論美國電影「回到十七歲」(17 Again)。同學聰敏地回答問題，想說「性衝動」三個字，卻一直出不了口。我盡量自然地引導他說出。只見他說完後，滿臉通紅，卻有著如釋重負的表情（也可能是我誤解)。

這件事對我來說，不是糟糕、痛苦的經驗，當下反而使我豁然開朗。就在這事件之後，我突然發現這個經驗使我的大腦又生出了許多新花樣、新點新點子。如果說我敢於挑戰華人對「性」字的禁忌，寫出這本書，是孕育於自己的愛情經驗，那麼這次的教學經驗就是重要的催生動力了。

它給了我靈感，重新檢視漢字「性」的起源及發展，重新看待臺灣文化中的「性」觀念。

如果認真觀察，人們會發現人的特質就是：每天在改變、生長，沒有一天例外。在這種觀念之下，沒有人是特別的。人「性」在如此的狀況下，呈現出頗為有趣的存在。

「生」除了本義生長之外，衍生了許多其他的引申義或假借義。古代華人重視生男孩子。這裡的「生」是指生育。漢朝（206B.C.～A.D.220）以後，華人逐漸走向父權社會、重男輕女的家庭關係，親情、人際關係容易生病，因此衍生出許多倫理、愛情的悲劇，甚至是凶殺命案。生病的「生」就指從某種根源所發展出來的事物。

華人之所以有堅韌的民族性，或許和性別不平等的古代文化不無關聯。愈是偏頗、惡劣的環境，能在之中生存下來的，愈容易具有真正堅毅的性格。生存的「生」就指存活。所謂「置之死地而後生」，這句話聽起來有些悲情、灰暗，卻隱涵著「起死回生」的契機。置之死地而後生的「生」是動詞；起死回生的「生」屬於名詞。

許多信仰佛教或道教的華人認為，一個人出生在什麼樣的環境，是由他的前世所決定。甚至冥冥之中有位主宰者，如果這個人沒有做完這一生的課題，他就會持續生生世世在這個世界輪迴。生生世世的「生」已經轉變成為一個量詞，是計算一輩子的單位。

有些信徒為了早日脫離輪迴，會聽從宗教人士的建議，從事「放生」的活動。放生的「生」泛指生物，在臺灣是一種頗為流行的宗教活動。具體作法是將一定數量的鳥類、魚類或其他生物，帶到某些場地，將牠們放飛，或放入海中。這樣的行為，受到許多環保人士的批評，認為放生的地點或環境未經過仔細的評估和考量，被放生後的動物很可能反而因此死亡；或因為大量外來物種的介入，破壞放生地點原有的生態鏈，根本就是輕視生命的做法。生命的「生」，是指生物生存的壽命。

環保意識拯救了許多原本會橫屍野外或海洋的生物，卻也使得許多賴以為生的行業，無以為生。賴以為生、無以為生的「生」，指生計、工作以維持生活。

以上是串連「生」字字義所寫成的小短文。不妨提供漢字學習者練習（記得拿掉講解字義的內容，改以加註的方式呈現）。

從「生」字許多不同的字義觀察，當它搭配上「心」的活動時，大致可以了解，「性」所涵攝的內容，大致可區分為物質（生理上）及精神（心理上）兩種層面。推動它存在、持續成長的，就是慾望。

慾望來自本能，來自天賦，可是一旦進入到教育、信仰，就成為一個被規範、被節制的對象。

華人文化從殷商祭祀制度[17]，到周公「制禮作樂」，便開始針對人們的慾望，加以節制。統治者選擇將政治、社會分成不同等級，訂定各種權利、義務。以「道德」做為人們在天賦慾望（物質／精神）上，種種言行的標準、規範，甚至明訂於法律條文之中。

為了加強統治者政權的正當性及權威性，華人傳統信仰將「天」定義為一位賞善罰惡的更高統治者。祂根據自己的好惡，來決定是否獎賞／懲治人們。由於祂高不可攀，所以在人間，只有少數人可以代表祂。像是巫師靈媒、聖人君子、國君大臣（如周朝統治者自稱「天子」）等，教師也勉強可以算是其中的一員。教師負責傳授經典中，各式各樣的言行標準、生活準則。

---

[17] 見許進雄：《中國古代社會——文字與人類學的透視》，臺北：臺灣商務印書館，2013 年，第 609-631 頁。

華人傳統文化對「天」的定義，與西方宗教神學是否有異曲同工之妙？

在現今物質豐盛的環境裡，人性如果順著天生本能發展，的確容易流向於惡的一面。在尊重每個人的自由意志之下，合宜的教育可以疏導、引領人們走向善良、光明。《論語．陽貨》：「子曰：『性相近也，習相遠也。』」[18]「遠」的最大關鍵，就是教育。

可是，無論身體感官或精神需求（依賴、期待等）的慾望，一旦疏通、引導、尊重轉變而成規範、控制、支配，教育也可以成為人性的殺手。德國心理學者愛麗絲・米勒（Alice Miller）如此分析[19]：

如果他對自己身體的享受行為，受到了父母的禁止和嘲諷，不安全感和恐懼就會加劇。

> 除了在性的方面，父母還會在其他方面利用小孩，洗腦就是其中之一。例如他們不是向小孩強調「反權威」的做法，就是強調「嚴厲的」教養方式的好處。這兩種教育方式都沒有考慮到小孩本身的需要。一旦小孩成為滿足某一個人特定目的的掌中物，並被他的權力所掌控，那麼其生長過程就會遭到粗暴的干涉。

引文中的「他」是指小孩。在這段論述可以發現，極端的縱容、刻意反權威，抑或是強制主導的教育方法，都可能使小孩的本性受到戕（ㄑㄧㄤˊ；qiáng）害。有一陣子流行的「虎爸」、「虎媽」詞語，就與引文中的「最嚴厲」教育方式相關。

有些父母師長愛孩子，想要讓孩子遠離壞人、壞朋友的傷害，於是他們教導孩子如何區別熟人／陌生人、好人／壞人，認為這樣的分類標籤可以保護孩子。可是，如果讀者願意 Google 一下，這兩類傷害孩子的人所占比例，網路就可以提供令人意想不到的答案。因此，刻意教導孩子區別人的性格並加以定義，當下的心理狀態、教導方式是否恰當，教導當下心理傳達給孩子的是什麼，父母師長不妨再深思。

---

[18] 見（魏）何晏注，（宋）邢昺疏：《論語注疏》（臺北：藝文印書館重栞宋本，1985 年），頁 154。

[19] 見（德國）愛麗絲·米勒（Alice Miller）著，袁海嬰譯：《幸福童年的祕密》（Das Srama des begabten kindes），第 144 頁。

我不是犯罪心理專家，無法提供學理上的研究成果。不過就語言心理觀察：你愈害怕、恐懼著什麼，愈是這什麼吸引到身旁、眼前（潛在的好奇心）；你愈期待著什麼，愈是將這期待推離你。

恐懼、期待、區別、批判，都是違反人類本性的做法。它們使人感到不自然、不舒服。這些不舒服可能會因為言行教育，而被刻意稀釋、淡化。不過，內在衝突、矛盾不會因此消失，反而會激發成另類的表達方式。

有沒有發現世界上大部分的年輕人（包括臺灣）有著一些共同現象：崇尚詈（ㄌㄧˋ；lì）語（髒話），視它為一種自然的情緒發洩，以為說過了就沒事，根本不用在意。喝酒、抽煙、約炮被視為流行文化。

事實上，會用髒話來說自己或罵別人，都是心靈深處於某種壓抑、恐懼狀態下的自然反應。即使忍住不用在特定人士身上，這樣或許更令人擔憂。有朝一日爆發，情況往往很難收拾。

喝酒、抽煙都可以使人暫時停止思考。不過，這種暫停只對大腦有效，心靈的運作不會因而停止的。唐朝詩人李白的名句「抽刀斷水水更流，舉杯銷愁愁更愁」[20]，就是如此的原理。

透過教育，一個人的大腦經常援引許多知識來評論自己的得失、自尊、形象等，製造出許多正面或負面情緒。性行為在許多華人的家庭或課堂上，是禁忌的話題。壓抑的結果不僅使得人忽視內心真正的渴求，也會不自覺地讓外來知識引導自己的慾望，讓自己以為什麼時候該有／不該有那些慾望。

每一個人的心靈本性是光明的、和諧的、良善的，而且希望與其他人可以真情結合，無論是身體感官或精神的慾望。一旦大腦的渴求與心靈的不一致，它們自然而然地形成內在衝突。這也是人類構造有趣之處。

我總認為，這世界有多少人口，就應該要有多少不同性慾望（身體感官及精神活動）的模式及內涵。它不是專家學者的理論，或是父母師長的規範所能涵蓋或徹底壓抑的。

我也相信，缺乏愛的基礎，純粹為了宣洩慾望的性行為，造就了性泛濫；勉強於制度約束，或是礙於他人評價而與他人從事性行為，似乎就成為性詐欺。我

20 見（清）曹寅編：《全唐詩·李白·宣州謝朓樓餞別校書叔雲》，「中國基本古籍庫」（漢珍電子版）「清文淵閣四庫全書本」，第 1079 頁。

是以很輕鬆、玩笑的方式來看待這些現象，「性詐欺」純粹是與友人之間的玩笑用詞。目的在於提醒或詮釋自己，不涉及任何對他人的批判。

在現代社會裡，一個人沒有結婚或沒有性行為的對象，很容易被歧視或冠上許多嘲弄的稱號，中外皆然。這種潛在壓力使得有些人為了表現自己在群體中的魅力，會尋求無愛之性。

當然，我認為只要在不傷害他人的前提之下，而他人也願意配合，一個人有絕對的自由可以享受無愛／有愛之性。

至於會以未婚或沒有性行為來歧視或嘲弄他人的人，其實更需要他人的愛。在他們的內心深處，有著許多被某些因素刻劃的傷口，正等著被關懷、被療癒、被撫平。可惜的是，除非他們自己能勇敢地面對自己的傷口，學習自我治療，否則端賴外在力量（如：心理醫生、藥物、酒精、他人的愛）的介入，傷口會持續復發，輪迴不會終止。

在現代傳統教育、多元文化感染的複雜環境裡，現代人容易在友誼或愛情上分分合合，不斷在這過程之中接收著愛或傷害，都是可預期的發展及現象。或許，這些紛雜的人事、不斷重複的輪迴，正是催促著當事人覺醒的驅力。中外似乎流行著一種說法：想要療癒情傷，最好的方法就是盡快找到下一個上床的對象。透過以上的分析，或許讀者可以再深思、再整理出屬於自己的答案及做法。

「性」是持續生長的，流動的，它會尋找自己的出口，無法被人為強求或困限。

在強求方面：華人傳統教養下的性教育過度強調精神的一方，導致物質的一方被過度壓抑、曲解。教育的本質是想要促使人發揚本有的智力、善性，就不能與物質切割、刻意忽略它的存在。美國學者埃力克（Paul R. Ehrlich）認為[21]：

> 我們可以確定基因與人類的食慾和性慾有關：沒有這些慾望，智人會迅速消失。

---

[21] 見（美國）埃力克（Paul R. Ehrlich）著，李向慈、洪佼宜譯，何大安審定：《人類的演化——基因、文化與人類的未來》（Human Natures: Genes, Cultures, and the Human Prospect），臺北：貓頭鷹出版社，2004年，第262頁。

然而，在華人傳統文化中，慾望與智人之間，是很難相提並論的。慾望往往被認為阻礙德性成長的原因之一，唯有輕忽它、捨棄它，才能顯示出一位智者的聰慧、高潔、風骨等。

如今我倒認為，唯有一個人可以在物質與精神、身體感官與思想需求之間獲得平衡，幸福才有進入生命的可能。

在困限方面：漢字「[困甲骨文]」（困；甲骨文）就十分具體地呈現這項人性面貌。

我喜歡在課堂上，讓學習者們拿這漢字，仔細檢視他們的生活，有哪些事、物形同圍城（部件「囗」，音ㄨㄟˊ、wéi，同「圍」字）），將他們困禁住了？

學習者們就像一面鏡子，告訴教師應該如何更真實地對待自己。因為，對自己說真話，才能對別人說真話；能對別人說真話，才能允許別人對自己說真話。

接受了這些自我教育的思維，現在我相信人性來自天賦，每個人都有神性。我不再動輒以學理權威，或以個人的價值觀強行加諸學習者身上，並給它一個十分高尚的名稱：品德。

每個世代的年輕人都是變幻莫測的，而生養、照護他們的長輩，不也曾經是那變幻莫測的一員？期盼有一天，臺灣的長輩們都能溫柔地訴說自己的想法，提供年輕人參考，而不再只是想要控制、支配著年輕世代。

臺灣推行了好久的品德教育，成效如何？問問身旁的人，感覺現在臺灣整體的氛圍如何？得到的答案往往不盡如人意。身為教育者我第一時間做的，卻是放下自己的身分，允許學習者們說真話，真實面對自己的慾望、渴求。如果我和學習者相互之間無法說真話，也一直活在別人（包括專家學者）的評價裡，一切的道德都將是空談。

「性」是人的本性，也是文化創造能力的根基。文化創意必先始於意識的覺醒，進而超越。每個人都擁有一顆生生不息的內心，包含了物質及精神兩方面的需求。尊重這些需求，不加以評價、定義，人性光輝的一面自然會浮現。

解放「性」不等於放縱「性」。多傾聽心靈的聲音，審酌、參考大腦所吸收的外界知識而不套用，很自然地會發展出一套愛自己又不傷害到他人的生活方式。至少我是如此走過困境的。

如今，即使有聲稱愛我的人，用著各種軟、硬方式來對待我，或是想要我屈服在某種要求之下，我總能允許自己的情緒適當體驗，不再強做鎮定或冷靜。奇怪的是，昔日慌亂、生氣或感覺到痛苦，逐漸式微。取代的是輕鬆、幽默的態度，面對、接受、享受這繁華世界的華美莊嚴。

悲傷與痛苦是不同的兩件事。我知道自己依舊有著感性，會為某些現象流淚，但過程也就是一種情緒的宣示，卻不會想要用特定的方式來應付情緒。遇到困境，我會等待心靈提供建議。祂會自然湧現解決的想法，即使其他人認為還沒解決。

以往，我做許多事情（包括備課、寫論文），需要聲音（電視、音樂等）的陪伴。這些習慣在不記得的某一日裡，居然停止了。如今，住家隔壁的建屋工程已持續了近半年，我卻從來沒有為它所製造的聲音感到不耐煩。

在這些過程裡，我終於體驗到何謂快樂，如何使頭腦的「思」維與心靈的感受和諧相處。就算我無法走到戶外、旅行，又或是必須獨自一人，生活依舊包覆在充滿愛、安全的感覺裡。

(二) 思

愈是時代氣氛不佳，愈是提供了一個重新「思」考、再出發的好時機。

人來到這世上，隨身攜帶了很多驚人的神力，思考就是其中的一樣。可惜隨著教育、情感等因素，祂們會逐漸陷入沉睡狀態，而被另一股力量所取代。

甲骨文	金文	漢簡	說文小篆	標準字體	通用規範字
	[字形]	[字形]	[字形]	思	思

《說文解字》解釋「思」字「容也。从心，囟聲」。部件「心」表義，屬於形符；部件「囟」（ㄒㄧㄣˋ；xìn）表音，屬於聲符，同時也兼有表義功能。「思」是六書造字理論中，典型的形聲字。

思字楷書部件由「心」及「田」組合而成，單就字形一看，臺灣許多年紀較長的讀者可能會聯想到一首早期流行歌曲——「夢田」。歌曲第一句即是「每個人心裡一畝／一畝田」[22]。不過，這終究不是造字之初的本義。

「思」的本義是思考、考慮。部件「田」其實本應作「囟」，指剛出生嬰兒頭頂前部因顱骨尚未成熟密合，可見到腦部血管跳動的地方。它也指人的腦部。透過醫學，人們得以瞭解腦是神經系統的主要部分，掌管知覺、運動、思維、判斷、記憶等能力的器官[23]。

「囟」的概念，更顯著地表現於另一漢字：「腦」。這個地方從小開始接收、累積、整理來自外界所有的訊息，配合著身體的物理成長，逐漸成為一個為人處事的指揮中心[24]。這座指揮中心一旦取代心靈，而不是配合，這個人的內在會呈現矛盾、衝突的狀態。

對於腦的認識，華人傳統醫學很早就提出相關理論。相傳著於戰國時期（約403B.C.～221B.C.）的《黃帝內經・靈樞》即記載「腦為髓之海，其輸上在於其蓋，下在風府」、「髓海有餘，則輕勁多力，自過其度；髓海不足，則腦轉耳鳴，脛酸眩冒，目無所見，懈怠安臥」[25]。「髓海」就是腦部。髓海充盈或不足，對肢體運動、聽力、視力、精神活動等，都會產生影響。

醫學知識讓人們知道腦部才是主掌人類思考的中樞，但為什麼漢字的「思」是「囟」加上「心」？

西方有一項新主張，稱為「細胞記憶」。研究者試圖透過一套公式，聲稱細胞具有記憶前世的功能，而將「前世療法」予以合理解釋。當然，這項說法目前被大多數精神科學、臨床心理學等領域的專家，視為「偽科學假說」[26]。

西方還有一種新的神學說法，認為心就在身體每個細胞的縫隙裡。它和腦的

---

22 三毛作詞，翁孝良作曲，陳志遠編曲，齊豫、潘越雲主唱，1992 年。見「魔鏡歌詞網」：http://mojim.com/twy100255x23x5.htm

23 廣東話有句俚語「腦囟都未生埋」，譯為「連囟門都還沒長到合起來」，意指一個人思想不成熟、言行幼稚。

24 電影《腦筋急轉彎》（Inside Out）即有類似情節。主角萊莉·安德森（Riley Andersen）腦中有座控制台，透過快樂、憂愁、厭惡、害怕、憤怒等五種情緒，來影響她的行為和記憶。見 https://www.facebook.com/disneymoviesTaiwan/videos/10152879474447025/

25 （唐）王冰：《靈樞經•黃帝素問•靈樞經卷之六•海論第三十三》，「中國基本古籍庫」（漢珍電子版）「四部叢刊景明趙府居敬堂本」，第 43 頁。

26 見（美國）蘇菲亞．布朗（Sylvia Browne）、琳賽．哈理遜（Lindsay Harrison）著，黃漢耀譯：《細胞記憶》（PAST LIVES, FUTURE HEALING），臺北：人本自然文化公司，2004 年。

思維是不同的。腦部從小被灌輸了許多「知識」，具邏輯判斷能力，可惜都來自「別人的說法」。心的思維則不同。它擁有生命智慧，可過濾腦部的思維，與人的靈魂溝通。換言之，西方新的信仰觀念認為：身（頭腦）、心（心智）、靈（靈魂）是三種既分離又求統一平衡的思維之路[27]。

如果認為上述兩種論點「太玄虛」，那也可以參考科學實驗的說法。美國精神醫學教授傑佛瑞．史瓦茲（Jeffrey M. Schwartz）證實，心理學家詹姆士（William James）提出的心靈可以改變、創造大腦的相關主張是對的。他結合了量子物理學（Quantum Physics），提出心靈與大腦的二元性[28]。

人類的「心」具有自律心肌細胞，它的跳動將血液送至人的全身組織，讓人可以正常運作，是能否維持生命的重要關鍵。「心」會不會思考，能不能記憶前世，目前我不知道。以我有限的智識，目前只知道當它停止運作時，人類的思考可能會「停止」，抑或轉入到下一個階段。

可是，我也能感覺到，如果想節制大腦對外在人、事、物的反應，「心」總是會適時地發生作用。即使祂沉睡了，依舊有著餘波。在我生命最危急、需要做出選擇的時刻，祂終究會被喚醒。

許慎《說文解字》釋「思」為「容也」。他本身是位專研經學的學者，用「容」解釋「思」，或許用意在於勉勵學習者：思考是用來廣納所有感官能觸及的知識，兼容並蓄，而不是將學問導向偏執獨斷。

根據我在生活上的實驗結果，想要做到包容，的確需要「心」與「囟」（大腦）的平衡、和諧相處。

以往從事教職，總認為應該要做到「是非分明」、「意志堅定」，才有資格成為學生的榜樣。可惜，愈是想緊守這些信條，愈是容易吸引考驗來到面前。直到自己無法再分辨是非，開始在許多人、事問題上，表現得反反覆覆……

如今，在生命的面前，我不會說自己是個能夠分辨善惡、好壞、黑白的人，更不再自詡是個「決定了就不會改變」的人。回顧過往，我似乎經常做決定，卻

---

[27] 見（美國）尼爾．唐納．沃許（Neale Donald Walsch）著，王季慶譯：《與神對話．I》（Conversations with God an Uncommon Dialogue），臺北：方智出版社，2015 年，第 261-307 頁。

[28] 見（美國）傑佛瑞．史瓦茲（Jeffrey M. Schwartz）、夏倫．貝格利（Sharon Begley）著，張美惠譯：《重塑大腦》（The Mind and the Brain），臺北：時報文化公司，2003 年。

又推翻它，更別說差一點摧毀自己許下的「承諾」。

接納、承認、寬恕這種昔日以「缺點」定義的言行，反而讓自己有如釋重負的感覺。更弔詭的是，我開始可以輕鬆地在承諾中，觀察自己的種種變化。這承諾很冒險、很刺激，大多數人會認為它很愚蠢，卻十分符合我從小就想要的生命型態。回到小時候的渴望，重拾嬰兒的心靈狀態，是美妙的旅程。這部分我會在第四章第一節詳加論述。

從深入物質世界，黏著於形象、外在評價，到逐漸回歸初心，我很感謝祂提供的真實經驗，深刻體驗。我沒有固定的信仰，也不會定位這位「祂」是誰、是什麼形象存在。有時候，祂就只是我的「靈魂」。祂的思緒永遠保持正向、光明，充滿無條件的愛。

一個人可以做到身（大腦）、心、靈平衡，便常使自己處於平和、寬闊的狀態。這個部分需要讀者自行操作、體會，就不再以言語文字形容了。

戰國時期（403B.C.～221B.C.），齊國有一位美男子鄒忌。他在愛情、親情及政治上的心路歷程（心中思慮所經歷的過程），很能突顯出思慮的生命力，而它的力量所能為人創造的幸福[29]。

鄒忌脩八尺有餘，身體昳麗。朝服衣冠窺鏡，謂其妻曰：「我孰與城北徐公美？」

其妻曰：「君美甚，徐公何能及公也！」
城北徐公，齊國之美麗者也。忌不自信，而復問其妾曰：「吾孰與徐公美？」妾曰：「徐公何能及君也！」
旦日客從外來，與坐談，問之客曰：「吾與徐公孰美？」客曰：「徐公不若君之美也！」
明日，徐公來。孰視之，自以為不如；窺鏡而自視，又弗如遠甚。暮，寢而思之曰：「吾妻之美我者，私我也；妾之美我者，畏我也；客之美我者，欲有求於我也。」
於是入朝見威王曰：「臣誠知不如徐公美！臣之妻私臣，臣之妾畏臣，臣之客欲有求於臣，皆以美於徐公。今齊地方千里，百二十

[29] 見（漢）高誘注：《戰國策．齊策一》，第 173-174 頁。

> 城。宮婦左右，莫不私王；朝廷之臣，莫不畏王；四境之內，莫不有求於王。由此觀之，王之蔽甚矣！」
>
> 王曰：「善。」乃下令：「群臣吏民，能面刺寡人之過者，受上賞；上書諫寡人者，受中賞；能謗議於市朝，聞寡人之耳者，受下賞。」令初下，群臣進諫，門庭若市。數月之後，時時而間進。期年之後，雖欲言，無可進者。
>
> 燕、趙、韓、魏聞之，皆朝於齊。此所謂戰勝於朝廷。

*鄒忌身長八尺多，外表光鮮亮麗、風度翩翩。有一天早上朝觀君主前，他穿好禮服衣帽，照著鏡子，對他的妻子說：「我和城北的徐公相比，誰比較英俊帥氣啊？」

他的妻子回答道：「當然是你比較英俊帥氣，徐公怎麼比得上你呢？」

城北徐公是齊國有名的俊男。鄒忌不相信自己比徐公英俊帥氣，又問他的小妾（合法娶進門的側室、小老婆）：「我和徐公相比，誰比較英俊帥氣啊？」小妾回答說：「徐公怎比得上你呢？」

隔天，有客人來訪，鄒忌坐著和客人閒聊。他問客人：「我和城北的徐公相比，誰比較英俊帥氣啊？」客人說：「徐公比不上你英俊帥氣。」

再隔天，正好徐公前來拜訪鄒忌。鄒忌不斷注視徐公，總認為自己比不上徐公英俊帥氣。徐公離開之後，他又對著鏡子打量自照，也覺得自己的長相遠遠比不上徐公。當天晚上，鄒忌睡覺前還是費盡心思地忖（ㄘㄨㄣˇ；cǔn）度（思量、考慮）著這件事：「我的妻子說我英俊帥氣，是因為她有私心，偏愛於我；小妾說我英俊帥氣，是因為她害怕我；客人說我英俊帥氣，是因為他有求於我。」

鄒忌與徐公誰才是第一美男的答案，終於在他外在的尋覓、實驗，內在反覆思量的過程之中，得到結論。於是他再次上朝晉見國君齊威王時，分享了這個寶貴的體驗。

他說：「我終於確認自己比不上徐公英俊帥氣。我的妻子偏愛於我，小妾敬畏我，客人有求於我，所以他們都說我比徐公英俊帥氣。如今齊國擁有千里的疆土，城池 120 座。宮裡的嬪妃沒有不偏愛您的；朝中大臣沒有不敬畏您的；全國的人民沒有不有求於您的。由此看來，大王您被蒙蔽的程度可能十分嚴重啊！」

齊威王說：「你說得好！」於是他頒布命令：「所有官員、百姓，只要能當面指出國君過失，指摘（指出錯誤）的人就可以得到最好的獎賞。以書面方式勸諫我，勸諫的人就可以得到中等的獎賞。在公共場所、大庭廣眾之中議論我的過錯，只要傳到我這裡，議論的人就可以得到基本的獎賞。」

當這道命令剛下達的時候，朝中大臣們紛紛進諫，宮庭一時之間宛如市集。幾個月後，偶爾還有人前來進諫。一年之後，就算有人想進諫，卻也不知道該說些什麼了。

當時其他的諸侯國：燕、趙、韓、魏等，聽到這種情況，都前來齊國朝拜進貢。這就是所謂朝廷修明內政就可以戰勝其他國家的道理。

這個故事常被用來勸導人們，要做一位聆聽真話的明君及一家之主，千萬不要淪為只聽好話的昏君及敗家之主。鄒忌的思想歷程及作為，符合儒家所謂的修身、齊家、治國、平天下，可是他卻被視為法家人物。

鄒忌單就一個長相、外貌問題，就可以「想很多」。可是他想事情的方式是外、內兼具，而不偏向任何一方。他一直求問別人，尋找答案，但是他沒有全盤接受別人的說法，即使對方是每天一起生活的人。他很清楚華人文化講究客氣、謙虛，很難得到對方真心的說辭[30]。

站在中間思考，讓鄒忌在沉思之後，很快接收到心靈的回應。在他反覆思量的過程裡，其實就是囟（大腦）與心的互動作用。

「想」字是心上的圖像。一個人的大腦所製造出來的圖像，往往成為形象，受到外界的牽制；心靈則是如實告知自己內心想要的事物，追求的目標。鄒忌展現的力量在於他清楚看見自己對形象的在意，卻不受形象所支配、使喚，還能耐心傾聽心靈的聲音。

然而，鄒忌仍然有二元對立的概念，憑藉外在物質及精神所擁有的程度，來決定自己的地位、價值。他的法家色彩在於嚴訂法律，擁護君王，明辨君子／小人。不過，他令人欽佩的地方在於，對於物質，他擁有而不依賴、不占有。這項思維保證了當他想覺醒時，能聽見自己心靈的聲音，進而使自己保持清醒。

美言／直諫一向容易考驗人類的思維的廣度及深度。鄒忌在這個部分充分發揮對問題尋求解決方法時的思考能力。他始終由心靈引領自己的方向，不受物質

[30] 華人有些謙詞如：「謬讚」、「過獎」、「那裡那裡」，或許正是這類文化過度發展的產物。有時它們反倒侷限住了內心的真誠，將自己帶到更深的困境。無論說者、受話者，都陷入一種虛幻的人際關係。

左右。如此作為反倒為他取得更豐盛的物質，還使得他仕途一帆風順，成為齊國桓公[31]、威王、宣王的三朝重臣。

鄒忌的思考運用了兩種方法，使神思（精神、心思）保持清晰、正向：一是「反」；一是「行」。

1. 反

甲骨文	金文	秦簡	說文小篆	標準字體	通用規範字
／	反	反	反	反	反

「反」的古今文字字形，差距不大。它由「厂」（ㄏㄢˇ；hǎn）、「又」兩個部件組成。

部件「厂」指山邊可以居住人的崖洞；部件「又」表示手。這兩個部件都用以表示「反」的字義，在六書造字理論中，也都屬於獨體象形字。兩個獨體象形字組構在一起，結合這兩個字的字義，就成為「反」。在六書造字理論中，「反」屬於會意字。

「反」的本義是攀爬山壁。我常用現代的攀岩活動來形容這個字的動作。

當一個人攀爬山壁時，他的動作離開地面，違反了人的慣性動作（行走），所以這個字又引申為相反。鄒忌之所以可以從一般人的普通反應之中，獲得屬於他自己的真理，正是因為他違反了一般人的思考方式，從事反向思考。

鄒忌的反思過程，反轉了原本可能深陷自戀、自大的心理危境。適度的反省還使他舉一反三，將自己在情感世界的心得，類推到治國理念上。

想想，鄒忌享受著榮華富貴，卻還在意自己的長相是不是比公認的帥哥更帥。他如果身處現代的臺灣，或許也會將這個困擾放到臉書上，徵求人民的意見。不過，這個舉動最可能招致的將是嚴厲的批評。

不知足、自戀、驕奢、不足為人民表率等字眼，可能很快會出現在他的留言

---

[31] 此處的「桓公」與日後受管仲輔佐的五霸之一「齊桓公」（姬小白），並非同一人。

版裡。再反過來思考，如果這樣的批評造成他下臺，人民可能就錯失了他內心思維的轉折，並享受到他改變之後，所為國家、人民帶來的利益、幸福。

現今臺灣的華人為了對抗國際政治現實，以及生活的恐懼，對於政治人物有著濃厚的期待，既依賴又怕受傷害。對此，本文記述插畫者於「反」字插畫的構圖理據，以及內心的感受：

湯瑪斯・霍布斯（Thomas Hobbes，1588～1679）著有《利維坦》（Leviathan）一書[32]。書中描述人民為了對抗大自然而團結起來，並自願做為君主（國家）的其中一份子，締結社會契約。

書中的利維坦是一個正面，又或是一個中性的體系。我觀察到，現今世界仍存在著類似情況，但是這份為了安全而達成的契約，已經慢慢侵占我們的思考方式。乍看之下，好像每個人都是自己的王，替自己作決定，事實又是否如此呢？

插畫中大部份人都只是頭頂著一模一樣的皇冠，粘在一起，成為一個喝著彩虹汽水[33]，卻又獨攬大權的人。團結給了我們安全感，成為羊群後的舒適卻又創造了一個現代利維坦的「怪物」。

2. 行

[32] 見（英國）霍柏斯（Hobbes, Thomas）著，黎思復、黎廷弼譯：《利维坦》（Leviathan），北京，商務印書館，2009 年。

[33] 「彩虹汽水」的典故出自小說《紙牌的秘密》（Kabalmysteriet / The Solitaire Mystery; 喬斯坦. 賈德著，林曉芳譯，新北，木馬文化公司，2011 年。原文作者為德國 JOSTEIN GAARDER）。在小說中的它被形容為一種極度美味的汽泡飲料。在故事主角喝了一口之後，便立刻覺得自己的全身的感官都感受到世界萬物的美妙、豐富多重的快感。另一方面，這本書卻給這種飲料一個禁令——不可以喝第二口，因為這種飲料會愈喝愈上癮，而且快感的體驗會愈來愈少，甚至還會侵蝕人的思考。彩虹汽水在大眾的書評當中，大多被認為暗喻現今多姿多彩的網絡媒體，給予現代人數之不盡、應接不暇的訊息及娛樂的表象。我（插畫者）認為，彩虹汽水也可以代表「宗教」（但絕對不是信仰），「宗教」講求絕對相信、規範。「宗教」在第一次接觸的時候也許會感到安心、世界也許會因此而變得更安詳和諧，但是卻會逐漸侵略人的思維，變成一種愚忠的狀態。我認為，我們應該擁抱「宗教」的核心——「信仰」，而非本末倒置。正如彩虹汽水給予我們的是那第一次的豁然開朗的快感，給予我們從另一種層面看待世界的機會，繼而透過這個機會獲得抓取核心的方法，而非只停留在獲得快感的瞬間。

甲骨文	金文	秦簡	說文小篆	標準字體	通用規範字
[illegible]	[illegible]	[illegible]	[illegible]	行	行

甲骨文、金文、秦簡的「行」（ㄒㄧㄥˊ；xíng），像是四通八達的道路。它根據具體的實像造字，字形不能再拆解成為其他文字，屬於漢字六書理論中的獨體象形字。

《說文解字》解構「行」的字形是「从彳、从亍」。「彳」（ㄔˋ；chì）指左腳的步伐，「亍」（ㄔㄨˋ；chù）指右腳的步伐。它們可以組構為「彳亍」一詞，在古代詩文之中，指緩步慢行。

楷書為求書寫方便，直接拆開古文字的線條，改以筆直的筆劃書寫，已經與造字者初衷，相去甚遠。「說文小篆」及「楷書」的寫法，在漢字六書造字理論之中，屬於會意字。

鄒忌一生都行（引申義）走在自己選擇的道路上，無論向左走或向右走。他很重視形象、打扮，出門前的行裝（引申義，指出行有關的物品）必定打點妥當。他的能力、魄力，卻也展現於不受形象、他人評價的影響，一切行事都從「心」出發。

能兼顧物質及心靈二者的活動，追求它們平衡發展的人，自然可以流露出一種令人心悅誠服的德行（ㄒㄧㄥˋ；xìng；引申義，指品格、行為）[34]。我個人認為，歷史上許多被指責為「亂臣賊子」的人，並不是他們的本性真的壞，而是在成長過裡，許多物質上的壓抑，讓他們與心靈形成矛盾，進而宣洩為不同層面的暴行。

身處滿朝文武大臣之中，鄒忌又是如何在同事行（ㄏㄤˊ；háng；引申義，指引申為行列）列之中，可以扶搖直上而不招忌？他用家務事和國君交換意見，而不是拿出許多道德、規範來勸諫國君，這不是「典型」的儒家作為。

可是回顧歷史上所有標榜儒家治國的朝代，好像都不乏佞臣、讒臣、小人。詩詞文章能被史家稱頌、載錄的，大多是懷才不遇、被奸佞小人陷害的君子。他

[34] 大陸字音仍作ㄒㄧㄥˊ、xíng。德行的「行」，引申為品格、行為。

們行行（ㄏㄤˋ；hàng；形容剛強的樣子）的行（ㄒㄧㄥˊ；xíng）為，總被視為現代年輕學子的榜樣，實際上卻成為人生的考題。

「反」、「行」是人在繁華世界裡，想要維持獨立思考時，不可少的兩樣元素。現在我會提醒自己，它們過猶不及，都未必是好事。至於如何才能剛好？就交給心靈決定了。靜下來，就能聽到祂的聲音。生活中的大小事，都可以實驗。挺有趣的。

每當我和親友到「吃到飽」的餐廳用餐時，就是一種考驗。我喜歡嘗試美食或較珍貴的食物，但總是適可而止，因為我更愛研究、享受餐點中的炒飯，它總會吸引我的目光。

想當然爾，這個舉動很難逃過親友的嘲笑、指正。一開始，內心其實有些不悅，總感覺品味美食的興緻被干擾了，但是形象會要求我不多做辯駁，盡量不破壞氣氛。

後來我發現，我愈是如此反應，這種狀況愈是容易重複上演。有一次我突然意識到，當我內心做出情緒反應時，其實對自己選擇的行為，以及被選擇的食物，都極為不尊重。難怪我很少在這一類餐廳吃到滿意的炒飯。不美味的是我的情緒，而不是食物。

這一年多來的心境轉變及反思，讓自己的生活有了莫大改變。最近一次造訪這一類餐廳時，我又對美食淺嚐即止，接下來就開始品嘗烤玉米、豆腐皮壽司、炒飯。這一次，友人（尤其他是高大的男生）的碎唸聲，反倒讓我笑個不停，內心有著滿滿的愉悅、幸福。

我享受他人的關懷，也關注自己與食物之間的互動。它們的味道，流動在我的味覺及心靈感受之間。我終搆到了由食物傳達給我的微妙波動，即使它只是一道看似簡單的炒飯。

我喜歡讓內心帶著自己尋覓食物，而不只是受食物外在色彩或材料是否珍貴的影響。我隱約感覺，在這一類餐廳裡，愈是簡單、平常的餐點，愈容易看出餐廳主其事者是否用心、有良心。

再者，每位用餐者的心思、反應，其實第一時間都會傳送到餐廳所有相關人員的心中。在這無法測量的自然互動裡，顧客的心情、餐廳同仁的心血，都持續在交流著。這也是為什麼美食評論、臉書按讚往往只能做到一時的推波助瀾，卻無法保證餐廳可以屹立不搖。

「沒辦法，我就是任性」「我開心了，你一定也會高興」，這是我現在面對質疑時的玩笑說辭。能不說話時，就微笑地面對所有的關心、關切，用一聲「謝謝」道盡心中的感恩。

刻意讓自己獨處二年、沒有任何朋友的過程，我順其自然地反思，耐心地等待自己可以做到言行一致，逐漸減少言語的解釋。它們讓我獲得真正的自由，創造自幼渴望的美好人生及和諧人際關係。

教學與餐廳的經營，精神其實是一致的。這一年來，我會在開學期初時，歡迎同學們加我臉書，以方便使用 Messenger 私訊、聯繫、討論、交報告。我同時強調，到了期末如果想刪好友，請千萬不要有所顧慮，更不要有罪惡感、愧咎感。

我沒有回應訊息、留言時，代表我在忙或有事。如果同學會因此焦慮、心靈受創，或是產生其他症狀，請務必立即刪好友。我也請同學們放心，我沒有查驗按讚人數、名單、檢查是否有人刪我好友的習慣。未來如果不幸這習慣又復發了（是的，我曾經如此），我會直接關掉臉書。

「試著做做看，允許所有人在你的生命中進進出出，只有祝福，沒有怨懟。」臺下同學們聽到這句話之後的反應，十分有趣。

我很清楚這一切與學識、年紀毫無關係。唯有生命中發生令一個人最在意的事，而此事足以觸動他的心靈，才會形成這麼有趣的經驗。鄒忌在意的是外表、形象，以及在他人心中的地位？還是另有其他呢？

據我所見所聞，願意反向思考，物質、精神並行並重的人，好像生活都頗為美滿、和樂。他們不僅擁有富裕生活，至始至終無憂無慮，也樂於與他人分享。他們不是以財物的多寡來定義富裕與否。即使生活仍有許多的不確定性、突發狀況；即使社會因為各種時事議題迷漫著恐懼或不安的氣氛，他們仍願意選擇相信自己是安全的。

他們放手讓生活帶著走，而不是運用專家學者的知識來主導自己的生活。他們運用意識、真誠，為自己創造滿滿的能量；他們思考所引發的振動頻率，吸引了更多光明、美好的人、事、物，創造出美好的生活實相。這些物質實相，卻不會反過來吞噬他們的意識。

鄒忌的故事使我聯想到多年前，全世界曾經陷入一股《祕密》（The Secret）系列的風潮。書中的原理與此頗為類似。不過，風潮過去了，世界有沒有變得更好？書籍的讀者有沒有從此過著幸福美滿的生活？如果沒有，那書中標榜的「吸引力法則」（the law of attracting）肯定還有很多有待讀者自行思量、開發之處。

當人們只專注在一些所謂成功人士的現身說法，殫精畢思（竭盡智力與思慮）於物質的取得，以「大家」眼中評價的是非得失做為衡量自己與他人的標準，終究會造成思維的失衡。鄒忌的自覺，顯示他明白到物質實相終究是幻覺，而真正能使他感到踏實、溫暖、安全的，是精神層面的活動，它又源自承認內心真實的聲音。

當然，如果可以像鄒忌般持續維持物質／精神二者之間的平衡，外在／內在思慮的平和。得到之後，又不吝於分享，對自己真實，也對他人坦然。這力量所能創造出的物質實相，可能遠超過人的想像。

「好想享受人生。」這或許是很多內心的渴望，卻受限於環境、社會氛圍而不敢明確表達出來。在華人的世界裡，當一個人說出「享受」二字時，很可能會被視為「紈（ㄨㄢˊ；wán）褲」（浮華而不了解人生甘苦的富家孩子）、沒智慧，甚至是對其他困苦的人沒有同理心。

如此發展，社會自然形成一種「苦」的氣氛，造成惡性循環。最後，生活真的要不苦，恐怕都很難避免。除非大家都認為自我欺騙是好的、光明的；而勉強他人要對自己有同理心或同情心，是必要的。

華人為人處事，偏向深思熟慮、三思而後行，養成謹慎細密的個性。長期下來，如果關注的是外在物質的積攢、人際關係的經營，就容易流於算計、謀略。這種生活模式，會自動吸引更多類似的人、事、物來到面前，凝聚為生活壓力。精神壓力往往偽裝成物質缺乏的焦慮，潛入內心。

如果思慮的是聚焦於內在反思，構思如何在忠於自己的想望，又能免於恐懼的威脅，真愛自然浮現。

真愛會吸引的人、事、物來到眼前，又往往超過自己的預期。「愛」是天生的，它常駐於每個人的心靈。遠離心靈，就遠離了「愛」。

二、享受精神生活

傳統華人文化鮮少討論「愛」。先秦唯一高舉此字的墨家，被孟子攻擊為「墨氏兼愛，是無父也」[35]。墨家平等博愛的精神，在重視父權、家庭血緣結構的儒家眼中，是不合乎人倫的主張。

理解儒家源起於亂世，就可以體諒他們無法接受「愛」的照耀。在他們的眼中，世道是黑暗的，只有恢復傳統階級意識統治，才能撥亂反正。

階級的維持，必須與威嚴、權利、控制搭配，它無法與愛共處。真正的愛是無條件的，不分彼此的。

(一) 愛

甲骨文	金文	秦簡	說文小篆	標準字體	通用規範字
				愛	爱

「愛」《說文解字》解釋為「行皃。从夊，㤅聲。」是指走路的樣子。這個字明明是絕大多數人不可或缺的精神糧食，怎麼會和走路有關呢？

《說文解字》另有一個和「愛」字音相同、字形相近的字「㤅」，解釋「惠也。从心，旡聲。」這個字有恩惠、仁德的意思。它才是正確的用字。「金文」、「秦簡」是最好的證明。

以「愛」取代「㤅」，是因為字形、字音相似而寫錯字（即「別字」），而且積非成是。不過我認為，「愛」既然早已深植華人的心，就無需強求溯本追源，恢復本字。

原來，千年以來的「愛」都是一場誤會！如果「愛」的內涵沒有改變，反而更為豐富，那不妨就讓這場美麗的錯誤持續下去吧。這場誤會讓我體認到，寫錯字不全然是糟糕的事。之後對於自己或他人寫錯字，也總是平心看待，不再加以批判。

「愛」字小篆字體的結構是「从夊，㤅聲」。「夊」（ㄙㄨㄟ；suī），像兩腳緩緩交錯走路，原是形容走路遲緩的樣子，含有此部件的漢字，往往與行動有關。

---

35 （漢）趙岐注，（宋）孫奭正義：《孟子》，第 117 頁。

它做為「愛」字的部件時，用以表義，屬於形符，是六書造字理論中的指事字。

「㤅」（ㄐㄧˋ；jì）是「愛」字的聲符，用以表音。「愛」字小篆字體屬於漢字六書造字理論中的形聲字。

到了楷書，「愛」的字形明顯發生變化。它的部件可以區分為四：一是最上方的「爪」（ㄓㄠˇ；zhǎo）。本義是指人類手、腳的指甲，也泛指手。

二是部件「夊」（ㄙㄨㄟ；suī），像兩腳緩緩交錯走路，形容走路遲緩的樣子。也可以泛指腳。

愛一個人，為什麼要動手動腳？我想它不是指愛會暴力相向，而是以「具體的行動」保護對方、給予對方什麼。

三是部件「冖」（ㄇㄧˋ；mì），指覆蓋，也泛指建築物。愛除了要說口之外，也可以提供對方遮風避雨的地方，又或是細密貼心的呵護。

四是部件「心」。要讓「愛」通過層層考驗，確認它是浪漫而不虛幻的緣分，就全仰賴「心」的過濾、感受了。大陸通用規範字缺少這個部件。

近年來，部分華語文教師提倡「由簡體字識得正體字」，我認為這種作法要十分小心。畢竟「由繁入簡易、由簡入繁難」，這是目前大多數漢字學習者的共識。寫慣了筆劃少的字，比較難再恢復較為完整的標準字體，除非學習者、書寫者具備強而有力的文化使命感。

以華語為母語的華人尚且如此，更何況以華語為第二、第三語言的歐美學習者。就以「愛」字為例，有時我會開玩笑地說：簡化字的「爱」只剩純友誼了。這句話沒有任何嘲訕之意，反而有助於學習者區分及記憶。畢竟，在經濟掛帥的現代，純友誼是一種比親情、愛情不容易獲得、維持的情意。

「愛」字沒有特指性別或身分的部件，所以它是一個可以普遍用於親情、友情、愛情的漢字。關於親情，前文已頗有涉略。這裡就接著談談友情。華人稱具有這種情誼的人為「朋友」。

1. 朋

甲骨文	金文	秦簡	說文小篆	標準字體	通用規範字
[illegible]	[illegible]	[illegible]	[illegible]	朋	朋

「朋」在《說文解字》裡，不是小篆字體。它被列在小篆「鳳」字之下，《說文解字》的作者許慎認為它是「鳳」的古文，字形作「[illegible]」。「鳳」《說文解字》解釋為「神鳥也」，這個小篆之下，另收有兩個古文：「朋」和「鵬」。朋友怎麼會跟鳥扯在一起呢？

對此，學者有不同的見解。有的學者認為是《說文》誤將「朋」和「鵬」混入「鳳」字。直到隸書才恢復原本的寫法，將它們分開[36]。有的學者認為「朋」、「鵬」都是「鳳」的異體字（字音相同、字義相同但字形不同的字）。但是在古代的文獻裡，「朋」、「鵬」兩字已經與「鳳」分化，三個字的字義已不相同[37]。

「朋」的甲骨文、金文都像兩串貝殼掛在一起，字形無法再拆解。在漢字六書造字理論中，屬於獨體的象形字。

楷書「朋」是由兩個相同的部件「月」組構在一起，所以「朋」屬於漢字六書造字理論中的會意。「月」本身不能再拆解，是獨體象形字，又稱「文」，所以「朋」是六書「會意」中的同二文會意字。

朋友和月亮有什麼關係呢？從古文字到今文字的變化，「朋」失去了造字本義。熟稔漢字學理的教師已經知道這是隸變、楷變的結果，可是又該如何在有限的教學時間裡，向學習者解說呢[38]？

想要回歸文化、引起學習者對華人文化興趣的漢字教師，可以依照上述字形演變簡單介紹。我常利用這個字來說明古代華人的大方、慷慨，因為俗語說「朋友有通財之義」[39]。「朋」的字義從金錢的概念流向人的友誼，或許正有這種暗示存在。

至少在新石器時代，華人就以貝殼做為貨幣，從事商業活動。他們以「貝」做為流通的貨幣，想要帶出門又怕丟失，最好的方法就是以繩索將它們串起來。

---

[36] 見「中華語文知識庫」：http://chinese-linguipedia.org/search_source_inner.html?word=%E6%9C%8B

[37] 見「中華語文知識庫」：http://chinese-linguipedia.org/search_source_inner.html?word=%E9%B5%AC

[38] 如果不想造成學生記憶上的負擔，只想單純讓學習者快速記憶的漢字教師，此字不妨就楷書解釋楷書。「朋」字字形轉變為月亮的「月」，或許是用字者試圖以浪漫的錯畫想像，打破宇宙物理的恆常定律，為亙古獨掛夜空的月亮召喚伴侶，長相左右。「月」在古代文人心中，常是孤獨、寂寞的象徵。

好朋友不就是即使更深夜靜，也能接您電話或陪伴身旁，聽您傾訴的另一位自己嗎？

[39] 指朋友之間的財物可以互通有無，患難與共。見教育部「重編國語辭典修訂本」：http://dict.revised.moe.edu.tw/cgi-bin/cbdic/gsweb.cgi?o=dcbdic&searchid=Z00000024186

有些學者還認為「朋」是可以戴在頸部的裝飾品。直到目前為止，商代、三星堆等文化遺址，都可以見到這一類海貝飾品的踪跡。

「朋」原本指貨幣的單位。甲骨文中有「貝十朋」、「錫我百朋」一類的語句[40]。朋友的「朋」是引申義，指志同道合卻沒有血緣關係的人。

朋友聚在一起，形成另一種力量。這道力量如果趨向負面，大家一起做壞事，華人就用「朋黨」、「朋比為奸」、「狐朋狗黨」等詞來形容他們。朋字轉為動詞，有結交（中性意義）、勾結（貶義）之義。

朋友聚在一起所形成的力量，如果是正面的，就會培養出濃純的愛意。平日呼朋引伴，一起吃吃喝喝，戲稱「酒肉朋友」；一旦朋友有難，大家都能伸出援手，成為「良朋益友」（有助於增長知識與品德的朋友）。

這種情比手足的友誼，我想是中外人士都想擁有，不單是華人所推崇的。

2. 友

甲骨文	金文	秦簡	說文小篆	標準字體	通用規範字
[illegible]	[illegible]	[illegible]	[illegible]	友	友

《說文解字》說：「友：同志為友。从二又，相交友也」本義指意氣相投、情誼互通的人。

古文字由兩個相同的部件「又」（指手）組構而成。和「朋」字一樣，在漢字六書造字理論之中，屬於同二文會意字。透過古文字的比對，可以知道楷書的部件「𠂇」原作「又」。

我喜歡將這個字解釋為：手牽手就是好朋友，就是同志。

當然，《說文解字》中的「同志」與現今性別議題中的「同志」不同，它泛指志趣、志向相同的人。

我發現「同志」一詞在古代使用普遍，現代反而將它的詞義窄化了。這是否

---

[40] 見「中華語文知識庫」：http://chinese-linguipedia.org/clk/search/%E6%9C%8B/92920/188420

意味現代人未必比古人胸襟更為開闊，或是感情更開放？再者，透過辭典的載錄，後人才得以理解詞義的原始意義及其轉變。如果再看到辭典裡有一些奇怪的辭彙，如「買春」、「打炮」等，千萬別再大驚小怪了。

「友」的古文字像兩隻手重疊，親密程度頗為具象。值得留意的是，它的字形沒有任何性別的標誌或暗示。這是否意味古代牽手的情形比現代更為普遍、開放？當時同性之間如果手牽手，會不會像現今一般，總是令人衍生超越事實的想像、遐思？

我常用「朋友」這個字引導學生反思，文化可不可以使用進步／退步、原始／現代等字詞，加以比較、評判？

朋友的結合，可以基於利益考量，成為良朋益友，一如《論語》區分朋友為益友與損友。就算是喝酒作樂，也可以成為詩朋酒友。這一類的朋友相互之間透過言語文字傳達情意，藉由酒精釋放原有的矜持、禮儀規範。

朋友之間的友情，如果建立在真摯的情感，彼此之間非常珍惜、看重，就有可能進一步組成一個家庭。這種愛，稱之為愛情。一旦愛情有了結晶，產生了下一代，就步入了親情、血緣關係。這也是為什麼我在前文提到「朋」的引申義時，特別強調「沒有血緣關係」。

或許會有讀者質疑：難道親情、愛情裡，就不能有朋友的成分嗎？有些親子關係就形同摯友，志同道合，無所不談。

當然可以！我之所以使用「血緣」一詞來詮釋朋友，是有特別用意的。傳統華人文化對於親情、愛情、友情的區分一向嚴明，而血緣正是其中的關鍵。如此的區隔是否有實質上的矛盾？對於華人文化有什麼樣的影響？這些問題就先留給讀者思考。

華人的情感世界長期受儒家思想影響，集中在家庭、師生、君臣之間，都是與自己成長關係密切的人。依常理而言，既然關係密切，情感上必然也能敞開交流，以符合人生而單純、開放的本質。可惜，儒家更講究君臣、親子、師生之間的從屬關係，而鮮少討論單純的友情或愛情。

儒家的禮法制度是深化從屬關係的重要憑藉。它屬於外在的、物質的，而非以內在、精神為主體的互動方式。誠然，儒家也強調禮節應發自內心的誠敬，表裡如一。然而，在絕對權威、絕對服從的上下長幼關係之中，儒家的「愛」實難做到物質與精神的平衡發展。

無論友情、愛情，傳統文化對於這些情感世界裡的性別，也存在著許多矛盾或是不平衡的問題。在家庭中，男主外、女主內是基本架構；在社會、政治中，男性主導運作、女性退居幕後，是漢朝（206B.C.～A.D.220）以後的基本模式[41]。

失衡的性別關係，會不會影響不同性別對愛的認知？何謂愛？如何定義愛，才能使社會、家庭更為和諧？對此學者有不同意見。我不是這方面的專家，難以評論。

不過就文化研究角度而言，我認為如果這世界現有 74 億人口，就該有 74 億種愛的定義。尊重每個人自行定義愛，允許每個人超越專家學者的分類，這世界就會持續處於豐盛、繁華之中。

然而，問題就出在一般人很難勇於自行定義愛，一如華人很難脫離對父母師長意見的依賴。有些人即使年幼時，對於父母師長言行不一的狀況，困擾過、掙扎過，長大後往往也屈服在這種情感、群體壓力之下，加入他們。

華人對於愛的困惑，往往表現在利益交換、依賴、占有。

就在最近與外國友人聊天的過程裡，我被問了這麼一個問題：「在你們華人文化裡，送禮物給別人後，是不是會希望得到回饋？」他有位華人朋友經常送禮物給別人。之後遇到困難時，認為當初接受他禮物的人都應該對他伸出援手才是。

我大方承認，但強調這只是我的看法，而不代表全部的華人都是如此。有更多的華人是為善不欲人知。傳統教育裡，的確有許多互動模式會引起如此的聯想。無論親情、友情，或愛情。不過，我想這種交易式的情感互動，不僅僅只存於華人文化。

這一類有條件的愛，以往我無法具體描述它的內涵。生活中不乏相關的個人經驗或社會事件，卻又常將它歸因於資本主義下的順理成章。直到閱讀《與神對話》一書中，對此心理活動的具體描述[42]：

> 但你們的關係之所以這麼一團糟，正是因為你們總想猜測別人——而非你自己——真正要什麼。然後，你們必須決定要不要

[41] 見洪燕梅：《出土秦簡牘文化研究·出土秦簡牘的兩性文化》，第 95-140 頁。

[42] 見（美國）尼爾·唐納·沃許（Neale Donald Walsch）著，孟祥森譯：《與神對話》（II）（Conversations with God: An Uncommon Dialogue）（Book II），第 275-276 頁。

把他們所要的給他們。而你們的決定則是這樣定下的：你們先看看你們可以從他們那裏要到什麼。如果你們認為不能從他們那裏要到什麼，那麼，原先你們打算給他們東西的理由就消失了，所以，你們就很少給他們。反過來說，如果你們看出可以從他們那裏得到什麼，那麼，你們的自我求生心態就會涉入，於是你們就給他們東西。

然後你們就忿忿然——尤其如果那別人並未如你們所預期的，給你們所要的東西。

這是一種「買賣」。你們維持巧妙的平衡。你供我所需，我供你所需。

或許是困境到了極限，沒有退路了。在這一段敘述裡，我似乎看見自己被露骨地分析。過往所有莫名的人事困擾、情感糾紛，就這麼被一一解惑了。

回顧過往的自己，外表看似獨立、灑脫，內心卻滿滿都是依賴、占有。文學薰陶，讓自己陷入對人際、情感的貪「戀」而不自知。內外不一致的結果，也常使自己迷失在情緒的表達上。

（三）戀

甲骨文	金文	戰國璽印	說文小篆	標準字體	通用規範字
／	／		／	戀	恋

「戀」是一個很晚才形成的漢字。戰國時期（403B.C.～221B.C.）的印章，出現過這個字。《說文解字》沒有收錄。目前最早出現「戀」字的字書，見於遼朝（A.D.916～A.D.1125）《龍龕手鏡》，字形作「恋」[43]。之後宋朝（A.D.960～A.D.1279）

43 見（遼）釋行均編：《龍龕手鏡》（高麗本），北京，中華書局，2006年，第66頁。

的《玉篇》作「戀」，釋為「慕也」[44]。

從時代先後觀察，大陸通用規範字是古字，臺灣的標準字體反而是較晚的今字。無論大陸通用規範字或標準字體，都是保留漢字文化的重要字形系統。

「戀」的本義是愛慕、思慕，專指內心狀態。當一個人戀愛，或是對某人戀戀不捨，那麼他的言談（部件「言」）、心思（部件「心」），就可能時時浮現與某人相關的內容、圖像，揮之不去。傳說中的緣分絲線，正緊緊地束縛著（部件「絲」）他。

大陸通用規範字的「恋」，構形不無道理。「亦」當助詞時，用以表示判斷、肯定、疑問、感嘆等語氣；當副詞時，可用以表示同樣、強調、轉折、委婉等[45]。將這些多樣的心境反應，放到「心」上，或許正好可以充分詮釋「戀」的狀態。

當一個人處於「戀」的狀態，無論在親情、友情或愛情之中，不是應該幸福洋溢，快樂無比？可是它字形中的「絲」，似乎總給人一無法呼吸的焦慮，心思總被緊緊牽繫著。

的確，當「戀」與執著混淆不清時，緊綑的線是怎麼扳也扳不開的。不僅言語、心思被綁架了，悲傷、痛苦的心情也很難推開。這種眷念不捨的情緒，是許多戀人刻骨銘心的經驗。

「戀」就不能既使人沉醉、幸福、快樂，又不致於被束縛、受傷害？我想關鍵就在於「愛」。

愛如果是建立在依賴、占有，又或是內心不快樂、失落，卻又勉強自己為他人付出，這份愛將會是虛幻、飄渺的。

我不只一次聽親友說過：「看到你快樂，我就開心。」以往這樣的一句話會使自己感到被愛、被重視，還有一種存在感。現在我才理解，如此的愛總會在日後引發許多不符合自己想像、想要的生命劇情。它會一直輪迴重複上演，直到課題被解決。

人初生到這世上，原本是獨立的、充滿好奇又富冒險精神的。這種精神在接

---

44 見（宋）陳彭年等編：《重修玉篇》，「中國基本古籍庫」（漢珍電子版）「清文淵閣四庫全書本」，第 85 頁。

45 「亦」的是「腋」的初文，指人的臂腋。見「中華語文知識庫」：http://chinese-linguipedia.org/search_source_inner.html?word=%E4%BA%A6

收許多來自父母師長的愛之後，在許多人身上逐漸消失。華人很疼愛孩子，儘管方式不同，總是試著在可能的情況下，給予呵護、關愛。相對的，許多孩子也失去了求生、自我保護的能力。

許多臺灣的年輕人認為「愛情是盲目的」、「愛情總是會傷人」。問他：「愛過了嗎？」回答：「沒有。」再問：「那你怎麼會知道？」他會悠悠地說：「朋友說的！」或是「看到同學慘痛的經驗……。」日後，他們可能就帶著這些印象，投身（或被推入）愛情之中。

這時，我想起了卡里·紀伯倫（Kahlil Gibran）。他是如此描述「愛」[46]：

> 去領略過多的溫柔所引起的痛苦。
> 去被你自己對愛的了解所刺傷；
> 並且自願而快樂地流血。
> 在黎明時懷著一顆長了羽翼的心醒來，感謝能有另外一天去愛；
> 在午時憩息而默思愛的狂喜；
> 在黃昏時懷著感恩回家；
> 然後在你心裏為你所愛的人祈禱，在唇間唱著一首讚美詩而安睡。

會令人痛苦的溫柔，是否真正的是溫柔？會刺傷人、使人流血的「愛」，是什麼樣的愛？有過真愛經驗的人，那怕只是片刻，就能體會為什麼只想感恩有這愛的感覺，當下心靈滿是溫馨氣味及光的波動，卻不一定需要有什麼結果或承諾。

能被看見、感受的，可以使人喜悅的愛，常出現在靜默之中。這是因為沒有波動的湖面，才能成為一面明鏡，映照出愛的真理。

曾經有朋友問我，當我在臉書貼文時，究竟該如何分辨分享／炫耀？當下我說了一些「大道理」，可惜現在忘記了。不過我肯定那不是真理，因為真理很難使用語文逐字描述。

經過親身試驗才知，當我真正進入關係，接收到愛或互動的快樂，事後我並不想放到臉書公開，而且沒有任何理由、考量。也許多日後的某一天，回想起那

[46] 見（黎巴嫩）卡里·紀伯倫（Kahlil Gibran）著，王季慶譯：《先知》（The Prophet），臺北，方智出版社，1998年，第45頁。

種美好，想要記錄下來，才會將它簡單地放到臉書上。

於是我反問朋友，以前沒有臉書的時候，當我們和親友相聚，滿心歡喜，會不會當下拿起電話來一一通知其他親朋好友，甚至是只有幾面之緣的普通朋友？

嗯，結果朋友以瞪白眼的方式回應我。之後，兩人相視而笑。

讀者不妨試一試。將一次與人、事或物接觸後，所感受到的美好，就只是靜置心裡，讓它自然地發酵著，不急著公開、分享。用輕鬆、不期待的心情，靜靜地與它為伴。觀察一下內心的活動與外在的變化，是否因而與昔日有所不同。

華人古今文學之中，總是充滿著對朋友、親人、愛人的依戀。它令人醉心，刻骨銘心。許多人嚮往在現實生活中能享有這份悸動，也有人如願以償。可是，現實生活中的情感，如果當事人只停留在大腦的幻想、劇情，卻少了份心靈的自覺、獨立，恐「怕」隨之而來的，將會是許多「剪不斷，理還亂」的情感糾紛及衝突。

(二) 怕

甲骨文	金文	秦簡	說文小篆	標準字體	通用規範字
╱	╱	╱	怕	怕	怕

《說文解字》說：「怕：無為也。从心，白聲。」許慎認為一個處於不知道該做什麼、心慌意亂的時候，就是「怕」。

部件「心」，表示造字者認為怕是一種心理狀態。「心」獨立存在時，是個獨體的象形字。當它成為「怕」的部件時，用以表示「怕」的字義，屬於形符。

部件「白」，是造字者用來標示怕的讀音，屬於聲符。「怕」在漢字六書造字理論中，屬於形聲字。

我在解讀「怕」字時，喜歡讓部件「白」也參與字義的表達。「白」可以用來形容沒有添加任何東西，如「白開水」。當一個人的腦中呈現空白狀態，平常塞滿的知識、計算、謀略，都不見了，就真的是怕了。

「怕」字雖然以「心」構字，其實它呈現出的是一個人腦中的知識、思想，無法及時應付外來的刺激，而心靈的感受又來不及接手反應。

如前一節所說，現代許多科學家將人的生存狀態，區分為大腦的想法、思想，以及心靈的直覺、感受。美國的喬・迪斯本札（Joe Dispenza, DC）醫師就如此說過[47]：

> 一旦你的思想和感受一致，就會像同調波一樣產生強大的作用力。當你懷抱著清晰的目標、專注的想法、並投注強烈的熱情，你正在傳送的是一個強大的電磁信號，引領你走向你所想要的那個潛在實相。

喬・迪斯本札（Joe Dispenza, DC）醫師的說法讓我聯想到，時下流行許多喪屍、鬼怪動漫、電影。如果觀賞的人堅信真的有這種東西的存在，那恐怕要不親眼看到都很難。

喜歡接觸這一類劇情的人，大多內心有著需要被餵養的痛苦之身。

絕大部分的人不喜歡「怕」，討厭恐懼。可偏偏這宇宙存在著一個規律：你愈害怕什麼，愈是吸引著那害怕。《莊子・漁父》記載著一個故事[48]：

> 人有畏影惡迹，而去之走者。舉足愈數，而迹愈多。走愈疾，而影不離身。自以為尚遲，疾走不休，絕力而死。不知處陰以休影，處靜以息迹，愚亦甚矣。

書中引莊子的話，提到有一個人平日很害怕自己的影子，討厭自己的腳印。為了擺脫它們，這個人愈走愈快，可是腳印愈多，影子更是不離身。他以為是跑太慢才會如此，於是加快速度向前衝而不休息，最後卻氣力用盡死亡。

*莊子批評這個人十分愚蠢，不知道只要待在陰暗的地方，影子就會消失；靜止不動，腳印就不會再出現了。

---

[47] 見（美國）喬·迪斯本札（Joe Dispenza, DC）著，謝宜暉譯：《未來預演：啟動你的量子改變》（Breaking The Habit of Being Yourself: How to Lose Your Mind and Create a New One），第 49 頁。

[48] 見（晉）郭象注，（唐）陸德明釋文，（唐）成玄英疏，（清）郭慶藩集釋：《莊子集釋》，第 446 頁。

《莊子》的故事及論點，還是針對儒家而生的。儒家思想重視區分君子、小人，要求儒者明辨是非。並以各種德目涵養自己的品格，讓自己為謙謙君子，以便能在政治或社會上，有所作為。

問題就出在區別、分辨。它很容易使人忽略心靈的直覺、感受，而依賴大腦感官的思想、判斷。原本以為是安全的，卻反而將自己推向患得患失；使得維繫情感的愛，變成有條件的對待。這種追求一致性、目的性的教育，無形間使學習者失去獨立的精神，而停留在對標準答案、成果收獲的期待及眷戀。

其實，華人的父母師長十分疼愛孩子，希望孩子能平安長大、享受幸福、快樂的生活。可惜，他們往往是用擔憂的方式來表達、主導，並且在不知不覺中，將它種入孩子的腦海裡。

擔憂就是恐懼，恐懼是最具吸引力的心念。以往我很無法忍受這種親情及愛，它也往往造成親子之間的不悅、衝突。沒想到，日後我竟在無意識的狀況之下，如此地對自己，對待自己十分在意的人事。

有些小孩會在這種擔憂中，意志逐漸弱化，形成依賴，最後變成了父母師長口中的「啃老」，孩子們自己口中的「魯蛇」。有些孩子會下意識地反抗，但礙於文化中的倫理規範，經常只能痛苦在心裡。

現在，我知道這就是自己的課題，不再怪罪給父母、環境。我試著在過程中，往自己的內心尋求問題關鍵及所在。為什麼我會接收長輩的擔憂、恐懼？為什麼我明明不喜歡，卻還是會有所反應，然後形成自己的負面情緒？

在這種內求的過程中，情緒才真正逐漸消減，並自然浮現解決之道。

相關問題的解決之道，因人、因事而異，專家學者所能提供的方法，未必適用於所有人。透過每個人的自我探索，生活才不致枯躁、無聊。這或許也是選擇來到這世上做為人的目的及樂趣之一吧！

我總覺得，愛與詛咒，只在一念之間。現在，面對類似狀況，我會笑笑地請父母師長別再詛咒自己，也別無意間將他們的詛咒傳送給晚輩。轉個彎，樂觀就在另一邊等著。

如果真的珍惜、看重子女，想要愛護他們，為什麼不能以正面、樂觀的支持，取代負面的、悲觀的擔憂、阻止呢？

這個問題是有答案的，只要父母師長停止擔憂，停止自我詛咒，答案會自然來到眼前。如今，即使我有了答案，卻不再急著想要他們知道我的想法，或是改變他們的想法。當我找到答案，解決了自己的困惑，就等於解放了我與他們之間的糾葛。

問題本身有自己運行的進程、解決的模式。以往我緊抓著不放，總想控制生命中的一切，結果不盡如人意。如今當我放手讓它自由活動時，它經常帶給我驚喜的收穫。

愛情也是華人的一大課題，尤其近年來離婚、不婚的比率持續攀升。許多年輕人開始談論「恐怖情人」、「恐怖親人」，並在網路上分享經驗。不可避免的，愈是避之唯恐不及、害怕遇見的人，愈可能擁有這種經驗。

有一天，友人與我分享他的經驗，大談其中甘苦。不知那來的感覺，我突然問他：有人生下來就是恐怖情人或恐怖親人的嗎？如果只有他一個人生活，會變成這樣嗎？他一時之間無法回答，楞在那兒。我不是刻意質疑，也沒有答案，就只是純粹從內心冒出這個疑問。

事後我回想起，原來我從小就親眼看過親友，從原本許多人眼中的好人、善人，在某一天某個特定事件裡，變成了恐怖情人、恐怖親人。觀察一些相關案例後，我發現他們有些共通點。至於幫他們貼上恐怖標籤的人，也有一些共通點。

我之所以取得一些相關想法，是在開始學習凡事不急著批判，鼓勵自己以觀察取代評論。沒有人天生就是恐怖情人、恐怖親人。喜歡用這些辭彙批評他人的人，或許要更留意腦海裡是否也潛藏了類似的因子而不自知。

有條件的愛，是造就恐怖情人、恐怖親人的主因。主動給出這些愛的人，往往就是最怕造就這一類人的人。至於給的人又是基於什麼樣的因素？就留待給讀者思索了。

有趣的是，身處二元對立的世界，糟糕的人、事、物往往是用來引出美好的一面。大多數的人都需要恐懼，才能再次喚醒愛的天性。當一個人可以愛自己也愛所有的人，不需要物質做為媒介，就只是呈現出心靈的渴望。那麼，他原本孩「子」的樣貌，就會重現（離天堂也近了）。

從愛戀到恐懼，人的一生就是如此地擺盪在這兩極之間。每個人都有權利選擇沉浸其中，隨波逐流；或是優雅溫柔，輕鬆以對。

恐懼令人心碎，但碎裂又何嘗不是完整的前奏。

Chapitre 3

Sinogrammes : les « Faits » et les « Principes »

Edmund Husserl a déjà exprimé ses plus profondes réflexions sur la culture occidentale dans son livre intitulé *The Crisis of European Sciences and Transcendental Phenomenology*. Selon l'auteur, la culture occidentale fait face à une crise existentielle et perd ses véritables obejctifs. Et dans le *Phänomenologie der Lebenswelt*, il vise à libérer les philosophes de la perspective dominante des sciences de la nature à l'aide du concept de monde de la vie (*Lebenswelt)*.

Quant aux sinogrammes et leur connotation culturelle, éprouveraient-ils aussi le besoin de suivre une telle tendance émancipatrice ? Je pense que la phénoménologie husserlienne pourrait inspirer en quelque sorte les recherches sur les caractères chinois et sur la culture qui y est associée.

Les sinogrammes sont, à l'origine, un système de symboles à la fois concrets et abstraits, qui sont lisibles et dotés d'une pensée esthétique. C'est justement ce que veut dire par l'*expression* en phénoménologie, des signes capables d'exprimer un sens. À la différence de l'écriture alphabétique, une structure spatiale et une intuition dynamique intégrées dans les sinogrammes.

Section I
Respecter les désirs matériels

La beauté statique et la beauté dynamique des caractères anciennes, y compris les inscriptions sur carapaces de tortue (*jiaguwen*), les inscriptions sur bronze (*jinwen*), et l'écriture sigillaire (*zhuànwén* 篆文), sont présentées à l'aide des lignes figuratives. Plus tard, afin de mieux s'adapter aux développements en économie et technologie, il faut que l'écriture soit plus pratique quant à son usage. C'est ainsi que le système d'écriture s'évolue progressivement vers l'écriture des scribes (*lishu*) et l'écriture régulière (*kaishu*). Sous les traits plus abstraits, il devient impossible d'exprimer, de désigner, ou d'illustrer quoi que ce soit à travers l'allure graphique des sinogrammes.

En ajoutant une interprétation culturelle dans la discussion sur l'évolution dynamique des sinogrammes, il s'agirait d'une occasion propice pour les enseignants et les apprenants d'effectuer les échanges au niveau spirituel avec un esprit ouvert. Lors des échanges, la lumière initiale de la *nature* humaine serait éveillée, lui permettant de s'émanciper et de s'étendre à son plus grand potentiel.

1. Nature (*xìng* 性)

jiaguwen	*jinwen*	*qinjian*	Petite sigillaire du *Shuowen*	Forme standardisée	Caractère général et normalisé
				性	性

Selon les textes déterrés, le caractère *xìng* 性 est créé plus tardivement. La forme la plus ancienne de ce caractère est celle de l'écriture de la petite sigillaire (*xiao zhuan* 小篆) se figurant dans le dictionnaire *Shuowen jiexi* 說文解字, *premier dictionnaire épistémologique de la langue chinoise**.

Voici comment le *Shuowen jiezi* explique le caractère *xing* 性 : « C'est la manifestation dynamique relevant de la bonne nature de l'être humain. Il se compose de *xīn* 心 et le *shēng* 生 indique la prononciation. » Xu Shen 許慎 adopte une interprétation fondée sur un système cosmologique du *yin* et du *yang* pour expliquer le *xing* 性. Selon lui, l'être humain est engendré par le souffle *yang* ; et d'une perspective selon laquelle la nature de l'homme est bonne, la valeur de l'homme situé entre le ciel et la terre se détermine par la bonté.

Il s'agit d'un idéophonogramme typique. La composante *xin* 心 (忄) est une sous-graphie de la forme exprimant la signification du caractère *xing* 性. La composante *sheng* 生 est une sous-graphie phonétique indiquant sa prononciation, mais elle comprend en même temps une fonction sémantique (donc c'est une *sous-graphie phono-sémantique*). Il serait donc raisonnable d'inclure la signification du caractère *sheng* 生 dans l'explication du caractère *xing* 性.

Le sens propre du *xing* 性 signifie les dispositions innées et les instincts naturels que possèdent les hommes et les animaux, ce que les Chinois appellent « la nature fondamentale ou foncière (*běnxìng* 本性) ». La nature fondamentale de l'homme est toute pure et modérée. C'est pourquoi la plupart des gens adorent les nouveau-nés, desquels ils ne se méfieraient jamais. Certaines personnes se montrent la nostalgie de comment elles sont traitées lors de leur petite enfance, une période avec le plus de liberté où elles étaient permises de faire des erreurs, traitées amplement avec l'amour inconditionnel.

Il se peut que ce soit la fragilité corporelle du nourrisson que la plupart des parents n'attendent pas quelque chose de spécifique de lui. Pour eux, la chose la plus importante, c'est de préserver cette vie si fragile. Le sinogramme *xing* 性 dans le terme « *xìngmìng* 性命 » indique la *vie*.

Avec la croissance du nourrisson, les parents commencent à prendre conscience du rapport entre l'âge et la performance. Si ce n'est pas l'influence de leur éducation, cette partie est en lien soit avec leur milieu de vie, soit avec leurs modèles parentaux à eux. Pour les parents chinois, les enfants sont *grandis* dès le moment où ils commencent à marcher et à parler. Ensuite, on exigge aux enfants d'apprendre comment traiter les parents et la famille, comment s'interagir avec les proches, comment manifester leurs *caractères moraux*. Il est de toute évidence que ce *xiang* 性 des caractères moraux (*pǐnxìng* 品性) n'est plus du naturel.

Selon les paroles de Confucius citées dans le *Lunyu*, « Xue'er »[1] :

> Le Maître dit : « À domicile, le disciple est filial, en public, fraternel. En tout temps, il est de bonne foi. Il aime tout le monde, mais chérit ceux-là seuls qui font preuve d'humanité. Si ses activités n'épuisent pas ses forces, il les consacre à l'étude des écrits. »

Confucius dit : « Un jeune, à domicile, doit être pieux et soumis envers ses parents et à l'extérieur, ils doivent respecter les personnes plus âgées. Il est prudent avec ce qu'il fait et traite des gens de bonne foi, il répand l'amour et se rapproche des personnes faisant preuve d'humanité. Après avoir accompli toutes ces exigences, s'il lui reste encore des forces, il pourrait se lancer dans les études. »

Vivre en groupe permet aux êtres humains de former des familles, des sociétés et des nations. Pourvu que la *nature foncière* de chacun soit différente, la régularisation faite par l'homme serait inévitable. C'est pour éviter les conflits et les troubles, c'est-à-dire de bonne grâce, que les confucianistes préconisent le principe des devoirs envers les aînés (*xiàotì* 孝悌).

Cependant, la nature innée et le caractère acquis de l'homme se multiplient avec la population du monde. Si la pensée confucianiste ne vise qu'un seul aspect, ce n'est pas trop grave. Mais une fois élevée comme le standard pour gérer les affaires familiales ou étatiques, voire devenues le Confucianisme, la question ne sera plus simple.

Quelles sont les conduites et les paroles qui correspondent aux vertus de « piété familiale » (*xiao* 孝) ou de « respect et docilité envers les plus aînés » (*ti* 悌)? Les écrits canoniques du confucianisme, y compris le *Lunyu*, ne contiennent pas de théories systématisées et ne procurent non plus de règles précises à suivre. C'est pourquoi les critères des principes de *xiao* 孝 et de *ti* 悌 varient d'une famille à l'autre.

Parfois, pour simplifier les concepts de *xiao* 孝 et de *ti* 悌, on les définit comme étant *soumission*. Or qui pourrait assurer que les parents, les enseignants et les aînés ont toujours raison ? Parmi les gens jugés de rébellions et séditieux par les confucianistes[2], nombreux sont ceux qui possèdent l'identité de parents, d'enseignants et d'aînés.

Tout homme est pourvu de libre arbitraire dès sa naissance, cela pourrait être réprimandé ou entravé, mais ne demeure jamais toujours en veille. Les confucéens avaient peut-être remarqué cette tendance de la nature humaine alors qu'ils exigent une soumission absolue dans la vertu de piété filiale. Dans le chapitre « Xue'er » du *Lunyu*[3] :

> You zi dit : « Un homme imprégné de piété filiale et d'amour fraternel sera rarement porté à défier ses supérieurs. Combien moins un tel homme sera-t-il enclin à fomenter des troubles ! » L'homme de bien consacre tous ses soins au fondement. Une fois le fondement bien établi, la Voie naît. Or, la piété filiale et l'amour fraternel ne sont-ils pas le fondement de l'humanité. »

Le disciple de Confucius You Zi 有子 (dont le prénom Ruo 若) dit : « Il est rare de voir que quelqu'un filial à ses parents et respectueux envers ses frères aînés préfère offenser les aînés. On n'a jamais vu quelqu'un qui ne préfère pas outrager les aînés, mais qui préfère se soulever contre les autorités. Un homme vertueux partirait de ce qui est fondamental d'être un Homme, pour pouvoir établir ce qu'il appelle la Vérité. Dans cet ordre d'idées, il paraît bien que le fait d'être filial à ses parents et respectueux envers les aînés, c'est ce qui est fondamental d'être un Homme ! »

En observant ce que dit You Zi, la finalité des devoirs envers les plus âgés (*xiaoti* 孝悌) vénérés par les confucianistes est de se soumettre à des supérieurs, pour que l'individu ne devienne une personne semant les troubles. Celui-ci croit que ces principes sont fondamentaux pour l'homme. Peut-être, c'est pourquoi les Chinois reprochent souvent les gens qui ne respectent pas ces principes à quelqu'un qui *n'est pas digne d'être humain.*

Les conduites obéissantes ne suifferaient pas, la voie de « *xiaoti* 孝悌 » chez les confucianistes exige aussi une mentalité conformiste. Dans le chapitre « Weizheng » du *Lunyu*[4] :

> Zi Xia s'enquit de la piété filiale.
>
> Le Maître dit : « Tout est dans la contenance. S'il y a des tâches à accomplir, les cadets s'en chargent ; s'il s'agit de partager le vin et la nourriture, les aînés se servent d'abord. Mais est-on vraiment filial si l'on se limite à cela ? »

Le *Lunyu* mentionne que le disciple Zi Xia (né Bu Shang 卜商, Zi Xia 子夏 est son nom prénom de courtoisie) demanda à son Maître comment manifester la piété filiale dans nos comportements.

Dans cet extrait, malgré le ton interrogatif, il s'agit d'une *fausse question**. Il s'agit en fait d'une phrase négative dotée d'un sens impératif définitif.

Certes, si les conduites morales[5] ne sont pas spontanées, mais qui mettent seulement l'accent sur les règles de conduite manifestées, ce ne sont que des conduites vantées. En fait, l'accent est mis sur comment *maintenir une bonne contenance.* On pourrait forcer quelqu'un à agir, mais personne ne peut manipuler sa pensée interne. C'est probablement pourquoi il n'y a pas beaucoup de descriptions concernant l'activité mentale de l'homme dans la pensée confucianiste.

Cela fait plus de 2500 ans, les Chinois vivent encore sous l'influence du Confucianisme. Je crois qu'on pourrait en déduire deux choses : 1. La doctrine confucéenne possède une certaine valeur culturelle, surtout pour l'harmonie sociale qu'elle préconise. 2. Bien que le confucianisme soit grandement valorisé en Chine, les autres écoles de pensée ne sont pas opprimées en vue de cette doctrine, surtout le Taoïsme.

Bien que la plupart des gens non soumis à la pensée confucéenne soient considérés comme quelqu'un qui suit son inclination naturelle, en dépit des critiques, l'ensemble de la société ou une famille en particulier se montrent toujours une certaine tolérance envers eux. Peut-être, c'est là où se réside la racine permettant à la société chinoise de préserver ses caractères et la créativité sous la guise de la pensée confucéenne.

Est-ce que cela veut dire qu'à l'avenir, le confucianisme pourrait se montrer encore comme la culture dominante dans la société chinoise et demeurer inébranlable ? Je ne peux vous donner la réponse. Mais, les jeunes taïwanais aujourd'hui voient le confucianisme comme une doctrine du « perdant »[6]. Lors de ces dernières années, le fait que beaucoup de mouvements sociaux sont organisés et lancés par les jeunes pourrait peut-être nous transmettre quelques messages concernés.

La plupart des aînés dans la société taïwanaise commencent à s'attaquer à la transformation idéologique et comportementale chez les jeunes. Quand ils (ceux avec un certain statut social, qui détiennent un certain pouvoir et possèdent une certaine fortune) sont capables de monter du doigt à autrui, ils le feront eux-mêmes. Quand le fait de blâmer ne peut changer ni la pensée ni les pratiques auprès des jeunes, ils se tourneraient alors vers les dogmes religieux ou deviendraient eux-mêmes le porte-parole de Dieu afin de les réprimander davantage.

Je dis souvent, à la blague, que si l'homme est bel et bien créé par Dieu et selon son image, comme le dit la Bible. Alors, quand j'insulte quelqu'un en disant qu'il *n'est pas digne d'être humain* et que je blâme celui qui ne partage pas mon opinion, c'est comme si accidentellement, je blâme ou pointe du doigt également à celui qui avait créé l'homme. Je ne sais pas si cela pourrait le rendre malheureux qu'il me causerait des catastrophes ?

Je récolte ce que je sème. Cette phrase ne s'inscrit pas aux idées de *rétribution* ou de *karma* comme dans les religions. C'est juste une loi du retour naturelle, un ordre régularisateur naturel. Que ce soit la raison sous-tendant l'action de reprocher quelque'un ou de faire du mal à autrui, tout revient à son émetteur finalement. C'est ce que j'avais vécu personnellement. Aujourd'hui, j'éprouve une très grande reconnaissance pour avoir vécu cette sorte d'expérience de vie si riche et diversifiée.

J'ai même appris que certaines personnes décrivent les jeunes gens qui osent s'exprimer comme les démons. À ce moment-là, ce discours du sûtra bouddhique me vient à l'esprit : « tout se crée par l'esprit ». Je ne sais pas si les démons existent ou pas dans le monde, mais personnellement, je n'en ai jamais témoigné un (à part dans les livres ou dans les médias). Néanmoins, je crois que celui dont l'esprit qui brille comme le soleil ne verra pas les démons.

Il y a ceratines personnes aînées qui donnent des commentaires comme : « Les jeunes n'agissent qu'à leur guise ». Je la trouve coquine cette phrase-là. Je pense que les personnes plus âgées aussi devraient faire ce qu'ils veulent[7] pour pouvoir garder leur jeunesse. À l'heure actuelle, Taïwan est régné par l'ambiance de « crainte de la sénescence » (à trente ans, c'est l'*âge mûr*[*]). Que ce serait intéressant si seulement on

---

[*] Littéralement, le terme de « *chūlǎo* 初老 » désignant *l'âge mûr* veut dire « début du vieillissement ».

pouvait se rajeunir en commençant par notre esprit et retrouver l'impulsion d'agir à notre guise de notre jeunesse.

Le terme « *rènxìng* 任性 » est souvent doté d'un sens péjoratif. En fait, il comporte deux connotations : 1. S'incliner vers les désirs et agir à sa volonté. 2. Suivre les caractères naturels et ne pas être prétentieux et guindé[8]. La deuxième connotation pourrait décrire les gens qui s'adhèrent à la doctrine confucéenne, mais qui ne sont pas entravés par ses pensées doctrinales. Aujourd'hui, j'accepte heureusement quand quelqu'un me blâme d'être capricieux. Je lui remercie sur le fait qu'il arrive à voir que je suis quelqu'un d'authentique qui ne trompe jamais autrui.

Si seulement chacun serait capable d'accepter le caprice des autres, se rapprocherait-on plus rapidement du monde idéal de la « Grande union » décrit dans l'extrait « Liyun 禮運 » du *Liji* ? Cette « grande union », si ce n'est pas remanier ou manipuler les caractères distincts de tout le monde pour les rendre semblabes, est-ce que cela veut dire accepter toutes les différences chez les autres ?

Dans l'histoire de la Chine, il y eut un lettré confucéen connu pour sa piété et sa soumission, il s'appela Shi Fen 石奮[9]. Selon ce qui est noté dans le *Shiji* ou *Mémoires Historiques de Sima Qian*, faisant partie à la troupe de Liu Bang 劉邦, il commença à faire sa reconnaissance autour de la période des conflits entre les États de Chu 楚 et Han 漢(env. 206-202 av. J.-C.). Liu Bang apprécia beaucoup son attitude *respectueuse envers les rites*. Shi Fen eut une sœur qui fût habile à jouer l'instrument de musique à corde traditionnel, le *qin* 琴 (*cithare*). Liu Bang l'épousa comme concubine et toute sa famille déménagea à Chang'an, la capitale de l'époque.

En fait, Shi Fen n'avait aucune connaissance du corps de doctrine des confucianistes (texte ancien : « il n'a effectué aucunes études d'érudition »). Mais, avec son attitude extrêmement respectueuse et les personnalités dociles de ses fils, celui-ci gagna beaucoup de réputations à son époque. Sous le règne de l'empereur Wen 文帝 (180-157 av. J.-C.), Shi Fen fut élu par les grands ministres pour pourvoir le poste de Grand Tuteur du prince héritier. Lorsque le prince héritier devint l'empereur Jing 景帝 (157-141 av. J.-C.), Shi Fen devint déjà le chef des cent officiers.

Parce que Shi Fen était trop respectueux et trop prudent, en plus d'être très proche de l'ancien empereur Wen pendant qu'il était le Grand Tutueur du prince héritier, cela fait en sorte que le nouvel empereur Jing se craignit de lui. Les quatre fils de Shi Fen devinrent également fonctionnaires de la cour impériale pour leur dévotion envers leur père et pour leur prudence. L'ensemble d'émoluments de ces cinq fonctionnaires de la famille Shi dépassa dix mille *dàn* 石*, et l'empereur Jing appela alors son Maître par le Seigneur de Wanshi (l'homme de dix mille *dan*).

La façon dont Shi Fen éduqua ses enfants était très particulière. Il ne frappa ni n'invectiva ses enfants. Mais quand ceux-ci (que ce soit ses fils ou ses petits-enfants) commirent une erreur, à l'heure du repas, il se mit au siège de côté et ne fit que regarder la table sans manger.

Dans un contexte social de l'époque où une grande famille vivait sous le même toit, les enfants et les petits-enfants d'une génération semblable ou de l'ordre plus proche se seraient mis ensemble pour gronder celui ayant commis l'erreur. Seulement après que celui-ci ait subi le procès de son erreur et de son comportement non filial (parce qu'il est contre la piété filiale que le chef de la famille refuse de manger à cause de nos erreurs), les autres aînés de la famille demandèrent à leur tour la faveur auprès de Shi Fen. Face à cette demande de faveur, pour l'accepter, ce dernier attendit jusqu'à ce que celui ayant commis l'erreur se serait mis à torse nu et aurait reconnu ses torts, tout en se demandant la punition (texte ancien : être torse nu et reconnaître ses torts) et en jurant de corriger ses fautes.

À sa retraite, chez lui, Shi Fen était toujours bien habillé et tenait une posture sérieuse à la présence de ses fils et de ses petits-fils de l'âge majeur (*par rapport à l'époque**). Même les serviteurs de la famille se surveillèrent très prudemment. Quand les ministres de la cour vinrent chez Shi Fen pour lui offrir de la nourriture octroyée par l'empereur, celui-ci se prosterna sans faute comme si l'empereur était devant lui ; par la suite, il se courba pour s'en servir.

---

* Il y a un jeu de mots avec le caractère « 石 » Il se prononce comme *shí* lorsqu'il veut dire pierre ou roche, et comme *dàn* lorsqu'il désigne l'unité pour mesurer la quantité des grians ou céréales.

À l'époque, les lettrés confucéens des États de Qi 齊 et de Lu 魯 étaient surtout connus pour leurs conduites qui s'inscrivaient dans la simplicité et la sincérité. Mais, mêmes les lettrés de ces deux États admettaient qu'ils n'étaient pas à la hauteur de la famille de Shi Fen.

Shi Fen avait aussi quelqu'un à problèmes dans la famille : le fils cadet Shi Qing 石慶. Un jour, Shi Qing eut de l'entregent et s'enivrait qu'il oublia de descendre du char et se fit transporter jusqu'à la porte intérieure (*lǐmén* 里門) du domicile. Encore une fois, son père Shi Fen était fâché contre lui qu'il refusât de prendre son repas.

Lorsque Shi Qing s'est dégrisé, il eut peur et réclama ses torts sans tarder. Shi Fen ne voulut pas le pardonner alors que tout le monde de la famille, même son fils aîné, Shi Jian 石建 (frère de Shi Qing), se mit aux épaules dénudées pour demander pardon. D'un ton ironique, Shi Fen dit : « Il est tout à fait raisonnable que les aînés de la famille se retirassent devant un homme noble qu'est le Préfet de la capitale (le titre de fonctionnaire de Shi Qing), qui ne descendit pas du char alors qu'il se rendit à la porte intérieure de la maison ! » Après avoir terminé ses paroles, non seulement Shi Fen n'a pas pardonné son fils cadet Shi Qing, celui-ci lui ordonna d'y ôter à haute voix.

Il se peut que Shi Fen aurait puni pour l'exemple. Dès lors, Shi Qing et ses autres frères se sont descendus du char lorsqu'ils se rendirent à la porte intérieure et tout le monde rentra rapidement en marchant.

Plus tard, Shi Qing devint le premier ministre de l'État de Qi 齊. Le peuple de Qi admira beaucoup la conduite de sa famille (coutumes ou comportement familiaux), de sorte que même si celui-ci n'avait livré aucun décret lors de son mandat, le Qi se trouva toujours en paix et en stabilité. On lui a même construit le « Temple du ministre Shi » pour commémorer ses mérites.

Les Chinois se basent sur les réalisations d'une peresonne et sur ses reconnaissances parmi ses groupes pour définir ce qui est bon/mauvais ou bien/mal dans ses conduites, et pour décider si cela vaut la peine de l'imiter ou de l'exalter ou pas. Shi Fen ne fut pas un lettré confucéen proprement dit, mais même les lettrés confucéens s'extasiaient d'admiration devant ses réalisations personnelles aussi bien que ses manières de diriger sa famille. Si ce n'est pas pour l'habileté de Shi Fen de bien dompter les membres de sa famille, ces lettrés se focaliseraient aussi sans doute sur la vie admirée de Shi Fen qui réussit à gravir les échelons dans sa carrière.

Il est probable que les hommes postérieurs font l'éloge à Shi Shen de la même manière que ces lettrés-là.

Je suis plutôt curieuse, si la manière dont la famille Shi dirige les rapports famililaux se montre si efficace, pourquoi les règnes de l'État de Qi ou de la dynastie Han n'ont pas pu se perdurer jusqu'à nos jours ? Pourquoi les principes du gouvernement familial de cette famille ne sont-ils pas valorisés ou vénérés par les souverains des dynasties successives sinon au sein du peuple, de sorte que ces principes puissent se continuer toujours jusqu'à aujourd'hui ?

Shi Qing, *le fils*, est le point central de toute l'histoire si parfaite. Ses conduites font ressortir les caractéristiques des personnages ainsi que des faits de l'histoire et pourraient devenir la source ou l'indice pour découvrir une perspective qui se diffère de celle des lettrés confucéens.

Shi Fen, *le père*, est un personnage qui s'efforce pour se créer sa propre image. Comme mentionné précédemment, l'*image* n'existe que parmi les entités mortes, mais les hommes l'ont transformée en un objet indispensable pour leur survie. Quand l'image devient la poursuite de la vie, même s'il est fort probable que les hommes ne l'explicitent pas, elle devrait avoir une finalité concrète et matérialisée. En même temps, il faudrait sacrifier beaucoup de choses qui peuvent rendre heureux les hommes : la chaleur, la joie, les rires, les larmes (les réactions sentimentales et émotionnelles), etc.

Ces choses semblent être la nature fondamentale que possède l'homme durant sa petite enfance.

Si l'on faisait Shi Fen un homme ordinaire en lui enlevant son statut de fonctionnaire et son pouvoir, je suis curieuse de savoir comment l'efficacité de sa manière de gérer ses affaires familiales aurait pu être.

Cependant, je ne pars pas avec une idée préconçue et je ne juge pas non plus la manière dont il dirige ses affaires familiales (ce que je faisais auparavant). Je crois aussi qu'il y a des gens qui préfèrent ses méthodes et les imitent ardemment. Dans le monde d'aujourd'hui, l'atmosphère générale et la relation sociale de la vie fortunée ne devraient pas être loin de celles de la famille Shi.

Il me paraît que Shi Fen n'a pas introduit l'amour, mais plutôt la peur et le trauma auprès de ses enfants. À travers ses paroles ironiques envers son fils cadet Shi Qing, on pourrait lire justement les traumas vécus dans son for intérieur (respect et prudence à l'excès), un cœur qui a été rempli pleinement de craintes. Mais de quoi avait-il peur ?

Shi Fen utilisait la pression du groupe pour dominer sur ses enfants et sur les autres membres de la famille pour surveiller leurs conduites. En guise de se comporter comme l'exemplaire, en réalité, c'est afin de parvenir à réaliser en quelque sorte ses carrières politiques à travers les normes de l'éthique dans la culture traditionnelle. Une fois grandis, ces jeunes choisissaient le même parcours que leur père ou leur grand-père, et ensemble, ils bâtissaient une telle histoire de vie. Ils avaient effectivement une finalité en commun.

Pendant un temps, pourquoi Shi Qing avait-il problème de l'alcoolisme ? Un individu autonome, dont le cœur est rempli d'enthousiasme et d'énergie, ne s'exposerait jamais à l'alcool pour s'engourdir. L'histoire de la Chine (depuis la Dynastie Shang 商, env. 16e siècle à 11e siècle av. J.-C.) montre que le peuple chinois est inséparable de l'alcool. Je pense que Shi Fen et son fils Shi Qing, aussi bien que tout le lignage de la famille Shi, incarnent une partie de l'ensemble de la culture chinoise.

L'existence de chaque phénomène culturel implique son propre contexte et une nécessité en soi. Lors de lectures et d'études de ces phénomènes, si seulement les hommes postérieurs pouvaient adopter une attitude plus arbitraire dans leurs analyses sans tomber dans les jugements et les imitations, ça se peut qu'ils puissent s'en inspirer des éléments constructifs au développement culturel.

Revenons-nous aux principes des sinogrammes concernant le caractère « *xing* 性 ».

Chaque sinogramme possède sa propre forme originelle (au moment de sa création) et développe d'autres formes d'expression (le développement des graphies et des significations). Le « *xing* 性 » se compose de deux caractères, le « *xin* 心 » et le « *sheng* 生 ». Le sens originel de « *xing* 性 » désigne la qualité intrinsèque que possèdent les hommes et la nature. Revenons-nous donc aux caractères « *xin* 心 » et « *sheng* 生 ».

1) Cœur (*xīn* 心)

Pour ce qui est de la structure de sa graphie, il est très probable que le « *xing* 性 » devrait désigne la fonction du cœur (*xin* 心), une fonction durable et inépuisable (*shēngshēng bùxí* 生生不息).

Inscription oraculaire (*jiaguwen*)	Inscription sru bronze (*jinwen*)	Écrit sur bambou de Qin	Petite sigillaire du *Shuowen*	Forme normalisée	Caractère général et normalisé
				心	心

Les formes *jiaguwen* et *jinwen* du caractère « *xin* 心 » présentent l'image du bord du cœur avec les valves cardiaques à l'intérieur, présentées par les traits courts. Chaque fois que j'enseigne ce caractère, j'invite les étudiants à réfléchir à ce que pourraient représenter les deux points dans la forme *jiaguwen*. La plupart diraient que ce sont les ventricules gauche et droit, des veines ou des artères… Ils faisaient toutes sortes de liens avec l'anatomie moderne. J'ai pu dire que ces étudiants répondaient avec un ton conjectural tout en pensant que c'était incroyable ou impossible.

Pourquoi n'est-il pas possible ? Parce que la culture de la haute antiquité est nécessairement moins développée ? Ce type de raisonnement est plutôt illogique lorsque l'on étudie la Culture.

Le caractère « *xin* 心 » est créé en représentant une entité objective par des lignes cursives, il est classé parmi les pictogrammes selon les six catégories de formation des caracètres chinois (*liushu* 六書). À partir de l'écriture des scribes (*lishu* 隸書) comme la forme du cœur n'est plus évidente, on ne trouve plus l'image primitive de ce caractère lors de sa création. Lorsque l'on enseigne ce caractère, il vaut mieux combiner les graphies des caractères anciens avec les images pour approfondir l'impression des apprenants.

Pour l'ensemble de l'évolution des sinogrammes, c'est le résultat découlant des besoins dans l'usage quotidien que les caractères se transforment des lignes en traits. Pourtant, la configuration par les traits abstraits rend implicites les connotations culturelles du caractère à sa création. Il devient alors plus difficile pour l'enseignement. La popularité d'enseignement de la langue chinoise à travers le monde pourrait suggérer *une crise existentielle** des sinogrammes chaque fois que les sujets concernant l'aspect graphique de la composition des caractères sont abordés.

Dans mes cours, je plaisante souvent avec mes étudiants en disant : « Si un jour les caractères chinois étaient remplacés par le *pinyin*, ce ne serait pas du hasard. » Ce n'est pas une imprécation, mais une simple observation de la culture. Comment les sinogrammes, qui mettent l'accent sur la façon d'écrire et l'ordre d'écriture, pourraient-ils résister à l'avancement technologique (l'ordinateur) qui change d'un jour au lendemain et qui exige sur l'efficacité ?

Cependant, je ne suis pas pessimiste. Chaque phénomène culturel qui semble être dans un état critique s'accompagne d'une grande bénédiction implicite. Si les sinogrammes ne sont pas encore remplacés par le système *pinyin*, système du chinois mandarin romanisé, c'est parce qu'il préserve une riche connotation culturelle qui est déjà ancrée dans l'esprit de chaque utilisateur de ces caractères[10].

Le sens premier de ce caractère « *xin* 心 » fait référence au cœur humain. Les érudits de l'antiquité croyaient que le cœur est le siège de la pensée, dressé en général au nom de cerveau. Dans le chapitre « Rendre les noms corrects » du livre canonique du confucianisme, le *Xunzi*[11], datant de l'époque des Royaumes combattants (403-221 av. J.-C.), l'auteur écrivit :

> « Le cœur dispose, en outre, du pouvoir d'interpréter ces savoirs. En interprétant ce qu'il sait, il lui est possible de reconnaître les sons à partir de ce que l'oreille entend. Il lui est possible de reconnaître les formes à partir de ce que l'œil perçoit. Aussi, ce savoir interprétatif dépend-il nécessairement des fonctions conférées par

le Ciel qui arrêtent le répertoire de ce qui appartient à telle et telle catégorie. C'est seulement après qu'il lui est possible de procéder. »

Xun Zi croit qu'à travers les capacités réflexives du *cœur*, l'homme est capable de transformer ce qui est saisi par les capacités sensorielles en connaissances et jugements après l'avoir soumis à des processus de catégorisation, de vérification et de triage. D'ailleurs, dans le chapitre « Dissiper les illusions »[12] du même livre, il est mentionné que :

> « Le cœur est le prince du corps et le souverain des lumières spirituelles. Il sait promulguer des ordonnances sans en recevoir aucune. De lui-même, il décide d'interdire ou de commander, de conférer ou de prendre, d'agir ou d'interrompre. C'est ainsi que la bouche peut être contrainte et forcée à se taire ou à s'exprimer. Le corps peut être contraint et forcé à se ployer ou à se déployer. Mais le cœur ne peut être contraint ni forcé à changer d'avis. Il reçoit ce qu'il tient pour vrai et refuse ce qu'il tient pour faux. »

L'auteur du *Xunzi* croit que le « cœur » est pourvu de libre arbitre qui n'est pas influençabl ni contraint par les facteurs externes. Non seulement que les informations reçues du monde physique sont illimitées, mais le cœur est aussi capable de traiter ces informations par la pensée rationnelle et forme ce qu'on appelle la conscience, la pensée ou l'état mental en général.

En effet, les propos dans le *Xunzi* confondent les fonctions du cerveau avec celles du cœur. Cette partie sera expliquée plus tard avec l'exemple du caractère « *sī* 思 ».

Lorsque le « *xin* 心 » est un radical placé à gauche d'un caractère, il est simplifié en « 忄 ».

Les Chinois sont souvent décrits comme un peuple à l'esprit très calculateur et manipulateur. Le terme « *xīnjī* 心機 » était une fois un terme neutre équivalent à celui de « *xīnsī* 心思 », qui veut dire l'intelligence ou la pensée, mais qui devient désormais un terme péjoratif. Lorsqu'on utilise ce terme pour me décrire, je serai ravie et je remercierai la personne pour me comprendre si bien, sachant que je suis une personne réfléchie et de bonne intelligence.

Quoi qu'il en soit, l'esprit bien réfléchi chez les Chinois ne vient de nulle part. Quand on regarde comment l'écriture chinoise est inventée, cela dit de l'invention des caractères autonomes à la formation des caractères composés, il y a cette tendance qui vise à ne pas augmenter, dans la mesure du possible, le nombre des caractères à connaître. Ce processus exige de grandes capacités déductive et associative, qui fait sorte que la cognition et la manière de penser des apprenants soient ainsi influencées.

Pour ce qui est de la philosophie de la vie, *bien réfléchir avant d'agir* est l'élément crucial pour comprendre les Chinois qui *pensent beaucoup*. Afin de *ne pas faire les mêmes erreurs une deuxième fois*, beaucoup de gens réfléchissent même trop avant de se mettre en action. En se faisant, inconsciemment, ils s'imposent leur propre limitation. La créativité importe dans la société contemporaine. Cependant, si un individu veut s'exprimer librement alors qu'il doive prendre en considération de toute chose, c'est comme si au volant, on accélère avec le pied gauche et freine avec le pied droit.

Pourtant, l'idée de créer de nouveaux caractères avec un radical se montre très créative. Prenons l'exemple du radical 心 : lorsque quelqu'un n'est plus maître de ses pensées et devient soumis à des facteurs externes, on forme le caractère « *nù* 怒 ».

Dans le chapitre « Yongye » du *Lunyu*[13] :

> Le duc Ai [(env. 508 à 468 av. J.-C.)] demanda quel disciple aimait le plus l'étude.
>
> Confucius répondit : « Il y avait Yan Hui qui aimait l'étude. Il ne transférait jamais sa colère sur les autres et ne commettait jamais la même faute. Hélas, il mourut au terme d'une brève existence. Depuis qu'il n'est plus, je n'ai connu personne qui aimât l'étude à ce point. »

*L'esprit de « *ne pas répéter la même erreur* » mentionné *supra* vient justement de ce passage du texte classique, où le caractère « *nu* 怒 » désigne la colère. Le radical « *nú* 奴 » indique non seulement le sens du caractère (sous-graphie de la forme), mais aussi la prononciation (sous-graphie phonétique). Donc, le caractère 怒 est un idéophonogramme avec une sous-graphie phonosémantique.

Le *xin* 心, dans un sens extensif, pourrait désigner la volonté (*yìzhì* 意志). Pour montrer sa volonté déterminée et décisive, l'individu laisse son cœur percer par une épée, d'où le caractère « *bì* 必 ». Cette épée représente la capacité et l'aspiration d'autodétermination. En effet, dans la poésie chinoise ou les poèmes à chanter, on utilise souvent l'épée comme symbole de la pensée, des sentiments ou des aspirations sans défaillance[14]. Par exemple, dans les œuvres de Li Bai 李白, poète de la dynastie Tang 唐 (618 à 906 apr. J.-C.), on y trouve pas mal de poèmes de ce genre.

Le *xin* 心, par extension, pourrait vouloir dire préoccupation et planification (cela dit les activités cérébrales). Mais, lorsqu'un individu est trop préoccupé, son esprit devient alors ralenti, stagnant, voire mourant. L'esprit (*xin* 心) mourant (*wáng* 亡) forme alors le caractère « *máng* 忙 ». Les hommes modernes se trouvent souvent dans un état « occupé 忙, perdu 茫 ou aveuglé 盲 »*, d'où l'importance de savoir comment retrouver un esprit vif et actif.

Avec sa composante de *wang* 亡, le caractère *mang* 忙 est un idéophonogramme avec une sous-graphie phono-sémantique.

Lorsqu'on est *occupé*, le cœur est mis de côté. Il est possible de le retrouver par une simple idée imminente. Cependant, si le cœur s'est échappé (*wang* 亡), il faut des efforts dispendieux pour le rattraper. À ce moment-là, on obtient alors le caractère *wàng* 忘 (oublier), qui suit le même principe des *liushu* que le *nu* 怒 et le *mang* 忙.

Un autre sens dérivé du caractère *xin* 心 est l'esprit ou l'âme, par exemple la locution « *xīnlì jiāocuì* 心力交瘁 » décrit l'état épuisé d'un individu (mentalement et physiquement). Lorsque son esprit est agité, l'individu sentirait le battement accéléré de son cœur. Il existe donc deux caractères, le « *tǎn* 忐 » et le « *tè* 忑 », qui forment le terme de « 忐忑 », comme un cœur qui fait des sauts et des bonds, pour décrire cette agitation intérieure.

---

* Ce sont trois caractères homonymiques dont la prononciation est *máng*.

Voici quelques exemples des caractères dont les connotations culturelles pourraient être expliquées simplement par l'écriture régulière *kaishu*. Cela montre qu'il pourrait être aussi simple de conduire les apprenants à *s'éveiller* avec l'enseignement des caractères chinois par la méthode d'associer les sinogrammes à la spiritualité. Les sinogrammes du style *kaishu* qui sont analysables par cette méthode sont assez nombreux. Il s'agit d'une méthode d'enseignement qui combine le *radical* des sinogrammes avec la *spiritualité*[15].

Si seulement il était possible pour les Chinois de ne pas suivre uniquement ce qui est déjà établi, alors qu'ils permettraient à la connotation culturelle de la graphie du *kaishu* d'« *être créée* », aurait-on besoin de s'inquiéter que ce faire serait inacceptable auprès des jeunes de la prochaine génération ou bien des étrangers apprenant le chinois[16] ?

La *nature* part du *cœur* et se combine avec la fonction cognitive et la capacité intellectuelle du cerveau (囟) pour maintenir l'état de *survie* de chaque individu.

2) Engendrement (*shēng* 生)

Les sinogrammes sont comparables aux hommes et à leurs stades de vie : la naissance, la croissance et la mort. Le sinogramme *xiang* 性 est toujours actif dans la langue chinoise. Sa composante *shēng* 生 (engendrer) marque alors la nature développementale de ce caractère de *xing* 性.

Inscription oraculaire (*jiaguwen*)	Inscription sur bronze (*jinwen*)	Écrit sur bambou de Qin	Petite sigillaire du *Shuowen*	Forme standardisée	Caractère général et normalisé
[illegible]	[illegible]	[illegible]	[illegible]	生	生

Le *Shuowen jiezi* de Xu Shen explique le caractère *sheng* 生 par « Progresser. C'est comme la végétation qui pousse et sort de la terre. C'est un pictogramme. Tout ce qui entre dans la catégorie de *sheng* 生 est conforme à *sheng* 生 ». Son sens d'origine désigne la croissance des plantes.

Dans sa forme *jiaguwen*, la partie supérieure de « *sheng* 生 » se ressemble à une plantule ; la ligne horizontale d'en bas (ce n'est pas le chiffre « un ») représente le sol. Ces deux composantes sont donc les caractères autonomes (*duti zi*), cela dit, ils ne comportent ni forme, ni prononciation ou de sens indépendants et que leur graphie n'est plus divisible. Selon le principe des *liushu*, ce sont des *pictogrammes* qui se basent sur des entités concrètes pour former un caractère.

Pour ce qui est du caractère *sheng* 生 dans ses formes *jinwen* (inscriptions sur bronze), *qinjian* (l'écriture des scribes de Qin) et de petite-sigillaire, sa partie supérieure s'évolue en « *chè* 屮 » et exprime toujours l'idée d'une jeune pousse. Le caractère *che* 屮 est considéré comme un caractère indépendant comportant une forme, une prononciation et un sens indépendants. En effet, ce caractère en soi est un pictogramme. La ligne horizontale se transforme en « *tǔ* 土 » (sol), qui est aussi un caractère indépendant.

Si l'on regarde le caractère *sheng* dans les trois formes susmentionnées, il devient un *idéogramme* selon la théorie des *liushu*. Non seulement les deux pictogrammes autonomes « *che* 屮 » et « *tu* 土 » sont combinés pour former un novueau sinogramme, il devient également un nouveau concept en combinant leur signification respective.

Il serait possible que la classification du caractère *sheng* 生 selon les *liushu* soit changeante dans son évolution graphique. Cela relève d'un processus conventionnel. Certes, il est toujours possible de l'analyser selon une approche culturelle d'un point de vue sociologique, économique, politique, psychologique, coutumier, etc. Si c'est pour le développement durable des sinogrammes, rien n'empêche de vulgariser cette manière d'interpréter les caractères à tous ceux qui pratiquent la langue chinoise. Il n'est pas nécessaire de suivre *ipso facto* la tradition de se confier à des érudits pour effectuer la recherche.

On constate ici que « la théorie des *liushu* » est plutôt relative et non absolue. Le *sheng* 生 est d'abord et surtout un pictogramme autonome ; mais après les inscriptions sur bronze, il devient graduellement un idéogramme composé de deux pictogrammes (*tu* 土 et *che* 屮).

Il est clair que la théorie des *liushu* vient après l'invention des caractères ; et que les règles de l'évolution des sinogrammes n'émergent qu'après l'utilisation des caractères. Cette logique de base mérite l'attention des enseignants de chinois lorsqu'ils appliquent la « méthode d'enseignement de *liushu* ». Établir ce concept est aussi avantageux pour les enseignants tout comme pour les gens qui apprennent le chinois d'augmenter leur créativité concernant la culture des sinogrammes.

Émanciper les sinogrammes des perspectives scientifiques dominantes en construisant et en innovant constamment leur aspect humaniste, c'en est un moyen de donner vie aux caractères chinois et de prendre soin de leur développement. C'est comme si l'on apporte plus de goût à un plat si l'on introduit la connotation culturelle des sinogrammes dans les discussions des règles de formation des caractères. L'enseignement des caractères chinois ne serait jamais ennuyeux.

L'évolution des significations de *sheng* 生 tourne autour du concept de la croissance. Il est explicite que ce caractère représente l'état d'existence des êtres vivants. La croissance humaine se divise en deux niveaux, physique et mental. Ainsi, lorsque le caractère *sheng* 生 se réunit avec le *xin* 心, on obtient un sinogramme assez délicat chez les Chinois : le « *xing* 性 ».

Pourquoi dis-je *délicat* ?

Dans un des cours d'éducation générale, j'ai eu de vives discussions avec mes étudiants sur le film *17 ans encore*. Il y avait un étudiant qui voulait dire « pulsion sexuelle », mais les mots ne sortaient pas. J'ai essayé de l'encourager à sortir sa réponse. Après l'avoir dite, son visage est devenu tout rouge, mais il avait l'air très soulagé (ça se peut aussi que j'aie mal interprété).

Ce n'était pas du tout d'une expérience pénible, au contraire, ce fait m'a éclairée sur le coup. Cette lumière me permettait d'avoir de nouvelles idées encore plus inventives. Si jamais j'ose mettre en cause le tabou sur le caractère « *xing* 性 » dans ce livre, le courage est d'abord et avant tout incubé dans mes propres expériences de l'amour ; tandis que c'est cette expérience anecdotique est le facteur crucial pour la mise en œuvre de la rédaction.

J'en ai puisé l'inspiration pour réexaminer l'origine et l'évolution du caractère *xing* 性 dans l'écriture chinoise, pour reconsidérer comment la *sexualité* est perçue dans la culture taïwanaise.

Si l'on examine de façon sérieuse, on constaterait alors que la caractéristique de l'être humain est qu'il se transforme et se croît tous les jours, et cela sans exception. Vu sous cet angle, personne n'est plus spécial que d'autres. Sous cette condition, la *nature* humaine se montre comme quelque chose assez fascinante.

Il existe une liste non exhaustive de sens dérivés et de sens empruntés du sens d'origine de « *sheng* 生 », la croissance. Les Chinois de l'Antiquité accordèrent plus

d'importance à la *naissance* des garçons. Ici, le caractère « *sheng* 生 » veut dire la procréation (*shēngyù* 生育). Depuis la dynastie Han (206 av. J.-C. à 220 apr. J.-C.), la Chine s'orienta vers une société patriarcale et vers une préférence accordée aux fils. Les relations familiale et sociale sont devenues maladives (*shēngbìng* 生病). Ainsi, on constate que les tragédies, voire les meurtres, autour de l'éthique et de l'amour prirent de plus en plus de l'ampleur. Dans ce cas-ci, le « *sheng* 生 » indique ce qui est dérivé d'une origine quelconque.

Il est probable que les traits caractéristiques à la fois souples et résistants du peuple chinois ne sont pas inséparables de l'inégalité du sexe présentée dans la culture d'ancienne époque. Plus la situation est difficile et biaisée, plus on voit le caractère de persévérance parmi ceux qui l'ont survécue. Le caractère 生 dans le terme « *shēngcún* 生存 » fait référence à la survie. Il pourrait paraître sombre et pessimiste de dire que « face à un danger mortel, l'homme se battrait désespérément pour *survivre* », mais dans ce danger réside la chance de « sauver sa *vie* d'une situation désespérée ». Étant donné que dans la langue chinoise, la morphologie du caractère « sheng 生 » ne change pas*, le « *sheng* 生 » dans l'expression « *zhì zhī sǐ dì ér hòu shéng* 置之死地而後生 » est un verbe d'action ; alors que celui dans l'expression « *qǐ sǐ huí shēng* 起死回生 » est un nom commun.

Beaucoup des Chinois croyant au Bouddhisme et au Taoïsme pensent que l'individu est né dans l'environnement prédéterminé par sa vie antérieure. Ils pensent même qu'il y a un Maître quiconque qui veille dans le domaine invisible et que si cet individu n'arrive pas à compléter ce qui lui est assigné, *d'une vie à l'autre*, il se trouverait dans le cycle de réincarnation éternel. Le caractère « *sheng* 生 » dans le terme « *shēngshēng shìshì* 生生世世 » devient un quantificateur de toute la vie.

Afin de s'échapper le plus tôt possible du cycle de réincarnation, certains croyants suivraient le conseil des religieux de relâcher les animaux pour acquérir des mérites (*fàngshēng* 放生), d'où le *sheng* 生 désigne l'ensemble des êtres vivants. Ceci est une activité religieuse assez populaire à Taïwan. On ramène un certain nombre d'animaux comme les oiseaux, les poissons ou autres dans un endroit quelconque afin de les relâcher. Pourtant, cet acte est fortement critiqué par les écologistes qui pensent que l'endroit et l'environnement de libération ne sont pas bien réfléchis. On pourrait en revanche causer la mort de ces animaux libérés. Ou encore, il est possible que la présence en masse des nouvelles espèces puisse avoir de conséquences néfastes sur l'écosystème d'un milieu donné. Il s'agirait plutôt d'un acte de mépris envers la *vie*. Le caractère 生 dans le terme « *shēngmìng* 生命 » indique la durée de l'existence des êtres vivants.

La prise de consicence envers l'environnement a sauvé beaucoup d'animaux à risque, mais en même temps, cela fait en sorte que certains métiers qui en dépendent perdraient leurs gagne-pains. Le caractère 生 dans les termes « *làiyǐ wéishēng* 賴以為生 » et « *wúyǐ wéishēng* 無以為生 » fait référence aux moyens de vivres et de subsistances pour la vie.

Voici un petit extrait avec une série de significations du caractère *sheng* 生. Cela pourrait être un bon exercice pour pratiquer les caractères chinois (n'oubliez pas d'enlever les explications et faites vos propres commentaires ou annotations).

À travers les observations des différentes significations du caractère *sheng* 生, lorsqu'il est combiné avec les activités mentales (*xin* 心), on comprendrait que le « *xing* 性 » recouvre *grosso modo* les domaines matériel (physique) et spirituel (mental). Ce qui maintient son état d'existence et pousse à sa croissance, c'est le désir.

Ce désir qui est inné devient pourtant l'objet à réglementer et à modérer lorsqu'il s'agit d'un sujet de l'éducation ou de la croyance.

Depuis le régime de sacrifices et d'offrandes de la période Yin 殷 des Shang 商[17] jusqu'à l'époque du duc de Zhou 周 qui « établit les rites et la musique », on pourrait remarquer que la culture chinoise vise à rendre les désirs humains disciplinés. En fixant les droits et les devoirs, les dirigeants créèrent une hiérarchisation dans les sphères politique et sociétale. Si c'est le désir intrinsèque (physique/spirituel) qui dirigea les comportements humains, ceux-ci devraient dorénavant être conformes à la « moralité ». Certaines conduites furent même manifestement légiférées dans les dispositions juridiques.

Afin de concrétiser et de solidifier davantage la légitimité de la régence des souverains, on détermina un autre gouverneur d'au-delà, qui est le *Ciel*, présenté comme une entité qui saurait récompenser le bien et punir le mal selon la croyancechinoise traditionnelle. Cette entité agit selon ses préférences pour décider s'il fallait des récompenses ou des punitions aux hommes. Étant donné que le Ciel se montre si inaccessible que seul un petit nombre des êtres humains pourraient le représenter, par exemple les shamans et les médiums, l'homme sage et le gentilhomme, le souverain et les ministres (les souverains des Zhou se nomment « fils du ciel »), les enseignants aussi pourraient être considérés en quelque sorte comme faisant partie de ces gens-là. Ces derniers furent responsables de la propagation des règles de conduite et les normes de vie inscrites dans les corpus classiques.

Y a-t-il quelque chose qui se coïncide dans la définition du « Ciel » entre la culture chinoise traditionnelle et la théologie occidentale ?

Face à l'abondance des ressources matérielles dans l'environnement, il est indéniable que l'homme, en suivant sa nature, se tend facilement vers le mal. Tenant compte du libre arbitraire de chaque individu, une éducation adaptée pourrait mener et diriger les hommes vers la bonté et vers la clarté. Dans le *Lunyu*, « Yanghuo »[18], « Le Maître dit : *"Si les hommes sont semblables par leur nature, leurs coutumes sont loin d'être semblables."* »[*] C'est l'éducation qui est l'élément crucial de sorte que les hommes sont *différents* dans leurs coutumes.

Toutefois, si jamais le fait de mener, de diriger ou de respecter notre désir quant aux besoins sensoriels ou psychologiques (la dépendance ou les attentes, etc.) se transforme en réglementation, en contrôle ou en domination, l'éducation en soi pourrait s'avouer être meurtrière auprès de la nature humaine. Selon l'analyse de la psychanalyste allemande Alice Miller[19] :

> l'insécurisation [de l'enfant] sera encore accrue du fait que ses propres activités auto-érotiques sont punies par les paroles réprobatrices ou les regards méprisants des parents.
>
> On peut violer un enfant autrement que sexuellement : je pense par exemple à la forme de viol pratiquée à l'aide de l'endoctrinement qui sous-tend aussi bien l'éducation « anti-autoritaire » que la « bonne éducation ». Dans les deux cas, les vrais besoins de l'enfant, à l'étape présente de son développement, peuvent ne pas être perçus. Dès que l'enfant est vécu comme une propriété servant à poursuivre certains objectifs, dès que l'on s'empare de lui, le développement de sa force vitale sera brutalement interrompu (MILLER, 2008, p. 69-70).

---

[*] Traduction adaptée de l'extrait cf. Charles LEBLANC, 2009, « Lunyu », "Le chef du clan Yang Huo", dans *Philosophies confucianistes*, Paris : Gallimard, p. 192.

Dans cet extrait, on pourrait constater que l'éducation « anti-autoritaire » aussi bien que la « bonne éducation » pourraient si bien être nocives pour le développement de la nature d'un enfant. Il fut un temps où l'on parlait beaucoup des « parents hélicoptères ou parents manipulateurs » qui adoptent les méthodes éducatives sévères mentionnées ci-dessus.

Il y a des parents ou des professeurs qui, afin de protéger les enfants contre les influences des pairs, leur apprennent à distinguer les mauvais pairs ou ceux d'inappropriés à des bons amis, les plus proches à des étrangers. Mais si vous prenez un peu de votre temps pour *googler*, vous aurez peut-être une réponse inattendue de la proportion de celui qui exerce d'influences néfastes sur les enfants entre ces deux catégories de pairs stigmatisées. Ainsi, rien n'empêche ces parents ou ces professeurs à penser à ce qui est transmis aux enfants ; à réfléchir en plus de profondeur si cette mentalité d'éduquer les enfants à catégoriser et à définir les gens selon leurs caractères s'inscrit toujours dans une méthode éducative appropriée.

Comme je ne suis pas spécialiste de la psychologie criminologique, je ne peux donner davantage les résultats de recherche plus théoriques. Mais d'une observation psycholinguistique : plus on a peur ou on craint d'un objet, plus il est attiré vers nous (la curiosité cachée) ; plus quelque chose est attendu, plus on s'en éloigne de cette attente.

La crainte, l'attente, la distinction, le jugement, sont une manière d'agir qui s'oppose à la nature humaine. Tout cela rend l'homme mal à l'aise et désagréable. Il est probable que l'on ignore et l'on dilue ce désagréablement dans l'apprentissage comportemental et linguistique. Pourtant, cela ne veut pas dire que l'on réussit à calmer les conflits intérieurs. En revanche, on les pousse vers des manifestations alternatives *négatives**.

Je ne sais pas si vous avez remarqué un phénomène en commun chez la plupart des jeunes de partout dans le monde (incluant les jeunes taïwanais) : ils font grand cas des jurons et les considèrent comme une décharge émotionnelle naturelle, pensant qu'ils ne doivent pas s'inquiéter des paroles prononcées. Qu'ils boivent, qu'ils fument, ou qu'ils aient un coup de soir, cela est vu comme une part de la culture populaire.

En fait, que les jurons soient dressés à soi ou aux autres, ce sont des réactions naturelles découlant d'un état réprimé et terrifié de notre âme profonde. Même si l'on se retient pour ne pas injurier quelqu'un en particulier, mais ce n'est qu'encore plus inquiétant. Un jour, tout va s'éclater et on finirait par se confronter avec des situations difficiles.

L'alcool et le tabac nous empêchent de penser temporairement. Mais il n'a que des effets inhibiteurs pour le cerveau, l'esprit continue à se fonctionner malgré tout. On comprendrait encore mieux cette idée avec ce que dit le poète Li Bai 李白 de Tang 唐 : « Je sors le sabre et coupe l'eau coulant, mais le flot ne s'écoule davantage ; je lève mon verre pour faire disparaître mes soucis, sauf que je devienne encore plus soucieux »[20].

Les émotions positives et négatives sont le produit de notre cerveau qui invoque toutes sortes de connaissances pour juger par exemple nos gains et pertes, notre respect ou notre image, et cela se fait à travers l'éducation. Il est un sujet tabou chez beaucoup de Chinois de parler de sexe soit en famille ou en classe. En conséquence, non seulement l'homme, réprimé, ignore ce qu'il désire véritablement, mais à l'insu, il laisse diriger ses désirs par ce qu'il avait acquiert en se croyant savoir tel désir serait adéquat pour tel moment.

La nature de l'esprit de chaque individu est radieuse, harmonieuse et bienveillante, qui souhaite que son union avec autrui relève de sentiments authentiques et sincères. Aussitôt qu'il n'y a pas de concordance entre ce que le cerveau et l'esprit désirent, les conflits intérieurs seraient inévitables. C'est d'ailleurs ce qui est intéressant de la structure de l'être humain.

J'ai toujours pensé qu'il devrait avoir autant de modèles et connotations du désir sexuel (physique et mental) correspondant à la population entière. Un désir qui ne peut être complètement couvert par les théories des spécialistes ni réprimandé par les normes établies par les parents et enseignants.

Je crois également que *faire l'amour* sans l'amour, ce ne sont que des activités sexuelles purement sensationnelles qui s'inclinent vers l'hypersexualité. De l'autre côté, quand on fait l'amour par obligation à cause de la peur d'être jugé par les autres, il semble être une sorte de comportement sexuel frauduleux. En effet, je considère ces phénomènes avec un cœur léger, le terme « comportement sexuel frauduleux » est une plaisanterie entre moi et mes amis. Ce n'est pas pour juger les autres, mais c'est dans le but de me rappeler ou me percevoir.

Dans la société contemporaine, les gens collent facilement les étiquettes ou se moquent facilement d'un célibataire ou de quelqu'un qui n'a pas un partenaire sexuel.

C'est cette pression potentielle de groupe qui pousse ces gens à aller chercher une relation sexuelle sans engagement émotionnel pour prouver leur charme.

Je crois, effectivement, que si cela ne fait aucun mal aux autres et que c'est avec consentement de son partenaire, l'individu est absolument libre à se satisfaire du sexe sans ou avec l'amour.

Quant aux gens qui ridiculisent ou qui discriminent l'autre en basant sur son état civil ou sur ses comportements sexuels, ceux-ci éprouvent en fait un besoin d'être aimés par autrui. Dans leur for intérieur, on pourrait voir des blessures à guérir et des cicatrices à apaiser causées par une raison quelconque. Malheureusement, à moins qu'ils soient capables d'y faire face et qu'ils apprennent à les traiter par eux-mêmes, sinon, s'ils ne comptent que sur les interventions extérieures (les psychologues, les drogues, de l'alcool, l'amour des autres), ce serait des rechutes vers un cercle vicieux alimenté par les blessures intérieures, dont il sera difficile de s'en sortir.

On se situe dans un milieu complexe où l'éducation traditionnelle est influencée par la pluralité culturelle. Il est prévisible que dans la société moderne, que ce soit l'amitié ou l'amour, les gens se réunissent et se séparent dans leur relation et répètent ce processus d'être aimés ou d'être blessés. Il se peut que ce soit justement la complexité de ces événements de la vie humaine qui pousse l'individu à s'éveiller pour ainsi sortir de ce cycle éternel.

En Chine comme à l'étranger, il est assez courant de dire que : La meilleure façon de guérir une peine d'amour, c'est de trouver un prochain partenaire le plus rapidement possible. Avec l'anlayse mentionné ci-haut et avec vos réflexions, vous pourriez peut-être trouver vos propres réponses et les manières de faire qui vous conviennnent.

L'*instinct* est mobile et en constant développement, sa mobilité permet à cet instinct de se trouver un moyen pour se manifester ; alors qu'il ne peut être exigé ou contraint par les hommes.

Quant aux exigences : dans le système éducatif chinois, la dimension spirituelle de l'éducation sexuelle est mise en avant au détriment du côté physique. L'éducation en soi est censée d'aider à développer l'intelligence et la bonté de l'homme. Il ne faut donc pas se rompre avec le monde physique ou ignorer son existence. Selon le biologiste américain Paul R. Ehrlich[21] :

> Il est certain que nos gênes sont impliquées dans les désirs humains de manger et d'avoir les relations sexuelles : sans ces envies, les *Homo sapiens* vont disparaître rapidement (EHRLICH, 2000, p. 203).

Cependant, dans la tradition chinoise, entre les *Homo sapiens* et les désirs, le deuxième est réduit au second rang. Nos désirs sont considérés comme étant un des obstacles empêchant le développement de la moralité, que seul un homme sage parviendrait à s'en priver à l'aide de sa sagesse et de ses caractères nobles et élevés.

À l'heure actuelle, je pense plutôt que la seule clé du bonheur de la vie est l'équilibre entre les besoins spirituels et sensationnels chez un individu.

En ce qui concerne les contraintes, le sinogramme 困 (« *kùn* 困 », sous forme *jiaguwen*) dévoile bien cette facette de la nature humaine.

Dans mes cours, je préfère que les étudiants prennent ce sinogramme et réfléchissent à ce qui se ressemble à une forteresse (la composante « *wéi* 囗 » se prononce comme le caractère *wéi* 圍, entourer) qui circonscrit leur vie et contraint leur liberté.

Il y a un effet miroir dans le rapport étudiants-enseignant. Les étudiants sont là pour rappeler à celui qui enseigne qu'il devrait être sincère à soi-même. Car seulement que l'on se dit la vérité que l'on pourrait dire la vérité aux autres ; si l'on est capable de dire la vérité aux autres, on serait capable de permettre aux autres de nous raconter la vérité.

Maintenant que j'accepte cette pensée auto-instructive, je crois que la nature humaine est un don des cieux et que chacun possède un caractère divin. Je n'imposerais plus mes valeurs à des étudiants par des gestes autoritaires en leur attribuant des caractères nobles : la morale.

D'une génération à l'autre, les jeunes sont toujours imprévisibles. Les aînés qui se préoccupent actuellement de leurs jeunes, n'avaient-ils pas aussi une jeunesse d'imprévisible ? J'ose espérer qu'un jour, à la place de leur volonté de contrôler ou de manipuler cette jeune génération, les adultes taïwanais pourraient exprimer doucement leurs idées à titre indicatif avec les jeunes gens.

Depuis des années, on préconise l'éducation morale, qu'en est-il des effets ? Si l'on demande à des gens de notre entourage, que pensent-ils de l'ambiance sociale à Taïwan ? On n'obtiendra pas la réponse souhaitée et satisfaisante. Comme professeure, face à cette situation, j'ignore aussitôt mon statut d'autorité et permets à des étudiants de raconter la vérité, et je les invite à être sincères et fidèles à leurs désirs et à leurs envies. S'il n'est pas possible de se dire la vérité entre moi et mes étudiants, et que je vis toujours dans les jugements des autres (y compris les spécialistes et les érudits), tout sujet de la morale n'est que les paroles en l'air.

La *nature foncière* de l'homme comprend les « désirs », qui constituent aussi l'élément fondamental de capacité créatrice d'une culture. La créativité culturelle commence par la prise de conscience et cherche à aller au-delà de cette prise de conscience. Chacun possède un esprit interminable qui comprend tant les besoins matériels et spirituels. Respecter ces besoins sans les juger ni les définir, c'est montrer la facette éclairée de la nature humaine.

Émanciper la *nature humaine* ne veut pas dire se livrer à tout *désir*. Écouter davantage la voix intérieure, bien réfléchir à des connaissances acquises par le cerveau sans les tenir pour acquis ; en se faisant, l'individu développerait tout naturellmeent la manière de vivre lui permettant de s'aimer sans causer le mal aux autres. À tout le moins, c'est comment j'ai traversé des moments difficiles de ma vie.

Maintenant, je ne me force plus à tenir une bonne allure face à des gens qui, malgré qu'ils disent qu'ils m'aiment, essaient de m'emporter par tous les moyens pour que je me cède à leurs demandes quelconques. Au lieu de retenir mes émotions, je les décharge d'une manière modérée. Étrangement, je ressens de moins en moins la panique, la colère ou le chagrin qui me préoccupaient. Tout cela est remplacé par une attitude d'aisance et d'humour. C'est une manière de vivre qui affronte, qui accepte, qui se jouit de toute splendeur et de toute prospérité de ce monde.

La tristesse et le chagrin sont deux choses distinctes. Je sais que j'ai toujours mon côté sensible, que je pleure pour certains événements. Mais, ce n'est qu'une décharge émotionnelle. Je ne pense pas que j'aurais besoin de traiter cette émotion d'une manière particulière. Face à une situation difficile, j'attends patiemment mon cœur qui me dirait quoi faire pour résoudre des problèmes, et ce malgré les opinions contraires des autres.

Auparavant, il me fallait des bruits (comme la télé ou la musique) quand je faisais mes affaires (préparer les matières pour mes cours ou rédiger un article). Je ne me souviens plus quand c'était, mais un jour, toutes ces habitudes sont disparues. Maintenant, même si le travail dans le chantier de construction à côté de chez moi avait continué depuis près de six mois, ces bruits ne me dérangent plus.

Finalement, je sais de quoi s'agit le vrai bonheur de la vie. À travers tous ces parcours, j'ai appris comment faire pour que la *pensée* dans mon cerveau s'entende bien avec ce que je ressens à l'intérieur de moi. Bien que je ne puisse sortir ou voyager, si bien quand je devrais me trouver seule sans autre compagnie, je sais que ma vie serait entourée de l'amour et du sentiment de sécurité.

2. Pensée (*sī* 思)

Plus le temps est mauvais, plus cela rend possible le fait de *réfléchir* de nouveau et donne la chance de bien repartir.

L'homme est venu au monde avec toutes sortes de pouvoirs et d'habiletés transcendants, la réflexion en est une. Or en raison de l'éducation et des émotions, ces pouvoirs et ces habiletés seraient tombés dans l'état de veille et se font remplacer par une autre force.

jiaguwen	Inscription sur bronze (*jinwen*)	Écrit sur bambou de Han	Petite sigillaire du *Shuowen*	Forme standardisée	Caractère général et normalisé
	[illegible]	[illegible]	[illegible]	思	思

Dans le *Shuowen jiezi*, le caractère *sī* 思 indique « une contenance. Il se compose du radical de cœur (*xin* 心) et se prononce comme *xìn* 囟 ». Sa composante *xin* 心 est une sous-graphie de la forme, alors que celle de *xin* 囟 est une sous-graphie phonétique qui désigne également le sens du caractère. Le « *si* 思 » est un caractère typique d'idéo-phonogramme selon le principe des *liushu*.

Si l'on regarde seulement la forme régulière (*kaishu*) de « *si* 思 » qui se compose de « *xin* 心 » et de « *tián* 田 », les personnes plus âgées à Taïwan penseraient à une chanson populaire de l'époque – *Mèngtián* 夢田 (*Le champ dans le rêve*). La chanson commence par : « Dans le cœur de chacun / il y a un champ/ un champ cultivable »[22]. Toutefois, ce n'est pas le sens primitif de ce caractère lors de sa formation.

Le sens d'origine du caractère « *si* 思 » est « penser, réfléchir ». La composante « *tian* 田 » (terre/champ) devrait, en fait, être celle de « *xin* 囟 », qui fait référence à la partie du crâne du nouveau-né, la fontanelle. Grâce à la médecine, on sait maintenant que le cerveau est l'organe principal du système nerveux et s'occupe des fonctions sensitives et motrices, des fonctions cognitives et de mémoires, etc.[23]

L'idée d'utiliser le caractère *xin* 囟 pour former le caractère *si* 思 est encore plus explicitée dans un autre sinogramme, le cerveau « *nǎo* 腦 ». Au cours de son développement avec la croissance physique, le cerveau est responsable de stocker et de traiter toutes informations reçues de l'environnement extérieur ; alors qu'il devient graduellement le centre de triage qui ordonne les actions de l'homme[24]. Si ce centre se veut remplacer l'esprit à la place de travailler en collaboration, l'individu se trouvera avec l'état de conflit interne.

La médecine chinoise traditionnelle avait déjà abordé les aspects concernant le cerveau humain. Comme dans la partie « Pivot spirituel » (Ling Shu 靈樞) de l'ouvrage intitulé *Huangdi Nei Jing* 黃帝內經 ou *Classique interne de l'Empereur Jaune* daté de l'époque Zhang guo 戰國 (403-221 av. J.-C.), il est noté : « Le cerveau est appelé la mer de la moelle, dont les points de transfert des souffles se situent au centre de la calotte crânienne et sur l'occiput » ; « Lorsque les souffles impurs dans la mer de la moelle sont excédentaires, l'homme dépense ses énergies de manière excessive, comme ce qui est observable dans ses comportements ; lorsque les souffles purs dans la mer de la moelle sont insuffisants, l'homme sent la tête qui tourne et les oreilles qui bourdonnent, de telle sorte qu'il ait des vertiges et des éblouissements ; il ne puisse se détendre tranquillement en raison de cet état affaibli de son corps »[25]. Autrement dit, que la *mer de la moelle*, cela dit le cerveau, se trouve dans un état excédentaire ou insuffisant, celle-ci serait capable d'exercer des influences sur les habiletés motrices, les capacités auditives et visuelles, les activités cognitives et les autres fonctions du corps humain.

Les connaissances médicales permettent aux hommes de savoir que la tête est le centre de contrôle de la pensée. Pourtant, pourquoi le sinogramme de la pensée (*si* 思) se compose-t-il de la fontanelle (*xin* 囟) et du cœur (*xin* 心) ?

En Occident, on parle d'un nouveau concept de « mémoire cellulaire » (*cell memory*). Avec sa formule, le théoricien essaie de rationaliser la technique de « régression dans les vies passées » en montrant que les cellules possèdent les mémoires des vies antérieures. Sans surprises, ce propos est considéré comme étant une « hypothèse pseudo-scientifique » par la plupart des spécialistes dans les domaines tels que la psychiatrie ou la psychologie clinique[26].

Il y a aussi un nouveau discours du point de vue évangélique qui dit que l'esprit (*xin* 心) réside dans chaque fissure de nos cellules. Cet esprit n'a pas la même manière de penser que le cerveau. Le cerveau est pourvu de la capacité de raisonnement logique, sauf que ce ne sont que des *connaissances* introduites par les *interprétations des autres*. Au contraire, l'esprit possède sa propre sagesse de la vie, il se dote de la capacité de communiquer avec l'âme d'un individu en infiltrant la pensée passant par la tête. Dire autrement, la nouvelle croyance en Occident préconise cette idée : le corps, le mental et l'âme constituent un circuit réflexif « triple-en-un »* qui est à la fois réuni, mais indépendant de l'un à l'autre[27].

Si vous pensez que les deux propos susmentionnés sont *trop dogmatiques et illusoires*, regardons maintenant ce qui est en lien avec la science expérimentale. Le psychiatre américain Jeffrey M. Schwartz démontre que le psychologue William James avait raison de penser qu'il est possible de modifier et d'exploiter le potentiel du cerveau à travers l'esprit. En se nouant avec la physique quantique, Schwartz préconise la dualité esprit-cerveau[28].

Le *cœur* est l'organe principal responsable aux bons fonctionnements du corps humain grâce aux cellules myocytes cardiaques contractiles ; tout en permettant la circulation sanguine vers l'ensemble des tissus du corps, cet organe assure ainsi la survie de l'homme. Je ne sais pas à quel point il est vrai que le *cœur* est capable de réfléchir ou de se rappeler des mémoires des vies passées. À ma connaissance, je sais seulement que si le cœur cesse de battre, il se peut que la pensée de l'homme puisse *s'arrêter* aussi, ou peut-être, elle se franchit vers un autre stade.

Cependant, je sens aussi que quand je voudrais limiter le cerveau à se réagir face à mes entourages, mon *cœur* aussi va y répondre au bon moment. Même s'il est dans l'état dormant, il est toujours remuant. Quand je me trouve devant les moments les plus critiques de la vie, il saurait se réveiller pour m'aider à faire des choix.

Dans le dictionnaire *Shuowen jiezi*, le « *si* 思 » s'explique par le caractère « *róng* 容 ». Son auteur Xu Shen fut un grand érudit qui se spécialisait en étude des livres canoniques confucéens. Il est donc probable que son intention de définir la *pensée* par *contenance* est d'exhorter les étudiants : Réfléchir, c'est comprendre tout savoir et toute connaissance qui peuvent être acquis par les organes sensoriels. Cependant, cette capacité réflexive ne devrait pas mener l'étude ni vers le biais ni vers le préjugé.

Selon mes expérimentations dans la vie, il faut la coexistence équilibrée et harmonieuse entre le *cœur* (*xin* 心) et le *cerveau* (*xin* 囟) pour pouvoir arriver à s'incorporer tous ces acquis.

J'ai toujours pensé qu'en exerçant la profession d'enseignement, il faut « discerner clairement le noir du blanc » avec « une volonté déterminée » pour pouvoir devenir le modèle auprès des étudiants. Hélas, plus je voulus défendre ces principes, plus je me suis retrouvée devant les défis. Je suis devenue à un point que je ne fus plus capable de discerner le bien et le mal, de sorte que je fusse ambivalente dans mes comportements envers les gens de mon entourage…

Aujourd'hui, devant la Vie, je ne dirais pas que je suis quelqu'un qui sait identifier clairement le bien du mal ou le noir du blanc, je ne me vanterais plus de « quelqu'un qui ne change jamais ses décisions faites ». Quand je regarde en arrière, il m'est arrivé de changer souvent d'avis, voire presque de trahir mes propres « promesses ».

C'est seulement en embrassant, en acceptant et en tolérant tous ces « défauts » du passé que je puis devenir si soulagée et délivrée. Étrangement, ce faisant, je commence à percevoir mes changements face à des promesses tout en étant relaxante. La plupart vont dire qu'il est inutile de s'engager dans des choses promises, sauf que cela se conforme bien au style de vie que j'ai toujours souhaité depuis mon enfance : la vie risquée, mais excitante. C'est un voyage fascinant de pouvoir revenir à son enfance et retrouver son état d'âme enfantine ainsi que ses envies. Je vais parler de cette partie dans la première section du prochain chapitre.

J'ai traversé les moments où le monde matériel m'a imprégnée, où j'étais prise par l'idée de bien soigner mon image et ma réputation. Maintenant que je retrouve au fur et à mesure mon état initial, je *lui* remercie en toute gratitude pour toutes ces expériences concrètes et marquantes. Comme je ne possède pas une croyance proprement dite, je ne vais pas donner une identité ni attribuer une image fixe à ce qu'est « Lui ». Il peut très bien être simplement mon « Esprit », l'esprit dont la pensée est imprégnée d'amour inconditionnel et qui s'oriente toujours vers la lumière et la droiture.

Celui qui parvient à atteindre l'équilibre entre son corps (le cerveau), son cœur (mental) et son esprit, se trouve constamment dans un état de tranquillité avec l'esprit large. Inutile de faire recours au langage pour décrire comment y parvenir, car c'est à chacun entre nous de vivre nos propres expériences.

Regardons maintenant le personnage historique Zou Ji 鄒忌 qui vivait à l'État de Qi 齊 lors des époques de Zhan guo 戰國 (403-221 av. J.-C.). Ce fut un homme d'une grande beauté physique. Son parcours de vie personnelle (l'amour et l'affection parentale) ainsi que ses réflexions sur sa carrière politique font ressortir la vitalité des soucis et des préoccupations, dont l'énergie pourrait contribuer au bien-être des hommes[29].

[*]Zou Ji se mesura plus de huit pieds. Ce fut un homme charmant et élégant avec une bonne contenance. Un matin, bien habillé en sa tenue pour aller à la cour, il se regarda dans le miroir et dit à sa femme : « Entre Xu Gong 徐公 qui habite dans le nord de la capitale et moi, lequel d'entre nous est plus beau ? »

Son épouse répondit : « De toute évidence, tu es plus beau que Xu Gong.

[*] Pour éviter la répétition, l'extrait du texte chinois classique est omis eu égard aux paraphrases de l'auteure.

Comment veux-tu qu'il se compare à toi ? »

De fait, Xu Gong fut aussi un homme reconnu pour sa beauté physique dans l'État de Qi. Zou Ji, ne croyant pas qu'il fût plus beau que Xu Gong, demanda la même question à sa concubine : « Entre moi et Xu Gong, qui est plus beau ? » Celle-ci répondit : « Comment voulez-vous que Xu Gong se compare à vous ? »

Le lendemain, Zou Ji reçut une visite. Zou Ji et le visiteur s'assirent et se parlèrent. Puis, Zou Ji lui demanda : « Entre moi et Xu Gong, lequel est plus beau ? » « Xu Gong, répondit-il, n'est pas aussi beau que toi. »

Le jour suivant, ce fut au tour de Xu Gong de rendre visite à Zou Ji. Après avoir bien observé l'apparence de son visiteur, Zou Ji pensa qu'il ne fut pas plus beau que Xu Gong. Alors que ce dernier quitta sa maison, Zou Ji se regarda dans le miroir et conclut qu'effectivement, son apparence était loin d'être comparable à celle de Xu Gong. Pendant la nuit, même avant de se coucher, Zou Ji continua à réfléchir encore à cette affaire et stipula (*cŭndù* 忖度) : « Mon épouse dit que je suis beau en raison de ses préférences envers moi, voilà son motif caché. Quant à ma concubine, c'est parce qu'elle a peur de moi. Et celui qui m'a visité, c'est parce qu'il voulait obtenir la faveur de ma part. ».

Finalement, après les efforts dispendieux de la part de Zou Ji de chercher et de rechercher les réponses variées, de les considérer et de les reconsidérer à plusieurs reprises en fonction des facteurs internes et externes, la question de qui est le plus beau entre Zou Ji et Xu Gong est résolue. Donc, lorsque celui-ci rendit visite à son souverain

Wei Wang 威王, Zou Ji lui partagea cette précieuse expérience.

Celui-ci dit : « Finalement, j'ai pu confirmer que je ne suis pas aussi beau que Xu Gong. Étant donné que mon épouse me préfère, que ma concubine me craigne et que mon visiteur veuille que je l'aide, ces trois disaient que je suis plus beau que Xu Gong. Présentement, l'État de Qi 齊 comprend mille *li* de territoires avec un total de cent vingt villes. Les femmes du palais vous aiment, les ministres de la cour vous craignent avec respect, les peuples du pays ont besoin de votre aide. Ainsi, j'en viendrais à dire qu'il y aurait de fortes chances que vous, Votre Majesté, seriez voilé de la vérité ! »

Wei Wang dit : « Tu as raison ! » Par la suite, une ordonnance fut promulguée : « Toutes personnes, fonctionnaires ou gens ordinaires, qui seront capables de me signaler les fautes devant moi, seront attribuées le meilleur prix. Pour ceux qui voudraient m'avertir en m'écrivant recevra le deuxième prix. Si j'entends les gens m'exhorter ouvertement dans la place publique, ceux-ci recevront alors des récompenses de base. »

Aussitôt que cette ordonnance fut annoncée, des ministres de la cour faisaient des remontrances à Wei Wang de sorte que le palais impérial s'était transformé en une place de marché animée. Quelques mois plus tard, il ne restait que quelques-unes des remontrances. Un an plus tard, même si l'on voulait faire des remontrances, personne ne pouvait trouver la moindre chose à signaler.

Ayant entendu ce qui se passa à l'État de Qi, les autres États de l'époque : le Yan 燕, le Zhao 趙, le Han 韓 et le Wei 魏 s'y dirigèrent pour rendre hommage et montrèrent leur respect envers le souverain. C'est pourquoi on dit qu'il est possible de triompher sur les autres États par la politique intérieure qui est en bon ordre.

La morale de cette histoire est souvent utilisée pour faire comprendre aux hommes que c'est important de devenir un souverain éclairé ou un maître de la famille capable d'accepter la vérité, qu'il ne faut surtout pas s'incliner vers un souverain-idiot ou un maître qui ruine sa famille en n'écoutant que de belles paroles. Même si ses pensées et ses conduites se conforment bien à ces quatre vertus du Confucianisme : se perfectionner soi-même, diriger la famille, gouverner le pays et établir de l'ordre, Zou Ji est considéré comme un défenseur de l'école de pensée légiste.

Zou Ji est capable de « penser à bien des choses » en ce qui concerne une question si simple qu'est l'apparence. Or, celui-ci réfléchit de manière impartiale en considérant tous les facteurs endogènes et exogènes. On constate qu'il cherche des réponses en demandant à des gens, mais n'accepte pas telles quelles les réponses obtenues, même si ce sont des réponses venant de ses proches. Sachant que la culture chinoise préconise la politesse et la modestie, Zou Ji comprend très bien qu'il est difficile d'obtenir des propos véritables et sincères des gens[30].

Après avoir réfléchi profondément en se positionnant dans le juste milieu, Zou Ji obtenait rapidement la réponse de son cœur. En fait, ce processus réflexif reflète l'interaction entre le cerveau (*xin* 囟) et le cœur (*xin* 心).

Le caractère « *xiǎng* 想 » représente l'image sur le cœur. L'image sociale se construit de l'image mentale créée par le cerveau et est contrainte par l'environnement ; tandis que l'esprit va se mettre à parler à l'intérieur de soi et indique ce que l'on désire véritablement, ce que l'on cherche à actualiser. La force de Zou Ji réside dans le fait qu'il est conscient de sa préoccupation de sa propre image, sauf qu'il n'est pas soumis à cette préoccupation et arrive même à écouter patiemment la voix de son esprit.

Quoi qu'il en soit, Zou Ji adopte toujours l'idée dualiste. Son statut et sa valeur sont déterminés par ce qu'il possède matériellement et spirituellement. Pour dire qu'il est du courant légiste, c'est par le fait qu'il établit des lois strictes, défendit le souverain et sut discerner clairement le gentilhomme de l'homme médiocre. Pourtant, Zou Ji est digne d'admiration parce qu'il ne fut pas obsédé par l'idée de s'en approprier ni s'attacha à ces choses substantielles. C'est cette prise de conscience qui assure que quand il veut s'éveiller, il entendrait sa voix intérieure, pour ainsi maintenir sa lucidité.

La conscience et la réflexion de l'homme sont facilement mises en doute par de belles paroles ou des remontrances franches. Face à ces défis, Zou Ji fait preuve de déployer le potentiel de la pensée quant à la résolution des problèmes. Il est toujours dirigé par son esprit et non par les choses matérielles. En se faisant, il se rapporte encore plus de richesses matérielles, qui fait en sorte qu'il ait le vent en poupe pour sa carrière de fonctionnaire. Il est devenu ministre important ayant servi pendant trois règnes : celui de Huan Gong 桓公[31] du royaume de Qi 齊 à ceux des souverains Wei

Wang 威王 et Xuan Wang 宣王.

Pour assurer la vigilance et le bon sens de sa pensée, Zou Ji fit recours à deux méthodes de réflexion qui peuvent être représentées par ces deux sinogrammes : le « *fǎn* 反 » et le « *xíng* 行 ».

1) Contraire (*fǎn* 反)

jiaguwen	Inscription sur bronze (*jinwen*)	Écrit sur bambou de Qin	Petite sigillaire du *Shuowen*	Forme standardisée	Caractère général et normalisé
/	反	反	反	反	反

Que ce soit en écriture ancienne ou moderne, la graphie du caractère « *fǎn* 反 » ne se diffère pas beaucoup. Elle se compose toujours de « *hǎn* 厂 » et de « *yòu* 又 ».

La composante « *han* 厂 » désigne des cavernes habitables dans une paroi rocheuse ; la composante « *you* 又 » veut dire les mains. Ces deux composantes indiquent ce que signifie le caractère *fan* 反 et selon le principe des *liushu*, les deux sont des pictogrammes autonomes. Deux pictogrammes autonomes se réunissent en forme et en sens et deviennent alors le sinogramme *fan* 反. Selon la catégorie de *liushu*, le « *fan* 反 » est classé parmi les idéogrammes.

Le sens originel de 反 est « grimper sur une paroi ». J'explique souvent cette action par l'activité de l'escaladc.

Quand on grimpe sur une paroi, on s'éloigne de la surface de la Terre. Cette action est contre l'habitude de marcher chez l'être humain, donc, le sens extensif de *fan* 反 veut aussi dire *contraire*. Si Zou Ji 鄒忌 arrivait à trouver la vérité à partir des réactions dcs gens ordinaires, c'est qu'il avait réfléchi de manière contre-intuitive. Il prenait une direction opposée de la manière dont les gens pensent généralement.

Par la pensée rétrospective, il renversait la possibilité de son état mental qui risquait de tomber dans le narcissisme et l'arrogance. Faire un retour sur soi-même par démarche déductive lui permettait d'ailleurs de déduire par analogie les aspects personnels à une dimension étatique.

Pensez-y, Zou Ji était un homme politique bien réussi, mais il se souciait toujours du fait qu'il n'était pas plus beau que Xu Gong, qui est reconnu pour sa beauté physique. Supposons que Zou Ji était un homme contemporain qui se trouve dans la société taïwanaise, il est très probable qu'il pose cette question sur Facebook en s'adressant au grand public. Cependant, ce geste pourrait en revanche susciter des critiques les plus sévères chez la population.

Il recevrait probablement les commentaires comme « insatiable, narcissique, arrogant et fastueux, ou qui ne mérite pas d'être un modèle du peuple » sous sa publication assez rapidement. Réfléchissons, si Zou Ji devait se démissionner en raison de ces critiques, le grand public aurait manqué la chance de connaître son arrière-pensée. En conséquence, il manquerait ainsi l'opportunité de se profiter des avantages et du bonheur apportés par celui-ci après tout son effort cognitif et son changement.

Si les Taïwanais éprouvent une grande attente envers les politiciens, c'est dans le but de résister à l'actualité de la politique internationale et à la crainte dans leur vie. C'est une attente comprenant à la fois la dépendance et la peur d'être blessé. En ce qui concerne ce propos, je vous partage ici les mots de l'illustrateur de ce livre, ainsi que la raison derrière son illustration du caractère « *fan* 反 » :

Thomas Hobbes (1588-1679) a écrit l'ouvrage intitulé le *Léviathan*[32]. Dans son livre, il décrit un peuple qui se rassemble afin de résister à la grande nature, et qui se porte volontaire pour être dirigé par un souverain sous forme d'une société contractuelle.

Le Léviathan présenté dans cet ouvrage semble être un système politique positif sinon neutre. J'ai constaté que les situations semblables à celles décrites dans le *Léviathan* se reproduisent encore dans la société contemporaine. Or, le contrat social ayant pour but d'assurer la sécurité devient le *monstre* qui grignote graduellement notre manière de penser. À première vue, il semble que chacun est souverain de soi et détient le pouvoir de se décider. Qu'en est-il alors de la réalité ?

Dans le dessin, la plupart des individus portent la même couronne et se collent l'un avec l'autre. Ils forment alors un homme de figure grandiose qui s'attribue de tout pouvoir en buvant la limonade pourpre[33]. La solidarité permet d'établir un régime de sécurité, mais à l'époque contemporaine, une société de moutons crée de son côté le *monstre* qu'est le Léviathan.

2) Marcher (*xíng* 行)

Inscription oraculaire (*jiaguwen*)	Inscription sur brozne (*jinwen*)	Écrit sur bambou de Qin	Petite sigillaire du *Shuowen*	Forme standardisée	Caractère général et normalisé
				行	行

Dans ses formes de *jiaguwen*, *jinwen* et *qinjian*, le sinogramme « *xíng* 行 » se ressemble à une route qui se donne à toutes les directions. C'est un caractère non décomposable créé à partir d'une entité concrète, il s'agit alors d'un pictogramme autonome selon le principe des six procédés de formation des sinogrammes.

Le *Shuowen jiezi* déconstruit la graphie de *xing* 行 en deux composantes : « Le caractère *xing* 行 se compose de « *chì* 彳 », la marche de la jambe gauche, et de « *chù*

亍 », la marche de la jambe droite ». Ensemble, ces deux sous-graphies se forment le terme « *chichu* 彳亍 ». Dans les poèmes chinois d'ancienne époque, ce terme désigne l'action de marcher lentement.

On ne peut plus observer l'intention première de la formation des sinogrammes dans les caractères de l'écriture régulière (*kaishu*). En réponse du besoin de l'efficacité dans l'écriture, le *kaishu* déconstruit alors les lignes cursives de la structure graphique des caractères anciens et les remplace par les traits plus droits. Selon les formes de petite-sigillaire du *Shuowen* et d'écriture régulière, le *xing* 行 devrait être classé parmi les idéogrammes.

Durant sa vie, à gauche ou à droit, Zou Ji 鄒忌 *marche* (sens dérivé) sur le chemin choisi par lui-même. Il se préoccupe de son image et de ses habits, de sorte qu'il arrange bien sa *tenue* avant de sortir de chez lui. Pourtant, sa force et sa vigueur se manifestent par le fait qu'il n'est pas influençable ni par son image ni par les jugements des autres. Toutes ses actions et ses conduites partent de son *cœur*.

Un individu qui est capable de se pondérer entre l'activité physique et l'activité mentale et qui cherche à les tenir en bon équilibre, de toute évidence, celui-ci se montre convaincant aux yeux des autres dans ses *conduites vertueuses* (*déxìng* 德行)[34]. Personnellement, je ne pense pas que les personnages historiques accusés de « ministres turbulents et fils dénaturés » sont mauvais de par leur nature. En revanche, c'est la répression de leurs envies matérielles au cours de leur développement qui fait en sorte que leur esprit devienne conflictuel. Dans une certaine mesure, cette répression refoulée est ainsi manifestée dans les comportements colériques et brutaux.

En tant qu'un fonctionnaire parmi d'autres de la cour impériale, comment Zou Ji parvenait-il à se démarquer de ses collègues du même *rang* (*hánglìè* 行列) sans susciter de la jalousie ? Il échangea ses affaires ménagères avec le souverain au lieu de l'admonester par la moralité ou par les normes. Il ne s'agit pas d'une conduite *archétypique* inscrite dans le Confucianisme.

Cependant, si l'on regarde en arrière dans l'histoire chinoise les dynasties préconisant l'idéologie confucéenne pour régner le pays, nombreux sont les ministres turbulents et calomnieux ainsi que les hommes médiocres. Seules les œuvres littéraires (poèmes et textes) des gens avec les talents non reconnus, sinon celles des gentilshommes accusés fautivement par les hommes de peu et malhonnêtes, sont transcrites et louées par les historiens. Les *conduites* (*xíngwéi* 行為) *inébranlables* (*hànghàng* 行行) de ces victimes sont souvent considérées comme étant l'exemple par excellence pour les jeunes écoliers d'aujourd'hui. Mais de fait, cela suscite par contre de vrais défis de la vie.

Dans ce monde prospère et florissant, la pensée directe (行) ou la pensée contrintuitive (反) sont deux éléments indispensables pour maintenir l'esprit fort et autonome chez l'homme. Malgré tout, je me rappelle toutefois qu'il faut la bonne dose de ces deux éléments, qu'il n'y ait pas de place pour « trop » ou « peu ». Comment y arriver ? C'est à l'Esprit de décider. La voix intérieure apparaîtra une fois l'état de sérénité est atteint. Il est quand même intéressant de voir que l'on pourrait tester cette expérience à travers les affaires, petites ou grandes, de la vie quotidienne.

Chaque fois que je vais au restaurant à volonté avec mes proches, c'est une mise à l'épreuve. J'aime déguster de bons plats sinon rares, mais je sais qu'il faut s'arrêter quand cela convient, car je préfère encore plus découvrir et savourer le goût du plat devant moi – le riz frit, qui attire toujours mon regard.

De toute évidence, on se moque de ce que je fais et essaie de me corriger. Au début, malgré le mécontentement éprouvé par le fait que mon plaisir fut interrompu, mon image me demandait de ne pas se justifier pour ne pas casser l'ambiance.

Plus tard, j'ai remarqué que plus je me réagissais de cette manière, plus la même situation se répétait. Ce n'est qu'au moment où je laisse mon cœur diriger par mes émotions, je trouve en fait le moindre respect envers moi-même et envers la nourriture choisie. Rien d'étonnant qu'il est rare que je trouve du riz frit qui me satisfaisait dans ce genre de restaurant. Le goût ne vient pas de la nourriture, mais de mes émotions.

Ma vie a connu un gros changement au cours de la dernière année grâce à la transformation de mon état d'âme et à l'activité rétrospective de ma pensée. Tout récemment, quand je suis allée au buffet, encore une fois, je me suis arrêtée après avoir goûté des bons plats. Ensuite, je commençais à manger des maïs grillés, des *inari* sushi, et, devinez-vous, le riz frit. Cette fois-ci, je n'ai pas pu m'empêcher, mais de rire aux marmonnements de mon ami (un bonhomme viril). Mon cœur ne ressentait que la joie et le bonheur à ce moment-là.

Je me jouissais de la garde des autres et me concentrais sur mon interaction avec la nourriture, ses goûts qui circulaient entre mes papilles gustatives et mon esprit. Enfin, j'ai pu saisir la vague de sensation délicate émise par la nourriture consommée, malgré qu'il semblât être un simple plat du riz frit.

Je préfère laisser libre cours à mon esprit de m'amener vers la nourriture, sans me soucier de sa présentation ni de la rareté de ses ingrédients. Je sens que dans ce genre de restaurant, c'est plus ou moins dans les petits plats non élaborés que l'on pourrait voir l'effort investi et l'attention accordée par les individus qui s'en occupent.

De plus, dès le tout départ, les pensées et les réactions de chaque consommateur qui s'y présente seraient transmises avec tous les personnels concernés. Il existe des échanges continuels dans ces interactions non descriptibles mais naturelles entre ces gens, soient les sentiments des consommateurs ou l'effort des personnels du restaurant. C'est ce qui explique pourquoi les commentaires gastronomiques ou les *Likes* de Facebook ne peuvent qu'être un élément poussant la vague d'une durée limitée, mais qui ne s'agissent pas d'éléments décisifs de la réussite des restaurants.

« Eh bien, mais je suis si capricieuse » ou bien « Si je suis heureuse, tu vas sûrement être content aussi », c'est ce que je dis en maniant l'humour devant les doutes. Quand il m'est possible de ne pas trop m'exprimer verbalement, un sourire et un simple « merci » suffiraient pour montrer toute ma gratitude face à tous les soins et les sollicitudes reçus.

Les deux ans que j'ai fait exprès de ne contacter aucune personne et de me laisser plonger dans la solitude, je suivais la tendance naturelle de penser contrintuitivement et j'attendais patiemement jusqu'à ce que j'aurais atteint la congruence dans mes conduites et mes paroles ; je minimisais progressivemennt le besoin d'utiliser le langage pour me justifier. Et ce faisant, j'ai pu dire que je me sentais véritablement en liberté. J'ai enfin réussi à créer ce que j'avais désiré depuis mon enfance, une belle vie ainsi qu'une relation interpersonnelle harmonieuse.

L'essence de l'enseignement et celle de la restauration ne sont pas si différentes que l'on pense. Au cours de la dernière année, j'ai invité les étudiants à ajouter mon Facebook au début de la session pour qu'ils puissent me rejoindre par Messenger afin de rester en contact, que ce soit pour une discussion ou pour la remise du travail. J'ai également insisté sur le fait qu'ils soient libres à me supprimer à la fin du trimestre sans le moindre de souci et de culpabilité.

Lorsque je ne réponds pas aux messages, cela veut dire simplement que je suis occupée. Si les étudiants deviennent anxieux ou se sentent traumatisés à cause de ça, bien sûr, ils peuvent me bloquer en tout moment. Rassurez-vous que je n'ai pas l'habitude de vérifier la statistique à propos des mentions *J'aime*, ni de vérifier ceux qui ont *liké*. Je ne vérifie pas non plus ceux qui m'avaient retirée de leur liste d'amis. Si jamais ces comportements me reviennent (oui, je l'étais), je vais supprimer mon compte Facebook sans tarder.

Et quand je dis : « Essayez-vous de permettre le va-et-vient dans votre vie, de souhaiter le mieux qui arrive sans la moindre animosité. », c'est plaisant de voir les réactions des étudiants.

Je suis consciente que tout cela n'a rien à voir avec le savoir ou les connaissances, ni avec l'âge de la personne. Il suffirait un événement frappant dans la vie qui marquerait le for intérieur d'un individu pour pouvoir accumuler cette expérience dite intéressante. Qu'est-ce qui est important pour Zou Ji ? Est-ce bien l'apparence, l'image, le statut parmi les autres ? Ou il s'agit d'autres choses ?

D'après ce que j'ai vu et entendu, ceux qui sont prêts à adopter la façon de penser contrintuitivement et qui s'accordent autant d'importance à l'aspect physique et à l'asepct spirituel tiennent une vie assez heureuse et harmonieuse. Non seulement ils mènent une vie aisée sans jamais éprouver aucun souci, ils se contentent aussi de partager avec les autres. Mais ce n'est pas les fortunes qui déterminent la richesse de la vie. Bien que la vie contienne toujours l'incertitude et l'imprévisibilité, et bien que ce soit l'ambiance de l'insécurité et de la peur qui règnent l'actualité de la société, ces gens-là se croient se situer toujours dans un milieu sécurisant.

Ils se laissent guider par leur vie, mais ne laissent pas la vie être dominée par les connaissances desdits spécialistes. Ils se créent leur propre énergie à partir de leur conscience et de la sincérité ; les fréquences émises de leurs réflexions attirent encore plus tout ce qui est bien et brillant, tout en leur créant une belle réalité de la vie. Ces réalités matérielles ne viennent cependant pas à son tour dévorer leur conscience.

L'histoire de Zou Ji me rappelle la vague de pensée du développement personnel popularisée à travers le monde par la série du livre *The Secret* il y a quelques années. Les principes mentionnés dans ce livre se ressemblent pas mal à la vie de Zou Ji. Or, est-ce que le monde devient un meilleur endroit après cette vague ? Ceux qui ont lu le livre, est-ce qu'ils ont coulé des jours heureux depuis ? Si non, il est certain qu'il reste encore à réfléchir et à exploiter chez le lecteur en ce qui concerne le concept de *loi de l'attraction* développé dans ce livre-là.

Quand les hommes ne se concentrent que sur les cas réussis et se mettent à déployer toutes les forces de leur esprit pour s'accumuler les biens matériels, ils se construisent leur estime et jugent les autres à l'égard des jugements de valeur (ce qui est bien ou mal, succès ou échec) du monde. En fin de compte, ils se terminent avec un état déséquilibré dans leur manière de penser. La conscientisation de Zou Ji lui indique qu'après tout, toute chose matérielle n'est qu'illusoire. Tandis que ce qui lui permet de se sentir rassuré, confortable et sécurisé, c'est les expériences qui traversent son esprit, mais qui remontent à l'acceptation de la voix réelle de son intérieur.

Certes, si l'on arrivait à maintenir l'équilibre entre les envies matérielles et les besoins spirituels, la sérénité de l'agitation interne et externe, comme ce que fait Zou Ji qui n'hésite pas à partager ce qu'il possède et manifeste toute équanimité envers autrui. En se faisant, la réalité matérielle créée par cette force est loin d'être imaginable par les hommes.

Peut-être ils sont nombreux les gens qui « désirent jouir de la vie », mais qui n'osent pas se manifester explicitement à cause du milieu et du climat dans la société. Chez les Chinois, quand quelqu'un dit qu'il veut « profiter » de la vie, il serait considéré comme étant quelqu'un qui s'intéresse à la *dolce vita*[*] ou quelqu'un d'esprit

---

[*] En chinois, le terme « *wánkù* 紈褲 » désigne les jeunes vains et frivoles issus du milieu aisé qui ne comprennent pas les difficultés de la vie.

futile, voire quelqu'un d'indifférent face à la difficulté des autres.

À la lumière de cette perception, il est raisonnable de dire que la société se crée elle-même, de manière cyclique, le climat social imprégné des *doléances*. En toute fin, il semble inévitable que la vie soit devenue une source de souffrance pour les hommes. Si seulement, dans une moindre de mesure, tout le monde pense que le fait de se mentir est radieux et que forcer les gens à manifester leur empathie et la pitié envers soi est une nécessité.

Les Chinois ont tendance de bien réfléchir avant d'agir, sinon ils pensent profondément et réfléchissent minutieusement avant d'effectuer une action. C'est leur caractéristique d'être prudent et soigneux dans leur manière d'agir. Si la vie est centrée sur l'accumulation des ressources matérielles et sur la gestion du réseautage, à long terme, on s'inclinerait vers les manigances et les manœuvres. La pression de vie est ainsi forgée par ce style de vie qui attire tout ce qui est semblable envers soi. La tension psychologique se déguise souvent en angoisse par le manque substantiel et s'infiltre tranquillement dans l'esprit des hommes.

Si la pensée et les réflexions se focalisent dans les exercices introspectifs et rétrospectifs, que l'on réfléchisse à comment rester fidèle à ce qui est désiré sans être menacé par la crainte, on verrait émerger tout naturellement l'amour authentique.

Toutes personnes, les faits et les choses ramenés par l'amour surpasseraient ce que l'homme aurait attendu. L'*amour* est inné, il réside dans le cœur de chacun. Éloigné de l'esprit aimable, on s'éloignerait alors de l'*amour*.

Section II
Jouir de la vie spirituelle

Dans la culture chinoise traditionnelle, l'« Amour » est un thème très peu abordé. Le Moïsme, seule école de pensée de l'époque d'avant la dynastie Qin 秦 qui prône cette idée de l'amour, fut attaqué par Meng zi qui émit le commentaire comme quoi « le sieur Mo 墨 préconisa l'amour universel, impliquant le rejet de son père »[35].

L'amour universel et égalitaire préconisé par le moïsme ne se conforme pas à l'éthique vénérée par le Confucianisme qui valorise le patriarcat et la structure familiale fondée sur les liens de sang.

Sachant que la racine du confucianisme remonte aux périodes chaotiques, on comprendrait pourquoi il est difficile pour les confucéens d'être sous la lumière de l'*amour*. À leur égard, le monde est ténébreux. Le seul moyen de rétablir l'ordre du monde est de rétablir la tradition de gouvernance par l'idéologie de classe.

On ne peut pas défendre cette idéologie sans la solennité, l'autorité, ou le contrôle. Bref, c'est tout ce qui est incompatible avec l'amour. Le véritable amour n'implique aucune condition et ne fait aucune distinction entre les uns et les autres.

1. Amour (*ài* 愛)

jiaguwen	Inscription sur brozne (*jinwen*)	Écrit sur bambou de Qin	Petite sigillaire du *Shuowen*	Forme standardisée	Caractère général et normalisé
	[illegible]	[illegible]	[illegible]	愛	爱

Dans le dictionnaire *Shuowen jiezi*e, le caractère *ài* 愛 est défini par « la manière dont on marche. Il est composé de "*sui* 夊" et de la prononciation "*ai* 炁" ». L'amour est nourriture spirituelle indispensable de la majorité des gens, pourquoi sa définition est-elle en lien avec la marche ?

Le *Shuowen jiezi* contient un autre caractère « *ài* 炁 », dont la graphie et la phonie se ressemblent à celui de « *ai* 愛 », qui signifie « la bonté. Le caractère se compose de "*xin* 心" et de la prononciation "*ji* 旡". » Ce caractère comporte le sens de la générosité et de la vertu de bienveillance. De fait, comme on peut voir dans l'inscription sur bronze (*jinwen*) et dans l'écrit sur bambou de Qin, c'est ce caractère « *ai* 炁 » qui est le bon sinogramme que l'on devrait employer pour l'amour.

Il s'agit d'un cas de caractère fautif conventionnel (*biézì* 别字), où l'on remplace le caractère *ai* 炁 par celui de « *ai* 愛 » à cause des ressemblances graphique et phonétique entre les deux. Néanmoins, je crois qu'il n'est pas nécessaire de remonter à l'origine pour rétablir le véritable caractère étant donné que le caractère « *ai* 愛 » est déjà profondément enraciné dans l'esprit de tous les Chinois.

De fait, cela veut dire que depuis des milliers d'années, les hommes se sont trompés pour ce qui est de l'*amour* ! Étant donné que les connotations de l'*amour* n'ont pas changé, mais se sont enrichies, je ne vois pas pourquoi ne pas continuer cette belle malentente. Cette malentente me fait comprendre qu'il n'est pas toujours mauvais de mal écrire un caractère. Dès lors, je considère de manière impartiale sans trop porter jugement quant aux caractères mal écrits, soit par moi-même ou soit par les autres.

Comme mentionné dans le *Shuowen jiezi*, la structure de la forme petite-sigillaire du caractère « *ai* 愛 » se compose de la graphie « *suī* 夊» qui décrit l'action de marcher lentement avec les motions alternatives des deux jambes. Les sinogrammes contenant cette composante sont souvent en lien avec l'action de déplacement. Étant composante du sinogramme « *ai* 愛 », le « *sui* 夊 » est une sous-graphie de la forme indiquant la signification du caractère. Il s'agit donc d'un déictogramme selon le principe des six procédés de formation des sinogrammes.

La prononciation du caractère « *ai* 愛 » est indiquée par « *jì* 炁 », la sous-graphie phonétique. La forme de l'écriture petite sigillaire du caractère « *ai* 愛 » est un idéophonogramme selon le principe de *liushu*.

La graphie du caractère « *ai* 愛 » a subi de changement assez saillant lorsqu'il est adopté dans le style régulier (*kaishu*). On pourrait déconstruire le caractère en quatre composantes : La première étant la composante « *zhǎo* 爪 » qui se trouve en haut du caractère. Son sens originel désigne les ongles des doigts ou des orteils humains et fait référence en général à des mains.

La deuxième étant la composante « *sui* 夊 », dont la graphie se ressemble à deux jambes qui s'alternent pour marcher. Ce caractère décrit l'action de marcher lentement et en général, il fait aussi référence à des pieds.

Pourquoi les mains et les pieds sont-ils impliqués quand on aime quelqu'un ? Je ne pense pas que cela fait appel à la violence, mais ce sont les *actions concrètes* actualisées lorsque l'on veut protéger ou offrir de quoi à la personne aimée.

La troisième étant la composante « *mì* 冖 » qui signifie « couvrir » et qui désigne en général des bâtiments. Non seulement qu'il faut verbaliser l'amour, il faut aussi mettre à l'abri ou prendre soin de la personne aimée.

La quatrième composante est « *xin* 心 » (cœur). C'est le *cœur* qui permet de surmonter tous les défis de l'*amour*. C'est les sentiments et les émotions filtrés par le cœur qui permettent de dire que l'amour n'est pas d'un sort illusoire, mais plutôt romanesque. C'est la partie manquante dans le caractère général et normalisé utilisé en Chine continentale.

Au cours des dernières années, une bonne partie des enseignants de chinois encouragent à « connaître les sinogrammes standard à partir des sinogrammes simplifiés ». Je pense qu'il faut être prudent face à cette pratique. Après tout, la plupart des apprenants de chinois sont tous d'accord pour dire qu'« il est plus facile de commencer par le chinois traditionnel pour connaître le chinois simplifié ; alors que le contraire est plus difficile ». Ayant l'habitude d'écrire les caractères avec moins de traits, il est plus difficile de revenir à écrire les caractères de forme standardisée qui contiennent des traits plus complets, du moins, c'est que les apprenants ou les utilisateurs de cette écriture s'attribuent d'une mission culturelle ferme et solide.

Il est autant difficile pour ceux dont la langue maternelle est le chinois, qu'en est-il du côté des apprenants en Europe et en Amérique, pour qui le chinois est la langue seconde, voire la troisième ? Prenons l'exemple du caractère « *ai* 愛 ». Je raconte parfois les plaisanteries en disant que le caractère simplifié de « *ai* 愛 » n'est qu'un pur amour amical. Si ce n'est pas pour ridiculiser, cela aide les étudiants à distinguer et à mémoriser le sens du caractère. Dans une ère prédominée par l'économie où nous sommes, il en vient même que la pure affection amicale est encore plus difficile à obtenir et à maintenir que l'affection familiale et amoureuse.

La composition du sinogramme « *ai* 愛 » n'indique pas le sexe ou le statut des individus. C'est un sinogramme qui peut être utilisé universellement pour exprimer l'affection familiale, l'amitié ou l'amour. Certains aspects concernant l'affection familiale sont déjà abordés précédemment, parlons-nous maintenant de relation qu'entretiennent les *amis*, désignés par le terme « *péngyǒu* 朋友 ».

1) Ami (*péng* 朋)

Inscription oraculaire (*jiaguwen*)	Inscription sur bronze (*jinwen*)	Écrit sur bambou de Qin	Petite sigillaire du *Shuowen*	Forme standardisée	Caractère général et normalisé
				朋	朋

La forme du style petit-sigillaire dans le tableau n'est pas la forme propre au caractère « *péng* 朋 ». En fait, le « *peng* 朋 » est classé sous le caractère de « *fèng* 鳳 », le phénix. Dans le dictionnaire *Shuowen jiezi*, son auteur Xu Shen considère le caractère « *feng* 鳳 » comme étant l'ancien caractère de « *fèng* 鳳 » écrit avec la graphie . Le *Shuowen jiezi* définit le « *feng* 鳳 » par « l'oiseau divin », et sous cette graphie du petit sceau (*petite sigillaire*), on y trouve deux autres anciennes graphies : celle du caractère « *peng* 朋 » et celle de « *péng* 鵬 ». Mais comment les amis et l'oiseau se trouvent-ils dans une même catégorie ?

Il y a une divergence d'opinions chez les érudits concernant cet aspect. Certains pensent que Xu Shen avait introduit par erreur les deux caractères « *peng* 朋 » et « *peng* 鵬 » sous la catégorie de « *feng* 鳳 ». Ce n'est qu'avec l'écriture des scribes (*lishu*) que l'on rétablit séparément leur écriture originale[36]. D'autres pensent alors que les deux caractères « *peng* 朋 » et « *peng* 鵬 » sont des variantes (caractères dont seules les graphies se diffèrent, mais leur phonie et leur sémantique sont identiques) du caractère « *feng* 鳳 ». Or dans les textes anciens, on constate déjà que les caractères « *peng* 朋 » et « *peng* 鵬 » se séparent de « *feng* 鳳 », la signification de ces trois caractères n'est plus la même[37].

Le « *peng* 朋 » dans ses formes de *jiaguwen* et de *jinwen* se ressemble à deux cordelettes de coquillages enfilées ensemble, dont la graphie ne peut être déconstruite. Il s'agit alors des pictogrammes dits autonomes selon le principe des six modes de formation des sinogrammes.

Le « *peng* 朋 » en écriture régulière (*kaishu*) est un idéogramme formé de deux composantes identiques « 月 » (lune). Le « *yue* 月 » est un pictogramme autonome, appelé aussi par le « *wen* 文 » (*graphie*), car le caractère même n'est plus divisible. Alors selon le principe des *liushu*, le « *peng* 朋 », classé parmi les idéogrammes, est aussi nommé « *idéogramme composé de deux graphies identiques* ».

Dans ce cas-ci, quel serait le lien entre l'ami et la lune ? Des caractères anciens aux caractères modernes, le sens premier de « *peng* 朋 » est perdu lors de l'évolution de l'écriture chinoise. Pour les enseignants qui connaissent bien les principes ou les théories des sinogrammes, ils savent que c'est le fruit de la transformation vers l'écriture des scribes et vers l'écriture régulière. Le problème, c'est comment explique-t-on toutes ces transformations aux étudiants dans un cadre de temps limité[38] ?

Si les enseignants de chinois voulaient retourner dans la culture et susciter l'intérêt de la culture chinoise auprès des étudiants, ils pourraient l'introduire à l'aide des descriptions évolutives des graphies de « *peng* 朋 » susmentionnées. J'utilise souvent ce caractère pour expliquer les caractéristiques gracieuse et généreuse des Chinois dans l'Antiquité, parce qu'on disait que « les amis devraient s'entraider pécuniairement »[39]. Comme on peut voir dans les dérivations sémantiques de ce caractère, cela impliquerait peut-être l'évolution conceptuelle du caractère « *peng* 朋 », de l'argent à l'amitié.

On sait, du moins, qu'à l'époque néolithique, les Chinois utilisaient les coquillages ou les cauris comme monnaie dans leurs activités commerciales. Autrement dit, les hommes chinois néolithiques prenaient les coquillages comme monnaie en circulation. Donc, le moyen le plus efficace pour ne pas les perdre lorsque les hommes les apportaient avec soi, c'est de les enfiler avec les cordes.

Il y a des érudits qui pensent que le caractère « *peng* 朋 » désigne les ornements que les gens puissent porter sur le cou. Effectivement, on retrouve des traces des ornements faits de coquillages dans le site culturel Sanxingdui et les sites archéologiques de la dynastie Shang.

Le caractère « *peng* 朋 » dans son sens premier désigne l'unité de monnaie, *le cauris*. Parmi les inscriptions sur carapaces de tortue (*jiaguwen*), on trouve des phrases notant « Dix paires d'enfilades de cauris » ou « me donne cent paires d'enfilades de cauris en présent »[40]. Le « *peng* 朋 » dans le terme « *pengyou* 朋友 » (ami) est du sens dérivé, qui indique les gens semblables dans leur sort et leur esprit, mais qui ne sont par unis par les liens de sang.

Ensemble, les amis se rassemblent et créent une sorte d'énergie entre eux. Si cette énergie s'incline vers la négativité, ils commettraient les choses mauvaises. Les Chinois décrivent ces gens par les termes et par les expressions tels que « les complots » (*péngdǎng* 朋黨), « s'acoquiner et conspirer pour faire le mal » (*péngbǐ wéijiān* 朋比為奸), ou encore les « bandes de malfaiteurs » (*húpéng gǒudǎng* 狐朋狗黨). Lorsque le « *peng* 朋 » devient un verbe, il peut vouloir dire « nouer des relations » (sens neutre) ou « s'entendre pour un mauvais coup » (sens péjoratif).

Lorsque les amis se regroupent et forment une énergie positive, c'est l'amour pur qui se forme. Les amis avec qui on a l'habitude de se mettre à plusieurs pour manger et boire ensemble sont appelés « amis de beuverie et de ripaille » (*jiǔròu péngyoǔ* 酒肉朋友) ; lorsque les autres se trouvent dans les situations difficiles, les amis qui sont là pour aider deviennent alors des « amis bons et vertueux » (*liángshī yìyoǔ* 良師益友, les amis qui nous aident à nous améliorer moralement et intellectuellement).

Je pense que ce genre de relation amicale comparable à la fraternité serait autant souhaitable chez les étrangers que chez les Chinois ; ce n'est pas une affection relationnelle vénérée exclusivement par les Chinois.

2) Amitié (*yǒu* 友)

Inscription oraculaire (*jiaguwen*)	Inscription sur bronze (*jinwen*)	Écrit sur bambou de Qin	Petite sigillaire du *Shuowen*	Forme standardisée	Caractère général et normalisé

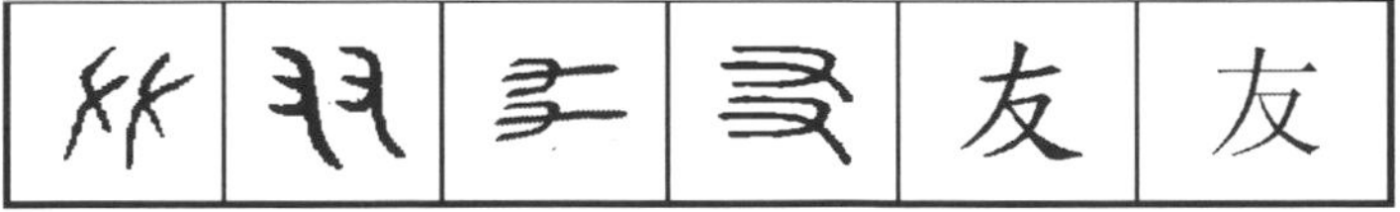

Selon le *Shuowen jiezi* : « Le sinogramme "*yǒu* 友" : ceux qui partagent un même idéal sont des amis. Le caractère se compose de deux "*you* 又", signifie se faire des amis. » Son sens originel désigne les hommes qui s'adonnent de mêmes dispositions et qui entretiennent une amitié mutuelle.

Le caractère ancien de « *you* 友 » se compose de deux composantes identiques, le « *you* 又 » (désignant les mains). Tout comme le caractère « *peng* 朋 », le « *you* 又 » est aussi un idéogramme composé de deux graphies identiques selon le principe des *liushu*. En comparaison avec le caractère ancien, on voit qu'à l'origine, la composante « ナ » en écriture régulière de ce caractère s'écrivait avec la composante « *you* 又 ».

J'aime expliquer ce caractère par : qui se tiennent bien des mains sont de bons amis, de bons camarades.

Bien entendu, le terme « *tóngzhì* 同志 » mentionné dans le *Shuowen jiezi* ne porte pas la même signification que le même terme « *tongzhi*[*] » abordé dans les débats portant sur le genre dans l'actualité. C'est un terme plutôt général faisant référence à des gens qui partagent les mêmes intérêts et les mêmes aspirations.

Je découvre que le terme « *tongzhi* » a un sens plus large à l'ancienne époque, mais les auteurs contemporains ont limité l'usage de sa signification. Est-ce que cela veut dire que les hommes d'ancienne époque avaient l'esprit plus ouvert que les hommes d'aujourd'hui ? Il suffit d'ajouter que si ce n'est pas les records dans les dictionnaires, les hommes postérieurs n'arriveraient pas à comprendre la signification des termes tout comme leur évolution. Donc, vous ne devriez pas vous étonner si vous voyez des termes bizarres comme « *mǎichūn* 買春 » ou « *dǎpào* 打炮 »[*] dans les

[*] Dans le contexte du genre, le terme « *tóngzhì* 同志 » désigne les homosexuels, hommes et femmes.

[*] Ici, l'auteure voudrait souligner la différence entre les termes à l'usage actuel contre leur sens d'époque ancienne. Le terme « *mǎichūn* 買春 », qui voulait dire « acheter du vin » (*Grand Ricci*) à l'usage d'autrefois, fait référence à l'acte d'« acheter des services sexuels » ; tandis que le terme « *dǎpào* 打炮 », qui voulait dire « tirer un coup du canon » (*Grand Ricci*), a une connotation d'« avoir une relation sexuelle sans engagement » dans la

dictionnaires.

Le caractère ancien de « *you* 友 » représente deux mains superposées, le niveau de proximité est présenté d'une manière assez figurative. Ce qui mérite d'être souligné dans sa graphie, c'est qu'elle ne comporte aucune connotation ni aucune indication du genre. Est-ce que cela pourrait vouloir dire que dans le temps, c'était plus commun et plus courant que les gens se tenaient les mains ? À l'époque, quand deux individus du même sexe se tenaient des mains, est-ce que les autres personnes auraient laissé libre cours à leur imagination pour aller au-delà de la réalité en les voyant, comme dans le cas d'aujourd'hui ?

J'utilise souvent le terme « *pengyou* 朋友 », les amis, pour inviter les étudiants à réfléchir à la question telle que la culture pourrait-elle être jugée ou être comparée en utilisant les termes comme avancé/régressé ou primitif/moderne ?

Les amis pourraient se regrouper autour des intérêts ou des profits, mais qui deviennent des amis bons et vertueux, comme dans le cas mentionné dans le *Lunyu* qui scinde deux types d'amis : les uns utiles et les autres néfastes. Ou encore, les amis de beuverie pour le plaisir pourraient bien devenir les amis qui, ensemble, ils boivent et font de la poésie. Ce genre d'amis se côtoient entre eux et s'expriment mutuellement leurs affections à travers les écrits. Sous l'effet du vin, ceux-ci se profitent de cette occasion pour se libérer de toute leur contrainte, des rites et des normes.

L'amour amical, s'il se fonde sur de véritables affections entre deux personnes qui s'estiment et qui s'apprécient beaucoup, pourrait les mener jusqu'à former une famille. Rendu à cette étapc, c'est devenu une affection amoureuse. Et quand cet amour porte fruit, sa cristallisation donne naissance à la prochaine génération et on entrera dans une relation familiale fondée sur le lien sanguin. C'est pourquoi j'ai insisté précédemment pour dire qu'il n'existe « pas de liens du sang » en abordant le sens dérivé du caractère « *peng* 朋 ».

Peut-être certains lecteurs auraient des doutes : Ne peut-on pas être des amis dans une relation familiale ou dans une relation amoureuse ? Étant donné que dans certains

---

langue parlée.

rapports parents-enfants, ils sont comme des amis intimes qui partagent les mêmes dispositions et qui se parlent de tout.

Bien sûr que oui ! C'est avec une intention spécifique que j'utilise le terme « liens du sang » (*xiěyuán* 血緣) pour interpréter la relation amicale. En effet, la culture chinoise traditionnelle distingue nettement entre l'affection familiale, l'amour et l'amitié, les liens du sang en sont un critère primordial. Existe-t-il une contradiction évidente dans cette distinction ? Quelles sont ses influences sur la culture chinoise ? Je vous laisse donc, le lecteur, de vous réfléchir à ces questions.

L'aspect émotionnel des Chinois, longtemps influencé par la pensée confucéenne, se centre sur les rapports parents-enfants, maître-disciple et souverain-ministre parmi les gens avec qui on tient un lien intime dans notre développement personnel. Généralement parlant, vu la proximité de la relation, les échanges émotionnels seraient effectués de manière plus ouverte en sorte de se conformer à la nature humaine, à la fois pure et délibérée. Dommage que le Confucianisme mette davantage l'accent sur les rapports de subordination entre souverain-ministres, parents-enfants et maître-disciple, qu'il traite rarement la question de l'amitié ou de l'amour qui sont plus simples.

La doctrine confucianiste s'appuie sur les règles et sur l'étiquette afin de creuser davantage dans la relation de subordination. C'est une manière d'agir qui se base sur les choses matérielles du monde extérieur, et non pas sur une interaction entre l'esprit et le cœur des sujets. En effet, le confucianisme insiste aussi sur la cohérence entre la contenance et le for intérieur pour ce qui est du sujet de la courtoisie et l'étiquette. Cependant, devant l'autorité et la soumission absolues dans un rapport de hiérarchisation, il n'est pas facile d'arriver à contrebalancer entre ce qui est matériel et ce qui est spirituel dans l'*amour* confucéen.

Que ce soit l'amour amical ou l'amour amoureux, il existe toujours la question des conflits et des inégalités du sexe dans la culture traditionnelle quant à l'aspect affectif. La structure de base d'une famille chinoise se compose d'homme qui s'occupe des affaires en dehors de la maison, et de femme qui s'occupe des tâches ménagères et familiales à l'intérieur. Aux niveaux sociétal et politique, les hommes prédominent l'avant-scène et les femmes se retirent à l'arrière-plan. C'est le modèle de base adopté depuis la dynastie Han 漢 (206 av. J.-C à 220 apr. J.-C.)[41].

Un rapport déséquilibré entre les deux sexes aurait-il l'effet sur leur perception de l'amour ? Qu'est-ce ça veut dire l'amour ? Comment définit-on l'amour pour que la société et la famille deviennent plus harmonieuses ? Il y a beaucoup de voix concernant ces questions. Je ne peux vous répondre étant donné que je ne suis pas spécialiste dans ce domaine.

Cependant, d'un point de vue plus culturel, je pense que si la population mondiale est de 7,4 milliards, la définition de l'amour devrait se varier selon ce chiffre. Respecter chaque individu qui cherche à définir son propre amour et laisser chacun surpasser la catégorisation faite par les spécialistes, le monde va continuer à se trouver dans un état prospère et épanouissant.

Toutefois, le problème réside justement dans le fait qu'il est difficile pour les hommes ordinaires de définir ce qu'est l'amour en partant de soi, tout comme les Chinois qui ont de la difficulté à se débarrasser de la dépendance des opinions veant de la part des parents et des enseignants. Bien que certains d'entre eux se sont ennuyés et se sont luttés contre l'incohérence desdits aînés durant leur enfance, devenus adultes, ils vont s'y adhérer à cause de la pression du groupe et des charges émotionnelles auxquelles ils sont soumis.

La confusion que portent les Chinois sur l'amour se manifeste par les échanges contre les intérêts, la dépendance et l'acte de faire sien.

Tout récemment, lorsque j'étais en train de bavarder avec un ami étranger, il m'a posé une question : « Selon la tradition chinoise, lorsqu'on offre un cadeau à quelqu'un, est-ce que la personne attend que l'autre fasse de quoi en retour ? » Celui-ci a un ami chinois qui achètait souvent des cadeaux aux autres. Plus tard lorsque cet ami aurait affronté un problème, il prenait comme acquis que les gens ayant accepté ses offres avaient un devoir de l'aider en contrepartie.

Je l'ai confirmé sans aucune hésitation, mais j'ai insisté pour dire que ce n'est que mon opinion et que cela ne devrait pas être généralisé à tous les autres Chinois. Plus nombreux sont ceux qui font le bien, mais qui ne désirent pas que les autres le sachent. Effectivement, les modes d'interactions dans l'éducation traditionnelle laissent croire que tout fonctionne de cette manière, que ce soit au niveau parental, amical ou amoureux. Cependant, faute de dire que ce mode d'échanges émotionnels se réserve exclusivement à la culture chinoise.

Avant, je n'ai pas pu décrire ce qu'implique ce type d'amour conditionnel. Il ne me manque pas d'expériences personnelles ou d'événements sociaux dans la vie qui sont en lien avec ce sujet, mais je les rationalisais avec la bonne cause qu'est le capitalisme. Il faut attendre jusqu'à ce que je sois tombée sur les descriptions dans un passage du livre *Conversations avec Dieu*[42] :

> Mais la raison pour laquelle tes relations sont si désastreuses, c'est que tu essaies toujours de te figurer ce que l'autre *personne* veut et ce que les autres *gens* veulent, au lieu de ce que *tu* veux vraiment. Alors, tu dois décider s'il faut le leur donner. Et voici comment tu décides : tu décides en jetant un regard sur ce que tu peux vouloir de *leur* part. S'il n'y a rien que tu penses vouloir d'eux, ta première raison de leur donner ce qu'ils veulent disparaît, et ainsi tu le fais rarement. Si, par contre, tu vois qu'il y a quelque chose que tu veux ou que tu peux vouloir d'eux, alors ton mode de survie entre en jeu, et tu essaies de leur donner ce qu'ils veulent.
>
> Alors, tu en gardes du ressentiment, surtout si l'autre personne ne finit pas par te donner ce que tu veux.
>
> Dans ce troc, tu établis un équilibre très délicat. Réponds à mes besoins et je répondrai aux tiens. (WALSH, 2002b, p. 160-161)

Il est très probable que mes difficultés se sont évoluées vers une extrémité, que je me suis retrouvée le dos au mur. Je me suis identifiée à cet extrait qui décrit sans ambages mes réalités. À la lumière de cette révélation, j'ai pu dire que toutes les affaires, relationnelles ou émotionnelles, qui m'avaient perturbée se sont éclaircies l'une après l'autre.

Lorsque je repense à mon passé, j'ai paru autonome et libre dans mes manières ; sauf qu'à l'intérieur de soi, j'étais très dépendante et possessive. Nourrie par les belles-lettres, je ne savais pas que je me suis enfoncée dans la *convoitise* de relations interpersonnelles et émotionnelles. La non-congruence de soi fait en sorte que je me sois perdue dans l'expression des émotions.

3) Amour passionné (*liàn* 戀)

jiaguwen	*jinwen*	Écrit sur sceau des Royaumes Combattants	Petite sigillaire du *Shuowen*	Forme standardisée	Caractère général et normlaisé
/	/	[sceau]	/	戀	恋

Le caractère « *liàn* 戀 » est un sinogramme formé très tardivement. Il a été gravé sur un sceau daté de l'époque de Royaumes Combattants (403-221 av. J.-C.). Il ne se figure pas dans le dictionnaire étymologique *Shuowen jiezi*. En effet, le plus ancien ouvrage qui a trait aux caractères chinois où se figure le caractère « *lian* 戀 » est daté de la dynastie des Liao 遼 (916-1125 apr. J.-C.), le *Longkan shoujing* 龍龕手鏡*, d'où le caractère est présenté sous la graphie de « 恋 »[43]. Plus tard dans le dictionnaire *Yupian* 玉篇 de la dynastie Song 宋 (96—1279 apr. J.-C.) se figure le caractère « *lian* 戀 », expliqué par « l'admiration ardue »[44].

Selon l'ordre chronologique, on constaterait que le caractère dit simplifié utilisé en Chine continentale est en fait un caractère ancien ; pendant que celui dit traditionnel utilisé à Taïwan est un caractère moderne paru plus tardivement. Que ce soit le caractère général et normalisé ou la forme standardisée, les deux contiennent des traces importantes de l'évolution graphique de l'écriture chinoise, qui permettent de préserver la culture des sinogrammes.

Le sens originel du caractère « *lian* 戀 » est « chérir ou admirer », indiquant

* Le titre de l'ouvrage *Longkan shoujing* 龍龕手鏡, d'où « *longkan* désignant "l'ensemble des canons bouddhiques", et *shoujing* signifiant, d'après Zhiguang [智光], "comme la *main* tenait un *miroir*, qui permettrait de distinguer le beau du laid" ». Cf. Françoise BOTTÉRO, *Sémantisme et classification dans l'écriture chinoise*, p. 141-142.

spécifiquement un état intérieur. Lorsqu'un individu s'énamoure de quelqu'un ou aime éperdument une personne, il ne lui manque pas de *parler* (d'où la composante *yan* 言) de l'autre ou d'y *penser* (d'où la composante *xin* 心) en tout moment. Plus précisément, il est lié solidement par le *cordon* (d'où la composante *si* 絲) du dessein amoureux, comme ce qui est raconté dans les légendes chinoises.

De fait, la conceptualisation de la graphie de « *lian* 恋 » dans le chinois dit simplifié n'est pas déraisonnable. Lorsque le caractère « *yì* 亦 » est employé comme une particule, il a une fonction intonative qui indique un jugement, une confirmation, une interrogation, ou une exclamation. Lorsqu'il occupe une fonction adverbiale, le « *yi* 亦 » désigne une semblance, une insistance, une tournure ou une modération[45]. On pourrait bien dépeindre un état d'amour passionné par cette multitude de réactions d'état d'âme. Je pense que cela expliquerait bien les caractéristiques du caractère « *lian* 戀 » lorsque l'on a quelqu'un dans le *cœur* (*xin* 心).

Ne devrait-on pas être en pleine joie et en plein bonheur dans un état *amoureux*, que ce soit l'amour, l'affection familiale ou amicale ? Or, la composante « *si* 絲 » dans la graphie de « *lian* 戀 » semble suggérer une ambiance suffocante où l'individu est pris par un esprit anxieux.

Il est bel et bien évident que quand il s'agit d'*amour passionné* qui se confonde avec l'attachement affectif, c'est difficile de dénouer le cordon liant ces deux parties. Non seulement les paroles et la pensée sont retenues, il est également difficile de refuser les sentiments de tristesse et de peine. Ces émotions de penser avec sollicitude à quelqu'un tout en éprouvant incessamment des affections envers l'autre, sont les expériences indélébiles que la plupart des couples d'amoureux partagent entre eux.

Est-il possible de se trouver imprégné dans la joie et le bonheur sans être ébranlé ou blessé par cet état d'*amour passionné* ? Je pense que la clé est dans le caractère « *ai* 愛 », l'*amour* tout court.

L'amour serait illusoire et irréel s'il est fondé sur la dépendance et la possession, ou si l'individu se force à se donner au détriment de son état d'être malheureux et découragé.

J'ai entendu mes proches dire à plusieurs reprises : « Je suis content quand je vois que tu es heureuse. » Auparavant, j'aurais être touchée par cette phrase qui m'avait fait penser que j'étais aimée et qu'on me prenait au sérieux, et j'y trouvais un sens d'existence. C'est seulement maintenant que je me rende compte que ce genre d'amour m'avait menée *à postériori* à des événements de vie qui ne correspondent ni à ce que j'avais imaginé, ni à mes attentes. Ces événements se reproduiraient toujours jusqu'à ce que les énigmes seraient résolues.

L'homme est autonome au moment où il est né, il se montre curieux envers le monde et est prêt à y prendre des risques. Cet esprit d'aventure s'efface sans laisser traces chez la plupart des gens après être visés par l'amour de leurs aînés. Les parents chinois chérissent tellement leurs enfants que dans la mesure du possible, ils leur offrent de la protection et de la précaution de manières variées. En conséquence, on retrouve vis-à-vis des enfants qui perdent leur autonomie fonctionnelle ainsi que leurs habiletés de se protéger contre les dangers.

Beaucoup de jeunes taïwanais croient que *l'amour est aveugle*, que *l'amour est toujours blessant*. Si on leur demande : « Est-ce que tu as déjà aimé quelqu'un ? » Leur réponse : « Non. » Si l'on continue à poser la question : « Comment sais-tu alors ? » Ils répondraient d'un air pensif : « Par les amis ! » ou « Je vois comment les amis qui souffrent… ». Il se peut très bien que ces jeunes s'engageraient plus tard (ou seraient impliqués) dans une relation amoureuse avec toutes ces impressions-là.

Lorsque je dis cela, je pense au poème de Kahlil Gibran décrivant ce que c'est « l'amour »[46] :

Connaître la douleur d'un flot de tendresse.
Être blessé par votre propre perception de l'amour ;
Et laisser couler votre sang volontairement et joyeusement.
Vous réveiller à l'aube avec un cœur alié et rendre grâce à Dieu pour cette nouvelle journée d'amour.
Vous reposer à midi et méditer sur l'extase de l'amour.
Regagner votre foyer au crépuscule en remerciant le ciel.

> Puis vous endormir avec une prière pour l'être aimé en votre cœur et un chant de louanges sur vos lèvres. (K. GIBRAN, 1999, p. 19)

La tendresse provoquant la douleur, est-ce une véritable tendresse ? Qu'est-ce que c'est « l'amour » qui blesse les hommes et qui fait couler leur sang ? Pour ceux ayant fait l'expérience d'un vrai amour, malgré le bref instant, ils comprendraient pourquoi on ne veut que manifester la gratitude pour avoir ce sentiment d'être amoureux. Sur le coup, l'esprit est submergé dans l'ambiance aimable d'air printanier et est baigné dans le vif éclat du soleil rayonnant, que toute finalité ou les promesses s'avéreront être plutôt futiles.

L'amour visible et percevable, qui rend les hommes heureux, se manifeste dans le silence et la sérénité. C'est pourquoi la surface calme d'un lac fait un miroir éclairé qui peut refléter de véritables principes d'amour.

Un ami m'avait demandé comment distinguer des publications qui *partagent* à celles *qui font étalage* sur Facebook ? Je lui ai mentionné quelques *grands principes* dont je ne peux plus me rappeler. Mais, je suis certaine que ces principes ne sont pas de véritables principes, car la Vérité est loin d'être descriptible par les mots.

C'est après avoir vécu par moi-même que je comprends, quand je m'investis véritablement dans une relation et que je reçoive l'amour et la joie dans les interactions réciproques, je ne pense même pas à poster sur Facebook pour les partager. Peut-être un jour quand je penserais à ces bons souvenirs, c'est là que je les écrirais brièvement sur Facebook.

Alors, j'ai posé cette question à mon ami. Dans le temps où Facebook n'existait pas, est-ce qu'on faisait des appels par téléphone à tous les autres amis, voire à des amis peu intimes, qu'on fût en train de passer de bons moments avec du monde ou de faire de belles rencontres ?

Si, mon ami m'a répondu avec un roulement des yeux. Par la suite, on se mettait à rire en se regardant.

Vous pouvez essayer vous-mêmes ceci. Gardez en vous une belle expérience après avoir été en contact avec des gens ou des choses formidables, à la place de partager tout de suite, faites lever tout doucement cette expérience-là dans votre esprit. Avec un cœur léger, laissez-la vous accompagner tranquillement sans la moindre attente. Observez-vous, par la suite, vos activités intérieures et vos changements à l'extérieur, pour voir s'il y a quelque chose qui diffère du passé.

La littérature chinoise, traditionnelle ou moderne, montre combien les Chinois s'attachent à des amis, à des membres de famille et à des personnes aimées. Cet attachement est enivrant sinon ineffaçable. Nombreux sont ceux qui désirent être émus par cette onde de sentiment dans la vie réelle, et il y en a qui voient leur souhait exaucé. Néanmoins, dans l'aspect sentimental de la vraie vie, si l'individu intéressé s'attache toujours à des scènes imaginées dans sa tête, mais qui manque l'autonomie de son esprit et la conscientisation de soi, je *crains* bien qu'il finisse par une relation amoureuse conflictuelle qui est « si difficile à rompre, et qui n'a non plus le bon sens pour raisonner ».

2. Peur (*pà* 怕)

jiaguwen	*jinwen*	*qinjian*	Petite sigillaire du *Shuowen*	Forme standardisée	Caractère général et normalisé
/	/	/	怕	怕	怕

Selon le dictionnaire *Shuowen jiezi* : « ce que veux dire par "*pà* 怕", c'est de ne rien faire. Ce caractère se compose du radical "*xin* 心" et de la phonie "*bái* 白". » Xu Shen pense que le caractère « *pa* 怕 » désigne le moment où l'homme ne sait quoi faire et devient déboussolé.

La composante « *xin* 心 » (cœur) suggère que l'inventeur des caractères pense que la peur est un état psychologique. Seul, le caractère « *xin* 心 » est un pictogramme autonome. Lorsqu'il devient une composante de « *pa* 怕 », indiquant le sens du caractère, il est une sous-graphie de la forme.

La composante « *bai* 白 » (blanc) est une sous-graphie phonétique utilisée par l'inventeur des caractères pour indiquer la prononciation. Donc, le caractère « *pa* 怕 » est un idéophonogramme selon la classification de *liushu*.

Quand j'interprète le caractère « *pa* 怕 », je préfère introduire la composante « *bai* 白 » pour parler de sa signification. Le « *bai* 白 » peut décrire ce qui n'est rien ajouté, comme de l'eau bouillie (*bá kāishuǐ* 白開水). Quand le cerveau se trouve dans le vide et est dépourvu de toute connaissance, de tout calcul et de toute stratégie, l'homme deviendrait peureux lorsque tout cela est perdu.

Même si le « *pa* 怕 » se conceptualise avec le radical du cœur, il présente plutôt les connaissances et les réflexions du cerveau humain, les facultés qui ne sauraient agir à temps face aux stimuli externes pendant que son esprit ne se montre pas prêt non plus à se répercuter à des sentiments reçus.

Il est susmentionné que les scientifiques divisent l'état de survie de l'homme en pensée par le cerveau et en intuition par l'esprit. Comme le dit Dr. Dispenza[47] :

> Par l'exercice mental (imaginer plusieurs fois l'accomplissement d'une action), les circuits cérébraux peuvent se réorganiser afin de refléter notre objectif. Nous pouvons rendre nos pensées si réelles que le cerveau se modifie pour faire comme si l'événement était déjà une éalité physique (DISPENZA, 2013, *op. cit.*, p. 55).

Cet extrait me fait penser à des films et à des animés parlant des zombies, des fantômes ou des monstres qui sont très populaires en ce moment. Si ceux qui regardent ces films croient fermement que ces choses existent, il se peut qu'il leur soit inévitable de les voir de leurs propres yeux.

Ceux qui préfèrent ce genre de cinématographique, dans leur intérieur, il existe un corps de souffrance à nourrir.

La plupart des gens n'aiment pas la *peur* et détestent la crainte. Mais il existe une telle règle universelle : Plus tu as peur de quelque chose, plus tu es attiré vers ce quoi dont tu as peur. Regardons l'histoire qui se figure dans le chapitre « Le Vieux pêcheur » du *Zhuangzi*[48] :

> Un homme avait peur de l'ombre de son corps et avait pris en horreur les traces de ses pas. Pour y échapper, il se mit à courir. Or, plus il fit de pas, plus il laissa de traces ; plus il courut vite, moins son ombre le quitta. S'imaginant qu'il allait encore trop lentement, il ne cessa de courir toujours plus vite, sans se reposer. À bout de forces, il mourut. Il ne savait pas que, pour supprimer son ombre, il lui aurait suffi de se mettre à l'ombre et que pour arrêter ses traces il lui aurait suffi de se tenir tranquille. Quel comble de sottise!

*Zhuangzi a critiqué cet homme comme étant imbécile, il ne savait pas qu'il suffirait de se mettre à l'ombre que son ombre disparaitrait, de se tenir immobile que ses traces ne se formeraient plus.

Encore une fois, l'histoire et l'argument dans le *Zhuangzi* sont là pour s'attaquer aux lettrés confucéens. La pensée des confucianistes insiste sur la distinction entre les gentilshommes et les hommes de peu, elle demande à des lettrés confucéens de savoir discerner le bien du mal. En se cultivant à partir des principes et des vertus dits confucéens, ceux-ci deviendraient des gentilshommes modestes et humbles et, ce faisant, il leur est prometteur de gagner une carrière politique et de faire toute la différence dans la société.

Le problème se trouve justement dans le fait de distinguer, de discerner. Cela fait en sorte que l'homme ignore facilement la considération et l'intuition de l'esprit, qu'il se penche sur la réflexion et sur le jugement du cerveau. Évalué comme étant sans danger, c'est en fait ce qui mène l'individu à se soucier de ses pertes et de ses gains, à être attaché à ses propres intérêts ; de sorte que l'amour, ce qui relie les émotions entre les hommes, se transforme en conditions applicables. Cette éducation qui cherche à atteindre une homogénéité et qui ne vise que les conséquences fait en sorte que les apprenants perdent leur esprit autonome sans que personne ne l'aperçoive. Ceux-ci s'arrêtent et s'attachent aux réponses standard, que seuls les résultats importent pour eux.

De fait, les parents chinois et les autres aînés chérissent beaucoup leurs enfants, tout en espérant que ces derniers se grandissent sans encombre, qu'ils puissent jouir du bonheur et de la joie dans la vie. Malheureusement, ceux-ci ne se manifestent qu'à travers les soucis et les précautions. Et sans qu'ils s'en rendent compte, ils ont endoctriné toutes ces manières d'agir et de penser dans la tête des enfants.

Se faire du souci, c'est d'avoir peur. La peur est une pensée attrayante en soi. Auparavant, je ne pouvais supporter ce genre d'affection et d'amour, c'est ce qui avait créé les mécontentements et les conflits dans ma relation parentale. Je n'ai jamais pensé que plus tard, sans m'en rendre compte, je traiterais les gens et les choses que je tiens beaucoup à cœur de la même manière.

Élevés dans les précautions et les soins de leurs parents et des autres aînés, certains enfants perdent graduellement leur volonté d'agir et deviennent de plus en plus dépendants. Finalement, ils se sont devenus ce que les aînés appellent *des jeunes vivant aux dépens de leurs parents* (*kěnlǎo* 啃老) et ce que les jeunes appellent entre eux les *perdants* (*lǔshé* 魯蛇). Certains jeunes enfants se montrent la volonté d'y résister, mais la norme et l'éthique sont deux obstacles insurmontables alors qu'ils ne peuvent que garder les souffrances à l'intérieur de soi.

Aujourd'hui, je sais que ce sont mes leçons de vie, je ne ferai plus porter le chapeau aux parents ou à l'environnement. Tout au long de ce parcours, j'essaie de retourner vers mon intérieur pour trouver la question et la clé de réponse à ces leçons. Pourquoi suis-je l'objet de souci et de crainte chez les aînés ? Pourquoi aurais-je réagi contre ma volonté même si je ne l'aime pas et par le fait même, je deviens la cause de mes propres émotions négatives ?

C'est dans ce processus d'introspection, de revenir à mon intérieur, que mes réactions émotives se dégradent et que la solution émerge toute seule.

C'est à chacun de trouver ses propres moyens pour résoudre ses problèmes, cela peut très bien varier selon les cas et selon les individus. Il se peut que les solutions proposées par les experts ne soient pas applicables à tout le monde. C'est à travers la quête de soi de chacun que la vie ne manquerait pas d'attrait. C'en est peut-être une des finalités et des intérêts que l'homme est venu au monde terrestre en tant que l'être humain !

J'ai toujours l'impression que la frontière entre l'amour et l'injure est très fine, c'est la pensée qui décide. Aujourd'hui, quand je me confronte à des situations semblables, j'invite les parents et les enseignants à ne plus se lancer des imprécations, surtout à ne pas transmettre leurs malédictions à leurs jeunes. Faire un virage et changer d'idée, on verra que l'optimisme nous attend de l'autre côté.

Si seulement les parents les chérissent véritablement et si seulement les enfants leur importent vraiment, pourquoi les parents ne peuvent-ils pas être optimistes et leur apportent du soutien à la place d'être pessimistes, soucieux et inquiétants en leur constituant de l'obstacle ?

J'ai par contre la réponse pour cette question. Si seulement les parents arrêtent de s'inquiéter et de s'injurier, la réponse apparaîtra devant eux. Je ne m'attends pas à ce qu'ils acceptent toute ma réponse, si bien que je ne tente pas non plus de changer leurs idées. Quand j'arrive à décrypter ce qui m'avait perturbée, je me libère déjà de l'imbroglio entre moi et ces individus.

La question en soi a ses propres formules et ses propres démarches de résolution. Quand je voulus que tout fût sous mon contrôle, je n'ai pas pu obtenir les résultats souhaités dans ma vie. Alors que présentement je laisse tout s'évoluer dans le sens qu'il veut, cela m'apporterait souvent de surpris.

La question d'amour est une grande énigme chez les Chinois, on observe surtout une croissance du taux de divorce et une baisse du taux de nuptialité au cours de ces dernières années. Des jeunes commencent à parler de plus en plus de « partenaire coupable dans une relation amoureuse toxique » (*kǒngbù qíngrén* 恐怖情人) et de « parents manipulateurs » (*kǒngbù qīnrén* 恐怖親人), puis ils partagent entre eux leurs expériences sur Internet. Inéluctablement, plus ils les fuirent comme la peste, plus ces gens mêmes sont les plus susceptibles d'en avoir dans leur vie.

Un jour, un ami m'a partagé ses expériences et a parlé de l'amertume et de la joie dans ses relations. Une question est venue à mon esprit soudainement alors que je lui demandai : Est-ce que ces gens sont nés de même ? S'ils vivaient seuls, auraient-ils se comporter de la même manière ? Mon ami est devenu figé pour un bon moment. Je n'ai pas fait exprès de m'en douter, moi non plus je n'avais pas eu de réponse. C'était simplement une question émergée à l'intérieur de moi.

Après cette anecdote, je me rappelai avoir déjà témoigné dans mon enfance des gens sympathiques à l'égard de bien des autres qui, un jour, s'étaient transformés en partenaires coupables dans une relation toxique ou en parents manipulateurs. D'après mes observations de certains de ces cas, je découvre quelques ressemblances entre ces gens-ci. Quant à ceux qui leur collent des étiquettes, ces gens-là ont aussi les points communs entre eux.

Si je pouvais avoir des idées pertinentes de ce sujet, c'est seulement après que je commence à apprendre à ne pas me presser pour passer aux jugements, à m'encourager de remplacer les jugements par des observations. Personne n'est né pour être un « *kongbu qingren* » ou un « *kongbu qinren* ». Quant à ceux qui se contentent d'utiliser ces termes pour juger les autres, il vaut mieux peut-être s'interroger si vous n'aviez ces *facteurs de risque potentiels* *, mais que vous le ne savez pas simplement ?

L'amour conditionnel, c'est le facteur principal qui forme ces partenaires coupables dans une relation toxique et des parents manipulateurs. On verrait que les individus qui prennent l'initiative de se procurer de cet amour seraient ceux qui ont le plus peur de les former. En ce qui concerne les initiateurs et leurs raisons qui sous-tendent, il reste donc au lecteur d'y réfléchir.

Je trouve ça intéressant de voir que dans un monde de pensée binaire, c'est du mal que se dégage le bien. La plupart d'entre nous avons besoin de la peur pour éveiller de nouveau leur nature aimable. Quand un individu est capable d'aimer soi-même tout en aimant les autres personnes, il n'a pas besoin de passer par l'intermédiaire que sont les choses matérielles, mais il dévoile simplement ses désirs spirituels. De cette façon, il verrait réapparaître son image de l'*enfant* qu'il était (il ne serait pas loin non plus du paradis).

La vie humaine s'oscille ainsi entre deux relations extrêmes, qu'on s'aime ou qu'on se redoute. Il est libre à chacun de choisir son style de vie, soit se laisser prendre par le courant ou soit s'y confronter avec élégance et légèreté.

Un cœur aimable pourrait être brisé par l'esprit craintif, mais qui dirait que les fragments ne peuvent être le prélude de la formation d'une entité complète.

Notes du Chapitre 3

1 *Lunyu zhushu* 論語註疏, commenté par HE Yan 何晏 et expliqué par XINg Bingshu 刑昺疏, p. 7.

Traduction française c. Charles LEBLANC, 2009, « Lunyu », "De l'étude", dans philosophes confucianistes, Paris : Gallimard, p. 36.

2 L'expression *kǒuzhū bǐfá* 口誅筆伐 veut dire dénoncer par la parole et par la plume. Voir le *Grand Dictionnaire de la Langue Chinoise* (révisé) du Ministère de l'Éducation, repéré à http://dict.revised.moe.edu.tw/cgi-bin/cbdic/gsweb.cgi

L'expression *luànchén zéizǐ* 亂臣賊子 fait référence à quelqu'un qui trahit son souverain et qui n'obéit pas à l'ordre de son père, c'est quelqu'un sans loyauté ni piété filiale. Dans le *Grand Dictionnaire de la Langue Chinoise* (révisé) du Ministère de l'Éducation. Repéré à http://dict.revised.moe.edu.tw/cgi-bin/cbdic/gsweb.cgi

3 *Lunyuzhushu*, *op. cit.*, p. 5.

Traduction française cf. LEBLANC, 2009, *op. cit.*, p. 35.

4 *Ibid.*, p. 17.

Traduction française cf. LEBLANC, 2009, « Lunyu », "De la pratique du gouvernement", *ibid.*, p. 45.

5 Dans le terme *déxìng* 德性, tout comme ceux de *gè xìng* 個性 et *pǐnxìng* 品性, le caractère *xiang* 性 fait référence aux caractères spécifiques de l'individu. C'est l'ensemble des caractéristiques psychologiques qui son stables, y compris les personnalités, les intérêts et les goûts, etc. Voir le *Grand Dictionnaire de la Langue Chinoise* (révisé) du Ministère de l'Éducation. Repéré à http://dict.revised.moe.edu.tw/cgi-bin/cbdic/gsweb.cgi?ccd=JzKxBu&o=e0&sec=sec1&op=v&view=6-1

6 Le terme *lǔ shé* 魯蛇 est la transcription phonétique du mot anglais « *loser* ». Quelle coïncidence que l'origine du Confucianisme se remonte à l'État de Lu 魯 lors de l'époque des Royaumes combattants (770-476 av. J.-C.).

7 Auparavant, ma mère insistait souvent pour que je fasse quelque chose ou que j'accepte ses opinions. Très souvent, j'étais attristée par ce fait et je trouvais des moyens pour ne pas me présenter devant elle. Je ne disais aucun mot de contraire, j'ai réussit à être soumise. En même temps, j'ai vécu ce que le confucianiste appelle « *sènán* 色難 », *ce n'est pas facile de faire semblant* (d'un côté, il est difficile de prétendre avoir l'air avenant et souriant dans un tel contexte ; de l'autre côté, j'étais effectivement réticente). Lui contredire ou pas, je ne me ressentais que la culpabilité par la suite. On retombait toujours à des situations délicates semblables et notre relation mère-fille n'était qu'une harmonie apparente. Désormais, je me mets au défi en étant plus ouverte dans nos échanges. Quand je me trouve encore avec une impasse, je me dirais qu'il faut être fidèle à moi-même. Je ne mens plus à ma mère avec des paroles obéissantes, mais flatteuses. Si je remarques des signes de mécontentement auprès d'elle, je plaisanterais en disant : « Oui, je suis si inattendue. » Pour la plupart du temps, au lieu de lui répondre, j'ai le sourire aux lèvres, sourire doux, mais déterminé. Bizarrement, même si l'on aurait une prise de bec par la suite, on finit par se regarder en souriant puis on tourne la page. Ma mère dit souvent que je ne suis pas un enfant docile ni obéissant. J'avais tendance à démentir ses propos alors que ce n'est plus le cas maintenant. L'harmonie apparente entre nous la conduirait dans cet état : elle a peur qu'il arriverait de quoi à son enfant et que cela échappe à son contrôle. Ce qu'elle connaît des principes de piété et soumission n'est plus applicable à l'époque contemporaine. Cela ne lui permet pas de se procurer du bonheur

prévu sur moi. Depuis que je commence à libérer consciencieusement les entraves et les barrières entre moi et ma mère, je commence à percevoir que beaucoup de gens se forcent à faire ce qu'ils n'aiment pas, la raison : « pour plaire à leurs parents ». C'est un constat tout nouveau. Les gens pourraient devenir malheureux pour une raison ou une autre. Je serais curieuse de traiter ce sujet à l'avenir.

8 Voir le *Grand Dictionnaire de la Langue Chinoise* (révisé) du Ministère de l'Éducation. Repéré à http://dict.revised.moe.edu.tw/cgi-bin/cbdic/gsweb.cgi?ccd=3cRnDj&o=e0&sec=sec1&op=v&view=0-1

9 SIMA, Qian. *Shiji huizhu kaozheng* 史記會注考證 « wanshi zhangshu liezhuan 萬石張叔列傳 », commenté par Takigawa KAMETARO, p. 1103-1105. *Pour la bibliographie de Shi Fen, voir SIMA, Qian. (2015). *Les mémoires historiques de Se-ma Ts'ien*, trad. et ann. par Édouard Chavannes, Max Kaltenmark et Jacques Pimpaneau, Tomes VIII, « Chap. CIII – Le seigneur de Wanshi et Zhang Shu ». Paris : Éditions You Feng.

10 Prenons alors l'exemple du sinogramme *xin* 心, le cœur : alors que le cœur des hommes se développe, on voit l'émergence d'une graphie de *multi-niveau* dérivant de ce sinogramme, le *suǒ* 惢 (ㄙㄨㄛˇ). Le *Shuowen jiezi* l'explique par « le cœur douteur », cela dit la méfiance ou l'inquiétude. « Le cœur douteur » est-il semblable à ce que l'on dit maintenant comme « esprit calculateur et manipulateur » ? Lorsqu'un individu se fait dire qu'il soit calculateur ou manipulateur, il se fâche facilement. Pourtant, nos anciens ne disaient-il pas que « si l'on croit fermement à ce qu'on lit, vaut mieux ne pas avoir ces livres-là » ? Est-ce que cela veut dire qu'il faut quand même « s'interroger sur ce qui ne paraît pas problématique » ? Dans cet ordre d'idées, le terme *xīnjī* 心機 semble être quelque chose de positif et avantageux ? En cantonais, ce terme comporte plutôt un sens favorable sinon neutre. Si l'on dit que quelqu'un est « 有 /jau5/ 心 /sam1/ 機/gei1/ », cela veut dire qu'il « est assidu avec un esprit inventif et se donne à sa tâche à accomplir ». De l'autre côté, le terme « 冇 /mou5/ 心 /sam1/ 機 /gei1/ » désigne quelqu'un qui « manque d'énergie ». On constate que le sens sémantique du terme 心機 en cantonais n'est guère identique à celui en mandarin. (Je dois cette discussion en lien avec le cantonais à mon assistante, LUN Kaiqi 倫凱琪.)

11 *Xunzi jijie* 荀子集解, commenté par YANG Liang 楊倞 et commentaires réunis par WANG Xianqian 王先謙, p. 277.

Traduction française cf. Rémi MATHIEU, 2009, « Xunzi », *dans Philosophies confucianistes*, Paris : Gallimard, p. 1152.

12 *Xunzi jijie* 荀子集解, *ibid.*, p. 265.

Traduction française cf. Rémi MATHIEU, *ibid.*, p. 1130-1131.

13 *Lunyu zhushu* 論語註疏, *op. cit.*, p. 51.

Traduction française cf. Charles LE BLANC, « Lunyu », "*Yongye*", p. 79-80.

14 Il faut recourir au caractère ancien pour parler du principe de formation du caractère *bi* 必 selon le *liushu*. Je me permets de ne pas aller plus loin étant donné que l'on traite ici la forme et le sens selon l'écriture régulière, le *kaishu* 楷書.

15 Il y a une grande quantité de sinogrammes avec le radical *xin* 心 et la plupart d'entre eux sont en lien avec la pensée et les réflexions. Après avoir expliqué les principes sous-tendant la formation du caractère « *si* 思 » (penser, réfléchir), à l'aide des « activités d'apprentissage collectif », les enseignants de chinois pourraient initier les jeux ou les improvisions pour que les étudiants expriment leurs opinions et partagent leurs expériences révélatrices. Certains appellent alors cette méthode d'apprentissage par « Suggestopédie ».

16 Le président chinois Xi Jinping 習近平 a prononcé un discours dans un banquet de bienvenue lors de sa visite aux Etats-Unis en septembre 2015 : « Parmi les caractères chinois, celui de « *ren* 人 », les hommes, est sous forme de deux traits qui se supportent réciproquement. Le rapport amical sino-américain prend sa racine dans le peuple et que son avenir réside dans les jeunes. Je souhaite annoncer ici que la Chine supporte le projet que les deux pays envoient réciproquement cinquante milles étudiants chinois et américains pour étudier dans leur pays pendant les trois prochaines années. La Chine et les Etats-Unis vont lancer « L'année du tourisme Chine – Etats-Unis » en 2016. La Chine va créer davantage les conditions favorables pour faciliter les échanges entre les populations chinoises et américaines. » Voir *The New York Times*. (24 septembre 2015). Repéré à http://cn.nytimes.com/china/20150924/cc24xijinpingspeech/zh-hant/

17 XU Jinxiong 許進雄, *zhongguo gudai shehui – wenzi yu renleixue de toushi* 中國古代社會——文字與人類學的透視. Taipei : Taiwanshangwuyinshuguan 台灣商務印書館, 2013, p. 609-632.

18 *Lunyu zhushu* 論語註疏, *op. cit.*, p. 154.

19 Alice MILLER, *Das Srama des begabten kindes* (trad. par YUAN Haiying 袁海嬰), p. 144.

20 CAO Yan 曹寅 éd., *Quan tangshi* 全唐詩 « *Li Bai* 李白, *xuanzhou xietiao lou jianbie jiaoshu shuyun* 宣州謝朓樓餞別校書叔雲 ». *Chinese Classic Ancient Books* 中國基本古籍庫 (e-version TBMC), 清文淵閣四庫全書本, p. 1079.

21 Paul R. EHRLICH, *Human Natures: Genes, Cultures, and the Human Prospect* (traduit par LI Xiangci 李向慈 et HONG Jiaoyi 洪佼宜, validé par HE Da'an 何大安). Taipei : Maotouyingchubanshe 貓頭鷹出版社, 2004, p. 262.

22 Paroles : San Mao 三毛, compositeur : WENG Xiaoliang 翁孝良, arrangement : CHEN Zhiyuan 陳致遠, interprètes : CHYI Yu 齊豫 et PAN Yueyun 潘越雲. 1992. Voir *Mojim Lyrics*. Repéré à http://mojim.com/twy100255x23x5.htm

23 En cantonais, on décrit quelqu'un dont la pensée et les comportements sont immatures par l'argot « 腦囟都未生埋 », *litt.* quelqu'un dont la fontanelle n'est pas encore ossifiée.

24 Comme on peut voir dans le film d'animation *Sens dessus dessous* (*Inside Out*) sorti en 2015, il y a un centre de contrôle dans le cerveau du personnage principal Riley, qui dirige ses comportements et sa mémoire en reposant sur les cinq émotions : la joie, la tristesse, le dégoût, la peur et la colère. Voir *Disney Movies Taiwan*. Repéré à https://www.facebook.com/disneymoviesTaiwan/videos/10152879474447025/

25 WANG Bing 王冰, *Lingshu jing*, « Huangdi Suwen », "Lingshu jingjuan zhi liu, Hailun di sanshisan" 靈樞經•黃帝素問•靈樞經卷之六•海論第三十三. *Chinese Classic Ancient Books* 中國基本古籍庫 (e-version TBMC), 四部叢刊景明趙府居敬堂本, p. 43.

26 Voir Sylvia BROWNE avec Lindsay HARRISON, *Past Lives, Future Healing* (traduit par HUANG Yao 黃耀). Taipei : Renbenziranwenhuagongsi 人本自然文化公司, 2004. Pour l'édition française, voir S. BROWNE avec L. HARRISON. *Vies passées, santé future* (adapté de l'anglais par Christian HALLÉ). Varennes : AdA, impression 2002

27 Voir Neale D. WALSCH, *Conversations with God : An Uncommon Dialogue* (traduit par WANG Jiqing 王季慶). Taipei : Fangzhichubanshe 方智出版社, 2015, p. 261-307.

* Cf. WALSCH, Neale Donald, 2002a. *Conversations avec Dieu : un dialogue hors du commun* (traduit de l'américain par Michel SAINT0GERMAIN), Tome 1. Saint-Laurent : Édition du Club Québec loisirs, p. 204.

[28] Voir Jeffrey M. SCHWARTZ et BEGLEY Sharon, *The Mind and the Brain* (traduit par ZHANG Meihui 張美惠. Taipei : Shibaowenhuagongsi 時報文化公司, 2003.

[29] *Zhanguo ce* 戰國策, « *Qice yi* 齊策一 », commenté par GAO You 高誘, p. 173-174.

[30] Des formules de politesse ou de modestie comme « Vous me flattez » (*mìuzàn* 謬讚/*guòjiǎng* 過獎) ou « Ce n'est rien » (*nǎlǐ nǎlǐ* 那里那里) sont dérivées du surdéveloppement de ce genre de culture. Parfois, ces paroles nous empêchent d'exprimer ce que l'on se sent véritablement à l'intérieur, nous menant donc à une détresse plus profonde. Les locuteurs aussi bien que les interlocuteurs seraient pris dans une relation humaine qui est illusoire.

[31] Le personnage Huan Gong 桓公 mentionné dans cette histoire n'est pas celui de Qi Huan Gong 齊桓公 (Ji Xiaobai 姬小白), l'un des cinq Hégémons soutenu par le ministre Guan Zhong 管仲.

[32] Thomas HOBBES, *Léviathan* (traduit par LI Sifu 黎思復 et LI Tingbi 黎廷弼). Beijing : Shangwuyinshuguan 商務印書館, 2009.

[33] La « limonade pourpre » est une allusion dans le roman fiction, *Le Mystère de la Patience*. Voir Jostein GAARDER, *Kabalmysteriet* (*The Solitaire Mystery*, traduit par LIN Xiaofang 林曉芳). Xinbei : Mumawenhuagongsi 木馬文化公司, 2011. Dans le récit, la limonade pourpre est décrite comme une boisson très délicate. Une seule goutte contient toutes les saveurs du monde et suffirait à donner une forte sensation de plaisir qui submerge le personnage principal en la buvant. Cependant, il y une restriction – il ne faut jamais en prendre une deuxième dose parce que cette limonade est si irrésistible, et là sans mentionner que plus on en boit, moins la sensation obtenue est forte et que la boisson est si envahissante qu'elle grignote la pensée de l'homme. Dans les critiques de cet ouvrage, la plupart croient que la limonade pourpre est la métaphore des médias sociaux sur Internet. Les hommes contemporains sont inondés et débordés par les informations et les divertissements via ce nouveau média. Quant à moi (illustrateur), je pense que la boisson pourrait très bien représenter la « Religion » (pas question de croyance), car la religion exige l'absolue conviction et la norme. Au premier contact, la religion pourrait nous procurer le sentiment de sécurité et rendre le monde plus paisible. Or, au fur et à mesure, elle devient envahissante pour la pensée humaine de sorte que l'homme se trouverait dans un état de fidélité aveuglée. Personnellement, je crois qu'il faut embrasser le noyau de la religion – la « croyance » – ne pas prendre la branche pour la racine. Tout comme la limonade pourpre, on serait émerveillé par la vague de plaisir de sa toute première goutte. Cette boisson nous offre une chance de réexaminer le monde d'un point de vue différent. Il faut alors se profiter de cette occasion de rattraper ce qui est de l'essentiel et non s'attarder à l'instant de la volupté.

[34] En Chine continentale, on prononce toujours comme *dexíng* 德行 (ㄒㄧㄥˊ), dont le *xiang* 行 indique la qualité morale et les conduites de l'homme dans le sens extensif.

[35] *Mengzi*, commenté par ZHAO Qi 趙岐 et interprété par SUN Shi 孫奭, p. 117.

Traduction française cf. Charles LEBLANC. 2009. « Menzi », "Le Duc Wen de Teng", dans *Philosophes confucianistes*. Paris : Gallimard, p. 383.

[36] Dans le *Chinese Linguipedia*. Repéré à

http://chinese-linguipedia.org/search_source_inner.html?word=%E6%9C%8B

[37] Dans le *Chinese Linguipedia*. Repéré à

http://chinese-linguipedia.org/search_source_inner.html?word=%E9%B5%AC

[38] Si les enseignants ne veulent pas alourdir les tâches chez les étudiants et optent pour une méthode plus rapide pour la mémorisation, il est alors plus simple d'interpréter le style régulier de *peng* 朋 dont la graphie se transforme en *yue* 月. Il est probable que les auteurs plus tardifs essaient d'utiliser leur imaginaire pour briser la loi constante de la physique du cosmos en attribuant un compagnon à la lune qui est, seule, toujours accrochée sur le ciel de la nuit depuis les temps immémoriaux. La « lune » est souvent le symbole de la solitude ou l'isolement chez les lettrés chinois de l'époque ancienne.

Les amis ne sont-ils pas ceux qui sont disponibles pour répondre à votre appel ou pour vous accompagner lors du milieu de la nuit, ceux qui vous écoutent en se mettant à votre place ?

[39] L'expression « *péngyǒu yǒu tōngcái zhī yì* 朋友有通財之義 » indique les biens communs entre les amis qui sont partageables lors des moments infortuns. Dans le *Dictionnaire de la langue chinoise (révisé)* du Ministère de l'Éducation. Repéré à http://dict.revised.moe.edu.tw/cgi-bin/cbdic/gsweb.cgi?o=dcbdic&searchid=Z00000024186

[40] Dans le *Chinese Linguipedia*. Repéré à http://chinese-linguipedia.org/clk/search/%E6%9C%8B/92920/188420

[41] Dans HUNG Yenmey 洪燕梅, « Chutu qin jiandu de liangxing wenhua 出土秦簡牘的兩性文化 », *Chutu qin jiandu wenhua yanjiu* 出土秦簡牘文化研究, p. 95-140.

[42] Neale D. WALSCH, *Conversations with God: An Uncommon Dialogue* (*Book II*) (traduit par MENG Xiangsen 孟祥森), p. 275-276.

[43] SHI Xingjun 釋行均, *Longkan shoujian* 龍龕手鏡 (éd. coréenne 高麗). Beijing : Zhonghuashuju 中華書局, 2006, p. 66.

[44] CHEN Pengnian et *al.* éd., *Chongxiu yupian* 重修玉篇. *Chinese Classic Ancient Books* 中國基本古籍庫 (e-version TBMC), 清文淵閣四庫全書本, p. 85.

[45] Le *yi* 亦 est la graphie primitive de *yi* 腋, désignant les aisselles des hommes. Dans *Chinese Linguipedia*, repéré à http://chinese-linguipedia.org/search_source_inner.html?word=%E4%BA%A6

[46] Kahlil GIBRAN, *The Prophet* 先知 (traduit par WANG Jiqing 王季慶). Taipei : Fangzhichubanshe 方智出版社, 1998, p. 45.

[47] Joe DISPENZA, *Breaking The Habit of Being Yourself*... (traduit par XIE Yihui 謝宜暉), *op. cit.*, p. 49.

[48] Voir Zhuangzi 莊子, *Zhuangzi jizhu* 莊子集釋 ; annoté par GUO Xiang 郭象, expliqué par LU Deming 陸德明 et commenté par CHENG Xuanying 成玄英, texte établi par Guo QingFan 郭慶藩, p. 446.

第四章
結論：漢字的文化生命

「漢字文化」的研究由來已久，以往隸屬於漢字學，不是一個新的學術議題。在漢字學領域裡，它還不是一個受到重視的層面，原因主要是「文化」一詞所涵蓋的範圍太廣[1]；其次是沒有建立一套具體的研究方法。

或許，沒有特定方法也是方法之一。每位研究者、教學者都可以透過相互觀摩，建立一套屬於自己的研究方法。

突破漢字學學理的限制，挑戰典範（paradigm），也是本書的目標之一。

一、漢字文化的創造

2013 年，我投入漢字文化研究的第一本專書：《漢字文化的模式與內涵》（Patterns and Connotations of the Culture of Chinese Characters）出版，開始著手探索將漢字文化研究更具體化的可能性，也嘗試提出相關見解[2]。

本書以接力性質的作法及研究成果，持續關注漢字文化的研究，並試圖將它推向世界舞臺，讓更多人瞭解這項由世人共同創造的文化成果[3]。

華人絕大多數認同漢字是文化的「根」。許多人對漢字的第一印象是：「很特別」、「很美」、「很古老」、「很難學」。一旦我再進一步請教他們，「為什麼你會如

---

[1] 我曾經為「漢字文化」定義：「漢字文化是一項結合漢字學、文化人類學及、跨文化傳播學，以探索漢字學理及其文化模式與內涵的學門。研究對象包括：理解漢字造字法則、了解華人歷史背景、建立漢字「字本位」的觀念、輔以多樣性的文化人類學理、區分文化的模式與內涵，進而以客觀寬廣的研究視野，論述漢字於信仰、性別、倫理、藝術、科學等歷史發展過程中，所展現的種種現象。」文中的「及、」應訂正為「及」。見洪燕梅：《漢字文化的模式與內涵》(Patterns and Connotations of the Culture of Chinese Characters)，第 52 頁。

[2] 見洪燕梅：《漢字文化的模式與內涵》，第 1-59 頁。

[3] 漢字明明就是華人「專屬」的語文，為什麼我會說「共同」？請容許我邀請讀者共同思考這個問題。

此覺得？」許多人為之語塞。

今日漢字得以動力十足地活躍在世界舞臺，很大部分原因是依附在中國經濟、政治力量強勢發展的結果。未來呢？接下來漢字要走向何處？許多在我這一代學者無法解釋（或自圓其說）的現代漢字（楷書、細明體等）構形，它會被「空殼化」或是能由後繼學者創生新的文化義涵？

如果漢字被使用、被理解，完全依附於外在因素（教育制度、國際環境等），而缺乏內在自發力量，那麼有一天它被拼音系統所取代，也就不足為奇了。如果華人真的不希望漢字消失，擴展它生命的型態及適應力，或許正是一項預防性質的做法。

人生而有創造的能力，這能力是人來到這世上時，造物者為我們準備的禮物之一。在標榜文創的時代裡，我很希望有更多的年輕人可以投入漢字的研究，但不單單只是停留在古老的《說文解字》、六書理論等。對於每天使用的現代漢字（楷書、細明體等），也能給予更多的關注，甚至為「為什麼這個字要這樣寫」提出自己的解釋。

現代漢字（楷書、細明體等）的拆分方式及詮釋，擁有很大的創意空間，這也關乎漢字文化未來的走向。當然，漢字創意也不能一直停留在拿它烙印在馬克杯、瓷器等，又或是隨意扭曲、變形它的結構，成為一副圖畫、標誌。這些都是創意，但一直停留在「平面」。

我總感覺它們停留在 2D 設計。就像一個人的思考，如果一直只停留在大腦的想法，缺乏直覺、感受等心靈力量的參與，那就成了 2D 人。漢字創意想由 2D 走向 3D，可以借助心靈力量的加入。經由觸發漢字學習者、使用者的心靈，達成他們與漢字之間的互動、交流。

3D 的生命元素無法在虛擬實境（VR）取得。它浮現於每位孩「子」的言行舉止，也深埋在每位大人們的心靈裡。

(一) 子

每個人都有創造力，而它最充分展露的時期是在童年。走過平淡的數十年，我決定喚醒這項能力，目的是為了重回童年，做個快樂的大孩「子」，即使我的童年表面上看起來一片陰暗。如今我終於意識到，「陰暗」是別人所下的定義，我根本不必接受。每個人都有自行定義生命型態的絕對權利，除非他只想跟從、依附別人，放棄自由意志。

甲骨文	金文	秦簡	說文小篆	標準字體	通用規範字
				子	子

「子」的甲骨文就很像嬰兒的身形。頭上的三條線，象徵他的頭髮。中間的豎筆像身體。中間橫劃，像張開雙手、敞開心胸，對著大人說「抱抱」的可愛模樣。

「子」的本義就指嬰兒。有時也用來泛指所有的人，只是要加上性別，形成「男子」、「女子」兩個辭彙。

華人總愛說：在父母的眼中，無論子女年紀多大，永遠都是他們心中的小孩子。

這句話聽起來很溫馨，可是我總覺得怪怪的。根據我的經驗，父母似乎只允許我做他們所定義的小孩子，而不允許我保持真正有過的小孩子模樣。他們心目中的小孩子模樣，其實一直在改變。感覺他們更在意的是我的年紀，而且常為我定義什麼年紀就該做什麼樣的事。

我已經擁有駕照、駕駛經驗超過 30 年了，而且很享受這種活動，可是我的母親至今依舊時常阻止我開車，擔心我開車會出事。這種擔憂出自於愛，又或是把我當小孩子看待。據我的觀察，其中可能更多的因素來自她的成長過程，腦海中所堆疊的恐懼，並不完全源自於我的存在及開車行為。

然後我又發現，現今臺灣社會竟有很多類似的父母，每天處於類似的憂慮狀態。

我知道這是許多父母心境上的兩難。他們一方面希望孩子們可以獨立自主、出人頭地，擁有解決問題的能力，將來可以占有一定的社會地位及財富；另一方面則是受到大環境氛圍的影響，希望能減少孩子們面對危險的機會。

他們的內在矛盾（大腦與心靈不協調）是否真能降低孩子們的危險？會不會反而提升了險境的程度及範圍？過度的保護是否無助於改變或教導，反而加深與孩子之間的對立、衝突？

在這種矛盾、拉扯的過程裡，有可能使雙方關係、能量都陷入停滯，連帶著也削減了孩子們冒險犯難、解決問題、創造實境等能力。

有位長輩在我 2016 生日前夕，對著我說：「恭禧你滿一歲了！」這句話讓我很意外，卻感觸很深。放下不開心的事、快速重生，這是小孩子與生俱來的能力。

重生之後，我還是個不聽話、逆叛的小孩子。有空的時候，我喜歡自己開著車，聽著各種音樂，與觸目所及的人、事、物對話。現在我更常禮讓其他車輛，無論對方是什麼車種，但我也不會刻意，一切就順其自然。不爭，是小孩子的本然樣貌之一[4]；對危險具有警覺力及閃躲意識，是小孩子的本能之一[5]。

過程裡，我時常看到對方駕駛先是一臉錯愕，回神後才快速揮手致意、離開。大概是因為我開的車種平日給人的印象不太好吧！當然，我不再像以往，事後擴大互動經驗的聯想，無論對方做出什麼反應，又或只是一臉木然。

我不再解讀對方的表情、反應。我很清楚我要的只是內心的和諧、平衡，無關乎是否能對社會、交通做出什麼貢獻。單純地接收生活中各種現象，不做無謂的深入解讀，庸人自擾，這是小孩子的快樂來源之一。

我很好奇於一種假設。如果每個人都能擺平自己的身心，不再受交通狀況而影響開車、騎車、走路的心情；在完全符合交通規則的情況下，禮讓的動作只是基於「我喜歡」、「我直覺該這麼做」，而不是刻意要求自己去配合「為社會貢獻一份心力」、「讓社會更美好」等道德口號。那麼，這個國家的交通會是什麼樣的景況？

小孩子還沒有接受道德教育之前，是不是更常聽見大人們直呼「好可愛」、「好Q」？

華人注重禮節，應對進退的儀式歷經千年的鍛煉、轉變，繁複的精神依舊不變。「溫、良、恭、儉、讓」是經常可以朗朗上口的德目。可是華人較少留意，這些德目該用什麼方法教導給小孩？那些方法可能招致反效果？

---

[4] 小孩子基於好奇，看見別人有的東西，可能會伸手拿取。這不是爭奪的行為，而是一種自然反應。大人們往往將它定義為「搶」。我認為「搶」是刻意的占有，與出於自然本能的拿取，不可等同看待。

[5] 心理學家稱之為「視崖」（Visual Cliff）。見國家教育研究院「雙語辭彙、學術名詞暨辭書資訊網」：http://terms.naer.edu.tw/detail/1311698/

有一天，我在速食店等餐。這時，進來了一位看起來還在學走路的小妹妹。當下原本肅穆又略帶清冷的環境，宛如溜進了一道小小的彩虹，頓時溫和了起來。

她一步接一步，慢慢地晃啊晃，走向進門不遠的小茶几。原來那裡放著一些宣傳用品，包括廣告摺紙。大概是紙上繽紛的色彩吸引了她的目光。於是，她伸手想拿起它們……

這時，突然聽見原本一直在她身後，護著她走路的爸爸疾忙出聲：「喂，不要拿，這樣很丟臉耶！」在此同時，他伸出手越過小妹妹，挪開已被可愛小手碰觸到的彩色摺紙。

我沒有收起原有的笑容，只是摻進了一點不捨的表情。這份不捨，是對小妹妹，也對年輕爸爸。我不便介入，只在內心給予他們一些鼓勵。剛好我的餐送到了，也可以避免接收到更多來自於年輕爸爸的心思。

如果在以前，我的內心會升起一股強烈批判年輕爸爸的企圖，對他遏止小妹妹的方法產生厭惡感，即使外貌始終表現平和。這一次，我卻希望那位年輕爸爸未來能更勇敢地支持自己的孩子。

即使未來孩子長大後，選擇做出不符合社會規範的舉動，他也都能無條件地愛她。父母能夠卸下外在評價、教養競爭的壓力，撫養子女過程所產生的焦急、憂慮等情緒，應該可以隨之消減，照顧孩子就會輕鬆一些。

無條件的愛不等於不教養、無限制的給予物質，又或是支持對方做出傷害他人的事。我想這是許多人對這個詞的誤解。當然，我單身、沒有孩子，這些都只是紙上談兵，純屬個人意見。

不過，據我自己的成長經驗，競爭的觀念有時反而使孩子們更容易受到傷害。孩子們在群體裡相互模仿，過程中生起欣賞、羨慕的心，並在這種氛圍下，自然而自在地一起分享、成長、進步，這是天堂的景象。

直到父母師長將秩序的要求、成績的焦慮、競爭的比較等，帶進這天堂。羨慕轉變為嫉妒，分享轉變為占有。原本美妙的進步動力，逐漸質變為沉重的催促壓力。

有些人認為臺灣現在正處於一種凝滯、厚重的氣氛。如果真是如此，它也是順理成章而形成的。

當然，每個家庭或環境就是一個問題及解決之道，它會自然運作、形成。如果我們不要驟然使用美滿／破碎、和樂／怨怒等二元對立的辭彙，批判劃分，或許就可以從中觀察到更多生命奧妙的運作。

一個人可以停止輪迴的條件，或許就在於他是否能夠回歸內在的和諧，保持觀察的精神，放下競爭、爭取的性格，回歸自然的生命之流。這些都是小孩子未受教育（含家庭教育）前的本然樣貌。

「子」的精神其實不會隨著年紀成長而消亡。它會在日後生活裡，某些最令自己卸下心防、感到安全的狀態下，偶而重現。

有些人以為菸、酒可以使人做到這一點。我很確信在這狀態下的單純、天真，其實雜混的是更多的壓抑、憤怒、扭曲等情緒宣洩。

這也是為什麼菸、酒，乃至於其他足以令人成癮的物品，是沒有辦法「戒」的。想要完全根除，脫離對它們的依賴，要靠成癮者願意與成癮的物品對話，改變自己的思想、想法，喚醒沉寂的心靈力量。外在的力量也只能達到協助的功用，無法完全介入主導。

還有，社會競「爭」的觀念，一日沒有轉換或消失，菸、酒，乃至於其他足以令人成癮的物品，就會存在。

1. 爭

華人的教育，建立在競爭的基礎上，這項作法開始帶領孩子們脫離天真、純潔的樣貌。當孩子們到達某一年紀時，過往的行為模式就會被定義為幼稚，不符合他們被要求投入競「爭」時，應該有的表現。

甲骨文	金文	秦簡	說文小篆	標準字體	通用規範字
[illegible]	[illegible]	[illegible]	[illegible]	爭	争

《說文解字》說：「爭：引也。从𠬪、丿。」許慎解釋「爭」的本義是奪取、互不相讓。

甲骨文字形像二隻手（又）相互牽引、拉扯。部件「又」是字形不能再拆解的「文」，六書造字理論中的獨體象形字。兩個「又」結合成另一字，所以「爭」

是六書理論中的「同二文會意字」。

「爭」除了兩個相同的部件「又」之外，還要加上一個表示牽引、拉扯的符號「丿」。「丿」不具備音、義，所以更精確地描述「爭」的六書歸屬，應該是「會意兼形」。所謂「形」，是指虛構的符號。

楷書的「爭」，部件「爪」可以表達手的意思，另一隻手則是與牽引的符號結合在一起。下方的部件可能要搭配古文字，才能更詳細的解說。

大數的人認為，競爭才能使人類文明進步，國家、人民如果沒有競爭力，是無法生存的。漢字古文字中的兩隻手，可以指兩個人互相拉扯；也可以用來指同一人的自我掙扎。

競爭必有標的。古文字中的符號「丿」，就是這個標的。它可以指具體的人、物，也可以用以指抽象的事。抽象的事通常表現在言語上的爭取，透過辯論，據理力爭。

我總認為漢字「爭」的字形，隱約透露出一道憤怒的力量，或是一股肅殺之氣。它充滿著張力，那一劃像是繃緊到極致的弦，稍不留意就可能被萬箭穿心。

臺灣現在很流行長輩們以權威者的態勢，為年輕人爭取些什麼。他們憑藉著政治、經濟、宗教等優勢，以為年輕世代打造好的環境為理由，宣揚著他們的理念。這是華人保護孩子、愛孩子的文化傳統的極大化。

站在中間觀察這種老少世代的競爭，總會浮現「任性」二字。挺有趣的。

不過我常在想，如果真的是「愛」年輕人，為什麼不能放手由他們決定？長輩們究竟是出自於愛，抑或是恐懼？如果是後者，原本出自美意的給予，就會變剝奪；原本想要實質的給予，就會變成虛幻的關愛。

年輕人總是變幻莫測的，而生養、照護他們的長輩，不也曾經是那變幻莫測的一員？期盼有一天，臺灣的長輩們都能溫柔地訴說自己的想法，提供年輕人參考，而不再只是想要控制、支配著年輕世代。

宗教人士如果不將注意力導回自己的心靈，而是只想控制社會、世界的發展，左右孩子們的思想，恐怕只會加速將自己的信仰、宗教，送進歷史[6]。

---

[6] 美國影集《路西法》（Lucifer）與《年輕的教宗》（The Young Pope）同時在 2016 年上映。這兩部影集對於現代宗教，以及世人二元對立概念，提供不少省思。見「FOX」：http://www.fox.com/lucifer;「HBO」：http://www.hbo.com/the-young-pope

華人父母在擔任孩子引導者角色之中，經常加入很多期望。希望孩子努力讀書，將來不僅有好的生活，同時也為家族爭氣。父母期待將來可以被孩子尊重、被他們的成就所榮耀，卻不知無形中在孩子的成長過程，加上許多包袱、負擔。

當然，儒家教育讓華人的父母認為這些付出及要求，都是「應該的」；是長輩的責任、義務，同樣也是孩子們的。更別說，家族是建立在血緣關係之上的堡壘，每個人都有責任為它付出，有義務來維護它。

可是，我總覺得這個說法很奇怪。每一個家庭的建立，都來自沒有血緣關係的結合（父母），為什麼我總被要求必須先對家人付出，才能對別人付出？如果血緣決定一切，那麼，父母之間沒有任何血緣關係，他們又該如何看待對方呢？子女又該如何看待他們之間的互動關係？

此外，「責任」和「義務」是迥然不同的兩件事。前者出於心靈的認知，當事人主動願意承擔一些事，心甘情願；後者是出於外在的要求，當事人受到社會制度、規範或情感的約束，非自願地去做一些事，往往迫不得已。

如果孩子們願意，發自內心渴望能做到父母的要求，並以此為樂。這種相互榮耀的行為，是其極美好的。這世界將因此充滿正能量，一片和樂，宛若天堂。

人際關係是人來到世上，重要的體驗之一。即使選擇孤獨、隱居一生，依舊不離人際關係的範圍。華人文化發展到秦漢時期（248B.C.～A.D.220），家庭、血緣的結構在法律規範之下，日趨緊密。可是，家人親友之間的互動，似乎也更趨向權威化、物質化。

在權威化、物質化的家庭親族環境之下，孩子很難學習真正的獨立自主，尤其是心靈層面。類似的現象不只發生在華人文化之中。波蘭猶太裔心理學者愛麗絲・米勒（Alice Miller, 1923-2010）教授曾經指出[7]：

> 以下，我先闡明一些基本觀點，作為描述這些人心理狀態的出發點：
>
> - 小孩從一出生，就有一個基本需求，即任何時候都需要依最真實的自我被重視和尊重。

---

[7] 見愛麗絲‧米勒（Alice Miller）著，袁海嬰譯：《幸福童年的祕密》（Das Srama des begabten kindes），第 39 頁。

- 上述的「任何時候都需要依最真實的自我被重視和尊重」，指的是一出生就具有表達各種情感和感受的能力。
- 如果小孩在受到尊重和容忍的氣氛中長大，當他面臨分離時，就能夠捨棄與母親共生的情感，邁向獨立自主。

愛麗絲・米勒（Alice Miller）教授所稱「這些人」，是指獨具天賦、成就不凡而受人欽羡者。他們表面上都擁有善解人意的父母，但是其實父母沒有情感上的安全感，必須仰賴子女的某些特殊行為來平衡其需求。這些父母又往往會在子女和別人面前，以強硬、權威，甚至是獨裁的形象，來掩飾內在的不安。

傳統華人教育裡，不也常見希望子女成龍成鳳，要求子女服從權威。在如此的家庭關係中，「愛」的質性就會摻雜著許多如支配、控制、需要等，足以使關係質變的因素在其中。有時候，親子雙方都相信如此才能在社會上有競「爭」力，才能創造美好的未來，倒也相安無事。

不過要留意的是，這種外表相安無事、內裡相互牽制的家庭，總有疲乏的一天。當這一天到來時，會有更多的考驗等待著被解決。

現代父母常認為，孩子不用工作、養家，只要負責讀書、爭氣。如果孩子喊累，那肯定是他們想偷懶。姑且不論孩子的累是否屬實，父母的否決，就等於不信任。沒有信任基礎的親子關係，又怎麼達到和樂的境界？

再者，孩子是神情、姿態最專一的階段，活力無限。當孩子們真的感到累了，大人們不先自我檢視，卻一直運作對未來的恐懼，促使他們不要休息，繼續努力。大人們強行加諸孩子們的疲憊感，大人們不會因此而受惠的。

為什麼許多人明明家財萬貫，家庭卻始終大小爭執不斷？如果父母在商場上你爭我奪、明爭暗鬥，卻要求家中子女和諧相讓、坦誠以對，這種不合邏輯的教育方式，通常只會製造出更多的家庭紛爭、恐懼。大人們無意間傳送給孩子們的矛盾、恐懼，最後終究會回到大人們自己的身上。

同樣的問題，其實也延伸到其他的人際關係中。根據《列子・天篇》的記載，有一天，孔子的愛徒子貢對孔子說，他對學習有些厭倦了，很想休息。孔子卻對他說：「人生沒有什麼該休息的時候。」接下來，孔子舉墳墓做為例子，要子貢好好看著那墓裡面埋著是什麼樣的人。

據說，孔子弟子之中，就屬子貢最懂得孔子心思、最會接話。果然子貢立刻體會孔子的思維，說道：「死亡真偉大啊！君子在那時休息，小人卻在那時被埋葬了。」[8]

子貢一向信服於孔子，對老師畢恭畢敬，為什麼竟敢對老師坦誠說出累的感覺？想想子貢的職業，以及老師經常交付給他的任務有那些，跳脫出對思想學說的信仰，很容易可以察覺問題所在。

子貢在當時是有名的商人，我常笑稱他是孔門的 ATM。此外，基於能力的信任，孔子經常派子貢從事外交工作。可見他平日要運用龐大的腦力，應付外在環境的各種變化，以及其他人對他的要求。

這樣的求學環境，又怎能不累呢？不過這是子貢自己的選擇，很難再怪罪世道、環境或是其他人為因素了。他對孔子的依賴，使他始終無法清楚察覺自己的問題。

子貢擁有外交長才，他也憑藉這項才華遊走於各國之間，左右了當時的國際情勢與軍事關係，證明他的確是孔門的「言語」專家。後人奉他為孔門十哲之一，讚揚他的謀略。可是很少有人會過問，他的口才究竟造成了多少戰爭及傷亡？

每當夜深人靜時，這些作為與他平日在孔門所學的仁義道德，必然展開對話。如果白天時，他選擇繼續回到追求功業的戰場上，對於道德的學習感到疲累、厭惡，又豈是偶然？

儒家一直想運用他們的思想主張解決政治、社會、家庭等問題。2500 多年過去了，華人的問題似乎沒有減少，反而愈來愈複雜。這是有原因的。

競爭使人感到疲累，因為它帶動大腦快速運算、計測、應付。放下、「休」息，才能讓心靈的聲音進入腦海，求取澈底解決問題的方法。

2. 休

子貢的辛勞，讓我聯想到一個相關的漢字。

甲骨文	金文	漢簡	說文小篆	標準字體	通用規範字

[8] 見（晉）張湛撰：《列子注》，第 7-8 頁。

「休」字由「人」、「木」兩個部件構成，表示人在樹木下休息。

兩個部件都是不能再拆解的獨體字，屬於六書造字理論中的象形。「休」字就是由兩個不同的象形字組合在一起，成為另一個新字、新的概念。在六書造字理論之中，「休」屬於會意字。

「休」的本義是歇息。漢字辭彙中有「休」字的，大多是由疲累所引發，而想要停止某些動作或關係。「休養」是因為身體過度使用，引發病痛，需要停止勞作。「休戰」是因為打戰、爭鬥太久了，雙方身心都累了，需要停止行動。

夫妻關係有時也會像戰爭一般，需要休兵。有趣的是，古代華人只有丈夫可以主動和妻子斷絕關係，稱為「休妻」。不過時代進步了，現在可以看到有許多妻子意識覺醒，不想勉強自己停留在令人昏沉的夫妻關係，所以主動「休夫」。

漢字「休」由「人」加「木」而成。這「木」可以是一株樹，也可以泛指大自然。想要暫時停止行動或是放鬆身心，便走進大自然，並隨之律動，不正是現代人常見的做法嗎？

會引發休息意圖的，往往來自「爭」。《老子》一書中就曾經提到：「夫唯不爭，故無尤。」[9]這句話的原義就在述說，當一個人竭盡所能地幫助別人，而且不存有與對方爭名奪利的意圖時，內心自然也不會有任何的怨恨、責怪。

老子的話，是不是對於現今父母埋怨子女不孝、師長責怪學生不敬、朋友相互抱怨不忠、伴侶相互憎恨不專等，點出了現象的主因？

老子的提示，也是一種無條件的愛。它很適合用來療傷。如果讀者真的曾經在人際關係中感到疲憊、受到傷害的話，不妨試試「不爭」，讓自己重獲休養生息的機會。

從另一個角度來說，當內心不斷浮現對人或環境的不滿，心中充斥「為什麼會這樣？」的抗議聲，不就是在宣告自己不斷「爭」的事實及後果？

「子」（嬰兒）就不存在著競爭問題，所以其實他們擁有很大的心靈能量。《列

---

[9] 見（晉）王弼注：《老子》，第8頁。

子・天瑞》將人的一生分為四大階段。第一階段的「嬰兒」是如此的狀態[10]：

> 人自生至終，大化為四：嬰孩也，少壯也，老耄也，死亡也。其在嬰孩，氣專志一。和之至也，物不傷焉，德莫加焉。

嬰兒階段，意念、神態都處於專注的狀態，這是人一生最和諧的時候。外物無法傷害他，這才是天地間最高的德性。

我想，這就是因為嬰兒用「心」而不是用「腦」在過生活。心靈是「不爭」的，所以總是充滿活力。直到他開始被輸入、澆灌各種大人們的知識，才逐漸改變這種狀態。

有趣的是，西方現代心靈科學裡經常提到，心不會帶人到危險的地方，反而是頭腦經常如此。如果心帶著人到一個看似危險的地方，那是因為這個地方是你必須要去面對的。

身處科技時代，敢於不爭，讓頭腦停止喋喋不休，自然就可以重拾長駐於心靈的勇氣。英語中的勇氣（courage）一詞，就根源於拉丁文的「心」（cor）。

以往總有人說「不要輕忽心靈的力量」，可唯有親身體驗、認真注視它的存在，才能擁有實際感受。當我盡量放手，讓心靈的直覺、感受接手時，疲累程度會快速降低，取捨之間，不再反反覆覆。或許這是因為心靈力量是人與生俱來的，無法被假造或刻意創造。

我愈來愈常看見壯年人聚在一起，談論的是如何避免老人痴呆、如何安排退休養老生活；年輕人則是抱怨父母、同事、另一半，最後感歎一聲：「老了！」

這些人還沒老，就已經累了。它說明現代華人愈來愈快主動脫離「子」的狀態，把自己投入一個危險的情境。

我也愈來愈常聽見大人們告知孩子，現在努力賺錢，將來就不會流落街頭；現在努力工作，將來就不用煩惱退休養老的問題。可是，順著這種思維走下去，當生命型態、生活模式被定格了，華人還會有創造力嗎？追求共識、不允許個人意志的生活，才會真正令人感到枯燥乏味。

---

[10] 見（晉）張湛撰：《列子注》，第6頁。

我又發現，現代有許多年輕父母開始談論婚後生活的甘苦，帶孩子的辛苦，甚至埋怨孩子們「很難帶，真想把他們丟掉」。

敢於說真話，不再受限於傳統父慈子孝的倫理，壓抑自己的情緒，是好事。關鍵則在於說完真心話後，是否願意與自己對話，和自己的大腦、心靈討論，為什麼會講出這些話？下一步該怎麼做？

能做到自我對話這個地步，我覺得就是解決問題了。每個人都有自我治療、自我尋求解脫的管道，這管道就在心靈。相對於只想把這些真心話丟到臉書，散播負面能量後就置之不理的做法，它是積極的、光明的。

人只有在靜置、歇息、回歸心靈的狀態裡，才能獲得真正的休息。腦子裡淨是明日的盤算、計量、爭長競短，今晚再久的睡眠都無法滿足身心的需要。

華人教育十分強調力爭上游。可是想想，順著水流不是才能更快匯入大海，回歸「一」致、完整嗎？

(二) 一

「一」是數字、是啟始，是結束、也是完整。

甲骨文	金文	秦簡	說文小篆	標準字體	通用規範字
一	一	一	一	一	一

漢字的「一」，是以簡單的一道橫畫，表示一個概括的意思，不是專指某一特定之物[11]。它用以表示抽象概念，字形也無法再拆解，屬於漢字六書造字理論中的指事。

《老子》說：「道生一，一生二，二生三，三生萬物。」[12]《聖經》也有「我

[11] 見「中華語文知識庫」：http://chinese-linguipedia.org/search_source_inner.html?word=%E4%B8%80

[12] 見（晉）王弼注：《老子》，第 50 頁。

與父原為一」的語句[13]。二者頗有異曲同工之妙。

由一到二到三，《老子》敘述的是「道」創生萬物的歷程，總結起來就是一。有人稱「一」為造物主，如《聖經》所言。

「一」是獨立的，沒有對立存在的。只要有二元對立的概念存在，就無法感受、體驗「一」（道）的境界。

「一」也是一個完整的概念，和諧是它的具體樣貌。

臺灣人很好相處，這是許多初次接觸臺灣人的感覺。的確，有些很好相處的人，真的是由內而外的好。無論獨處、家庭、工作等，都處於一種光明、和諧、柔順的狀態，但卻又不致隨波逐流。這種人大概就是所謂「一」的人了。

相反的，有些人在職場上可以表現出很好相處，可是一旦獨處，或是與親人、熟人互動，就可能不是那麼回事了。意見不合、爭執、衝突，經常上演於生活之中。我就曾經是其中的一員。

不過，或許正因為體驗過這種強烈的分裂感，一旦有機會接觸「一」的可能，更能察覺到它的美妙。

據說，戰國時期（403B.C.～221B.C.）的鄭國有位巫師，名叫季咸[14]。他可以看出準確預言一個人的死期，並且說出年、月、日。鄭國人看到他就躲得遠遠的，深怕他的預言招來災禍。

列子拜訪了季咸，對他十分折服。於是對老師壺子陳述拜訪季咸後的心得，還說原來季咸的學識高於老師。壺子聽了之後，教訓了列子一番，認為他只學了皮毛，就自以為得「道」了。他要列子帶季咸來見他，幫他看相。

季咸連續幫壺子看相四次，每次說法卻都不一樣。一下要列子幫壺子準備後事，一下又說壺子得救了，之後又說壺子精神恍惚，無法判斷。第四次，季咸一看到壺子，轉身就跑。壺子要列子快追，沒想到季咸早已一溜煙不見踪跡。

原來，壺子每次都運用心靈的力量，呈現出不同的狀態，讓季咸根本摸不著底細。最後一次，壺子讓季咸看到他內心與天地合一的境界，而且完全順其自然，不稍做作。時而波濤洶湧，時而心如平鏡。

---

[13] 見《新舊約全書．新約全書．約翰福音》，第 143 頁。

[14] 見（晉）郭象注，（唐）陸德明釋文，（唐）成玄英疏，（清）郭慶藩集釋：《莊子集釋》，第 134-137。

用「心」過生活，而且順其自然，大概就是嬰兒的樣貌之一。這也是為什麼許多人相信嬰兒有通靈的能力，而其實那是每個人生而具有的感應能力。長大後，逐漸被大腦的知識所掩覆。

壺子能輕鬆操控心靈的力量，是因為他不是用「心」來謀取物質、滿足自己的慾望。這樣的人相信命理，卻不會依賴命理。他很清楚命運掌握在自己的選擇，命理師所能看到的，都只是所有選擇中的一部分而已。

這也是為什麼，命理師總有準確的時候。

我個人認為，壺子的表現不意謂著他很特別，是奇人或聖人。所有人都有能力做到像壺子一樣的狀態，一如日後的列子。只是，大多數的人不願意也不相信自己可以做到，而選擇走向依賴他人意見，活在他人的評價，以及要求的形象之下。

一個人的完整，只有他自己才能達到這境界。想要依靠其他的人、事或物，來使自己完整，就只會不斷重複上演著由快樂／痛苦交織的生命故事，又或是生生世世輪迴其中。

列子悟道之後，生活沒有因此改善。許多人很推崇他的能力及德性，想邀請他做官，可是他始終不為所動。不是他拒絕物質享樂，而是他很清楚那些可以提供他物質享樂的人，都很危險，無法長久掌權。事實也證明如此。

「一」是對心靈完全的信任。壺子對於自己心靈的信仰，與一般人對宗教的心悅誠服，並無二致。

不過，許多人在教堂、在廟堂時，願意無所畏懼地將自己交付給祂，許下承諾，任由祂安排生命進程、追隨祂愛的真諦。一旦步出了這些建築物，又有多人可以從一而終地信守承諾？

這種相對於「一」的狀況，就是分裂。分裂的感覺，使人忘記源自於「一」的原始記憶。不過也有人說，這就人之所以偉大的地方。投生到地球上的人，大多是來體驗、示現如何回歸「一」。

我無法證實上述的講法。對於這種可以彰顯做為人的價值的說法，我並不排斥。

臺灣現在流行一句類似這樣的話語：「每個人心中都有一座小劇場。」的確如此。大多數的人愈來愈不敢坦露自己，卻又不斷在心中重播、預演與他人之間的互動。這種透過大腦製播的劇情，往往會讓自己得到相反的效果。

我也經歷過這種生活方式，結果只換來像子貢一樣的疲累，了無生趣。走過這一遭，反倒更能了解為什麼「一」可以使人自由、獨立，使自己停止模仿、複製，找回創造力。

近年來，臺灣彌漫著一股濃濃的模仿風。不時出現「做臺灣的某某某（或某機構、某單位、某人）」的口號。但是，如果以「做臺灣的某某某」為職志，即便達成了終極目標，不也還是那個某某某的影子或複本嗎？

以長照為例。臺灣即將進入長照時代，年長者的養護及臨終時的照顧，是關注的焦點。此時，臨近的日本成為摹仿的對象，主因不外乎是有著相同的文化來源。

日本的確在社會制度、環境建設等物質層面，有著過人的紀律及完美表現。他們講究社會分配的公平正義、福利設施的細心完善。不過，近年來，有兩本談論日本老人社會的暢銷著作，提出對日本老人社會制度的省思，令人關注。一是《無緣社會》[15]；一是《下流老人：即使月薪 5 萬，我們仍將又老又窮又孤獨》[16]。

這兩本書有著共同特色：都談老人照護的制度、政策，都極力強調人際關係。我不是這方面的專家，無法談論前者。不過因為研究「告地書」而引發了對「人際關係」議題的關注，略有所思。

日本文化具有濃濃的壓抑成分，而且就從家庭開始。講究應對進退的禮節、身分地位的區分，還有行禮如儀的服務態度。可是，如果這些外表光鮮亮麗的物質條件，不是建立在開敞、通透的心靈，壓抑、衝突就在所難免了。

此時，即使有外力不斷推促老人們要從事社交活動，策畫許許多多的社交機會，但根本問題沒有解決，成效還是有限的。根本的問題在於「愛」的本質。

如果沒有辦法讓需要被照護的老人們了解，無論年紀大小長幼，照顧自己（尤其是心靈上）是最根本的生命真理；老人們一直等待別人來照顧自己，將不斷弱化自己的意念。

至於在人際關係上，身旁有多少人陪伴，並非重點。人與人之間是否能敞開心靈，深入交流？或許這才是根本解決「孤單」之道。《無緣社會》中有這麼一段

---

15 見（日本）NHK 特別採訪小組：《無緣社會》，新北，新雨出版社，2015 年。

16 見（日本）藤田孝典著，吳怡文譯：《下流老人：即使月薪 5 萬，我們仍將又老又窮又孤獨》，臺北，如果出版，2016 年。

令我印象深刻的敘述[17]：

> 在老人安養中心有許多同伴能陪你聊天，很熱鬧。而且這裡常常舉辦各種活動，每天都過得很快樂。不過，這只是表面，當你一個人回到房間，你會發現你其實是寂寞的。不要以為你不會遇到這樣的狀況，這是我活了這麼大把年紀領悟到的人生經驗。

再好的禮貌服務、福利制度、硬體設備、活動規劃等，有時反而會映襯出喧囂過後更強烈的孤單感受。所有的問題最後還是必須回歸內心層次。

此外，談論制度、面對問題是一樁美事，立意良善。但，如果是以「恐懼」出發，在談述立論之中，帶給讀者滿滿的恐嚇，而非引導讀者心靈正向樂觀看待現狀，其影響、結果如何，可想而知。

《下流老人：即使月薪 5 萬，我們仍將又老又窮又孤獨》這本書，即使內容字字金玉良言，然其書名已未審先判，還自我立下詛咒。即使立意良善，旨在敦促政府正視問題。可是，再精美細心的生活環境，如果沒有賦予充滿真愛的內涵，解放壓抑的心靈，最後仍然不免走向崩壞。

日本對於長照制度檢視及批判，是臺灣的借鏡。長照的精神如果能引導被照護的人，走回心靈，找回嬰兒時期的完整感覺、「一」的精神，或許所需花費的財力、物力、人力，將事半功倍。

「一」的完整，也引發我從漢字學學理，走向漢字的生活、文化。

傳統的文字學，講究的是符合前賢先進訂立的規則，是為詮釋文獻而服務的。然而，純粹的知識傳遞，似乎已無法滿足現代教育所需。走在典範（paradigm）路上的文字學，是否可以有更寬廣的研究視域[18]？

典範（paradigm）一詞，源自十八世紀物理學家、哲學家李希騰堡（G.C. Lichtenberg, 1742-1799）；二十世紀的孔恩（T.S. Kuhn, 1922-1996）將其發揚光大，廣泛運用在教育理論及研究分析。其他科學社群也開始講究策略、規範，限定主

---

17 見（日本）NHK 特別採訪小組：《無緣社會》，第 213 頁。

18 見（加拿大）李安德（André Lefebvre）著，若水譯：《超個人心理學：心理學的新典範》（Transpersonal psychology : a new paradigm for psychology），臺北，桂冠出版公司，2009 年，第 1 頁。

題範疇，訂立方法論。一旦違反這些原則，便有失其「科學性」[19]。

時至二十世紀，充滿限制、不符合人本性需求的典範，逐漸受到人本概念的挑戰。在心理學界，興起所謂「人本心理學」(Humanistic Psychologist)。它認為人是有機整體，強調專注於人的研究、尊嚴、不可貶抑性、整體經驗、感受與情緒、動機的不同層次、想像力、創造力等。

漢字學做為原本是純邏輯性、強調科學性的學門，是否也有可能參考類似做法。在解析傳統單字的字形、字音、字義之後，也適度加入人文元素。如果能使此一學門不再是純粹的工具性，研究者除了是古今語文轉譯的橋梁，更能勇於加入自己其他方面的學養、生命經驗。

在研究及教學之中，接受人文思維的挑戰，使漢字學不再置外於時代文化發展的脈動。透過挑戰，研究者可以開拓更深、更廣的研究視域。更深，可以使漢字學不再只是基礎學科；更廣，可以使研究者將生活體驗帶入研究，與讀者之間形成一種對話模式。

在教學過程裡，時常會有學生提問：生命的目標究竟是什麼？經由這本書的撰寫，如今我更趨向於一種說法：生命中充滿著各式各樣的人、事、物，它們根本沒意義，除非我們賦予它們意義。

可惜的是，華人傳統教育總是要求小孩、學生，接受大人、教師所為它們做出的定義，較少容許小孩、學生嘗試做出合乎他們渴望的定義。如果這樣的教育是有效的、好的，時至今日，國家社會理應充滿希望、快樂才是。

教育者常鼓勵學子「做自己」，卻又加諸許許多多的前提、原則、標準。如果一個人無法為自己的生存、死亡做出定義或選擇，而是任由他人安排，又如何能要求他能一生清清楚楚地知道自己是誰？要成為誰？

人們經常一方面定義自己不完美，一方面又認為少數神明代言人有能力原諒、包容多數人的不完美。對我來說，這是不合邏輯的。如果祂是公平的、完美的，造出的人天生就會是慈悲的、包容的，不需要再透過少數人來賜予。

同樣的道理，有人說人生而就有神性，卻又主張唯有透過少數擁有神權的人，才能發現神性。這種說法也挺有趣的。

---

[19] 見（加拿大）李安德（André Lefebvre）著，若水譯：《超個人心理學：心理學的新典範》（Transpersonal psychology : a new paradigm for psychology），第 91-123 頁。

的確，這世界有些人無法慈悲、包容，那是因為能力睡著了，不是他不曾擁有。每個人來到這世界的過程，是出於自由的選擇。如果化身為人後，要將自己的權利交付任何人，那不也是自由意志的選擇。

一個人喚醒了慈悲、包容本能，他就看不到壞人、競爭；一個人恢復了原諒、愛的能力，他就能充分理解為什麼自己和別人一樣或不一樣，卻不會感到不開心。

常有學者說，這世界的事物是雜亂無章的，人類的知識使之井然有序。現在我倒認為，剛好相反。這世界的事物原本就存在著一個規律，是人類將情緒、意志強行加諸其上，使它變得失序混淆。

這個規律，不是法律，也不是仁義道德，是由「一」開始。

最後，我想談談這本書的寫作目的。

在《漢字文化的模式與內涵》（Patterns and Connotations of the Culture of Chinese Characters）一書中，我已提出了研究漢字文化的目的，包括[20]：（一）開拓漢字學研究的視域；（二）為漢字的過去及未來、歷史定位及未來走向的研究，提供參考；（三）因應漢字的跨文化傳播（即「對外漢字教學」）之所需。

可是，談了那麼多學理，總覺得好像少了些什麼。如果事物的作用可區分為物質／精神兩大領域，漢字研究者似乎較少提及漢字本身有什麼精神內涵，而比較在乎它所能發揮的物質影響力。

因此，我在本書為研究漢字文化訂下了第四項目的：心靈探索。透過對漢字內涵的接收／創造，將研究內容導向內心的探索，豐富教師及學習者現有的人際關係（親情、友情、愛情），引導文化研究走向精神層次。

我從小就會在心裡自問：我怎麼會在這裡？我到底是什麼樣的存在？這些疑問總會在繁複的人際困擾，以及夜深人靜的時候浮現。

如今，這些答案都不重要了。這本書始於我生命中最混亂的時刻。中間曾有過渡性的出版，卻不盡如人意。它始於我有特定、刻意的目的，卻完成於我澈底放手之後。它引領我認識「人」，看見「一」。

「謝謝」是我目前所能想到，回贈它的最適當做法。

感恩是起點，也是終點。本書中文截稿於 2016 年 12 月 24 日。在這沉靜、浪

---

[20] 見洪燕梅：《漢字文化的模式與內涵》（Patterns and Connotations of the Culture of Chinese Characters），第 1-6 頁。

漫的夜裡，希望重生、平安的喜悅，得以透過書中的每一個漢字，傳達、分享予每位讀者。感謝這一切。

二、漢字文化的傳承

西元前 3 世紀，秦始皇（259B.C.～210B.C）統一天下後，實施「書同文字」，這個做法相當於現代「應用語言學」（Applied Linguistics）中的「語文規範」（Conformity），是指透過國家力量，規劃語言文字的使用準則，並訂定相關的政策、法令，將語文標準化。

文字的統一、規範具有社會性，可以建立文化的高度共識。對於一個新朝代、新國家而言，透過共同的交流工具，凝聚人民之間的情意，足以穩定政治、社會，對於民情風俗也可以達成兼容並蓄的效果，在政治運作、經濟復甦的過程中，扮演重要的角色。

一位有遠見的在上位者，會留意到規範語文的重要性，因為它具有穩定政治、社會、經濟等功能。正因為如此，文字的整理總會在歷朝歷代開國或時局穩定之際展開。

秦朝（221B.C.～207B.C.）「書同文字」結束了戰國時期語文紊亂的現象，但未因此消滅各諸國方言、文字，所以才有所謂「八體」。被後人評為亡國之臣的趙高，竟也是參與文字整理的重要人物之一。

漢朝不僅繼承秦文字系統，也持續字書的纂輯。據《漢書．藝文志》記載[21]：

> 漢〔興〕，閭里書師合《蒼頡》、《爰歷》、《博學》三篇，斷六十字以為一章，凡五十五章，并為《蒼頡篇》。武帝時司馬相如作《凡將篇》，無複字。元帝時黃門令史游作《急就篇》，成帝時將作大匠李長作《元尚篇》，皆《蒼頡》中正字也。《凡將》則頗有出矣。至元始中，徵天下通小學者以百數，各令記字於庭中。揚雄取其

---

[21] 見（漢）班固：《漢書》，「中國基本古籍庫」（漢珍電子版）「清乾隆武英殿刻本」，第 517 頁。

> 有用者以作《訓纂篇》，順續《蒼頡》，又易《蒼頡》中重複之字，凡八十九章。臣復續揚雄作十三章，凡一百二章，無複字，六藝群書所載略備矣。

漢初除了將秦代的《倉頡篇》、《爰歷篇》、《博學篇》總合為一書，稱《倉頡篇》；又有如司馬相如作《凡將篇》、史游作《急就篇》、李長作《元尚篇》、揚雄作《訓纂篇》等。

當然，漢朝字書對後世影響最為深遠的，非東漢時期許慎《說文解字》莫屬。從參與字書編輯的學者及他們的專長，也不難發現：無論是法律（李斯）、文學（司馬相如）、政治（趙高）等人物，都可以同時是一位漢字專家。換言之，古代的知識分子於培養各項專長時，也重視精確掌握、運用漢字的能力，嫻熟掌握此能力者，也多為其專業能力領域的佼佼者[22]。

漢朝以後，字書纂輯持續進行，例如（南朝梁陳之間）顧野王纂輯《玉篇》，（唐）顏元孫纂輯《干祿字書》，（宋）王洙、司馬光等人纂輯《類篇》，（明）梅膺祚纂輯《字彙》，（明崇禎末年）張自烈纂輯《正字通》；各種字書或為官修，或為私人編纂，可以看出學者文字研究的成果，同時也反映該時代的用字習慣與語文規範特色。

及至清朝，朝廷為了消弭漢族的反清意識，初期採取武力鎮壓，至政軍情勢穩定後，改採懷柔的文化統治。聖祖康熙四十九年（A.D.1710），命大學士張玉書、陳廷敬及翰林院官員，編纂字書。康熙五十五年（A.D.1716），書成，原名《字典》，共收錄 47035 字，今通稱《康熙字典》。朝廷明令應舉士子必須依據這部字典書寫試卷，是一部名符其實的「考試用書」。

晚清時期，西風東漸，激起學子反思文化的浪潮。光緒十八年（A.D.1892），盧戇章為提升教育普及率，著手改良漢字的拼音方法。他仿效拉丁字母，採用「兩字合即成音」，制定切音新字 55 個，而且橫向拼寫，命名為「中國第一快切音新字」，並出版《一目了然初階》一書。次年又出版《新字初階》。這兩本書都屬於中國切音新字廈腔，在廈門一帶推行十餘年，後人尊稱盧戇章為中國拼音文字運

---

22 現代有些學者認為，趙高不是宦官，而是一位文武雙全的、精通法律，武藝亦非同尋常的人才。

動的先驅[23]。

光緒二十六年（A.D.1900），王照因為維新變法失敗，逃亡日本。他認為漢字繁雜難寫，是中國推行教育文化難以普及的原因之一，又受到日本假名字母的啟發，於是取漢字偏旁或字形的一部分，擬定字母。光緒二十七年（A.D.1901），他潛返天津，以「蘆中窮士」為名，發表雙拼制假名式方案——《官話合聲字母》。光緒三十一年（A.D.1905），王照在保定創辦「拼音官話書報社」，刊行《拼音官話報》，藉以推廣官話字母，成為最早的漢字拼音式方案。

宣統元年（A.D.1909），勞乃宣、趙炳麟、汪榮寶等人於北京成立「簡字研究會」，是最早研究中國文字改革的社團，致力於漢字簡化及推廣活動。晚清一些漢字、拼音改革運動，對日後中華民國或者後來的中華人民共和國政府推行簡化字，影響甚鉅。

民國以後，1912 年 1 月，蔡元培擔任中華民國南京臨時政府首任教育總長。12 月，教育部公布〈師範學校規程〉、〈中學校令施行細則〉，頒布〈讀音統一會章程〉，展開語言文字規範工作。

1918 年 11 月，教育部公布〈注音字母表〉，聲母 24、介母 3、韻母 12，共 39 音。

1919 年 4 月 21 日成立「國語統一籌備會」，專責語言文字的規範工作。

1920 年 2 月，國語統一籌備委員會函送新式標點符號報部，咨行各省區轉發各校使用。關於漢字簡化的想法，也在學界引起討論。錢玄同於《新青年》發表〈減省漢字筆畫的提議〉一文，提出八種簡化漢字的方法，獲陸基、黎錦熙、楊樹達等人支持。

1923 年，胡適於《國語月刊‧漢字改革號》提出「破體字」。「破體字」即俗字，由人民所創造、提倡。

1935 年 2 月，上海文化界倡導「手頭字運動」，即一般人如何寫，書就如何印。參與者有蔡元培、陶行知、郭沫若、陳望道、葉聖陶、巴金、老舍、鄭振鐸、朱自清、郁達夫等知名人士，以及《太白》、《讀書生活》、《世界知識》等十五家雜誌社，並公布〈手頭字第一期字彙〉。

---

[23] 以下改寫自洪燕梅：《漢字文化與生活》，第 193-224 頁。

1935 年，教育部公布常用字彙 3516 字。8 月，教育部頒布〈第一批簡體字表〉，計 324 字，屬於錢玄同等編製的「簡體字譜」其中一小部分。該字表簡略的原則有三：一是述而不作；二是社會通行之簡體字優先采用；三是已簡化之字，不再求簡。

1936 年 2 月，〈第一批簡體字表〉經行政院訓令教育部暫緩推行。

1941 年 10 月，國民政府公布「中華新韻」。

1946 年 4 月，國民政府遷臺後，臺灣行政長官公署成立「臺灣省國語推行委員會」，設臺灣省國語（即現在臺灣社會通行的國語）推行委員，擬訂「臺灣省國語運動綱領」，包括推動復原臺語，從方言比較學習國語；注重國字讀音，由「孔子白」（使用閩南方音直接讀國字的方式）引渡到國音；去除日語語法，以國音直接讀文，還原文章等要項。10 月，廢除報紙、雜誌中的日文版，禁止以日文寫作。

1947 年，教育部成立「國立編譯館」，訂定〈常用統一字形暫用表〉。通令全國禁止使用日語及日語唱片。授課以國語為主，暫時酌用臺灣省方言；日常用語盡量以國語交談，違者受懲。

1948 年 1 月，教育部於臺灣省各縣市成立「國語推行委員會」，頒布〈臺灣省各縣市國語推行委員會組織規程〉。

1953 年 7 月，教育部成立「簡體字研究委員會組織」，整理簡體字。

1954 年 3 月，羅家倫於〈中央日報〉發表〈簡體字之提倡甚為必要〉一文，理由為：一、保全中國字；二、節省時間；三、為節省精力；四、使廣大民眾能以最便利的工具獲得知識。立法院委員同聲反對，由 106 人連署提出「為制止毀滅中國文字破壞傳統文化危及國家命脈特提議制定文字制定程序法以固國本案」。

1969 年，何應欽於中國國民黨十全大會提案：「建議由教育會同中央研究院，切實研究整理簡筆字，以適應當前之教學實用以及光復大陸後之文教設施」，主張「簡筆字之研究整理，應先就社會上學童、工商人士、軍中文書之業經通常使用者為主，加以分類歸納，去蕪存菁，然後由教育部令頒使用」。

1975 年 9 月，教育部社教司印行《國民常用字表初稿》，計收 4709 字。

1978 年，教育部核准(approved)中華民國聖經公會(The Bible Society in R.O.C)申請出版國語與閩南語羅馬注音對照聖經 5000 冊。5 月，教育部將《國民常用字表》定名《常用國字標準字體表》，字數增為 4808 字，內收〈教育部社會教育司委託臺灣師範大學國文研究所研訂常用國字及標準字體總報告〉一文。

1979年，教育部成立「國語文教育促進委員會」。6月，行政院函交中央及各界對標準字體之修訂意見，經修訂137字，委託正中書局印製《常用國字標準字體表（訂正本）》試用本。同月，教育部主編《國語辭典》完成。8月，教育部公布《常用國字標準字體表（訂正本）》試用本，試用三年，期滿修訂後，正式頒布使用。

1981年3月，教育部印行《次常用國字標準字體表稿》7894字，附異體字表稿2845字。8月，行政院核定教育部之「教育部加強推行國語文教育實施計畫」。

1982年9月，教育部公告《常用國字標準字體表》試用期滿，修訂後計收4808字。10月，教育部印行《次常用國字標準字體表》6332字，內附9個單位詞，4399罕用字。

1983 年，教育部成立「《語文法》草案」七人小組，以加強推行標準語文。10月，教育部印行《罕用國字標準字體表》18388字。

1984年， 3月，教育部印行《異體字表》18588字，補遺22字。

1986 年，教育部委託臺灣師範大學國文研究所修訂《次常用字表》，修訂成果與《常用國字標準字體表》、《罕用國字標準字體表》及《異體字表》委請專人以毛筆楷體書寫。

1990年，教育部經公開招標評比，委託華康科技公司製作《常用字表》及《次常用字表》楷、宋、黑、隸等字體的電腦母稿。

1991年，教育部將《常用字表》及《次常用字表》毛筆本少量印行，以供製作電腦母稿的藍本，以及提供資策會擴編中文標準交換碼（CNS 11643）參考。

1992年11月，行政院通過〈推動兩岸文字統一工作五年計畫〉。

1993年1月，教育部將母語教育列入中小學正式教學，並頒布〈教育部獎（補）助山胞母語研究著作實施要點〉。6月，教育部委託華康科技公司研製之楷書及宋體字母稿完成，公布《國字標準字體楷書母稿》11151字（包括常用字4804字，次常用字6343字），及《國字標準字體宋體母稿》17266字（包括常用字4808字，次常用字6343字，罕用字3405字，異體字2455字，附錄255字）。

1994年7月，教育部公布《國字標準字體楷體母稿》13051字、《國字標準字體宋體母稿》17266字之64x64點陣格式電腦檔（13051字）、曲線描邊字型檔（13051字，不含驅動程式）。

2000年，教育部成立「本國語言文字工作推展委員會」。

2001 年，聯合國教科文組織將臺灣原住民語言列為「即將瀕臨消失」語言。教育部重新整合《原住民族語言發展法》（草案）、《語言公平法》（草案）及中央研究院語言學研究所草擬之《語言文字基本法》（草案）而成《國家語言發展法草案》。

2003 年 1 月，教育部訂定發布〈國民中小學九年一貫課程綱要〉，其中「語文學習」一項，將以往「中國文字」一詞改稱「漢字」。同年，配合國家語文政策的轉變，《語言平等法草案》主政單位由教育部調整為行政院文化建設委員會，法律條文也從規範母語運用轉為「文化保存」及國家語言發展。

2007 年 2 月，行政院文化建設委員會公布《國家語言發展法草案》，期於立法院通過後，訂定《國家語言發展法》，成為全國最高語言政策母法。

2013 年，因應行政院功能業務與組織調整，「國語推行委員會」縮編為教育部終身教育司第四科（閱讀及語文教育科）。相關字辭典編纂修訂業務，則移至國家教育研究院。

綜觀民國以後的語文規範工作看似紛擾多變，實則可大致區分為三種：第一種是關於漢字標音系統的創建，第二種是關於漢字字體的整理和規範，第三種則和國家語文政策有關。而且可一言以蔽之：百花盛開，眾說紛紜。值此期間，得力於教育普及科技進步，在語文規範與研究領域不乏豐碩的成果[24]：

1. 《國語辭典簡編本》: http://dict.concised.moe.edu.tw
2. 《國語小字典》: http://dict.mini.moe.edu.tw/
3. 《重編國語辭典修訂本》: http://dict.revised.moe.edu.tw
4. 《異體字字典》: http://dict.variants.moe.edu.tw/
5. 《成語典》: http://dict.idioms.moe.edu.tw/
6. 《臺灣閩南語常用詞辭典》: http://twblg.dict.edu.tw
7. 《臺灣客家語常用詞辭典》(試用版)
   http://hakka.dict.edu.tw/hakkadict/index.htm

[24] 見「教育部終身教育司」網站：
http://www.edu.tw/pages/detail.aspx?Node=3085&Page=15846&Index=8&WID=c5ad5187-55ef-4811-8219-e946fe04f725

8.《臺灣原住民族歷史語言文化大辭典》(試用版):
http://citing.hohayan.net.tw/

此外，因應海外華語熱潮，近年來教育部也著手推動對外華語文的相關政策及認證活動。至於海峽兩岸的用字差異現象，是否進而規範整合，將再度成為未來關注及研究的要項。

1949 年至 2009 年之間，中華人民共和國對於文字的政策及發展，也極為重視，簡化漢字則是其至今未變的政策主軸。最近一次的文字規範（非強制性）活動，是由「國家語言文字工作委員會」、「教育部語言文字信息管理司」及學者們合作，並公開徵求意見，定名為《通用規範漢字表》。

字表加上「通用」二字，是為了彌補「規範」一詞的不足、缺陷。同時有意正視漢字長期以來「繁簡二元並存」的現實問題[25]。

中國簡化漢字的原則，主要是從俗、從簡及規範化；目的則主要在消除異體字，突顯漢字的形聲特性，盡量保留表意特性、穩定性、實用性，再加入適當的藝術性。

簡化字的主要來源，約有以下數項：

（一）采用古文字形：例如「棄」作「弃」，「禮」作「礼」，「無」作「无」等。

（二）采用初文，恢復其本義，亦屬於古文字的一種：例如「雲」作「云」，「捨」作「舍」，「製」作「制」，「捲」作「卷」，「網」作「网」等。

（三）采用傳統草書、行書等字體，並將其楷化：例如「東」簡化作「东」，「應」簡化作「应」，「蘇」簡化作「苏」，「書」簡化作「书」，「樂」簡化作「乐」，「車」簡化作「车」，「興」簡化作「兴」，「頭」簡化作「头」，「長」簡化作「长」，「發」簡化作「发」等。

（四）以普通話為準，兼併部分同音或近音之字：例如「谷」兼併「穀」，「只」兼併「隻」，「丑」兼併「醜」，「斗」兼併「鬥」，「发」（發）兼併「髮」，「仿」兼併「彷」、「倣」，「宴」兼併「讌」、「醼」，「凋」兼併「鵰」、「雕」、「彫」，「干」

[25] 見黃德寬：〈漢字規範的現實回歸——從《規範漢字表》到《通用規範漢字表》〉，臺中，《第 23 屆中國文字學國際學術研討會論文集》，2013 年，第 1-9 頁。

兼併「乾」、「幹」、「榦」等；其中亦包括將原已淘汰的通假字固定化，例如「余」兼併「餘」，「后」兼併「後」等。

（五）新造字形：例如「護」作「护」，「災」作「灾」，「憂」作「忧」，「塵」作「尘」，「態」作「态」，「體」作「体」，「響」作「响」，「藝」作「艺」等。

簡化的過程，大體不離省略及改形兩方面。在省略方面，大致分為以下數種情況：

（一）保留原字輪廓，而省略中間部分：例如「龜」字，原本尚可見到首、尾、背殼及兩腳的形狀，簡化後成為「龟」字，只留下首、身及尾部。其他又如「門」簡化作「门」，「寧」簡化作「宁」，「奪」簡化作「夺」，「慮」簡化作「虑」等。

（二）純粹追求簡省，僅留下筆順中起始數筆而可獨立的結構：例如「鄉」簡化作「乡」，「習」簡化作「习」，「飛」作「飞」，「業」簡化作「业」，「鑿」簡化作「凿」等。

（三）省略部分結構：例如「虧」簡化作「亏」，「鞏」簡化作「巩」，「畝」簡化作「亩」等。

（四）省略重複的結構：例如「競」簡化作「竞」，「蟲」簡化作「虫」等。

（五）省略形符，僅留下聲符，形成「音化」的現象：例如「誇」原本由形符「言」與聲符「夸」組成，簡化後作「夸」，僅留下聲符。

（六）省略部分點劃，部分取自民間常用的俗字：例如「吳」簡化作「吴」，「黃」簡化作「黄」，「黽」簡化作「黾」，「錄」簡化作「录」，

（七）省去字形的一部分，再將其餘的部分略加變形：例如「麗」簡化作「丽」，「歸」簡化作「归」，「務」簡化作「务」，「婦」簡化作「妇」，「顯」簡化作「显」，「寬」簡化作「宽」。

（八）簡化部分偏旁，重新構造：例如「言」獨立成字時，字形不變，但做為部首時，則加以簡化，例如「譯」、「說」、「話」、「講」分別簡化作「译」、「说」、「话」、「讲」。「金」字旁（「金」字做為左半構字部件使用時）簡化作「钅」等。

在改形方面，則有以下數種情況：

（一）以筆畫較少的偏旁取代原有的偏旁，例如將許多字義毫不干涉之字的偏旁，以筆畫較少的偏旁或簡單的符號取代：例如將「對」、「觀」、「鄧」、「歡」、「難」等字的左半偏旁，全以「又」取代，而簡化成「对」、「观」、「邓」、「欢」、

「难」等字；又例如「區」、「岡」、「趙」、「風」等字，以「乂」取代其中的部分結構，而簡化成「区」、「冈」、「赵」、「风」等字；又例如「棗」、「讒」等字，以兩點取代其中部分結構，而簡化成「枣」、「谗」。

（二）形聲字的形符，改以筆畫較少的同義或近義字形取代：例如「貓」作「猫」，「豬」作「猪」等，而這些字形於古代字書即已收錄。

（三）形聲字的聲符，改以筆畫較少的同音字取代：例如「懼」簡化作「惧」，「憶」簡化作「忆」，「燦」簡化作「灿」，「遷」簡化作「迁」，「遠」簡化作「远」，「戰」簡化作「战」，「確」簡化作「确」，「樸」簡化作「朴」，「犧」簡化作「牺」，「膽」簡化作「胆」，「嚇」簡化作「吓」，「據」簡化作「据」，「懲」簡化作「惩」，「蠟」簡化作「蜡」，「鬆」簡化作「松」，「鐘」簡化作「钟」，「艦」簡化作「舰」，「鄰」簡化作「邻」，「礎」簡化作「础」，「蘋」簡化作「苹」，「擁」簡化作「拥」，「潔」簡化作「洁」，「擬」簡化作「拟」，「蝦」簡化作「虾」，「幫」簡化作「帮」，「遞」簡化作「递」，「溝」簡化作「沟」，「鑰」簡化作「钥」等。

三、兩岸對外漢字教學政策及相關發展

兩岸開始重視推廣海外華語文教育是近十數年的事，起步時間相差無幾，而且各有歷史背景及目的[26]。

大體而言，大陸「十年文革」正好是臺灣推展對外華語文教育的起飛時期。大陸雖然曾經中斷，其後在政府全力支持下，成立「北京語言文化大學」，專責對漢語文教學之學科發展、理論建設及教學實踐。同時伴隨著改革開放的腳步，其政策由最早的「對外漢語教學」轉為「漢語國際推廣」，實立足於國家戰略角度的全盤思考及佈局。

臺灣的華語文教育，一開始即由民間自主發起。教學單位從最早的「三大華語中心」：臺灣師範大學國語中心、中華語文研習所、國語日報，到今日各大專院校爭相成立華語文中心或相關系所。

---

[26] 本單元由楊志盛老師整理而成。

期刊雜誌從早先的一部《華文世界》，到現在學術、雜文分流；從原先只能搜尋相關的外國理論或大陸刊物，到如今擁有本土的學術著作，相關研究可謂已步入軌道。

茲將兩岸對外相關教學發展的大事紀要，整理如下：

年代	中國	臺灣
1950	開始少量招收友好國家留學生，並責成清華大學成立專班。	
1953		新竹華語學校成立，主要培養來台傳教士學習華語。
1956		省立師範學院（今臺灣師範大學前身）成立「國語教學中心」（MTC），同時由教會組織成立「中華語文研習所」（TLI）
1963		「史丹佛中心」（IUP）藉臺灣大學成立
1966	進入文革時期	
1972	開始恢復少量招生	
1973		三月，國語日報社成立「華語文班」；六月，僑務委員會成立「世界華文教育協進會」（後改稱「世界華語文教育學會」）
1974		期刊《華文世界》正式發行
1978	呂必松先生提出「對外漢語教學是一	

	門學科」觀點	
1982	正式定名為「對外漢語教學」	
1983	首次召開學術會議，「北京語言學院」成立「對外漢語教學專業」	
1984	開始研發「漢語水平考試」（HSK）	召開「第一屆世界華語文教學研討會」
1985	1.舉辦「第一屆世界漢語教學討論會」 2.起草「對外漢語教學師資合格標準」	
1986	「北京大學」及「北京語言學院」開始招收「對外漢語教學方向」碩士研究生	
1987	成立「國家對外漢語教學領導小組」	
1990	漢語水平考試（HSK）正式推行	
1992	完成「漢語水平詞彙與漢字等級大綱」	
1994		開始研製「華語文能力測驗」，1997年研發成功，但當時並未獲教育主管單位採
1995	1.完成「對外漢語教學語法大綱」 2.正式舉行「對外漢語教師資格審定考試」	臺灣師範大學設立「華語文教學研究所」

1996	完成「漢語水平等級標準與語法等級大綱」	
2002	頒布「高等學校外國留學生漢語言專業教學大綱」等 3 部大綱	召開「第一屆臺灣華語文教學年會暨學術研討會」
2003	成立「國家對外漢語教學基地」	1.成立「國家對外華語文教學政策委員會」 2.成立「臺灣華語文教育學會」 3.正式推行「華語文能力測驗」(TOP)
2004	第一所「孔子學院」於韓國首爾成立	
2005		1.成立「國家華語測驗推動工作委員會」(簡稱「華測會」)，委託臺灣師範大學擔任執行單位 2.《華語文教學研究》正式出刊
2006	1.停止「對外漢語教師資格審定考試」 2.頒布「國際漢語能力標準」及「國際漢語教師標準」	1.廢止「國家對外華語文教學政策委員會」 2.成立「海外華語文教育及正體字推動小組」 3.舉辦「第一屆對外華語教學能力認證考試」，合格者，將可獲頒「教育部對外華語教學能力證書」
2009		陸續刊行「對外華語文教學研究叢書」
2010	HSK 改版為「新 HSK」	「TOP」正式更名為「TOCFL」，中

		文名稱不變
2011		於美國紐約、洛杉磯、波士頓等地成立「臺灣書院」
2013		「臺灣華語文教育發展史」刊行
2014	十月，頒布「國際漢語教師證書」考試大綱，並舉行考試	

（附註：本表僅針對首次發生且具重大意義的事件進行整理）

近年來，常有人取「孔子學院」與「臺灣書院」相互比較。其實，這部分可以從主要推手、成立緣起及主要工作三方面分析。

孔子學院和臺灣書院的主要推手不同。孔子學院是由直屬中國教育部的「國家漢語國際推廣領導小組辦公室」（簡稱「國家漢辦」）負責推廣業務。成立緣起是「為了向世界推廣漢語，增進世界各國對中國的了解」；其主要工作為「提供規範的漢語教材及正規的漢語課程」並舉行「漢語橋」等國際活動。

第一所「孔子學院」於 2004 年成立，至今已有 10 年。共計 122 個國家開辦 457 所。

臺灣書院的設立，則由包括了文化建設委員會（現改制「文化部」）、教育部、外交部、國科會（現改制為「科技部」）、僑委會等部會共同參與。其主要工作是推廣「正體字」、臺灣特色文化、藝術活動、建制數位資訊整合平台等。

臺灣書院目前僅於美國的紐約、洛杉磯及休士頓三地設有實體中心，不定時舉辦相關藝文活動及文化課程，語言課程方面則僅限於網上數位平台。

雖然孔子學院經費充裕，但教師素質良莠不齊，所編寫的教材未盡符合各國實質需求，各地營運成效不一，教學評價正反均有。未來如何尋求明確定位、永續經營，將是重大考驗。

臺灣書院目前專責單位不甚明朗。在營運經費、實權、硬體設備等方面，相對於孔子學院，壓力不小。未來如何憑藉「文化軟實力」，開發創意教學，有效向學習者推廣臺灣文化或彰顯臺灣對外華語教學的特色，則尚需時間證明[27]。

四、兩岸對外漢字教學之展望

從甲骨文、金文、簡牘帛書、楷書，到現今海峽兩岸的繁、簡分立，漢字走過了漫漫數千年的歷史。縱使國際上仍流行著華語熱、漢字潮，甚至有些學者認為，現今漢字和古文字仍然相近，只要稍做解釋，華人就能明白。

事實真的是如此嗎？

對於漢字未來的發展，我存在著許多想法，也已於另一本專書發表了個人意見[28]。如何減緩兩岸文字的政治衝擊，降低人民意氣之爭，或許才是當務之急[29]。

有位外國著名的漢字學者如此形容華人對待漢字的態度[30]：

> 我驚奇地發現，即使一些受過很高教育的中國人對自己的語言的根也知之甚少。人們在小學、中學和大學機械地進行著漢語教學，

[27] 本單元內容主要參考文獻為：蔡璨溶：《台灣華語教育發展史概論》，上海華東師範大學碩士學位論文，2013 年；張西平主編：《世界漢語教育史》，北京，商務印書館，2009 年；國家教育研究院主編：《台灣華語文教育發展史》，台北，國家教育研究院，2013；董鵬程：〈台灣華語文教學的過去、現在與未來展望〉，http://r9.ntue.edu.tw/activity/multiculture_conference/file/2/2.pdf；新浪新聞中心：〈馬英九：設台灣書院 抗衡大陸孔子學院〉，http://news.sina.com.cn/c/2008-02-22/151913457722s.shtml，2008 年 2 月 22 日；Aries Poon：文化軟實力的比拼：孔子學院和台灣書院的較量，http://www.21ccom.net/articles/zgyj/thyj/article_2011081743442.html，2011 年 8 月 15 日；新華網：〈台灣書院如何走向世界〉，http://news.xinhuanet.com/herald/2011-11/01/c_131215538.htm，2011 年 11 月 1 日；江素惠：〈台灣書院〉，江素惠的博客，http://blog.ifeng.com/article/14965398.html，2011 年 11 月 28 日；張峰：〈台灣書院還有一段長路〉，《中國新聞週刊》，2011 年第 44 期，http://www.cnki.com.cn/Article/CJFDTotal-XWZK201144026.htm；台海網：〈龍應台：台灣書院不是要與孔子學院比較〉，http://www.taihainet.com/news/twnews/twdnsz/2012-05-29/857201.html，2012 年 5 月 29 日；「孔子學院」網站：http://www.hanban.edu.cn/；「臺灣書院」網站：www.taiwanacademy.tw/；「國家華語文測驗工作推動委員會」網站：http://www.sc-top.org.tw/

[28] 見洪燕梅：《漢字文化的模式與內涵》（Patterns and Connotations of the Culture of Chinese Characters），第 228-243 頁。

[29] 由中華文化總會主導建構的「中華語文知識庫」，收錄兩岸古／今字詞，包含流行語彙；文字繁／簡並存，內容兩岸互審。試圖再造華人「書同文字」。見 http://chinese-linguipedia.org

[30] 見（瑞典）林西莉著，李之義譯：《漢字王國——講述中國人和他們的漢字的故事．序》，第 2 頁。

卻很少加以解釋。

作者稱華人使用文字系統為「王國」，不過探討的軸線是由「字」到「人」(中國人和他們的漢字)，就不免涉及了文化的論述。一字一語，都會在外國人的心中，對華人文化開始構象。

我身為華人，欣悅外國人愛好華人文化之「根」，但不免也為這位學者的這番話、對漢字文化及教學，有了更多省思的空間。

如何使漢字（楷書）繼續「有生命」地成長，而非徒具「空殼」；如何繼承漢字的文化傳統，勇於創新，而非流於「為保存而保存」，成為本書著作的動力之一。

Chapitre 4

CONCLUSION : la vitalité culturelle des singorammes

L'étude sur la *culture des sinogrammes* n'est pas une nouveauté. Il s'agit d'un thème de recherche longtemps réservé au domaine d'Étude des caractères chinois (*hànzì xué* 漢字學), sauf que l'on en fait peu de cas. La raison principale est que le terme « culture » comprend un sens trop large[1] ; de plus, il n'existe pas encore de méthodes de recherche spécifiques fondées dans ce domaine.

Peut-être que le fait qu'il n'y ait pas de méthodes spécifiques en est une méthode pour conduire des recherches. Chaque chercheur, chaque professeur auraient la possibilité d'établir leur propre méthodologie par les observations réciproques.

Surmonter les limites principielles dans l'étude des sinogrammes et mettre au défi le paradigme sont aussi un des objectifs de ce livre.

Section I
Ce que crée la culture des sinogrammes

En 2013, mon premier ouvrage ayant trait à l'étude en culture des sinogrammes : *Patterns and Connotations of the Culture of Chinese Characters* a été publié. J'y ai commencé à examiner la possibilité de concrétiser les démarches de recherches sur la culture des caractères chinois, tout en tentant de fournir des explications qui y sont reliées[2].

Je prends le relais en rédigeant le présent ouvrage pour continuer mes recherches, et je tente également de partager les résultats de mes observations dans un niveau plus global, pour qu'un plus grand public puisse connaître ce fruit de la culture créé par l'ensemble du monde[3].

La plupart des Chinois s'entendent pour dire que les sinogrammes, c'est la *racine* de la culture. Les premières impressions sur les caractères chinois chez la plupart des gens sont : « c'est très spécial », « très beau », « très ancien », « très difficile à apprendre ». Quand je pousse plus loin pour me renseigner auprès d'eux : « Pourquoi avez-vous une telle impression ? » La plupart sont réduits au silence.

Si les sinogrammes sont toujours très actifs sur la scène mondiale, en très bonne partie, c'est grâce à la puissance des développements économique et politique de la Chine. Alors dans le futur ? Où s'en vont-ils les sinogrammes ? Que deviennent-elles les graphies modernes des caractères chinois (comme le style standard *kaishu* 楷書 ou la police d'écriture *ximingti* 細明體) qui sont inexplicables (ou difficilement justifiables) pour les chercheurs de ma génération ? Est-ce qu'elles vont être « vidées de sens » ou être fournies de nouveau souffle aux connotations culturelles par les érudits successeurs ?

Si les sinogrammes sont utilisés et compris dépendamment des causes exogènes (comme le système éducatif ou la relation internationale), il ne faut pas s'étonner que les caractères chinois seraient remplacés par le système d'alphabétisation par manque de forces spontanées. Si les Chinois ne souhaitent pas la disparition de leurs *caractères*, d'une mesure préventive, il faudrait explorer davantage la forme de vie des sinogrammes et augmenter leurs habiletés adaptatives.

Un des dons reçus du Créateur, c'est la capacité créatrice de l'homme dès sa naissance. Dans une époque où la culture et la créativité (*wénchuàng* 文創) sont grandement valorisées, je souhaite bien inviter plus de jeunes à s'investir dans la recherche des sinogrammes et à ne pas s'attacher à des anciennes théories comme celles en lien avec le *Shuowen jiezi* ou le principe des *liushu* 六書 (les six procédés ou catégories de formation des sinogrammes). J'espère que ceux-ci pourraient prêter également l'attention aux caractères chinois modernes à l'usage courant, voire fournir leurs propres explications à « pourquoi un tel caractère est écrit de telle façon ».

Il reste encore un grand espace d'interprétations créatives quant à la composition des caractères chinois modernes. Voilà le potentiel d'avenir de la culture des sinogrammes. Bien sûr que la créativité en matière des sinogrammes ne devrait pas s'arrêter à l'impression sur les tasses ou les céramiques, si bien que sur ce qui se manifeste dans les images déformées ou les symboles défigurés de leur graphie initiale. Il s'agit toujours d'esprit inventif, mais seulement sur le plan « graphique ».

J'ai toujours l'impression que cette créativité s'arrête au plan graphique à deux dimensions (2D). Comme la pensée d'une personne, si elle ne se base que sur les capacités cognitives du cerveau et qui manque la participation de la force spirituelle, comme l'intuition et la sensitivité, il devient en fait une personne à deux dimensions. La créativié des sinogrammes pourrait alors profiter de la force de l'esprit pour se rendre en 3D. C'est partir de l'esprit de ceux qui apprennent ou de ceux qui utilisent les sinogrammes et établir les échanges et les interactions entre ceux-ci et les caractères.

La réalité virtuelle (RV) ne peut remplacer les éléments de vie à trois dimensions. La vitalité de l'être humain se manifeste à travers les comportements et les paroles de chaque *enfant* et s'enracine également dans l'esprit des grandes personnes.

1. Enfant (*zǐ* 子)

Chaque individu possède la capacité créatrice et l'enfance est la période d'essor de cette capacité. Ayant vécu une vie ordinaire depuis des décennies, je décide d'éveiller cette capacité infantile afin d'ainsi revivre mon enfance et de devenir un grand *enfant* bien heureux, même si mon enfance paraissait obscure. Maintenant que je me rends compte que le mot « obscur » est défini par autrui, je ne suis pas obligée d'accepter le mot tel quel. Chacun a le pouvoir absolu de déterminer sa forme de vie, à moins que celui-ci voudrait suivre ou être aux dépens des autres qu'il abandonne son libre arbitre.

Inscription oraculaire (*jiaguwen*)	Inscription sur bronze (*jinwen*)	Écrit sur bambou de Qin	Petite sigillaire du *Shuowen*	Forme standardisée	Caractère général et normalisé
[illegible]	[illegible]	[illegible]	[illegible]	子	子

La forme *jiaguwen* du caractère « *zǐ* 子 » ressemble à la silhouette d'un nourrisson. Les trois traits d'en haut représentent ses cheveux et le trait vertical du milieu ressemble à son corps. Par le trait horizontal du milieu, la figure ressemble à un bébé qui tend ses bras et s'ouvre vers les adultes en leur demandant du câlin.

Le « *zi* 子 » dans son sens primitif désigne un nouveau-né. Il désigne parfois les hommes en général, mais en indiquant le sexe, on forme les mots *homme* (*nánzǐ* 男子) et *femme* (*nǚzǐ* 女子).

Les Chinois disent souvent que : dans le regard des parents, peu importe l'âge de leurs fils ou leurs filles, ils les voient toujours comme des petits enfants.

Cette phrase semble très douce, mais je la trouve en quelque sorte bizarre. Selon mes expériences, je pouvais seulement être l'enfant défini par mes parents, mais ils ne me permettaient pas de garder la véritable image que j'avais eue. Leurs critères d'image de l'enfant changeaient tout le temps. J'ai l'impression qu'ils insistaient davantage sur mon âge et m'exigeaient très souvent de faire ce qui y correspondait.

Cela fait plus de trente ans que j'ai mon permis de conduire et j'aime beaucoup conduire. Cependant, même jusqu'à présent, ma mère m'empêche souvent de faire cette activité parce qu'elle a peur qu'un accident m'arriverait. Je comprends que cette inquiétude vient du fait qu'elle m'aime ou bien qu'elle me traite encore comme une petite fille. J'ai remarqué par contre que son inquiétude envers moi remonte à des expériences craintives accumulées dans son esprit en grandissant. Ce n'est pas moi ni le fait que je conduis la cause principale de son inquiétude.

Par la suite, je découvre encore que dans la société taïwanaise contemporaine, il existe beaucoup de parents de ce type qui, tous les jours, se trouvent dans un état anxieux semblable.

Je sais que cela s'agit d'état d'âme dilemmatique chez la plupart des parents. D'un côté, ils veulent que les enfants soient autonomes, de sorte qu'ils seraient capables de surmonter toutes les difficultés dans la vie, et que les enfants se démarquent des autres, de sorte qu'ils pourraient acquérir un statut social bien estimé, tout comme des richesses. De l'autre côté, influencés par le climat d'environnement dans son ensemble, les parents voudraient diminuer les risques tout en protégeant leurs enfants contre tout danger potentiel dans la société.

Pourraient-ils assurer la sécurité de leurs enfants avec leur conflit interne (entre le cerveau et l'esprit) ? Ou au contraire, cela ferait augmenter le niveau de risque et les sphères affectées ? Une surprotection pourrait-elle ne pas être utile pour le changement ou l'éducation, mais qui est là pour aggraver le conflit parents-enfant ?

Face à un rapport de contradiction et de tension, la relation et l'énergie des deux parties s'enfonceraient dans un état stagnant, et conjointement, les capacités de l'enfant à prendre des risques, à surmonter des difficultés et à se réaliser seraient aussi réduites.

À la veille de mon anniversaire en 2016, un aîné m'avait dit ceci : « Félicitations, tu as maintenant un an ! » Je ne m'y attendais pas, mais j'étais profondément touchée par cette phrase. Laisser tomber ce qui est malheureux et se rétablir rapidement, l'enfant est né avec ces habiletés-là.

Après ma nouvelle naissance, je suis toujours une enfant désobéissante et rebelle. Dans mon temps libre, j'aime conduire en écoutant toutes sortes de musique et me dialoguer avec tout ce que je rencontre, les hommes, les affaires, les choses. Maintenant quand je conduis, je cède souvent la place pour laisser passer les autres voitures, peu importe le type de véhicule. Je ne cherche pas délibérément à me comporter ainsi, tout ça se fait naturellement. Une des facettes naturelles de petit enfant, c'est le fait qu'il ne se conteste pas[4] ; si cela ne fait pas partie de son instinct, l'enfant n'aura pas cette vigilance et cette conscience de se sauver face à un danger[5].

Et quand je cède la place aux autres conducteurs, je vois souvent qu'ils sont d'abord étonnés, ensuite ils se reprennent, me font signe et s'en vont. C'est peut-être à cause du type de véhicule que je conduis qui donne souvent l'impression d'un mauvais conducteur ! Certes, je ne ferai plus de libres associations de mes expériences face à des réactions d'autrui, que la personne soit stupéfaite ou demeure-t-elle indifférente.

Je ne vais plus interpréter les expressions faciales ni les réactions de l'autre. Je sais très bien que je voudrais seulement obtenir l'harmonie et l'équilibre de mon esprit, et ça n'a pas de rapport avec lesdites contributions à la société ou la sécurité routière. Accepter simplement tous les phénomènes de la vie tels qu'ils sont sans chercher à décortiquer leurs significations, c'est ne pas se créer des ennuis. Voilà une des sources de bonheur chez l'enfant.

Je suis très curieuse au sujet d'une hypothèse. Si l'homme serait capable de gérer son corps et son esprit de manière que ses émotions ne seront pas influencées par les conditions routières lors de son déplacement (en auto, en vélo ou à pied) ; alors que tout se conforme à la loi et aux règlements du transport, seulement si c'est parce que « j'aime ça » ou c'est par « l'intuition » que l'action de se céder se manifesterait, l'homme ne devrait pas se contraindre à suivre les slogans de moralité tels que « Le devoir de se contribuer à la société » ou encore « Faire la société en un meilleur endroit ». Que deviendrait-il alors le transport de ce pays ?

Avant que les enfants reçoivent de l'éducation dite morale, n'est-ce pas plus souvent qu'on entend les adultes qui disent qu'ils sont « mignons » ?

Les Chinois accordent de l'importance à des rites et cérémonies. Les pratiques rituelles s'évoluent avec le temps, mais leur complexité y demeure toujours. Les cinq vertus morales d'être « doux, avenant, respectueux, modeste et conciliant » sont souvent citées dans la vie quotidienne. Or, les gens portent moins d'attention à la manière d'apprendre ces qualités morales à des enfants. Quelles seraient des méthodes susceptbiles de causer de contre-effets ?

Un jour, pendant que j'attendais ma commande dans un resto rapide, je vis entrer une petite fille qui apprit encore à marcher. Sur le coup, c'est comme si un petit arc-en-ciel est apparu et transforma soudainement un endroit grave et froid en un milieu affable et tempéré en y ajoutant des couleurs.

Pas à pas, en se balançant, cette petite fille marchait lentement vers une petite tablette pas loin de l'entrée. Il y avait des articles pour la promotion et des dépliants. La petite fut peut-être attirée par ces papiers multicolores. Alors, elle tendait sa main pour les prendre…

Tout à coup, son père qui était jusque-là derrière la fille pour la protéger, cria de vive voix : « Hé, prends pas ça, tu me fais perdre la face là ! » En le disant, il tendit sa main, dépassa sa fille, et dégagea les dépliants colorés qu'avaient touchés des petites mains.

Je gardais toujours mes sourires, sauf que j'étais devenue un peu empathique. C'était de l'empathie envers cette petite fille, mais aussi envers son père, le jeune homme. Il n'était pas convenable que j'y intervenais, alors je les ai encouragés à l'intérieur de moi. Ma commande fut livrée juste au bon moment que j'ai pu éviter de recevoir davantage les pensées de ce jeune papa.

Si c'était comme avant, en dépit de mon apparence qui était très calme, j'aurais éprouvé une forte intention de critiquer le père et un sentiment dégoûtant envers la manière dont il avait empêché sa fille. Mais cette fois-ci, j'ai plutôt espéré que ce jeune parent pourrait être encore plus courageux de soutenir davantage sa fille à l'avenir.

Qu'il pourrait l'aimer inconditionnellement bien que sa fille décide de ne pas se comporter conformément aux normes sociales. Quand les parents parviendraient à ne pas prendre en considération les jugements externes et la pression concurrentielle de l'éducation, il est possible que les sentiments d'anxiété et d'inquiétude qu'ils éprouvent pendant qu'ils élèvent leurs enfants seraient apaisés. Ils seraient plus soulagés face aux charges émotionnelles pendant qu'ils s'en occupent.

L'amour inconditionnel n'équivaut pas au fait qu'on n'éduque pas les enfants ni qu'on leur offre abusivement les choses matérielles, ou bien qu'on les soutienne même à faire mal aux autres. Je pense que ça serait ce que la plupart ont compris de travers à propos de ce terme. Bien sûr, je suis célibataire et je n'ai pas d'enfants. Ce ne sont alors que des discussions sur le papier, mes opinions personnelles.

Cependant, selon les expériences dans le parcours de ma vie, le concept de concurrence est par contre susceptible de rendre les enfants plus vulnérables à ce qui leur est nuisible. Ce serait un milieu agréable qui est comparable à un paradis si c'est le cœur admirable qui émerge lorsque les enfants s'imitent mutuellement lors de leurs intéractions en groupe. Et sous cette ambiance aimable, il est spontané qu'ensemble, les enfants se partagent, se développent et s'avancent dans leur groupe.

C'est seulement après que les exigences de l'ordre, l'anxiété face à la réussite scolaire et le sentiment concurrentiel soient imposés dans ce paradis par les parents et les enseignants. L'admiration se transforme en jalousie et le partage en appropriation. Ce qui était une fois une excellente dynamique pour l'avancement se change progressivement en une pression pesant sur les enfants.

Certains pensent qu'en ce moment, Taïwan se trouve dans une lourde atmosphère de stagnation. Si tel est bien le cas, cela veut simplement dire que cette atmosphère se crée tout naturellement.

Il est certain que chaque famille ou chaque milieu, qui se forme naturellement et fonctionne de manière spontanée, se constitue à la fois le problème et sa propre résolution. Si l'on ne fait pas exprès d'user des termes binaires tels que parfait/brisé, sympathie/animosité pour trancher nettement cette nature et cette spontanéité, on pourrait peut-être y constater encore plus de mystères de fonctionnement de la vie.

Les critères pour que l'individu puisse s'en sortir du cycle interminable des conflits relationnels seraient déterminés par le fait que si celui-ci parviendrait ou pas à revenir à l'état d'harmonie de son esprit, à garder l'esprit observateur, à mettre de côté ses caractères compétitifs et possessionnels, et ce, pour ainsi revenir à ce que propage le flot de vie dans sa forme naturelle. Ce sont les facettes foncières d'un enfant avant de subir l'influence de l'éducation (y compris l'éducation familiale).

L'esprit vital de « *zi* 子 » ne se détériorera pas avec l'âge. Elle fera sa parution de temps à autre plus tard dans la vie, juste au bon moment où l'homme se sentirait le plus en sécurité, où il se montrerait le moins réservé et défensif.

Certains d'entre nous croyons qu'on y parviendrait avec le tabac et l'alcool. J'en suis sûre que la simplicité et la pureté vécues sous l'effet du tabac et de l'alcool se mêlent en fait de décharges émotionnelles telles que la répression, la colère et la distorsion.

C'est pourquoi il est difficile, voire impossible, de *s'abstenir* de consommer le tabac, d'alcool ou d'autres substances addictives. Pour couper le mal à la racine, il faut que la personne en accoutumance accepte de se dialoguer avec ces produits addictifs, change sa pensée, ses idées et réveille la force dormante de l'esprit. Les forces externes ne peuvent qu'avoir comme fonction d'assistance, elles ne constiuent pas de facteurs déterminants.

En outre, ces produits addictifs vont toujours exister aussi longtemps que le concept de *concurrence* sociale ne se modifie ou s'éteint.

1) S'emparer (*zhēng* 爭)

L'éducation chinoise est fondée sur la compétition et, ce faisant, les enfants s'écartent de plus en plus de leur nature innocente et pure. Quand ceux-ci atteignent un certain âge, leurs comportements d'avant cet âge seracient considérés comme étant immatures et ne correspondant pas aux performances exigées d'un état *compétitif*.

Inscription oraculaire (*jiaguwen*)	Inscription sur bronze (*jinwen*)	Écrit sur bambou de Qiin	Petite sigillaire du *Shuowen*	Forme standardisée	Caractère général et normalisé
				爭	争

Selon le *Shuowen jiezi* : « Le caractère "*zhēng* 爭" veut dire tirer à soi. Il se compose de "*biào*𠬪" et de "*piě* 丿" ». Xu Shen explique le sens originel de « *zheng* 爭 » par « s'emparer de l'autre sans se céder mutuellement ».

La forme *jiaguwen* ressemble à deux mains (又) qui se tirent mutuellement. La composante « *you* 又 » est une *graphie* (*wen* 文) dont la structure ne peut être déconstruite davantage, il s'agit donc d'un pictogramme autonome. Deux graphies de « *you* 又 » forment un autre caractère, le « *zheng* 爭 » est alors un *idéogramme composé de deux graphies identiques* selon le principe des *liushu*.

Outre les deux composantes identiques (*you* 又), on ajoute un symbole « *pie* 丿 » au caractère « *zheng* 爭 » pour indiquer l'action de tirer. Le symbole « *pie* 丿 » n'a aucune fonction sémantique ni phonétique. Donc, pour préciser encore plus la catégorisation du caractère « *zheng* 爭 » dans les *liushu*, celui-ci serait un *idéogramme avec symbole* (*huìyì jiān xíng* 會意兼形). Ici, le terme de « *xing* 形 » désigne un symbole inventé pour exprimer une idée abstraite.

Dans le style régulier de « *zheng* 爭 », on pourrait dire que la composante « *zhua* 爪 » représente une main et que l'autre main est fusionnée avec le symbole indiquant l'action de tirer. Il faudrait combiner avec les caractères anciens pour pouvoir expliquer en détail la composante de la partie inférieure.

La plupart d'entre nous croient que la compétition est le moteur d'évolution de la civilisation humaine. Ni le peuple ni le pays ne peuvent exister sans la force compétitive. Les deux mains présentées dans les caractères anciens de ce sinogramme pourraient désigner deux individus qui se tirent mutuellement ; tout comme celles-ci pourraient également indiquer le combat intérieur d'un individu.

La compétition implique un objectif bien visé. Le symbole « 亅 » que l'on trouve dans le caractère ancien représente alors ce que l'on veut obtenir. Il peut référer à des choses concrètes aussi bien qu'abstraites en les verbalisant, comme dans les débats et les revendications.

J'ai toujours pensé que le sinogramme « *zheng* 爭 » révèle une sorte de force colérique ou d'air lugubre derrière sa graphie. Il contient une force extensive et le trait (*cela dit le symbole « 亅 »*)* représente une corde tendue à l'extrême, avec un peu d'inattention, le cœur serait percé par les dix mille dards.

De nos jours, il est très courant que les aînés, avec leur figure d'autorité, revendiquent pour les jeunes taïwanais. En raison de leurs avantages politiques, économiques ou religieux, les premiers vénèrent leurs idéologies sous le prétexte de bâtir un milieu agréable pour la jeune génération. Il s'agit d'une forme maximisée de la protection, de l'amour envers les enfants que l'on peut constater dans la tradition chinoise.

Me tenant dans le juste milieu et observant la lutte entre les deux générations, les jeunes et les vieux, je vois apparaître les mots « capricieux et obstiné » (*renxing* 任性). C'est quand même intéressant.

Cependant, je pense souvent que si les plus aînés *aiment* réellement leurs jeunes, pourquoi ne laissent-ils pas ces derniers décider librement ce qu'ils veulent faire ? Est-ce qu'ils le font pour la bonne cause de l'amour, ou bien c'est à cause de la crainte ? Si c'est la seconde, la bonne intention de vouloir offrir deviendrait l'acte de s'emparer ; l'actualisation de cette volonté finirait par une grâce de bonté en vain.

J'ai déjà mentionné que les aînés étaient une fois des jeunes d'imprévisibles de leur temps. J'espère qu'un jour, ceux-ci pourraient prendre le rôle d'un conseiller d'orientation et non celui d'un manipulateur tentant de contrôler la jeune génération.

Si les religieux ne se reorienteraient pas vers la dimension spirituelle, alors qu'ils ne pensent qu'à prendre le contrôle sur le développement de la société et du Monde, à vouloir devenir Maître de la pensée chez les jeunes, je crains que ce faisant, ils se précipitent ainsi à mettre fin à leur croyance et leur religion[6].

En incarnant le rôle de *leader* de leurs enfants, les parents chinois attendent beaucoup d'eux. Ils souhaitent que les enfants réussissent bien à l'école pour ainsi réussir leur vie à l'avenir, en plus de faire honneur à la famille. Les parents s'attendent qu'ils soient respectés plus tard par les enfants et qu'ils puissent se glorifier de leurs réussites, mais ce qu'ils ne savent pas, c'est qu'inconsciemment, ils mettent beaucoup de pression et de fardeau sur leurs épaules lors du parcours de leur développement.

Si ce n'est pas par le biais de l'éducation confucéenne, les parents chinois n'auraient pas reconnu ces partis pris, que ces sacrifices et ces exigences sont *nécessaires* ; que ce soit tant le devoir et la responsabilité des plus aînés et aussi des jeunes. Sans mentionner que la notion familiale est fondée sur les liens du sang, chacun est pourvu de la responsabilité et du devoir de se sacrifier pour cette bonne cause et pour le maintien de cette forteresse *renfermant tous les membres de la famille*[*].

Néanmoins, je trouve bizarre l'énoncé ci-haut. Chaque famille est d'abord et avant tout formée d'union de deux individus (les parents) sans liens de parenté, pourquoi on me demande-t-on toujours de m'engager en premier dans la famille pour pouvoir m'investir chez les autres ? Si tout est décidé par les liens du sang, qu'en est-il des parents n'étant pas unis par ce lien ? Comment se perçoivent-ils ? D'ailleurs, comment les enfants devraient-ils considérer alors les interactions desdits parents ?

En outre, la « responsabilité » et le « devoir » sont deux choses tout à fait différentes. La première part de la reconnaissance d'état d'âme, la personne concernée assume volontairement de toute responsabilité de bon cœur ; la deuxième implique une exigence externe, la personne concernée est prise par les sentiments, les règlements et les normes soicales, de sorte qu'elle est obligée d'agir à contrecœur.

Si seulement cela va de soi que les enfants désirent répondre aux demandes de leurs parents et en sont fiers. Ces comportements de se valoriser et se glorifier mutuellement serait être une chose formidable. Que le monde serait rempli d'énergie positive, de joie et d'harmonie, qu'il serait comparable à un paradis terrestre.

La relation interpersonnelle est une expérience parmi tant d'autres que l'homme vit dès sa naissance. Même si l'on opte pour la solitude et mène une vie retirée, on n'est pas toutefois exclu de la relation sociale. Selon l'évolution de la culture chinoise, les liens familiaux sont encore plus intimement tissés sous prétexte des lois légales depuis les époques de Qin 秦 et de Han 漢 (248 av. J.-C. à 220 apr. J.-C.). Cependant, les interactions entre les membres de la famille et les amis proches se sont devenus de plus en plus autoritaires et matérialisées.

Dans un milieu social autoritaire et matérialiste, il est difficile pour l'enfant d'apprendre à devenir autonome en lui-même, surtout au niveau psychologique. Ce phénomène n'est pas exclusif à la société chinoise. Comme montré par la psychologue polonaise juive A. Miller (1923-2010)[7] :

> Afin de pouvoir décrire le climat affectif d'une pareille enfance, j'aimerais, en premier lieu, formuler quelques principes d'où je pars.
>
> ● L'enfant a un besoin inné d'être pris au sérieux et considéré pour ce qu'il est.
>
> ● « Ce qu'il est » signifie : *ses sentiments, ses sensations et leurs expressions*, et ce dès le stade du nourrisson.
>
> ● Dans une atmosphère de *respect et de tolérance pour les sentiments de l'enfant*, celui-ci peut, à la phase de séparation, renoncer à la symbiose avec sa mère et accomplir ses premiers pas vers l'autonomie (MILLER, 2008, p. 7).

Ce sont des *enfants doués* qui réussient bien et sont admirés par les gens. Il paraît que leurs parents prendre en considération de leurs sentiments, mais en réalité, ceux-ci ne sont pas émotionnellement sécurisants, ils comptent sur certains comportements des enfants pour combler leurs propres besoins. Ils cachent souvent leurs sentiments d'insécurité dans leur image ferme et autoritaire, voire totalitaire, devant les enfants et les autres.

Dans l'éducation chinoise traditionnelle, il est aussi courant, n'est-ce pas, de voir les parents qui souhaitent à leurs enfants un brillant avenir et les soumettent à l'autorité. La nature de l'*amour* dans ce type de relation familiale se mêlerait de facteurs tels que la manipulation, le contrôle, les besoins, etc., qui viennent dénaturer cette relation même. Il arrive parfois que tant les parents et les enfants s'entendent tous les deux pour dire que ces facteurs seraient nécessaires pour survivre à la *sélection* sociale pour ainsi bâtir un bel avenir.

Or, il faut noter que s'ils semblent s'entretenir une bonne relation malgré la rigidité de la structure familiale, cela ne veut pas dire qu'ils ne seraient jamais épuisés. Quand le jour arrive, il aurait encore plus de défis qui les attendent.

Les parents de nos jours pensent que ce n'est pas nécessaire que l'enfant travaille pour nourrir la famille, il lui suffirait de se concentrer sur les études pour sauver l'honneur. Si l'enfant s'en plaint, c'est sûrement dû à l'indolence. Hormis du fait que sa plainte soit véritable ou pas, les parents qui refusent carrément d'être à l'écoute auprès de leur enfant, c'est qu'ils pensent que ce dernier n'est pas digne de foi. Un rapport parents-enfant qui ne se fonde pas sur la confiance, comment voulez-vous que celui-ci atteigne un niveau harmonieux et joyeux ?

En plus, l'enfance est le stade où l'expression et l'attitude forment un tout unanime, c'est une période où l'enfant est en plein essor de sa vitalité. Quand les enfants disent qu'ils sont maintenant fatigués, les adultes, au lieu de s'examiner en premier lieu, les menacent de crainte de l'avenir pour les pousser à ne pas se reposer et continuer à faire des efforts. Les adultes, eux, ne seraient pas bénéficiaires du sentiment d'épuisement qu'ils imposent aux enfants.

Pourquoi une famille qui est immensément riche se trouve-t-elle empêtrée dans des disputes familiales incessantes ? Si les parents se montrent très compétitifs et luttent à tout prix pour réussir au travail, mais chez eux, ils demandent aux enfants de se comporter modestement et honnêtement, on verrait alors qu'une telle méthode de l'éducation dépourvue de bon sens ne produit qu'encore plus de conflits familiaux et plus de craintes. Au bout du compte, c'est les adultes eux-mêmes qui seraient visés par le paradoxe et la crainte qu'ils transmettent inconsciemment à des jeunes.

Ce même problème pourrait être étendu à d'autres types de relations interpersonnelles. Selon ce que note le chapitre « Tianpian 天篇 » du *Liezi*, un jour, Zi Gong 子貢, le disciple bien-aimé de Confucius, dit à son Maître qu'il s'ennuya de l'étude et voulut se reposer. Or, le Maître lui dit : « Il n'aura jamais aucun moment dans la vie qui convient pour se reposer. » Par la suite, il prit l'exemple du tombeau pour illustrer à Zi Gong le genre de personnes qui y sont enterrées.

Parmi les disciples de Confucius, Zi Gong est celui qui connaît le mieux la pensée de son maître et ses paroles non dites. En effet, Zi Gong avait saisi tout de suite l'idée exprimée par Confucius et dit : « Ah, que la mort est éminente ! Les hommes nobles ne se reposent qu'à la mort et les hommes de peu, à ce moment-là, sont inhumés. »[8]

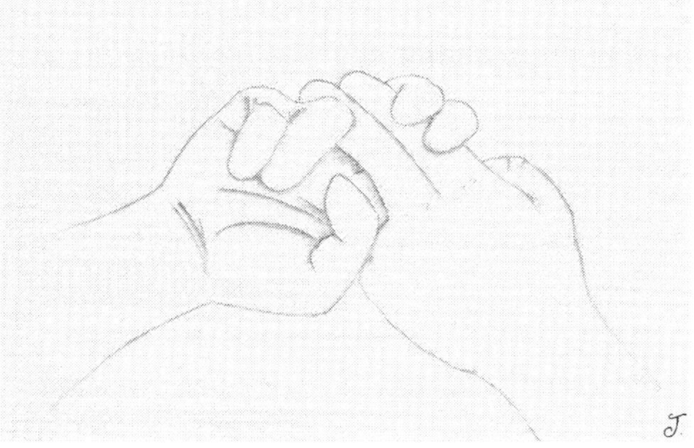

Zi Gong était très respectueux et convaincu de Confucius, pourquoi osa-t-il parler franchement de ses ennuis avec son maître ? En réfléchissant au métier qu'exerça Zi Gong ainsi qu'aux tâches qui lui furent confiées par son maître, prenons un pas reculé de la pensée doctrinale du Confucianisme et observons, le problème sauterait aux yeux.

Zi Gong fut un commerçant renommé de l'époque, je dis souvent en blagues qu'il était le guichet automatique parmi les disciples de Confucius. En outre, gagnant la confiance du Maître, Zi Gong fut souvent confié à des affaires diplomatiques pour ses compétences. On pourrait dire qu'il utilisait très souvent son cerveau et son talent du diplomate dans son quotidien pour régler toutes sortes de situations et gérer les demandes des autres envers lui.

Comment peut-il ne pas devenir épuisé en faisant ses études dans un tel environnement ? Toutefois, c'était le choix fait par Zi Gong lui-même, il est difficile de rejeter le blâme sur le monde et l'environnement ou sur les auteurs facteurs humains. C'est sa dépendance envers Confucius qui le rendit aveuglé de ses problèmes.

Zi Gong posséda un grand talent diplomatique et grâce à ce talent, il voyagea ici et là entre les différents États et gèra les relations interétatiques et militaires de l'époque. Tout cela prouve que parmi les disciples de Confucius, Zi Gong était très habile dans le domaine de *discours*. La postérité le vénère comme étant un des dix sages parmi les disciples du Maître pour ses stratagèmes. Pourtant, peu se questionnent pour savoir combien de guerres et combien de victimes sont causées par sa faconde.

Au plus profond de la nuit, ces actes devraient sans doute converser avec ce que Zi Gong étudie quotidiennement, la justice et la moralité. Si durant la journée, il choisissait de continuer à poursuivre ses réussites dans les champs de bataille, est-ce du hasard qu'il s'ennuiyait de faire les études sur la moralité ?

Le Confucianisme avait toujours tenté de résoudre les problèmes politiques, sociaux et familiaux avec ses idéologies. Plus de 2500 ans se sont passés, les problèmes ne semblent pas diminués mais au contraire se complexifient de plus en plus. Il y a une cause derrière tout cela.

La compétition rend les hommes fatigués parce qu'ils devraient utiliser sans cesse leur cerveau pour calculer, mesurer, se parer. Lâcher prise et *se reposer*, c'est ce qui permet la voix de l'esprit de pénétrer le cerveau afin de pouvoir trouver la résolution définitive de toute question.

2) Se reposer (*xīu* 休)

La fatigue de Zi Gong me fait penser à un sinogramme en lien avec sa situation.

Inscription oraculaire (*jiaguwen*)	Inscription sur bronze (*jinwen*)	Écrit sur bambou de Han	Petite sigillaire du *Shuowen*	Forme standardisée	Caractère général et normalisé
休	休	休	休	休	休

Le caractère « *xiū* 休 » se compose de « *ren* 人 » (homme) et de « *mù* 木 » (arbre), il indique une personne se reposant sous un arbre,.

Les deux composantes sont des sinogrammes autonomes non divisibles et se classent parmi pictogrammes selon le principe des *liushu*. Le sinogramme « *xiu* 休 » se compose justement de deux pictogrammes qui forment un nouveau caractère introduisant un nouveau concept. D'après le principe des *liushu*, ceci est un idéogramme.

Le sens premier du sinogramme « *xiu* 休 » est « prendre du repos ». La majorité des lexiques chinois comprenant ce caratère indiquent l'arrêt d'une action ou la rupture d'une relation causée par la fatigue. Quand le corps est épuisé, l'homme a besoin de *refaire une santé* (*xiūyǎng* 休養). Une bataille ou une lutte de longue durée entraînent l'état d'exténuement tant physique et mental des deux parties, il faut donc négocier le *cessez-le-feu* (*xiūzhàn* 休戰).

La relation maritale est parfois comparable à une bataille, on a besoin de cesser le feu. Il sera intéressant de voir que dans la Chine antique, seul l'époux put *répudier son épouse* (*xiūqī* 休妻). Or, avec le temps qui évolue, on constate qu'il y a beaucoup de maries qui éveillent sa conscience et renoncent à une relation conjugale troublante, de sorte que ce soit elles qui, volontairement, *répudient leur mari* (*xiūfū* 休夫).

Le sinogramme « *xiu* 休 » se compose de « *ren* 人 » et de « *mu* 木 ». Le caractère « *mu* 木 » peut désigner un arbre comme il peut très bien référer à la grande nature. N'est-il pas courant de voir que les hommes d'aujourd'hui, quand ils veulent s'arrêter ou se détendre pendant un temps, feraient une promenade dans la nature pour sentir les puissances naturelles.

Ce qui suscite l'intention de se reposer vient de la *confrontation*. Comme mentionné dans le *Laozi*[9] : « Donc c'est seulement parce qu'on ne dispute pas qu'on ne fait l'objet d'aucune haine » (traduction adaptée de R. MATHIEU, 2008, p. 93). La signification première de cette phrase exprime l'idée que quand quelqu'un fait tout ce qu'il peut pour aider une autre personne, et qui n'a aucune intention de disputer le renom et le profit contre l'autre, il est tout naturel que son cœur ne manifeste aucun ressentiment ni aucun reproche.

N'est-ce pas les propos de Laozi montrent la cause principale de certaines réalités sociales de nos jours ? Comme les parents qui se plaignent de leurs enfants pour ne pas être filiaux, les professeurs qui blâment les élèves pour ne pas être respectueux, les deux amis qui gardent rancune de la trahison, les partenaires qui s'exècrent mutuellement à cause de l'infidélité.

Ce que suggère Laozi est aussi une forme d'amour inconditionnel. Il convient bien pour surmonter un chagrin. Si jamais vous avez déjà senti de la fatigue ou avez été blessé dans une relation avec autrui, vous pourriez peut-être essayer d'adopter cette méthode de *ne pas s'affronter* pour que vous puissiez avoir une occasion de refaire votre vie.

D'un autre point de vue, lorsque c'est toujours le mécontentement envers les gens et l'environnement qui surgit dans notre cœur, quand on n'entend que la voix de notre cœur qui se conteste souvent « Pourquoi c'est comme ça ? », n'est-ce pas cela montre alors que la personne est en train de *se revendiquer* pour quelque chose ?

On ne trouve pas ces questions de lutte ou d'émulation chez les *petits enfants* (*zi* 子). Donc, il est convenable de dire qu'ils sont doués d'une grande force de l'esprit. Le chapitre « Tianrui 天瑞 » du *Liezi* divise la vie humaine en quatre grandes phases. Voici comment est présenté l'état de la première phase de « *yīng ér* 嬰兒 »[10] :

> « De sa naissance à sa fin, l'homme subit quatre grandes transformations : celle de la petite enfance, celle de la jeunesse robuste, celle de la vieillesse chenue et celle de la disparation dans la mort. Quand il se trouve dans sa petite enfance, ses souffles sont concentrés sur une intention unique. C'est alors le summum de l'harmonie. Dès lors, les autres êtres ne le blessent pas. Rien ne peut être ajouté à son efficience native [à sa vertu]. » (R. MATHIEU, 2012, p. 62)

C'est dans le stade de la petite enfance que se trouve l'état le plus concentré de l'esprit et des manières, c'est le moment le plus harmonieux de toute la vie humaine. Rien du monde extérieur ne peut infliger du dommage à l'homme, voilà la plus haute vertu de l'univers.

D'après moi, c'est parce qu'un petit enfant vit sa vie avec son *cœur* et non avec son *cerveau*. Son esprit *se plie à ce qui se présente*, c'est ainsi qu'il garderait toujours sa force vitale. Cet état en pleine vitalité ne serait modifié qu'après que l'enfant absorbe au fur et à mesure les connaissances irriguées par les adultes.

Chose intéressante, la science de l'esprit mentionne souvent que le cœur ne mène pas l'homme vers ce qui représente un danger, c'est par contre ce que fait souvent le cerveau. Si le cœur amène l'homme vers un endroit qui semble être dangereux, c'est parce qu'il s'agit de ce auquel tu devrais faire face.

Dans une ère technologique, celui qui ose ne pas se plier à ce qui se présente et fait taire le cerveau retrouverait avec aisance le courage longtemps séjourné dans son esprit. Selon son étymologie, le mot « courage » vient du mot latin « *cor* », qui veut dire « cœur ».

Les gens disaient souvent qu'« il ne faut pas négliger la force de l'esprit », mais il est seulement possible d'obtenir les réelles sensations de cette force spiriturelle par les expériences personnelles et les observations de son existence. Quand je laisse agir le plus librement possible l'intuition et la sensation de l'esprit, le niveau de la fatigue se diminue rapidement. Je ne serai plus inconsistante dans mes choix. C'est peut-être parce que la force de l'esprit est innée, elle ne peut être contrefaite ou reproduite.

Je constate qu'il y a de plus en plus de gens d'âge mur qui se mettent ensemble et discutent comment prévenir la maladie d'Alzheimer et comment planifier leur retraite. Quant aux jeunes adultes, ils se plaignent des parents, des collègues, du partenaire et s'exclament à la fin : « Comme j'ai vieilli ! »

Ces gens ne sont pas encore vieillis, mais se trouvent déjà en état de faiblesse. En effet, cela montre que les Chinois de l'époque moderne se mettent dans un état d'alerte en s'éloignant volontairement de leur état *infantile*.

J'entends de plus en plus souvent les adultes qui disent à l'enfant que s'il travaille fort aujourd'hui pour gagner de l'argent, il n'aboutirait pas dans la rue dans le futur ; s'il travaille fort dès maintenant, il ne se soucierait pas de sa retraite. Or, si l'on suit cette idée, quand la forme et la mode de vie seraient fixées, est-ce que les Chinois posséderaient encore la capacité créatrice ? La vie serait plutôt terne et insipide si l'homme ne recherche que le sens conventionnel alors qu'il ne se permet pas à l'épanouissement de sa propre aspiration.

Je découvre également que les jeunes parents d'aujourd'hui commencent à parler de la douceur et des amertumes de leur vie post-maritale, de combien c'est pénible de s'occuper d'un enfant ; ils vont jusqu'à se plaindre en disant que « les enfants sont trop difficiles qu'ils veuillent les abandonner ».

C'est bien d'oser dire la vérité sans être contraint par l'éthique traditonnelle de la piété filiale et de ne pas réprimer ses sentiments. Le point crucial, c'est qu'après avoir dit la vérité, est-ce que l'individu est prêt à se dialoguer avec soi, à discuter avec son cerveau et son esprit pour savoir pourquoi avait-il sorti ces mots ? Que devra-t-il faire ensuite ?

Je crois que les problèmes seraient réglés si l'homme arrive à se rendre jusqu'à cette étape de se dialoguer avec soi. Chacun connaît sa manière de se récupérer et son propre moyen pour se soulager, et ce, il le sait par son esprit. Contrairement à l'action de simplement publier ces mots de vérité sur le réseau social Facebook qui ignore les influences de l'énergie négative propagée, converser avec l'intime semble être une démarche plus positive et plus lumineuse.

L'homme aurait son vrai repos seulement s'il est en état d'attente et de détente, dans l'état du retour à l'esprit. Le cerveau qui ne pense qu'à des calculs, à des mesures, à des compétitions du lendemain, même un sommeil long et profond de la nuit ne saurait satisfaire les besoins physiques et spirituels.

L'éducation chinoise insiste sur le fait d'aller contre le courant pour prendre le dessus. Mais si l'on y réfléchit bien, n'est-il pas plus efficace de suivre le courant qui se jette dans l'océan pour former une entité bien *unie* ?

2. Un (*yī* 一)

Le sinogramme « *yī* 一 » est un chiffre, un commencement, une fin et aussi une intégrité.

Inscription oraculaire (*jiaguwen*)	Inscription sur bronze (*jinwen*)	Écrit sur bambou de Qin	Petite sigillaire du *Shuowen*	Forme standardisée	Caractère général et normalisé
一	一	一	一	一	一

D'un simple trait horizontal, le sinogramme « *yi* 一 » indique une idée généralisée et non une spécification[11]. Selon le principe des *liushu* 六書, comme il désigne un concept abstrait et comme sa graphie ne peut être déconstruite, ce sinogramme est un déictogramme (*zhishi* 指事).

Dans le *Laozi*[12], il est mentionné que : « Le *dao* génère l'un. / L'un génère le deux. / Le deux génère le trois. / Le trois génère les dix mille êtres. » (R. MATHIEU, 2008, *op. cit.*, p. 156). Dans la *Bible*[13], on y trouve aussi : « Moi et le Père nous sommes un. » (*Jean.* 10 : 30). Il semble avoir une concordance entre ce que dit ces deux ouvrages canoniques.

De l'un au deux et au trois, le *Laozi* décrit comment le *dao* 道 engendre les dix mille êtres, qu'on peut résumer le tout en un. Certains nomment cet *un* par le Créateur, comme le dit la *Bible*.

Le « *yi* 一 » est autonome, ce qui est à l'opposé à cet un n'existe pas. L'état de cet *un* (*dao* 道) ne peut être saisi par l'idée d'opposition binaire.

Le « *yi* 一 » représente aussi un concept d'intégrité manifesté par l'harmonie.

Les Taïwanais sont aimables et accommodants, c'est ce que sentent la plupart de gens qui les rencontrent pour la première fois. Certes, il y en a qui sont très aimables et authentiques. Ils sont dans un état éclairé, harmonieux et doux dans toutes leurs sphères de la vie. Ces gens ne se laissent pas prendre par le grand courant, qu'ils se trouvent seuls, avec la famille ou au travail. Ce sont probablement des gens que l'on dit qu'ils sont dans leur *intégrité*.

En revanche, certaines personnes pourraient paraître très aimables dans son milieu de travail, mais une fois celles-ci se trouvent seules, avec la famille ou les proches, elles ne le sont plus. Les désaccords, les disputes, les conflits, ce sont des scènes qu'ils vivent tous les jours. Moi, j'en faisais partie de ces personnes-là.

Pourtant, c'est probablement dû au fait d'avoir vécu un sentiment de déchirement si fort que quand on aurait l'occasion d'entrer en contact avec le « *yi* 一 », on serait capable de percevoir davantage le ravissement qui en découle.

À l'époque de Zhanguo 戰國 (403-221 av. J.-C.), il y avait un shaman appelé Ji Xian 季咸[14] vivant dans le royaume de Zheng 鄭. Il était capable de prédire la mort à chacun avec une date précise. Les gens de l'État s'éloignaient de lui par crainte que ses prédictions auraient leur apporté le malheur.

Lie zi 列子 rendit visite à Ji Xian et il fut très convaincu des talents de ce dernier. Il raconta ses expériences avec le shaman à son maître Hu zi 壺子 et dit que Ji Xian surclassait son maître pour ses savoirs et ses connaissances. Après avoir entendu ses paroles, le maître lui fit la morale. Pensant que son disciple avait appris seulement quelques savoirs apparents, mais qui crut avoir atteint le « *dao* 道 », Hu zi incita son apprenti à organiser une rencontre entre lui et Ji Xian, pour que le dernier pouvait lui prédire son avenir.

Ji Xian a rencontré Hu zi à quatre reprises, mais son diagnostic ne fut jamais pareil pour chaque rencontre. Le premier prédit la mort de Hu zi alors que le deuxième indiqua que celui-ci fut en bonne santé. Lors de la troisième rencontre, Ji Xian dit que Hu zi fut dans un état instable alors que le verdict était impossible. Et la quatrième rencontre, Ji Xian s'enfuit à toute vitesse à la vue de Hu zi. Le maître dit à Lie zi de le rattraper, mais Ji Xian avait déjà disparu de la scène très rapidement.

Il s'avérait que Hu zi aurait utilisé la puissance de l'esprit lors de chaque rencontre et présenta les états variés de sorte que Ji Xian n'avait aucune idée de ce que c'était le dessous de tout ça. Lors de la dernière rencontre, Hu zi montra à Ji Xian l'état de son esprit en échanges équilibrés et fructueux avec l'univers dans sa forme la plus naturelle, et ce, sans aucun caractère emprunté. Cet état fut changeant, tantôt comme des vagues déferlantes, tantôt comme le cœur calme et serein tel un miroir.

Employer son *cœur* et vivre la vie et laisser la nature suivre son cours, il est possible que ce soit une des facettes naturelles des petits enfants. C'est pourquoi beaucoup de gens croient qu'ils se dotent du pouvoir de communiquer avec l'esprit d'au-delà. Mais en fait, tout le monde est né avec ce pouvoir communicationnel avec son esprit. Lorsque les enfants grandissent, ce pouvoir serait couvert par les connaissances acquises par le cerveau.

Si Hu zi est capable de contrôler la puissance de son esprit, c'est parce qu'il ne *se donne* pas à combler ses désirs matériels. Ce genre d'individus croient à la divinisation, mais ne s'y accrochent pas. Il lui est clair que le dessein réside dans les choix faits par eux-mêmes, qu'un diseur de bonne aventure pourrait seulement voir une partie de tous les choix qui se présentent.

C'est d'ailleurs pourquoi, pour au moins une fois, ce que prédit le diseur de bonne aventure pourrait être juste et exact.

Personnellement, je ne pense pas que Hu zi était quelqu'un de spécial, un homme extraordinaire ou encore un sage. Tout le monde serait capable d'atteindre l'état comparable à celui de Hu zi, tout comme son disciple Lie zi qui y parvenait plus tard dans sa vie. Cependant, c'est que la plupart de gens refusent de croire à la puissance de leurs capacités. Ils choisissent alors d'aller vers les autres pour se référer à leurs opinions, de vivre une vie aux dépens de jugements et d'images qu'exigent les autres.

L'intégrité de l'individu ne peut être atteinte que par lui-même. S'il compte sur les facteurs externes pour atteindre son état d'intégrité, hélas il est en train d'écrire son histoire de vie entrelacée des scènes de joie et de souffrance, ou bien il forme un cycle vicieux dont il ne peut s'échapper.

Après avoir compris la vérité de *dao*, les conditions de vie de Lie zi ne furent pas améliorées. Beaucoup sont ceux qui eurent de l'estime pour ses compétences et ses qualités vertueuses et l'invitèrent à devenir ministre de l'État, mais Lie zi resta indifférent devant ces offres. Ce n'est pas qu'il renonça à des plaisirs matériels, mais il sut très bien que ces gens-là lui représentaient un danger, que ceux-ci ne détenaient pas longtemps le pouvoir. La réalité prouve d'ailleurs que Lie zi avait bien raison.

Le « *yi* 一 », c'est la confiance totale envers l'esprit. Tout comme la bonne foi à la religion chez les gens d'ordinaire, dans le cas de Hu zi, c'est sa croyance en l'esprit, il n'y a pas de différence entre les deux.

Cependant, à l'église comme au temple, les gens n'ont pas peur et sont prêts à se livrer à Lui. Ils font des promesses, acceptent qu'il gère leur vie et suivent l'essence de son amour. Mais une fois sortis de ces bâtiments, combien sont-ils ceux qui tiennent leurs promesses jusqu'au bout ?

Cet état vis-à-vis du « *yi* 一 », c'est la division. L'expérience de la division fait en sorte que l'homme ne se souvienne pas de ses mémoires originelles engendrées par le « *yi* 一 ». Mais certains diraient que c'est justement pourquoi l'homme est éminent. L'homme se jette dans le monde pour ainsi expérimenter et montrer comment revenir à être *un tout dans son intégrité*.

Je ne peux vous confirmer ce qui vient d'être énoncé. Je ne rejette pas non plus ce genre de propos qui mettent en avant les valeurs de l'homme en tant qu'être humain.

À Taïwan, il est très courant de dire une phrase semblable : « Chacun joue sa pièce de théâtre dans son for intérieur. » Cette phrase est juste. La plupart de gens ont de moins en moins de l'audace de s'exprimer, mais à l'intérieur de soi, ils font rejouer les mêmes scènes et y répètent sans cesse leurs interactions avec autrui. Ces mises en scène produites et diffusées par le cerveau ne permettraient pas aux gens d'obtenir les résultats qu'ils avaient anticipés.

Moi aussi, j'ai déjà vécu cette mode de vie. En fin de compte, il ne me restait que l'épuisement, comme dans le cas de Zi Gong. Je pourrais même dire que je perdais le sens de ma vie. Ayant traversé ce passage de vie, j'arrive donc à comprendre pourquoi le « *yi* 一 » pourrait rendre l'homme libre et autonome, lui permet de s'arrêter de mimer ou de copier les autres, et finalement lui permet de se retrouver la capacité créatrice.

Au cours de ces dernières années, c'est la tendance de s'imiter qui avait régné sur Taïwan. On voit souvent apparaître les slogans comme « Faire un tel de Taïwan ». Or, si l'idée directrice est de « Faire un tel de Taïwan », même si l'objectif est atteint, si ce n'est pas une réplique, n'est-ce pas que l'on vivrait toujours dans l'ombre de ce qui ou ce quoi ?

Prenons l'exemple des soins de la longue durée. La société taïwanaise sera entrée dans l'ère de soins de longue durée dont l'intérêt porte sur le fait de s'occuper des personnes âgées jusqu'à la fin de leur jour. En matière de cette question, le voisin japonais serait l'exemple à suivre et la raison principale, c'est que les deux partagent la même origine culturelle.

Le Japon est surtout connu pour la discipline et la performance dans ses institutions sociales et ses constructions environnementales. Les Japonais sont exigeants sur l'égalité et la justice dans la distribution sociale ainsi que la perfection de l'installation des établissements de bien-être social. Cependant, deux ouvrages japonais à grand succès qui ont été publiés dernièrement méritent une attention particulière. Leur titre indique les enjeux sociaux soulevés dans les ouvrages respectifs, désignés par les termes *japonais*[*] *Muen shakai* 無縁社会 (société sans liens sociaux)[15] et *Karyū rōjin* 下流老人 (personnes âgées subalternes)[16]. Il s'agit d'ouvrages de sensibilisation concernant les institutions sociales des personnes âgées dans la société japonaise.

Tous ces deux livres insistent fortement sur la relation sociale en parlant des mesures politiques et des institutions de soins des personnes âgées. Je ne suis pas spécialiste dans les domaines sociaux alors que je ne peux vous en discuter. Mais après avoir effectué mes recherches sur le Gaodishu 告地書 (textes informant le monde sous-terrain)[*], j'aurais quelques réflexions à partager concernant les sujets relationnels.

La culture japonaise comporte un aspect refoulé très présent, et cela commence du cercle familial. On met l'accent sur les manières de salutation prescrites, la distinction selon le statut social ainsi que la politesse et les coutumes dans le secteur du service. Or, si c'est pour combler les conditions matérielles des choses splendides, il faut que ces comportements et ces conduites manifestés soient fondés sur un esprit ouvert et transparent pour éviter les conflits et les refoulements.

Pendant que le problème fondamental demeure toujours non résolu, bien que les forces externes viennent intervenir et organisent les activités sociales pour encourager les interactions entre les personnes âgées, leurs effets restent limités. L'origine de toute question réside en ce qu'est la nature de l'*amour*.

Si les personnes responsables de soins de ces personnes âgées ne parviennent pas

---

[*] Les caractères dans ces deux termes de « 無縁社会 » et « 下流老人 » ne sont pas des sinogrammes, mais plutôt des *kanji* 漢字, c'est-à-dire les caractères chinois adoptés en écriture japonaise. Je dois à M. Hidetaka YONEYAMA, chargé de cour au Centre de langues de l'Université de Montréal, pour l'utilisation de ces termes en *rōmaji*, qui veut dire la romanisation de la prononciation japonaise.

[*] Voir chapitre 2.

à faire comprendre à ces dernières que la vérité fondamentale de la vie, en dehors du facteur de l'âge, c'est de prendre soin de soi-même (surtout bien soigner leur esprit) ; attendant ainsi passivement pour recevoir des soins loués, celles-ci s'affaibliraient leur propre volonté d'agir.

Quant à l'aspect relationnel, le nombre de compagnons n'a pas d'importance. Si seulement les hommes étaient capables de s'ouvrir mutuellement et spirituellement, de se communiquer de façon approfondie entre eux. Peut-être que cela est la façon de résoudre définitivement la question de *solitude*. Il y a ce témoignage dans le livre *Muen shakai* qui m'a surtout marquée[17] :

> Dans la maison de retraite, on est entouré de beaucoup de gens du même sort. On organise souvent toutes sortes d'activités pour passer nos jours, la vie est bien animée. Cependant, c'est seulement ce qui paraît à la surface des choses. Quand tu retournes à ta chambre, seul, c'est la solitude qui t'accompagne. Selon l'expérience de vie que moi j'avais saisie rendu à mon âge, c'est qu'il serait tort de croire que cela ne t'arrivera jamais.

Parfois, que les facteurs externes tels que mentionnés ci-haut soient impeccables, cela ne peut que faire ressortir davantage la solitude de la vie une fois la personne est au retour à la tranquillité de tout vacarme, cela reflète un sentiment solitaire encore plus profond. En fin de compte, il faut retourner à l'intérieur de soi face à des problèmes qui se présentent.

En outre, le fait de s'adresser aux institutions et se confronter aux problèmes relève d'une bonne action qui, en soi, se détermine d'une bonne volonté. Cependant, si la *peur* était le point de départ, le discours provoquerait une sorte d'esprit comminatoire chez le lecteur et non pour mener son esprit vers un regard optimiste sur l'actualité, il n'est donc pasi difficile d'imaginer les influences et les conséquences qui en découleraient.

En ce qui concerne l'ouvrage traitant les *karyū rōjin* (personnes âgées subalternes), bien qu'il contienne amplement de conseils salutaires et que son motif se fonde sur la bonne volonté de sensibiliser le gouvernement aux enjeux sociaux, le titre du livre, soi-disant, impliqueesp un parti pris associé à une malédiction envers soi-même. Que le milieu de vie soit bien soigné minutieusement, s'il n'est pas donné du vrai sens de l'amour pour émanciper l'esprit refoulé, en fin de compte, son effondrement serait inévitable.

Taïwan pourrait se profiter des critiques et des réflexions de son voisin japonais en matière de soins à longue durée. Moins de ressources financières, humaines et même matérielles seront investies pour les services offerts seulement si l'esprit de ce système visait à guider les personnes concernées vers leur intérieur pour retrouver ainsi leur sensation d'intégrité de leur stade de petite enfance, ainsi que la quintessence de ce que c'est le « *yi* 一 ».

Le concept d'*intégrité* du caractère « *yi* 一 » m'a conduite à partir des aspects théoriques de l'Étude des caractères chinois (*hanzixue* 漢字學) et à aller vers la vie et la culture des sinogrammes.

La tradition du domaine de l'Étude des sinogrammes (*wenzixue* 文字學) met en relief les principes et les règles établis par les anciens sages et les précurseurs dans le but d'expliquer et d'interpréter les textes canoniques. Cependant, il semble que la transmission des connaissances purement académiques ne pourrait plus répondre aux besoins de l'éducation moderne. Serait-il possible d'adopter une perspective de recherche plus élargie sur ce domaine d'étude paradigmatique[18] ?

Le terme « paradigme » a été introduit par G.C. Lichtenberg (1742-1799), physicien et philosophe au 18e siècle. Ce terme a été largement employé par T.S. Kuhn (1922-1996) au cours du 20e siècle en ce qui concerne les théories académiques et les recherches scientifiques. Les autres disciplines dans la communauté scientifique ont également commencé à s'intéresser aux méthodes et aux normes, à spécifier les champs d'études et à établir la méthodologie. Si jamais ces critères ne sont pas respectés, ils perdent alors leur « scientificité »[19].

C'est au 20e siècle que le paradigme, qui dès lors se montre contraignant et non concordant à la nature humaine, ait été remis en question par la conception d'humanisme. C'est le contexte dans lequel la « psychologie humaniste » prit de l’essor. Cette branche de la psychologie considère l’être humain comme étant un tout organique, qui insiste sur le fait d’étudier l’homme dans les notions de respect, de potentiel individuel, d’expériences intégrales, de sensations et émotions, de motifs à différents niveaux, d’imagination, de créativité, etc.

Pour l’Étude des caractères chinois qui est une discipline fondée purement sur la logique et qui met l’accent sur la scientificité, est-il possible de se référer à la notion d’humanisme ? Autrement dit, après avoir expliqué et après avoir analysé la graphie, la prononciation et la signification d’un caractère, on pourrait y introduire, de façon raisonnable, certains éléments inspirés par l’humanisme. En se faisant, cette discipline ne serait pas caractérisée d’une nature simplement instrumentaliste. En plus d’être le pont de communication entre la langue classique et la langue moderne, les chercheurs pourraient y apporter leurs connaissances et leurs expériences de vie acquises dans d’autres domaines.

Accepter le défi d’introduire la pensée humaniste dans les recherches et dans l’enseignement, de sorte que l’Étude des caractères chinois ne se trouve plus hors du contexte de développement culturel du temps. À travers ce défi, les chercheurs pourraient élaborer une perspective de recherche encore plus élargie et approfondie. Avec une perspective plus approfondie, ce domaine ne serait plus une discipline de base ; à l’aide d’une perspective élargie, cela permet aux chercheurs d’apporter le fruit d’expériences personnelles à leurs recherches et de les vulgariser auprès du public sous forme de dialogue.

Dans mes cours, il y a des étudiants qui postent souvent une question : quel est donc le but de la vie ? En rédigeant ce présent livre, je suis maintenant plus enclin à un dicton : tout ce qui se présente dans la vie, les gens, les affaires ou les choses, rien n’a de signification avant que les hommes leur en attribuent une.

C’est dommage que selon l’éducation chinoise traditionnelle, les enfants ou bien les élèves soient obligés d’accepter ce qui est prédéterminé par les adultes ou par les enseignants. Cette éducation leur permet rarement d’essayer de déterminer ce qui correspond à leurs désirs. Si seulement cette éducation s’avérait bonne et efficace, jusqu’à nos jours, il serait alors juste de croire que le pays et la société sont remplis de l'espoir et de la joie.

Les éducateurs encouragent généralement les élèves à « être soi-même », sauf qu'ils y ajoutent toutes sortes de prémisses, de règlements et de normes. S'il n'est pas possible pour un individu de déterminer ou de faire des choix pour sa vie et pour sa mort, mais que tout est pré-arrangé par les autres, comment peut-on demander à cet individu de connaître clairement son identité ? de connaître ce qu'il veut faire ?

Très souvent, les hommes, d'un côté, confirment leur imperfection ; mais de l'autre côté, ils pensent que quelques-uns des porte-paroles de Dieu ont le pouvoir de pardonner ou de tolérer cette imperfection. Pour moi, ce propos est tout sauf logique. Si Dieu est juste et parfait, l'homme qui est fait de lui devrait donc être indulgent et tolérant par sa nature innée, il n'a pas besoin de passer par lesdits quelques-uns.

Dans le même ordre d'idée, certains disent que l'homme est né avec un caractère divin, sauf qu'ils proposent que seulement quelques personnes détenant le droit divin puissent découvrir cette divinité. Voilà un propos intéressant à noter.

Bien sûr qu'il existe des individus pour qui il est impossible d'être indulgents ou tolérants, mais c'est parce que le pouvoir de pardonner ou de tolérer est en sommeil, ce n'est pas qu'ils ne l'ont jamais possédé. Chacun fait librement son choix de venir au monde. Si après être devenu un être humain, il voudrait prêter ses droits aux autres, il s'agit également, n'est-ce pas, d'un choix fait par sa volonté arbitraire.

Un individu qui réveille ses caractères innés de l'indulgence et de la tolérance ne perçoit pas le mal ou l'affrontement ; un individu qui réintègre son pouvoir de pardonner et d'aimer, il comprendrait pourquoi il est semblable ou différent aux autres, mais ne ressentirait aucun sentiment de mécontentement.

Il y a des érudits qui disent souvent que les choses dans ce monde sont chaotiques et désordonnées, le Savoir de l'être homme fait en sorte qu'elles soient en bon ordre. Moi, je pense que ça sera le contraire aujourd'hui. À l'origine, il y a une loi régulatrice qui existe parmi ces choses mondaines. C'est l'être humain qui y avait introduit les émotions et la volonté, et les ont forcées à devenir désorganisées et confuses.

Cette loi, ce n'est ni la loi légale ni les vertus morales, c'est la loi régulatrice engendrée par le « *yi* 一 ».

Pour finir, j'aimerais parler un peu du but de la rédaction de ce livre.

Dans mon autre ouvrage intitulé *Patterns and Connotations of the Culture of Chinese Characters*, j'ai déjà présenté les objectifs de recherche concernant la culture des sinogrammes, qui sont[20] : 1) Élargir la perspective de recherche de l'Étude des caractères chinois ; 2) proposer un cadre de références pour des travaux de recherches antérieurs et à venir sur les sinogrammes, ainsi que pour leur rôle dans l'histoire et pour la direction des futures études ; 3) s'adapter aux besoins de communication interculturelle des sinogrammes (c.-à-d. « Enseignement du chinois langue seconde »).

Cependant, ayant autant parlé des principes théoriques des caractères chinois, j'ai l'impression que ce n'est pas satisfaisant. Si la fonction des choses peut être scindée en deux grands aspects matière/esprit, il semble que les chercheurs des sinogrammes parlent moins des qualités spirituelles des sinogrammes en soi. Toute recherche est plutôt axée sur la façon d'exploiter leurs influences sur les choses matérielles.

Ainsi, je tente à fixer un quatrième objectif pour la recherche de la culture des sinogrammes dans ce présent ouvrage : Explorer la spiritualité. Par le biais d'acceptation et de création quant à l'essence des sinogrammes, je vise à mener des contenus de recherche vers une quête spirituelle, à enrichir les relations humaines (familiale, amicale, amoureuse) que possèdent actuellement les enseignants et les apprenants, à conduire la recherche culturelle vers un niveau spirituel.

Depuis mon enfance, je me suis demandé : Pourquoi suis-je ici ? Qu'est-ce que c'est mon existence en tant que moi ? Ces questions émergent toujours lorsque je suis perturbée par la complexité de mes relations interpersonnelles, et lorsque la nuit tombe et c'est le silence qui règne.

Désormais, les réponses à ces questions ne m'importent plus. J'ai commencé à rédiger ce livre lors du moment le plus bouleversé de ma vie. J'ai eu une publication transitoire entre-temps, mais les résultats n'étaient pas souhaitables. Ce livre commence avec un objectif précis et bien ciblé, mais il est seulement complété après que j'avais complètement lâché. C'est ce qui me conduit à connaître le « *ren* 人 », à apprécier le « *yi* 一 ».

« Merci », c'est le mot le plus convenable que j'ai pu trouver en ce moment pour lui exprimer ma gratitude en retour.

La gratitude est le point de départ, c'est aussi le point d'arrivée. J'ai terminé la rédaction le 24 décembre 2016. Dans cette nuit sereine et romantique, j'ose espérer que la joie de la renaissance et de la paix puisse être transmise et partagée à chacun de mes lecteurs par le truchement de chaque sinogramme traité dans ce livre. Merci pour tout cela.

Section II
Héritage de la cutlure des sinogrammes

Au 3e siècle avant notre ère, après avoir uniformisé la Chine, Qinshihuang 秦始皇 (259-210 av. J.-C.) appliqua la politique de normaliser l'écriture chinoise (*Shutong wenzi* 書同文字). En effet, cette pratique politique est équivalente à ce que le domaine de la *linguistique appliquée* appelle « Conformité ». C'est le fait d'utiliser le pouvoir de l'État pour planifier les règlementations de l'utilisation de la langue et des écritures, en plus d'établir les politiques et les projets de loi dans le but de standardiser la langue.

L'uniformisation et la normalisation des écritures permettent de construire une convention socioculturelle de haut niveau. Pour une nouvelle dynastie et une nouvelle nation, la condensation des bons sentiments entre les peuples se fait à travers l'outil de communication en commun, qui a également effet sur la conciliation entre les sentiments populaires et les coutumes. Bref, utiliser un même outil de communication joue un rôle important dans la stabilité sociale, le fonctionnement politique et le rétablissement économique.

Un dirigeant avec l'esprit clairvoyant fait attention à l'importance de la normalisation des langues pour des raisons mentionnées *supra*. C'est pourquoi lors des successions des dynasties, l'organisation des écritures aurait lieu au moment de la fondation de l'État, ou bien au temps de la stabilité.

La politique Shutong wenzi 書同文字 de la dynastie Qin 秦 (221-207 av. J.-C.)

mit fin au phénomène linguistique qui était loin d'être uniforme lors des époques de Zhanguo 戰國. Cependant, une variété de dialectes et d'écritures fut toujours présente dans des principautés. C'est ce qui avait formé les « huit styles d'écriture » (*bātǐ* 八體) de Qin. L'eunuque Zhao Gao 趙高, considéré par la postérité comme ministre causant la perte de sa nation, fut un des acteurs importants dans cette organisation des écritures.

La dynastie Han avait non seulement hérité le système d'écriture de Qin, mais avait aussi continué la compilation des manuels aux caractères (*zìshū* 字書). Dans la section bibliographique « Yiwenzhi 藝文誌 » du *Hanshu* 漢書 ou *Livre des Han*, il est noté[21] :

> Après la fondation de la Dynastie Han 漢, les enseignants du village rassemblèrent trois manuels, le *Cangjie* 倉頡, le *Yuanlil* 爰歷 et le *Boxue* 博學, en un seul ouvrage intitulé *Cangjiepian* 倉頡篇 qui comprit un total de 55 paragraphes et chaque paragraphe contint 60 caractères. Sous le règne de Wudi 武帝, Sima Xiangru 司馬相如 rédigea le *Fanjiangpian* 凡將篇 avec aucun caractère répété. « Puis, Shi You 史游, Préfet de la porte Jaune sous le règne de Yuandi 元帝, rédigea *Jijiupian* 急就篇, et Li Zhang 李長, Architecte de la cour sous Chengdi 成帝, rédigea le *Yuanshangpian* 元尚篇 », tous les deux avaient repris les caractères parus dans le *Cangjie*. Il y a cependant ides différences dans le *Fanjiang*. Au milieu de l'ère *Yuanshi* 元始, la cour impériale fit appel à cent érudits qui s'excellèrent en petite étude pour venir recopier les caractères dans le palais. Yang Xiong 楊雄 sélectionna les caractères utiles pour rédiger le *Xunzuanpian* 訓纂篇, puis il prit la relève pour rédiger le *Cangjie* 倉頡. Il modifia les caractères répétés dans cet ouvrage avec un total de 89 paragraphes. Les autres ministres continuèrent le travail de Yang Xiong 楊雄 et rédigèrent 13 paragraphes, formant un total de 102 paragraphes sans caractères répétés. Jusqu'ici, les caractères de l'ensemble des six livres canoniques (*liùyì* 六藝) ont été presque tous transcrits. (Traduction adatpée de cf. BOTTÉRO, 1996, *op. cit*., p. 78)

Au début de la dynastie des Han 漢, les trois manuels *Cangjiepian*, *Yuanlipian* et

Boxuepian ont été rassemblés en un seul ouvrage sous le titre de *Cangjiepian* ; puis il y avait le *Fanjiangpian* 凡將篇 de Sima Xiangru 司馬相如, le *Jijiupian* 急就篇 de Shi You 史游, le *Yuanshangpian* 元尚篇 de Li Zhang 李長, et le *Xunzuanpian* 訓纂篇 de Yang Xiong 楊雄.

Certes, l'ouvrage ayant trait aux caractères chinois (*zishu* 字書) qui a eu la plus d'influence sur la postérité est sans doute le *Shuowen jiezi* de Xu Shen 許慎, daté de l'époque des Han orientaux. Si l'on regarde sur les auteurs de ces *zishu*, il n'est pas difficile de constater : même si ce sont des hommes de domaines variés, par exemple Li Si 李斯 en droit, Sima Xiangru 司馬相如 en littérature, Zhao Gao 趙高 en politique, ils peuvent tous être en même temps spécialistes des sinogrammes. Autrement dit, pendant que les intellectuels de l'ancienne époque se cultivaient de diverses expertises, ils accordaient, en même temps, de l'importance à la capacité de bien maîtriser et utiliser les sinogrammes. Ceux qui maîtrisaient habilement cette capacité étaient souvent ceux qui se sont démarqués dans leur champ d'expertise[22].

Le travail de compilation des *zishu* se poursuit après la dynastie des Han, par exemple, Gu Yewang 顧野王 (entre les Liang 梁 et les Chen 陳 des Dynasties du Sud 南朝) rédigea le *Yupian* 玉篇 ; Yan Yuansun 顏元孫 des Tang, le *Ganlu zishu* 干祿字書 ; Wang Zhu 王洙 avec Sima Guang 司馬光 et les autres des Song, le *Leipian* 類篇 ; Mei Yingzuo 梅膺祚 des Ming, le *Zihui* 字彙 ; Zhang Zilie 張自烈 (la dernière année du règne de l'empereur Chongzhen 崇禎 des Ming), le *Zhengzitong* 正字通. Ces manuels aux caractères chinois sont soit compilés par le gouvernement, soit compilés en privé. On pourrait voir le fruit des recherches sur les écritures des érudits, et cela reflète également les utilisations des caractères ainsi que les caractéristiques de la standardisation des écritures de l'époque.

Sous la dynastie des Qing 清, pour faire disparaître la voix de renverser les Qing chez les peuples d'ethnie Han (漢族), le gouvernement impérial fit d'abord recours à la répression armée. Après que les situations politique et militaire soient stabilisées, la cour des Qing fit volte-face pour une politique de conciliation par la domination culturelle. En 1710, l'empereur Kangxi 康熙 ordonna aux Grands Secrétariats Zhang Yushu 張玉書 et Chen Tingjing 陳廷敬, tout comme d'autres fonctionnaires de l'Académie Hanlin 翰林, de compiler un ouvrage ayant trait aux caractères chinois. Le nom original de cet ouvrage complété en 1716 fut *Zidian* 字典 (*Dictionnaire*). Avec un total de 47035 caractères, il est connu aujourd'hui sous le nom appellatif de *Kangxi zidian* 康熙字典. Il s'agissait d'un vrai « manuel d'examen » avec l'ordre notifié du gouvernement impérial que tous les lettrés participant aux examens impériaux devaient se baser sur ce dictionnaire pour écrire leur composition d'examen.

À la fin de la dynastie Qing, les influences occidentales grandissantes en Chine ont suscité la remise en question de la culture chinoise. En 1892, afin d'améliorer le taux d'alphabétisme des Chinois, Lu Zhuangzhang 盧戇章 commença la réforme des sinogrammes par la méthode de romaniser les caractères chinois. En se référant aux alphabètes latines, celui-ci utilisa la formule de « deux caractères unis formant donc un son » et établit 55 nouveaux scribes phonétiques (*qiēyīn xīnzì* 切音新字) dorénavant écrits horizontalement qu'il nomma « Les alphabets phonétiques chinois *les plus efficaces*[*] ». Il publia par la suite le livre *Yimu liaoran chujie* 一目了然初階 et l'année suivante, le *Xinzi chujie* 新字初階. Les deux livres sont en fait du même ouvrage *Zhongguo qieyin xinzi xiaqiang* 中國切音新字廈腔 qui avait été largement répandu dans les régions de Xiamen 廈門 pendant plus d'une décennie. Lu Zhuangzhang est considéré avec la postérité comme étant le précurseur des mouvements d'alphabétisation de la langue chinoise[23].

En 1900, Wang Zhao 王照 s'était sauvé au Japon après l'échec de la Réforme de cent jours. Selon lui, la complexité des sinogrammes fut une des raisons pour laquelle la démocratisation de l'éducation en Chine était difficile. S'étant inspiré des syllabaires japonais (*hiragana*), il décida de créer les alphabets chinois (*zìmǔ* 字母) à partir d'une partie des composantes graphiques ou d'une partie des graphies du sinogramme. En 1901, il est rentré à Tianjin 天津. Sous le nom de pinceau « Luzhong qiongshi 蘆中窮士 », il publia un article intitulé « *Transcription phonétique officielle des alphabets chinois unis* » portant sur le projet du système de jumeler deux caractères à la manière des syllabaires japonais (*hiragana*). En 1905, il fonda la maison d'édition *Pinyinguanhuashubaoshe* 拼音官話書報社 à la ville de Baoding 保定 et lança le journal *Pinyinguanhuabao* 拼音官話報 pour promouvoir la transcription phonétique officielle des alphabets chinois. Ceci est devenu le plus ancien projet d'alphabétisation des caractères chinois en Chine.

En 1909, les érudits Lao Naixuan 勞乃宣, Zhao Binglin 趙炳麟 et Wang Rongbao 王榮寶 fondèrent le premier club dédié à la réforme des écritures chinoises, *Jianziyanjiuhui* 簡字研究會. Ceux-ci travaillèrent sur la simplification des caractères chinois ainsi que sur la vulgarisation du chinois simplifié. Les influences des mouvements de la réforme des caractères chinois lors de la fin des Qing demeurent fondamentales pour les politiques du gouvernement de la République de Chine (RC, 1912-1949) ou bien de celui de la République populaire de Chine (RPC, fondée en 1949) de promouvoir l'application des caractères simplifiés.

Après l'établissement de la République, en janvier 1912, Cai Yuanpei 蔡元培 est devenu le premier Premier Ministre de l'Éducation du gouvernement provisoire de la RC à Nanjing. En décembre, le Ministère de l'Éducation (ME) publia les *Règlements des écoles normales* et *Applications détaillées des règlements des écoles secondaires*, promulgua les *Règlements de la Commission sur l'unification de prononciation* pour entreprendre la mise en place de la normalisation des langues et des écritures.

En novembre 1918, le ME publia le *Tableau des graphèmes phonétiques*, y compris 24 consonnes, 3 médiales, 12 voyelles, pour un total de 39 prononciations.

Le 21 avril 1919, le Comité préparatoire pour l'unification de la langue nationale, qui fut responsable spécifiquement dans le travail de la normalisation des langues et des écritures, a été fondée.

En février 1920, les nouveaux signes de ponctuation furent envoyés par le Comité préparatoire pour l'unification de la langue nationale à chacune des provinces dans le but de les appliquer dans toutes leurs écoles. L'idée de simplifier les caractères chinois suscita l'intérêt dans le monde académique. Dans l'article intitulé « *Propositions sur la soustraction des traits des caractères chinois* » publié dans la revue *Nouvelle jeunesse*, son auteur Qian Xuantong 錢玄同 proposa huit méthodes pour simplifier les caractères chinois, il fut soutenu par les érudits tels que Lu Ji 陸基, Li Jinxi 黎錦熙 et Yang Shuda 楊樹達.

En 1923, dans le numéro *Hanzigaige* 漢字改革號 du périodique mensuel *Guoyu* 國語, Hu Shi 胡適 proposa les « graphies abrégées » (*pòtǐ zì* 破體字), c'est-à-dire les caractères vulgarisés créés et promus par le peuple.

En février 1935, le monde culturel à Shanghai lança le Mouvement de *shǒutóuzì yùndòng* (手頭字運動), cela dit, les caractères dans les livres imprimés devraient se baser sur les caractères écrits habituellement à la main. Parmi les participants de ce mouvement, il y a eut des érudits connus de l'époque tels que Cai Yuanpei 蔡元培, Tao Xingzhi 陶行知, Guo Moruo 郭沫若, Chen Wangdao 陳望道, Ye Shengtao 葉聖陶, Ba Jin 巴金, Lao She 老舍, Zheng Zhenduo 鄭振鐸, Zhu Ziqing 朱自清, Yu Dafu 郁達夫. On y trouve également un total de quinze revues, comme *Taibai* 太白, *Dushu shenghuo* 讀書生活, *Shijie zhishi* 世界知識, qui y ont participé. Le « Premier glossaire des *shoutouzi* 手頭字 » fut publié par la suite.

En 1935, le ME publia le glossaire de 3516 caractères à l'usage courant. Au mois d'août, le ME annonça le *Tableau des premiers caractères simplifiés* avec un total de 324 caractères, cela faisait partie à la « Liste des caractères simplifiés » (*jiǎntǐ zìpǔ* 簡體字譜) éditée par Qian Xuantong 錢玄同 et ses collègues. Le tableau se base sur trois règles qui peuvent être résumées comme suit : 1) On transcrit sans inventer ; 2) on privilégera les caractères simplifiés à l'usage général dans la société ; 3) les caractères qui sont déjà simplifiés ne seront pas visés.

En février 1936, selon les directives du Yuan exécutif 行政院, le ME a suspendu la promulgation du *Tableau des premiers caractères simplifiés*.

En octobre 1941, les *Nouvelles rimes de la langue chinoise* ont été publiées par le gouvernement de la RC.

En avril 1946, le gouvernement de la RC s'installa à l'île de Taïwan. Le Bureau administratif et exécutif de Taïwan a fondé le Comité d'application de la langue nationale dans la province de Taïwan, nommé le Commissaire de promotion de la langue nationale dans la province de Taïwan (c.-à-d. le mandarin utilisé actuellement à Taïwan). Il a également dressé le programme de campagne du mandarin à Taïwan qui consiste à apprendre le mandarin à partir du dialecte taïwanais, à mettre l'accent sur la prononciation du mandarin à partir de la prononciation dialectique (*kongzibai* 孔子白),

à abolir la grammaire inspirée de la langue japonaise pour revenir aux textes d'origine par la prononciation du mandarin. Au mois d'octobre, toutes éditions en langue japonaise dans les journaux et revues furent abolies et la création littéraire en langue japonaise fut interdite.

En 1947, l'Institut national de compilation et translation a été fondé par le ME et la *Liste temporaire des graphies unifiées fréquemment utilisées* a été établie. En même temps, tout usage de la langue japonaise est interdit dans le pays, incluant les albums de musique en japonais. La pédagogie s'es faite principalement en mandarin et selon le contexte, le dialecte taïwanais a été aussi permis. On devait utiliser le mandarin dans la vie quotidienne, sinon on risquait d'être pénalisé.

En janvier 1948, le ME a installé le Comité d'application de la langue nationale est établi dans chaque ville et chaque comté de la province de Taïwan et publié les *Règlements d'organisation du Comité d'application de la langue nationale dans chaque ville et chaque comté de la province de Taïwan.*

En juillet 1953, le ME a fondé le Comité d'organisation de recherches des caractères simplifiés pour structurer lesdits caractères.

En mars 1954, Luo Jialun 羅家倫 a publié l'article « *Grande nécessité de la promotion des caractères simplifiés* » dans le journal *Zhongyangribao* 中央日報, ses raisons étaient comme suit : 1) Préserver les caractères chinois ; 2) gagner du temps ; 3) épargner de l'énergie ; 4) démocratiser l'éducation auprès du grand public par l'outil le plus pratique. Le Comité législatif était fortement en désaccord de ses propositions. 106 de ses membres ont cosigné le « *Procès* de *proposer particulièrement d'établir les écritures et la loi procédurale afin de consolider la nation pour défendre contre la destruction des caractères chinois, la culture traditionnelle et le danger potentiel à la nation* ».

En 1969, lors du 10e Congrès national du Guomindang, He Yingqin 何應欽 a proposé que « le Ministère de l'Éducation et l'*Academia Sinica* devraient travailler en collaboration pour reconsidérer de façon sérieuse les caractères abrégés (*jiǎnbǐ zì* 簡筆字) pour s'adapter à la mise en pratique de l'enseignement actuel et à l'installation culturelle et éducative après avoir regagné la Chine continentale ». Il a préconisé que «

pour bien examiner et étudier les caractères abrégés, il faut d'abord commencer par les repérer selon l'usage courant parmi les élèves dans la société, les acteurs des milieux industriel et commercial ou encore parmi les écrits servis dans l'armée. Il faut ensuite les catégoriser pour séparer le bon grain de l'ivraie pour que finalement, le Ministère de l'Éducation réclame leur usage auprès du public ».

En septembre 1975, le Bureau de l'éducation sociale (ME) a imprimé le *Premier brouillon du Tableau des caractères à l'usage commun de la population* qui comprenait 4709 caractères.

En 1978, le ME a approuvé à *The Bible Society in R.O.C* de publier 5000 copies de la version bilingue mandarin et romanisation du dialecte Minnan de la Bible. Au mois de mai, le ME a modifié le nom du *Tableau des caractères à l'usage commun de la population* au *Tableau de la forme standardisée des caractères chinois*. Le nombre de caractères ont été augmentés à 4808, y compris l'article « *Communiqué : le Bureau de l'éducation sociale (Ministère de l'Éducation) a mandaté l'Institut de recherche du Département du chinois de l'Université nationale normale de Taïwan pour scruter et établir les caractères à l'usage commun et leur forme standardisée* ».

En 1979, le ME a installé le Comité de promotion de l'éducation du chinois. Au mois de juin, le Yuan exécutif a communiqué par courrier avec les autorités centrales et tous les domaines pour des conseils quant à la révision de la forme standardisée. Après avoir corrigé 137 caractères, le Ministère a mandaté la Librarie Zhongzheng 正中書局 de publier l'exemplaire d'essai du *Tableau de la forme standardisée des caractères chinois (révisé et corrigé)*. Le même mois, la compilation du *Dictionnaire du chinois* ordonnée par le ME fut terminée. Au mois d'août, le ME a publié l'exemplaire du *Tableau de la forme standardisée des caractères chinois (révisé et corrigé)* pour une période d'essai de trois ans, l'usage officiel aurait été énoncé plus tard après la révision et la correction.

En mars 1981, le ME a publié la *Copie du Tableau de la forme standardisée des caractères chinois à l'usage secondaire* avec 7894 caractères, y inclus la copie du tableau des variantes avec 2845 caractères. Au mois d'août, le Yuan exécutif a ratifié le projet du *Plan de la réalisation de renforcement de l'enseignement du chinois par*

Ministère de l'Éducation.

En septembre 1982, le ME a annoncé que la période d'essai du *Tableau de la forme normalisée des caractères chinois* était rendue à la fin. Il a compté d'inclure 4808 caractères avec la révision et la correction. Au mois d'octobre, le ME a publié le *Tableau de la forme standardisée des caractères chinois à l'usage secondaire* avec 6332 caractères, y compris neuf caractères d'unité de mesure et 4399 caractères rarement utilisés.

En 1983, le ME a créé un groupe composé de sept experts travaillant sur le *Projet de Loi sur la langue chinoise* afin de renforcer la promotion de la langue chinoise standardisée. Au mois d'octobre, le ME a publié le *Tableau de la forme standardisée des caractères chinois rarement utilisés* avec un total de 18388 caractères.

En mars 1984, le ME a publié le *Tableau des variantes* comprenant 18588 caractères, en y ajoutant 22 caractères supplémentaires.

En 1986, le ME a mandaté l'Institut de recherche du Département du chinois de l'Université nationale normale de Taïwan pour réviser le *Tableau des caractères à l'usage secondaire*. Sur la demande du ME, ces caractères révisés, y compris ceux dans le *Tableau de la forme normalisée des caractères chinois*, le *Tableau de la forme normalisée des caractères chinois rarement utilisés* et le *Tableau des variantes*, ont été transcrits par les spécialistes sous forme calligraphique en style régulier (*kaishu* 楷書).

En 1990, suite à l'évaluation d'un appel d'offres ouvert, le ME a confié à DynaLab Inc. (*aujourd'hui sous le nom de DynaComware**) de produire la version électronique de copies d'origine des polices (*zìtǐ* 字體) de *Kaiti* 楷, *Songti* 宋, *Heiti* 黑, et *Liti* 隸 qui se trouvent dans les *Tableau des caractères à l'usage commun* et *Tableau des caractères à l'usage secondaire*.

En 1991, le ME a publié quelques impressions d'exemplaires calligraphiques des *Tableau des caractères à l'usage commun* et *Tableau des caractères à l'usage secondaire*, dans le but de les servir comme modèles pour la version électronique de copie d'origine des caractères pour que l'Institut de l'industrie informatique puisse développer le codage du *Chinese Standard Interchange Code* (中文標準交換碼 CNS 11643).

En novembre 1992, le Yuan exécutif a voté pour le *Projet de cinq ans sur la promotion de l'unification des caractères transdétroit*.

En janvier 1993, le ME a inclus l'enseignement de la langue maternelle dans l'enseignement formel primaire et secondaire. Puis, il a annoncé les Règlements d'allégation de subventions de recherche dans le but d'encourager les recherches sur les langues aborigènes. Au mois de juin, après que DynaLab Inc. avait développé la copie d'origine des styles de police de *kaishu* et de *songti*, le ME a publié la liste de *Copie d'origine de la forme standardisée des caractères* Kaishu avec 11151 caractères (incluant 4804 caractères d'usage courant et 6343 caractères d'usage secondaire) et celle de *Copie d'origine de la forme normalisée des caractères* Songti avec 17266 caractères (incluant 4808 caractères d'usage courant, 6343 caractères d'usage secondaire, 3405 caractères rares, et 2455 caractères variantes ; y compris 255 caractères supplémentaires).

En juillet 1994, le ME a annoncé le format de fichier à 64 x 64 pixel de la *Copie d'origine de la forme standardisée des caractères* Kaishu (avec 13051 caractères) et le format de police vectorielle (sans pilote informatique) de la *Copie d'origine de la forme standardisée des caractères* Songti avec 17266 caractères.

En 2000, le ME a fondé la Commission de promotion de la langue et de l'écriture nationales.

En 2001, l'ONUÉSC a classé les langues aborigènes de Taïwan comme étant *Langues en voie de disparition*. Le ME a intégré le *Projet de loi du développement des langues nationales* d'après les projets de loi *Acte du développement des langues aborigènes*, *Loi sur l'équité des langues* ainsi que *La loi fondamentale des langues et écritures* rédigée par l'Institut des langues de l'*Academia Sinica*.

En janvier 2003, le ME a mis en œuvre le *Grade 1-9 Curriculum Guidlines*. Le terme « *zhōngguó wénzì* 中國文字 » (écriture de la Chine) qui se figure dans le « *Curriculum des langues* » a été remplacé par le terme « *hànzì* 漢字 » (singoramme). La même année, pour s'adapter au changement de la politique des langues nationales, le Comité des affaires de la Culture du Yuan exécutif est venu remplacer le Ministère de l'Éducation pour l'administration du *Projet de loi sur l'égalité des langues*. Les dispositions juridiques se sont orientées vers la « conservation de la Culture » et le développement des langues nationales à la place de la normalisation d'utilisation de la langue maternelle.

En février 2007, le Comité des affaires de la Culture du Yuan exécutif a publié le *Projet de loi sur le développement des langues nationales* en espérant qu'après adoption par le Yuan législatif, il pouvait établir la *Loi sur le développement des langues nationales* pour en faire une loi habilitante concernant la gestion des mesures politiques des langues du pays.

En 2013, la réorganisation des fonctions du Yuan exécutif a fait en sorte que le *National Languages Committee* soit réduit à *Department of Lifelong Education's fourth sector* (*Reading and Language Education*). Les travaux en lien avec la compilation et la révision des dictionnaires ont été transférés à *National Academy of Educational Research* (*NARE*).

En résumé, les politiques de la normalisation des langues et des écritures, qui semblent confuses et changeantes depuis la fondation du régime de la République de la Chine, pourraient être divisées en trois grandes lignes : 1) Invention du système phonétique des caractères chinois ; 2) arrangement et standardisation des polies des caractères chinois ; 3) politiques des langues et des écritures nationales. Bref (*yìyán yǐ bìzhī* 一言以蔽之), on pourrait dire que c'est l'époque où cent fleurs s'épanouissaient et les opinions se divergeaient. Il n'est pas insignifiant de mentionner qu'au cours de cette période, avec les avancements technologiques et avec la démocratisation de l'éducation, on a obtenu de résultats remarquables dans le domaine de recherche quant à la normalisation des langues et des écritures[24] :

1. Grand dictionnaire de la langue chinoise version abrégée : http://dict.concised.moe.edu.tw
2. Petit dictionnaire de la langue chinoise : http://dict.mini.moe.edu.tw/
3. Grand dictionnaire de la langue chinoise (révisé) : http://dict.revised.moe.edu.tw
4. Dictionnaire des variantes : http://dict.variants.moe.edu.tw/

5. Dictionnaire des idiomes : http://dict.idioms.moe.edu.tw/
6. Dictionnaire des mots à l'usage courant en dialecte minan utilisé à Taïwan : http://twblg.dict.edu.tw
7. Dictionnaire des mots à l'usage courant en dialecte hakka utilisé à Taïwan (version d'essai) : http://hakka.dict.edu.tw/hakkadict/index.htm
8. Grand dictionnaire de l'histoire et de la culture des aborigènes taïwanais (version d'essai) : http://citing.hohayan.net.tw/

En outre, en raison de la popularité grandissante de la langue chinoise (mandarin) en outre mer, le ME avait commencé la mise en place des mesures politiques et des programmes de reconnaissances des compétences requises pour promouvoir l'enseignement du chinois langue seconde/langue étrangère. En ce qui concerne la question de réunifier et de normaliser les différences de l'utilisation des caractères chinois interdétroit, cela deviendrait à nouveau le centre d'intérêt dans les futures recherches.

Entre les années 1949 à 2009, la République populaire de la Chine (RPC), de son côté, avait aussi accordé une grande importance aux politiques linguistiques et au développement des écritures. Le noyau de ses mesures politiques était la simplification des caractères et ce, même jusqu'à aujourd'hui. Le plus récent mouvement de la réforme des écritures (de nature non obligatoire) a été organisé en collaboration avec le *State Language Work Committee*, le Bureau de la gestion des informations, des langues et des écritures (Ministère de l'Éducation de la Chine) et les érudits. Toutes ces parties avaient également fait appel ouvertement au public et le mouvement a fini par l'adoption du *Tableau des caractères chinois général et normalisé*.

Le terme « *tōngyòng* 通用 » (général) a été employé dans le but de complémenter l'aspect imprécis du terme « *guīfàn* 規範 » (normalisé). C'est à la fois avec l'intention de considérer le phénomène de la « coexistence entre les caractères simplifiés et traditionnels » qui est présent depuis longtemps[25].

Les principes sous-tendant la simplification des sinogrammes en Chine se trouvent principalement dans la vulgarisation, la simplification et la normalisation des caractères. C'est surtout dans les objectifs d'éliminer les variantes pour faire ressortir la caractéristique idéo-phonétique des sinogrammes, de conserver leur spécificité idéographique, leur stabilité et leur applicabilité, et finalement d'intégrer adéquatement une valeur artistique.

Voici une liste non exhaustive des sources principales des caractères simplifiés :

1. On adopte la graphie ancienne (*les caractères traditionnels sont présentés vis-à-vis des caractères simplifiés**) : par exemple le *qì* 棄/弃, le *lǐ* 禮/礼 et le *wú* 無/无.
2. On adopte le caractère primitif et rétablit son sens premier, cela fait aussi partie des caractères anciens : par exemple le *yún* 雲/云, le *shě* 捨/舍，le *zhì* 製/制, le *juǎn* 捲/卷 et le *wǎng* 網/网.
3. On adopte les styles calligraphiques tels que le style cursif (*cǎoshū* 草書) et le style courant (*xíngshū* 行書) pour simplifier les caractères en style régulier standard (*kaishu* 楷書) : par exemple, le *dōng* 東/东, le *yīng* 應/应, le *sū* 蘇/苏, le *shū* 書/书, le *yuè* 樂/乐, le *chē* 車/车, le *xìng* 興/兴, le *tóu* 頭/头, le *cháng* 長/长 et le *fā* 發/发.
4. Se basant sur la prononciation du Mandarin standard, on fusionne certains caractères homonymiques *dits moins compliqués** ou ceux dont la prononciation est proche : par exemple, le *gǔ* 谷 se fusionne avec 穀, le *zhī* 只 avec 隻, le *chǒu* 丑 avec 醜, le *dòu* 斗 avec 鬥, le *fā* 发 ou 發 avec 髮, le *fǎng* 仿 avec 彷 ou 倣, le *yàn* 宴 avec 讌 ou 醼, le *diāo* 凋 avec 鵰, 雕 ou 彫, le *gān* 干 avec 乾, 幹 ou 榦. Parmi d'autres, on fusionne également les caractères interchangeables qui n'étaient plus utilisés pour fixer leur usage, par exemple, le *yú* 余 avec 餘 et le *hòu* 后 avec 後.
5. On invente une nouvelle forme graphique, par exemple : le *hù* 護 est écrit en 护, le *zāi* 災 en 灾, le *yōu* 憂 en 忧, le *chén* 塵 en 尘, le *tài* 態 en 态, le *tǐ* 體 en 体, le *xiǎng* 響 en 响 et le *yì* 藝 en 艺.

Lors du processus de simplification, on fait recours à deux méthodes en général, soit abréger et modifier la graphie. En gros, ce qui concerne le processus d'abréger peut être divisé comme suit :

1. On conserve le protrait général du caractère original, alors que la graphie au milieu du caractère est omise : par exemple dans le caractère *guī* 龜, on peut voir la tête, la queue, la carapace et les deux pattes du caractère traditionnel. Après avoir été simplifié en *gui* 龟, il ne reste que la tête, le corps et la queuc. Quelques autres exemples semblables sont le *mén* 門 qui est simplifié en 门, le *níng* 寧 en 宁, le *duó* 奪 en 夺 et le *lǜ* 慮 en 虑.
2. On ne conserve que quelques traits débutant selon l'ordre du tracé du caractère pour la pure raison d'abréviation, par exemple le *xiāng* 鄉 est abrégé en 乡, le *xí* 習 en 习, le *fēi* 飛 en 飞, le *yè* 業 en 业 et le *záo* 鑿 en 凿.
3. On omet certaines composantes de la structure des caractères, par exemple, le caractère *kuī* 虧 est simplifié en 亏, le *gǒng* 鞏 en 巩, le *mǔ* 畝 en 亩.
4. On omet les composantes redondantes : par exemple, le caractère *jìng* 競 est simplifié en 竞 et le *chóng* 蟲 est simplifié en 虫.
5. En omettant la sous-graphie de la forme et ne conservant que la sous-graphie phonétique, cela forme le phénomène de la *phonétisation* dans les caractères simplifiés : par exemple, la forme standardisée du caractère *kuā* 誇 se compose de sous-graphie de la forme *yán* 言 et de sous-graphie phonétique *kuā* 夸. Étant simplifié en *kua* 夸, on ne garde donc que sa sous-graphie phonétique.
6. On omet certaines parties des tracés *diǎn* 點 et *huà* 劃 (le point et son élément allongé et développé) et emprunte des caractères vulgarisés au sein des peuples : par exemple, le *wú* 吳/吴, le *huáng* 黃/黄, le *mǐn* 黽/黾 et le *lù* 錄/录.
7. On omet une partie de la graphie et déforme légèrement les autres parties restantes du caractère : par exemple, le *lì* 麗 simplifié en 丽, le *guī* 歸 en 归, le *wù* 務 en 务, le *fù* 婦 en 妇, le *xiǎn* 顯 en 显 et le *kuān* 寬 en 宽.
8. On simplifie une partie de composante graphiquee et reconstruit un *radical simplifié**. Lorsque le *yan* 言 est un caractère seul en soi, sa graphie ne change pas ; quand il s'agit d'un radical, sa graphie sera simplifiée, comme dans les cas des caractères *yì* 譯, *shuō* 說, *huà* 話 et *jiǎng* 講, ces caractères se simplifient en 译, 说, 话 et 讲. Le *jin* 金 (lorsqu'il s'agit d'une composante placée à gauche du caractère) se transforme en « 钅 ».

En ce qui concerne la modification des graphies pour faire des caractères simplifiés :

1. On prend une composante ayant moins de traits pour remplacer la composante graphique d'origine. Par exemple, des composantes graphiques qui ont le moindre de lien sémantique avec le caractère initial seraient rempalcées par une composante graphique ayant moins de traits ou par un symbole plus simple. Comme on peut voir dans le cas des composantes graphiques de la partie gauche de ces caractères : *duì* 對/对, *guān* 觀/观, *dèng* 鄧/邓, *huān* 歡/欢 et *nán* 難/难, elles sont toutes remplacées par « *yòu* 又 » en caractères simplifiés. Dans l'exemple de ces caractères *qū* 區/区, *gāng* 岡/冈, *zhào* 趙/赵 et *fēng* 風/风, le « *yì* 乂 » vient remplacer une partie de leur structure. Pour ces caractères comme *zǎo* 棗/枣 et *chán* 讒/谗, on constate que « deux points » (*diǎn* 點) viennent remplacer une partie de leur structure pour former les caractères simplifiés.
2. La sous-graphie de la forme des idéo-phonogrammes est remplacée par la graphie de leurs synonymes ou celle des caractères d'un sens proche comportant moins de traits. Par exemple, le caractère *māo* 貓 est écrit en 猫 et celui de *zhū* 豬 en 猪. Ce sont, en effet, des graphies déjà transcrites dans les manuels aux caractères datés de l'Antiquité.
3. La sous-graphie phonétique des idéo-phonogrammes est remplacée par leur homophone comportant moins de traits: Par exemple, le caractère *jù* 懼 est simplifié en *jù* 惧, le *yì* 憶/忆, le *chàn* 燦/灿, le *qiān* 遷/迁, le *yuǎn* 遠/远, le *zhàn* 戰/战, le *què* 確/确, le *pǔ* 樸/朴, le *xī* 犧/牺, le *dǎn* 膽 en/胆, le *xia* 嚇/吓, le *jù* 據/据, le *chěng* 懲/惩, le *là* 蠟/蜡, le *bì* 斃/毙, le *zhōng* 鐘/钟, le *jiàn* 艦/舰, le *lín* 鄰/邻, le *chǔ* 礎/础, le *píng* 蘋/苹, le *yōng* 擁/拥, le *jié* 潔/洁, le *nǐ* 擬/拟, le *xiā* 蝦/虾, le *bāng* 幫/帮, le *dì* 遞/递, le *gōu* 溝/沟 et le *yào* (*yuè*) 鑰/钥, etc.

Section III
Politiques transdétroit d'enseignement du chinois langue étrangère et leur développement

On constate un intérêt grandissant tant en Chine continentale et à Taïwan quant à la promotion de l'enseignement du chinois outre-mer au cours de es dernières décennies. Les deux ont commencé presque au même moment pour entreprendre des démarches, et chacun avait des objectifs et des contextes historiques propres à chacun[26].

D'un point de vue général, le début de la promotion d'enseignement du chinois langue étrangère à Taïwan concorde avec la période de dix ans de la Révolution culturelle en Chine. Malgré son interruption, avec l'effort et l'investissement du gouvernement chinois, l'Université des Langues et Cultures de Beijing fut créée avec la mission de développer l'enseignement de langue et de l'écriture chinoises ainsi que des théories pour la mise en pratique. En fait, lors de la période de réforme et d'ouverture, par le souci et par les réflexions d'un point de vue stratégique de la politique nationale, on constate que le gouvernement chinois a changé ses premières mesures politiques visant « l'enseignement du chinois langue seconde » par « l'enseignement du chinois à l'international ».

Quant à l'enseignement du mandarin à Taïwan, tout a commencé avec l'initiative au sein de la population. Initialement, les facultés d'enseignement ne possédaient que « Trois grands centres du mandarin » : *Mandarin Training Center* (*NTNU*), *Taipei Language Institut* (*TLI*) et *Madarin Daily News*. Aujourd'hui, on a connu une efflorescence dans le domaine de l'enseignement du chinois. Tous les établissements universitaires s'efforcent pour fonder leur propre centre de langue chinoise ou bien un institut à propos de l'enseignement du mandarin dans chacune de leur université.

Depuis l'apparition de la toute première revue de *Huawenshijie* jusqu'à nos jours, on avait connu un épanouissement d'une panoplie d'articles académiques publiés dans les revues et dans les périodiques. Si l'on ne pouvait avoir accès qu'à certaines publications étrangères, sinon celles de la Chine, les ouvrages académiques sont désormais publiés au niveau local à Taïwan même. On pourrait ainsi dire qu'à l'ère moderne, les recherches dans ce domaine semblent aller bon train.

Les annexes ci-dessous présentent les principaux événements transdétroit à propos du développement de l'enseignement du mandarin langue étrangère :

Année	Chine continentale	Taïwan
1950	Admission d'un certain nombre d'étudiants en échange provenant des pays d'amitié, création de la classe de spécification à l'Université de Tschinghua.	
1953		Création de l'École du chinois de Hsinchu dont le but est d'apprendre le mandarin à des missionnaires
1956		- Création de *Mandarin Training Center* (MTC) par l'Université provinciale normale de Taïwan (ancien nom de l'Université nationale normale de Taïwan) - Création de *Taipei Language Institut* (TLI) par un groupe de missionnaires
1963		Création de *Inter-University Programme for Chinese Language Study* (*IUP*) à l'intérieur du campus de l'Université Nationale de Taïwan
1966	Début de la Révolution culturelle	
1972	Réadmission des élèves en échange	
1973		Mars : création de Classe du chinois par le Guoyuribao Juin : création de *World Chinese Language Association* (世界華文教育協進會, plus tard changé en 世界華語文教育學會) par *Overseas Community Affairs Council*
1974		Lancement officiel de la revue *Huawenshijie* (Le monde de la langue chinoise)

Année	Chine continentale	Taïwan
1978	Lu Bisong 呂必松 propose une perspective de « considérer l'enseignement du chinois langue étrangère comme étant une discipline en soi ».	
1982	Nom officiel de l'Enseignement du chinois langue seconde	
1983	Après la toute première conférence académique, l'Institut des langues de Pékin a créé la Profession sur l'enseignement du chinois langue seconde.	
1984	Projet pilote de Hanyu shuiping kaoshi 漢語水平考試 (HSK) [Test d'évaluation de chinois]	La 1ère conférence internationale sur l'enseignement du chinois langue seconde
1985	1. Le 1er séminaire international sur l'enseignement du chinois langue seconde 2. Rédaction du projet Critères de qualification d'enseignants du chinois langue seconde	
1986	Début de l'admission des étudiants en Master par l'Université de Pékin et l'Université des langues et des cultures de Pékin	
1987	Établissement du Conseil de l'enseignement du chinois langue seconde	
1990	Lancement officiel du HSK	
1992	Achèvement du Canevas des listes de vocabulaire du chinois et de niveau des caractères chinois	
1994		Début du développement de *Test of Chinese as a Foreign Language*, terminé en 1997,

Année	Chine continentale	Taïwan
		mais n'était pas adopté par l'unité de l'administration en éducation de l'époque
1995	1. Achèvement du Curriculum de grammaire pour l'enseignement du chinois langue seconde 2. L'Examen de qualification des enseignants du chinois langue seconde a été tenu officiellement	L'Université nationale et normale de Taïwan a fondé le programme de master en enseignement de la langue chinoise
1996	Achèvement du Curriculum des critères du niveau du chinois et du niveua de grammaire	
2002	Publié le Curriculum de l'enseignement spécialisé de la langue chinoise à des étudiants étrangers à l'enseignement supérieur et deux autres curriculums.	1er Annuaire et conférence sur l'enseignement du chinois langue seconde à Taïwan
2003	Création du Siège de l'enseignement du chinois langue seconde	1. Création du Comité national des politiques sur l'enseignement du chinois la langue seconde 2. Création de l'Association de l'enseignement du chinois langue seconde 3. Lancement officiel de *Test of Proficiency-Huayu* (*TOP*)
2004	Le premier Institut Confucius a été ouvert à Seoul, en Corée.	
2005		1. Fondation de *Steering Committee for the Test of Proficiency-Huayu* (*SC-TOP*) administré par l'Université nationale normale de Taïwan 2. Lancement officiel du journal Huayuwenjiaoxueyanjiu 華語文教學研究 (Études sur l'enseignement du chinois)
2006	1. Suspension de l'Examen de qualification des enseignants du chinois langue seconde	1. Abolition du Comité national des politiques sur l'enseignement du chinois la langue seconde

Année	Chine continentale	Taïwan
	2. Adoption de *Chinese Language Proficiency Scales* et *Standards for Teachers of Chinese*	2. Création du Conseil de promotion des sinogrammes standard et d'enseignement de la langue chinoise d'outre-mer 3. 1er Examen de certificat des compétences de l'enseignement du chinois langue seconde. Les qualifiés vont être distribué du « Certificat des compétences de l'enseignement du chinois langue seconde » issu par Ministère de l'Éducation.
2009		Publication de série des livres *Teaching Chinese as a Second Language Series*
2010	Le HSK change le nom en « Nouveau HSK ».	Le *TOP* change le nom officiellement en *TOCFL*, l'appellation en chinois reste inchangée
2011		Fondation d'Académie de Taïwan 臺灣書院 à New York, Los Angeles et Boston, etc.
2013		Publication de l'ouvrage *Histoire sur le développement de l'enseignement de la langue chinoise à Taïwan*
2014	Octobre : Publication du manuel de référence pour l'examen du « Certificat d'enseignant du chinois à l'international » qui a eu lieu le même mois	

(N.B. : Ce tableau présente seulement les premiers événements significatifs qui se sont passés)

Au cours daues dernières années, beaucoup sont des gens qui rapprochent souvent l'Institut Confucius à l'Académie de Taïwan. En effet, il faut comprendre les enjeux sous trois aspects : le promoteur principal, l'inauguration de leur fondation et de leurs mandats.

Les principaux acteurs sous-tendant la fondation de ces deux établissements d'enseignement de la langue chinoise ne sont pas identiques. Fondé sous « l'objectif de promouvoir la langue chinoise au niveau international et de favoriser les reconnaissances de la Chine auprès des autres pays », l'Institut Confucius est coordonné par le Bureau national pour l'enseignement du chinois langue étrangère (*Hanban*) sous la tutelle du Ministère de l'Éducation de la Chine. Ses mandats principaux consistent à « préparer les manuels du chinois standardisés et les cours formels du chinois » et à organiser les activités internationales comme le *Concours oratoire de langue chinoise*.

Le premier Institut Confucius a été installé en 2004 et dix ans plus tard, il a connu un total de 457 instituts dans 122 pays à travers le monde.

La fondation de l'Académie de Taïwan implique la collaboration entre les Comité des affaires culturelles (devenu Ministère de la Culture), Ministère de l'Éducation, Ministère des Affaires étrangères (Taïwan), Comité national de la Science (devenu Ministère des Science et Technologie) et Conseil des Affaires communautaires d'outre-mer. Les objectifs principaux visent à promouvoir les « sinogrammes standard », les caractéristiques culturelles de Taïwan, les activités artistiques, et à développer une plateforme de données et d'informations numériques.

Au début, seulement trois établissements d'Académie de Taïwan sont fondés aux États-Unis (New York, Los Angeles et Houston). Celle-ci organise de temps à autre des activités culturelles de Taïwan et les cours de langues ont été réservés exclusivement via la plateforme virtuelle.

L'Institut Confucius reçoit suffisamment de financement de l'État, mais la qualité des enseignants n'y est pas toujours satisfaisante. Les matériels et les corpus compilés n'atteignent pas non plus les critères exigés par le pays de l'établissement rallié. L'efficacité de ses fonctionnements se varie beaucoup alors qu'il soulève tant les critiques favorables et défavorables de leur qualité d'enseignement. Son plus grand défi à l'avenir serait de bien établir son rôle pour un développement durable.

Actuellement, l'unité responsable de l'Académie de Taïwan n'est pas déterminée de façon claire. Si l'on compare avec son semblable Institut Confucius, l'académie s'affronte à des problèmes du financement, de son rôle et son pouvoir ainsi que des problèmes d'équipements matériels pour les biens fonctionnements. Il resterait à savoir comment réaliser les projets tels que développer l'enseignement dit créatif basant sur le concept de *soft power*, diffuser de manière efficace la culture taïwanaise aux apprenants étrangers, ou encore exalter les caractéristiques propres à Taïwan concernant l'enseignement de la langue chinoise outre-mer[27].

Section IV
Perspectives d'avenir d'enseignement transdétroit des caractères chinois

Si l'on regarde l'évolution des écritures chinoise à partir d'inscriptions sur carapaces de tortue (*jiaguwen*), inscriptions sur bronze (*jinwen*), écrits sur lamelles de bambous ou sur soies (*jiandu boshu*) et jusqu'à l'écriture régulière de *kaishu* de nos jours, on pourrait voir que les sinogrammes ont *vécu* une longue histoire depuis leur création ; alors qu'à l'heure actuelle ils doivent affronter à la réalité binaire entre les caractères dits traditionnels vis-à-vis des caractères simplifiés. La popularité de la langue chinoise et des sinogrammes sur les scènes internationales demeure toujours une actualité indéniable. Il y a en a même des spécialistes qui auraient tendance à dire que les sinogrammes d'aujourd'hui ne se diffèrent pas trop de leurs caractères d'ancienne forme, les Chinois les comprendraient sans trop de difficulté alors que seulement quelques explications suffiraient.

Est-ce bien le cas de la réalité ?

En ce qui concerne l'avenir des sinogrammes, j'aurais un tas d'idées à partager et j'en ai déjà exprimées dans mon autre publication[28]. Je crois que la priorité de l'époque contemporaine est de réfléchir à comment *adoucir* la tension politique en matière des écritures transdétroit, si ce n'est pour diminuer les conflits d'intérêts entre les peuples des deux côtés[29].

Voici l'attitude des Chinois face aux sinogrammes décrite par une sinologue étrangère très connue :

> C'est par surprise que je découvre que même si certains Chinois ont eu une formation d'enseignement supérieur, ils ont une connaissance limitée de la racine de leur propre langue. Dans les écoles primaires et secondaires ou dans les établissements universitaires, les gens enseignent le chinois mécaniquement et il y a peu d'explications qui les concernent.

L'auteure décrit le système d'écriture utilisé par les Chinois comme un « Empire », mais de toute évidence, si l'on suit son axe de discussion, elle part des « caractères » pour parler des « hommes » (les Chinois et leurs sinogrammes). Ses propos se rapportent donc inévitablement à la Culture. Le langage utilisé dans le livre serait porteur de l'image construite auprès des étrangers quant à la culture des Chinois.

Moi-même en tant qu'une chinoise, je suis réjouie de voir que les étrangers apprécient la *racine* de la culture chinoise, mais cela ne m'empêche pas de réfléchir au propos cité ci-dessus et de reconsidérer davantage les possibilités concernnant l'enseignement du chinois et la culture des sinogrammes.

Comment rassurer la *vitalité* des sinogrammes (en style *kaishu*) dans leur évolution, pour qu'ils ne se transforment pas en une *exuvie* ; comment apporter des idées neuves aux héritages de la culture traditionnelle des sinogrammes, sans s'incliner à un *acte conservatoire d'une simple formalité*, c'en est un des motifs pour lesquels j'ai pris ma plume pour rédiger ce présent ouvrage.

Notes du Chapitre 4

[1] J'ai déjà fourni une définition à ce que c'est la « *culture des caractères chinois* » : « La culture des caractères chinois est un domaine interdisciplinaire, y compris l'étude des sinogrammes, l'anthropologie culturelle et la communication interculturelle, qui cherche à explorer les principes et les théories des sinogrammes ainsi que leurs modèles et leurs connotations culturels. Les objectifs de recherche sont : comprendre les principes de formation des sinogrammes ; connaître les contextes historiques de la Chine ; intégrer la notion de « centré-sur-sinogramme » (*zì běn wèi* 字本位 *Sinogram-based Theory*) ; se servir de diverses théories d'anthropologie culturelle ; identifier les modèles et les connotations de la culture, pour pouvoir ensuite traiter les phénomènes en lien avec les sinogrammes, à l'aide d'une perspective objective et élargie, dans l'ensemble du développement historique de la croyance, le sexe, l'éthique, l'art et les sciences. » Cf. HUNG Yenmey 洪燕梅, *Patterns and Connotations of the Culture of Chinese Characters*, p. 52. Je profite ici pour corriger l'erreur dans cet extrait : la ponctuation dans « 及、 » devrait être enlevée.

[2] Voir HUNG Yenmey, *ibid.*, p. 1-59.

[3] Évidemment, les sinogrammes sont « exclusifs » aux Chinois, pourquoi dis-je que c'est le fruit de « l'ensemble » ? Permettez-moi d'inviter le lecteur à réfléchir ensemble à cette question.

[4] Quand un enfant voit ce que possède un autre, par curiosité, il tend sa main pour le prendre. Ce n'est pas l'action de faire sien mais une réaction naturelle. Les adultes disent souvent que l'enfant « s'empare » (*qiǎng* 搶) de l'autre. Je pense que « s'emparer » est une action de s'approprier intentionnellement, ce qui va à l'encontre de l'acte de prendre quelque chose selon l'instinct naturel. Il ne faut pas considérer les deux actions à un même niveau.

[5] C'est ce qui est appelé « falaise visuelle » (*visual cliff*) en psychologie. Dans *National Academy for Educational Research* 國家教育研究院, « Dictionnaire des lexiques bilingues et terminologies » 雙語辭彙、學術名詞暨辭書資訊網. Repéré à http://terms.naer.edu.tw/detail/1311698/

[6] En 2016, une série télévisée américaine *Lucifer* et une autre mini-série télévisée *The Young Pope* étaient à l'affiche. Ce sont deux séries qui remettent en question et en réflexion de la religion contemporaine et du concept de binarité. Voir FOX. Repéré à http://www.fox.com/lucifer ; HBO. Repéré à http://www.hbo.com/the-young-pope

[7] Alice MILLER, *Das Srama des begabten kindes* (traduit par YUAN Haiying 袁海嬰), p. 39.

[8] Voir ZHANG Zhan 張湛 ed., *Liezi zhu* 列子注, p. 7-9.

Traduction française est adaptée de cf. Rémi MATHIEU. (2012). *Lie-tseu*, « Chap. Tianpian ». Paris : Entrelacs, p. 68-70.

[9] *Laozi*, commenté par WANG Bi 王弼, p. 8.

[10] ZHANG Zhan 張湛 éd., *Liezi zhu*, p. 6.

[11] Dans *Chinese Linguipedia*. Repéré à http://chinese-linguipedia.org/search_source_inner.html?word=%E4%B8%80

[12] *Laozi*, *op. cit.*, p. 50

---

[13] Voir *Ancien et Nouveau Testaments*, « L'Évangile selon Jean », p. 143.

[14] *Zhuangzi jishi* 莊子集釋, annoté par Guo Xiang 郭象, commenté et expliqué par Lu Deming 陸德明 et Cheng Xuanying 成玄英, texte établi par Guo Qingfan 郭慶藩, p. 134-137.

[15] Voir NHK 特別採訪小組, *Wuyuan shehui* 無緣社會. Xinbei, Xinyuchubanshe 新雨出版社, 2015.

[16] Voir Takanori FUJITA 藤田孝典, *Xialiu laoren : jishi yuexin 5wan, women rengjiang youlao youqiong you gudu* 下流老人：即使月薪 5 萬，我們仍將又老又窮又孤獨. Taibei, Ruguochuban 如果出版, 2016.

[17] NHK 特別採訪小組 : *Wuyuan shehui* 無緣社會, p. 213.

[18] Voir André LEFEBVRE, *Chao geren xinli xue : xinli xue de xin dianfan* 超個人心理學：心理學的新典範 (traduit par Ruoshui 若水). Taipei, Guiguanchubangongsi 桂冠出版公司, 2009, p. 1.

[19] André LEFEBVRE, *ibid.*, p. 91-123.

[20] HUNG Yenmey 洪燕梅, *Hanzi wenhua de moshi yu neihan* 漢字文化的模式與內涵, p. 1-6.

[21] Ban Gu 班固, *Chinese Classic Ancient Books* 中國基本古籍庫 (e-version TBMC), 清乾隆武英殿刻本, p. 51.

[22] Il y a des érudits contemporains qui pensent que Zhao Gao 趙高 n'est pas simplement un eunuque, mais un homme doué des talents extraordinaires tant dans les lettres et les armes, qui connut très bien les domaines civile et militaire.

[23] Le passage *infra* est l'extrait de cf. HUNG Yenmey 洪燕梅 : *Hanz wenhua yu shenghuo* 漢字文化與生活, 193-224.

[24] Voir Ministère de l'Éducation, *Department of Lifelong Education*. Repéré à

http://www.edu.tw/pages/detail.aspx?Node=3085&Page=15846&Index=8&WID=c5ad5187-55ef-4811-8219-e946fe04f725

[25] Voir Huang Dekuan 黃德寬, « *Hanzi guifan de xianshi huigui – cong "guifan hanzi biao" dao "tongyong fuifan hanzi biao"* 漢字規範的現實回歸——從《規範漢字表》到《通用規範漢字表》 ». Taichung, 第 23 屆中國文字學國際學術研討會論文集, 2013, p. 1-9.

[26] Cette section a été élaborée par professeur Yang Zhisheng 楊志盛

[27] Les principales références utilisées dans cette section : 蔡璨瑢：《台灣華語教育發展史概論》，上海華東師範大學碩士學位論文，2013 年；張西平主編：《世界漢語教育史》，北京，商務印書館，2009 年；國家教育研究院主編：《台灣華語文教育發展史》，台北，國家教育研究院，2013；董鵬程：〈台灣華語文教學的過去、現在與未來展望〉，http://r9.ntue.edu.tw/activity/multiculture_conference/file/2/2.pdf；新浪新聞中心：〈馬英九：設台灣書院 抗衡大陸孔子學院〉，http://news.sina.com.cn/c/2008-02-22/151913457722s.shtml，2008 年 2 月 22 日；Aries Poon：文化軟實力的比拼：孔子學院和台灣書院的較量，http://www.21ccom.net/articles/zgyj/thyj/article_2011081743442.html，2011 年 8 月 15 日；新華網：〈台灣書院如何走向世界〉，http://news.xinhuanet.com/herald/2011-11/01/c_131215538.htm，2011 年 11 月 1 日；江素惠：〈台灣書院〉，江素惠的博客，http://blog.ifeng.com/article/14965398.html，2011 年 11 月 28 日；張峰：〈台灣書院還有一段長路〉，《中國新聞週刊》，2011 年第 44 期，http://www.cnki.com.cn/Article/CJFDTotal-XWZK201144026.htm；台海網：〈龍應台：台灣書院不是要與孔子學院比較〉，http://www.taihainet.com/news/twnews/twdnsz/2012-05-29/857201.html，2012 年 5 月 29

日；「孔子學院」網站：http://www.hanban.edu.cn/；「臺灣書院」網站：www.taiwanacademy.tw/；「國家華語文測驗工作推動委員會」網站：http://www.sc-top.org.tw/

[28] Voir HUNG Yenmey 洪燕梅, *Hanzi wenhua de moshi yu neihan* 漢字的文化與內涵 (*Patterns and Connotations of the culture of Chinese Characters*), p. 228-243.

[29] Le dictionnaire en ligne *Chinese Linguipedia*, fondé sous la direction du *General Association of Chinese Culture*, regroupe les *mots* d'époques ancienne et moderne transdétroit. Il inclut également les lexiques dans le langage parlé. Il comprend tant les caractères traditionnels et ceux de simplifiés et les contenus sont soumis à l'examen par les pairs, cela dit sous la surveillance de la Chine continentale et du Taïwan. C'est dans l'objectif de recréer le *Shutong wenzi*, l'uniformisation du système d'écritures, chez le peuple chinois. Voir http://chinese-linguipedia.org

參考書目
BIBLIOGRAPHIE

【中文專著】

（春秋）左丘明撰，（晉）杜預注：《春秋左傳正義》，臺北：藝文印書館重栞宋本，1955 年。

（漢）鄭玄注，（唐）賈公彥疏：《儀禮注疏》，臺北，藝文印書館「十三經注疏本」，1985 年。

（漢）鄭玄注，（唐）孔穎達疏：《禮記正義》，臺北，藝文印書館「十三經注疏本」，1985 年。

（漢）劉安著，（漢）高誘注：《淮南子》，臺北，世界書局《新編諸子集成》第七冊，1991 年。

（漢）孔安國傳，（唐）孔穎達等正義：《尚書正義》，臺北，藝文印書館重栞宋本，1985 年。

（漢）趙岐注，（宋）孫奭正義：《孟子》，臺北：藝文印書館「十三經注疏本」，1985 年

（漢）司馬遷撰，（日本）瀧川龜太郎注：《史記會注考證》，臺北，文史哲出版社，1993 年。

（漢）高誘注：《戰國策》，臺北，臺灣商務印書館，1974 年。

（漢）許慎撰，（宋）徐鉉校訂：《說文解字》，臺北，華世出版社「靜嘉堂藏宋本」，1986 年。

（魏）何晏注，（宋）邢昺疏：《論語注疏》，臺北，藝文印書館「十三經注疏本」，

1985年。
（吳）韋昭注：《國語》，臺北，里仁書局，1981年。
（晉）王弼注：《老子》，臺北，學海出版社，1984年。
（晉）郭象注，（唐）陸德明釋文，（唐）成玄英疏，（清）郭慶藩集釋：《莊子集釋》，臺北，世界書局《新編諸子集成》（第三冊），1991年。
（晉）張湛撰：《列子注》，臺北，世界書局《新編諸子集成》（第三冊），1991年。
（唐）楊倞注，（清）王先謙集解：《荀子集解》，臺北，世界書局《新編諸子集成》第二冊，1991年。
（唐）寶叉難陀譯：《大方廣佛華嚴經》，「中國基本古籍庫」「大正新脩大藏經本」。
（唐）王冰：《靈樞經》，「中國基本古籍庫」「四部叢刊景明趙府居敬堂本」。
（五代）釋延壽：《宗鏡錄》，「中國基本古籍庫」「大正新脩大藏經本」。
（宋）蘇軾：《東坡詞》，「中國基本古籍庫」「明崇禎刻宋明家詞本」。
（宋）徐子光：《蒙求集註》‧卷下‧孔融讓果》，「中國基本古籍庫」（清文淵閣四庫全書本）。
（清）郭慶藩：《莊子集釋》，臺北，世界書局《新編諸子集成》（第三冊），1991年。
（清）曹雪芹、高鶚著，其庸等校注：《彩畫本紅樓夢校注‧第一冊》，臺北，里仁書局，1984年。
（清）曹寅編：《全唐詩‧李白‧宣州謝朓樓餞別校書叔雲》，「中國基本古籍庫」（漢珍電子版）「清文淵閣四庫全書本」。
（未標示作者）《新舊約全書‧舊約全書‧創世紀》，香港，聖經公會，1981年。
古文字詁林編纂委員會：《古文字詁林》，上海：上海教育出版社，2004年。
何琳儀：《戰國文字通論》（訂補），南京，江蘇教育出版社，2003年。
宋光宇：《人類學導論》，臺北，桂冠圖書公司，1990年。
李正光等編：《楚漢簡帛書典》，湖南美術出版社，1998年。
洪燕梅：《出土秦簡牘文化研究》，臺北，文津出版社，2013年。
洪燕梅：《秦金文研究》，臺北，國立政治大學博士班學位論文，1998年。
洪燕梅：《漢字文化的模式與內涵》（Patterns and Connotations of the Culture of Chinese Characters），臺北，文津出版社，2013年。
洪燕梅：《漢字文化與生活》，臺北，五南圖書公司，2009年。

洪燕梅：《睡虎地秦簡文字研究》，臺北：政治大學中國文學系碩士論文，1993 年。
洪燕梅：《說文未收錄之秦文字研究——以《睡虎地秦簡》為例》，臺北，文津出版社，2006 年。
孫英春：《跨文化傳播學導論》（Intercultural Communication Theory and Analysis），北京：北京大學出版社，2010 年。
孫德金主編：《對外漢字教學研究》，北京：商務印書館，2006 年。
容庚：《金文編》（修訂四版），北京：中華書局，1985 年。
徐中舒主編：《甲骨文字典》，成都：四川辭書出版社，1989 年。
袁仲一、劉　鈺：《秦文字類編》，西安：陝西人民教育出版社，1993 年。
張秀蓉編，張秀蓉、黃鈴媚、游梓翔、江中信著：《口語傳播概論》，臺北：正中書局，2004 年）。
張亞中主編：《國際關係總論》（International Relations），臺北，揚智文化公司，2009 年。
張春龍主編：《湖南里耶秦簡》，重慶：重慶出版社，2010 年。
張家山二四七漢墓竹簡整理小組：《張家山漢墓竹簡・算數書》，北京：文物出版社，2001 年。
許進雄：《中國古代社會——文字與人類學的透視》，臺北：臺灣商務印書館，2013 年。
郭沫若：《石鼓文研究、詛楚文考釋》，北京：辭書出版社，1982 年。
陳　立：《東周貨幣文字構形研究》，新北，花木蘭文化出版社，2013 年。
陳鼓應著：《老子今註今譯》，臺北，臺灣商務印書館，1985 年。
陳懷恩：《圖像學——視覺藝術的意義與解釋》，臺北：如果出版社、大雁文化公司，2008 年。
湖北省文物考古研究所、隨州市考古隊編：《隨州孔家坡漢墓簡牘》，北京，文物出版社，2006 年。
湖北省荊州市周梁玉橋遺址博物館：《關沮秦漢墓簡牘》，北京：中華書局，2001 年。
湖北省荊州市周梁玉橋遺址博物館：《關沮秦漢墓簡牘》，北京：中華書局，2001 年。

湯餘惠主編：《戰國文字編》，福州：福建人民出版社，2001 年。
黃沛榮：《漢字教學理論與實踐》，臺北，樂學書局，2005 年。
黃景春：《早期買地券、鎮墓文整理與研究》，上海，華東師範大學博士學位論文，2004 年。
葉麟註解：《幼學瓊林句解》，臺南，大夏出版社，1986 年。
熊國英：《圖釋古漢字》，濟南：齊魯書社，2005 年。
鮑國順：《荀子學說析論》，臺北，華正書局，1982 年。
韓敬體、張朝炳、于根元編：《語言的故事》，臺北，洪葉文化公司，1996 年。
譚　宏：《漢字教學中非漢字文化圈學生的字感研究》，重慶：重慶師範大學碩士學位論文，2010 年。

【外國專著】

（日本）NHK 特別採訪小組：《無緣社會》，新北，新雨出版社，2015 年。
（日本）最上悠著，朱麗真譯：《負面思考的力量》，臺北，商周出版社，2016 年。
（日本）藤田孝典著，吳怡文譯：《下流老人：我們都將又老又窮又孤獨》，臺北，如果出版，2016 年。
（加拿大）李安德（André Lefebvre）著，若水譯：《超個人心理學：心理學的新典範》（Transpersonal psychology: a new paradigm for psychology），臺北，桂冠出版公司，2009 年。
（印度）克里希那穆提（J. Krishnamurti）著，麥慧芬譯：《與生活和好》（What Are You Doing with Your Life），臺北，商周出版社，2015 年。
（美國）大衛・霍金斯（David R. Hawkins, M. D., Ph. D.）著，蔡孟璇譯：《心靈能量：藏在身體裡的大智慧》（Power vs. Force: The Hidden Determinants of Human Behavior），臺北，方智出版社，2012 年。
（美國）尼爾・唐納・沃許（Neale Donald Walsch）著，王季慶譯：《與神對話》（I）（Conversations with God : an Uncommon Dialogue），臺北：方智出版社，2015 年。
（美國）尼爾・唐納・沃許（Neale Donald Walsch）著，Jimmy 譯：《與神合一》（COMMUNION WITH GOD），臺北，商周出版社，2015 年。

（美國）尼爾・唐納・沃許（Neale Donald Walsch）著，孟祥森譯：《與神對話》（Π）（Conversations with God: an Uncommon Dialogue）（Book Π），臺北，方智出版社，2015 年。

（美國）埃力克（Paul R. Ehrlich）著，李向慈、洪佼宜譯，何大安審定：《人類的演化——基因、文化與人類的未來》（Human Natures：Genes, Cultures, and the Human Prospect），臺北：貓頭鷹出版社，2004 年。

（美國）傑佛瑞・史瓦茲（Jeffrey M. Schwartz）、夏倫・貝格利（Sharon Begley）著，張美惠譯：《重塑大腦》（The Mind and the Brain），臺北：時報文化公司，2003 年。

（美國）傑洛德・布蘭岱爾（Jerrold R. Brandell）著，林瑞堂譯：《兒童故事治療》（Of Mice and Metaphors），臺北，張老師文化公司，2002 年。

（美國）喬・迪斯本札（Joe Dispenza, DC）著，謝宜暉譯：《未來預演：啟動你的量子改變》（Breaking The Habit of Being Yourself: How to Lose Your Mind and Create a New One），臺北，地平線文化公司，2016 年。

（美國）喬瑟夫・坎伯（Joseph Campbell）、莫比爾（Bill Moyers）著，朱侃如譯：《神話》（The Power of Myth），臺北，立緒文化公司，2001 年。

（美國）雷蒙・穆迪博士（Raymond A. Moody, Jr., M.D）著，林宏濤譯：《死後的世界》（Life After Life），臺北，商周出版社，2012 年。

（美國）蘇菲亞・布朗（Sylvia Browne）、琳賽・哈理遜（Lindsay Harrison）著，黃漢耀譯：《細胞記憶》（PAST LIVES, FUTURE HEALING），臺北：人本自然文化公司，2004 年。

（英國）霍柏斯（Hobbes, Thomas）著，黎思復、黎廷弼譯：《利维坦》（Leviathan），北京，商務印書館，2009 年。

（奧地利）阿德勒（Alfred Adler）著，吳書榆譯：《阿德勒心理學講義》（The Science of Living），臺北，經濟新潮社，2015 年。

（瑞典）林西莉著，李之義譯：《漢字王國－－講述中國人和他們的漢字的故事》，北京，新華書店，2007 年。

（德國）艾克哈特・托勒（Eckhart Tolle）著，張德芬譯：《一個新世界：喚醒內在的力量》（A New Earth: Awakening to Your Life's Purpose），臺北，

方智出版社，2015 年。

（德國）愛麗絲•米勒（Alice Miller）著，袁海嬰譯：《幸福童年的祕密》（Das Srama des begabten kindes），臺北，2016 年。

（澳洲）Jeff Lewis 著，邱誌勇、許夢芸譯：《細讀文化研究基礎》（Cultural Studies : The Basics），臺北，韋伯文化公司，2012 年。

（澳洲）麥克・懷特（Michael White）著，黃孟嬌譯：《敘事治療的工作地圖》（Maps of Narrative Practice），臺北，張老師文化公司，2008 年。

【期刊、專輯、會議論文】

于天昱：〈跨文化背景下的對外漢字教學〉，山西：《運城學院學報》，第 24 卷第 4 期，2006 年。

王開揚：〈“漢字難學”的命題無法否定〉，濟南：《北華大學學報》社會科學版，2009 年 01 期。

王瑞英：〈試論政府在歷代漢字規範中的作用及其啟示〉，江西：《江西教育學院學報》社會科學，2012 年 2 月。

何　山：〈漢字的書寫理據及漢字理據的二層劃分〉，重慶，《陝西師範大學學報》（哲學社會科學版），2014 年第 2 期。

何　駑：〈長江流域文明起源商品經濟模式新探〉，南京，《東南文化》2014 年第 1 期。

吳琦幸：〈孔子學院面臨的困境和機遇〉，上海：《東方早報》，2007-01-31，「中國重要報紙全文資料庫」。

周小兵：〈對外漢字教學中多項分流、交際領先的原則〉，北京：呂必松主編《漢字與漢字教學研究論文集》，北京大學出版社，1997 年。

周有光：〈漢字尋根〉，北京：《考試》（高考語文版），2011 年 Z2 期。

周祝瑛：〈超越全球與本土的兩岸化經驗〉（臺北：「中時電子報」，2012 年 3 月 16 日）：http://news.chinatimes.com/forum/11051404/112012031600494.html

洪燕梅：〈《孔家坡漢簡・告地書》所見生命教育－－兼論訓詁學之應用〉，臺北，第十屆漢代文學與思想暨創系 60 週年國際學術研討會，國立政治大學中國文學系，2016 年 11 月 26、27 日。

洪燕梅：〈《孔家坡漢簡・日書》「盜日」篇研究〉，臺北：第八屆漢代思想與文學研討會，政治大學中文系，2010 年 5 月。

洪燕梅：〈《孔家坡漢簡・告地書》訓讀及生死文化研究〉，臺北，《出土文獻：研究視野與方法》第五輯，國立政治大學中國文學系，2014 年。

洪燕梅：〈《張家山漢簡・二年律令》兩性文化研究〉，臺北：《出土文獻研究視野與方法》第三輯，台灣書房出版公司，2012 年。

洪燕梅：〈出土秦律之兩性相關文獻訓讀及文化研究〉，成都：2011 年海峽兩岸"文獻與方言研究"學術研討會，中國訓詁研究會、中國西南交通大學，2011 年 8 月。

洪燕梅：〈漢字文化之內涵與模式〉，京都：「文字の宇宙——かたちの意味、意味のかたち」，2011 年 11 月 20 日

洪燕梅：〈繁簡交融，文化創新——論兩岸漢字整合之策略及展望〉，香港：香港中文大學中國語言及文學系 50 周年系慶活動——承繼與拓新——漢語語言文字學國際研討會，香港中文大學中國語言及文學系，2012 年 12 月 17-18 日

孫立極：〈兩岸合編詞典背後的故事〉，北京：《兩岸關係》，2012 年 09 期。

高島敏夫：〈祭祀言語の記錄・甲骨文〉，京都：《文字の宇宙——かたちの意味、意味のかたち》予稿集，同志社大學大學院文學研究科，2011 年。

張傳旭：〈從秦楚文字的對比研究反觀"書同文"政策之實施〉，湖南：《求索》，2010 年 12 月。

郭旺學：〈寫實與寫意的分野——從史前巖畫看中西繪畫造型觀〉，廈門：《藝術生活-福州大學廈門工藝美術學院學報》，2012 年 04 期。

陳俊羽：〈"字本位"理論在對外華語文教學中的作用與認識〉，昆明：《雲南師範大學學報》對外華語文教學與研究版，第 6 卷第 3 期，2008 年 5 月。

黃德寬：〈漢字規範的現實回歸——從《規範漢字表》到《通用規範漢字表》〉，臺中：「第二十三屆中國文字學國際學術研討會」，2012 年 6 月 1 日。

劉淑娟：〈文明的印痕——石嘴山內的賀蘭山巖畫〉，寧夏，《黑龍江史志》2014 年第 3 期。

劉森垚:〈“古蜀國起源”研究綜述〉,成都,《西華大學學報》(哲學社會科學版),2014 年第 1 期。

蔡永貴:〈試論漢字字族研究的角度與原則〉,寧夏,《寧夏大學學報》(人文社會科學版),2013 年第 6 期。

蕭俊明:〈文化的誤讀——泰勒文化概念和文化科學的重新解讀〉,北京:《國外社會科學》,2012 年 03 期。

韓建業、楊新改:〈大汶口文化的立鳥陶器和瓶形陶文〉,武漢:《江漢考古》,2008 年第 3 期。

譚　宏:《漢字教學中非漢字文化圈學生的字感研究》,重慶,重慶師範大學語言學及應用語言學碩士學位論文,2010 年,第 8 頁。

龔　敏:〈陶文、圖騰與文字的起源〉,四川,《攀枝花大學學報》2000 年第 4 期。

【網路資源】

BBC：http://www.bbc.com/

History：http://www.history.com/

INDEPENDENT：http://www.independent.co.uk/

Internet Movie Database：http://www.imdb.com/

The Telegraph：http://www.telegraph.co.uk/

WikipediA：https://en.wikipedia.org/

YouTube：https://www.youtube.com/

中國基本古籍庫(漢珍電子版),北京,北京愛如生文化交流有限公司,1997 年。

中華人民共和國中央人民政府：http://www.gov.cn/

紐約時報中文網：http://cn.nytimes.com/

國家教育研究院,http://terms.naer.edu.tw/

教育部《重編國語辭典修訂本》：http://dict.revised.moe.edu.tw/

教育部《異體字字典》：http://dict2.variants.moe.edu.tw/variants/

教育部《臺灣閩南語常用詞辭典」：http://twblg.dict.edu.tw/holodict_new/index.html

魔鏡歌詞網：http://mojim.com/

譯者參考書目

Bibliographie pour traduction

Monographie

ADLER, Alfred. *The Science of Living*. London : George Allen &Unwin Ltd, 1930.Repéré à https://archive.org/details/scienceofliving029053mbp

BOTTÉRO, Françoise, *Sémantisme et classification dans l'écriture chinoise*, Collège de France/IHEC, 1996.

BROWNE, Sylvie avec HARRISON, Lindsay. *Vies passées, santé future : un médium révèle les secrets pour être en bonne santé et entretenir de bonnes relations interpersonnelles* (adapté de l'anglais par Christian HALLÉ). Varennes : AdA, impression 2002.

CAO, Xue Qin. (1981). *Le Rêve dans le pavillon rouge (Hong loumeng)*, traduction, introduction, notes et variantes par Li Tche-houa et Jacqueline Alézaïs ; révision par André d'Hormon. Paris: Gallimard.

CLEARY, Thomas. (1993). *The Flower Ornament Scripture: A Translation of The Avatamsaka Sutra*. Boston : Shambhala.

DISPENZA, Joe. (2013). *Rompre avec soi : pour se créer un nouveau* (traduction Louis Royer). Outremont: Ariane Éditions.

EHRLICH, Paul R. (2000). *Human Natures: Genes, Cultures, and the Human Prospect*. Washington D.C. : Island Press [for] Shearwater Books.

GIBRAN, Khalil. (1999). *Le Prophète* (traduit et commenté par Jean-Pierre DAHDAH). Paris : Éditions du Rocher.

KRISHNAMURTI, J. (2001). *What Are You Doing With Your Life? : Books on Living for Teenagers Volume I.* KrishnamurtiFoundation of America. Repéré àhttps://krishnamurti-teachings.info/ebooks/en/pdf/Krishnamurti%20-%20What%20Are%20You%20Doing%20With%20Your%20Life.pdf

LIOU Kia-Hway et GRYNPAS, Benedykt, 1980, *Philosophes taoïstes I*, Paris : Gallimard, (Biblothèque de la Pléiade).

LEWIS, Jeff. (2002). *Cultural Studies – the basics*. London : SAGE.

MILLER, Alice. (2008). *Le drame de l'enfant doué : à la recherche du vrai soi* (traduit de l'allemand par Léa Marcou). Paris : Presses universitaires de France.

MOODY, Raymond A.Jr. (1975). *La Vie après la vie*. Paris : Éditions Robert Laffont.

TOLLE, Eckhart. (2005). *Nouvelle terre [ressource électronique] : l'avènement de la conscience humaine* (trad. de l'anglais par Annie J. Ollivier). Outremont : Ariane.

VANDERMEERSCH, Léon. (2013). *Les deux raisons de la pensée chinoise*. Paris : Gallimard.

WALSCH, Neale Donald. *Communion avec Dieu* (traduit de l'américain par Michel SAINT-GERMAIN). Outremont : Ariane Éditions, impression 2001.

—, 2002a.*Conversations avec Dieu : un dialogue hors du commun* (traduit de l'américain par Michel SAINT0GERMAIN), Tome 1. Saint-Laurent : Édition du Club Québec loisirs.

—, 2002b. *Conversations avec Dieu : un dialogue hors du commun* (traduit de l'américain par Michel SAINT0GERMAIN), Tome 2. Saint-Laurent : Édition du Club Québec loisirs.

Corpus chinois classiques traduits en français/anglais

COUVREUR, Séraphin, 2004a [1999], *Chou King (Shujing) : Les Annales de la Chine*. Repéré à http://classiques.uqac.ca/classiques/chine_ancienne/B_livres_canoniques_Grands_Kings/B_03_Chou_king/chou_king.pdf

—, 2004b [1951], *I-li* (*Yili*) *: Cérémonial*. Repéré à

http://classiques.uqac.ca/classiques/chine_ancienne/B_livres_canoniques_Petits_Kings/B_13_Yi_Li_ceremonial/i_li.pdf

——, 2004c [1951], *Tch'ouenTs'iou et TsoTchouan* (*ChunqiuZuozhuan*), Tome I. Repéré à http://classiques.uqac.ca/classiques/chine_ancienne/B_livres_canoniques_Grands_Kings/B_06_Tchouen_Tsiou_t1/Tso_tchouan_T1.pdf

——, 2004d [1951], *Tch'ouenTs'iou et TsoTchouan* (*ChunqiuZuozhuan*), Tome II. Repéré à http://classiques.uqac.ca/classiques/chine_ancienne/B_livres_canoniques_Grands_Kings/B_07_Tchouen_Tsiou_t2/Tso_tchouan_T2.pdf

——, 2004e [1951], *Tch'ouenTs'iou et TsoTchouan* (*ChunqiuZuozhuan*), Tome III. Repéré à http://classiques.uqac.ca/classiques/chine_ancienne/B_livres_canoniques_Grands_Kings/B_08_Tchouen_Tsiou_t3/Tso_tchouan_T3.pdf

——, 2004f [1950], *Li ki (Liji) – Mémoires sur les bienséances et les cérémonies*, Tome I. Repéré à http://classiques.uqac.ca/classiques/chine_ancienne/B_livres_canoniques_Grands_Kings/B_04_Li_Ki_tome1/Li_Ki.pdf

Laozi, *Le Daodejing : « Classique de la voie et de son efficience »* ; nouvelles traductions basées sur les plus récentes découvertes archéologiques, trois version complètes, Wang Bi, Mawangdui, Guodian par Rémi MATHIEU. Paris : Entrelacs, 2008.

Lie zi. (2012). *Lie-tseu* (présenté, traduit, et annoté par MATHIEU, Rémi). Paris : Entrelacs.

Philosophes confucianistes : Ru jia, textes traduits, présentés et annotés par Charles LEBLANC et Rémi MATHIEU. Paris : Gallimard, 2009.

Philosophes taoïstes II : Huainanzi, texte traduit, présenté et annoté sous la direction de Charles LEBLANC et de Rémi MATHIEU. (2003). Paris : Gallimard.

Shih-shuoHsin-yu: A New Account of Tales of the World / by Liu I-Ching; with commentary by Liu Chün; translated with introduction and notes by Richard B. MATHER. 2nd ed. 2002, Center for Chinese Studies: The University of Michigan (Second Edition).

SIMA, Qian. (2015). *Les mémoires historiques de Se-maTs'ien*, trad. et ann. par Édouard Chavannes, Max Kaltenmark et Jacques Pimpaneau, Tomes II, VII et VIII. Paris :

Éditions You Feng.

Zhanguo ce 戰國策(*Records on the Warring States Period, 3 vol.*), traduit de l'anglais en chinois moderne par ZHAI Jiangyue 翟江月. Guilin, Guangxi : Guangxi Normal UniversityPress, 2008.

Zhuangzi, *Les Œuvres de Maître Tchouang*, traduction de Jean LEVI. Paris : Édition de l'Encyclopédie des nuisances, 2010.

Dictionnaire

Grand Dictionnaire Ricci de la langue chinoise (*Li shi Han Fa ci dian*). Dictionnaire en ligne : http://chinesereferenceshelf.

國家圖書館出版品預行編目(CIP) 資料

解放漢字,從「性」開始 : 論漢字文化與心靈教學 / 洪燕梅著 ; Chou LIM譯. -- 初版. -- 臺北市 : 元華文創, 2019.05
面 ; 公分
中法對譯本
ISBN 978-957-711-075-6 (平裝)
1.漢語教學 2.漢字
802.203 108004768

解放漢字，從「性」開始——論漢字文化與心靈教學（中法對譯本）

ÉMANCIPER lES *HÀNZÌ* EN PARTANT DE «*XÌNG* » —à propos de la cutlure des sinogrammes et de l'ouverture d'esprit (Édition bilingue chinois-français)

洪燕梅 著 Chou LIM 譯

發 行 人：賴洋助
出 版 者：元華文創股份有限公司
公司地址：新竹縣竹北市台元一街 8 號 5 樓之 7
聯絡地址：100 臺北市中正區重慶南路二段 51 號 5 樓
電 話：(02) 2351-1607
傳 真：(02) 2351-1549
網 址：www.eculture.com.tw
E-mail：service@eculture.com.tw
出版年月：2019 年 05 月 初版
定 價：新臺幣 660 元

ISBN：978-957-711-075-6 (平裝)

總 經 銷：易可數位行銷股份有限公司
地 址：231 新北市新店區寶橋路 235 巷 6 弄 3 號 5 樓
電 話：(02) 8911-0825 傳 真：(02) 8911-0801